O PECADOR

J.R. WARD

São Paulo
2022

Grupo Editorial
UNIVERSO DOS LIVROS

The sinner

Copyright © 2020 by Love Conquers All, Inc.
Todos os direitos reservados, incluindo os direitos de reprodução integral ou em qualquer forma.

© 2020 by Universo dos Livros
Todos os direitos reservados e protegidos pela Lei 9.610 de 19/02/1998.

Nenhuma parte deste livro, sem autorização prévia por escrito da editora, poderá ser reproduzida ou transmitida, sejam quais forem os meios empregados: eletrônicos, mecânicos, fotográficos, gravação ou quaisquer outros.

Diretor editorial
Luis Matos

Gerente editorial
Marcia Batista

Assistentes editoriais
Letícia Nakamura
Raquel F. Abranches

Tradução
Cristina Calderini Tognelli

Preparação
Nilce Xavier

Revisão
Tássia Carvalho

Arte
Valdinei Gomes

Dados Internacionais de Catalogação na Publicação (CIP)
Angélica Ilacqua CRB-8/7057

W259p
    Ward, J. R.
    O pecador / J. R. Ward ; [tradução de Cristina Tognelli]. — São Paulo : Universo dos Livros, 2020.
    544 p. (Irmandade da Adaga Negra ; v. 18)

    ISBN: 978-65-5609-020-7
    Título original: *The sinner*

    1. Vampiros 2. Ficção norte-americana 3. Literatura erótica I. Título II. Tognelli, Cristina III. Série

20-2882   CDD 813.6

Universo dos Livros Editora Ltda.
Avenida Ordem e Progresso, 157 - 8º andar - Conj. 803
CEP 01141-030 - Barra Funda - São Paulo/SP
Telefone/Fax: (11) 3392-3336
www.universodoslivros.com.br
e-mail: editor@universodoslivros.com.br
Siga-nos no Twitter: @univdoslivros

Para *você*.
Você é tão merecedor de todas as coisas boas.
Cuide da sua fêmea. Tenho fé em você.

GLOSSÁRIO DE TERMOS E NOMES PRÓPRIOS

***Ahstrux nohtrum*:** Guarda particular com licença para matar, nomeado(a) pelo Rei.

***Ahvenge*:** Cometer um ato de retribuição mortal, geralmente realizado por um macho amado.

As Escolhidas: Vampiras criadas para servir à Virgem Escriba. No passado eram voltadas mais para as coisas espirituais do que para as temporais, mas isso mudou com a ascensão do último Primale, que as libertou do Santuário. Com a renúncia da Virgem Escriba, elas estão completamente autônomas, aprendendo a viver na Terra. Continuam a atender às necessidades de sangue dos membros não vinculados da Irmandade, bem como a dos Irmãos que não podem se alimentar das suas *shellans*.

***Chrih*:** Símbolo de morte honrosa no Antigo Idioma.

***Cio*:** Período fértil das vampiras. Em geral, dura dois dias e é acompanhado por intenso desejo sexual. Ocorre pela primeira vez aproximadamente cinco anos após a transição da fêmea e, a partir daí, uma vez a cada dez anos. Todos os machos respondem em certa medida se estiverem por perto de uma fêmea no cio. Pode ser uma época perigosa, com conflitos e lutas entre os machos, especialmente se a fêmea não tiver companheiro.

***Conthendha*:** Conflito entre dois machos que competem pelo direito de ser o companheiro de uma fêmea.

***Dhunhd*:** Inferno.

***Doggen*:** Membro da classe servil no mundo dos vampiros. Os *doggens* seguem as antigas e conservadoras tradições de servir seus superiores, obedecendo a códigos formais no comportamento e no vestir. Podem sair durante o dia, mas envelhecem relativamente rápido. Sua expectativa de vida é de aproximadamente quinhentos anos.

***Ehnclausuramento*:** Status conferido pelo Rei a uma fêmea da aristocracia em resposta a uma petição de seus familiares. Subjuga uma fêmea à autoridade de um responsável único, o *tuhtor*, geralmente o macho mais velho da casa. Seu *tuhtor*, então, tem o direito legal de determinar todos os aspectos de sua vida, restringindo, segundo sua vontade, toda e qualquer interação dela com o mundo.

Ehros: Uma Escolhida treinada em artes sexuais.

Escravo de sangue: Vampiro macho ou fêmea que foi subjugado para satisfazer a necessidade de sangue de outros vampiros. A prática de manter escravos de sangue recentemente foi proscrita.

Exhile dhoble: O gêmeo mau ou maldito, o segundo a nascer.

Fade: Reino atemporal onde os mortos reúnem-se com seus entes queridos e ali passam toda a eternidade.

Ghia: Equivalente a padrinho ou madrinha de um indivíduo.

Glymera: A nata da aristocracia, equivalente à Corte no período de Regência na Inglaterra.

Hellren: Vampiro macho que tem uma companheira. Os machos podem ter mais de uma fêmea.

Hyslop: Termo que se refere a um lapso de julgamento, tipicamente resultando no comprometimento das operações mecânicas ou da posse legal de um veículo ou transporte motorizado de qualquer tipo. Por exemplo, deixar as chaves no contato de um carro estacionado do lado de fora da casa da família durante a noite – resultando no roubo do carro.

Inthocada: Uma virgem.

Irmandade da Adaga Negra: Guerreiros vampiros altamente treinados para proteger sua espécie contra a Sociedade Redutora. Resultado de cruzamentos seletivos dentro da raça, os membros da Irmandade possuem imensa força física e mental, assim como a capacidade de se recuperar rapidamente de ferimentos. Não é constituída majoritariamente por irmãos de sangue e são iniciados na Irmandade por indicação de seus membros. Agressivos, autossuficientes e reservados por natureza, são tema para lendas e reverenciados no mundo dos vampiros. Só podem ser mortos por ferimentos muito graves, como tiros ou uma punhalada no coração.

Leelan: Termo carinhoso que pode ser traduzido aproximadamente como "muito amada".

Lhenihan: Fera mítica reconhecida por suas proezas sexuais. Atualmente, refere-se a um macho de tamanho sobrenatural e alto vigor sexual.

Lewlhen: Presente.

Lheage: Um termo respeitoso utilizado por uma submissa sexual para referir-se a seu dominante.

Libhertador: Salvador.

Lídher: Pessoa com poder e influência.

Lys: Instrumento de tortura usado para remover os olhos.

Mahmen: Mãe. Usado como um termo identificador e de afeto.

Mhis: O disfarce de um determinado ambiente físico; a criação de um campo de ilusão.

Nalla/nallum: Termo carinhoso que significa "amada"/"amado".

Ômega: Figura mística e maligna que almeja a extinção dos vampiros devido a um ressentimento contra a Virgem Escriba. Existe em um reino atemporal e possui grandes poderes, dentre os quais, no entanto, não se encontra a capacidade de criar.

Perdição: Refere-se a uma fraqueza crítica em um indivíduo. Pode ser interna, como um vício, ou externa, como uma paixão.

Primeira Família: O Rei e a Rainha dos vampiros e sua descendência.

Princeps: O nível mais elevado da aristocracia dos vampiros, só suplantado pelos membros da Primeira Família ou pelas Escolhidas da Virgem Escriba. O título é hereditário e não pode ser outorgado.

Redutor: Membro da Sociedade Redutora, é um humano sem alma empenhado na exterminação dos vampiros. Os *redutores* só morrem se forem apunhalados no peito; do contrário, vivem eternamente, sem envelhecer. Não comem nem bebem e são impotentes. Com o tempo, seus cabelos, pele e íris perdem toda a pigmentação. Cheiram a talco de bebê. Depois de iniciados na Sociedade por Ômega, conservam uma urna de cerâmica, na qual seu coração foi depositado após ter sido removido.

Ríhgido: Termo que se refere à potência do órgão sexual masculino. A tradução literal seria algo aproximado de "digno de penetrar uma fêmea".

Rytho: Forma ritual de lavar a honra, oferecida pelo ofensor ao ofendido. Se aceito, o ofendido escolhe uma arma e ataca o ofensor, que se apresenta desprotegido perante ele.

Shellan: Vampira que tem um companheiro. Em geral, as fêmeas não têm mais de um macho devido à natureza fortemente territorial deles.

Sociedade Redutora: Ordem de assassinos constituída por Ômega com o propósito de erradicar a espécie dos vampiros.

Symphato: Espécie dentro da raça vampírica, caracterizada por capacidade e desejo de manipular emoções nos outros (com o propósito de trocar energia), entre outras peculiaridades. Historicamente, foram discriminados e, em certas épocas, caçados pelos vampiros. Estão quase extintos.

Transição: Momento crítico na vida dos vampiros, quando ele ou ela transforma-se em adulto. A partir daí, precisam beber sangue do sexo oposto para sobreviver e não suportam a luz do dia. Geralmente, ocorre por volta dos 25 anos. Alguns vampiros não sobrevivem à transição, sobretudo os machos. Antes da mudança, os vampiros são fisicamente frágeis, inaptos ou indiferentes para o sexo, e incapazes de se desmaterializar.

Talhman: O lado maligno de um indivíduo. Uma mancha obscura na alma que requer expressão se não for adequadamente expurgada.

Trahyner: Termo usado entre machos em sinal de respeito e afeição. Pode ser traduzido como "querido amigo".

Tuhtor: Guardião de um indivíduo. Há vários graus de *tuhtors*, sendo o mais poderoso aquele responsável por uma fêmea *ehnclausurada*.

Tumba: Cripta sagrada da Irmandade da Adaga Negra. Usada como local de cerimônias e como depósito das urnas dos *redutores*. Entre as cerimônias ali realizadas estão iniciações, funerais e ações disciplinadoras contra os Irmãos. O acesso a ela é vedado, exceto aos membros da Irmandade, à Virgem Escriba e aos candidatos à iniciação.

Vampiro: Membro de uma espécie à parte do *Homo sapiens*. Os vampiros precisam beber sangue do sexo oposto para sobreviver. O sangue humano os mantém vivos, mas sua força não dura muito tempo. Após sua transição, que geralmente ocorre aos 25 anos, são incapazes de sair à luz do dia e devem alimentar-se na veia regularmente. Os vampiros não podem "converter" os humanos por meio de uma mordida ou transferência de sangue, embora, ainda que raramente, sejam capazes de procriar com a outra espécie. Podem se desmaterializar por meio da vontade, mas precisam estar calmos e concentrados para consegui-lo, e não podem levar nada pesado consigo. São capazes de apagar as lembranças das pessoas, desde que recentes. Alguns vampiros são capazes de ler a mente. Sua expectativa de vida ultrapassa os mil anos, sendo que, em certos casos, vai bem além disso.

Viajantes: Indivíduos que morreram e voltaram vivos do Fade. Inspiram grande respeito e são reverenciados por suas façanhas.

Virgem Escriba: Força mística que anteriormente foi conselheira do Rei, bem como guardiã dos registros vampíricos e distribuidora de privilégios. Existia em um reino atemporal e possuía grandes poderes, mas recentemente renunciou ao seu posto em favor de outro. Capaz de um único ato de criação, que usou para trazer os vampiros à existência.

Capítulo 1

Rota 149
Caldwell, Nova York

ATRÁS DO VOLANTE DO CARRO DE DEZ ANOS, Jo Early deu uma mordida no palitinho de Slim Jim* e mastigou como se aquela fosse sua última refeição. Detestava o gosto defumado artificial e a textura de corda náutica, mas, quando engoliu o último pedaço, pegou outro na bolsa. Rasgou a embalagem com os dentes, descascou o graveto taxidérmico e a jogou no piso diante do banco do passageiro. Havia tantas embalagens vazias ali que o tapete já não estava mais visível.

Mais adiante, fez uma curva e os faróis fracos iluminaram pinheiros cujos galhos tinham sido cortados até três quartos de sua altura, as copas frondosas faziam os troncos parecerem palitos de dente. Passou por um buraco e o salgadinho que engolia acabou descendo atravessado, e ela chegou engasgando ao seu destino.

O complexo abandonado do Outlet Adirondack era mais uma ressalva à disseminação da Amazon Prime. O shopping térreo era como uma ferradura sem casco, com duas fileiras de lojas interligadas mostrando apenas os restos de suas marcas, a iluminação fraca e placas

---
* Slim Jim é a marca de um petisco feito à base de carne e linguiça desidratada, parecido com salame, comercializado nos EUA. (N.T.)

tortas com letreiros como VanHeuser/Izod, Nike, Dansk e outros fantasmas do comércio do passado. Por trás das vitrines empoeiradas, já não havia mais nenhuma mercadoria à venda, e ninguém estivera na propriedade com um cartão de crédito há pelo menos um ano; apenas ervas daninhas surgiram em meio às rachaduras da calçada e andorinhas fizeram ninhos nos beirais do local. Do mesmo modo, a praça de alimentação que unia as alas leste e oeste já não oferecia mais almoços nem lanches da Starbucks.

Quando uma rajada de ar quente aumentou a temperatura interna, Jo entreabriu a janela. E então a abaixou até o fim. Março em Caldwell, Nova York, era como o inverno em muitos lugares ainda considerados mais ao norte em latitude, e ainda bem por isso. Inspirando o ar frio e úmido, disse a si mesma que não era uma má ideia.

Não, nem um pouco. Afinal, ali estava ela, sozinha à meia-noite, indo atrás de uma pista de uma história que não escreveria para seu empregador, o *Caldwell Courier Journal*. Não havia ninguém à sua espera no seu apartamento novo. Não havia ninguém no planeta que reclamaria seu cadáver mutilado dali a uma semana, quando ele fosse encontrado numa vala por conta do fedor.

Parando o carro, desligou os faróis e ficou onde estava. Era uma noite sem luar, o que significava que se vestira adequadamente. Toda de preto. Mas sem iluminação alguma do céu, teve de forçar ainda mais os olhos na escuridão, e não por estar ansiosa em ver os detalhes de construção decaída.

Não mesmo. Naquele momento, estava mais preocupada se acabaria fornecendo material para o *True Crime Garage*.* Foi quando sentiu um formigamento na nuca, como se alguém estivesse tentando chamar sua atenção ao passar a ponta de uma faca de desossar pela sua pele...

Seu estômago roncou e ela se sobressaltou. Sem hesitar, enfiou a mão na bolsa de novo. Ignorando os três Slim Jacks remanescentes,

---

* *True Crime Garage* é um programa em que os apresentadores debatem crimes verdadeiros. (N.T.)

dessa vez foi direto para a barra Hershey's, e a eficiência com que arrancou a embalagem do chocolate foi uma triste denúncia de seus hábitos alimentares. Quando terminou, ainda estava com fome, mas não por estar de barriga vazia. Como de costume, as duas únicas coisas que conseguia comer não satisfizeram sua fome animal, muito menos suas necessidades nutricionais.

Fechou o vidro, pegou a mochila e saiu do carro. O barulho agudo do atrito da sola emborrachada dos seus tênis de corrida no acostamento da estrada ecoava tão alto quanto uma orquestra, ao passo que Jo desejava não estar resfriada. Ora, como se seu olfato pudesse ajudá-la! Não conseguia nem se lembrar da última vez em que seu olfato lhe fora útil para além de farejar a validade de uma embalagem de leite.

O que precisava mesmo era desistir dessas buscas insanas.

Ajeitando a mochila nos dois ombros, trancou o carro e cobriu os cabelos ruivos com o capuz da jaqueta corta vento. Nada de andar nas pontas dos pés. Foi dando um passinho por vez, tomando cuidado para manter as solas de seus Brooks bem planas contra o chão para diminuir o som dos passos. À medida que a visão se ajustou, só o que viu foram sombras ao seu redor, os esconderijos formados pelas esquinas e os nichos das entradas das lojas e o vão dos bancos onde agressores poderiam brincar de um esconde-esconde sinistro até a hora de atacar.

Quando alcançou a corrente grossa que bloqueava a entrada da rua de lojas, olhou ao redor. Não havia ninguém nos estacionamentos da parte de trás e das laterais. Ninguém na área central formada pelo fim do retângulo aberto. Nenhuma vivalma na estrada que pegara até essa subida da Rota 149.

Jo disse a si mesma que isso era bom. Significava que ninguém a atacaria.

Suas glândulas adrenais, por outro lado, informavam-na de que, na verdade, significava que não haveria ninguém por perto para ouvi-la gritar por socorro.

Voltando a se concentrar na corrente, ocorreu-lhe que, se passasse por cima dela e prosseguisse pelo outro lado, não voltaria do mesmo jeito que entrou.

— Pare com isso — disse, levantando um pé.

Escolheu o lado direito do complexo e, quando a chuva começou a cair, sentiu-se grata pelo fato de o arquiteto ter pensado em fazer uma cobertura sobre a calçada. O que não foi muito inteligente foi alguém ter acreditado que um shopping com corredores ao ar livre sobreviveria naquele código postal tão próximo do Canadá. Poupar dez paus num par de candelabros ou num maiô não manteria ninguém aquecido o suficiente para fazer compras exposto às intempéries de outubro a abril, e isso era um fato antes mesmo do advento da era atual de frete grátis e entrega no dia seguinte.

No final da outra ponta da rua, parou diante do que deve ter sido uma sorveteria porque, na vitrine, havia um desenho meio apagado de uma vaca segurando um cone triplo com o casco. Pegou o celular.

Sua chamada foi atendida no primeiro toque.

— Você está bem? — Bill perguntou.

— Aonde estou indo? — ela sussurrou. — Não vejo nada.

— Está nos fundos. Eu disse que você precisa dar a volta, não disse?

— Droga! — Talvez os nitratos tivessem fritado seu cérebro. — Espere. Acho que encontrei uma escadaria.

— Eu deveria ir praí.

Jo voltou a andar e balançou a cabeça, mesmo que ele não pudesse vê-la.

— Estou bem... Isso, cortei caminho por trás. Eu te chamo se precisar de...

— Você não deveria estar fazendo isso sozinha!

Encerrando a ligação, ela desceu os degraus correndo, a mochila sacolejando nas costas. Quando chegou ao fim, perscrutou o estacionamento deserto...

O fedor que a golpeou nas narinas acionou seu reflexo de ânsia. Um misto de carniça com... talco de bebê?

Olhou para a direção de onde vinha o cheiro. O galpão de manutenção junto a uma fila de árvores tinha um telhado de chapas de metal corrugado e paredes metálicas que não sobreviveriam a um tornado. Do tamanho de meio campo de futebol e portas de garagem com trancas no chão, imaginou que devia ter abrigado equipamentos de pavimentação como aspiradores, cortadores de grama e limpadores de neve.

A única porta de pedestres estava destrancada e, quando a rajada forte da tempestade a abriu, o rangido parecia ter saído direto de um filme de George Romero* – mas, em seguida, fechou-se de repente com um estalo, como se a Mãe Natureza desgostasse do fedor tanto quanto Jo.

Pegou o celular e mandou uma mensagem para Bill: *O cheiro é horrível.*

Ciente de que sua pulsação triplicara, avançou pelo asfalto, a chuva batendo no capuz de sua jaqueta num ritmo frenético. Enfiando a mão debaixo do nylon folgado da jaqueta, tateou o cabo da arma e o segurou com firmeza.

A porta se abriu com um rangido e voltou a se fechar, liberando outra lufada daquele cheiro que vinha do interior negro como piche. Engolindo em meio aos espasmos da garganta, teve que se esforçar para seguir em frente, e não só porque o vento chicoteava seu rosto.

Quando parou diante da entrada, o abrir e fechar cessou, como se, agora que Jo estava prestes a entrar, a porta não precisasse mais chamar sua atenção para que fosse até lá.

Que Deus a ajudasse, se Pennywise estivesse ali do outro lado...

Deu uma última olhada apenas para garantir que não havia nenhum balão vermelho preso ali na redondeza e esticou uma das mãos na direção da porta.

Eu só preciso saber, pensou ao empurrar a porta. *Eu preciso... saber.*

Inclinando-se junto ao batente da porta, não conseguiu enxergar

---

* George Andrew Romero foi um consagrado diretor e realizador de filmes de zumbis, com títulos como *A Noite dos Mortos-Vivos*, *Despertar dos Mortos* e *Dia dos Mortos* no seu currículo. (N.T.)

absolutamente nada, no entanto sentiu-se imobilizada diante de tudo o que confrontava. Era o mal absoluto, o tipo de coisa que abduzia e assassinava crianças, que dizimava inocentes, que apreciava o sofrimento dos justos e dos piedosos, que cercava seu corpo e o penetrava, atravessando seus ossos como uma radiação tóxica.

Tossindo, Jo recuou um passo e cobriu a boca e o nariz com a dobra do cotovelo. Depois de algumas inspirações profundas na manga, pegou desajeitadamente o celular.

Antes que Bill conseguisse dizer qualquer palavra, ela ladrou:

— Você precisa vir...

— Já estou na metade do caminho.

— Ótimo.

— O que está acontecendo...

Mas Jo desligou e pegou a lanterna, acendendo-a. Avançou mais um passo, ainda mantendo a porta aberta com o ombro, e direcionou o facho para o interior.

A luz foi consumida.

Era como se estivesse direcionando a lanterna para um rolo de tecido bem grosso, o brilho fraco não era páreo para o que ela estava prestes a adentrar.

A soleira que acabara de atravessar não era nada mais do que um mero anteparo contra o clima, mas a saliência de pouco mais de dois centímetros lhe parecera uma barreira, um obstáculo de percurso que se sentia incapaz de ultrapassar — e também havia o piso grudento. Apontando a luz para o chão, levantou um dos pés. Algo semelhante a óleo de motor pingou do seu tênis, o som da gota ecoando pelo ambiente.

Conforme avançou, Jo encontrou o primeiro dos baldes à esquerda. O logo branco e laranja da empresa Home Depot borrado por uma substância translúcida e enferrujada revirou seu estômago.

O facho da lanterna estremeceu quando ela espiou dentro do cilindro, com a mão trêmula. Dentro havia pelo menos quatro litros de um líquido... vermelho... brilhante. E, no fundo da garganta, ela sentiu um gosto de cobre...

Jo girou, empunhando a lanterna.

Diante da porta, dois homens que surgiram atrás dela sem emitir som algum pairavam como se tivessem se erguido do chão, aparições surgidas de seus pesadelos, alimentados pela chuva fria da primavera, ocultos pela noite. Um deles tinha um cavanhaque e tatuagens numa das têmporas, um cigarro entre os lábios e uma expressão absolutamente indecente no rosto implacável. O outro usava um boné dos Red Sox de Boston e um sobretudo marrom-claro, cuja cauda se movia em câmera lenta apesar do vento cortante. Ambos portavam longas adagas negras embainhadas no coldre que traziam atravessado no peito, e Jo sabia que havia mais armas onde ela não conseguia ver.

Estavam ali para matá-la. Perseguiram-na quando se afastou do carro. Viram-na quando ela não os viu.

Jo cambaleou para trás e tentou sacar a arma, mas com as palmas suadas era difícil continuar empunhando a lanterna e, no sufoco, acabou derrubando o celular...

Em seguida, não conseguiu mais se mexer.

Por mais que seu cérebro ordenasse seus pés, suas pernas, seu corpo a correr, nada obedecia aos comandos em pânico, seus músculos se retorciam sob o domínio de alguma força de vontade invisível, os ossos doíam, a respiração se transformava num arquejo. Uma dor lancinante lhe atravessou o cérebro, a dor de cabeça explodindo em sua mente.

Abrindo a boca, ela gritou...

Capítulo 2

Syn retomou sua forma no meio da garoa fria, os coturnos afundando na lama, o corpo vestido de couro aceitando de pronto o peso dos músculos e das batidas de seu coração negro, reassumindo suas funções a partir das leves moléculas espalhadas. Mais adiante, a fileira de sedãs e de luxuosos SUVs importados destoava pra cacete no cimento do estacionamento vazio da empresa. Junto às pilhas de blocos de concreto, o equipamento pesado de movimentação e as betoneiras mais pareciam sirigaitas paradas ao lado de lutadores de sumô.

Indo adiante, deixou a língua resvalar na ponta de uma das presas e o corte feito propositalmente sangrou dentro da boca. Enquanto apreciava o sabor, cerrou os punhos e ignorou a sensação de que seu cérebro era como um fusível prestes a se acender.

Predadores necessitam de presas.

Então, às vezes, precisam comer mesmo quando o estômago está cheio.

Quando se aproximou da minúscula varanda, o humano corpulento sentado numa cadeira plástica ao lado da porta ergueu o olhar do seu *Daily Racing Form*. A lâmpada pendente de um fio desencapado acima da cabeça do homem projetou sombras nos globos oculares, nas narinas e no maxilar, e Syn visualizou o crânio que restaria depois que a morte descamasse o estofamento mortal do esqueleto.

– Vim ver alguém – Syn disse ao parar.

– Não tem ninguém aqui.

Quando Syn não foi embora, o homem colocou-se na beirada da cadeira.

– Ouviu o que eu disse? Não tem ninguém aqui pra você...

Syn se materializou sobre o humano, agarrando-o pela garganta e encurralando-o contra a construção, a cadeira foi jogada para fora do caminho, como se não tivesse intenção de se meter em problemas que não lhe diziam respeito.

Quando Syn desarmou a vítima, o humano agarrou com as mãos grandes o braço que o segurava pela garganta, debatendo as pernas, os calcanhares se chocando contra a parede. A boca, não mais aberta com superioridade, arquejava com os esforços fracassados de levar ar aos pulmões que, evidentemente, já começavam a arder.

Mas, pensando bem, o medo tinha seu próprio jeito de exigir uma dança de hipóxia, pouco importando o quanto a privação de oxigênio fizesse parte do curso normal das ações.

– Estou aqui para ver alguém – Syn repetiu com suavidade. – E, se tiver sorte, não é você.

Abaixando o homem de modo que os pés dele recuperassem o apoio do chão, Syn diminuiu a pressão na garganta para permitir verbalização. Mas não porque quisesse palavras. Não, uma resposta dessa natureza seria uma refeição insignificante.

Ele queria um grito adequado que tinisse em seus ouvidos.

Syn desembainhou uma de suas adagas. Quando ergueu a lâmina prateada, o homem transferiu a pegada da mão que o segurava pelo pescoço para o pulso e o antebraço com que segurava a arma. O humano tentava se desvencilhar tal qual uma criança, a manga da jaqueta de couro de Syn era mais resistente e forte que aquilo.

A ponta da adaga entrou no ouvido esquerdo o homem, e, no primeiro corte na pele do canal, Syn inspirou fundo.

Sangue. Medo. Suor.

Pressionou a parte inferior de seu corpo contra o homem. A ereção de Syn não era sexual, mas, pelo modo como os olhos escuros e marejados se alarmaram, o homem interpretou mal sua reação.

Cerrando as pálpebras, Syn sentiu uma corrente elétrica percorrendo seu corpo, a dominação, a agressividade, a necessidade de matar infligindo dor tomava conta dele. Nos recônditos de sua mente, dizia a si mesmo para parar agora. Aquele não era o plano, mas, sobretudo, a diversão acabaria cedo demais e, então, a limpeza seria um inconveniente. E não se referia ao sangue que jorraria e se espalharia.

— Lute comigo — sussurrou. — Vamos! Lute comigo e me dê uma desculpa para drenar seu maldito cérebro pelo buraco que farei no seu crânio.

— Eu tenho filhos — o homem gaguejou. — Tenho filhos...

Syn recuou um pouco.

— Tem?

O homem confirmou como se sua vida dependesse do número de dependentes que tivesse.

— Sim, tenho um menino e uma menina e...

— Você veio dirigindo para o trabalho hoje à noite?

O homem pestanejou como se não conseguisse entender o sotaque carregado do Antigo País de Syn.

— Hum, sim.

— Quer dizer que você está com a sua carteira de motorista, certo? Afinal, você é um criminoso que se atém às leis.

— Eu... eu... eu... Sim, estou com a minha carteira. Pegue o dinheiro...

— Que bom. — Syn inclinou-se novamente, ficando cara a cara com a vítima, tão perto que toda vez que o homem piscava, seus cílios roçavam nos de Syn.

— Assim que eu terminar com você, vou invadir sua casa e matá-los enquanto dormem. E a sua esposa? Ah, você ouvirá os gritos dela do seu túmulo.

Puro terror emanou de cada poro do homem, o cheiro pronunciado e penetrante era como cocaína no sistema de Syn. Coração acelerado, respiração acelerada, sangue acelerado...

Uma porta escondida foi aberta.

O homem mais velho e mais gordo que a abriu tinha um nariz bulboso e cicatrizes de acne que faziam seu rosto parecer a superfície lunar. Os olhos não eram outra coisa que atarracados e lentos.

– Ora essa, você deve ser o homem que eu quero. Entre... E não mate esse daí, está bem? Ele é marido da prima da minha mulher e não quero que a minha Páscoa vire um pesadelo.

Por uma fração de segundo, o corpo de Syn não deu ouvidos ao comando de soltura, e também não àquele emitido pelo homem. Era seu próprio cérebro que estava ordenando e, mesmo assim, as mãos se recusavam a soltar. Ah, mas se retardasse a gratificação, poderia matar outro que lhe proporcionaria muito mais diversão. Aquilo não era o fim. Era só o começo.

Como um tigre distraído da carcaça pela aparição de carne mais fresca, os dedos se retraíram, escondendo as garras, e ele recuou. A quase vítima começou a tossir a valer, abaixando-se como se tivesse a intenção de limpar o chão com o rosto.

– Venha por aqui – chamou o homem mais velho. – Melhor que ninguém o veja.

Syn quase se dobrou ao meio para passar pela porta camuflada, resvalando os músculos dos ombros largos no corredor estreito à medida que avançavam, assim como o velho resvalava sua gordura. Através da parede à esquerda, ouviu a algazarra de homens conversando e jogando cartas, e sentiu o cheiro de cigarros, charutos e maconha. Álcool. Perfume.

No fim do corredor, havia outra porta que dava acesso a um escritório pequeno. Uma mesa coberta de papéis. Um cinzeiro com o toco de um charuto ainda soltando fumaça. Uma cadeira giratória gasta, com o sulco do traseiro que a utilizava. Também havia um pequeno monitor em preto e branco mostrando a imagem do homem com a revista endireitando seu trono de plástico e voltando a sentar-se nele.

— Sente-se — disse o velho, indicando uma cadeira dura do outro lado da mesa. — Isto não vai demorar.

Syn notou que a porta pela qual passaram voltou a se fechar, ficando imperceptível na parede. Na parede oposta, havia outra porta com dobradiças e uma maçaneta convencionais, e ele posicionou-se ao lado dela para visualizar o homem, a passagem escondida e o caminho normal até o escritório.

— Então, você foi muito recomendado — grunhiu o velhote ao sentar-se e sentir o peso sobre os joelhos que evidentemente estavam se desgastando antes do tempo. — Costumo cuidar sozinho desses assuntos, mas não neste caso.

Uma pausa. Em seguida, o homem pegou um laptop e o colocou sobre a papelada. Ligou o equipamento, enquanto os olhos com sintomas evidentes de catarata reluziam por cima dele.

— Esta sujeira precisa ser retirada das ruas.

O homem virou a tela, que exibia uma fotografia em preto e branco. Granulada. Como se fosse a foto de um artigo de jornal tirada com um celular.

— Johnny Pappalardo. Ele violou certas regras que não podem ser violadas no meu território.

Quando Syn não olhou para a foto, o velho franziu o cenho.

— Algum problema?

A mão gorducha se moveu para baixo da mesa, e Syn reagiu mais rapidamente do que um humano poderia acompanhar. Sem piscar, sacou um par idêntico de Glocks com silenciadores e apontou uma para o velho e outra para a porta com dobradiças e maçaneta.

Bem quando uma espécie de guarda-costas adentrou o escritório.

Enquanto os humanos ficavam paralisados, Syn disse em voz baixa:

— Não faça isso de novo. Não temos nenhum problema, você e eu. Vamos manter isso assim.

O velho se levantou e se inclinou sobre a mesa.

— Filho, você não é daqui, não é mesmo? O seu amigo não lhe disse quem eu era...

Syn puxou ambos os gatilhos. Balas atingiram as paredes bem ao lado da cabeça de ambos os homens, que pularam sobressaltados.

— Só me importo com o trabalho — retrucou Syn. — Não me obrigue a ter de me importar com você.

Houve um tenso instante de silêncio. Depois disso, o velho sentou-se de volta na cadeira com outro gemido.

— Deixe-nos a sós. — Quando o outro homem não saiu, o velho ralhou: — Caralho, Júnior, você é surdo?

"Júnior" olhou para Syn e Syn enfrentou o olhar. Da mesma cor dos do velhote. Mesma estrutura facial. Mesmo modo de estreitar os olhos. A única diferença entre os dois eram 25 anos e 35 quilos.

— Feche a porta ao sair, Júnior — Syn grunhiu. — Ela lhe oferecerá alguma cobertura quando eu puxar este gatilho de novo.

Júnior olhou para o pai uma última vez e então recuou.

O velhote gargalhou.

— Você não tem medo, não é mesmo? — Quando foi enfiar as mãos dentro do cardigã, disse com secura: — Não quer abaixar essas armas?

Quando Syn não respondeu, o velho balançou a cabeça com um sorriso.

— Ah, os jovens. Combustível demais no tanque. Se quiser ser pago, vou ter que tirar o dinheiro do meu bolso...

— Não quero o dinheiro. Só o trabalho.

O velhote estreitou o olhar de novo.

— Mas que porra...

Syn foi até a porta secreta. Quando a abriu com o pensamento, o velho se retraiu, mas logo se recompôs, sem dúvida deduzindo que não a fechara direito.

— Você não quer o dinheiro? — perguntou. — Quem diabos executa um trabalho sem ser pago?

Syn abaixou o queixo e o encarou com os olhos semicerrados reluzindo com toda a ameaça de seu *talhman*, o velho de repente se sentou em sua cadeira como se não gostasse de estar num local fechado com a arma que adquirira e estava colocando em uso.

– Alguém que gosta de matar – Syn respondeu com um grunhido maligno.

Capítulo 3

Parado ali na entrada do galpão de manutenção de um shopping abandonado, Butch O'Neal encarava a expressão vazia de uma mulher paralisada pelo medo, e um pensamento curiosamente estranho passou-lhe pela cabeça. Lembrou-se de que seu nome de batismo era Brian. Por que raios isso teria alguma relevância ele não sabia, mas associou esse processo cognitivo ao fato de que a desconhecida o fez se lembrar de uma prima do seu lado materno. Contudo, essa conexão tampouco era significativa, visto que em Southie, na parte de Boston onde nascera e fora criado, existiam pelo menos umas mil ruivas.

Bem, também havia o fato de que ele não via nenhum membro da família, estendida ou de consideração, há... quanto tempo? Uns três anos já? Perdera as contas, mas não porque não se importava.

Que mentira. Na verdade, ele não se importava mesmo.

O fato de que essa mulher, ao que tudo indica, era uma mestiça prestes a passar pela transição provavelmente era o motivo mais certeiro. Não fora exatamente a sua experiência, mas era próxima o bastante.

Ele já passara pela situação em que ela agora se achava.

– Estou mesmo sentindo esse cheiro? – perguntou olhando para seu colega de quarto. Seu melhor amigo. Esse sim seu verdadeiro irmão, e não os biológicos deixados no mundo humano. – Ou estou ficando louco?

— Não. — Vishous, filho de Bloodletter, filho da Abençoada Virgem Escriba, exalou uma nuvem de fumaça do seu tabaco turco, fazendo com que as feições duras e o cavanhaque ficassem obscurecidos. — Você não está ficando louco, tira. E eu estou ficando de saco cheio de apagar a memória dessa mulher, sabe? Os hormônios dela precisam cagar ou sair da moita de uma vez por todas.

— Sendo bem justo, você fica de saco cheio já na primeira vez que precisa fazer certas coisas.

— Não me odeie. — V. acenou para a mulher. — Tchauzinho...

— Espere, ela derrubou o celular. — Butch adentrou mais na área de indução e sentiu ânsia de vômito. Malditos *redutores*. Preferia ter meias suadas enfiadas nas narinas. Felizmente, o celular caíra com a tela para cima naquela melequeira, e ele pegou um lenço para limpá-lo o melhor que pôde. Colocou o aparelho no bolso da mulher e recuou um passo.

— Tenho certeza de que a verei novamente — V. comentou com secura.

Enquanto ela se afastava debaixo da chuva, Butch a observou atravessar o asfalto e desaparecer pela escadaria de cimento.

— É essa aí que você vem monitorando?

— Ela não larga o osso.

— É aquela do site sobre vampiros.

— "Damn Stoker". Bem original. Lembre-me de falar com ela quando precisar de ajuda nas minhas tiradas.

Butch olhou para seu companheiro de moradia.

— Ela está buscando a si mesma. Não dá para desligar esse tipo de impulso.

— Bem, eu tenho mais o que fazer além de ficar tomando conta dos hormônios dela como se fosse babá de uma porra de um ovo cozinhando em água fervente.

— Você tem um jeitinho todo especial com linguagens.

— Dezessete deles, agora que acrescentei "conspiracionismo vampiresco" à lista. — V. largou a bituca do cigarro enrolado à mão e o esmagou com o coturno. – Você tem que ler as merdas que eles postam. É uma comunidade inteira de malucos.

– Com licença, Professor Xavier. – Butch ergueu o indicador. – Visto que de fato existimos, como pode chamá-los de malucos? E, se ela é mesmo tresloucada, como foi que encontrou este local de indução na mesma hora que nós encontramos?

– Importa-se de limparmos essa bagunça deixada por Ômega ou só quer ficar aqui parado discutindo o óbvio enquanto nossas narinas derretem e a chuva ensopa essa caxemira que você está usando?

Resmungando baixinho, Butch alisou seu sobretudo Tom Ford.

– É tão injusto que você conheça todos os meus gatilhos.

– Você poderia simplesmente ter usado couro.

– Estilo é importante.

– E eu podia cuidar disto sozinho. Você sabe que eu conto com meu tipo especial de retaguarda.

V. ergueu a mão protegida pela luva de chumbo até a boca e prendeu a ponta do dedo médio com os dentes brancos afiados. Puxando o escudo protetor, revelou a mão brilhante marcada em ambos os lados por símbolos de alerta no Antigo Idioma.

Estendendo sua maldição, iluminou o interior do depósito como se fosse meio-dia; o sangue no chão, negro, o sangue nos seis baldes, vermelho. À medida que andava ao redor, Butch deixava pegadas que logo sumiam no óleo fedorento, que reivindicava seu domínio.

Agachando, Butch passou dois dedos naquela porcaria e depois esfregou a substância viscosa.

– Não.

Os olhos gélidos de V. se voltaram para ele.

– O que foi?

– Tem algo errado. – Butch pegou o lenço para se limpar. – Está fino demais. Não está como era.

– Acha que... – V., que nunca perdia o fio da meada quando falava, perdeu o fio da meada. – Está acontecendo? Você acha?

Butch se endireitou e foi até um dos baldes. Balde de massa para drywall. Ainda tinha o nome da marca. Dentro dele, o sangue drenado das veias de um humano era uma sopa congelada. E, pela primeira vez, havia vestígios de carne.

– Acho que tem um coração aqui dentro – comentou.

– Impossível.

Por séculos, os iniciados na Sociedade Redutora levaram esse órgão em particular consigo dentro de um jarro. Estranhamente, caso perdessem o coração após ele ter sido removido pelo seu novo mestre, eles se metiam em apuros com Ômega – motivo pelo qual, após uma morte, a Irmandade tinha como tradição recuperar tais jarros sempre que possível.

Assassinos podiam perder sua humanidade. Sua alma. Sua vontade. Mas não o músculo cardíaco do qual não precisavam mais para existir.

– Não, é um coração mesmo – Butch disse ao averiguar o balde seguinte. – Este aqui também tem.

– Acho que Ômega está ficando desleixado. Ou cansado.

Quando se virou para o companheiro, Butch não gostou da expressão que viu no rosto do irmão.

– Não olhe para mim assim.

– Assim como?

– Como se eu fosse a solução disso tudo.

Houve um longo momento de silêncio.

– Mas você é, tira. E sabe disso.

Butch se aproximou, ficando peito a peito com o outro macho.

– E se estivermos errados?

– A Profecia não é nossa. Pertence à história. Assim como foi prevista, há de ser. Primeiro como o futuro, depois como o presente, quando for chegada a hora. E, então, pelos registros, será o passado sagrado, a salvação da espécie, o fim da guerra.

Butch pensou nos sonhos que vinha tendo, aqueles que o mantinham acordado durante o dia. Sonhos sobre os quais se recusava a falar com sua Marissa.

— E se eu não acreditar em nada disso?

E se eu não conseguir acreditar, ele se corrigiu.

— Você pressupõe que o destino requer sua permissão para existir.

A inquietação percorreu suas veias como ratos na tubulação do esgoto, descobrindo toda sorte de caminhos já conhecidos. E, enquanto isso, a ansiedade vagava e fazia dele a sua presa.

— E se eu não bastar?

— Você basta. Tem que bastar.

— Não posso fazer nada disso sem você.

Os familiares olhos claros como diamantes com as bordas em azul-marinho se suavizaram, provando que até mesmo a substância mais resistente da Terra pode ser moldada se decidir fazer isso.

— Você sempre terá a mim. E, caso precise, tem também a minha confiança depositada em você, pelo tempo que precisar.

— Nunca pedi nada disto.

— Nunca pedimos – V. disse asperamente. – E pouco importaria se pedíssemos.

O irmão agitava a cabeça, como se estivesse se lembrando de partes e porções da própria vida, rotas tomadas à força ou por coerção, presentes dúbios entregues em suas mãos não desejosas, mantos largados sobre seus ombros, pesados com as manipulações e os desejos de outros. Visto que Butch conhecia o passado do amigo assim como ele ao seu, perguntou-se sobre a natureza dessa chamada teoria do destino sobre a qual Vishous falava.

Talvez a construção intelectual do fado, do destino, fosse apenas uma maneira de justificar todas as merdas que aconteciam às pessoas. Talvez toda a proverbial má-sorte que recaía sobre a cabeça de pessoas essencialmente boas, toda aquela história de Lei de Murphy, não tivesse nada a ver com sorte, e era apenas a natureza impessoal do caos em ação. Talvez todo desapontamento e todo dano, toda perda e alienação, as feridas inevitáveis no coração e na alma durante a vida de qualquer mortal antes das cinzas e do pó ao qual estavam fadados a retornar não fossem preordenados, tampouco pessoais.

O PECADOR | 31

Talvez não houvesse um significado maior no universo, talvez não houvesse nada após a morte, nem ninguém guiando o ônibus metafórico lá de cima.

Butch pescou dentro do sobretudo de caxemira o pesado crucifixo de ouro que trazia pendurado no pescoço. Sua fé católica lhe dizia o contrário, mas que diabos sabia ele?

E, numa noite como aquela, não sabia o que era pior: a ideia de ser o responsável pelo fim de uma guerra. Ou a possibilidade de não o ser.

Apoiando a mão no ombro de V., Butch deslizou-a pelo braço musculoso até chegar ao pulso grosso da mão amaldiçoada. Em seguida, aproximou-se do irmão e ergueu a palma letal, fazendo com que o couro da manga da jaqueta de V. rangesse.

– Hora da faxina – Butch disse rouco.

– Sim – V. concordou. – Hora da faxina.

Assim que Butch ergueu o braço, um jato de energia foi disparado da palma de V. numa poderosa descarga de luz ofuscante, e seus olhos arderam, embora se recusasse a desviá-los de toda aquela potência, da graça terrível, do mistério universal da origem que inexplicavelmente habitava a pele, de outro modo imperceptível, de seu melhor amigo.

Sob aquele ataque, todos os traços da malignidade do trabalho de Ômega desapareceram. A estrutura do galpão de manutenção, as paredes frágeis, o piso e as vigas do teto permaneceram intocados pela glória espantosa que reivindicava o espaço humilde que fora utilizado de forma medonha para o mais vil dos propósitos.

E se a Profecia em si não bastar, Butch pensou consigo.

Afinal, mortais não eram os únicos a terem uma existência com data de validade. A história também decaía e se perdia com o passar do tempo. Lições eram esquecidas... Regras, corrompidas... Heróis morriam e ficavam para trás...

Profecias são desconsideradas quando outro futuro vem para clamar o presente como sua vítima, provando que o que era considerado uma verdade absoluta era, de fato, apenas uma verdade parcial.

Todos falavam sobre o fim da guerra, mas haveria de fato um fim para o mal? Mesmo se fosse bem-sucedido, mesmo se ele fosse, de fato, o *Dhestroyer*, o que viria depois? Felicidade e luz para sempre?

Não, pensou com uma convicção que provocou um formigamento de alerta em sua espinha. Surgiria outro inimigo.

E seria exatamente como o que fora destruído.

Ou pior.

Capítulo 4

A MULHER – ELA GOSTAVA DE, e na verdade precisava, se chamar assim, a despeito de sua real identidade – estava no meio da multidão de corpos, os cheiros daqueles ao seu redor era um misto outrora provocante de suor humano, sangue e imortalidade. A música os unia pelos ouvidos, numa batida que os ligava um a outro numa grinalda de audiorgasmo que envolvia a pista de dança, os elos balançando à medida que quadris rebolavam, costas arqueavam e braços balançavam num movimento sensual e lento.

Ela não se movia nem se envolvia naquilo enquanto sorvia seu coquetel de frutas e álcool por um canudo de metal, sem sentir a doçura, sem sentir o torpor.

Fechando os olhos, ansiava encontrar o metrônomo da música, a penetração do baixo, a excitação dos agudos. Queria um corpo de encontro ao seu, mãos espalmando-a da cintura aos quadris, dedos agarrando sua bunda, um pau pressionado contra sua saia colada. Queria uma boca roçando sua garganta. Uma língua a lambendo entre as pernas. Queria uma fera de duas costas, nua e crua, a investida firme.

Ela queria...

A mulher não se deu conta de que desistia novamente. Mas, ao se curvar para baixo e deixar o drinque ainda pela metade no chão, percebeu que estava indo embora. De novo. Com graciosidade, seguiu adiante, virando de um lado e do outro e depois para o primeiro novamente enquanto navegava entre o mar de homens e mulheres que respiravam e faziam planos, que viviam e morriam, que escolhiam e negavam. Invejou-lhes o caos do livre-arbítrio, todas aquelas repercussões que os encontrariam, todos aqueles horizontes distantes que sempre estariam adiante, preciosos pela natureza nunca capturada pelos seus entardeceres.

Por mais que conhecesse a danação – e como conhecia –, no fim das contas descobriu que uma terra de fartura indesejada era um tipo novo de inferno, e ela tinha a sensação de que o mal-estar persistente que sentia se referia à acessibilidade. Se tudo estava ao alcance, nada importava, pois o inalcançável era uma refeição já devorada, o apetite sempre satisfeito criava uma sensação doentia de saciedade que tirava a vontade de voltar a se alimentar.

Enquanto a mulher passava por todos aqueles ombros e torsos, muitos olhos a encararam, olharam e depois olharam de novo ou então nunca se desviaram. Olhos se arregalaram e bocas se abriram, mesmo que levemente, pois o impacto da sua presença saltava adiante na fila de tantos sentidos alterados quimicamente, entrando, sem pedir licença, naqueles cérebros à frente de outros tipos de retroinformações.

Logo que retornara para lá, para Caldwell, retribuíra os olhares, todos eles, e não só aqueles da boate, mas os das calçadas da cidade, e os parados no trânsito em seus carros, entrando e saindo de lojas, escritórios e lares. Com expectativa fervilhante, ela procurara dentro de si por uma reação a quaisquer daqueles convites velados, um sim, uma nota harmonizada para completar um acorde, um tijolo para acrescentar a um muro coletivo, um centavo seu para completar um dólar.

Não conseguira.

Mais recentemente, suas saídas noturnas eram cada vez mais curtas. E agora não se aventurava mais a sair durante o dia.

A saída dos fundos da boate estampava o aviso em letras vermelhas SOMENTE EM CASO DE EMERGÊNCIA. A mulher empurrou a barra e saiu da boate. Quando um alarme disparou, ela seguiu andando pelo beco, levantando o rosto para a chuva de primavera que caía das nuvens acima.

Será que estava frio?, perguntou-se. Deveria estar, após sair daquela fornalha de calor humano.

Seus saltos agulha golpeavam o chão sujo, chutavam poças, e, ocasionalmente, oscilavam ao não encontrar apoio no terreno desigual. E quando ela abaixou a cabeça, o vento soprou seus cabelos para trás, como se a noite a quisesse ver bem, como se quisesse respeitar a tristeza dela como um amigo o faria: com piedade, com preocupação.

As batidas do baixo da boate foram sumindo no seu rastro, substituídas por conversas mais tranquilas criadas pelo barulho da chuva batendo nas saídas de incêndio, nos parapeitos das janelas, nos para-choques dos carros abandonados. Um gato perdido miou lamurioso, mas não teve nenhuma resposta para os seus esforços vocais. Uma viatura de polícia passou acelerada, em perseguição a um criminoso, ou com pressa de salvar alguém de um crime.

A mulher andou sem destino, embora uma espécie de ancoradouro vazio a tenha encontrado quando sentiu alguém a perseguindo. Olhando por sobre o ombro, pensou que poderia ter se equivocado. Mas então... sim. Ali estava. Uma figura com pernas longas e ombros largos, um homem emergindo das sombras no brilho alaranjado e desinteressante do halo da iluminação urbana.

A mulher não alterou o passo, mas não porque desejasse ser pega.

No entanto, a captura logo aconteceu, o homem diminuindo a distância até chegar perto dela, a ereção nas calças e a testosterona elevada nas veias formando uma conclusão precipitada em sua mente de que haveria alguma espécie de interseção entre seus corpos.

Ela parou e olhou para a chuva novamente, que salpicou suas bochechas e a testa, como um convidado atencioso que não desejava perturbar o anfitrião em demasia.

– Aonde vai, menina? – perguntou o homem.

Endireitando a cabeça, ela virou o olhar na direção dele.

O homem tinha um rosto quase atraente... Algo na distância um tanto menor entre os olhos escuros e a curva dos lábios finos demais lhe furtava a verdadeira beleza. E talvez essa última característica fosse a responsável pela tatuagem no pescoço e o motivo dos cabelos pretos engomados penteados para trás. Queria refutar o toque de esnobismo de suas feições. Provavelmente também explicava o modo como ele prendia o baseado com os dentes tortos, como se fosse uma extensão de sua excitação.

— Por que está agindo assim. — Tirou o baseado dos dentes. Cuspiu no chão. Voltou a prender o cigarro com os dentes. — Qual é o seu problema.

Nenhum dos dois comentários foi uma pergunta, então ela não respondeu o que ele na verdade não perguntava. Apenas encarou os olhos negros cobiçosos e reluzentes, sentindo a pulsação dele mesmo que ele não as notasse.

Tragando a erva, soltou a fumaça direto na cara dela. E quando a mulher tossiu, ele encarou seu corpo como se fosse um objeto a ser tirado de uma prateleira. Como se tivesse direito a ela, mas esperasse que ela brigasse com ele. Como se pretendesse machucá-la e ansiasse pela dor que causaria.

— Estou te dando uma chance — disse ela em voz baixa. — Vá. Agora.

— Não, não. Acho que não. — Ele jogou o baseado fora, a ponta acesa alaranjada quicando até um fluxo de água que corria sabe lá Deus para onde. — Sou um cara legal. Você vai gostar de mim.

A mulher sabia exatamente quando ele ia se mover e em que direção. O homem foi na direção dos cabelos castanhos, segurando-os tal qual uma corda, puxando e desequilibrando-a, algo facilmente conseguido por conta dos saltos altos e finos. Quando suas costas se arquearam, e um dos tornozelos dobrou de modo errado, ela lamentou a maneira deselegante como caiu.

E era tudo culpa dele.

Considerando-se a facilidade com que a rendeu, com um braço forte ao redor dos seios e uma faca na garganta, ela tinha a sensação de que ele aperfeiçoara aquilo ao longo de muitas tentativas e êxitos, usando seus melhores métodos para arrastá-la para longe da pouca luz existente até a escuridão densa das laterais do beco.

Puxando-a contra seu corpo, ele disse:

– Se gritar, eu te corto. Se me der o que quero, eu te deixo ir. Entendido, vadia.

– Você vai querer me soltar agora... – ela respondeu.

A faca a beliscou na garganta, abrindo um pequeno corte.

– *Entendido, vadia...*

Devina assumiu o controle da situação congelando o humano no lugar em que ele estava, com um braço ao redor dela, a faca junto à jugular, o peso jogado no cóccix. Em seguida, desapareceu de dentro da pegada, reassumindo sua forma diante dele. Sem o corpo dela onde estivera antes, parecia que ele estava dançando sozinho. Ou prestes a cortar a própria garganta.

Arrumando o cabelo, bagunçado pela pegada desajeitada dele, a mulher alisou as lindas madeixas castanho-escuras como se estivesse acalmando um cavalo nervoso, e depois as ajeitou por sobre um dos ombros, onde de pronto se acomodaram para repousar numa demonstração de beleza. Com a mão firme, levou os dedos até o ferimento e coletou o sangue que sugira onde a lâmina afundara em seu pescoço. Baixando o olhar, contemplou o vermelho brilhante com tristeza.

Apenas uma ilusão. Parte das "vestimentas" que cobriam sua verdadeira essência quando ela queria transitar pelo mundo. Desejou que fosse real...

Um gemido estrangulado chamou sua atenção. Estava sendo bem difícil para o homem entender a mudança na situação; a boca estava escancarada, o choque e a descrença estampados no rosto deixavam-no com a mesma aparência de um adolescente que perdera a arrogância na sala do diretor do colégio.

– Eu avisei – ela se expressou com suavidade. – Devia ter me deixado em paz.

Inclinando-se à frente, marcou os lábios frouxos dele com seu sangue, dando-lhe um toque de cor de batom para combinar com os olhos assombrados e aquela boquinha afetada.

— O q-q-que...

Então o estapeou com a mão aberta, com força o suficiente para atordoá-lo. E depois desferiu mais um tapa, arrancando-lhe sangue quando ele mordeu o interior da bochecha.

Aproximando o rosto do dele, sussurrou:

— Eu vou fazer você pagar por todas as coisas que tomou que não eram suas.

E o beijou, grudando o rosto no dele, sugando-lhe o lábio inferior entre os dentes. E, nessa hora, ela o mordeu e recuou, arrancando-lhe um naco da boca. Quando o homem começou a gritar, Devina cuspiu o pedaço de carne na mão e a esfregou no rosto do sujeito, lambuzando-o com o próprio sangue.

— Não está gostando? — ela perguntou entredentes quando ele tentou se afastar do próprio lábio inferior. — Não gosta de ser forçado a beijar quando não quer?

Depois que jogou o pedaço de boca nele, Devina o lançou voando pelos ares com um gesto de mão, arremessando-o contra os tijolos úmidos e sujos de fuligem do prédio contra o qual ele pretendia estuprá-la. Afastando-lhe as pernas e os braços com um simples pensamento, ela o deixou em uma posição que a lembrava de um peru prestes a ser amarrado para o Dia de Ação de Graças.

Mesmo com sangue escorrendo pelas tatuagens destinadas a torná-lo um cara durão, descendo da boca que, por cortesia do remodelamento feito por ela, agora estava bem grande para seu rosto, o homem estava chocado demais para gritar. Mas logo superou esse bloqueio quando ela mostrou a palma e fez a energia fluir para dentro dele.

O barulho que ele emitiu ficou bem evidente, então, como o grito agudo de um animal sendo empalado.

Só que ela não o estava apunhalando. Seja como for, o som era irritante.

Com a palma oposta, lançou-lhe um feitiço e uma bolha transparente se formou ao redor da cabeça dele, contendo-lhe o grito e poupando seus ouvidos do som inevitável que persistiria por mais tempo do que o sujeito.

Devina fez um corte longitudinal na pele do ex-agressor e a arrancou do corpo, descascando músculos e ossos e tudo o que havia por baixo; a pele dele, assim como as roupas agora inúteis, caiu em duas pilhas nas laterais dos pés.

Arreganhado, reluzindo com os pingos de chuva, o homem ainda respirava e agora já havia pouco sangue, apenas linfa brotando dos tendões dos dedos. Mas membros e órgãos ainda se retorciam, mãos e pés, principalmente, mas também os músculos dos peitorais. Em seguida, ele perdeu o controle da bexiga.

A incontinência é algo tão deselegante.

Enojada, Devina atraiu a bolha de volta para sua palma e deixou o homem cair numa pilha desconexa de juntas. Conforme se afastava, deu uma de LeBron James batendo a bolha do feitiço silenciador como se fosse uma bola de basquete, driblando de lado, o barulho ecoando ao redor do beco, um ritmo oriundo de sua própria criação e pelo qual ela tinha tanto desinteresse quanto pelas batidas emitidas nos alto-falantes dos clubes.

Quando chegou ao fim do beco sem saída, alguns quarteirões ao norte, ouviu uma comoção vindo do lugar onde estivera e deduziu que o humano fora encontrado por alguém. Como esperado, sirenes começaram a ser entoadas como num concerto.

Na noite de Caldwell, no entanto, sirenes ecoavam como se sofressem de um feitiço duplicador defeituoso, portanto poderia ser qualquer emergência.

A mulher parou de driblar, capturando a bolha e segurando-a com as pontas dos dedos.

A chuva caía com mais hesitação ainda, como se não conseguisse decidir se pendia para o estado de neblina ou não – ou será que estava como medo dela? Entretanto, enquanto as gotículas infinitesimais batiam na bolha e deslizavam, elas formavam um arco-íris de cores em seu rastro, o que a fez se lembrar do interior das capas dos livros antigos com seus redemoinhos de marca d'águas. Então refletiu sobre há quanto tempo já estava na Terra e no seu relativamente recente cativeiro, um problema resolvido com bastante engenho. Contudo, Devina se preocupava. Quando escapou do Poço das Almas por meio de uma sedução bem engendrada, receava que o pai de tudo, o Criador, a castigaria e a mandaria de volta lá para o fundo, punindo-a com uma sentença de isolamento ainda maior.

No entanto, quanto mais tinha permissão para vagar pelas ruas da cidade, quanto mais o inverno se transformava em primavera, mais ela percebia que podia confiar na sua liberdade. Todavia, quanto mais tempo permanecia ali, e mais confiava nessa tal liberdade, mais percebia que, desconsiderando a autonomia de perambular livremente, ainda estava em cativeiro. Ainda aprisionada. Ainda acorrentada, embora não pudesse ver as correntes assim como não via as grades que a mantinham engaiolada.

Cercada por amantes potenciais e infinitas possibilidades de consumação em todos os níveis, Devina lamentava a perda de seu único verdadeiro amor e sofria a separação sem precedentes que marcava o fim do relacionamento deles. Jim Heron, o anjo caído, agora estava no Paraíso, para sempre afastado dela – e para sempre acompanhado. Estava com aquela garota irrelevante, Sissy, com quem ele estupidamente se importava, e o fato de que ele passaria a eternidade com aquela aduladora patética fazia Devina querer destruir a própria Terra. E depois seguir arrasando o resto da galáxia.

Portanto entendia por que o Criador não se importava em deixá-la vagando para cima e para baixo de novo.

Era porque seu Pai sabia que ela não tinha um livre-arbítrio real, visto que seu amor não retribuído era um calabouço dentro do qual Devina ficaria encarcerada para todo o sempre.

Uma velha e conhecida dor tornava difícil respirar e o líquido que agora turvava sua visão já não era mais a água da chuva.

À medida que o desespero para se livrar da dor crescia, ela lançou a bolha contra o beco. Ante o impacto com os tijolos molhados, o contêiner translúcido se partiu, estilhaçando-se como vidro, liberando o som angustiante que vociferava em sua alma obscura desde que o anjo que ela amava a abandonara por outra...

Sem amor, até mesmo o mal fica infeliz.

Era estranho necessitar da mesmíssima coisa cuja existência ela fora criada para destruir, e sofrer sua perda como se fosse mortal, como se a mão fria e ladra da morte tivesse arrancado uma preciosa e insubstituível maçã da árvore genealógica de alguém.

Era irritante pra cacete!

Capítulo 5

Para um vampiro, a luz do sol era motivo de temor, jamais a noite. Escuridão era liberdade; sombras, segurança; nuvens diante da face brilhante da lua, um presságio de boa sorte. A aproximação da aurora, em contraste, fazia a pele arrepiar num alerta, e quanto mais intenso o brilho alaranjado a leste, maior o terror dentro do peito. Pouco importava o quão forte eram as costas, quão poderosa era a mão da adaga, quão resistente a força de vontade, aqueles raios dourados eram a foice eternamente afiada, a chama jamais extinta, uma piscina na qual existia apenas afogamento, nunca resgate.

Syn estava de pé na escadaria de pedras, de costas para a mansão da Irmandade da Adaga Negra, a umidade da tempestade pairava no ar, como o perfume de uma fêmea após sair de um cômodo. À sua frente, mais abaixo, havia um vale de pinheiros e bordos, aqueles com copas de folhas perenes, estes com bulbos hesitantes que floresceriam quando a temperatura subisse, folhas que se desdobrariam, vegetação belíssima ainda que não tivesse nem pétalas, nem perfume.

O desastre, no entanto, era iminente.

Ali. Atrás das montanhas. Um rubor tênue, como se o céu escuro e frio se envergonhasse da alegria com a qual acolhia o sol vindouro.

Se permanecesse ali, se levantasse seus olhos de vampiro para encarar a beleza letal, seria o fim de tudo. Sofreria brevemente o inferno que consumiria sua pele, mas, depois disso, a agonia crônica e duradoura que sempre permeara sua vida estaria acabada.

– Primo?

Syn virou-se e o viu. Com a silhueta demarcada pela luz que vazava do vestíbulo e emoldurava seu corpo como se fosse uma criatura sagrada, Balthazar, filho de Hanst, era tanto um fantasma quanto um vampiro vivo, que respirava. Tal era a natureza dos ladrões, não é mesmo? Jamais faziam barulho algum e eram capazes de roubar sem serem pegos; porque ninguém sabia que suas mãos estiveram num bolso desavisado até que fosse tarde demais.

– Já vou – Syn murmurou ao se voltar para o horizonte.

Os olhos começavam a arder, e a pele ao longo dos ombros se contraía, como se já estivesse se expondo ao calor vindouro.

Quando a pesada porta da entrada se fechou, sentiu-se grato pela compreensão do primo. Nessa noite, seu *talhman* estava bem próximo da superfície, seu lado ruim à espreita, exigindo que...

– Sabe, você não vai ficar muito bonito com um bronzeado que faz sangrar.

Syn se sobressaltou.

– Pensei que tivesse entrado de volta.

– Não, isso é o que você quer que eu faça. – Balthazar acendeu um cigarro e gemeu ao fechar o isqueiro antigo com o polegar. – E antes que me diga de novo que já vai entrar, fique sabendo que não acredito.

– Você não tem ninguém para ir roubar?

– Não. – Balthazar fez um gesto de desdém com a mão. – Desisti dessa vida.

– Rá! Até parece. – Syn soltou uma gargalhada.

– Não acredita que eu possa virar a página?

– Você nasceu sem consciência.

– Isso é um pouco cruel, não acha?

– Você nem percebe mais quando está mentindo.

— Ah, mas é aí que você se engana. — Balthazar ergueu o cigarro. — Justamente por ser um mentiroso profissional é que sou mestre em saber quando os outros estão mentindo.

Enquanto o macho o encarava, Syn teve ganas de pegá-lo e lançá-lo do outro lado da maldita montanha.

— Não está ficando quente para você aqui fora?

— Se você está bem, eu estou bem.

— Nunca teve vontade de ter um momento de solidão?

— Pelo menos não terei que acender meu próximo cigarro. — O bastardo flexionou o polegar. — Sabe, tendinite não é brincadeira.

— Você é louco. Tem noção disso, não tem? — Syn virou o rosto para o primo.

— Não sou eu que estou me oferecendo para virar churrasco.

— E do que você chama alguém que fica do lado de fora só porque eu estou?

— Mas isso não é voluntário. — Balthazar estreitou os olhos. — Você está me forçando a cometer suicídio.

— Bela atuação. — Syn bateu palmas devagar. — Agora dê o fora daqui antes que se machuque sem um bom motivo.

Quando Balthazar permaneceu exatamente onde estava, fumando e piscando apesar de não estar olhando para o sol nascente, Syn cruzou os braços diante do peito.

— Não vou entrar...

— Tudo bem, vamos virar tochas juntos...

Alguém abriu a porta e praguejou.

— Que diabos vocês dois estão fazendo aqui fora?

Ambos viraram as cabeças e viram Zypher. O bastardo afrontosamente belo estava bancando a professorinha, com o único olho que funcionava se estreitando em sinal de desaprovação. O outro, que fora perdido há dois meses num ataque a um *redutor*, atualmente fora substituído por um postiço com o escudo do Capitão América como íris.

— Não é da sua conta — Syn estrepitou.

– Vem cá. – Balthazar gesticulou. – Eu disse que não volto para dentro até ele entrar também.

Zypher ajeitou as calças de couro e desfilou escada abaixo, por mais que seu rosto tenha ficado instantaneamente ruborizado e ele tenha sido obrigado a erguer o braço para se proteger, como se alguém estivesse prestes a cutucar seu olho bom.

– Sabe, não vejo o sol desde o dia da minha transição...

– Porque é assim que deve ser! – Syn resistiu ao impulso de bater o coturno no chão.

– Então por que está aqui fora? – Zypher estendeu a palma. – Balz, me dá um desses?

Balthazar lhe ofereceu o maço.

– Você não fuma.

– Mas é isso o que fazem diante de um pelotão de fuzilamento. – Zypher cutucou Syn com o cotovelo. – Sacou? Pelotão de execução, rá, rá, rá.

Syn ficou olhando de um macho para outro enquanto Balthazar acendia o cigarro e Zypher...

Engasgou e tossiu como se alguém tivesse lhe passado uma máscara acoplada ao escapamento de um motor a diesel.

– Sabe – Balz disse ao bater nas costas do cara –, acho que cigarro não é pra você.

– Credo, como é que você fuma esse troço? – Zypher engasgou ao apagar o cigarro na sola do coturno. Quando se endireitou, estremeceu e sibilou: – Quente, ai, ai, quente...

– Ei! Que merda vocês estão fazendo aqui fora?! E por que eu não fui convidado para a festa?

Todos os três se viraram, o que foi bom, visto que a queimação deu um alívio para o rosto de Syn – ainda que as costas parecessem prontas para fritar um ovo. Syphon, outro primo de Syn, saíra do vestíbulo, com uma expressão de confusão quase perceptível no rosto. Não que ele estivesse muito visível, já que o cara erguera ambos os braços e se inclinava para trás como se alguém tivesse tirado a tampa de um frasco com plutônio diante dele.

— Vem pra cá — Balthazar chamou. — Estamos nos matando porque Syn não quer entrar.

— Ah, tá bom. Então eu vou.

Enquanto o estúpido do filho da puta descia a escada da entrada às cegas e tropeçava nos degraus, Syn proferiu uma série de impropérios quase tão acalorada quanto o orbe brilhante da morte, QUE NÃO DEVERIA SER PROBLEMA DE NINGUÉM A NÃO SER ELE.

— Qual é o problema de vocês, caralho?! — Passou a manga sobre os olhos marejados e irritados. — Voltem para dentro da casa!

Maravilha, agora seu nariz também escorria como se ele tivesse fungado dezessete trilhões de unidades da Escala Scoville* com um maçarico.

— Você não entende — Balthazar disse ao espirrar e ficar com os olhos marejados por conta da claridade. — Estamos com você há séculos.

— Não deixamos um bastardo para trás — alguém, Syphon?, disse. Quem é que podia saber? Sua audição também já estava indo pro saco.

Zypher parecia estar assentindo. Ou talvez só estivesse tendo uma convulsão.

— Se você morrer, todos nós morremos...

A voz que explodiu da casa faria James Earl Jones parecer um soprano e transformaria Gordon Ramsay num terapeuta do luto.

— Para dentro, *agora*!

Xcor, líder do Bando de Bastardos, não piscou diante do sol. Tampouco se curvou ao calor dos raios transgressores nem protegeu o rosto de maneira alguma. Com lábio leporino, músculos fortes, tal qual um garanhão violento numa guerra, ele, somente com sua presença, fazia a tentativa de Syn parecer uma tolice.

Um a um, eles abaixaram as cabeças e passaram pelo grande macho que mantinha a porta do vestíbulo aberta. O alívio foi imediato. As-

---

* Escala criada pelo farmacêutico Wilbur Scoville para medir o grau de ardência das pimentas. (N.T.)

sim que entraram na mansão e o sistema de painéis impenetráveis se fechou atrás deles, o aumento infernal de temperatura foi atenuado, o ataque bruto fora interrompido.

Xcor não dispensou sequer um olhar a nenhum deles. Ou, pelo menos, Syn achou que não. Difícil ter certeza com os olhos ainda marejados. Não, isso não ilustrava bem a situação. Mais parecia que ele tinha dois *sprinklers* de um campo de golfe funcionando no rosto.

E, por isso, não conseguia enxergar o esplendor no qual entrava. Não viu as colunas de mármore, nem o piso com o mosaico da macieira em flor, tampouco a balaustrada dourada ao longo dos degraus vermelhos nem o mural de guerreiros cavalgando garanhões três andares acima, no teto.

Também não viu as costas dos bastardos enquanto eles seguiam para a sala de jantar, onde a Última Refeição fora servida para a comunidade.

— Cara, estou com fome — Zypher disse casualmente, como se há instantes quase não tivessem virado marshmallows em espetos. Ou tivessem acabado de levar uma bronca do chefe. — Sabe, acho que hoje vou de Keto.

— Em vez de...? — Syphon perguntou.

— Atkins.

— Qual é a diferença?

— Numa dieta você come carne, e na outra... você come carne.

— Uau, olha só você tomando decisões difíceis.

— Não me obrigue a arrancar meu olho falso e jogá-lo em você.

Enquanto os outros machos passavam para o modo nojento, Syn puxou o braço de Balz e o deteve. Encarando o bastardo, disse com suavidade:

— Para sua informação, eu teria ficado lá fora. Até restarem apenas chamas e nada mais.

— Para sua informação... — Balthazar se inclinou para perto dele e disse com ainda mais suavidade. — Não, você não teria.

— Você está errado.

O primo discordou.

— Eu te conheço melhor do que você conhece a si mesmo.

— Não me transforme num herói. Você só vai acabar se machucando.

— Ah, mas não estou te transformando num herói. Não precisa se preocupar com isso. Mas você não veria a morte de nenhum de nós mais do que se salvaria de um aro de fogo.

— Isso não faz o menor sentido.

Balz balançou a cabeça como se não fosse perder tempo com bobagens e se afastou. Syn teve o ímpeto de ir atrás dele para saírem no soco, só para se livrar da energia acumulada. Mas Wrath não aceitaria isso em sua casa; além disso, havia crianças à mesa de jantar. Não havia motivos para acelerar a educação delas nas artes sombrias da discussão com alguém da própria linhagem.

Em vez disso, Syn seguiu para a grande escadaria que dava para o segundo andar. Ao galgar os degraus de dois em dois, não sabia por que estava se apressando.

Tolice. Sabia exatamente o motivo.

Quando foi que ele quis se sentar para uma refeição?

Seu quarto ficava na ala que ele soube ter sido aberta especialmente para a inclusão do Bando de Bastardos na casa. Na sua opinião, era um desperdício de hospitalidade. Durante séculos, no Antigo País, os bastardos viveram em fuga, acampando em choupanas e esconderijos nas florestas, protegendo-se do sol aos trancos e barrancos, e contando apenas com armas como cobertores, agressão como alimento, e o sangue dos inimigos como bebida que os sustentava.

Lidava muito melhor com aquela vida, concluiu ao abrir a porta do quarto, do que com os confortos de um lar que jamais seria o seu.

Entrando, suas botas emitiram um som veemente no piso nu e não havia mobília para atrapalhá-lo, nenhuma cama de dossel ocupando metade do espaço, nenhuma cômoda na qual guardar as cuecas, nenhuma mesa para correspondência que jamais receberia tampouco responderia, nenhuma cadeira na qual repousar os ossos mesmo quando estava tão cansado que até a medula doía.

No banheiro, se livrara das toalhas felpudas como nuvens que antes repousavam em toalheiros dourados, como se fossem passarinhos num poleiro, tirou as roupas e armas, tudo numa sequência apropriada. Primeiro as armas, as quais perfilou na bancada de mármore numa fileira precisa de ira. Duas adagas de aço. Quatro pistolas, duas delas com silenciadores. Sete cartuchos de munição extra, porque usara um deles praticando tiro com um *redutor*. E também um par de facas, uma corda de nylon, fita adesiva, um cinzel e um martelo.

Os quatro últimos itens da lista? Ninguém sabia sobre eles. Eram seus. Eram... particulares.

As roupas foram tiradas em seguida. Primeiro a jaqueta de couro, que colocou sobre a beirada da banheira com pés em formato de garra. A camiseta preta que dobrou e colocou no piso de mármore aquecido junto à jaqueta. As botas que alinhou ao lado da camiseta, junto com as meias, a calça de couro que dobrou e colocou sobre a jaqueta. Completamente nu, pegou a camiseta e as meias e as colocou dentro da calha para roupa suja. Ressentia-se disso. Lá no Antigo País, usava as roupas até que se desprendessem de seu corpo, substituindo-as apenas quando necessário. A princípio, tal economia de recursos era fruto da necessidade. Depois se tornara uma questão de eficiência por não querer perder tempo com coisas inconsequentes.

Agora ele vivia ali. Onde as pessoas não comiam seus rosbifes ao lado de alguém com cheiro de rua, de suor, de sangue de *redutores* e de pólvora.

De morte, dada e recebida.

Essas sutilezas delicadas tiveram de lhe ser explicadas, e Syn ressentia-se da obediência necessária. Mas era assim e pronto. No curso de sua vida, tivera de se curvar a forças maiores de tempos em tempos. Quer fossem virtuosas... ou não.

Girando para ficar de frente para o que realmente importava em sua vida – a despeito do que Balthazar pensava –, foi atraído para a corda de nylon.

E para o cinzel.

E para o martelo.

Seu corpo deu um passo à frente, chamado pelos instrumentos particulares. Ao se aproximar, viu diferentes versões deles, lembranças das muitas extremidades afiadas e dos instrumentos de confinamento forçado que usara ao longo de séculos, como se fossem fotografias de pessoas cuja companhia ele apreciara, de acontecimentos felizes que partilhara com familiares e amigos... festas, festivais, aniversários.

Sem um comando consciente da mente, a mão alcançou o cinzel, as pontas dos dedos passando pela ponta afiada, aquela que executava seu trabalho, a ponta que ele enterrara em muitas carnes macias e em muitos ossos duros. Dentro de si, seu *talhman* rugiu, a energia terrível fluindo do meio do peito e descendo pelo braço, para a mão da adaga. Um tremor se seguiu, trôpego, vacilante.

Mas não de fraqueza. De força negada.

Enquanto visualizava o cinzel, o martelo... Seu serrote, seu machado... As outras ferramentas da sua terrível profissão... Viu os corpos das vítimas caídas em diferentes tipos de chão. De madeira, crua e envernizada. Mármore, pedra e cerâmica. Carpetes, tapetes, linóleo. E também havia os cenários externos. O colchão esponjoso de folhas molhadas. O brilho frio de lagoas geladas e de montes de neve. A granulação do concreto. E depois a areia móvel do oceano, as margens rochosas dos rios e o ávido líquido espirrado da água dos lagos.

A respiração de Syn acelerou e o suor brotou no peito, subindo numa onda pela garganta, até o rosto.

Em sua mente, visualizou membros dobrados em ângulos errados. Bocas escancaradas em berros. Intestinos despejando-se de incisões que fizera em baixos ventres.

Massageando a face lisa de aço do cinzel com o indicador, aqueceu o metal com o calor do corpo, afagando... afagando...

Um repuxão no pau atraiu sua atenção para o sexo enrijecido, com surpresa.

Não foi um puxão. Sua ereção batera no puxador da gaveta entre as pias.

Encarando o membro estendido, observou a carne como se estivesse a uma vasta distância. Em seguida, afagou a lâmina do cinzel.

A sensação se traduziu imediatamente em sua excitação, o membro se erguendo. Querendo mais.

Pegou o cinzel com a mão dominante, segurou-o diante do rosto. Tão limpo, tão preciso, suas dimensões declaradas pelos contornos afiados e implacáveis.

Mais abaixo, no quadril, pegou o pau com a outra palma. Quando começou a se masturbar, encarou a lâmina. Mais forte. Mais rápido. Mais impetuoso. Mais limpo. Até não conseguir mais discernir onde seus pensamentos sobre o cinzel terminavam e o instinto sexual começava. Os dois se misturaram, ramos separados que se entrelaçavam rapidamente formando uma corda que unia duas potências que jamais deveriam se relacionar uma à outra.

Sexo e morte.

De repente, uma enorme onda o varreu por dentro, um calor crescente e uma sensação de urgência, e Syn se abriu para a paixão retorcida. Virando o cinzel na mão, observou como a luz do teto brincava com a lâmina, piscando, reluzindo... flertando, seduzindo. Como poderia ter feito com uma amante, seus olhos transitavam do cinzel para o membro duro, uma força viva se acendendo, se intensificando.

O *talhman* pulsava debaixo de sua pele, o desejo de matar era um segundo lado seu que Syn suprimia com a força e pelo tempo que fosse capaz. Mais forte. Mais rápido. Respiração acelerada. Coração descompassado. Pressão nas veias, os tendões do pescoço saltando, a cabeça pendendo para trás enquanto as pálpebras se cerravam. Não importava que não conseguisse mais enxergar o cinzel. Tinha uma densa floresta de imagens vagando pela sua mente, um desfile de prazer sangrento e torturante que era tudo o que ele não conseguia sentir ali embaixo.

Crescendo... crescendo... crescendo...

Até...

Um estalido. Ficou muito ciente de um estalido enquanto o punho avançava e recuava na extensão do seu mastro. E logo começou a sentir a ardência da fricção e não num bom sentido, num estilo abrasivo. As bolas ardiam ao recuarem para junto do corpo, como se estivessem tentando se descarregar inteiras caso tivessem que assim fazer.

O estímulo se transformou em estrangulamento, quando o que foi convocado teve sua saída negada. O tesão foi reprimido. A excitação se tornou frustração.

A alquimia que ele mesmo criara agora se voltava contra si, o abandono ao qual permitira se entregar desaparecia, a cara fechada reassumindo a imagem que ele viu no espelho.

Seu reflexo era feio, as feições sempre duras quando compostas agora se viam atormentadas pela negação doentia com a qual já estava familiarizado. E também havia o cinzel, bem junto à boca, como uma amante que ele estivera beijando. E a mão bombeando, a cabeça do pau roxa pelos apertos e pela esfregação seca.

Agora só havia dor. Mas tal qual o prazer advindo do pensamento de matar, a origem da agonia ainda era obscura. Seria o repuxão do pau? Ou algo muito mais profundo... voltando ao início dele próprio.

À sua própria origem.

Desistindo, Syn largou o cinzel, desmanchando a organização do martelo, da corda e da fita adesiva. Com um grunhido, caiu para a frente e agarrou a bancada. A respiração era laboriosa, subindo e descendo pela garganta, assobiando pelos dentes, enquanto o suor deslizava pelo queixo, pingando sobre um dos pés descalços.

Não havia nada pior do que perseguir um alívio.

Era impossível alcançar.

Capítulo 6

Na manhã seguinte, na redação diminuta do *Caldwell Courier Journal*, os joelhos de Jo fraquejaram e ela despencou de bunda na sua cadeira de escritório. Quando as mãos começaram a tremer, ela fez de conta que quis espalhar as fotografias sobre a mesa em vez de ter se atrapalhado, deixando-as à mercê das garras da gravidade. A pilha de imagens caiu em leque, mostrando diferentes ângulos do local horrendo até parecer que sua visão tremia: olhos arregalados em terror; feições congeladas num grito; dentes expostos como os de um animal selvagem.

O que restara de um humano.

– Desculpe – disse Bill Elliot. – Não tive a intenção de atrapalhar o seu café da manhã.

– Sem problemas. – Ela pigarreou e passou a foto de cima da pilha para trás. – Está tudo bem, eu...

Jo piscou. E viu um corpo todo desconjuntado iluminado sob os faróis de uma viatura. Quando a garganta se contraiu, pensou em disparar pela redação e vomitar junto à porta dos fundos que dava para o estacionamento.

– O que você dizia? – Ela se sentou mais ereta na cadeira barata. – Onde esse corpo foi encontrado?

Bill cruzou os braços diante do peito e se recostou na própria cadeira do outro lado do corredor. Aos 29 anos, casado há um ano e meio, ele se encontrava na divisória entre hipster e adulto, os cabelos escuros bagunçados, os óculos de aros escuros e os jeans skinny eram mais do anterior, a seriedade com que encarava o trabalho e a esposa se relacionavam mais ao último.

— A sete quarteirões daquela boate techno, Ten — respondeu.

— Mas que diabos... aconteceu com ele. — Enquanto olhava a foto seguinte, Jo ordenou ao conteúdo do estômago que ficasse onde estava. — Quero dizer, a pele dele...

— Não estava mais no lugar. Descolada como se alguém tivesse tirado o couro de uma vaca. Ou de um veado.

— Isto é... impossível. — Ergueu o olhar. — E deve ter demorado... as câmeras de segurança. Deve ter alguma...

— A polícia está investigando. Tenho um contato. Ele vai nos procurar.

— A nós?

Bill rolou a cadeira para perto dela e pôs o dedo na pilha de horror.

— Quero que a gente escreva isto juntos.

Jo olhou ao redor para as mesas vazias.

— Você e eu?

— Preciso de ajuda. — Ele consultou o relógio. — Onde diabos está o Dick? Ele disse que estaria aqui agora.

— Espere, você e eu. Escrevendo um artigo juntos? Para ser publicado num jornal de verdade?

— Sim. — Bill verificou o celular e franziu o cenho. — Ora, como se já não tivéssemos trabalhado juntos no "você sabe o quê".

Jo se deparou com o olhar dele.

— Você não acha que isto tem alguma relação com...

— Não oficialmente, e nem você deve achar. Se começarmos a falar sobre o nosso projeto envolvendo vampiros, Dick vai pensar que estamos loucos.

Quando uma pontada atravessou seu lobo frontal, Jo foi acometida pela sensação de que precisava perguntar algo a Bill... algo sobre a noite anterior...

Quando nada lhe ocorreu, e a dor só piorou, ela balançou a cabeça e voltou a olhar para a fotografia de corpo inteiro. A maçaroca brilhante e retorcida não passava de músculos e tendões sobre vislumbres de ossos surpreendentemente brancos. Veias, como fios roxos, acrescentavam nuances à anatomia destruída. E o leito sobre o qual jazia o corpo? Pele.

Bem, para falar a verdade, também parecia haver algumas roupas...

A familiar dor de cabeça perfurou seu crânio, apertando teclas de piano em seus receptores de dor. Quando fez uma careta, a porta dos fundos da redação foi aberta. Dick Peters, o editor-chefe do *CCJ*, entrou como se fosse o dono do lugar, os passos pesados conjurando tudo o que havia de arrogante e arbitrário, como somente os abaixo da média sabem ser. Cinquenta anos de idade, vinte e cinco quilos acima do peso e limitado ao machismo dos anos 1950; as dobras gordas acolchoando o outrora belo rosto de garoto de fraternidade eram precursoras da aterosclerose que o levaria antes da hora.

Mas não cedo o bastante. Não nos próximos cinco metros.

— Você queria me ver — Dick anunciou a Bill. — Bem, vamos em frente.

O chefe não desacelerou, e quando passou por eles como um caminhão numa estrada, Bill se levantou e gesticulou para que Jo o seguisse com as fotos.

Enfiando-as de volta numa pasta, ela foi atrás dos homens. Quando os assinantes e os anunciantes diminuíram, tudo fora reduzido, portanto só restavam mais uns seis metros até a porta fina como papel do frágil e decadente templo do poder de Dick.

Mas a autoridade não diminuiu quando ele largou o casaco estilo Columbo numa cadeira surrada, e percebeu que Jo era a acompanhante de Bill.

— O que foi? — ele estrepitou para ela enquanto sugava um gole do seu *venti latte* da Starbucks.

Bill fechou a porta.

— Estamos aqui juntos. — Dick olhou de um para outro. Depois concentrou-se em Bill.

— A sua mulher está grávida!

Como se a infidelidade fosse desculpável se Lydia não estivesse grávida, mas de mau gosto durante aqueles nove meses em especial.

— Estamos nessa matéria juntos — Jo disse, largando as fotografias na mesa de Dick.

Elas caíram de qualquer jeito sobre a papelada de trabalho, as fotografias espiando para fora da pasta, apresentando-se justamente para a inspeção que Dick lhes concedera.

— Puta... merda!

— Isso não se parece com nada já visto em Caldwell. Nem em nenhum outro lugar. — Bill consultou seu Apple Watch de novo. — Jo e eu vamos investigar isso juntos...

Dick olhou para cima sem endireitar a parte do tronco, a papada pendendo do queixo.

— Quem disse?

— O Tony ainda está afastado por conta da cirurgia bariátrica. — Bill apontou para a porta fechada. — O Pete só trabalha meio período e está cobrindo a fraude do Conselho do Metrô. E eu tenho uma consulta médica com Lydia em vinte minutos.

— Então você espera até sua mulher terminar essa coisa com o médico de mulheres. — Dick moveu as fotografias com a ponta do dedo, bebericando seu café com a delicadeza de um aspirador de pó. — Isto é incrível! Você tem que cobrir essa história...

— Jo irá até a cena do crime agora. O meu contato com a polícia está esperando por ela.

Dessa vez, Dick ergueu-se em toda a sua altura de 1,75 m.

— Não! Você vai lá depois que a consulta acabar. E você não me disse que seria rápido? Quando só me pediu a manhã de folga? — O homem gesticulou para as paredes gastas. — Caso não tenha percebido, este jornal precisa de histórias e, como futuro pai, você precisa deste emprego. A menos que ache que consegue uma boa cobertura de convênio com o que receber como freelancer?

– Jo e eu cobriremos isso juntos.

Dick apontou para ela.

– Ela foi contratada para ser editora on-line. E não vai passar disso...

– Eu dou conta – Jo disse. – Eu posso...

– A história vai esperar por *ele*. – Dick pegou as fotografias e as encarou com os olhos de um fiel convertido. – Isso é incrível. Quero que você vá fundo nisso, Bill. *Vá fundo!*

Jo abriu a boca, mas Dick empurrou a pasta para Bill.

– Eu falei grego? – exigiu saber.

O Sr. F estava diante da casa e verificou duas vezes o número na caixa do correio, não que ele soubesse onde ou por que estava ali. Olhando para trás, não sabia como chegara àquela rua sem saída com sobrados estilo colonial saídos dos anos 1970. Não foi de carro. Nem de moto. E não havia linhas de ônibus naquela parte da cidade.

Mais precisamente, porém, ele tinha uma lembrança embaçada de... Puta merda.

De algo que não suportaria nem sequer pensar.

No entanto, ele tinha que entrar naquela casa específica. Algo em seu cérebro dizia que devia ir pela entrada de carros, entrar na garagem e então na casa em falso estilo Tudor.

O Sr. F olhou de relance ao redor, caso houvesse alguma outra explicação para o que acontecia ali. A última lembrança nítida que tinha era de estar debaixo de uma ponte no centro da cidade com o resto dos drogados. Alguém o abordara. Um homem que ele não conhecia. Houve promessa de drogas e a sugestão de sexo. O Sr. F não estava muito a fim de transar, mas, naquela hora, estava chapado demais para mendigar e precisava de uma dose.

Então... algo horrível aconteceu. E, depois, ele desmaiou.

E agora estava ali, vestindo calças de combate que nunca vira antes, uma jaqueta camuflada pesada e um par de botas que pertenciam a um soldado.

A manhã estava cinzenta e sem graça, como se o mundo não quisesse acordar – ou talvez fosse apenas Caldwell. Todos naquele bairro, contudo, pareciam ter empregos lucrativos e crianças em idade escolar. Ninguém se mexia em nenhuma das janelas em nenhuma das casas. Não havia ninguém nos jardins. Nenhum cachorro latindo, nenhuma criança andando de bicicleta.

Por mais que o clima os deixasse desanimados, eles estavam soltos no mundo, alegremente empregados, adequadamente matriculados em escolas, participando da sociedade.

Ele crescera num local parecido com aquele. E, por um certo período, quando fora casado, também morara num bairro assim. Entretanto, isso já fazia uma vida.

Ao se dirigir para a entrada de carros, reparou que mancava, e então soube que dera o rabo para alguém. Também havia um zumbido engraçado em suas veias, um fervilhar que não chegava a queimar, mas não era agradável. No entanto, não estava com abstinência, o que, considerando-se que era...

Que dia era mesmo?

Concentrando-se na porta da frente, notou os arbustos descuidados e a grama cheia de gravetos e galhos caídos cujo tamanho correspondia ao do braço de um cadáver. A caixa de correio pregada ao reboco estava repleta de folhetos, a abertura fina despejando envelopes, e havia três listas telefônicas sobre o capacho de entrada, todas estragadas por terem ficado expostas ao ar livre. Os vizinhos devem ter amado toda aquela negligência. Imaginou todas as vezes em que alguém batera à porta com frustração sem obter resposta. Bilhetes enfiados na porta telada. Sussurros durante os almoços comunitários sobre a semente ruim que habitava o número 452 da Brook Court.

Não entrou pela frente. Uma voz em sua cabeça lhe dizia que a porta da garagem estava destrancada, e, como se verificou, realmente não teve problemas para entrar na garagem com capacidade para um carro. No interior, carcaças retorcidas de folhas mortas estavam espalhadas sobre o piso de concreto com manchas de óleo, infiltrando-se por uma janela quebrada por outro galho de árvore caído.

A porta que dava para a casa estava trancada, por isso ele a arrombou com um chute, e tamanha força em seu corpo foi algo surpreendente, mas nada tranquilizador. À medida que amparava a porta com as mãos quando ela voou de volta em sua direção, ficou ali, escutando. Quando não ouviu som algum, seguiu com cautela pelo corredor dos fundos. Mais adiante, havia uma cozinha pequena e uma copa e, mais além, uma sala de jantar.

Nenhuma mobília. Nenhum fedor de lixo ou sujeira nas bancadas. Tampouco nada na sala de estar à esquerda.

Só havia muita poeira. Um pouco de cocô de rato nos cantos como moedas perdidas. Aranhas nas quinas do teto e moscas mortas nos parapeitos das janelas, em especial sobre a pia seca.

Enquanto andava ao redor, o piso rangia sob o peso das botas que calçava. Tinha certeza de que o ar estava embolorado, mas não conseguia sentir o cheiro de nada desde que fora torturado naquele shopping abandonado. Talvez fosse melhor assim. Tinha alguns flashbacks embaçados do que acontecera, e se lembrava de ter sentido náuseas por conta do mau cheiro. Talvez aquela merda tivesse matado o seu olfato, tranqueiras demais queimando um fusível em algum lugar das suas narinas.

No segundo andar, no que deveria ter sido a suíte principal, encontrou um laptop junto a um jarro. E um livro com capa de couro.

Os três objetos estavam juntos num canto ao lado do cabo da TV, o Dell ainda ligado à internet e conectado à parede. Tudo estava coberto com mais poeira, e não se surpreendeu quando tentou ligar o PC e o aparelho não funcionou. Não havia eletricidade. Evidentemente, também não havia internet.

O jarro era estranho. Esmaltado em azul, coberto por uma tampa pontuda e no formato de um vaso, curvo no meio, como uma mulher. Quando o segurou, virando-o e revirando-o, considerou sua total ausência de desejo sexual, assim como a falta de apetite, tão perturbadoras quanto aquela força repentina nos braços e nas pernas.

Havia algo dentro daquele vaso, que batia nas laterais enquanto ele o girava, mas a tampa estava selada, colada.

– Deixe isso pra lá – disse em voz alta.

Não deixou. Seus pés levaram tanto ele quanto o vaso até o banheiro, diante da pia e do espelho. Quando viu seu reflexo, cambaleou. A pele do rosto estava toda errada. Estava pálido demais, mas, pior que isso, parecia que estava usando pó de arroz das vovós, suas feições estavam cobertas por uma camada fosca, parecida com cera, e isso não lhe pareceu nada certo.

E também não deveria ser capaz de enxergar tão bem no escuro.

Sem pensar, pegou o jarro. *Tum. Tum. Tum...*

Com um golpe, bateu o objeto na bancada, estilhaçando-o. Quando os cacos se espalharam, o que foi revelado o horrorizou.

Não era perito em anatomia, mas estava bem ciente do que via. Um coração humano. Enrugado e preto, o órgão que era o assento da humanidade, literal e figurativamente, fora violentamente tirado da caixa torácica de alguém, pois as veias e as artérias estavam esfarrapadas, e não cortadas.

Como se tivesse sido arrancado.

Escancarando a camisa, fitou seu esterno. A pele estava marcada por tatuagens, umas melhores que outras, mas não era nisso que estava prestando atenção.

Ele não tinha cicatrizes. Não havia evidências de ter sido violado. Mas algo lhe fora feito ali...

Com dedos trêmulos, pressionou a lateral do pescoço. Onde estava a pulsação? Onde estava a *sua* pulsação?

Nada. Nenhuma batida frágil na jugular.

Dando as costas para o espelho, o Sr. F se jogou para dentro do quarto e caiu de joelhos, com ânsia. Nada subiu pela garganta. Nada saiu da boca. Nenhuma comida parcialmente digerida. Nem bile. Nem mesmo saliva.

Ele era como o vaso. Um contêiner para algo arruinado.

Conforme a realidade se revirava e se retorcia, revelando um novo cenário de pesadelos que seu cérebro não conseguia compreender, ele se deixou cair de cara no carpete.

Eu só quero voltar no tempo, ele pensou. *Quero voltar e dizer não.*

A sensação de que tinha sido clamado e de que não havia escapatória desse novo enlace era uma maldição que nem mesmo todos os seus piores pecados mereciam. E, ademais, não pedira por isso. Não concordara com aquilo. Uma troca pode até ter sido acordada, mas decerto fora uma armadilha.

Mesmo em seus piores momentos sob efeitos das drogas, jamais teria consentido com um renascimento profano. E a única certeza que tinha a respeito dessa sua nova encarnação?

Que era irrevogável.

Não havia como se recuperar daquilo.

Capítulo 7

Quando a noite caiu em Caldwell, Jo estava sozinha na redação e digitava furiosamente em sua mesa, ainda de casaco, ignorando há horas a necessidade de ir ao banheiro. Quando o telefone do escritório tocou, deixou a ligação cair na caixa de mensagens. Quando o celular tocou, atendeu ao primeiro toque.

– Como está a Lydia? – Ela parou o que estava fazendo. – Está tudo bem?

Houve uma longa pausa. O que dizia o bastante.

– Não. – A voz de Bill estava oca e triste. – Perderam a batida do coração. E agora ela está começando a sangrar.

– Ah... Bill... – ela sussurrou. – Sinto tanto. Tem alguma coisa que eu posso fazer?

– Não, mas obrigado. – Ele pigarreou, em seguida falou mais rapidamente, como se estivesse determinado a ser profissional. – Como está a história?

Jo se recostou na cadeira e olhou para a porta fechada de Dick. O chefe fora embora às três e meia, um verdadeiro alívio. Sem o restante do pessoal no escritório e Bill fora, Jo odiara ficar ali sozinha com aquele sujeito.

– Está indo bem – respondeu. – Finalmente vou me encontrar com o seu contato, o policial McCordle, lá na cena do crime. E consegui entrevistar o cara que encontrou o corpo. Também consegui um comentário não oficial da família Pappalardo. Eu estava revisando a última atualização agora. Quer que eu te mande antes de subir no site?

– Confio em você. E certifique-se de colocar o seu nome nisso.

– Melhor deixar só no seu.

– Você está fazendo todo o trabalho, Jo. – Houve outra pausa. – Olha só, preciso voltar e ficar com a Lydia.

– Sim, cuide da sua esposa e diga que estou mandando todo meu carinho e boas vibrações para ela.

– Obrigado, Jo. Pode deixar. Te mando uma mensagem quando chegarmos em casa.

Quando encerrou a ligação, Jo ficou olhando para o aparelho por alguns segundos e então o colocou na mesa virado para baixo. Esfregando o meio do peito, obrigou-se a checar a ortografia do arquivo. Não havia nenhum erro. Verificou novamente. Releu os três parágrafos.

Pouco antes de começar a postar, seu olhar pousou no nome que assinava a matéria. William Elliot.

Tanto a história inicial, que escrevera há cinco horas e disponibilizara on-line, quanto a versão para o jornal impresso do dia seguinte foram enviadas com o nome de Bill. E ele tinha razão. Fora ela quem escrevera as 2500 palavras iniciais após fazer toda a pesquisa.

Olhando de relance para a porta de Dick, pensou no quanto precisava daquele emprego. Na verdade, não tanto quanto Bill precisava do dele, ainda mais durante aquela emergência médica, mas a situação já estava ruim o bastante agora que se mudara para um apartamento novo e morava sozinha.

Deixa pra lá. Estava fazendo um favor para um amigo...

O celular tocou e ela atendeu sem checar a tela.

– Bill, alguma coisa mais que eu... – Jo franziu o cenho quando uma voz desconhecida começou a falar. – Espere, policial McCordle? Você me ligou para cancelar?

– Não, estou saindo da delegacia agora. – O policial abaixou a voz. – Mas você não vai acreditar em quem eles suspeitam que seja o responsável.

– Quem?

– Carmine Gigante.

Jo imediatamente se sentou na beirada da cadeira.

– *O* Carmine Gigante? E estamos falando do pai ou do filho?

– Do pai.

– Por acaso você não teria o contato dele, teria?

– Ele passa a maior parte do tempo no Clube de Caça e Pesca Hudson. Mas, por acaso, tenho o celular dele.

– E poderia me passar? – Quando notou a hesitação, Jo se apressou em acrescentar: – Todo o meu contato com você está em *off*. Pode confiar em mim. Ninguém saberá onde consegui esse número.

– Eu prefiro lidar com o Bill.

– Eu juro. Pode confiar em mim.

Quando ele recitou os dígitos meio a contragosto, Jo os anotou e depois encerrou a ligação. Inspirou fundo algumas vezes, e suas mãos tremiam quando ela começou a digitar.

A voz masculina que atendeu era rabugenta, congestionada e carregada com sotaque do Brooklyn.

– Alô.

– Sr. Gigante?

Silêncio.

– Sim.

– Meu nome é Jo Early. Sou jornalista do *CCJ*. Gostaria de saber se tem algum comentário sobre o ocorrido com o sobrinho de Frank Pappalardo, Johnny?

– Que porra é essa que você tá falando?

– Johnny Pappalardo foi encontrado morto por volta da meia-noite passada, não muito longe da boate techno Ten, com a qual, segundo fontes, o senhor tem ligações. Engraçado ele estar aqui em Caldwell, não acha? Visto que o território da família dele fica em Manhattan.

Há rumores de que ele estava na cidade para fazer as pazes com o senhor, mas estou concluindo que isso não deu muito certo.

– Não sei de nada.

– Conversei com o representante de Frank Pappalardo mais cedo. Na declaração, o advogado disse que a família Pappalardo está de luto pela perda de um jovem tão bom. Algo me diz que isso foi sincero, mas dificilmente será o fim do impasse. Espera que haja alguma retaliação por conta d...

– Como disse que era mesmo o seu nome?

– Josephine Early. Jornalista do *CCJ*.

– Não volte a ligar para este número. Ou tomarei providências para que não consiga.

– Está me ameaçando, Sr. Gigante...?

Quando a ligação foi interrompida, Jo inspirou fundo e voltou para o teclado. Com toques rápidos, revisou a última atualização para incluir o dado de que o Sr. Carmine Gigante, atual rei do crime de Caldwell, não fez comentários ao ser procurado para uma declaração a respeito da morte de um parente próximo de um dos seus maiores rivais. Mais uma revisão ortográfica. E uma última lida completa.

Com a mão sobre o mouse, hesitou. Olhou para a porta do chefe pela terceira vez. Voltou os olhos para a tela.

– Vá se foder, Dick – murmurou ao acrescentar mais uma revisão ao texto.

Jo postou a atualização à história original, apanhou a bolsa e se levantou. Ao sair da redação pela porta dos fundos e chegar ao ar fresco da noite límpida, não estava pensando na dor de cabeça, no estômago nem nas ondas de calor que lhe acometiam.

Quem diria que era um alívio ser ameaçada por um chefão da máfia?

O Clube de Caça e Pesca Hudson não tinha nada a ver com caça nem com pesca, mas ficava perto do Hudson, a uns dez quarteirões de distância do rio pela parte do centro da cidade. Enquanto se aproximava do estabelecimento, Syn não se impressionou com a fachada inexpressiva e sem janelas, cujo objetivo era esse mesmo. Nada naquela construção de dois andares fora feito para chamar atenção, o retângulo dos anos 1970 combinava à perfeição com o restante dos negócios do bairro de seis quarteirões. Restaurantes próprios. Alfaiates. Funileiros. Nada de espiões.

Enfiando-se num beco tão largo quanto o buraco de uma agulha, avançou com destreza em meio à escuridão. Na metade do caminho, uma porta se abriu, derramando uma luz amarelada e fraca sobre o pavimento úmido.

Ora, veja só. Era seu camarada da noite anterior, aquele com a pistola e a revista de carros de corrida.

Puxa vida, o nariz estava bem feio, todo inchado, e o olho esquerdo estava roxo.

– Ele está te esperando – o capanga resmungou quando Syn entrou. – Vai direto até o fundo.

Syn entrou num bar que estava basicamente deserto. Ninguém nas mesas, apenas três caras no balcão com uma garrafa de Jack Daniel's e um trio de copos entre eles. Conforme foi seguindo "até o fundo", os pares de olhos escuros se fixaram nele enquanto as mãos se enfiavam dentro das jaquetas abertas.

Bem quis que o atacassem, e os memorizou. Um tinha uma cicatriz na sobrancelha. Em outro faltavam as pontas das orelhas, como se tivesse ganhado um corte de cabelo com resultado desastroso. O terceiro, que fora chamado de Júnior na noite anterior, usava um anel de ouro do tamanho de um peso de papel no dedo mindinho esquerdo.

Nos fundos, havia uma porta vaivém que dava para um corredor que rescendia a bacon e ovos. Algo se abriu à direita mais adiante, e Syn se preparou para sacar ambas as armas.

O homem que surgiu não poderia ser mais comum, ainda que seu olhar sugerisse que era pelo menos mais esperto do que uma porta.

– Parado onde está – disse, sem retirar a bituca do charuto da boca. – Vou te revistar.

Ah, tá, vai nessa. Syn invadiu a mente do sujeito e fez alguns ajustes. Na mesma hora, ele tirou o toco do charuto da boca e assentiu.

– Pode ir.

Jura?

Syn cruzou uma passagem de teto rebaixado com Charuto e depois o cara abriu mais uma maldita porta.

O escritório era exatamente igual ao da empresa de cimento, e Syn não conseguiu evitar o pensamento tolo de que pareciam meias de um mesmo par. Atrás da papelada espalhada, o velho com marcas de acne estava puto.

Bateu na mesa diante de si, e o gelo em seu copo de uísque chacoalhou.

– Caralho! Atenda o seu *maldito telefone*.

Syn deu um passo à frente para que Charuto pudesse entrar no espaço diminuto.

– Estou aqui, não estou?

– Viu isto? – Um laptop foi virado. – Que porra é essa? Era pra você ter feito a porra de um trabalho profissional e você me vem com essa *merda*?

A tela mostrava a foto de um cadáver indistinguível. Dada a quantidade de pontos vermelhos pixelados, ficou claro que quem quer que tenha matado o pobre bastardo tivera um treinamento de açougueiro.

– Era pra você ter feito isso na surdina. – O homem pegou um celular. – E sabe quem acabou de me ligar? A imprensa. A porra da imprensa! Isso está em toda parte, maldição.

Syn ficou na sua e deixou o cara extravasar. Afinal, estava pouco se fodendo para essas merdas do mundo dos humanos...

– Não vou te pagar nem um centavo. – O homem sacudiu o celular. – Tenho problemas que não tinha antes de você foder com tudo, se exibindo desse jeito ontem à noite. Por isso, você não vai receber nada.

Quando Syn resolveu não lembrá-lo de que dinheiro não era a questão ali, pelo menos da sua parte, o laptop foi virado de novo e gotas de suor brotaram na testa roliça e marcada.

– Você tá querendo me foder? – Quando Syn não respondeu, o homem socou a mesa de novo e se esforçou para ficar de pé. – Você tem ideia de quem eu sou?

– Quem você é pouco importa para mim – Syn declarou na mais absoluta calma.

O velho pestanejou como se Syn tivesse dito algo em outra língua. Em seguida, olhou totalmente chocado para seu associado.

– Qual é a desse cara?

– Inacreditável. – Foi a resposta dita ao redor do charuto.

– Inacreditável! – o velho resmungou. – Mas acho que não fui suficientemente claro. Você *sabe* quem *eu* sou?

Syn se concentrou na pulsação que latejava na lateral da garganta do homem. E quando suas presas tiniram, entendeu que a pergunta errada estava sendo feita. A pergunta verdadeira não era *quem*, mas *o que*, e deveria se referir a Syn. Mas, assim como na questão financeira, aquilo dificilmente era algo que ele perderia tempo corrigindo.

O celular tocou de novo e, quando o velhote olhou para a tela, resmungou para si mesmo. Voltou a se sentar e esfregou os olhos como se a cabeça doesse.

– Sabe de uma coisa? Esta é a sua noite de sorte. – Olhando para Syn, cruzou os braços diante do peito. – Vou te fazer um favor. Vou te dar uma chance para se redimir. Em vez de te botar numa cova.

– Sou todo ouvidos – Syn disse num tom entediado.

– Quero que cuide de uma jornalista para mim.

Capítulo 8

Quando saiu do Clube de Caça e Pesca, Syn prosseguiu pelo beco de trás até um estacionamento que tinha um contêiner de lixo, dez vagas para carros pequenos e nenhuma luz externa. Só havia um carro estacionado no quadrado asfaltado, um Suburban Chevy atravessado por cima de diversos pares de linhas amarelas desbotadas. Quando a ponta de um cigarro brilhou atrás do volante, ficou evidente que o motorista do velho estava sempre a postos, e assim que Syn saiu das vistas do empregado, desmaterializou-se para uns doze quarteirões dali. Depois de retomar sua forma, registrou sua posição com o Irmão Tohrment, chegando para seu turno de vigilância pelas ruas praticamente desprovidas de assassinos do centro da cidade.

Sentia falta dos bons tempos. Do Antigo País. Do modo como a vida costumava ser para o Bando de Bastardos, quando dormiam em qualquer lugar como uma matilha de cães, quando a única regra era que, contanto que limpasse a confusão que tivesse causado, nenhuma pergunta era feita.

Mas nãããão. Eles tiveram que vir para o Novo Mundo.

Contudo, em retrospecto, havia ainda menos *redutores* do lado de lá do oceano.

Para o turno daquela noite, estava no território ao lado da área do Irmão Butch, e deveria estar fazendo a ronda com seu primo, Balthazar – o que era muito bom. Balz não se importava em trabalhar sozinho, e os dois cobririam a área designada sem ter de andar lado a lado. Syn odiava aquela coisa de ficar colado. Não era de conversa, consequência natural de estar pouco se lixando com a vida dos outros.

Inferno, ele pouco se importava com a própria vida.

Tecnicamente, a rotina de lobo solitário, cada um na sua, era uma violação do protocolo. Mas Balz era um ladrão sem consciência, portanto mentir por omissão era o mesmo que espirrar para o cara. Além do mais, Syn era uma péssima companhia, e tinha a sensação de que Balz, que de fato era um tagarela, preferia ficar sozinho a se ver preso ao silêncio forçado enquanto andavam pelas ruas à procura do que raramente, se é que alguma vez, encontravam.

A ideia de que a guerra estava chegando ao fim era uma boa notícia para qualquer um na mansão da Irmandade. Exceto para Syn. Ele não fora feito para tempos de paz.

Escolhendo uma direção qualquer, caminhou pelo asfalto molhado, usando o nariz como radar. O fato de distinguir apenas óleo automotivo e o doce perfume de combustível – cortesia dos carros velhos que passavam – começou a deixá-lo preocupado com o futuro. Ao visualizar infindáveis noites sem nada para fazer, sem ninguém para matar, ninguém para torturar, o desespero frio e entorpecente o percorreu.

A hesitação em seu passo teria sido uma surpresa se a tivesse notado. Mas não notou. Estava ocupado demais testando o ar para ver se farejara direito.

O corpo de Syn parou involuntariamente, sem que o cérebro tivesse enviado aos músculos e às juntas a ordem para que cessassem fogo. Em seguida, a cabeça virou de lado a lado por conta própria enquanto ele analisava o horrendo buquê de aroma urbano.

Campina. Sentia o cheiro de uma campina fresca em pleno verão em meio à fuligem e ao lixo, à poluição e aos gases de escapamentos. A fragrância era tão atraente, tão ressonante... tão poderosa... que Syn piscou e viu a imagem de um campo florido sob o luar.

Atraído pelo que só podia ter sido um engano dos seus sentidos, alguma falha entre a cavidade nasal e as sinapses cerebrais, avançou como um cachorro, com o focinho apontando para a frente, o corpo sendo arrastado logo atrás. Passando debaixo de escadas de incêndio e diante de portas trancadas com correntes e cadeados, seguiu adiante naquela rua. Sirenes e depois as batidas abafadas do alto-falante do sistema de som de um carro ecoavam ao longe. Um humano numa motoneta com um engradado cheio de comida que estaria gelada até a entrega desviou de seu caminho ladrando um xingamento quando Syn recusou-se a sair da frente...

E, então, o vento mudou de direção.

Syn parou e abriu os braços, como se pudesse brigar com o ladrão que lhe roubara o perfume. Descrevendo um círculo em volta de si mesmo, tentou captar a trilha novamente, inspirando o ar noturno através das narinas como se aquele fosse seu último respiro antes de se afogar.

Alguém que estava passando por uma porta parou, deu uma olhada nele e rapidamente recuou de onde quer que tivesse tentado sair. Provavelmente pensando que ele estava chapado.

Dada a súbita ausência de autocontrole, ele *sentia* mesmo como se estivesse drogado.

Incapaz de recuperar a essência, fechou os olhos e teve de esperar até estar suficientemente calmo para se desmaterializar. Quando conseguiu, foi para os telhados e continuou andando pelas beiradas, olhando para baixo, procurando, com o sangue correndo cheio de adrenalina pelas veias.

Mas dessa vez, para variar, não porque estava ansioso para matar.

Não, aquela fome tinha uma razão absolutamente diferente. E de um tipo completamente desconhecido.

Todavia, não vislumbrava ninguém em meio ao labirinto de ruas e construções, seu alvo se esquivava não importava para que lado ele ia. E nessa busca frenética e frustrada, Syn teve a impressão de que estava num sonho, com o objeto de seu desejo sempre fora de alcance, produto de sua imaginação e não algo concreto, de carne e sangue.

Enfim, obrigou-se a desistir.

Era evidente que tinha imaginado aquilo tudo.

Decidiu voltar ao trabalho, consciente do desapontamento que ressoava no seu peito, pungente como se o tivessem privado de uma bênção prometida.

Porém, pensando bem, por um breve instante teve algo além de matar ocupando sua mente.

Considerando-se que homicídio e profanação de cadáveres foram seus únicos motivadores desde que se lembrava, foi uma surpresa lamentar o retorno ao seu estado normal.

— Claro que Gigante não ficou feliz quando atendeu — Jo disse baixinho. — Mas isso não é nenhuma surpresa.

O policial McCordle, o amigo de Bill com quem a jornalista fora se encontrar no centro da cidade, franziu o cenho como se alguém o tivesse acusado de fraude.

— Espera aí, você ligou mesmo para ele? — perguntou.

— Claro! O que achou que eu faria com o número dele? Que eu fosse jogar Uno?

Os dois estavam a cerca de três quarteirões da cena do crime, não que tivesse importância caso estivessem bem na frente do lugar em que o sobrinho de Frank Pappalardo fora descascado como uma banana. A unidade de Investigação de Cenas de Crime já processara a cena e liberara o local, e depois uma equipe de limpeza particular veio para garantir que nenhum dos frequentadores da boate tivesse um novo cenário para tirar fotos ou *selfies*. Não que tivessem restado muito sangue ou tripas. Ainda assim, limparam tudo.

E, caramba, dava para sentir o chciro de água sanitária dali.

— Ele a ameaçou?

– Não tenho medo do Gigante – Jo respondeu.

O policial Anthony McCordle tinha o selo de "bom moço" estampado na testa. Sob a aba do quepe, o rosto honesto parecia se debater para conter a expressão nada feliz que se lançara sobre suas feições, e a mão foi para o cabo da arma no coldre da cintura. Como se fosse protegê-la da máfia embora ambos estivessem sozinhos ali.

– Isso não é nada bom – suspirou McCordle, arrependido. – Eu nunca deveria ter lhe passado o número...

– Mas haverá retaliação, não? Quero dizer, não conheço muito do mundo real da máfia, mas todos aqueles filmes e livros não podem estar errados. Se você mata o sobrinho do seu rival, está numa enrascada. Certo?

McCordle olhou para todo o nada ao redor. No beco, não havia nem sequer o contêiner de lixo, nada de latas e garrafas vazias, embora isso não significasse que fosse digno de figurar num panfleto de turismo de Caldwell. Havia uma camada nada fina de sujeira nos prédios e no chão, como se aquela área fosse um banheiro num mundo desprovido de material de limpeza. Em comparação, a reluzente viatura novinha em folha de McCordle, estacionada a cinco metros dali, era um exemplo de investimentos em manutenção e cuidados rotineiros que jamais seriam duplicados naquele bairro.

– Olha só, acho que vou esperar pelo Bill, está bem? – McCordle baixou os olhos e encarou o chão, como se não desejasse ser sexista, mas um código interno de cavalheirismo exigisse que tratasse mulheres como vasos de cristal. – Não quero que você se machuque.

Por um instante, Jo ficou tentada a dar uma de Annie Oakley,[*] e dar um tiro no farol traseiro da viatura, provando visceralmente que estava armada e tinha boa pontaria. A questão era que Caldwell tinha uma lei que proibia o disparo de armas de fogo dentro dos limites da

---

[*] Nome artístico de Phoebe Ann Mosey, apontada como a primeira mulher a se tornar uma estrela artística nos Estados Unidos, no show do Oeste Selvagem de Buffalo Bill, no qual performava exibindo toda sua destreza com armas de fogo. (N.T.)

cidade. Se McCordle achava que estava com dilemas de consciência agora, deveria ver o que aconteceria quando ela o colocasse na posição de ter que prendê-la por violação à restrição de armas e destruição de patrimônio policial ou deixá-la ir porque não passava de uma boa garotinha que cometera um pequeno deslize.

– Bill está no hospital com Lydia. Ela está com problemas na gestação. – Quando os olhos do policial voltaram a se erguer, Jo deu de ombros. – Por isso, você vai ter de lidar comigo. É isso ou parar na mídia nacional, e será que você pode confiar neles pra manter a sua identidade em segredo? Tenho quase certeza de que existe alguma diretriz no Departamento de Polícia da cidade contra vazamento de informações para a imprensa, e os caras da CNN e da FoxNews não hesitarão em mencionar o seu nome a um superior se acharem que isso lhes dará mais informações. Mas você pode confiar em mim. Sou daqui e tenho muito menos a perder do que Anderson Cooper.*

Inferno! Ela não tinha nada a perder. Era apenas editora do material on-line. Mas essa era uma carta que não mostraria.

O aparelho de comunicação que McCordle trazia preso ao ombro emitiu um guincho. Uma corrente de códigos foi disparada pelo pequeno alto-falante, e ele inclinou a boca para baixo para responder em código também.

– Tenho que ir. – Despediu-se dela tão sério quanto um escoteiro. – Não procure Gigante de novo, e vou dizer ao Bill para também não fazer isso. Aquele velho não dá valor à vida humana, e não tem medo de nada. Ele pode mandar alguém atrás de você sem nem piscar.

– Então não me deixe de fora. Prometo não me aproximar de Gigante, mas você tem que me manter informada.

McCordle se afastou, indo na direção da viatura. A julgar pelo modo como balançava a cabeça, Jo deduziu que ele estava se arrependendo de tudo aquilo. Claro que queria apanhar um bandido, mas

---

* Jornalista, escritor e principal âncora do programa *Anderson Cooper 360°*, da CNN, nos EUA. (N.T.)

se pudesse voltar no tempo e não envolver civis armados de laptops e matérias jornalísticas, sem sombra de dúvida teria preferido fazer escolhas melhores.

– Desculpe, mas fazer o quê... – Jo murmurou ao dar uma olhada nas anotações feitas em seu caderninho.

Considerando-se as luzes azuis que começaram a brilhar e a sirene acionada, McCordle fora chamado para algo sério e, como esperado, logo se ouviu o barulho de um helicóptero da polícia no ar.

Talvez aquele drama desviasse a atenção dele. De modo que atenderia sua ligação no fim da noite, quando ela quisesse saber das novidades. E pela manhã, logo cedo.

Alguém correndo pelo beco chamou sua atenção e Jo recuou um passo. O homem corria e olhava para trás, como se estivesse sendo perseguido por alguém com uma faca. Não prestou atenção a ela, mas ele serviu de lembrete para que Jo não se esquecesse de onde estava.

– Meu Deus, que *cheiro* é esse...

No instante em que o fedor adocicado penetrou seu nariz, uma dor lancinante rasgou sua cabeça e ela recuou mais um passo, amparando-se na lateral úmida e fria do prédio para se manter ereta.

Cheiro de carniça com talco de bebê. Uma combinação bizarra, mas já sentira isso antes. Sentira aquele cheiro em... algum lugar escuro. Algum lugar... perverso. Óleo brilhante num piso de concreto. Baldes de... sangue...

Um gemido subiu pela sua garganta e escapou da boca. Mas agora Jo não estava pensando no fedor nem na dor. Algo mais vinha pelo beco, com passadas pesadas. Passadas ensurdecedoras. Um corpo imenso impulsionado por uma força incrível. Em perseguição à coisa que fedia tanto.

Era um homem, vestido todo de couro preto e com um boné dos Red Sox. E, quando olhou para ela, seus olhos se arregalaram em sinal de surpresa, mas ele não parou. No entanto, a reconheceu. Mesmo sendo desconhecido para ela, ele a *viu*.

E ela também.

À medida que sua cabeça doeu ainda mais, Jo quis ir atrás dele e perguntar exatamente o que nela lhe parecera tão familiar... mas enrijeceu e olhou para a esquerda. De repente, o beco pareceu ainda mais escuro. Mais isolado. A mudança foi repentina, como se a única fonte de luz do mundo tivesse sido apagada pela mão de Deus.

Medo tomou conta de todo seu ser.

– Quem está aí? – perguntou, levando a mão à pistola.

Que pergunta idiota. Quem lhe responderia aquilo?

Acima, o helicóptero da polícia ia e vinha, e ela quis gritar para que a iluminassem.

Quando seu coração começou a bater mais forte, pensou no conselho de McCordle para não procurar Gigante novamente. Numa onda de paranoia, sentiu que não viveria o bastante para tirar vantagem desse sábio conselho...

Ali. Na escuridão. Mais à esquerda.

Havia um segundo homem vestido de couro.

Capítulo 9

Syn parou onde estava, não por um comando consciente, mas porque sua mente estava ocupada demais avaliando a fêmea para transmitir qualquer outra ordem a seu corpo. Ela era alta e bem proporcionada, vestia roupas de civil sem nenhum apelo a não ser por estarem sobre ela. Os cabelos eram longos, ou, pelo menos, ele deduzia que fossem. As pontas do que parecia ser vermelho acobreado estavam enfiadas debaixo da gola da jaqueta quebra-vento, as mechas se ondulando como se quisessem ficar livres para flanar ao sabor do vento. O rosto estava desprovido de maquiagem, as sobrancelhas arqueadas em sinal de surpresa – não, aquilo estava mais para medo. De fato, os lábios estavam entreabertos como se ela estivesse prestes a gritar, e os olhos, fixos nele, encontravam-se arregalados, o branco destacando as íris de uma cor que ele não conseguia determinar.

Tudo estava obscurecido, e não por conta da ausência de luz.

Ela, de alguma forma, o cegava. Por mais que a examinasse meticulosamente, seus olhos pareciam incapazes de absorvê-la por inteiro.

E, então, Syn percebeu o que a fêmea estava fazendo.

Balançando a cabeça, ele deu um passo para sair do esconderijo das sombras que encontrara sem querer, expondo-se para a luz ambiente que banhava o beco com um brilho que poderia ser romântico se estivessem numa floresta ou num campo.

— Não — ele se ouviu dizer. — Alto demais.

A fêmea piscou confusa, e Syn se perguntou se ela tinha percebido que apontava uma pistola para o seu rosto.

— O quê? — ela murmurou.

O som da voz passou por ele como uma carícia. A pergunta simples ecoou por dentro da pele de Syn e alterou sua temperatura interna — embora ele tivesse dificuldade para dizer se ela esfriava sua temperatura ou se aquecia o seu desejo. Na verdade, era ambos.

Syn aproximou-se, com os olhos presos aos dela; algum sistema de alarme interno o preveniu para se mover lentamente e tentar parecer mais baixo do que de fato era. Não queria assustá-la, mas não por conta da nove milímetros que ela empunhava. Não desejava assustá-la porque, pela primeira vez em sua vida violenta, não queria ser quem de fato era.

Essa desconhecida de lábios entreabertos e olhos arregalados lhe despertou uma vontade de ser diferente. Melhor. Aprimorado em relação à fera primitiva que se tornara depois de sua transição.

— Eu vou atirar — ela disse.

Ele fechou os olhos brevemente como se as sílabas ditas entrassem nele. Em seguida, viu-se compelido a responder:

— Mais baixo.

Quando reabriu os olhos, estava bem de frente a ela, o corpo tendo tomado a decisão, por si só, de onde queria estar.

— O quê? — ela repetiu.

Syn estendeu a mão e segurou a ponta trêmula do cano, ajustando a posição da arma para ela.

— Não na cabeça. No peito. Você vai querer mirar aqui. É um alvo maior e o coração é onde você causará maiores danos.

Com a arma dela corretamente posicionada, ele recuou um passo.

— Pronto. Agora você pode me matar com eficiência.

Enquanto esperava pacientemente que ela puxasse o gatilho, um sentimento de paz tão grande o invadiu em sua rendição que Syn quase não ouvia os barulhos vindos de cima, um som forte e ritmado.

Não era importante. Nada mais importava.

Ele se entregara, e se ela desejasse tirar sua vida ali, naquele instante, Syn lhe daria sua estrutura mortal de boa vontade. Pouco importava o quão doloroso seria ou quanto sofreria, aquela seria uma boa morte, uma que há tempos merecia.

Porque aquela fêmea, que cativara sua alma obscura tão certo como se estivesse segurando seu coração pulsante na palma da mão, seria aquela a matá-lo.

Na sua lista de afazeres daquela noite, atirar em outro ser humano não estava entre os cinco primeiros itens. Nem entre os dez. Na verdade, nem estava na lista.

Ainda mais em um com aquele perfume. Jesus, que colônia era aquela? Era diferente de tudo que Jo Early já tivesse sentido antes. Mas, pensando bem, o mesmo poderia ser dito do homem. Ele era enorme, positivamente imenso, e o couro preto que vestia de modo algum contribuía para que parecesse menor ou menos imponente. Tinha uma envergadura absurda de ombro a ombro, braços grossos, a parte inferior do corpo era igualmente desenvolvida, coxas fortes mantendo-o ereto e botas grandes cobrindo-lhe os pés.

Mas foi a fisionomia o que de fato chamou sua atenção. Era magro e forte, as maçãs do rosto bem definidas conferiam-lhe uma aparência austera, os olhos inteligentes afundados, o corte do queixo era firme e implacável – como se ele pendesse mais para o castigo do que para a absolvição. O cabelo era quase todo raspado, não passando de um moicano espetado de sete centímetros da testa até a nuca, e não havia tatuagens. Estava disposta a apostar o que haveria debaixo das roupas.

Ou talvez fossem apenas acres de pele lisa sobre todos aqueles músculos rijos...

Pare já com isso, repreendeu-se.

O resultado é que o fato de ele parecer despreocupado com a arma que ela apontava fazia total sentido. Somente com sua presença, aquele homem teria transformado uma bazuca numa pistola de brinquedo.

– Deixe-me em paz – ela disse. – Ou eu atiro.

– Então atire.

Nenhum dos dois se mexeu. Enquanto o resto da cidade prosseguia em seu ritmo convulsivo, com crimes e delitos acontecendo a toda hora, com trânsito noturno de entregas ainda percorrendo as pontes e os faróis das ruas, com a população vivendo e respirando em qualquer metragem quadrada apertada que alugassem, entre Jo e aquele homenzarrão de moicano tudo estava parado, com uma espécie de esteio criado entre eles, ao redor do qual o mundo se inclinava e girava.

– Estou falando sério – ela sussurrou.

– Eu também.

As mãos grandes subiram para a jaqueta de motoqueiro e a abriram, revelando um par malvado de adagas de aço presas ao peito largo, com os cabos para baixo. Em seguida, num gesto que não fazia o menor sentido – não que algo daquilo estivesse na disputa para o prêmio "Sim-tudo-isso-está-mesmo-acontecendo" –, ele pendeu a cabeça para trás, e os músculos das laterais do pescoço saltaram num alto-relevo, ressaltando a saliência do queixo que se tornou o cume da montanha que era seu corpo imponente.

Era como se estivesse se submetendo totalmente a ela.

Entregando-se totalmente.

A ela...

Lá no alto, o helicóptero da polícia fez um círculo e seguiu na direção deles, a luz branca gélida passando pelo beco, iluminando o labirinto criado pelos prédios que se apertavam lado a lado e diante uns dos outros. O facho de luz atingiu o homem em sua pose de inexplicável súplica, banhando-o no que parecia ser, por um breve instante, uma santificação dos céus, como se ele fosse um altar com a pintura de um santo prestes a ser sacrificado para o bem da humanidade.

Jo sabia que se lembraria dessa cena pelo resto da vida...

Com um movimento repentino, o desconhecido voltou a se concentrar, focando sua atenção na ponta extrema do beco.

Do alto, uma voz anunciou em um alto-falante:

– Abaixe sua arma. Unidades policiais cercaram a área. Abaixe a arma.

Jo ergueu o olhar para o helicóptero, surpresa. Estavam falando com ela...?

– Temos que ir – o homem vestido de couro ladrou. – Agora!

Ela ouviu o que ele disse, mas não iria fugir da polícia. Só precisava explicar para os caras legais de distintivo e com trem de pouso que não iria de fato atirar naquele homem que tinha diante de si. Só queria afugentá-lo...

O dito-cujo vestido de couro aproximou o rosto do dela. O que significava que o cano de sua pistola agora pressionava diretamente o esterno dele.

– Você tem que vir comigo. – Ele olhou de novo para o beco. – Ou vai morrer...

– A polícia não vai...

– Não é com a polícia que estou preocupado.

Quando o helicóptero fez uma curva fechada, as hélices criaram uma corrente de vento que quase a derrubou – e foi nessa hora que Jo sentiu o fedor de novo. Talco de bebê com carniça.

O homem a agarrou pelo braço.

– Você tem que vir comigo. Está correndo perigo.

– Quem é você?

– Não temos tempo. – Ele olhou para a esquerda uma última vez. – Continue segurando a arma. Você pode precisar dela.

Com isso, ele se foi... levando-a junto de si. As pernas de Jo não tiveram alternativa a não ser começar a correr. Ou isso ou seria arrastada. E quando ele fez uma curva fechada, ela perdeu o passo e tropeçou. A pegada dele em seu braço foi o que a manteve de pé, e Jo se recuperou o melhor que pôde.

Nos recessos da mente, sabia que tudo aquilo estava errado. Estava fugindo da polícia com o mesmo homem para quem acabara de apontar uma arma.

Saiu do fogo para cair na frigideira.

Ou... algo assim... Caramba.

Capítulo 10

Butch se aproximou de um dos assassinos diante de si, a distância entre os corpos agitados se estreitando como se fossem duas contas de um colar. O *redutor* parecia estar se cansando, e isso, assim como aquele coração no balde no shopping abandonado, era uma novidade. Os malditos costumavam ter a resistência de coelhinhos movidos a Energizer seguindo em frente, sem descanso, sem parar.

Desembainhando sua adaga negra, não tinha ideia de onde Z. estava. Os dois se perderam quando ele foi atrás daquele filho da puta. Não tinha dúvidas de que o irmão sabia se cuidar, e a retaguarda já estava a postos, mas preferiria que estivessem juntos.

Logo alcançaram a esquina do beco e o *redutor* escorregou no piso oleoso ao virar à esquerda, quase caindo. E essa foi a deixa para Butch dar o bote. Saltando no ar, lançou-se com a adaga em riste, mirando na parte de trás da cabeça do assassino. Seu alvo era impecável. Sua trajetória, sublime. O impacto...

Foi uma bosta quando o facínora se desequilibrou por completo e caiu antes da hora.

Butch viu o crânio que pretendia atingir passar diante de si quando voou por cima do filho da puta – e lembrou-se dos comerciais clichê de SUVs derrapando sobre gelo. Tração nas quatro rodas não equivalia a quatro rodas parando, e o mesmo valia para vampiros de quase 140 quilos quando não estavam em contato com o chão.

Dando um mortal em pleno ar, virou o corpo e balançou as pernas para a frente de maneira que elas se tornassem a proa do seu barco ferrado. A manobra não o desacelerou, mas possibilitou que aterrissasse agachado.

Ou possibilitaria.

Se não tivesse se chocado com o capô de um carro abandonado e depenado.

Caiu de pernas abertas sobre a grade dianteira tal qual um frango assado, uma perna para cima arrancando o emblema da Chrysler, e a outra para baixo, ficando presa no spoiler dianteiro. O saco recebeu todo impacto e Butch gritou mais fino que uma soprano, atingindo uma oitava mais alta do que qualquer macho poderia alcançar sem usar um figurino de ópera.

Quando seu *Figaro da Puta* ecoou ao redor, o *redutor* se pôs de pé. Por uma fração de segundo, ele e o assassino se entreolharam. Difícil saber quem estava mais surpreso, mas a pergunta sobre quem se recuperou antes foi respondida com muita rapidez. O Pé de Valsa com queda perfeitamente sincronizada não perdeu mais tempo ali. Disparou, passando correndo por Butch em sua nova função de emblema de capô.

Gemendo, Butch removeu suas gônadas do carro com um cuidado cirúrgico e voltou a perseguir o maldito. A dor era tanta que lhe provocou enjoos e marejou-lhe os olhos, e recém-saído da uma zona de impacto, teve de andar com as pernas afastadas tal qual um vaqueiro desmontando do cavalo após passar três anos na sela. No entanto, logo tudo voltou ao seu devido lugar, e a ideia de que aquele poderia ser o último *redutor* lhe deu um gás para avançar mais rápido do que sua virilha gostaria.

Mas, pensando bem, como será que estava a situação ali embaixo? Deveria estar deitado num sofá com um pacote de gelo ao redor da sua força de ataque.

Outra esquina, e motivado apenas por sua força de vontade, começou a se aproximar de novo. Dessa vez, não correria o risco de outra colisão frontal com suas bolas. Com a presa em vista, nada daquela besteira de *Matrix*. Apenas se aproximou até que o fedor emanado do miserável lhe ferisse as narinas, e os arquejos do morto-vivo estivessem tão altos quanto o rugido do próprio sangue em seus ouvidos.

Esticou o braço e o envolveu pelo pescoço, prendendo o inimigo com o cotovelo, a mão livre agarrando o próprio pulso e jogando o corpo para o lado, de modo que o *redutor* fosse alçado do chão, girando no ar. Com um movimento bem treinado, Butch dominou o jogo de chão que se seguiu, montando no assassino, espalmando a parte de trás da cabeça dele, empurrando-lhe o rosto contra o chão.

E foi nesse instante que descobriu que perdera a adaga.

Pegando a lâmina reserva, agarrou os cabelos curtos do *redutor*, puxando a cabeça para trás e cortou-lhe a garganta de orelha a orelha.

O morto-vivo deu um espasmo, e Butch o soltou e saiu de cima dele, desgostoso consigo e com o ataque desleixado. Quando o rosto do assassino despencou no asfalto, regurgitando todo tipo de saliva e fluidos, Butch deixou a própria cabeça pender e recuperou o fôlego. Terminada a perseguição, a adrenalina diminuiu e, ai, caramba, a dor em seus pobres e abusados testículos substituiu a agressividade.

Inclinando-se à frente, vomitou e levou a mão entre as coxas para tentar rearranjar as bolas com delicadeza – não que isso ajudasse. Hematomas não chegavam nem aos pés de um esmagamento.

Quando conseguiu se recompor minimamente, voltou a se concentrar no assassino. Os braços e as pernas ainda se moviam, e ele pensou num cachorro adormecido, perseguindo esquilos e coelhinhos imaginários, com as patas se mexendo enquanto o corpo não ia a parte alguma. O mesmo acontecia ali. Se não tomasse nenhuma providência, aquela tolice prosseguiria por toda eternidade. Ou até que algum ser humano aparecesse e chamasse a polícia para denunciar o evento.

Depois do qual a calamidade absoluta se seguiria quando o segredo sobre os vampiros e a Sociedade Redutora fosse exposto.

Isso mesmo, a necessidade de discrição era o único ponto em que os dois lados concordavam.

Dito isso, forçou-se a voltar ao trabalho. Estendendo a mão, agarrou o ombro do morto-vivo e o rolou de costas. O gorgolejo ficou mais alto e ele encarou o rosto maltratado com o segundo sorriso aberto. Aquela boca nova, abaixo do queixo, despejava um óleo negro e fétido em todo o chão, mas mesmo que o corpo secasse, a movimentação persistiria.

Só havia duas maneiras de acabar com um *redutor*. Uma seria apunhalá-lo com uma adaga de aço no meio do peito, atravessando a lâmina no lugar vazio em que o coração estivera. *Pop-pop, puf-puf,* de volta a Ômega – e então a essência maligna partilhada com aquele corpo outrora humano voltaria para o Mal, seria reciclada e recolocada em outro receptáculo.

A segunda maneira de "matar" o inimigo era aquela que os estava levando ao fim da guerra, e Butch era a única pessoa que podia fazer isso.

Guardou a adaga e ergueu o olhar para o helicóptero da polícia que os sobrevoava, o facho brilhante passando por ele e pelo bandido, sem percebê-los. Hora de agir rápido. Não tomava como certo que teria a mesma sorte da próxima vez que a aeronave passasse. Com um grunhido, plantou uma mão de cada lado da cabeça do assassino e inclinou-se para baixo, os cotovelos se movendo para fora, os olhos se deparando com os do morto-vivo. Era difícil saber o quanto ele compreendia. Os olhos estavam arregalados, a parte branca brilhando na escuridão. Contudo, não havia nem vingança nem ódio neles.

Somente medo absoluto. Embora toda e qualquer humanidade tivesse deixado aquele corpo, o que via ali era um terror muito humano, alto e claro.

– Você não vai para casa – Butch murmurou. – Vou te salvar. Mesmo que não mereça.

Mas não tinha tanta certeza disso.

O redutor fugira quanto teve a chance. Não atacara. Não revidara com armas. Evidentemente não fora treinado, e estava sozinho.

Butch sabia disso porque conseguia sentir os capangas de Ômega e não havia outros por perto. Sabia disso porque, por um breve momento, fora um deles.

— Você se arrepende daquilo com o que concordou? — Butch sussurrou.

A cabeça assentiu lentamente, e uma única lágrima escapou do canto de um dos olhos vermelhos e inchados.

A boca, aquela real, não a criada por Butch com a adaga, moveu-se de maneira coordenada: *tarde demais.*

Seis quarteirões mais à frente, Jo lançou âncora e se soltou da pegada do homem. Em resposta, houve um protesto instantâneo de sua algema rotadora, e ele se virou quase no mesmo instante:

— Você não está a salvo aqui — disse.

Nos recessos de sua mente, notou que ele mal respirava. Ela, por sua vez, sentia os pulmões prestes a entrarem em colapso e sua caixa torácica subia e descia freneticamente, como se fizesse flexões.

— Você tem que confiar em mim.

— Não, não tenho, não — conseguiu dizer entre arquejos.

O estranho olhou na direção em que vieram, como se estivessem sendo perseguidos. Ou estivessem prestes a ser.

— Não posso deixá-la aqui.

Havia um sotaque naquelas palavras. Não era bem francês, tampouco alemão. Nem italiano.

Ele abaixou a cabeça e suas narinas inflaram. Depois praguejou.

— Você precisa de mim...

— Deixe-me em paz... — Jo recuou bruscamente.

— Não posso. Você vai morrer.

O medo se desdobrou dentro do peito de Jo, e não foi por temê-lo.

— Você não me conhece.

– Você tem que me ouvir... – o homem voltou a imprecar.

O helicóptero chegou ao topo do prédio ao lado deles, a luz percorrendo um amplo círculo e seguindo na direção deles.

– A polícia não vai te ajudar. Eles vão te prender. E eu sei aonde ir. Pode confiar em mim.

– Não vou fugir da...

– Eles te viram apontando uma arma para o meu peito. Conhecem a sua aparência. Quer ir parar na cadeia esta noite? Ou quer sair daqui?

Enquanto Jo olhava para cima, a rajada provocada pelas hélices afastou seus cabelos do rosto. Para mantê-los em ordem, e também por não querer ser reconhecida, vestiu o capuz da jaqueta e os prendeu ali dentro.

– Não confio em você – ela berrou em meio à corrente de vento.

– Que bom. Não deveria mesmo. Mas sou tudo de que você dispõe no momento.

– Filho da puta – Jo murmurou.

Quando ele voltou a segurar sua mão, ela esperou ser puxada atrás dele uma vez mais. Em vez disso, o homem ficou onde estava, com o corpo enrijecido, os olhos determinados, uma aura de tamanha urgência que qualquer um juraria que ele queria salvá-la de um *serial killer*.

Pensou em como ficaria em sua foto de fichamento na delegacia. Depois visualizou Dick extasiado por ela finalmente ter sido presa pela polícia. Por fim, considerou sua conta bancária. Até podia ser filha adotiva da grande e gloriosa família Early da Filadélfia, mas a desavença que teve com os pais há muitos anos afetou com força total as suas finanças.

– Bem – estrepitou –, aonde vamos?

E mesmo assim o sujeito não se moveu.

– Não vou deixar que nada aconteça com você.

– Maravilha, agora pare de falar e comece a se mexer, ou eu vou.

Ele concordou, como se tivessem fechado algum tipo de negócio, e logo saíram dali, avançando pelo beco, entrando cada vez mais no labirinto do centro da cidade enquanto o helicóptero passava por cima deles uma vez mais. As esquinas eram dobradas com determinação, como se ele soubesse exatamente aonde a levava, e agora Jo conseguia acompanhá-lo, pois o desejo de se esquivar da polícia lhe deu ânimo extra para correr.

Freando numa esquina à direita, o homem a levou a uma artéria estreita entre dois prédios de apartamento, e depois...

Ele a conduziu diretamente na direção de uma viatura da Polícia de Caldwell.

Quando os faróis os iluminaram, ele parou. E ela também.

Talvez fosse McCordle, Jo pensou...

– Largue a arma! – a policial ladrou ao abrir a porta e apontar o revólver por cima do para-brisa. – Largue a arma, agora!

Jo ergueu as duas mãos.

E foi nessa hora que percebeu que a policial não estava falando com o homem ao seu lado. Era Jo que estava armada; ainda segurando a pistola na palma da mão.

– Acho que você não sabia que direção tomar tão bem quanto pensava – ela murmurou ao ordenar a si mesma que soltasse a nove milímetros.

Capítulo 11

Devina, a imortal que queria ser mulher, juntou as palmas, esticou os indicadores e ergueu os polegares, fingindo que tinha uma pistola. Apontando as unhas pintadas de vermelho para o céu noturno, fingiu que conduzia o helicóptero que voava em círculos como se fosse uma mosca tentando aterrissar na sopa de alguém. Era difícil julgar se seus cálculos de velocidade e direção estavam corretos, sem, de fato, mandar uma bala para aquela lata irritante de rotor barulhento.

Sua virtude em troca de um lançador manual de mísseis.

Isso sim seria divertido. E, por um segundo, pensou em conjurar um, só pela graça de fazer isso. Seria excitante ver uma bola de fogo explodindo debaixo daquela hélice, e depois assistir à carcaça revirando, incapaz de voar, adernando em direção a um prédio. Ou, quem sabe, a coisa ricochetearia em alguns arranha-céus como uma bola de pingue-pongue, com os flancos de concreto e vidro servindo de raquetes, mandando-a de um lado a outro.

Pessoas definitivamente morreriam, e não apenas o piloto. Talvez um transformador ficaria sobrecarregado e se tornaria uma fonte secundária de diversão. Caos. Sirenes. Humanos tropeçando uns nos outros, gatinhos e cachorrinhos sendo pisoteados, bebês rolando como melões pela rua.

Rá! Que divertido.
Deveria fazer isso.
Ou talvez... deveria apenas continuar vagando.

Ao retomar seu passeio, ajustou a saia curta. Era uma Escada *vintage*, um pedaço felpudo de tecido vermelho de bolinhas, longa apenas o bastante para cobrir a tanga. Vestira-a com uma camisetinha regata e umas quinze correntes e pingentes ao estilo "Like a Virgin", com as contas e cruzes penduradas se aninhando entre os seios. Para os sapatos, deu uma de Carrie Bradshaw, da série *Sex and the City*, e escolheu Jimmy Choos de 1991 num tom de rosa que brigava um pouco com a cor da saia. Nenhuma bolsa, porque simplesmente se esquecera, e não precisava de um casaco porque... hum, era um demônio?

Era uma bela combinação de roupas. Escolhidas de seu guarda-roupa com esmero forçado.

Uma tentativa de se automedicar com moda.

Nos recônditos de sua mente, ouvia o Dr. Phil* lhe perguntando: *E como isso tem funcionado para você?*

Nada bem, Phil. Nada bem mesmo.

Deu mais um tiro imaginário no helicóptero, e então desmanchou a arminha que fazia com as mãos quando espirrou e teve de cobrir a parte inferior do rosto por decoro. Cacete. Que *fedor*. Parecia que alguém tinha amarrado um guaxinim morto a um pau e lançado perfume de farmácia para disfarçar aquele pesadelo de cheiro...

Devina parou com todos os sentidos em alerta.

Virou a cabeça lentamente e estreitou os olhos na direção de um beco, que não tinha nada de notável: havia saídas de incêndio na lateral de alguns prédios velhos, contêineres de lixo... e sujeira espalhada pelo chão, acumulada nas soleiras das portas, a versão urbana da caspa.

Mas tudo aquilo era irrelevante. O que prendeu sua atenção foram as duas figuras masculinas cerca de um quarteirão mais abaixo do cru-

---

* Phil McGraw, psicólogo dos Estados Unidos, que se tornou famoso e conhecido como Dr. Phil ao participar dos programas de Oprah Winfrey. (N.T.)

zamento em que se encontrava parada. Um estava deitado de costas numa posição clássica de súplica, com os braços largados ao lado do corpo, pernas balançando em espasmos inúteis. O outro estava encurvado como se pretendesse beijar o primeiro, mas não com paixão. Estava mais para o beijo do Ceifador vindo clamar uma alma, ameaça e morte marcando a troca, predador prestes a consumir a vítima.

Quando sentiu as entranhas formigando, Devina foi invadida por uma sensação dolorosamente familiar e, ao mesmo tempo, absolutamente desconhecida. Fazia tanto tempo já.

E não era apenas porque ver dois homens se comendo fosse incrível.

Algo se revirava ao redor daquela cena de dominação e submissão, e não era o fedor.

Maldade. Maldade pura e de alta octanagem reinava naquele beco. Era... o mal, mas também não era, era sua essência capturada e presa na carne daquele que jazia no chão... No entanto, não era ele quem interessava a Devina. Não, estava encantada por aquele que agora abria a boca. E começava a inspirar. E... puxar para fora dos lábios entreabertos do suplicante um éter negro, um suspiro, mas não exatamente.

Devina refugiou-se nas sombras, lançando um feitiço ao redor de si mesma para garantir que ficaria indistinguível entre os tijolos e a argamassa contra a qual se recostara. Debaixo do agressor, o corpo da vítima se contorceu, o peito se erguendo, a cabeça caindo para trás como se estivesse num grande êxtase ou numa enorme agonia. E foi nesse instante que ela viu o corte ao longo da garganta e o sangue negro escorrendo da veia jugular.

Sussurros no âmago do seu sexo se tornaram agitações... que se expandiram para o mais puro desejo demoníaco; a chama motriz, há muito diminuída, voltando à vida e aquecendo seu corpo.

Os sons da transferência, da consumação, eram como a sucção e os estalos de um boquete, eróticos aos seus ouvidos; os gorgolejos, os arquejos, os estalidos da boca do morto, atordoando seu cérebro enquanto o sangue começava a acelerar. O calor se empoçou entre as coxas e não ficou ali, a onda transformadora foi subindo até os seios, os mamilos endureceram, o coração acelerou de modo que os lábios fartos se partiram e ela tragou uma inspiração rápida.

Deu-se conta, em seguida, de que a mão estava debaixo da saia e entre as pernas, a esfregação e a pressão uma doce compulsão provida pelos dedos. Nesse meio-tempo, o homem com a garganta cortada começou a tremer e se contrair, como se aquilo que era removido apresentasse algum tipo de resistência à sua remoção. Quanto mais rápidos e mais tortuosos os tremores do homem, mais rápido e mais vigorosamente Devina se masturbava...

Ela chegou ao orgasmo bem quando ouviu um grito agudo.

Fechou os olhos para saborear o clímax e, por um momento, ficou tão embriagada de prazer que até se esqueceu de que estava encostada num prédio num beco de merda numa parte não tão atraente de Caldwell.

Quando as pálpebras por fim se ergueram num retardo langoroso, só havia um homem onde antes havia dois, e aquele que sugara cambaleou para o lado e caiu no chão. Estaria morrendo? Ele mal respirava, a pele estava pálida, os dedos se retorciam, as pernas se contraíam, como se houvesse veneno correndo em suas veias. Nesse ínterim, o mal emanava por seus poros. Ele era um depositório resplandecente de tudo o que era vil e depravado, um buraco negro do tipo que percorria as veias dela.

Aquele homem era seu gêmeo.

Quando pareceu que ele parara de se mover, Devina deu um passo à frente. E mais um.

Não queria mais ficar sozinha. Estava cansada dessas ruas vazias, frias, dessa existência indiferente... desse... isolamento.

E se ele morresse ali? Seria uma perda grande demais embora não o conhecesse. Há tempos ela era uma concha vazia que aterrissara naquele mundo confuso e caótico, vagando pelas noites como uma alma perdida, sofrendo por um anjo que a desprezara em vez de amá-la.

Mas aquele homem? Aquele... o que quer que ele fosse...
Ele não a desprezaria. E ela o teria para si...
— Tira! Estou aqui!

Do nada, uma entidade surgiu e se ajoelhou junto ao homem. O homem de Devina. Antes que ela pudesse matar essa aparição, seu gêmeo estendeu as mãos trêmulas para o recém-chegado.

— Cacete, V.
— Estou aqui. Venha aqui.

Com uma gentileza impossível, a entidade estendeu os braços e amparou seu homem, segurando-o junto ao peito que era amplo e forte. E, então, um pesadelo aconteceu. Os dois se tornaram um só, os corpos se entrelaçaram quando uma luz horrível e nojenta começou a brilhar. A luz era a antítese de tudo aquilo que atraía Devina, uma doação que limpava tanto a consciência quanto a cognição, que atenuava o sofrimento, que concedia milagres improváveis demais para serem suplicados. Era a força que retornava os perdidos aos amados, o resgate dos afogados, que dava o primeiro respiro a um recém-nascido que não teria sobrevivido ao canal do parto.

Devina cambaleou para trás, nauseada.

Teve vontade de matar o intruso que trouxera a luz indesejável para a escuridão deliciosa. Era difícil não se sentir traída por sua presença, por mais que soubesse que era uma sensação unilateral de violação.

O contato entre os dois e o brilho que os cercava não durou para sempre. Mesmo parecendo durar uma eternidade.

E quando aquele procedimento, ou seja lá que processo fosse, terminou, o mal havia desaparecido, restando apenas os dois homens. Só que... não. Não eram homens. Eram outra coisa.

Eles eram vampiros.

Hum... Isso sim era excitante pra caralho.

Jo obedecera leis a vida inteira, provavelmente pelo fato de ser adotada. Sempre sentira que, se não fizesse o que lhe diziam, seria mandada de volta para onde quer que as crianças rejeitadas eram devolvidas, como um micro-ondas com defeito na porta ou um rádio relógio que não disparava o alarme ou uma mala com o puxador quebrado.

E quando se tem uma policial apontando uma arma para você? Bem, era aí que toda essa questão de abaixar a cabeça para tudo ia às alturas.

– Abaixe a arma *agora*!

Enquanto a mão seguia o comando do cérebro de soltar a arma, desejou por um instante que aquilo não fosse um filme de Quentin Tarantino e que a maldita pistola não batesse no chão, disparando em seu joelho, assustando a policial que acabaria por enchê-la de balas, tudo isso enquanto uma música padrão dos anos 1970 tocava ao fundo e o homem ao seu lado de repente tivesse lapelas largas e uma urgência de perguntar qual era o nome de um quarteirão com queijo na Europa.*

Só que nada daquilo aconteceu.

O homem ao seu lado continuou com as lapelas da sua jaqueta de couro, mas sabe-se lá como conseguiu apanhar a arma a meros dez centímetros abaixo de sua mão depois que ela a soltou.

E nada aconteceu.

A policial não puxou o gatilho, tampouco proferiu outros comandos verbais. Apenas continuou onde estava, agachada atrás da proteção da porta aberta, apontando para a frente.

– Venha – disse o homem ao seu lado. – Vamos embora.

Ele recolocou a pistola em sua mão e foi em frente.

– O que está fazendo? – Jo perguntou, encarando a arma como se nunca a tivesse visto antes.

– Ela não será um problema. Mas temos que ir.

---

* Referência ao filme *Pulp Fiction*, de Quentin Tarantino. (N.T.)

Jo encarou o rosto de seu um tanto quanto questionável salvador. Ele estava absolutamente calmo, quase entediado – enquanto dava as costas para um membro da Força Policial de Caldwell, que, apenas dois segundos antes, parecia bastante disposta a apertar o gatilho.

Agora, no entanto, parecia que havia tomado um sedativo. Ou doze. Quinze talvez.

É ele, Jo pensou. *Este homem é a resposta que estou procurando.*

Quando concordou e eles recomeçaram a andar, estava ciente de que acompanhá-lo era como passar por um portal sem volta, sabendo que talvez não gostaria das respostas que iria encontrar. Essa busca em que se metera não lhe trouxera nada além de frustrações até o momento. Mas, às vezes, havia o consolo do inatingível. Isso, contudo, só é apreciado depois que se descobre algo que seria preferível não saber.

Tarde demais, porém. Ela já dera o primeiro passo.

Literalmente.

O homem de couro a conduziu através de outros becos, e depois, sem aviso, parou diante de uma porta bem gasta. O painel de metal tinha múltiplas marcas de botas junto à fechadura, como se tivesse resistido a diversas tentativas de invasão.

Por outro lado, o homem não teve dificuldade alguma para abri-la. Será que tinha uma chave que ela não viu?

Entraram, Jo o seguiu tranquilizando-se por ainda estar empunhando a arma. O interior de onde quer que estivessem continuava tão escuro que não dava para enxergar nada, mas isso mudou quando uma vela se acendeu.

A três metros de onde ambos estavam.

Girando na direção da chama fraca, sentiu o coração bater forte; e não por estar cansada.

— Como fez isso?

— Isso o quê? — ele perguntou quando os fechou ali e depois passou por ela.

— A vela. A porta. A policial.

Quando o homem a encarou de novo, já tinha atravessado aquele lugar todo bagunçado, frustração evidente em sua expressão, como se estivesse chateado consigo próprio. Com um grunhido, acomodou-se no chão, esticando as pernas e cruzando os braços diante do peito. Não fitou seus olhos, e Jo teve a estranha impressão de que ele não a evitava, mas que se continha enquanto estava perto dela.

No silêncio incômodo, Jo olhou ao redor porque era uma opção melhor do que olhar para ele. A cozinha comercial na qual se esconderam fora abandonada há tempos, e o êxodo daquele recinto de teto baixo aconteceu de maneira apressada e desajeitada. Havia lixo por toda parte, latas enormes e enferrujadas de legumes e condimentos acumulando sujeira nos cantos das bancadas e do piso empoeirados... pratos e tigelas quebrados, copos virados nos cantos... aventais descartados e calças xadrez de *chefs* formando pilhas cheias de bolor e manchas de comida.

— Ai, meu Deus... — ela disse quando tirou o capuz. — Eu conheço este lugar.

Há meses pretendia vir até ali.

— Comeu aqui quando este restaurante estava aberto? — ele perguntou.

— Não. — Longe disso. — Esta cozinha tem uma história interessante ligada a ela.

Voltando a se concentrar no homem, Jo franziu o cenho... E se lembrou de um fato curioso sobre ambientes caóticos. O olhar percebia os detalhes a princípio, mas nem sempre o padrão. Isso vinha depois.

— Você também já esteve aqui — ela disse. — Não esteve?

— Não.

— Então por que está sentado contra uma parede em um espaço desobstruído que se encaixa perfeitamente ao seu corpo?

— Porque era o único espaço vazio e minhas pernas estão cansadas.

— Há uma cadeira logo ali. E cansado? Até parece. Você nem está ofegante. Não teve dificuldade para respirar o tempo inteiro em que corremos.

— Aquela cadeira tem três pernas, e uma pessoa pode ter bons pulmões e quadríceps ruins.

Jo cruzou os braços diante do peito e balançou a cabeça. Então percebeu que espelhava a posição dele. Por isso abaixou os braços ao lado dos quadris.

— Se não esteve aqui antes, como sabia onde encontrar este lugar? E como entrar?

— Pura sorte. E eu te despistei da polícia, não? Por que tantas perguntas sobre a solução dos seus problemas...

Antes que ele conseguisse terminar, o som de uma sirene soou, uma viatura devia estar passando pela viela estreita. Jo rezou para que o carro seguisse em frente, mas ouviu o som de freada e, depois, da direção oposta, a sirene de outra unidade que também estacionava.

Jo se concentrou na porta surrada da cozinha como se pudesse mantê-la fechada só com a força de vontade. A questão era que sabia que os policiais já estavam familiarizados com aquele buraco. Já estiveram ali antes, quando os membros de uma gangue foram espancados e mortos. Leu o artigo no *CCJ* antes de começar a trabalhar no jornal — e depois acompanhou a história em outras fontes on-line, mas não por causa das mortes ou da gangue.

E sim por causa daquela coisa de vampiros.

Um membro sobrevivente da gangue estava convencido de que tinha sido atacado por vampiros, e disposto a falar sobre essa experiência. Entusiastas da paranormalidade foram os únicos que deram atenção à história de presas e terror, e ela deu cobertura a tudo aquilo em seu próprio blog, Damn Stoker.

Havia tantos fatos sem sentido em Caldwell. Tantos acontecimentos estranhos...

Sua cabeça começou a zunir, e ela esfregou a têmpora com a mão livre, forçando-se a desviar os pensamentos daquele assunto.

Não tinha importância. Tinha outras preocupações no momento. Como algemas e ficha na delegacia.

O PECADOR | 99

– Eles vão entrar ou não? – sussurrou, ciente de que ainda segurava a pistola.

Quando o homem de couro não respondeu à sua pergunta retórica, Jo resmungou e se aproximou de uma parte da bancada. Arrastando de lado uma grade da máquina de lavar pratos, constatou que o que havia embaixo estava menos sujo do que a maioria das suas outras opções. Após uma segunda inspeção, aquela cadeira só tinha mesmo três das quatro pernas.

Ao saltitar para sentar-se em cima da bancada de aço inoxidável, deixou as pernas penderem até um dos pés bater num conjunto de panelas, derrubando-as de onde quer que estivessem se equilibrando. Assustou-se com o barulho, rezando para que os policiais do lado de fora não tivessem ouvido.

Um momento depois, em vez de abrirem a porta... os carros foram embora, um depois do outro.

Jo voltou a olhar para o homem.

– O que você fez com eles?

– Nada – ele respondeu entediado.

– Até parece. – Ela inclinou a cabeça para um dos lados. – Conta pra mim.

Os olhos semicerrados se encontraram com os dela e, por algum motivo, o modo como a encarava deixou-a muito atenta ao corpo dele. Àquele corpo... insanamente... forte.

– Prefiro falar de você – ele murmurou.

– Não tenho nada a dizer.

– Há quanto tempo vem sentindo essas vontades? As ondas de calor? Essa aflição dentro da sua pele que não pode ser explicada, nem evitada?

Jo fez o que pôde para esconder sua reação.

– Não sei do que você está...

De repente, o homem se pôs de pé, e ela se afastou para trás. Mas por mais veloz que tivesse sido ao se levantar, foi lento ao se aproximar dela, com aquelas pernas longas e perfeitas atravessando a distância entre eles com passos langorosos, as botas aterrissando em meio ao lixo como se fossem as passadas de um T.rex.

O olhar dele brilhava com uma luz que ela se recusava a entender.

Sexo não faria parte daquele cenário.

Não mesmo.

Jo pigarreou. E ainda assim pareceu rouca.

– Eu disse que não sei do que você está falando.

Meu Deus, ele era ainda mais enorme ao postar-se diante dela, e Jo deu uma olhadinha para trás para se certificar de que poderia dar uma guinada e sair correndo – hum, ok, não seria possível. Havia uma parede bem sólida atrás de si. E o pior? Quando seu corpo começou a se aquecer em áreas que ela preferiria que permanecessem à temperatura ambiente, ficou preocupada porque, na verdade, não queria escapar dele.

– Mentirosa. Você sabe muito bem do que estou falando.

Capítulo 12

O ESTREMECIMENTO DE ALÍVIO que percorreu Butch quando a limpeza terminou, quando foi esvaziado da sujeira de Ômega, foi semelhante ao alívio que se segue a uma virose intestinal, quando as tripas por fim resolvem cessar as ordens de evacuação. A princípio você não acredita na calmaria, imaginando que outra onda de pedaços nojentos de bile ainda estão por vir. Mas quando isso não acontece, e você começa a acreditar que a barra está limpa, inspira lenta e profundamente e segue em frente com a tentativa fantasiosa de tomar um pouco de chá com torradas.

Seus olhos se recusavam a focalizar. Contudo, a cegueira não o incomodava tanto. Sabia onde estava e, mais importante, sabia com quem estava.

– Você está bem? – Butch perguntou com a voz mais áspera que de costume.

Vishous levantou a cabeça e se soltou do abraço em que se envolveram durante a purificação. Quando ele caiu de bunda, gemeu como se todas suas juntas tivessem sido surradas com um bastão de beisebol.

– Sim. Estou bem. Você?

– Graças a você.

Quando seus olhos se encontraram, Butch temeu a pergunta não dita. Cerrando as pálpebras, buscou coragem e aguçou o sentido que desejava não ter. A resposta se havia ou não mais *redutores* por aí foi imediata...

— Então esse não foi o último — disse V.

— Não — Butch tentou manter o despontamento para si mesmo.

— Ok. Encontraremos um a um... Pelo tempo que for preciso.

— Não creio que restem muitos. E não estou dizendo isso da boca pra fora.

Até parece. É claro que estava. Não queria mais fazer aquilo. Não queria mais ir a campo, sugar o mal para dentro de si, obrigar seu melhor amigo a tirá-lo, sempre ansiando pelo tão esperado fim da guerra só para ter suas esperanças frustradas. Estava exausto e toda aquela maldita situação parecia se estender infinitamente e roubava-lhe o presente.

— É — forçou-se a dizer com falsa bravura. — Seguiremos em frente. Até o último...

Quando V. enrijeceu, Butch se virou e olhou para o beco.

— Sim, também estou sentindo o assassino. Tem forças suficientes para lutar agora?

— Psssiu. — Vishous estreitou o olhar.

Butch franziu o cenho e levantou-se, colocando-se em prontidão para sacar as armas caso fosse preciso.

— É só um *redutor*. Consigo senti-lo...

De repente, o beco ficou enevoado. Só que não era névoa. O *mhis* era uma ilusão ótica e sensorial que V. usava para confundir invasores e proteger o complexo da Irmandade, um campo de força que qualquer um conseguia penetrar, mas dentro do qual ninguém conseguia se localizar.

— Não estou tão mal assim — Butch reclamou. — Ainda consigo lutar.

Vishous se recompôs, mas permaneceu agachado, com a atenção focada no inimigo que não estava muito longe deles.

— Tira — sussurrou. — Preciso tirar você daqui. Agora!

Ok, seu melhor amigo estava agindo de modo meio estranho.

– O que, exatamente, você está vendo?

– O mal. E *não* consigo vê-lo. Isso é o que me incomoda.

Butch olhou para a mesma direção.

– Bem, agora não estou vendo porra nenhuma por causa do *mhis*. V., eu te amo, mas você está pirado, cara...

– Temos de sair daqui. Você é valioso demais para o perdermos.

– Sei cuidar de mim.

– Não contra esse tipo de coisa, tira.

– É só mais um assassino...

Butch sentiu o braço sendo agarrado com força, e o peso do corpo sendo arrastado pelo asfalto. Não houve mais conversa. V. os tirou dali, envoltos pelo *mhis*. O ritmo imposto foi rápido, e Butch ajudou o melhor que pôde, ainda retardado pelo seu armagedon-testicular.

– Que tremenda perda de tempo – resmungou. – Poderíamos muito bem estar lutando com o maldito.

– Não tenha medo de mim.

Quando Syn pronunciou as palavras, sentiu a mentira subjacente nas entrelinhas. Aquela fêmea de cabelos ruivos e olhos verdes deveria estar aterrorizada ali sozinha com ele, num lugar em que ninguém a ouviria gritar por socorro. Pelo menos, ela não sabia nada sobre ele e o que fizera no passado.

O que era bom.

– Pode guardar a arma – disse.

Ela o fitava com desconfiança e um autocontrole que Syn respeitava.

– Não preciso ser salva.

– Sim, precisa.

– Então, como exatamente pretende me resgatar?

– Ouça o que seu corpo está lhe dizendo.

— Bem, neste instante, ele está me dizendo que estou com fome. Vai pedir pizza?

— Ele não está interessado em comida.

— Ah, não? — Mantendo a arma em punho, puxou a bolsa para o colo e, com a mão livre, procurou dentro dela. — Sinto discordar. E que tal você não tentar dizer a uma mulher o que o corpo dela está fazendo? Vamos começar por aí.

Tirando algo de dentro da bolsa, um pacote fino, Jo rasgou a embalagem com os dentes e mordeu um pedaço de carne defumada. Mastigou com determinação, encarando-o, desafiando-o a contestar a fome que ambos sabiam muito bem que ela não sentia.

— E agora? — exigiu saber. — Vai fazer comigo o truquezinho mental que fez com os policiais? Ou isso só funciona com oficiais?

Syn balançou a cabeça.

— Não quero fazer isso com você.

— Então você admite... — Ela apontou a barrinha para ele. — Que, de alguma maneira, os hipnotizou.

— Resolvi um problema para nós.

— Mas como? Não sei bem como isso funciona, mas você não usou um relógio de bolso, não pediu que contassem de trás para a frente a partir de cem.

Por mais que tentasse não fazer isso, Syn se viu observando seus lábios enquanto ela falava. Os lábios daquela fêmea o cativavam de maneiras que não tinham nada a ver com a iminente transição, e levantavam dúvidas quanto aos seus impulsos de Bom Samaritano. De fato, enquanto permanecia de pé diante dela e seus olhos perscrutavam-lhe o rosto, pensamentos aos quais não deveria dar vazão começaram a desviar sua consciência para longe da transformação dela.

Por exemplo, naquele mesmo instante notou como as coxas dela estavam afastadas para manter o equilíbrio enquanto permanecia sentada na bancada.

Syn quis ver o que havia debaixo daquela jaqueta.

Debaixo da malha.

Debaixo... dos jeans.

Quando piscou, uma série de imagens surgiu com velocidade vertiginosa por trás de suas pálpebras. Viu-se aproximando, os quadris afastando os joelhos dela ainda mais, o peito empurrando-a para trás de modo que se recostasse na parede, as mãos prendendo o contorno rijo de sua pelve, uma de cada lado...

Syn deu um passo para trás, como se a distância adicional pudesse frear o desejo sexual que se espalhava em sua corrente sanguínea. Não freou. De imediato voltou a fitar-lhe os lábios. E, enquanto isso, ela continuava usando as palavras com habilidade, conversando com ele, dizendo sabe lá Deus o quê.

Isso era bom. Contanto que estivesse falando, não fugiria dele.

Era melhor assim.

Porque, se fugisse, era provável que ele iria atrás dela, e venceria essa corrida. E quando a alcançasse, montaria nela e...

Debaixo da pele, uma onda de instinto o invadiu, com tanta força que enrijeceu seus músculos e engrossou seu sangue. Quando as mãos se fecharam em punhos cerrados, Syn percebeu que estava com a respiração acelerada.

– Tenho que ir – disse rouco.

A mulher se calou, a boca interrompeu os movimentos sensuais.

– Fugindo de mim? Que surpresa. Ou está com medo da minha arma?

Nenhum dos dois se moveu. Até a fêmea dar mais uma mordida naquilo que ele não fazia a mínima ideia do que fosse.

– Que perfume você está usando? – ela perguntou com suavidade. Mal concluiu a sentença, balançou a cabeça, como se as palavras tivessem saído por vontade própria. Como se pudesse retirar o que disse.

– Não é perfume – ele respondeu.

– Então o que é?

– Sou eu. Quando estou perto de você.

– Por quê?

— O que acha?

A pergunta não era nenhuma cantada passivo-agressiva nem uma espécie de sugestão sexual porque ele não sabia fazer isso – Syn definitivamente não sabia paquerar. Na verdade, tinha esperanças de que ela talvez pudesse entender quais eram as suas intenções quando nem mesmo ele entendia. Talvez houvesse algo em seu rosto, nos seus olhos, ou na sua postura, que ela pudesse ver ou sentir, um aviso de que a machucaria... ou um indício de que estava segura com ele.

Nem ele sabia qual era a resposta.

— Eu tenho... que ir – murmurou.

— Onde você mora?

— Ao norte da cidade.

— Sozinho?

— Não.

— Com quem?

— Você faz muitas perguntas.

Ela riu.

— Você aparece do nada, me instrui a como te matar, me ajuda a despistar a polícia e depois me traz para cá. De onde decide ir embora. Não acha que pelo menos parte disso é misterioso?

— Quero que me ligue quando precisar de mim.

Quando ele informou o número, Jo o interrompeu.

— O que é isso, uma espécie de bat-telefone?

— Tenho que ir.

— Eu sei. Você não para de repetir. Então vá. Está claro que não precisa se preocupar com a polícia, e algo me diz que sabe lidar com todas as armas que traz debaixo desse couro. Então está livre, livre como um passarinho.

— Ligue para mim quando...

— Exatamente para que você acha que precisarei de você? – Fechou os olhos. – Na verdade, melhor não responder. Acho que sei, e, fica a dica, em matéria de cantadas, essa não é lá muito boa.

O cérebro de Syn mandava o corpo se mexer. O corpo ignorava esses comandos. E, enquanto ele se via preso, Jo se calou.

– Quer um pedaço? – ela murmurou depois de um instante. – Você fica olhando para isto como se não tivesse jantado.

Syn levou um minuto para entender que ela estava se referindo ao lanche.

– Não sei o que é isso – ele respondeu.

– Nunca comeu um Slim Jack?

– Não, mas não me importaria de experimentar.

E foi aí que ele a beijou.

Capítulo 13

Ainda no beco onde o *redutor* fora consumido, o Sr. F saiu aos tropeços do vão da porta em que se escondera. Quando sentira o outro assassino, veio o mais rápido que pôde. Precisava conversar com alguém, com qualquer um, entender que merda estava acontecendo, e, não sabia como, mas tinha uma espécie de farol que o ajudava a encontrar e identificar outros como ele. Se ao menos conseguisse se encontrar com um dos iniciados anteriores, decerto saberiam como aquele pesadelo funcionava – e, mais especificamente, como acordar.

Pois aquilo era uma viagem ruim sem LSD.

Quando estava se aproximando do seu camarada, ou sabe-se lá como é que deveria chamar o cara, teve que parar para se esconder. Um vampiro atacara o *redutor* atrás do qual o Sr. F ia, e ele se preparou para o que, de alguma forma, sabia que aconteceria. Do mesmo modo que soubera como entrar na casa daquele bairro.

Só que, em vez de apunhalar o morto-vivo mandando-o de volta ao criador, algo diferente aconteceu.

Uma inalação.

O vampiro fez um boca a boca sem ressuscitação, puxando a essência de Ômega para si, atraindo o mal para o seu corpo. Depois disso, despencou. E então apareceu um segundo vampiro e aconteceu uma espécie de show de luzes. Mas não havia tempo para pensar em nada daquilo. O vampiro de cavanhaque, aquele no papel de salvador, olhou para o beco, direto para o Sr. F, e isso queria dizer que era hora de dar no pé. Há muito tempo, o Sr. F aprendera nas ruas que não deveria se meter com alguém mais forte se pudesse evitar tal conflito...

Num piscar de olhos, a vista do Sr. F ficou toda borrada. Tudo diante dele se tornou ondulado e indistinto, e uma vaga sensação de vertigem o fez cambalear. Onde estavam os dois vampiros?

Inferno! Onde estava o beco?

Mantendo a pistola empunhada, começou a correr, e foi um alívio descobrir que, enquanto fugia na direção oposta, tudo pelo que passava se tornava nítido: os prédios em ambos os lados da viela, o lixo espalhado, um carro abandonado que... caramba... tinha em tremendo de um amassado no para-choque dianteiro.

O Sr. F correu por sabe-se lá quanto tempo, virando à esquerda ou à direita aleatoriamente, dependendo de onde vinham as sirenes da polícia e de onde estava o holofote do helicóptero acima. Pelo menos com o ato de fugir ele estava familiarizado. Estava acostumado a sair do caminho das autoridades. Mas quanto ao resto daquela merda toda? Não mesmo. Não era um lutador. Não era um soldado. Mesmo quando tinha crises de abstinência, louco de náusea, suando, com a cabeça girando, as veias queimando, o corpo descontrolado, jamais agredira alguém. Nunca, jamais quis ferir alguém a não ser a si próprio, e mesmo isso era mais uma consequência do vício do que um ato masoquista ou suicida.

Nos últimos três anos, desde que a esposa o expulsara de casa por ser um viciado e ele se tornara um sem-teto, só o que sempre desejou foi a dose seguinte para poder ficar em paz.

Só isso.

Ao virar numa esquina, percebeu que não estava nem um pouco cansado, mas aquela resistência não servia de consolo para a confusão em que estava metido. Até que, enfim, não havia mais para onde correr. Viu-se literalmente em um beco sem saída, quando derrapou e deu de cara com um muro de tijolos, mal respirando – e era aterrorizante que não houvesse nenhuma palpitação nas têmporas ou atrás do esterno depois de todo o esforço físico.

Baixou o olhar para o peito e pensou no que encontrara naquele jarro.

Desde que começara com as drogas, teve poucos momentos de clareza, e esse era justamente o objetivo. Agora, contudo, ocorreu-lhe um pensamento tão cristalino que ele até estranhou essa anomalia cognitiva.

Não.

Não era isso. Ainda não tinha uma lembrança concreta de como exatamente se encontrava naquela condição, controlado remotamente por outra pessoa que jamais conhecera, perdido nas ruas conhecidas de Caldwell, perseguindo ecos de algo que estava escondido nas sombras de seu âmago. Mas sabia exatamente o que fazer em relação a isso.

Dobrando um pouco os joelhos, saltou e seu corpo foi impulsionado para cima como se ele tivesse usado molas. Agarrando o beiral do muro, jogou as pernas para o outro lado como se fosse um dublê de cinema treinado e a queda livre para o lado de lá demorou mais do que ele teria suposto.

Caramba, devia ter saltado uns sete metros ou mais.

O Sr. F aterrissou do outro lado sem fraturar nenhum osso dos pés nem machucar os joelhos. E quando voltou a correr, tinha energia de sobra.

Por um momento, ponderou se deveria dar uma de Forrest Gump e simplesmente virar rumo ao oeste e seguir por uma trilha infinita de asfalto.

Mas ele não fez isso. Seguiu na direção do rio, das pontes. Onde era o seu lugar.

Sabia exatamente o que devia fazer.

Quando o homem de couro se aproximou, Jo deduziu que iria morder um pedaço do Slim Jim que ela estava comendo. Por isso, quando ele inclinou a cabeça, ela ergueu o salgadinho em sua direção. Mas não foi bem isso o que aconteceu.

Os lábios dele encontraram os dela sem nenhuma hesitação – e, puxa vida, ela aceitou o beijo sem pestanejar. Pelo amor de Deus, deveria recuar. Empurrá-lo. Sair correndo dali.

Mas não fez nada disso.

Quer dizer, ela se moveu, sim. Inclinou a cabeça levemente para a esquerda... para que o beijo se tornasse mais completo. E quando a boca daquele desconhecido possuiu a sua, seus sentidos ficaram hiperalertas, embora não em relação à bancada em que estava sentada, tampouco quanto ao cheiro de mofo da cozinha abandonada, muito menos em relação a outras sirenes que passavam ali por perto.

Não, ela percebia o resvalar aveludado de uma parte íntima dele contra uma parte íntima sua. E também a largura dos ombros, tão amplos que não enxergava por cima deles. E o perfume. Aquele perfume que ele alegava não ser perfume algum, e o fato de saber que ele estava completamente excitado. Apenas com aquele beijo.

Quando a língua dele abriu caminho para dentro de sua boca, Jo lhe deu prontamente o que ele queria. Porque queria aquilo também, a ponto de ter que tentar refrear um gemido ávido que lhe subia pela garganta.

Sim, precisava controlar essa reação. Permitir que ele soubesse o quanto estava mergulhada naquilo seria um erro...

Mas o gemido escapou.

E quando o som súplice foi liberado na boca dele, Jo esperou que ele a agarrasse, que a puxasse ao seu encontro, que arrancasse seus jeans.

E sabe de uma coisa? Ela permitiria...

Só que o homem se afastou de repente. As pupilas tinham dilatado, o centro negro absorvendo qualquer que fosse a cor das íris, e havia uma aparência dura e faminta em suas feições.

Agora ele tinha dificuldade para respirar.

– Gosto do seu gosto mais do que tudo – ele disse num grunhido. – E agora eu tenho que ir.

– Não sei o seu nome.

– Não importa. Você tem o meu número.

Na verdade, não tinha. Quando ele lhe passou o número, ela não estava prestando atenção.

No momento que a sensação de um limiar reapareceu, Jo ficou imaginando que diabos estava acontecendo na sua vida agora, visto que parecia estar sempre voltando para a beira de um precipício.

– Sim – mentiu. – Eu tenho.

Com um cumprimento silencioso, como se estivesse garantindo que tudo ficaria do jeito que ele queria, o homem deixou a cozinha emporcalhada. Quando a porta que dava para o beco se fechou atrás dele, Jo agarrou a beirada do balcão de aço inoxidável e abaixou a cabeça. Precisava se obrigar a permanecer ali tempo suficiente para que não saísse correndo atrás dele. Para que ficasse para sempre perdido para ela. Para que seus caminhos nunca mais se cruzassem.

Não é saudável querer tanto alguém a ponto de se esquecer de que esse alguém é um desconhecido.

Ainda mais se esse alguém estivesse tão armado assim. E claramente se esquivando da polícia.

Além de, claro, hipnotizador. O que abriu um leque de possibilidades que... apesar de o seu blog ser sobre paranormalidade... Jo custava a acreditar que estivesse sequer considerando isso.

Quando as sirenes sumiram de novo, ela se perguntou se a polícia capturara quem quer que estivesse procurando ou se seu jamais-futuro-amante lançara outro feitiço em alguns distintivos.

Erguendo os olhos, examinou o lugar ao redor. A planta confusa da cozinha era um inconclusivo conjunto de folhas de chá pelo qual ler seu futuro. Mas outros pensamentos também se impregnaram, e ela lembrou do membro daquela gangue.

E no que ele dissera ter visto ali.

Apesar da falibilidade da sua memória nos últimos tempos, não precisou pegar o celular para reler um artigo ou qualquer postagem de blog para refrescar suas lembranças quanto à história. Ali, naquela cozinha, quando estava fugindo da polícia, o garoto se deparara com algo que não deveria existir fora da época do Halloween – e apesar de sua vida dura nas ruas, ficou tão horrorizado com tudo aquilo que nem conseguia falar de outro assunto. Não que as autoridades tivessem prestado atenção. Eles só estavam preocupados em castigá-lo pelos crimes que cometera. No entanto, nenhuma das acusações foi levada adiante. Em duas foi julgado inocente e a terceira havia sido desconsiderada após apelo.

Portanto, ele ficou livre para pregar a quem quisesse ouvir sobre o que jurava ter testemunhado com os próprios olhos.

Quis poder entrar em contato com ele agora. Mas não era possível. Ele fora encontrado morto num apartamento a uns dez quarteirões dali uns três meses atrás. Suicídio? Talvez. Acerto de contas da vida de gangue? Bem provável.

Eliminado por ser um problema barulhento demais? Também uma possibilidade.

Ela e Bill tentaram entrar em contato quando ele foi encontrado morto.

Jo virou a cabeça e olhou para a porta que dava para fora. A dor em suas têmporas e ao longo da testa estava de volta e piorava a cada momento. Entretanto, tinha bastante analgésico em casa, e as sirenes tinham parado. O homem de couro já se fora há algum tempo. E a polícia provavelmente já não estava mais atrás dela. Não mais.

Porque ela já não ouvia mais o helicóptero.

Saindo de cima do balcão, dirigiu-se para a porta, passando ao redor de grandes baldes de drywall que...

Soltando um gemido, parou e cambaleou. A sensação de que lembranças tentavam ultrapassar uma espécie de barreira em seu cérebro a invadiu, mas estava acostumada. A onda de calor que aquecia seu corpo por dentro também lhe era familiar. A novidade era... era o desespero que inundava o seu humor.

Quando pisou no beco e hesitou para se certificar de que não havia nenhum policial atrás dela, ficou bem ciente de que não havia ninguém à sua espera no apartamento. Ninguém para chamar ou com quem se conectar. Nenhuma alma com quem pudesse se abrir.

Tinha uma história para contar esta noite, sobre o homem de couro, sobre como se sentia, mas não tinha nenhuma plateia. Mesmo que escrevesse sobre isso no blog com o pretexto – ou como uma tática para atrair leitores – de ele ser de outro mundo, estaria apenas gritando para uma multidão que basicamente se concentrava em si mesma. Bill era seu único amigo, e eles não eram tão próximos assim, e, além disso, ele estava ocupado com Lydia e a questão da gestação interrompida.

A vida de Jo não passava de uma câmara de eco, vazia e escura.

E essa realidade foi a companheira que a seguiu até em casa tal qual um perseguidor.

Capítulo 14

Tudo era tão deliciosamente familiar.

Enquanto atravessava a terra batida debaixo do imenso pontilhão acima do rio, o Sr. F inspirou com facilidade pela primeira vez desde que recobrara a consciência naquele piso de concreto atrás do prédio do shopping abandonado, coberto por merda que não era sua, com o corpo duro e dolorido, especialmente dentro do cu. Estava confuso e em péssimo estado, mas tinha outras coisas com que se preocupar além da saúde e do bem-estar.

A primeira era a compulsão que o conduzira até aquela casa no subúrbio.

E ele acabou indo, parando diante dela.

Nada daquilo fizera sentido, mas isto com certeza fazia.

– Rickie – ele murmurou. – E aí?

O homem maltrapilho sentado num colchão de papelão acenou com uma mão retorcida para ele.

– Por onde andou?

– Lugar nenhum.

Quando a conversa só chegou até aí, o Sr. F se lembrou do quanto apreciava as regras sociais dali da Cracolândia, que era como chamavam o lugar. Ninguém perguntava mais do que estava disposto a responder. Em parte, por respeito. Mas principalmente porque todos debaixo da ponte estavam num relacionamento abusivo com o próprio vício, e brigar com o fardo que carregavam nas costas tirava o interesse pela vida das outras pessoas da lista de afazeres.

Seus olhos vagaram até o ponto que costumava ocupar. Conhecia o viciado que se apossara do seu saco de dormir e, no momento, estava perdido num sono induzido. O homem também usava a parca do Sr. F, cor de ferrugem com o zíper quebrado na frente, e a menos que alguém conhecesse as diferenças entre os rostos, seria fácil confundir um com o outro. Porém, pensando bem, eram irmãos, apesar dos passados diferentes. Eram intercambiáveis, a ausência de nutrição adequada, de sono, de cuidados sanitários estampava em suas feições e tipos físicos a marca da igualdade. E se aquele cara morresse? De hepatite C não tratada ou de overdose? Haveria uma substituição naquele colchão de nylon imundo e penas falsas.

Forçando o cérebro a focar, o Sr. F tentou repassar o que lhe acontecera na noite anterior e em como tudo deu tão errado. Tinha uma vaga lembrança de ter sido abordado por alguém que não conhecia. Pareciam estar procurando por ele especificamente, e o Sr. F ficou imaginando se não seria sua família finalmente indo atrás dele.

E então acordou confuso naquele piso de concreto, com horas perdidas somente Deus sabia em quê.

Foi até o seu lugar, desviando de um pedaço de ferro que se erguia do chão para se juntar à parte inferior da estrada.

O indivíduo no lugar do Sr. F se mexeu e piscou bastante.

– É você, Greg? Eu só estava tomando conta das suas coisas, viu.

– Vou precisar delas de volta algum dia. Mas pode ficar aqui por enquanto.

– Ok. Vou cuidar de tudo.

– Tá. – O Sr. F olhou ao redor. – Viu o Chops por aí?

– Ele tava aqui uma hora atrás. Tá querendo comprar? Eu tenho um pouco se quiser. Coisa da boa.

O Sr. F enfiou a mão no bolso do casaco que não era seu.

– Tenho cinquenta.

– Só posso te dar metade porque daqui a pouco vou precisar de mais.

– Beleza.

Quando o homem se sentou ereto, uma lufada de suor se juntou ao fedor de urina, fezes e terra. Dedos sujos vasculharam o bolso da parca do Sr. F e depois um saquinho do tamanho de um pacote de açúcar apareceu.

O Sr. F se inclinou para baixo, ciente da antecipação que se desenrolava em seu íntimo e do zunido em sua cabeça. O homem se encolheu.

– Cara. Cê tá fedendo.

Vai se foder, o Sr. F pensou.

As mãos foram rápidas, a transferência de dinheiro e da H tão rápida quanto um piscar de olhos, e, então, não restou nada mais a ser dito. Nenhum obrigado, nenhum tchau, nem até breve. O cara se deitou para aproveitar o que restava da sua viagem num saco de dormir que não era seu, e o Sr. F se afastou.

Havia caminhado uns cem metros quando percebeu que não tinha seu equipamento. Precisava de uma colher, de um isqueiro e de algumas gotas de líquido. A raiva surgiu ante o impedimento do seu barato, mas ele logo se acalmou. Com seus novos olhos aguçados, localizou uma seringa usada e uma colher torta junto a um tambor virado que fazia as vezes de mesa comunitária. Em seguida encontrou um isqueiro largado num carrinho de compras cheio de roupas e objetos pessoais de alguém. O último item apareceu quando passou por uma garrafa de água contendo uns dois centímetros de um líquido lamacento.

O pouco caso com objetos limpos e esterilizados era algo tão familiar quanto o cenário dos sem-teto. Deveria ter se preocupado com a agulha suja e com o que diabos havia no fundo da garrafa plástica. Deveria ter se preocupado com a pureza da droga. Deveria ter se preocupado consigo.

Mas não se preocupou. Só se concentrou no que estava por vir. A promessa de um doce alívio do medo gritante e da paranoia em sua mente era só o que importava. Tudo o que não era tão bom quanto, tão seguro quanto, tão inteligente quanto, era dano colateral. Barulho de fundo. Negociável a ponto de ser desimportante.

Mesmo que essas concessões fossem as merdas que o morderiam no traseiro no futuro.

Como com todos os viciados, no entanto, o Sr. F pedia emprestado do futuro, entrando numa dívida existencial na qual não havia amortizações mensais, mas, em vez disso, um pagamento balão ao fim de um período indeterminado que bem poucos conseguiam alcançar. Motivo pelo qual aconteciam tantas reintegrações de posses, com todos aqueles cadáveres se perfilando, a contagem da overdose crescendo sempre enquanto as pessoas entravam naquele funil com um primeiro gostinho tentador, para depois se verem presas na armadilha, só percebendo que não conseguiriam sair quando já era tarde demais.

Os degraus diante da porta que o Sr. F escolheu eram conhecidos e ele se sentiu bem ao repousar o traseiro no piso duro e esticar as pernas. Levou um minuto apreciando a vista – mas não olhava para os sacos de dormir nem para o bando de resmungões que agora estavam mais distantes. Não, ele se concentrava na promessa de não sentir mais nada de ruim.

As mãos tremiam de excitação ao colocar a mistura marrom no ventre da colher suja, despejar um tanto de substância e acender o isqueiro debaixo dela. O resultado logo surgiu, mas a tragada da seringa não foi suave, pois o resíduo ressecado em seu interior fez com que o êmbolo brigasse durante sua retração. Ele quase derrubou tudo.

Mas superou os obstáculos.

Quando a injeção estava pronta, virou-se para a dobra do cotovelo e percebeu, ao ver que não havia tirado o casaco, que estava sem prática apesar de ter feito exatamente aquilo há pouco mais de 24 horas.

Apesar de ter feito isso centenas e centenas e centenas de vezes nos últimos três anos. Apesar de aquilo não ser ciência espacial.

A primeira regra em eficiência ao se injetar era já ter a manga enrolada. Simplesmente não se prepara a agulha para ter que lidar com esse tipo de atraso. Mas era fácil de resolver. Ah, era. Segurou a seringa entre os dentes e puxou a manga para cima – só que não deu certo. Antes ele era macilento, a massa corporal corroída por prioridades que não incluíam alimento. Agora, porém, tinha músculos que não notara, o que significava que empurrar a manga do casaco sobre o braço não era mais um movimento tão fácil quanto costumava ser.

O Sr. F arrancou a jaqueta, fez uma veia saltar batendo com o punho algumas vezes e inseriu a agulha.

O êmbolo desceu sem problemas, não que fosse um problema empregar toda aquela força recém-descoberta para tal.

Exalou aliviado. Inclinando a cabeça para trás, fechou os olhos e preparou os sentidos para o que estava por acontecer. Inspirou fundo. E... inspirou de novo.

Reposicionando-se, apoiando-se melhor na porta, cruzou os tornozelos. Descruzou-os. Cruzou-os novamente.

A antecipação se desdobrava no peito e lhe enrubescia o rosto. Mal conseguia esperar pelo barato, pelo flutuar, pelo zunido...

Quando reabriu os olhos e endireitou a cabeça, examinou ao redor, fitando ao longe o bando de humanos decrépitos amontoados debaixo da ponte, alguns se arrastando como zumbis para cima e para baixo.

A fúria que o fez se levantar foi tão explosiva que o Sr. F se virou e socou a porta na qual estivera apoiado, o punho penetrando no painel, atravessando-o como se a placa de aço inoxidável fosse papel. Ao puxar a mão para fora do buraco criado, o material rasgado abriu sua pele.

O sangue que brotou e se empoçou era como um óleo negro e brilhava na luz pálida. Quando escorreu da mão e aterrissou no chão sob seus pés, não foi absorvido pela terra.

Permaneceu ali e parecia encará-lo.

Jo andava rápido e mantinha a cabeça abaixada. Embora tivesse sido criada com os privilégios de um lar de uma família branca e rica na Filadélfia, estava à vontade com o código de autoproteção de Nova York, onde as pessoas não mantêm contato visual com quem não conhecem, deixando claro, assim, que não queriam saber de problemas.

Enquanto seguia pela rua, segurava a bolsa diante do corpo e mantinha a outra mão dentro do bolso da jaqueta com a nove milímetros contra a palma. Sabia muito bem quantos quarteirões a separavam de seu carro. Não fora uma decisão inteligente, mas a última coisa que pensara que aconteceria era ter que fazer a caminhada noturna, de uns cinco quilômetros, que a distanciara tanto do maldito veículo.

O som de saltos altos vindo na sua direção foi uma surpresa, e foi só por isso que levantou o olhar por uma fração de segundo.

Bem. Sua chance de sobrevivência acabara de aumentar. Se alguém visse aquela tentação e tivesse que escolher entre atingi-la ou a Jo? Escolha fácil. A linda morena vestia um traje chique com um laço rosa ao redor da cintura minúscula e voltas de colares que balançavam sobre os seios. As pernas eram longas como as ruas da cidade e tão bem delineadas como numa escultura, e aquele seu andar era proposital, sem desculpas. Ela desfilava como a modelo que devia ser, mandando às favas os riscos associados a uma fêmea de 50 quilos andando sozinha no escuro.

Mas, pensando bem, talvez ela escondesse bastante metal debaixo daquela saia — e não da variedade de castidade, mas do tipo mire e atire.

Quando se aproximaram, Jo arriscou um segundo olhar, e concluiu que o pavoneado era menos parecido com o de uma modelo e mais próximo de uma vadia irritada e disposta a tudo.

Jo baixou o olhar quando se cruzaram, mas não conseguiu se impedir de olhar para trás.

Claro, a parte traseira era tão boa quanto a da frente, os cabelos cor de mogno eram compridos e tão espessos, tão fluidos e saudáveis que só podiam ser um aplique. Ninguém podia ter todos aqueles atributos físicos a seu favor.

Sacudindo a cabeça, Jo verificou outro farol ao cruzar mais uma rua e depois atravessou a fim de continuar seguindo na direção em que deixara seu Golf. O vento soprava na sua direção agora, e foi difícil determinar quando percebeu o cheiro. Mas mesmo com o objetivo de chegar logo em segurança à sua lata velha, seus pés desaceleraram... e pararam.

Cobre. Jo sentiu um gosto cuprífero no fundo da garganta.

Só existia uma substância que provocava isso e devia haver muito daquilo para o cheiro estar concentrado naquela brisa densa.

Estreitando os olhos, tentou enxergar o que havia além enquanto procurava o celular. Olhando para trás, já não conseguia mais ver a mulher, e não havia ninguém mais por perto.

Talvez estivesse errada. Talvez aquilo fosse...

Apesar de seus instintos estarem berrando para que voltasse apenas quando fosse dia, seguiu adiante, e o cheiro de sangue ficava cada vez mais forte até chegar ao ponto em que ela não estava mais cheirando, e sim bebendo. Em seguida, avistou seu carro, uns cem metros mais adiante...

O gotejar a deteve.

Entre cada uma de suas passadas, Jo se conscientizou muito bem de um suave *ploc, ploc, ploc*.

Não olhe, uma vozinha dentro de si lhe dizia. *Não... olhe...*

Lá em cima, no primeiro patamar da escada de incêndio, havia algo pendurado, do tamanho de uma poltrona, e seu primeiro pensamento foi: *Por que alguém colocaria uma peça de mobília ali?*

E daí ela viu a origem do som de gotejamento.

Havia um fluxo contínuo de algo pingando daquele móvel suspenso, e quando Jo se aproximou da escada de incêndio, a luz de uma lâmpada externa ao longe se alinhou com o que estava caído no asfalto.

Era vermelho e translúcido.

Cambaleando para trás, Jo cobriu a boca com a palma, mas logo precisou afastar os braços para se equilibrar, pois o pé se chocara com uma bola de futebol...

Só que não era uma bola de futebol.

O que rolou para o lado era uma cabeça humana.

Quando parou de rolar, as feições ficaram num ângulo voltado para Jo. Os olhos estavam abertos e a fitavam vazios, a boca estava frouxa como se o homem gritasse quando fora decapitado.

A visão de Jo ficou turva e as pernas, bambas, mas teve a presença de espírito de ligar para a polícia. Quando o funcionário atendeu, as palavras não saíram. Ela respirava fundo, no entanto não havia ar em seus pulmões, nada para enviar as sílabas garganta acima e para fora da boca.

Concentrou-se no carro e a proximidade a aterrorizou. Nos recessos da mente, ouviu Gigante ameaçar sua vida.

Corra!, pensou. Só que agora ela era testemunha de algum tipo de crime – pois de jeito nenhum aquilo poderia ser suicídio ou acidente.

— Meu nome é J-j-jo Early – disse rouca. – E-estou na e-esquina da Décima Oitava com a K-kennedy e preciso relatar um... assassinato, um homicídio... ele está morto. Oh, Meu Deus, a cabeça... não está mais grudada no corpo...

Capítulo 15

Às oito da manhã seguinte, Syn era um animal enjaulado andando de um lado para outro em seu quarto vazio. Não se sentia energizado pelo alimento consumido, nem pelo sangue sorvido. Tampouco se sentia descansado.

A sensação de ser necessário à sua fêmea e de não poder atendê-la, de estar impotente ante o domínio do sol, de não estar forte, mas sim fraco, dava-lhe uma raiva que o fazia tremer as mãos e bater os dentes. Como resultado do tremor físico, lembranças escondidas em seu inconsciente, coisas que se recusara a deixar livres por muitos anos, ameaçavam voltar à tona.

Combateu-as o melhor que conseguiu, mas perdeu a batalha graças ao espelho do banheiro. Foi ali, despido entre as pias da bancada, que expôs as presas – como que para provar para si mesmo que ainda as tinha – e sucumbiu.

O presente desapareceu e o passado assumiu o controle, numa tempestade desatrelada...

Antigo País, 1687

Quando Syn ergueu a cabeça, sangue escorreu de sua boca, pingando no piso sujo da cabana. Um zunido intermitente em seus ouvidos, como o barulho do mar estourando na base dos rochedos ali perto. Quanto tempo ficara desacordado dessa vez?

O interior das narinas estava congestionado, por isso engoliu para conseguir respirar melhor pela boca. Quando a língua resvalou o ponto em que os dentes frontais deveriam estar, encontrou um espaço rasgado, os dois – não, quatro – espaços vazios moles e sensíveis.

Tentou se levantar para ver se os braços ou as pernas estavam quebrados, mas desistiu.

Com cautela, olhou para o único leito do cômodo. Debaixo de um amontoado de cobertas a grande besta dormia, a montanha de pele e músculos se erguendo e descendo, um gorgolejo marcando a respiração. Mesmo em repouso, aquele ser tinha suas prioridades. Uma mão gorda se via para fora das camadas de lã, os dedos sujos de terra e de sangue seco descansavam sobre um odre de hidromel, protegendo-o.

Os roncos eram o sinal de que Syn poderia se mexer, e quando ergueu o tronco, sentiu os ombros e as costelas doloridos. A cabana nunca estava limpa, nunca arrumada, mas depois de ele ter sido espancado com uma panela de cobre e jogado de um lado a outro como um trapo de pano, havia mais desordem do que de costume. O único item a não ser perturbado foram os restos mumificados de sua mahmen, o corpo, envolto em trapos, ainda no local em que estivera nos últimos dez anos.

Assentando-se com cuidado no piso repleto de destroços, certificou-se de que as dores e os incômodos não provinham de um ferimento mais sério. De fato, o pai parecia saber o quanto podia insistir nas surras. Não importava o quão ébrio estivesse, não levava as pancadas até a beira da morte. Parava a um fio de cabelo do ponto de onde não haveria retorno.

A barriga vazia em meio à pelve se tornou algo que Syn não podia ignorar, e não porque sua fome tivesse urgência suficiente. Estava faminto há tanto tempo que a sensação de vazio tornara-se uma extensão natural do seu corpo, nada notável. Mas os roncos produzidos eram perigosos.

Não desejava despertar seu senhor, embora fosse difícil saber o que seria pior – quando o macho era perturbado do seu estado entorpecido com a mente ainda embriagada ou quando acordava furioso ao fim dos efeitos soporíficos do hidromel.

Quando Syn tentou se levantar, as pernas vacilaram, finas e incertas, sob sua estrutura desprezível, e ele só conseguiu se equilibrar quando afastou os braços. O leito do pai ficava imediatamente na frente da pele pesada que cobria a abertura que dava para o lado de fora, e visto que Syn era pré-trans, não podia fechar os olhos e se transportar pelo ar. Tinha que andar em sua forma corpórea.

Apoiando as mãos no estômago, pressionou-o enquanto prendia a respiração. Nas pontas dos pés, escolheu a rota com cuidado, sem tocar em nada, e orientou sua segurança fiando-se no odre de hidromel e nos dedos em repouso sobre ele. O pai sofria de uma incansável inquietude das extremidades. Se ele despertasse, perceberia pelo movimento dos dedos...

Quando Syn se concentrou no dorso da mão, viu algo estranho na pele suja de sangue. Havia um ponto branco brilhante, e pensou que, talvez, os golpes da noite anterior – ou dia, não sabia precisar – tivessem sido tão fortes que o senhor tivesse rompido a pele das juntas dos dedos, chegando aos ossos.

Mas não.

Não era nada disso.

Tocando a área latejante sob o lábio superior, algo se mexeu dentro do peito de Syn. Não tinha um nome para dar àquela emoção, e não havia nada, como em tantas outras coisas em sua vida, que pudesse fazer para controlar essa sensação.

Todavia, ela era forte o bastante, insistente o bastante para que ele fizesse o impensável. Aproximou-se da fera. Agachou-se ao lado do leito. Estendeu a mão não muito mais estável que a do pai.

De onde tirou um minúsculo fragmento fincado na pele dele.

Um dente.

Seu próprio dente.

Enquanto segurava aquele pedaço de si com cuidado, como se estivesse acalentando seu corpo alquebrado, olhou para os restos de sua mahmen. *Tinha saudades dela, mas sentia-se grato por ela já não mais sofrer. De fato, seus restos não foram mantidos naquele local horrendo por amor. Eram um aviso do que poderia acontecer com ele caso não obedecesse.*

Syn guardou o dente no bolso das calças presas com um nó e relanceou ao redor do chão. Gostaria de recuperar os outros três. Talvez conseguisse...

— Aonde pensa que vai, moleque?

Syn se sobressaltou e começou a tremer. Abaixando a cabeça, passou os braços em volta do rosto. A reação estava enraizada. Treinada. Era sua segunda natureza.

— Preciso buscar mantimentos — sussurrou. — Vou buscar provisões.

Houve um grunhido vindo do leito quando o pai ergueu a cabeça. A barba era longa e torcida, uma corda de pelos, indistinguível do emaranhado que crescia das laterais do crânio. Olhos negros brilhantes reluziam debaixo de sobrancelhas grossas.

— Então vá buscar e volte logo, fedelho. Não perca tempo. Estou com fome.

— Sim, senhor.

O pai olhou para a mão que cobria o odre. Um fio de sangue, fresco e rubro, se empoçara e escorria até o indicador, tendo sido liberado pela remoção do dente.

— Vou agora mesmo — Syn se apressou. — Mendigarei com fervor. Eu...

Aqueles olhos se ergueram e se estreitaram. Ódio, como refugo na superfície de uma lagoa, se espalhou.

— Estou indo — Syn disse.

Mexendo-se com rapidez, deu a volta no leito, mas teve que desacelerar diante da cobertura pesada. Sendo pré-trans, sobrevivia à luz do sol. Seu pai não conseguiria. A cabana ficava de costas para a parede de uma caverna, seu ponto de entrada era protegido da luz direta. Mas se não agisse de maneira adequada na partida, Syn seria colocado na jaula e submerso na correnteza do rio.

Preferia ser surrado.

— É melhor voltar, moleque. — A voz rouca do pai era como uma maldição de Ômega, vil e invasiva, com a promessa de sofrimento. — Ou

ficarei entediado e serei forçado a encontrar algo para fazer. Se é que já não fiz.

Syn assentiu e saiu da cabana, seus tropeços levando-o para o afloramento de pedras úmidas da caverna.

Se é que já não fez?, *Syn pensou*. O que o macho fizera?

Disparando para fora da caverna, a despeito das dores nas pernas e no tronco, lançou-se na noite com toda a presteza que conseguiu juntar. A luz no céu estava baixa no horizonte e sua posição o aterrorizou. Quanto tempo permanecera desacordado? Por quanto tempo o pai tivera a liberdade de vagar pelo vilarejo e pelas proximidades?

Ai de mim! O que ele fez?

O medo secou a boca de Syn, e a sede o levou até o córrego onde se deixou cair sobre os joelhos machucados e levar o rosto até a correnteza fria. A dor foi quase insuportável, mas, enquanto bebia, a cabeça desanuviou. Quando se endireitou, enxugou os olhos com uma das mangas rasgadas e ensanguentadas. A noite estava fria, mas, para Syn, parecia que tudo estava sempre numa temperatura mais baixa do que ele.

Com o vento, vindo do sul, a fumaça de uma fogueira chegou até ele. Não apenas uma fogueira. Várias. O vilarejo estava vivo com o comércio movimentado, as trocas de mercadorias e os serviços executados e entregues durante as horas escuras, antes que a luz do Sol colocasse um freio em tudo.

A promessa feita ao pai o chamava na direção dos vampiros. Nenhum deles o acolheria por medo do que o pai dele faria, mas eram boas almas que se apiedavam de Syn, reconhecendo as maldições da sua existência, lembrando-se do que fora feito à sua *mahmen* — e sabendo muito bem o que aconteceria caso Syn, fraco como era, não alimentasse a fera que habitava aquela caverna, aquela cabana.

Todavia, Syn não foi para o centro do vilarejo. Iria, mais tarde. O mais rápido que pudesse.

Em vez disso, dirigiu-se para a floresta, passando por troncos caídos e moitas baixas, movendo-se tal qual um cervo, em silêncio. Andou bastante, e se cansou rápido, mas seguiu em frente.

Pouco depois de chegar a uma clareira, tomou o cuidado de procurar abrigo atrás de um tronco grosso. Não faria bem a ninguém notar a sua proximidade, e ele não teria vindo se pudesse evitar.

Do lado oposto das flores silvestres que cresciam com graciosidade, numa glória impassível, a casa de sapé era modesta, mas adorável, e ele disse a si mesmo para confiar na ausência de perturbação. Nada parecia estar pegando fogo fora da fogueira. Não havia derramamento de sangue que pudesse avistar ou farejar. Não havia...

A porta de madeira se abriu e o som de risadas surgiu como o cantar dos pássaros na primavera, e tal qual tentilhões voando do poleiro, duas figuras saíram correndo. Uma era baixa e gorducha, um macho pequenino correndo o mais rápido que conseguia, com uma fita cor-de-rosa se agitando atrás de si. A outra era uma fêmea mais alta e recém-saída da transição, os cabelos loiros tremulando como uma bandeira ao perseguir o irmãozinho e o prêmio que ele pegara. Juntos, correram pela horta que fora cultivada no prado, e depois dentro do cercado onde duas vacas leiteiras saudáveis eram mantidas.

Os ombros de Syn relaxaram e ele descobriu que conseguia respirar. Contanto que a fêmea e a família dela estivessem a salvo, era só o que importava. Ela sempre era muito gentil com ele no vilarejo, e não temerosa. De fato, ela parecia não notar os trapos que ele vestia ou o fedor que dele emanava. Ela enxergava apenas sua fome e seu sofrimento, e seus olhos nunca se desviavam disso como tantos outros, mais velhos que ela, faziam. Tampouco se contentava em apenas se apiedar dele. Passava-lhe roupas às escondidas e, a julgar pelo perfume no tecido, ela mesma as fizera. Syn hoje vestia calças feitas por ela com um tecido grosso; e seu único casaco, aquele que o mantinha aquecido, mas que fora esquecido em sua pressa de sair, ela que havia feito de uma colcha especialmente para ele.

Aquela fêmea era o luar em seu céu noturno, a única que o tranquilizava. Apenas vê-la, quer ela estivesse com seu cesto de produtos ou cuidando do irmão, bastava para lhe dar forças para seguir em frente.

Enquanto a fêmea e o irmão davam a volta no celeiro, Syn se contentou em assistir e em tecer fantasias que jamais aconteceriam. De fato, imaginava ser aquele a quem ela perseguia, e certamente se permitiria ser capturado. Em sua mente, ele avançava no futuro, para depois de sua transição. Ele se via alto e forte, capaz de defendê-la e de mantê-la a salvo, sua força uma garantia contra este mundo cruel em que nada a feriria...

O estalo de um galho o sobressaltou.

– O que faz aqui, filho meu – foi o grunhido que ouviu atrás de si.

O som de uma batida trouxe Syn de volta ao presente, ainda que a reorientação não tivesse sido nem imediata nem definitiva. Uma parte sua ainda estava entre aquelas árvores, no limite da clareira florida, e ele se sentiu grato a quem quer que tivesse interrompido aquela viagem por suas lembranças. Ressentia-se daquela visita à sua história. Havia tantos motivos para não querer se demorar em qualquer parte do seu passado, mas, especificamente, naquela noite. Talvez se tudo tivesse acontecido de outro modo, ele seria diferente agora.

Em retrospecto, talvez tivesse sido amaldiçoado no nascimento, e tudo o que aconteceu depois disso, até agora, fossem fatos predeterminados e inevitáveis.

– Já vou – murmurou quando as batidas recomeçaram e ele já concluíra os agradecimentos pela interrupção.

Agora era bom que quem quer que estivesse do outro lado tivesse uma excelente razão para interromper o seu não sono.

Mais do que de costume, ele não estava nem um pouco interessado em outras pessoas.

Capítulo 16

Butch virou os últimos dois dedos do Lagavulin, seu uísque escocês predileto, no seu copo e, bem quando endireitava a cabeça, a porta em que batia foi aberta. Do outro lado, Syn evidentemente não era uma pessoa matutina, pois o encarava com um olhar saído do manual de boas maneiras do Hulk, e o corpão completamente nu era uma máquina que poderia trucidar qualquer um com um despertador. Enfim, nada como uma recepção calorosa.

O Bastardo era um exemplo da rabugice.

— Ora, ora, ora — Butch disse. — Bom dia, raio de sol.

— O que você quer?

— Neste instante? Óculos escuros, para me proteger do esplendor da sua alegria.

Balthazar se aproximou, inserindo uma parede sólida de corpo entre os dois.

— Relaxa, primo.

Deixando que os parentes se entendessem quanto ao comitê de recepção, Butch deu um jeito de entrar na suíte completamente desprovida de mobília. Syn vivia como um monge, por sua própria decisão, mas, convenhamos, por que não aproveitar um colchão de dupla cobertura quando este lhe estava disponível? Mas não, precisava seguir os costumes do Antigo País e dormir com a bunda no chão duro.

— Então... – disse Butch ao dar um passeio pelo quarto, a dor remanescente do seu caso de "Chryslerite" brevemente eclipsada pelo trabalho que tinha a fazer ali. – Vai vestir uma calça ou está tranquilo arejando as partes assim?

Balthazar foi quem fechou a porta com os três dentro do quarto, e o Bastardo ficou bem ao lado dela, como se soubesse que existia uma chance de o primo votar fazendo uso dos pés.

Syn apoiou as mãos nos quadris.

— Eu te deixo desconfortável?

Butch gargalhou.

— Você não faz ideia dos interesses do meu colega de quarto. Então não, estou bem assim. Mas você, meu amigo, vem causando problemas para si mesmo. E não do tipo "corrente de vento nas partes íntimas".

— De que tipo?

— Acho que você já sabe. – Butch pegou uma edição do *Caldwell Courier Journal* debaixo do braço. – Leu o jornal hoje cedo?

— Da primeira à ultima página. E fiz as palavras cruzadas.

— Fez, é? – Butch procurou um lugar no qual apoiar o copo e acabou deixando-o no chão. Depois abriu o jornal na primeira página e a virou para Syn. – Interessante, achou que algo assim passaria despercebido?

Os olhos de Syn não se detiveram à foto em preto e branco da cena de um crime que ocupava quase toda a metade de cima do jornal. Visto que o Bastardo não tinha computador e não estava na lista de entregas de jornal de Fritz, era impossível acreditar que ele tinha lido algo a respeito – e ao diabo com a história das palavras-cruzadas.

— Nenhum comentário? – Butch murmurou enquanto movia as páginas. – Porque, lamento, isso não basta.

O desprezo de Syn não foi uma surpresa. Tampouco seu comportamento absolutamente indiferente ou a luz hostil em seu olhar. O Bastardo parecia uma tocha de agressividade que queimava aos poucos, contendo um desastre natural. E, por uma fração de segundo, Butch quase desejou que o cara fizesse algo espetacularmente estúpido. Uma boa troca de socos talvez queimasse um pouco de sua própria raiva.

— Agora estou curioso. — Butch voltou a dobrar o jornal e enfiá-lo debaixo do braço. — Achei que você gostaria de receber os créditos pelo seu trabalho. Senão, por que deixar o corpo largado a céu aberto assim? E, olha só, levando em consideração que você conseguiu despelar o cara vivo em plena rua, isso é bem impressionante. Quero dizer, desconsiderando as complicações, belo trabalho com a adaga. Mais ou menos como tirar milho da espiga, não? Ou arrancar o tecido de um sofá.

— Você não pode sair me julgando assim.

— Ah, mas é aí que você se engana. — Butch balançou a cabeça. — Então, o que tem a dizer em sua defesa?

— Nada.

— Repito, isso não é uma opção.

Balthazar praguejou baixo.

— Syn, já conversamos sobre isso. Estamos no Mundo Novo...

— Sei onde estou. Não preciso que você me dê uma maldita aula de geografia.

— Então sou eu quem vai lhe dar uma lição. — Butch deu um passo à frente, ficando bem perto do cara. — Você será deportado para o lugar de onde veio se continuar com isso.

— Eu não arranquei a pele desse homem.

— Você não tem muita credibilidade.

— Então por que está aqui? Por que está se dando ao trabalho de vir falar comigo?

— Porque preciso que as coisas fiquem bem claras entre mim e você. Considere uma cortesia profissional entre soldados.

— Da última vez que ouvi, Wrath era o encarregado. Por que ele não está aqui?

— Para início de conversa, você não é especial. E, depois, eu sou o responsável pelos corpos. Admito, é mais uma posição não oficial com um resto de vocação dos meus dias como policial na divisão de homicídios. Mas acho que todos concordamos que a última coisa com que qualquer um de nós quer se preocupar é com o que você anda fazendo com uma adaga nas horas de folga enquanto nos aproximamos do fim da guerra. Queremos que os humanos fiquem tranquilos, longe dos nossos assuntos. Por isso, se você não controlar essa merda, vai ter que cair fora.

Syn finalmente olhou para o primo, virando o moicano de lado. Balthazar falou:

— Vamos lá, Syn. Você sabe que isso tem sido um problema. Você tem que canalizar seu *talhman* para algum outro lugar. Ou pelo menos não fazer isso de maneira tão pública.

— E quanto ao outro? — Butch disse. — O cadáver que encontraram enroscado numa escada de incêndio nesta madrugada.

— Pronto! — Syn deu de ombros de novo. — Quer saber? Eu o matei. E matei o outro também. Matei todo mundo.

— Viu? — Butch falou entredentes. — Por que tem que agir assim comigo? Basta ser honesto.

— Eu sou. Mas você já tem tudo contra mim. Arranquei a pele de um e depois bati no outro até ele ficar inconsciente na escada de incêndio. Porque estava entediado.

Estreitando os olhos, Butch manteve a voz equilibrada.

— Pelo jeito estava bem entediado, não? Para cortar as pernas do cara?

— As duas. Terminamos por aqui?

Butch relanceou ao redor do quarto. Havia buracos no papel de parede onde pregos de quadros estiveram presos no gesso, e imaginou que o fato de isso não ter sido consertado como devia estava enlouquecendo Fritz. Refreou um xingamento.

— Estou tentando te ajudar, Syn. Você pode escolher facilitar sua vida parando de vez com isso, a partir de hoje. Por que estou aqui agora? Porque estou te avisando. Se Wrath se envolver nisto, você não terá escapatória. Ele vai se livrar de você, e você terá sorte se ele te despachar num maldito navio. Ele não hesitará em te colocar num caixão.

— Está presumindo que isso seria uma perda para mim?

— *Não* precisamos dessa complicação. Não se torne um problema que teremos de resolver.

— Devidamente anotado.

— Você não está se fazendo nenhum favor. — Butch deu ao cara uma chance de se explicar e era assim que ele reagia.

Syn cravou o olhar no primo.

— E todos podem parar de falar de mim a qualquer maldito instante que acharem que devem. Qualquer um.

Balthazar cruzou os braços diante do peito.

— O jeito como você é não é culpa sua. Mas você precisa ajudar...

— Não me diga do que preciso.

Dessa vez foi Butch quem se colocou entre os dois machos.

— Meu chapa, não sei em que jogo está metido, mas considerando as merdas com que tenho de lidar agora, não tenho tempo *mesmo* pra ficar perdendo com você. Fique na sua, ou vou deixar que Wrath te coloque na linha. Estou tentando muito ser decente com você. Embora fique me perguntando por que estou me dando a esse trabalho.

Dito isso, Butch claudicou para fora do quarto, e ficou surpreso quando Balthazar o acompanhou. Imaginou que rolaria uma conversa franca entre os primos, mas, pelo jeito, isso não estava no cardápio. E, pensando bem, talvez fosse melhor assim porque, quando a porta se fechou, houve o som de vidro se estilhaçando contra ela.

— Acho que não vou precisar voltar para pegar meu copo vazio — Butch murmurou ao seguir pelo corredor da nova ala que fora aberta.

— Está com o tornozelo machucado? — Balthazar perguntou.

— Quem dera fosse isso. Lembra daquelas barras de proteção que as pessoas costumavam colocar nos carros? Lá nos anos 1980?

— Não muito.

— Bem, sorte a sua. Mas hoje, eu achei necessário colocar um num para-choque. Com as minhas bolas.

O Bastardo ainda gemia e tentava consolá-lo quando entraram na sala de estar do segundo andar. Havia um carrinho de bar num dos lados e Butch foi direto para as bebidas. Não havia nenhum Lag na fila de garrafas, mas Butch estava pensativo o bastante para se contentar com bourbon. Depois de se servir de uma dose de I.W. Harper com gelo, ofereceu a garrafa para o outro macho.

— Não, obrigado — respondeu o ladrão. — O seu colega de quarto me apresentou a um novo hábito, então estou bem.

Quando Balthazar acendeu um dos cigarros enrolados à mão de V., Butch deu as costas para o Bastardo.

— Não entendo. Você fica na minha orelha sobre o que Syn é capaz de fazer, e não tenho motivos para duvidar de você. Mas Boone me contou o que aconteceu há uns meses. Syn admitiu ter atacado o humano que foi castrado, mas foi Boone quem fez aquilo. Por que seu primo fica dizendo que matou pessoas que, de fato, não matou?

— Não acho que ele esteja mentindo agora. — Balthazar exalou uma coluna de fumaça com frustração. — Desconsiderando o rolo com Boone, Syn nunca teve que mentir antes porque a adaga ensanguentada sempre esteve em sua mão.

— Olha só, não tenho a intenção de chamar a sua atenção. — Butch engoliu metade do bourbon. — Mas você trouxe isso para mim, e eu aprecio esses canais abertos de comunicação, blá-blá-blá. Eu só não quero continuar acusando o Syn de coisas que ele não fez. Fazer isso não está ajudando.

— Mas ele admitiu ter matado.

— Ele acabou de admitir que cortou fora as pernas do cara cujos membros ainda estão muito bem presos a ele lá no necrotério. A cabeça é que foi arrancada. Portanto, ele está mentindo.

Balthazar franziu o cenho.

— Isso não faz sentido algum.

Houve uma pausa enquanto Butch dava cabo daquilo que havia servido. E se servia novamente.

— Preciso que seja franco comigo.

— Sempre.

— Você tem alguma coisa contra o cara? Está tentando foder com ele ou algo assim? Porque pra mim está parecendo que você está tentando armar uma pra cima dele.

Dois minutos e meio depois que Jo chegou ao trabalho, seus dedos teclavam alucinados na redação deserta, com os olhos fixos na tela, a edição do artigo sendo feita com tanta rapidez que ela rezava para que o texto estivesse fazendo sentido. Quando o celular tocou, respondeu brevemente apenas informando o sobrenome e enfiando o aparelho entre o ouvido e o ombro para continuar digitando.

No fundo da mente, enquanto ouvia as informações recentes de McCordle, percebeu que era de fato uma jornalista. E se sentiu bem.

— Certo. Sim. Entendi. Obrigada.

Encerrou a ligação e continuou digitando...

— Que *merda* você está fazendo?

Quando ela levantou o olhar, Dick jogou a edição atual do *CCJ* sobre seu teclado. Apontando o indicador para a primeira página, para a matéria que Jo pesquisara, redigira, revisara e diagramara, junto com a foto que ela escolhera e tratara, ele ladrou:

— Pensei ter sido bem claro. E onde diabos está o Bill?

— Lydia perdeu o bebê ontem à noite — Jo disse. — Por isso ele tirou um dia de folga.

Dick fez uma pausa. Mas só por uma fração de segundo.

— Então eu quero o Tony nisso. E vou cuidar disso pessoalmente.

Enquanto ele se arrastava até o escritório e batia a porta, Jo tinha a impressão de que estava lidando com um garoto chutando um conjunto de Lego do irmão.

Encarou a tela. Verificou a ortografia do que estava escrito. E postou a matéria na Internet.

Apenas com sua assinatura.

Depois se levantou da cadeira e foi até o escritório de Dick, entrando sem bater. Ele pairava sobre a mesa, discando e olhando entre um velho porta-cartões e o teclado do telefone.

Quando ele não lhe dispensou nem um olhar, Jo ficou sem saber se a ignorava intencionalmente ou se só estava tentando enxergar os números sem os óculos de leitura.

Ele a encarou furioso quando ela apertou um botão no aparelho e encerrou a ligação.

Antes que Dick pudesse começar a gritar com ela de novo, Jo disse calmamente:

— Eu vou continuar a história sobre Johnny Pappalardo e também sobre o corpo encontrado há nove horas numa escada de incêndio e você vai me deixar em paz.

O rubor que subiu pelo pescoço grosso de Dick sugeria que ficar irritado com ela era o único exercício que fizera no último mês.

— Como se atreve a me dizer o que...

Jo se inclinou na direção dele e abaixou ainda mais a voz.

— Acontece que eu sou uma jornalista muito foda. E sabe qual será o tema da minha próxima matéria? Assédio sexual no *CCJ* promovido pelo editor-chefe. Quantas mulheres você acha que aceitarão falar comigo? Acho que vou começar contando a minha história para elas, aquela sobre a viagem de trabalho que você me pediu para te acompanhar, lembra? Aquele longo final de semana, quando você deixou bem claro que, se eu não fosse, não iria a parte alguma neste jornal? Quantas outras mulheres que costumavam trabalhar aqui têm histórias semelhantes, Dick?

O chefe lentamente fechou a boca.

Jo soltou o botão que segurava, e o apito de discar soou alto entre eles.

— Já está pensando na declaração que vai dar para mim? Certifique-se de que seja muito boa, uma que sua esposa possa entender. A família dela é dona deste jornal agora, não é? Além do mais, aposto que a história terá alcance nacional e você terá de arrumar um novo emprego depois que ela o expulsar de casa e você for demitido daqui. Portanto, é melhor tentar colocar as suas vinte e cinco palavras ou menos sob uma luz favorável.

Jo lhe deu a oportunidade de responder. Quando ele colocou o telefone de volta no gancho, ela assentiu.

— Foi o que pensei — Jo disse ao virar sobre os calcanhares e sair do escritório dele.

Capítulo 17

Butch entrou no Buraco passando pelo túnel subterrâneo que ligava a mansão até o centro de treinamento. Ao digitar a senha e abrir a porta de aço reforçado, ficou em silêncio. V. e a doutora Jane estavam ocupados com algum trabalho na clínica, por isso não estavam em casa, mas Marissa retornara para ler um pouco depois da Última Refeição, e não queria perturbá-la. Seu trabalho no Lugar Seguro era exigente e, se estivesse dormindo, queria que ela aproveitasse essas horas de descanso.

O centro de abuso doméstico que sua *shellan* administrava era a primeira instituição do tipo criada para a raça e, assim como o irmão, Marissa tinha um lado de sua natureza fortemente voltado a servir ao próximo. Sua motivação era ajudar pessoas, mas, no fim, descobriu-se uma tremenda administradora. Coordenava tudo naquela instalação, desde o atendimento às fêmeas e seus filhos, os planos de tratamento junto às assistentes sociais até orçamentos, suprimentos, comida e vestuário. Ela era incrível no que fazia, mas conduzir uma equipe empática para ajudar vulneráveis que foram espancados, abusados e negligenciados, ou pior, era exaustivo.

Era um trabalho que demandava muito, noite após noite.

Claro, a entrega dela ao trabalho só fazia com que a amasse ainda mais. Só que também se preocupava quando ela ficava tão cansada como nos últimos tempos.

Fechando-se ali dentro, relanceou para a fila de roupas que apertava o corredor que levava aos dois quartos. Estava na hora de guardar as roupas de inverno e liberar a coleção da primavera. Normalmente, adorava esse ritual anual, assim como Fritz, mas este ano aquela seria uma festa só para o mordomo.

Butch estava distraído demais com aquela droga de profecia.

Entrando na sala de estar, tirou a jaqueta e deixou-a no braço do sofá de couro. O chalé em que ele, V. e suas companheiras moravam era um seixo em relação ao rochedo que era a mansão, construído no mesmo estilo arquitetônico, mas com apenas uma fração da metragem quadrada. Tampouco era decorado do mesmo modo. A casa grande estava para um misto de Rússia czarista com França Napoleônica e uma salpicada de Hogwarts. O ninho de Butch e V.? Pense no cruzamento de uma sala de fraternidade universitária com o covil de um solteiro: tinham aquele sofá, uma mesa de pebolim, uma TV do tamanho de um campo de futebol e Os Quatro Brinquedos do V., ou seja, seu equipamento de informática. Mas, pelo menos, alguns refinamentos foram feitos desde que as *shellans* se mudaram para lá. Graças a Marissa e Jane, as bolsas da academia já não ficavam mais jogadas cuspindo protetores atléticos nem tênis de corrida como se estivessem engasgadas com o cheiro, as edições de *Sports Illustrated* estavam empilhadas numa mesinha auxiliar e as embalagens meio comidas de Doritos e Ruffles sabor cebola e *sour cream* eram mantidas a um nível bem reduzido. Também não havia mais garrafas de Goose e Lag largadas pelo chão como se estivessem desmaiadas, nem cinzeiros repletos de cadáveres de cigarros e, sobretudo, as merdas BDSM de Vishous que às vezes Butch não sabia se eram para o B, o D, o S ou o M.

Na cozinha planejada, jogou fora o que restava do bourbon na pia e lavou o copo. Enxugando o interior com papel-toalha, serviu-se de uns quatro dedos de Lag, e quando sorveu a bebida, mandou aquele calor lavar o gosto residual do Harper. Os esforços do I.W. como bebida alcoólica eram um substituto aceitável. Mas quando você quer Sprite e recebe água com gás, o desapontamento do seu palato é inevitável.

Olhando para a garrafa de Lagavulin, surpreendeu-se em ver que só restava um quarto da bebida. Abrira a garrafa apenas no dia anterior e ninguém mais bebia aquele uísque.

– Você voltou.

Butch já havia erguido o olhar quando Marissa falou, pois o macho vinculado dentro de si estava atento à sua presença – e, cara, que presença! Sua companheira vestia uma camisola de seda que resvalava nos pés descalços, de um rosa-claro que parecia ter sido criado especificamente para ela e para algumas rosas selecionadas. Os cabelos loiros, que ela cortara na altura dos ombros há algum tempo, estavam crescendo, a pedido dele, e as madeixas grossas se encaracolavam em espirais que agora já passavam da clavícula na frente e das omoplatas nas costas.

Ele demorou um tempo estudando-lhe o rosto. Sempre houve boatos de que a beleza de Marissa era a maior dentro da espécie, e Butch sabia que isso era um fato, não um boato. Desde o primeiro instante em que a vira na antiga casa de Darius – na época em que ainda era humano e não fazia a mínima ideia de onde estava se metendo –, ela o atordoara. Só que não foi somente a aparência dela que criou a atração tão compulsiva e irresistível. Foi a alma por trás daqueles olhos adoráveis, a voz que saiu por entre aqueles lábios perfeitos, as batidas do coração por trás daquelas curvas.

Foi a alma dela que de fato o conquistou.

– Você está bem? – ela perguntou enquanto se aproximava. – O que aconteceu?

A camisola de seda flanou atrás dela com a graça de colunas de nuvens no céu, e ele foi lembrado, não pela primeira vez, de que desejava ter trazido mais alegrias para a vida dela. Tinha um trabalho brutal com bem poucas boas notícias e muito derramamento de sangue e agora também havia esse bico como responsável pelo fim de Ômega.

— O de sempre, o de sempre. — Beijaram-se quando ele a abraçou.
— Você sabe.

— Não pelo modo como você tem bebido esse uísque.

— Você é boa demais em perceber meus pontos fracos.

— Não é tão difícil assim.

Dito isso, ele terminou o Lag do copo e teve que se forçar para não se servir de mais uma dose. Cara, como queria administrar suas emoções de uma maneira melhor. Praticar yoga e meditação parecia uma rota muito mais virtuosa, e também havia seu histórico com o álcool para se preocupar. Mas parecia que era só a bebida que funcionava.

— Venha cá — ele disse, puxando sua *shellan* pela mão.

Enquanto a levava para o sofá, ela perguntou:

— Você ainda está mancando bastante. O que aconteceu? Você não me contou durante a Última Refeição.

— Não é importante.

— Será que não deveria procurar a doutora Jane?

Sentando-se, ele grunhiu. Depois fez uma careta quando se rearranjou nas calças, embora não acreditasse que nenhuma posição em particular fosse ajudar suas gônadas. Tinha a impressão de que estavam inchadas com dez vezes o tamanho normal, e cenários de pesadelo em que elas explodiam em suas cuecas boxer como balões hiperinflados fizeram Butch olhar de novo para a garrafa de Lag que deixara no balcão.

— Está tudo bem. — Virou-se e ajeitou o cabelo dela atrás da orelha. — Mas você está certa, sinto que não colocamos a conversa em dia durante o jantar.

Não gostava do modo como Marissa o fitava, como se enxergasse através da cortina do "está tudo bem" e enxergasse a pilha de lixo que ele escondia.

— Você não tem dormido direito e seus olhos não estão concentrados em nada.

— Não é verdade — ele disse com um sorriso. — Não consegui despregar os olhos de você desde que entrou aqui e não quero olhar para nenhum outro lugar agora.

O PECADOR | 143

– Você pode me contar qualquer coisa, sabe disso.

– Eu sei.

Marissa balançou a cabeça como se estivesse frustrada.

– Que tal começar me contando como se machucou?

– Bati num carro. – Butch sentiu a cabeça encostar na almofada. Quando mencionara que deviam se atualizar sobre o que andava acontecendo, ele se referia mais a como ela passara a noite. – Nada de mais.

– Mas e se a sua perna estiver fraturada?

– Não foi na perna.

– Onde você bateu, então?

Ele inclinou a cabeça na direção dela.

– O Pequeno Butchie enfrentou tudo como um homem.

Marissa arregalou os olhos.

– Ai, meu Deus. Sinto muito... Eu, hum... Exatamente como isso aconteceu? Você bateu num ornamento de capô?

– Eu me *tornei* o ornamento do capô. Transformei um Chrysler LeBaron num LeBrian.

– Que horror!

– Eu parei de... – ele ia dizer "mijar" – urinar sangue há umas quatro horas.

– Você precisa ir à clínica agora mesmo...

Butch segurou sua mão quando ela fez menção de se levantar.

– Estou bem, agora que estou com você.

Cruzando os braços, Marissa nivelou o olhar com o dele, como se estivesse acessando os sinais vitais de Butch com os olhos.

– Escutei V. contando a Jane que precisou te purificar hoje. Foi a terceira vez esta semana.

E entããããão Butch voltou a olhar para o balcão, como se o uísque fosse o seu melhor amigo.

– Tudo isso? Não acho que tenha sido...

– Sim, três vezes.

Fechando os olhos brevemente, ele disse:

— Por favor, não leve a mal, mas não consigo falar sobre trabalho agora. Simplesmente não consigo. Tenho onze horas entre agora e o momento em que devo voltar a campo. Preciso passar esse tempo precioso pensando em alguma coisa, qualquer coisa, que não seja a guerra.

Como se isso fosse possível.

Após um momento, Marissa voltou a se acomodar ao lado dele e, aconchegando-se em seu peito, puxou o pesado crucifixo de ouro para fora da camisa de Butch.

— Adoro quando isto fica quente pelo contato com a sua pele — ela murmurou. — Sinto que você está protegido.

— E estou. Deus está sempre comigo.

— Que bom. — Quando seus olhos marejaram, ela piscou rápido. — Sei que não quer falar sobre isso... mas eu te amo e não quero viver minha vida sem você. Você é tudo para mim. Se algo acontecer...

— Psiu. — Ele cobriu a mão dela com a sua, de modo que ambos seguravam o símbolo de sua fé. Depois se inclinou e a beijou na boca. — Não pense assim. Não fale assim. Eu ficarei bem.

— Prometa que... — Ela o fitou bem no fundo dos olhos, como se pudesse arrancar algo de dentro de seu *hellren* apenas com a força da vontade. — ... tomará cuidado.

Butch teve a sensação de que Marissa queria que ele prometesse que sobreviveria à Profecia do *Dhestroyer*. Mas a tristeza em seu rosto lhe dizia que ela confrontava o fato de que isso não dependia dele. Tomar cuidado? Isso estava em seu controle até certo ponto. Ficar de pé dentro das próprias botas ao fim daquilo? Já estava muito acima de sua alçada.

Ela pigarreou.

— Lembra quando o encontraram depois que Ômega o capturou e fez... aquilo que fez com você?

— Não vamos falar sobre...

— Eles o levaram à clínica do meu irmão, aquela de antes dos ataques. – Guardou o crucifixo debaixo da camisa dele com cuidado, como se o quisesse junto ao seu coração, perto de sua alma. – Eu lembro quando V. me contou que você estava ali. Corri até a sala de isolamento, aliviada por você estar vivo, mas aterrorizada com o seu estado... E você não me queria ali.

– Só porque eu não me permitiria infectá-la com a maldade. E isso ainda vale até hoje.

– Eu sei. – Marissa inspirou fundo. – Mas a questão é a seguinte: passei por muita coisa na vida. Todos aqueles séculos como a *shellan* não reclamada por Wrath. Deixar o Antigo País e cruzar o oceano acreditando que não conseguiríamos terminar a travessia vivos. Ser julgada pela *glymera*, pelo meu irmão, pelo Conselho. Minha vida só melhorou quando te conheci. Você me fez sentir viva... Você foi uma revelação. E, naquele momento, eu quase te perdi.

– Não volte àquele...

– Mas esta é a questão. Não quero sofrer por te perder! Nunca mais.

– E você não vai.

Numa voz frágil, ela finalmente confessou seu medo, e era exatamente o que mais o preocupava.

– A profecia diz apenas que você erradicará Ômega. Não diz nada sobre quem sobreviverá.

Tomado de tristeza, Butch encarou sua companheira.

– Com tudo o que sou e com tudo o que serei, juro que vou voltar para você.

No fim, ela não argumentou. E olhava para o ponto em que o crucifixo repousava debaixo da camisa.

– Deixe-me te abraçar – ele murmurou ao atraí-la para bem junto de si.

Acariciando as costas dela, sentiu o amor que nutria por aquela fêmea ganhar uma nova dimensão... mas não por um motivo feliz.

A sensação de que o tempo deles, juntos, poderia ser encurtado aprofundou suas emoções a um nível muito doloroso, e na quietude esmagadora da casa, Butch sentiu um medo verdadeiro. Era como se a separação deles fosse uma folha caindo no vento. Se ela aterrissaria no túmulo dele ou não, ninguém sabia.

— Estou com um pressentimento ruim — ela disse, aninhando-se no peito dele.

Butch não conseguiu dizer nada, cerrando os olhos e rezando algumas Aves-Marias em pensamento. Era só o que podia fazer, e tal constatação o deixou ainda mais consciente de sua vulnerabilidade. Sua fé era forte. Seu amor por Marissa, ainda mais forte. Seu controle sobre o destino? Um grande nada.

Segundos depois, ela se ajeitou contra ele, pressionando os lábios sobre a camisa na altura do esterno. Em seguida, abriu um botão e o beijou um pouco mais para baixo, no diafragma. Então, colocou-se entre suas pernas, deslizando para fora do sofá e se ajoelhando diante dele. Quando as mãos dela viajaram pelas coxas, Butch sentiu um arrepio num local que o preocupava, sem saber se voltaria a funcionar.

Um trovejar subiu por sua garganta. E ele repetiu o som quando as mãos de Marissa foram para o cinto Hermès que ele usava.

— Sinto muito que tenha se machucado — ela murmurou ao desafivelar a faixa de couro. E começou a abrir o botão da cintura. E a descer o zíper.

A pelve de Butch se projetou e ele se segurou, as mãos afundando nas almofadas do sofá.

— Não estou *tão* machucado assim.

Marissa olhou para a imensa ereção que implorava por qualquer migalha de atenção dela.

— Estou vendo. Mas que tal um beijo para que ele se sinta melhor?

— Cacete... Sim, por favor — ele sussurrou.

A instalação de Atendimento de Urgência do Hospital St. Francis ficava a apenas dez quarteirões do campus do centro médico, a oito quarteirões da redação do *CCJ*. Ou seja, a um pulo. Jo andava tão cansada que não conseguia decidir se devia ir andando ou de carro, mas o dia estava ensolarado e quente para o mês de março. Considerando-se a teoria de que o escorbuto era uma possibilidade depois de um longo inverno no norte do estado de Nova York, decidiu ir andando. Infelizmente, esquecera os óculos de sol no carro e, na metade do caminho entre o escritório e consultório, chegou a uma encruzilhada. Deveria voltar para pegá-los? Ou seguir em frente?

Você vai morrer.

A declaração daquele homem misterioso com roupa de couro, dita naquela voz grave e carregada de sotaque, incitou Jo a seguir a despeito do modo como a luz do sol castigava seus olhos – como se sua ampulheta mortal estivesse ficando sem areia, e ela precisasse ir mais rápido para chegar ao auxílio médico antes de sofrer uma falência múltipla dos órgãos.

Não que ela estivesse transformando aquilo numa catástrofe.

Nem um pouco.

Retraindo-se ao olhar para o céu, praguejou e levou a mão à cabeça, que doía. Que se danassem o fígado, os rins, o coração e os pulmões. Era mais provável que sua cabeça explodisse, com partes da massa cinzenta se tornando estilhaços voadores enquanto o tumor que evidentemente crescia debaixo do crânio como um enorme e gordo tomate maduro espontaneamente quadruplicava de tamanho.

Quando por fim empurrou a porta de vidro da clínica e entrou no ambiente com cheiro de desinfetante, estava nauseada, um pouco tonta e bastante convencida de que tinha câncer. Claro, o fato de não dormir desde a noite anterior, de ter visto seu primeiro corpo decapitado e estar triste por causa de Bill e Lydia provavelmente não ajudavam o seu hipotético linfoma não Hodgkin do sistema nervoso central.

Muito obrigada por esse diagnóstico diferenciado, Google.

Lançando um sorriso débil para a recepcionista que não parecia disposta a receber nenhum, Jo escreveu seu nome na linha do papel em que se lia "assine aqui" e depois afundou agradecida na cadeira de plástico diretamente debaixo da TV. Havia duas outras pessoas estacionadas numa espécie de quadrante de quarentena ao redor da sala de espera, como se ninguém tivesse certeza de ter uma doença contagiosa, portanto ninguém se arriscava a pegar o que ainda não tinha.

Fechou os olhos e inspirou pelo nariz. Quando isso não ajudou em nada a apaziguar as ondas de bile verde em seu estômago, tentou entreabrir os lábios e redirecionar as inspirações e expirações por essa rota.

– Srta. Early? – A recepcionista lhe chamou algum tempo depois.

Após verificar sua identidade e o cartão do seguro de saúde, mais certo tempo de espera e, enfim, foi levada a uma sala. O enfermeiro que mediu seu peso, verificou seus sinais vitais e temperatura pareceu bastante simpático, e ela rezou para não vomitar em cima dele.

– Então – disse ele ao anotar sua pressão sanguínea num programa eletrônico –, conte-me um pouco do que tem acontecido.

– A minha pressão está boa?

– Um pouco baixa. Mas a oxigenação está boa e a pulsação também. Porém, você está com uma febre leve.

– Então estou doente.

O enfermeiro parou de digitar e a encarou. Devia ter uns trinta anos, e tinha um belo corte de cabelo, uma barba muito bem aparada e olhos que não pareciam nada cansados como ela estava.

– Quais têm sido os seus sintomas? – ele perguntou.

– Ando me sentindo enjoada. Cansada. Com dor de cabeça.

– Hum... – Ele voltou a digitar. – Muita gente tem se sentido assim. A gripe anda mais forte este ano, ao que parece. Há quanto tempo vem se sentindo assim?

– Há três meses. Quatro, talvez.

Ele parou de novo e a fitou com a testa franzida.

– Desde novembro, então?

– Quero dizer, tenho certeza de que estou bem. – Claro, e era exatamente por isso que estava sentada numa sala de exames, dizendo a si mesma para não vomitar no uniforme branco do moço. Ela estava simplesmente ÓTIMA. – De verdade.

– Tudo bem. – Ele digitou um pouco mais. – Mais alguma coisa?

– Não tenho perdido peso. Meio decepcionante.

– Então você sempre pesou... – Ele rolou a tela para ler o número.

– Esse é o meu peso agora? – Quando o enfermeiro olhou de novo para ela, Jo só acenou com a mão, como se pudesse apagar a pergunta. – Não é nada, estou bem. Acho que perdi um pouco de peso então, mas nada de mais.

– Quanto você perdeu?

– Uns quatro quilos. Sete no máximo. Mas eu sou alta.

Ok, por mais que tivesse escrito um artigo bem coerente sobre a decapitação naquela escada de incêndio, aparentemente havia perdido a habilidade de pensar. Porque o que dizia não fazia sentido algum.

A menos que o artigo também não tivesse pé nem cabeça e ela não tivesse percebido.

– Desculpe, mas acho que estou te fazendo perder tempo. – Fez menção de descer da mesa de exames. – Estou bem e...

O enfermeiro ergueu a mão como um guarda num cruzamento com uma placa de "pare".

– Inspire fundo.

Deduzindo que aquele fosse um conselho médico – e também uma boa ideia –, Jo seguiu a orientação. Duas vezes.

– Muito bem. – Ele sorriu, mas Jo não se deixou enganar. Aquele não fora o sorriso casual que o profissional lhe dera ao prender a tira do medidor de pressão no bíceps nem quando lhe enfiou um termômetro na boca. – Ótimo. Por que você não fala com a médica quando ela entrar? É tranquilo conversar com a doutora Perez. Apenas conte o que tem acontecido. Talvez não seja nada, mas ela pode repassar os sintomas com você e chegar a algum diagnóstico mais preciso. Tudo bem?

Jo não fez objeções porque se sentia uma tola. E também porque, de repente, estava apavorada.

Fazia um bom mês e meio, talvez dois, que cogitava procurar um médico. E finalmente decidiu seguir esse impulso só para ter algo a fazer enquanto esperava notícias de McCordle. Qualquer coisa era melhor do que ficar sentada na redação com Dick fumegando irritado atrás da porta daquele escritório...

Oras, a quem tentava enganar? Alguém que ela não conhecia verbalizou seu maior medo em voz alta na noite passada. E agora ela estava ali para descobrir se iria morrer.

Como se o homem de couro fosse um vidente.

— Tem passado por alguma situação muito estressante nos últimos tempos? — o enfermeiro perguntou.

— Acusei meu chefe de assédio sexual cerca de meia hora atrás.

O enfermeiro assobiou baixinho.

— Isso conta. E lamento muito que isso tenha acontecido com você.

— E, ontem à noite, vi meu primeiro cadáver. — Quando ele arregalou os olhos, Jo achou melhor guardar para si a parte da cabeça rolando como bola de boliche. — E estou trabalhando na minha primeira grande matéria como jornalista. Agora que você tocou no assunto, as coisas têm andando um pouco intensas.

Tudo isso, porém, era brincadeira de criança. Aquele homem com quem fugira da polícia? A quem beijara num restaurante abandonado? Ele era o seu principal fator de estresse, o primeiro da fila. E considerando a lista de itens que ele ultrapassara para assumir esse posto, isso queria dizer alguma coisa.

Jo inspirou fundo de novo, mas, dessa vez, relaxou um pouco ao expirar.

— Você tem razão. Deve ser estresse.

O enfermeiro sorriu de novo, e Jo ficou aliviada ao ver que a Expressão Médica Profissional já não estava mais no rosto dele.

– Pedirei à doutora Perez que venha te ver assim que terminar com o paciente atual. – Pegou um cartão da lapela, passou por um leitor para deslogar do computador e se levantou. – Cuide-se por enquanto.

– Obrigada – Jo agradeceu.

Depois que ele saiu da sala de exames, Jo balançou as pernas na beirada da mesa e se lembrou de ter feito isso na bancada da cozinha na noite anterior. Contendo-se, olhou ao redor e notou os panfletos sobre depressão, insônia e melanoma. Os dois primeiros aplicavam-se a ela. O último? Nunca fora muito de se bronzear, mas ruivas não eram famosas pela pele morena.

Também havia um pôster de anatomia na parede mais distante, mostrando o esqueleto humano de um lado e o sistema muscular humano do outro. Esse último a fez pensar no cadáver sem pele, aquele das fotografias que Bill lhe mostrou.

E lá estava ela pensando de novo no homem da noite anterior, aquele de couro, aquele de quem deveria sentir medo. Conseguia visualizá-lo nitidamente, como se estivesse ali naquela sala com ela, e, inexplicavelmente, sentiu a fragrância do perfume caro que ele usava...

Quando o celular tocou, Jo o apanhou no mar de Slim Jims dentro da bolsa, como se Deus estivesse telefonando com uma resposta às suas orações. Conforme esperado, não reconheceu o número e, ao atender, seu coração batia forte, mas não de medo. Não mesmo. Estava mais para esperança de que fosse o homem misterioso, embora, além de impossível, isso não fizesse o menor sentido.

– Alô?

Uma pausa. E então uma voz fina, falsamente humana, disse:

– Olá, meu nome é Susan. Estou telefonando para falar do seu empréstimo estudantil...

Maldito telemarketing.

Desligando e amparando o celular entre as palmas, descobriu-se desejando ter memorizado o telefone daquele desconhecido. Mas por que pensava que ligar para ele seria uma boa ideia?

Bem, tinha pelo menos uma resposta para isso.

Concentrando-se na porta, viu o rosto duro e magro, os olhos profundos, os ombros largos na jaqueta de couro. Sentiu os lábios dele na sua boca, a força controlada daquele corpo tremendo, a possibilidade de...

Uma mulher num jaleco branco abriu a porta da sala de exames e entrou com um sorriso tranquilo. Seu olhar era franco; as maneiras, diretas, mas não frias; a atitude de competência e gentileza.

– Bom dia, senhorita Early – disse ao fechar a porta. – Sou a doutora Perez.

Ela não foi até o computador ao entrar. Aproximou-se e cumprimentou Jo com um aperto de mãos. E, mesmo enquanto os olhos escuros perscrutavam o rosto da paciente, como se tivesse um scanner de Leonard McCoy* implantado na cabeça, ela não foi impessoal.

– Vamos conversar sobre o que vem acontecendo. Matthew me passou algumas informações, mas eu gostaria de ouvir tudo de novo de você.

Quando a Dra. Perez sorriu, Jo retribuiu o sorriso.

Isso, Jo pensou. Era *desse tipo* de pessoa que ela queria ter respostas, não de um cara desconhecido em quem não podia confiar – como se o repertório de respostas à pergunta "que merda está acontecendo comigo" variasse dependendo de quem as fornecia.

Tanto faz. Ela já estava se sentindo melhor.

– Estou contente por ter vindo – disse. – Então, tudo começou em meados de novembro...

---

* Personagem de *Star Trek: The Original Series*. (N.T.)

Capítulo 18

À NOITE, SYN SE MATERIALIZOU no centro da cidade sem contar a ninguém aonde estava indo. Ao retomar sua forma, seu celular vibrava como se estivesse tendo uma convulsão; Syn arrancou o aparelho do bolso com tanta rapidez que ele saiu voando, e o bastardo teve de se lançar para apanhá-lo com as duas mãos antes que o Samsung se estilhaçasse no chão.

Finalmente sua fêmea estava ligando...

Ah, que merda! Não era ela. Mas em vez de deixar a ligação encher sua caixa postal, ele atendeu.

— Relaxa, estou cuidando disso.

O velhote da empresa de cimento do outro lado da ligação tossiu como se os cancerígenos dos seus charutos estivessem levantando acampamento em seus pulmões.

— Que porra de demora é essa? E eu te avisei, melhor fazer um trabalho limpo dessa vez ou...

Syn desligou na cara dele e considerou a ideia de jogar o aparelho contra o prédio que tinha diante de si. Só que aí sua fêmea não conseguiria ligar para ele, pelo menos não durante a zona morta entre o instante em que ele destruísse o aparelho em um milhão de pedaços e a fração de segundo posterior, quando ele pegaria um novo. Então, deixa pra lá. O mafioso queria um jornalista morto? Sem problemas.

Syn estava num mau humor do caralho e doido pra matar vários pássaros com uma pedra só. Daria um jeito no seu mau humor, daria uma aliviada em seu *talhman* com o cara e, de quebra, aquele maldito humano que usava para conseguir boas vítimas pararia de lhe encher o saco.

Todo mundo sairia ganhando, bando de filhos da puta.

Recuando para ficar escondido nas sombras, avaliou o estacionamento do jornal local de Caldwell. Só havia um carro estacionado ali, um modelo de Volkswagen, e o veículo estava parado numa vaga marcada com "Exclusivo para Funcionários do *CCJ*". Relanceou para a porta dos fundos do prédio. Havia uma placa onde se lia "Somente funcionários do *CCJ*" e, através das janelas protegidas com tela, conseguia ver alguém se movimentando pelo ambiente, apagando as luzes internas.

Bom, muito bom. Quem quer que fosse o proprietário daquele carro lhe diria onde poderia encontrar Joseph Early, ou seria usado como aperitivo para seu paladar.

Estalando as juntas dos dedos, apagou as luzes externas com o poder da mente, as lâmpadas foram escurecendo uma de cada vez até o estacionamento estar escuro o bastante para os olhos humanos. Nos demais prédios da redondeza, só havia alguns escritórios iluminados, mas Syn não via ninguém neles. Não que testemunhas o preocupassem...

A porta de aço se abriu e a luz vinda por trás da pessoa que saía impossibilitou que ele visse sua feição.

Mas já sabia quem era.

A coluna de Syn se endireitou como se sua bunda estivesse ligada a um carregador elétrico. Dilatando as narinas, farejou o ar para se certificar de que seu olfato não o estava enganando. Não estava. Reconheceria aquela fragrância de flores do campo em qualquer lugar.

O que sua fêmea fazia ali?

Franzindo o cenho, deu um passo à frente, com a intenção de se revelar para a pessoa de quem desejou ter notícias o dia inteiro. Mas apagara as luzes, e ela estava distraída enviando uma mensagem pelo celular... Por isso, foi só quando ele se colocou bem no meio de seu caminho que ela parou de pronto. Levantou o olhar. Olhou duas vezes.

– Você... – ela balbuciou.

Deus, aquela voz. Teve que fechar os olhos e se esforçar para manter o equilíbrio enquanto a voz o atravessava.

Em seguida, ambos falaram ao mesmo tempo:

– O que está fazendo aqui...

– Você trabalha no jornal...

Quando se calaram ao mesmo tempo, ele rememorizou as feições da fêmea, e descobriu que suas lembranças eram exatas. Conseguira se lembrar de tudo sobre ela com precisão, todavia as imagens guardadas em seu cérebro não se equiparavam à pessoa real: ao corpo em três dimensões, ao perfume de sua pele, à vista dos cabelos ruivos soprados pela brisa fria da primavera.

E, mais especificamente, ao modo como os olhos verdes penetravam sua pele e seus ossos, chegando ao mais íntimo de si.

– Você está bem? – Syn perguntou.

Ela parecia distraída demais pela sua aparição para responder. Mas, em seguida, conseguiu se articular.

– Sim. Estou bem. E você? – Depois emitiu uma gargalhada desajeitada. – Sinto como se estivéssemos num happy hour bem estranho agora...

– Estou me referindo ao que você viu ontem à noite. Na escada de incêndio.

Ela franziu o cenho.

– Peraí, você me seguiu depois que eu fui embora?

– Eu só queria me certificar de que você voltaria bem para o carro.

Aqueles olhos esplendorosos se fecharam e ela estremeceu.

– Hum, isso não aconteceu. Mas pelo jeito você já sabe.

– Você não deveria ter visto aquilo. Nunca.

Ela balançou a cabeça.

– Ninguém deveria...

O som de uma bala voando veio da esquerda, e Syn a puxou para trás de si tão rápido, que Jo tropeçou. Interrompendo a queda dela enquanto bloqueava o tiro com o corpo, Syn sacou uma quarenta milímetros e apontou para o carro velho que passava pela rua diante do estacionamento.

Bem quando apertou o gatilho, sua fêmea puxou seu braço, desviando a trajetória da bala que ricocheteou na fachada do prédio, e uma centelha brilhante surgiu para logo ser consumida pela escuridão.

— Ei, qual é o seu problema? — ela sibilou. — Foi só o escapamento do carro!

Ignorando-a, manteve os olhos fixos no alvo, e voltou a levantar o braço. Dessa vez, não erraria, e não dava a mínima para a origem do som. Bala ou escapamento, aqueles malditos humanos mereciam morrer nem que fosse pelo simples mau funcionamento do escapamento. Assustaram sua fêmea. Isso já era justificativa mais que suficiente para encher a cabeça deles de chumbo.

Ainda mais no mau humor em que ele estava.

Dessa vez, quando Jo tentou mudar a posição do braço de couro do homem, não conseguiu absolutamente nada. Pendurou o peso do corpo inteiro no cotovelo dele, e ainda assim a arma ficou apontada para o velho Civic. Em pânico, olhou para o carro e conseguiu avistar o perfil do motorista, e o homem estava alheio ao fato de que sua cabeça estava prestes a explodir pelos ares.

— Por favor... — implorou num fiapo de voz. — Não aguento mais lidar com mortes hoje.

A arma se abaixou no mesmo instante, permitindo que o Civic virasse a esquina em segurança, tirando o motorista do campo de visão.

Em seguida, restaram apenas ela e o homem de couro no ar frio e úmido da primavera, parados no escuro atrás da redação do *CCJ*.

Quando Jo começou a tremer, largou a bolsa no chão e cobriu o rosto com as mãos.

– Meu Deus.

O tremor ficou tão severo que ela estendeu um braço às cegas, e o homem com a arma foi quem a amparou, puxando-a ao seu encontro bem quando as pernas perderam o tônus muscular e se transformaram em geleia. A força dele era tamanha que pareceu não notar o acréscimo do peso dela, e antes que Jo se desse conta do que fazia, passou os braços ao redor dele, segurando-o como se fosse a corda que a puxava para fora das águas frias e ávidas do lago em que se afogava.

Quando caiu na escuridão que a clamava, Jo virou a cabeça de lado e apoiou o ouvido no coração do desconhecido. As batidas fortes e ritmadas a acalmaram, seu perfume era o paraíso em seu olfato e o calor que emanava dele a reavivou como nada mais faria. Portanto, sim, mesmo depois que voltou a sentir as pernas e conseguiria se manter em pé sozinha, não o soltou.

Fazia tanto tempo que não se sentia segura.

Só mais um pouquinho.

Ficaria ali... só um mais pouquinho.

– Para onde posso levá-la? – ele perguntou.

A voz grave vibrou no peito, e ela adorou a sensação. Inferno, como gostava de senti-lo. E aquele perfume, meu Deus, que perfume...

Pena que não podiam ficar assim para sempre.

Afastando o corpo, Jo se forçou a recuar do calor dele. Em seguida, com um puxão, ajeitou a jaqueta para baixo e pigarreou.

Como se isso fosse fazer seu cérebro funcionar.

– Ah, lugar nenhum – ela respondeu. Porque era a resposta correta. – Estou bem. Estou...

– Você já comeu?

Jo piscou.

– Se comi?

– Sim. – Ele imitou o gesto de um garfo indo para a boca e voltando. – Comida?

E foi aí que ela realmente registrou sua expressão. Apesar de todo aquele couro e das armas, e do fato de que ele calma e deliberadamente estivera prestes a atirar em alguém só por ter um escapamento desregulado, ele parecia... encabulado. Tímido. Nervoso.

Jo deu uma risada.

– Ai, meu Deus. Está me convidando para sair?

– Eu... ah...

Uma expressão de alarme agora marcava aquelas feições. Na verdade, ele parecia bem assustado.

– Eu, hum, pensei que você ficaria mais à vontade num local público – disse de repente. – Você sabe, com pessoas em volta. Num lugar. Que serve... tipo, coisas de jantar.

Ela sorriu. Porque, às vezes, é só o que se pode fazer.

– Tem um bar com batatas fritas bem ruins a uns dois quarteirões daqui. Eles também têm um cardápio de três páginas só de cerveja.

– Eu não bebo.

– Nada? Porque isso é incompatível com a vida.

– Álcool.

– Bem, nesse caso, você pode pedir água da torneira e um canudo. Que tal? – Quando ele topou, Jo apontou para a arma. – Mas isso fica dentro das suas calças. Ui... isso soou meio pornográfico. Mas a questão é: nada de atirar em nada nem em ninguém. Não quero saber se a garçonete derrubou a bandeja bem na sua frente ou se uma briga começou ou se alguém jogou cerveja na sua cara. Estamos de acordo?

O modo como o homem concordava era como um Dobermann adestrado por ter sujado o tapete.

– Ótimo – disse Jo. – Só vou colocar a bolsa no carro... Ah, espere. Mais uma coisa: esse bar é uma espécie de ponto de encontro de policiais. Teremos algum problema com isso?

Era um teste. Lugares públicos eram uma coisa. Mas por conta da propensão do cara de mirar para atirar, ela queria ir a algum lugar ainda mais seguro – e se ele fosse procurado? Um criminoso violento? Não estaria disposto a ser identificado. E quanto a ela e aquele helicóptero da noite anterior? Havia milhares de ruivas na cidade, e perseguir um suspeito ativo em meio às ruas com um holofote era uma proposta bem diferente de identificá-la num bar 24 horas mais tarde.

O reconhecimento facial era bom. Mas não tão bom assim.

Além disso, cobriu a cabeça com o capuz a maior parte do tempo.

– Isso não é um problema para mim – ele respondeu sem pestanejar.

Ignorando o alívio que sentiu, Jo acomodou a bolsa no ombro e seguiu na direção do Golf. Enquanto andava, sentia a presença dele atrás de si, e olhou de relance em sua direção. Ele perscrutava o estacionamento, a rua, os prédios que os cercavam.

E ainda não guardara a arma. Empunhava-a ao lado da coxa...

Quando o celular de Jo tocou, ela ergueu a palma para ele.

– É só o meu celular. Não me encha de balas.

O homem a encarou com um olhar do tipo "sério mesmo?".

Quem quer que estivesse ligando não estava nos seus contatos, mas ela atendeu mesmo assim.

– Jo Early.

De canto de olho, notou que o homem se virou para olhar para ela. Mas então se concentrou no que McCordle dizia.

– Espera, espera – ela o interrompeu. – Quer dizer que você tem certeza de que Frank Pappalardo mandou que alguém o matasse? Certeza absoluta?

Capítulo 19

Butch encostou o R8 do seu colega de quarto diante do Lugar Seguro, mas não desligou o motor V10. Por mais cavalheiro que fosse, não acompanharia sua *shellan* até a porta. Nenhum macho era permitido na propriedade, e muito menos próximo à entrada ou dentro da casa. As fêmeas e crianças que encontravam segurança e tratamento ali estavam num processo contínuo de recuperação e estabilidade. Não havia motivo para deixar nenhuma delas mais desconfortável do que tinham que estar, e olha só que surpresa, os agressores que lhes fizeram mal eram todos machos.

Marissa se inclinou ao longo do console e ele a encontrou na metade do caminho. Beijando sua companheira, o contato das bocas foi prolongado, e a mão foi sorrateira até a nuca dela.

Quando, por fim, se afastaram, Butch sorriu.

– Venho te buscar às quatro.

– Adoro vir de carro com você.

– E eu adoro ser o seu chofer.

Marissa lhe deu mais um beijinho e então abriu a porta e passou as pernas para fora. Enquanto ela saía do carro baixo, ele teve ganas de puxá-la de volta para dentro e seguir dirigindo em frente. Em vez disso, inclinou-se na direção do banco do passageiro e olhou para ela.

– Estou contando as horas.

– Eu também.

Marissa soprou um beijo, fechou a porta e seguiu para a calçada. Quando já entrava, acenou uma última vez e depois a porta pesada e reforçada de carvalho foi fechada. Butch inspirou fundo. Passou a primeira marcha e acelerou, mudando manualmente a transmissão DCT ao sair do bairro. Levaria uns belos dez a doze minutos para chegar ao centro, e foi apreciando as curvas das ruas, a velocidade de 120 km/hora na quarta marcha... reduzindo para a terceira, apertando o acelerador e conduzindo o Audi para mais de 160 pouco antes de sair da Northway e pegar a saída da rua Trade.

Alguns quarteirões depois de ter deixado a estrada, largou o R8 na garagem em que Manny estacionava a unidade cirúrgica móvel quando era necessário que ficasse de prontidão no centro. Na rua, seguiu a pé com os sentidos em alerta em meio à escuridão. Sentiu de imediato a presença de *redutores*, mas a diversos quarteirões de distância. Frustrado, enviou a localização aproximada deles para o grupo que estava fazendo a ronda, torcendo para que os cabeças-quentes esperassem e ninguém saísse dando facadas por aí até que ele conseguisse chegar à cena.

A sensação de que o estavam seguindo surgiu de maneira gradual, um instinto que é acionado sem aviso e vai ficando mais intenso... como quando alguém que se esgueira pelas sombras vai chegando mais perto.

Triangulando na direção do vento, virou à esquerda, à direita, e depois outra direita, de modo que a brisa que vinha do rio lhe batesse nas costas, trazendo o cheiro do seu amiguinho.

Não era um assassino. Não era um vampiro.

E aquilo era... Poison, da Dior? Merda, seu nariz só podia estar lhe pregando uma peça. Ninguém mais usava aquele perfume dos anos 1980.

Parou e girou, sem se preocupar em esconder o seu "ei, e aí?".

A mulher devia estar a uns bons seis metros de distância, e estava cercada de luz, como se a iluminação ambiente da cidade tivesse sido toda atraída por ela. E ele bem que entendia o motivo. Levando-se em consideração toda a imundície que o centro da cidade tinha a oferecer, ela certamente merecia mais brilho do que um contêiner ou um caminhão de lixo.

Cabelos compridos castanhos. Pernas ridiculamente longas, como as de uma égua puro-sangue. Cintura minúscula. Seios perfeitos, e proporcionais, o que, de acordo com seu cérebro masculino, significava que provavelmente eram verdadeiros. Somando-se tudo, um conjunto muito bem-feito para as roupas de passarela que, antes de sua vinculação a Marissa, teriam chamado, e muito, a sua atenção. Mas não sentiu nada. Afinal, ele era, a despeito das muitas escolhas ruins feitas no passado, um bom moço católico sem interesse algum em adultério.

Além do mais, só tinha olhos para sua *shellan*.

A mulher continuou andando em sua direção, e fazendo mesmo aquele lance de modelo, levantando bem os saltos altos antes de voltar a pisar, os quadris contrabalanceando o exagero, os cabelos balançando no ritmo de "sou sexy".

Aquela demonstração não devia ser para ele.

Os olhos dela, porém, contavam-lhe uma história toda diferente.

Estavam fixos nele, e Butch olhou para trás, deduzindo que um ônibus cheio de rappers, novos ricos e bilionários da tecnologia devia ter chegado.

Mas não. A mulher se aproximava por causa dele.

Quando parou, devia estar a três metros de distância, e caramba, a base que ela usava ou era a mesma usada no fim do filme *A Morte lhe Cai Bem* ou a pele dela era assustadoramente perfeita. E os olhos! Havia uma cama king-size com algemas peludas presas à cabeceira atrás daquelas íris pretas reluzentes.

– Posso ajudar? – ele disse seco. – Porque evidentemente você está me confundindo com alguém.

– Não, estava procurando por você.

Quando as palavras lhe chegaram pelo ar, Butch meio que cambaleou, seu cérebro teve um leve curto-circuito. Mas então, quando a eletricidade retornou dentro do crânio, ele se recompôs, a não ser por uma dor de cabeça latejante.

Esfregou as têmporas.

— Olha só, meu bem, é melhor você seguir em frente...

— Não está me reconhecendo? Sou amiga da sua irmã Janie.

Butch congelou. E não só por causa das palavras, mas porque o sotaque de Boston ecoou forte como uma banda marcial naquelas sílabas.

— O que você disse?

Ela mantinha os olhos cravados nos dele, e quando Butch os encarou, sentiu que estava caindo, apesar de ainda estar bem firme no chão.

— Sua irmã Janie. Frequentei a escola com ela e com você. — A mulher apontou para o corpete. — Melissa McCarthy... E quem diria que esse nome seria pronunciado fora de Southie, não é?

— Melissa... McCarthy? — Butch estreitou o olhar.

— Ah, você se lembra! Nós morávamos na Bowen com a rua F. Na época eu usava aparelho, mas você deve se lembrar de mim.

— O seu irmão era...

— Mikey. Lembra que batizaram a nós cinco com M? Mikey, eu, Margaret, Molly e a mais nova. Megan, que deveria ter sido a caçulinha da família, não sobreviveu ao nascer.

— Puta... merda, Melissa. — Butch diminuiu a distância entre os dois. — Que diabos está fazendo aqui?

O sotaque dele, há tempos suprimido pelos anos passados em Caldwell, retornou à sua boca como se tivesse aberto uma embalagem comprimida a vácuo.

— Não estamos tão longe assim de Boston.

E isso foi dito com todo o sotaque bostoniano possível. E ele adorou.

— Olha só, Butch. — Ela olhou ao redor. — Não tive a intenção de te abordar assim, mas foi uma coincidência muito louca. Na outra noite mesmo, eu estava conversando com a Joyce. Aliás, ela teve o segundo filho, você ficou sabendo, não?

— Ah, a minha mãe mencionou alguma coisa.

— Então você ainda tem contato com alguém da família, hein?

— Só minha mãe. Mas ela está, você sabe...

— Sim, naquela casa de repouso. Sinto muito, Butch. Mas, como eu estava dizendo, a Joyce me convidou para o batizado do bebê lá na cidade. E aí ela mencionou que nunca mais te viu, e quando eu comentei que você estava morando aqui, ela falou que eu devia te procurar. Não leve a mal, mas acho que ela não estava falando sério. Acho que foi só uma piada de mau gosto.

— Essa é a Joyce.

— É, mas aí eu estava indo para aquela boate techno, a Ten? Sabe qual é? Bem, eu vi um carrão passando e estacionando na garagem. E então você saiu pela porta. Eu estava do outro lado da rua... Não tinha como eu saber se era mesmo você. Mas... era. É você.

Fitaram-se por um longo momento.

— É bom te ver, Butch — Melissa disse com a voz estremecida. — Tem pessoas que sentem a sua falta, sabia? Onde você se meteu nesses últimos dois anos? E essas roupas? Você parece alguém da pesada agora.

Butch olhou para as próprias roupas de couro. Abriu a boca. Fechou.

— Olha só, o que quer que tenha acontecido entre você e a sua irmã... — Melissa encolheu os ombros. — Não é da minha conta. Eu não vou... Quero dizer, se você não quiser que eu comente nada com ela, por mim tudo bem. E se você não quiser falar comigo, eu entendo. Sei como é ter que deixar coisas para trás. Não é nada divertido, pouco importa de que lado da saída você esteja ou os motivos que o fizeram deixar tudo para trás.

Melissa passou os braços ao redor do corpo e estremeceu um pouco, desviando os olhos para longe como se estivesse tentando deter lembranças de chegarem ao lobo frontal.

— Você não deveria estar andando sozinha por aqui — Butch se ouviu dizer. — Não é seguro.

— Ah, é, tem razão. — Ela pareceu voltar com tudo ao presente. — Ouviu falar daqueles dois corpos que foram encontrados? Que bizarro!

— Por que eu não te acompanho até a boate? Assim, saberei que você está bem.

O sorriso de Melissa foi tímido, e bem dissonante em relação à sua beleza.

— Vamos lá — Butch disse ao lhe oferecer o braço. — Permita-me acompanhá-la.

— Que cavalheiro. — Ela passou o braço pelo dele. — Ei, por que não vem comigo? Ou podemos ir para um lugar mais tranquilo.

— Tenho que trabalhar. — Os sons dos passos dos dois ecoaram pelo asfalto, o impacto pesado das botas dele equilibrado pelo clique agudo dos saltos altos dela. — E, olha só, eu sou casado.

Melissa parou. Deu um pisão no chão.

— Mentira! Você é casado? Joyce disse que você nunca iria se assentar.

— Só é preciso encontrar a pessoa certa.

— Bem... que droga. — Ela cruzou os braços e o mediu de alto a baixo. Quando seus olhos se encontraram, os dela brilhavam com uma luz maliciosa. — Mas casado nem sempre... significa *casado*, necessariamente.

— Comigo sim. — Ele segurou o cotovelo dela e voltou a andar, levando-a consigo. — Mas, fala sério, aposto como você arrasta um quarteirão inteiro aos seus pés.

— Você ficaria surpreso. — Foi a resposta seca.

— Sabe, eu não me lembrava de você assim...

— Tão bonita? — Melissa sorriu para ele e apoiou a cabeça no seu ombro. — Vai em frente, pode dizer. Isso não violará os seus votos.

— Tá bom. Eu não me lembrava de você tão gostosa.

— Cirurgia plástica é caro — ela murmurou e deu uma gargalhada. — Mas funciona!

— Estou vendo. — Concordou, dando uma boa conferida na roupa preta e brilhante que ela usava. — E esse conjunto é Chanel ou estou ficando louco?

– É, sim! Como sabe?

Como se esses Cs entrelaçados pudessem significar qualquer outra coisa, ele pensou.

Conversaram sobre o passado durante a caminhada de volta à garagem onde deixara o R8, e Butch ficou surpreso ao perceber como era bom se reconectar a essas lembranças da época em que crescia. E com isso não se referia às merdas da sua casa, ao pai que o odiava e à mãe sempre amedrontada. Referia-se às coisas da molecada. Das amizades. Da escola. Nem tudo na sua infância fora ruim.

Pelo menos não até Janie ser sequestrada, assassinada e estuprada. Nesta ordem.

– Então, você não é casada?

– Não. Havia um cara, mas não deu certo.

– Não consigo imaginar um homem dando as costas pra você.

– Você é tão meigo. – Mel deu um aperto no braço dele, e então praguejou baixinho. – Ele encontrou alguém de quem gostava mais.

– Difícil imaginar.

– Ela não era nada parecida comigo.

– Bem, pior pra ele. – E a encarando: – Faz pouco tempo?

– Sim, bem pouco. Estou começando a me reerguer, sabe? Ainda me sinto meio perdida.

Quando se aproximaram da boate, Butch conduziu Mel direto para o começo da fila. Quando o leão de chácara a mediu dos pés à cabeça, ficou claro que a deixaria entrar sem causar problemas, mas, só para garantir, Butch deu uma pequena rearranjada na massa cinzenta do cara.

– Tem certeza de que não quer entrar comigo? – ela insistiu.

– Não, mas obrigado.

– Deixa eu te dar o meu número. Me passa o seu que eu te mando uma mensagem.

– Sabe, foi bom relembrar os velhos tempos, mas vou te deixar por aqui.

Butch ponderou os prós e contras de invadir os pensamentos de Melissa para apagar essa lembrança, mas constatou que não queria ser um fantasma na vida de ninguém do seu passado.

– Não vou contar para ela – disse Melissa. – Para Joyce, quero dizer. Está bem claro que você não quer retomar contato. Ou já teria feito.

– Não tem problema. Faça o que achar melhor. Adeus, Mel...

– Talvez a gente volte a se esbarrar de novo.

– Talvez. – Ela parecia sem chão e perdida enquanto o fitava com aquele rosto lindo, e Butch se sentiu mal por ela. – O amor verdadeiro está por aí, ok? Eu juro. Cara, nunca achei que pudesse encontrá-lo e, se alguém como eu encontrou, pra você vai ser superfácil.

Quando Melissa se lançou sobre ele e lhe deu um abraço, Butch deu uns tapinhas de leve nas costas dela e depois se afastou.

– Vai lá – incentivou-a. – Quem sabe o seu novo homem não está aí dentro à sua espera?

– Ou quem sabe eu já o encontrei...

Butch franziu o cenho. Mas antes que conseguisse articular qualquer resposta, Melissa acenou e andou pomposamente até a área de entrada com luzes estroboscópicas.

A porta da boate se fechou, mas Butch não se afastou de imediato. Erguendo a manga de couro da jaqueta até o nariz, inspirou. Poison da Dior estava impregnado na manga inteira.

Como se ele tivesse sido marcado.

Capítulo 20

O McGrider's era de fato um estabelecimento local que recebia muitos policiais e bombeiros e, na época do apogeu do jornal, Jo imaginava que boa parte da equipe do *CCJ* também comia ali. A atmosfera descontraída e meio largada, tudo meio desgastado por gerações de frequentadores, com placas de cerveja BudLight, Michelob e Pabst na frente. Quando ela e o homem de couro se acomodaram numa cabine de madeira – ou melhor, ela se acomodou, ele se apertou –, seu companheiro de refeição não pareceu nem um pouco incomodado como todos aqueles uniformes presentes no lugar. Como disse que não se incomodaria.

– Ah, antes de mais nada, você ainda tem que me dizer o seu nome – ela anunciou.

Sim, porque nem a pau comeria um cheeseburger diante de alguém a quem não tinha sido adequadamente apresentada. Fugir do helicóptero da polícia, tudo bem. Mas jantar? Ela tinha que estabelecer determinados limites.

Revirando os olhos para si mesma, disse:

– O que eu quis dizer é...

– Syn – ele a interrompeu.

– Sin... – Jo inclinou a cabeça. – No sentido oposto de virtude?*

---

* "Sin" em inglês significa "pecado". (N.T.)

– Não. Com Y.
– É diminutivo de quê?
– Syn.

Os reluzentes olhos escuros a fitavam com tranquilidade do lado oposto da mesa, como se ele estivesse preparado para lhe mostrar um comprovante de renda e residência caso ela quisesse verificar se ele tinha o nome limpo. E a justaposição de todo aquele livro aberto com o simples tamanho atolado na cabine em que estava sentado era uma contradição pela qual se sentia grata. O fato de não parecer estar se escondendo de nada o tornava muito menos perigoso.

Sem mencionar, de novo, que havia um verdadeiro pelotão de policiais ao redor deles. Se precisasse pedir ajuda, nem precisaria discar 911, bastaria gritar "socorro!" e um mar de uniformes azuis partiria para cima do cara.

Mas, pensando bem, se ele quisesse lhe fazer mal, já tivera muitas oportunidades.

– Posso te fazer uma pergunta? – Jo disse, inclinando-se para a frente. – E não quero ofendê-lo.

– Você não me ofenderá.

– Não sabe o que vou perguntar.

– Não importa o que seja, não me ofenderá.

Enquanto Syn continuava olhando para ela, o burburinho do bar cheio desapareceu para Jo. Entre um piscar de olhos e o seguinte, não havia mais garçons apressados passando com bandejas de bebidas e jarros de cerveja. Nenhum prato de cebolas caramelizadas ou asinhas de frango sendo servido. Nenhum homem nem mulher com distintivo rindo alto ou contando histórias. A privacidade floresceu ao redor de ambos, uma ilusão criada pelo modo como se sentia quando ele a fitava daquela maneira.

Jo pigarreou. O que estava... Ah, sim.

– Você é um lutador profissional ou algo do tipo? – perguntou de supetão.

– Lutador?

– É, tipo luta livre. Que nem o Hulk Hogan, se bem que acho que ele estava lutando lá pelos anos 1980. Fiquei sabendo dele por causa de um reality show. E por causa daquele processo envolvendo uns vídeos pornô, muito obrigada, TMZ. – Quando Sin com Y apenas continuou fitando-a nos olhos, Jo balançou a cabeça, ciente de que estava tagarelando. – Já ouviu falar disso?

– Sei o que é um filme pornô, mesmo que nunca tenha assistido a um.

– Isso o coloca num grupo de uma pessoa só – ela disse, descrente.

– Por que eu haveria de querer ver alguém que eu não conheço fazendo sexo? Ou mesmo alguém que eu conheça?

Jo mostrou-se surpresa.

– E você, com um comentário, tirou o fôlego da indústria pornográfica.

E decerto não era só da indústria pornô que ele tirava o fôlego, acrescentou mentalmente. E teria feito a piada em voz alta, mas não o conhecia bem o bastante. Talvez o cara fosse muito religioso?

– Não entendo por que seria interessante – ele disse.

– Você nunca assistiu YouPorn?

– O que é isso?

– Você não é daqui, é? – Como se a geografia pudesse justificar o fato de que ele talvez fosse a única pessoa no bar que não estava familiarizado com aquele URL?

– Não, não sou.

– E de onde você é?

– Não sou daqui.

Enquanto esperava que Syn completasse a lacuna não preenchida, Jo se sentou mais para a frente.

– Europa? Você não tem sotaque americano...

– Sim. Europa.

Tic-toc... Nenhuma outra explicação além dessa.

O PECADOR | 171

Muito bem, Syn podia até estar aberto a responder a qualquer pergunta, mas evidentemente não iria ajudá-la naquele quiz.

— Então você não é um lutador... É levantador de peso? Espere... Crossfiteiro?

— Não.

— Então como é que você é tão grande assim? — Balançou a cabeça. — Bem, quero dizer...

— Genética — ele respondeu, reservado.

— Viu? Eu te ofendi.

— Não, eu só não gosto das minhas origens.

Na pausa que se seguiu, uma garçonete se aproximou com um bloco de notas e uma caneta. Como não havia obrigatoriedade de uniforme naquele bar, a moça de vinte e poucos tinha um estilo hipster, com roupas de cores terrosas, um braço tatuado e alguns piercings no rosto.

— O que posso trazer para vocês beberem?

Que ela só estivesse olhando para Syn pareceu correto. Jo teria feito o mesmo no lugar dela — caramba, já *estava* fazendo o mesmo. Dentre todas as pessoas naquele lugar, era ele quem se destacava. E, sim, homens e mulheres de uniforme ou à paisana também o haviam notado. Pelo menos ninguém se aproximou com um aparelho de choque e um par de algemas.

— Água — ele respondeu.

A garçonete emendou um "e você?" sem olhar na direção de Jo. Seus olhos estavam ocupados demais rondando a largura da jaqueta de couro de Syn, do peito dele e do pouco que ela conseguia ver da parte de baixo do corpo. Evidentemente, fazia um cálculo sexual na cabeça e solucionava a equação dele nu com muitos "sim, por favor".

— Quero uma garrafa de Sam Adams, sem copo — Jo disse.

— Pode deixar. Os cardápios estão no porta-guardanapos.

Syn não pareceu notar a partida dela, assim como não reparara na chegada, e Jo disse a si mesma para não se sentir lisonjeada.

— Você não vai tirar a jaqueta, vai? — Jo perguntou ao tirar o próprio casaco.

— Não está quente.

Ahhhhhhh, não tenha tanta certeza disso, pensou consigo mesma. Além disso, sabia que ele não tiraria o casaco não por conta da temperatura, mas sim por causa das armas e da munição que escondia debaixo de todo aquele couro.

– Tive esperanças de que fosse me ligar. – Syn cruzou as mãos e as apoiou na mesa, como um bom coroinha, a despeito da contradição. – Mas estou contente que esteja bem.

Jo pensou no que ele disse na noite anterior. Sobre a morte.

– Na verdade, procurei um médico hoje.

– Eles não podem te ajudar.

Ela parou no processo de dobrar o casaco sobre o banco.

– Sinto discordar. Esse é o trabalho deles. É o que fazem quando as pessoas ficam doentes.

– Você não está doente.

– Então explique os meus sintomas de gripe – murmurou. – E teremos de concordar em discordar sobre se estou ou não doente. Para sua informação, visto que sou eu quem está na minha pele, tenho mais credibilidade no assunto que você.

– Jo é apelido de quê? Ouvi você dizer seu nome quando atendeu o telefone.

– Josephine.

A garçonete trouxe a água e a garrafa de Sam Adams. Depois ficou ali por um momento, como se estivesse apreciando a proximidade mais do que a vista panorâmica dele. Apesar de isso ser inapropriado em diversos níveis, Jo sentiu vontade de silvar tal qual um gato. Como se as duas fossem gatas. Como se as duas gatas...

Malditas metáforas...

Para se impedir de fazer alguma bobagem – ou algo que a obrigaria a usar uma coleira antipulgas –, experimentou a cerveja. O primeiro gole no gargalo foi o paraíso, por isso tomou mais um.

– Estou surpresa de que esteja à vontade aqui – murmurou quando a garçonete por fim se afastou. – A julgar por todo esse metal que carrega. Mas imagino que tudo esteja devidamente registrado.

– Não tenho nada a temer aqui ou em qualquer outro lugar.

Jo fitou o pescoço grosso e o peso dos ombros debaixo daquela jaqueta. Depois se lembrou da sensação do corpo dele quando o abraçara pela cintura. Ele era firme como uma rocha, sem nenhuma gordura, apenas músculos sobre músculos.

Mesmo sem querer, surpreendeu-se seguindo as pegadas da garçonete, com a mente vagando em cálculos que envolviam subtração de roupas e adição de muito exercício.

– Nisso eu acredito – ela disse distraída.

Enquanto o Sr. F vagava pelas ruas na escuridão, parte de sua vida continuava igual. Fora um andarilho dentro e ao redor da cidade em boa parte dos últimos três anos, voltando ao submundo debaixo da ponte quando precisava de uma dose, quando o tempo estava ruim ou era hora de dormir. Antes do que lhe acontecera no galpão do shopping, o deslocamento constante acontecia porque ele gostava do movimento depois que o efeito mais intenso das drogas diminuía, e também porque sempre sentiu um nervosismo interno se remexendo sob a pele.

Agora, porém, não conseguia nada com a sua movimentação entorpecida, o chão debaixo dos pés passava assim como os minutos e as horas, sem ser notado, sem ser percebido. Caminhara o dia inteiro, a esmo, contornando bairros do centro enquanto o sol nascia, chegava ao ápice e voltava a se pôr no horizonte. Embora os quilômetros percorridos equivalessem a uma maratona, não sentia dor nos pés e nas pernas. Nenhuma bolha. Nenhuma necessidade de comer ou beber, nem de ir ao banheiro. E ele lamentava a perda de todas essas inconveniências, a ausência das dores incômodas da humanidade. Enquanto avançava, percebeu que já não tinha a sensação de que, apesar da falta de posses, de status e de sucesso, era exatamente igual a todos os outros homens e mulheres que por ele passavam, que dirigiam ao seu lado, que voavam em aviões acima dele, que trabalhavam nos prédios ao seu redor.

Só que, pensando bem, ele já não era mais humano, era?

A desconexão de todos os outros lhe deu a impressão de que tudo se fechava ao seu redor, embora não soubesse bem o que era esse "tudo", e não fazia ideia de como evitá-lo. Essa sensação de perda total criou um zumbido em sua mente que antes ele eliminava com as agulhas, e o fato de que o vício já não era mais uma opção o fez sentir o deslocamento e a ansiedade com ainda mais intensidade. Enquanto se esforçava para se manter controlado, percebeu que as drogas foram um horizonte confiável, ainda que artificial, de uma terra muito, muito distante e sempre disponível, quando se sentia encurralado ou enclausurado – o que acontecia, e continuava acontecendo, grande parte do tempo.

Nenhuma outra viagem para ele, porém. Seu passaporte fora revogado.

Quando as botas por fim pararam, ficou surpreso, e baixou o olhar para elas com a expectativa de que se explicassem. No entanto, não obteve nenhuma resposta, e quando seu cérebro as incitou a continuar em frente, elas ficaram onde estavam.

Era como se estivesse no piloto automático, e a pessoa encarregada do seu controle remoto tivesse apertado um botão.

Sua cabeça se ergueu, certo como se ele fosse um fantoche preso pelos cotovelos, e o cara controlando a sua versão Muppet o estivesse preparando para a fala de um diálogo.

Bem. O que dava para saber? Estava numa rua estreita abarrotada de lixo: colchões manchados, uma pia de cozinha, uma geladeira sem porta. Alguém evidentemente saíra de um apartamento e queria que a cidade cuidasse de sua tralha. Ou talvez fosse alguma reforma, ainda que, naquele bairro, uma demolição fosse mais provável.

Na luz fraca, que não comprometeu em nada a sua visão, uma figura saiu por uma porta rebaixada uns dois quartcirões mais abaixo. O Sr. F de imediato o reconheceu, embora fosse um estranho. Era como ver um membro distante da família, alguém de quem não sabe o nome, mas lembra de ter visto em algum casamento ou funeral.

Ele *conhecia* esse outro homem. Esse outro homem o *conhecia*.

Não que eles ainda fossem homens.

E aquele no controle do Sr. F insistia para que eles interagissem. Apertou o botão de avançar no controle do Sr. F, e como qualquer outro aparelho controlado a bateria, seu corpo ficou pronto para fazer o que lhe era comandado. Nesse meio-tempo, o outro *redutor* parecia estar esperando que ele fizesse ou dissesse algo – e foi nesse momento que o Sr. F foi sincero consigo próprio. Na verdade, não passou o dia inteiro andando sem destino. Estava evitando os outros, passando de rua em rua de maneira defensiva para que não houvesse chance de se interceptarem.

Como se o asfalto do centro da cidade fosse a tela de um radar e os outros pontos piscantes, navios de guerra dos quais deveria manter distância.

Quando o pé direito começou a levantar, ele o forçou de volta ao chão, e quando a bota voltou a subir, foi bizarro descobrir que não estava no controle do próprio corpo. Mas, pensando bem, depois de tantos anos de vício em heroína, como não estaria acostumado a ser o servo de um mestre além de si mesmo?

Forçando o corpo a obedecer ao seu cérebro e não a essa força externa, deu um passo para trás. E outro.

O outro *redutor* pareceu confuso com o recuo...

O ataque veio pela esquerda, o vampiro no ar aterrissando sobre o *redutor*, derrubando-o com tanta força que ouviu o baque de algo se quebrando, que podia ter sido o crânio ou a coluna.

O impulso de se juntar à briga, de defender, de conquistar e matar, era tão desconhecido quanto a sobriedade e tão atraente quanto a promessa de um barato, mas o Sr. F se forçou a ficar fora do caminho, encostando os ombros em qualquer dos prédios que estavam ali, apoiando-se nos tijolos, mantendo-se no lugar e lutando contra a força que o atraía para interceder naquela briga mano a mano para a qual não fora treinado e na qual não tinha experiência alguma.

O conflito não favoreceu seu camarada.

O vampiro assumiu o controle do jogo de corpo no solo, imobilizando o assassino, e uma extensão de corrente oscilou num dos lados. Mas, em vez de estrangular o assassino com a corrente, o agressor deixou que a ação continuasse com o punho. E então a surra teve início. Aquele conjunto de juntas reforçadas desceu sobre o rosto do *redutor* uma vez depois da outra, e o sangue negro manchava o assassino enquanto ossos eram esmagados e feições eram desfiguradas.

O Sr. F permaneceu onde estava, mesmo quando o vampiro por fim recuou para retomar o fôlego. Depois de um instante de recuperação, o cara se virou para o ombro e falou numa espécie de receptor, mas as palavras saíram abafadas demais para ele conseguir ouvir.

De repente, o vento mudou de direção, atingindo com tudo o rosto do Sr. F.

Não, isso não estava certo. Não era a força do tempo. Era como se um aspirador tivesse aparecido atrás dele, um vórtice sugador puxando as moléculas do ar na direção do que quer que tivesse criado a corrente e causado a estranha brisa.

Lentamente, o Sr. F olhou para trás.

Algo se abrira na noite... como um buraco no tecido do tempo e do espaço. Da própria realidade. E a atração do fenômeno inexplicável era inegável: jornais ao léu voando na direção do que quer que fosse aquilo, as roupas do Sr. F sendo puxadas da mesma maneira, os cabelos brincando com seu rosto.

Em seguida... a chegada.

Uma espiral giratória floresceu no meio da ruela, um demônio de poeira, mas sem o pó.

Mas, definitivamente, demoníaco.

O demônio era tão denso que sua presença criou seu próprio campo gravitacional, e o Sr. F reconheceu seu mestre pelo que corria em suas próprias veias, seu corpo um diapasão para aquilo que apareceu. E não foi o único a notar. Acima do corpo do *redutor*, o vampiro com piercings no rosto e uma tatuagem de gota abaixo de um dos olhos também se concentrou no que se juntara a eles.

— Filho da puta — o cara murmurou.

Isso basicamente resume a situação, pensou o Sr. F enquanto o ódio denso assumia uma forma.

A figura em manto branco era de altura modesta e estrutura também, mas não fazia sentido aplicar padrões humanos de estatura e força para aquela entidade. Debaixo do manto — que o Sr. F notou estar manchado e puído na barra e rasgado numa lateral — o mal era uma promessa densa de sofrimento, ameaça e depravação.

— Não tens palavras para receber teu mestre? — disse a voz deformada.

Em seguida, o mal olhou para além do Sr. F, para o vampiro.

— E saudações a ti, inimigo meu.

Capítulo 21

— Então, diga-me com honestidade — Jo prosseguiu enquanto colocava uma batata frita na boca. — O que você faz de verdade? Não é luta, isso eu sei. Imagino que não esteja no serviço militar no momento. E você não pode ser traficante de drogas ou não estaria tão à vontade aqui dentro.

— Sou um protetor.

Ela pensou na reação de Syn ao estouro do cano de escapamento daquele Honda Civic.

— Ok, faz mais sentido. Tipo um guarda-costas? De quem? A quem você protege?

— Um macho. — Syn deu mais uma mordida precisa no seu cheeseburger e limpou a boca. — A ele e à família dele.

— Eu saberia quem ele é?

— Não. Moro com ele e não sou o único a protegê-lo.

A garçonete se aproximou trazendo mais água. E, sem querer ofender, mas aquela mulher precisava dar uma pausa naquele maldito jarro. Toda vez que Syn dava um gole, a senhorita Água de Torneira sentia a necessidade de encher o copo dele.

Jo inspirou bem fundo e disse a si mesma para parar com aquela territorialidade. Afinal, nem sabia qual era o sobrenome do homem, pelo amor de Deus.

– Gostaria de mais catchup? – a moça perguntou a Syn.
Juro por Deus, Jo pensou. *Eu vou cortar...*
– Não, obrigado.
– Obrigada, mas não precisamos de nada – Jo enfatizou.
Quando ficaram sozinhos de novo, ela murmurou:
– Você sempre recebe esse tipo de serviço quando vai a restaurantes?
Syn terminou o cheeseburger e limpou a boca.
– Não costumo comer fora.
– Nem eu, mas só porque preciso economizar. Tenho que ser frugal com meu dinheiro. Afinal, só posso contar comigo mesma.
– Há quanto tempo está por conta própria?
– Desde que terminei a faculdade.
– E os seus pais?
– Fui um experimento social fracassado para eles. – Desviou o olhar para uma mesa em que policiais gargalhavam. – Na verdade, não foi bem assim. Mas não acredito que me adotaram porque queriam fazer o bem a uma pobre criança indesejada. Acho que minha mãe sentia que precisava de uma filha. Como um acessório para combinar com a propriedade, o marido e o estilo de vida dela. Eu fui um acessório.
– Eles não zelam por você?
– Você tem uma maneira engraçada de se expressar às vezes. – Ela deu de ombros. – Mas está tudo bem. Sei cuidar de mim.
– Você não tem nenhum relacionamento masculino para o qual possa se voltar?
– Como se estivesse num romance de Dickens? – Jo sorriu. – Não, não quero procurar ninguém. Não preciso ser resgatada da minha própria existência. Lidei com tudo muito bem até agora e vou manter esse estilo.
– Todos precisamos de apoio.
– Então a quem você procura?
Syn franziu o cenho e demonstrou certo desconforto. Pegou o celular, que tinha uma tela de segurança – não que ela estivesse espiando.

Enquanto lia lentamente o que quer que estivesse escrito, Jo chegou a pensar que talvez ele fosse disléxico.

— Tenho que ir — disse enfim.

— Sim. Ok. Claro. — Quando ele começou a pegar umas notas de vinte do bolso, ela pôs a mão no braço dele. — Não. Deixa comigo. Eu pago.

Ele congelou e ficou assim. A ponto de Jo afastar seu toque. Será que tinha ficado ofendido?

— Não quero te deixar — Syn disse num rompante.

Algo no modo como declarou aquelas palavras disparou uma onda de calor no peito de Jo. Ou talvez não fosse o modo como as dissera, mas simplesmente o fato de tê-las dito.

Não quero que me deixe, ela pensou.

Sabendo que só teria mais alguns segundos para olhar para Syn, sorveu os detalhes do rosto dele, um rosto duro e inflexível, que sabia que veria em seus sonhos — desde que voltasse a dormir.

— Quem é você? — sussurrou. — De verdade.

— Sou um amigo.

Ai, ela pensou ao se recostar.

A decepção que se espalhou por sua caixa torácica a fez perceber que no intervalo entre o momento em que Syn quase atirou num inocente dentro de um Civic para mantê-la a salvo e o pedido de cheeseburger e fritas, ela tomara uma decisão que não estava muito inclinada a interpretar. Mas parecia que havia uma porta se fechando do lado dele.

Bem, Syn faria sexo com ela. E isso não significaria nada para ele. Amigos com benefícios, esse tipo de coisa.

Syn deslizou para fora do banco e, dessa vez, levou a sério o ato de beber água. Pegou o copo e virou tudo o que havia dentro dele. Até o gelo.

— Você vai sair para lutar? — Jo perguntou.

— Qual é o seu número? Eu te ligo.

Jo pensou instintivamente que não queria que ele morresse. O que era hiperbólico e tolo. Mas, pensando bem... dois cadáveres em quantas noites mesmo? Meio que tornava uma abordagem catastrófica uma atitude sensata em relação à vida.

— Você é casado?

O recuo que ele deu teria fraturado o pescoço de um homem mais fraco.

— Não!

Que alívio. Pelo menos não fantasiaria sobre o marido de outra mulher. Não que daria asas à imaginação. Não. Nada disso. Podia ser descuidada, mas não era masoquista.

Sou um amigo.

As três palavras mais esmagadoras de um idioma quando se está atraído por alguém. Mas, pensando bem, visto que não deveria ficar com alguém como ele de jeito nenhum, talvez elas fossem um salva-vidas.

— Tenha cuidado — Jo disse com suavidade.

Syn aquiesceu e então foi embora do bar a passos largos, saindo para a noite. Como se não quisesse de fato o número dela. Como se o fato de que não voltariam a se ver não importasse.

Onde aquele "só eu posso te ajudar" foi parar?, perguntou-se com amargura.

E, P.S., quando foi que ela virou uma 'princesinha'? Mulheres de verdade não esperavam que Príncipes Encantados chegassem para dar sentido às suas existências solitárias. Princesinhas, sim. Ficavam com expressões perdidas e apaixonadas quando deixadas, e terminavam seus jantares sozinhas, lamentando-se, esperando por um telefonema.

Tocando os lábios, pensou no beijo partilhado.

— Você só vai acabar se machucando se for atrás dele — disse a si mesma.

Jo só ficou ali mais um segundo e meio.

Enfiando a mão na bolsa, apanhou umas notas. Jogando o que

deveria dar para pagar o seu cheeseburger comido só até a metade, pegou o casaco e saiu correndo em meio às mesas, passando por clientes e garçons. Irrompendo no frio da noite primaveril, o nome de Syn estava na ponta da língua.

Mas não o pronunciou.

Olhou para a esquerda... olhou para a direita... para a frente, mas não viu nada além de quatro ruas desertas, e calçadas vazias, e um estacionamento do lado oposto com apenas duas vagas tomadas e um quiosque sem fregueses.

– Para onde você foi? – sussurrou para o vento noturno.

O mal está aqui. Ai, Jesus... o mal está aqui.

Butch correu o mais rápido que pôde, voando pelos quarteirões da cidade, dobrando esquinas e disparando em frente. Respirava como um trem de carga, os punhos cerrados, a jaqueta de couro balançando atrás de si, as armas balançando nos coldres do tronco e da cintura.

Quando virou à esquerda numa esquina, esbarrou num humano qualquer e o empurrou para longe. Quando ouviu um grito de reclamação, nem se deu ao trabalho de pedir desculpas.

Mais rápido, pelo amor de Deus, precisava ir mais rápido...

Chegando à rua Dezoito, passou por cima de um carro que estava estacionado na calçada, pisando com os coturnos pesados no capô, no teto e dando uma cambalhota por cima do porta-malas. Aterrissou a meio passo e continuou em frente, na força do ódio, xingando a si mesmo.

Mestiço do caralho, filho da puta, fracassado, merdinha...

A última curva foi aquela em que perdeu tração, as botas perderam o atrito graças à força centrífuga do peso do corpo num ângulo. Como resultado, Butch derrapou de bunda, parando com os pés diante do corpo, e o tronco e as pernas continuando na trajetória enquanto a cabeça se virava para o lado na direção que o chamava.

Ômega estava bem no meio da viela, a presença maligna mais sombria que a própria noite, a maldade tão densa que havia uma distorção no ar ao seu redor. Todavia, o mestre de todos os *redutores* na verdade foi o segundo item na lista das preocupações de Butch.

Qhuinn estava a meros quatro metros de Ômega, paralisado acima do corpo de um assassino, com a atenção fixa na divindade sombria, com uma expressão conflituosa como se estivesse considerando uma reação defensiva – ou pior, uma ofensiva.

Quando Butch ponderou os cenários resultantes de quaisquer confrontos entre os dois, só pensava naquelas duas crianças, Rhamp e Lyric... Os dois lindos filhos que o irmão tinha com Layla. Se Qhuinn morresse ali, naquele instante, pelas mãos de Ômega, os adultos na mansão sofreriam, mas seguiriam com suas vidas mais cedo ou mais tarde. Mas e quanto àquela linda menininha e ao garotinho robusto? Eles jamais conheceriam o pai. Cresceriam contando apenas com as lembranças das pessoas para preencher o vazio daquele pai corajoso, forte e incrível.

Nem. Fodendo.

Butch se lançou no ar e, no meio do impulso, agarrou o irmão pela jaqueta e os aproximou de modo a ficarem cara a cara.

– Dá o fora daqui – Butch sibilou. – *Agora*!

Qhuinn começou a argumentar, é claro. Mas não. Aquilo não estava aberto a discussões. Mudando a posição dos corpos, Butch se certificou de deixar o pai de Rhamp e Lyric atrás de si. E depois virou com toda grama de peso de seu corpo e usou toda força que tinha para lançar o imenso macho pelo ar, para além da junção de um beco, rodopiando como um frisbee de vampiro.

Ouviu o choque – como se Qhuinn fosse uma bola de boliche acertando algumas latas de lixo – e em seguida Butch ladrou no comunicador que trazia no ombro.

– Tudo limpo. Tudo certo. Repito... *alarme falso*.

Qhuinn se levantou no fim da rua e Butch o encarou soltando fogo pelas ventas, ameaçadoramente, para que ele saísse dali. E, vejam só, deve ter surtido efeito, porque o irmão se desmaterializou.

— Repito, tudo limpo! — Butch enfatizou ao se concentrar em Ômega...

Hum, que beleza, havia outro assassino bem ao lado do mestre, um *Redutor Principal*. Dois pelo preço de um.

— Não é adorável? — Ômega disse com uma voz que se entremeou ao ar sobrenaturalmente imóvel. — Encontramo-nos mais uma vez.

— Isso é uma fala de um filme ruim. — Butch desembainhou ambas as adagas. — Esperava mais de você.

— Que espirituoso. Que divertido. Também senti tua falta.

— Não posso dizer o mesmo.

— Minimizas tuas emoções.

— Não no que se refere a te odiar.

Ômega flanou para se aproximar, deixando o *Redutor Principal* para trás.

— Sabe, tu és um dos meus poucos arrependimentos. Se não te tivesse criado, tu não serias um problema.

— Estamos quase terminando aqui. A profecia está quase completa. — Butch se ajoelhou ao lado do assassino que Qhuinn subjugara. — Se você chegar mais perto, vou trabalhar nele. E não com estas adagas.

Ômega fez uma pausa.

— Faz o que quiseres. Gosto de assistir.

— Se for embora, agora — Butch disse —, vou apunhalar este merda de volta para você. Se ficar? Vou sugá-lo como a um milkshake numa noite quente de verão. E, pela aparência do seu manto, algo me diz que não pode se dar ao luxo de perder muito mais.

Um grunhido profano ecoou, emanando por debaixo das dobras sujas.

— Seu verme pestilento...

— Já chega com a troca de insultos. — Butch se inclinou para baixo, aproximando a boca da boca do *redutor* que ainda se debatia. — Então, o que vai ser?

— Tu precisas aprender o verdadeiro significado do poder.

Com reflexos surpreendentemente rápidos, Ômega curvou-se para trás e conjurou um projétil sombrio e denso, a magia negra cortando o ar vertiginosamente, zunindo como um ninho fervilhante de vespas. O golpe atingiu Butch como uma tonelada de tijolos, lançando-o contra a parede de alvenaria, longe dos restos gorgolejantes do assassino.

Não havia tempo para ele se recuperar. Antes que Ômega conseguisse lançar um segundo golpe, Butch se jogou para a frente, agarrando o rosto do *redutor*, aproximando-se da anatomia oleosa e desfigurada, inspirando como se tivesse ficado debaixo d'água por meia hora, como se não só a sua vida, mas também a de cada irmão e guerreiro que Qhuinn arrastaria para ali nos próximos trinta segundos dependesse dessa sucção.

Ômega emitiu um uivo tão alto e agudo que perfurou os tímpanos de Butch, irradiando direto em sua coluna.

Mas não levantou o olhar. Não parou. Não desacelerou.

Era sua única chance... de salvar os irmãos que viriam correndo, a despeito do seu alerta de que estava tudo bem.

Capítulo 22

Syn se materializou a um quarteirão das coordenadas enviadas por Qhuinn, mas no instante em que reassumiu sua forma física, recebeu uma mensagem contraditória de Butch dizendo que estava tudo bem.

Inflando as narinas, farejou o cheiro no ar.

O fedor era tão forte que só poderia ser explicado por uma matança bem suculenta. Portanto, Qhuinn provavelmente tinha abatido um *redutor*, mas estava preocupado com uma retaguarda do lado do assassino ou algo assim? Só para ter Butch cuidando da segunda rodada?

Debaixo da pele, sentiu o *talhman* rugindo, e foi a necessidade de derramamento de sangue que o fez seguir adiante num trote acelerado – assim como foi a necessidade de matar que o fez se levantar da mesa daquele bar, quando não queria deixar Jo. No entanto, estava desesperado para soltar aquela queimação interna. Estava muito atrasado em deixar seu lado ruim se expressar.

Talvez houvesse restado algo com que pudesse brincar. Talvez houvesse outros. Talvez aquilo não demorasse muito e poderia voltar para se reencontrar com Jo...

Syn virou uma esquina à direita e parou de pronto.

Por mais que seus olhos estivessem fixos na figura de manto branco esfarrapado, e seus instintos lhe dissessem o que era aquilo, seu cérebro se recusava a acreditar na conclusão a que chegara.

Todavia, a figura coberta que exalava maldade por todos os poros só podia ser uma, apenas uma, entidade. E Ômega estava em modo de ataque, pois recuava como se estivesse juntando forças para desferir um golpe em... Butch.

Que inalava um assassino como se estivesse tentando sugar um pneu com um canudinho.

Syn não hesitou.

Com um impulso potente, atacou a maldita criatura depois de dar três saltos imensos e jogar todo o peso de seu corpo. E Ômega, do alto de toda sua onipotência, não pareceu notá-lo – pelo menos não até Syn estar sobre a entidade, tirando o mestre de todos os *redutores* dos próprios pés.

Ou do que quer que o mantivesse no chão.

Em seguida, tudo aconteceu em câmera lenta. Quando o feitiço, ou sabe-se lá o quê, que Ômega estava prestes a lançar sobre Butch saiu descontrolado e explodiu um carro, Syn foi invadido por uma sensação horrível que penetrava seu corpo disparando um enjoo alucinante, a morte o atravessava em ondas de dor agonizante e tóxica. Butch desviou-se do assassino e gritou algo, esticando os braços como se tentasse salvar alguém.

Provavelmente Syn. Mas não havia tempo para pensar nisso.

Ômega arremessou Syn como se ele não pesasse nada, e a aterrissagem foi dura como uma rocha quando ele se chocou contra uma parede de tijolos, amparando a queda com o peitoral e as palmas, mal impedindo o rosto de se tornar a pista de pouso quando bateu a cabeça ao cair. Por pouco não teve o crânio aberto.

E então... Silêncio.

Syn tentou erguer a cabeça, mas estava curiosamente fraco, o corpo estava frouxo e mole como uma toalha molhada. O melhor que pôde fazer foi rolar e tentar fazer com que os globos oculares funcionassem a contento – e foi então que descobriu que só havia duas pessoas no beco.

Bem, três. Se contassem o assassino moribundo sobre o qual Butch ainda estava montado.

Nada de Ômega.

Antes que Syn pudesse articular qualquer palavra ou verificar os ferimentos, seus e de Butch, viu-se tomado por uma forte náusea. Virando de barriga para baixo, apoiou-se nas mãos e vomitou o que tinha comido com Jo – e continuou vomitando até não haver mais nada, até ver estrelas.

Mãos o seguraram. Alguém falava com ele – Balz, seu primo. E logo havia muitas pessoas ao seu redor.

Não conseguia ouvir nada, porém, e o zunido do sangue latejando em seus ouvidos não se parecia com nada que já tinha sentido. E, nesse meio-tempo, o coração se contorcia de um jeito ruim no peito, fora de ritmo e forte demais. Quando sua consciência focou no que acontecia atrás do esterno, teve a imagem de uma rocha rolando colina abaixo num *bum!, ba-bum!, ba-bum!* – e a tontura chegou como se fosse uma força física tridimensional. Enquanto o mundo girava tão forte que ele virou de lado, ficando frente a frente com os coturnos do primo.

Ouviu a voz distante de Balthazar gritando para alguém, e Syn pensou que o primo era um bom macho, apesar daquela coisa de ser ladrão. Claro, o bastardo podia ter uma consciência mais flexível do que a maioria, mas isso não significava...

Um cara de cabelos escuros em roupas cirúrgicas veio correndo e se agachou.

Hum, muito conveniente. Era o doutor Manny Manello, o cirurgião humano vinculado a Payne, irmã de V.

Syn estava tão abalado que quase cumprimentou o curandeiro. O que foi um impulso meio estranho visto que ele estava mais para um cara do tipo "vá se foder" em vez de um cara "que legal que você está aqui". Mas, pensando bem, não estava em seu juízo perfeito no momento, e o médico parecia concordar, pois balançava a cabeça e gesticulava como se não houvesse nada que pudesse fazer.

Puxa, Syn pensou. Ao que tudo levava a crer, estava morrendo.

Levado por um impulso que não podia negar, forçou o braço para fora e bateu no asfalto diante do coturno de Balz. O macho de pronto se abaixou para o seu nível.

Syn começou a falar. Pelo menos... achou que estava falando. Não conseguia ouvir nada, mas os ouvidos do primo pareciam estar funcionando bem. O rosto do macho passou de preocupado... para confuso... e depois, chocado.

Tanto faz. Só o que importava era que...

Do nada, a luz mais brilhante que Syn já vira surgiu bem diante de si e, mesmo em seu delírio, sabia o que era. Era o *Fade*, chegando para clamá-lo, e, no fim das contas, essa foi a maior surpresa de todas. Presumira que iria para o *Dhunhd*.

No entanto, quem sabe, tendo acabado de conhecer Ômega, talvez o mal não quisesse seu pobre traseiro...

Enquanto se banhava na iluminação celestial, o alívio que permeou seu corpo foi tão absoluto que era incomensurável. Era como se a doença dentro de si tivesse sido apagada e, na sua ausência, uma paz e uma calma extenuantes o invadissem, como se tivesse chegado ao fim de uma longa provação.

Sua vida toda fora assim. Uma caminhada difícil numa noite boa, uma maldição numa ruim.

Entregando-se à morte, esperou pela porta que sempre ouvira dizer que apareceria diante de si... a porta que a antiga sabedoria dizia que levava à eternidade com seus entes queridos. Será que reencontraria sua *mahmen* ali?

Então o pânico o atravessou. Estava deixando sua fêmea indefesa. A sua morte não a livraria do perigo. Gigante enviaria outra pessoa para matá-la...

De uma vez só, a luz se retraiu, a vista de Syn clareou e seus ouvidos voltaram a funcionar. Erguendo o olhar, não sabia bem o que esperava ver... Mas o Irmão Vishous ajoelhado com uma tocha na mão com certeza não era...

Espere. Aquilo não era uma tocha. Era a mão do macho, aquela que ele sempre cobria com uma luva de couro preta.

Talvez a luz não tivesse sido o Fade.

Talvez aqueles boatos sobre V. ter nascido da Virgem Escriba não fossem bobagem.

Talvez ele devesse ser mais legal com o filho da puta, se não quisesse se transformar num marshmallow derretido.

Syn se empurrou para longe do asfalto e, ao colocar-se de pé com cuidado, esperava que o mundo voltasse a girar. Não girou. E foi então que concluiu que o Irmão devia ter feito com ele o que fazia com Butch.

— Você se *atracou* com Ômega? — V. perguntou. — Que merda estava pensando, seu maluco filho da puta?

Vishous socou os ombros de Syn, depois de o puxar contra o peito imenso. O abraço foi tão inesperado quanto se Vishous tivesse começado a cantar "Achy Breaky Heart".

Afinal, o cara não gostava de ninguém.

Pelo visto, se você salvasse seu melhor amigo, entrava para a lista de queridinhos do cara.

Syn se sentiu colocado de volta para trás, e depois seus dois primos conversavam com ele. *Todos* conversavam com ele, os Irmãos que estavam no local e todos os guerreiros. Estava tudo uma confusão, e Syn teve a sensação de que estavam transformando-o num herói sem um bom motivo. Ele só queria matar alguém, alguma coisa, e queria uma bela briga. Ômega viera sob medida para isso.

— Onde está Syn? — ouviu alguém exigir saber. — Syn está bem?

Butch atravessou a aglomeração de rúgbi que se formara, e o ex-policial, ex-humano, pareceu voltar ao seu papel de servidor público. Ao se aproximar, ficou naquela de Bom Samaritano.

— Jesus, aquilo foi muito corajoso e muito estúpido. Mas obrigado. Estou falando sério.

Syn se deparou com os olhos cor de avelã do Irmão e balançou a cabeça.

Butch assentiu, como se soubesse o que Syn pensava, mas Syn podia garantir que ele não sabia.

O PECADOR | 191

E para encerrar qualquer outra merda de gratidão, Syn tentou andar num círculo para ver o quanto estava equilibrado. Não cambaleou. Não voltou a vomitar. O corpo e a força estavam num cinco, numa escala de zero a dez.

Ao passo que, antes de V. ter aparecido com aquela luz na sua palma, não havia nenhum número nessa escala.

— Aonde você vai? — Butch perguntou.

Estou indo embora?, Syn se perguntou.

— Estou de turno hoje — ouviu-se dizer. — Vou lutar.

O doutor Manello deu um salto como se tivesse um chip na nuca que o alertasse de decisões idiotas.

— Não vai mesmo. Você vai tirar o restante da noite de folga.

— Não estou ferido — Syn disse ao apontar para o corpo. — E não estou mais enjoado. Você não tem motivo para me impedir.

Quando V. acendeu um cigarro, o Irmão olhou por cima da palma que protegia a chama.

— Deixe-o ir. Ele mais do que mereceu o direito de lutar se é isso o que quer. Além do mais, já cuidei dele. Não restou nada do Ômega dentro de seu corpo.

Syn encarou o médico.

— Eu vou sair, não importa o que você diga.

Mais conversa, ainda mais quando um novo grupo de Irmãos chegou: Tohr, Z. e Phury precisando se atualizar quanto ao que aconteceu com Ômega.

Desejando se desmaterializar antes que sua parte na história ganhasse mais exposição, Syn recuou um passo da multidão. E mais outro. Quando Balthazar olhou para ele como se estivesse disposto a colocar um freio naquela retirada, Syn encarou o primo e o desafiou a se meter nisso. Quando o cara só acendeu um dos cigarros caseiros de V. e soltou um palavrão, ficou claro que a mensagem fora recebida.

Seu primo não entraria no caminho de sua saída dali.

À medida que o beco se transformava numa convenção de Irmãos, Butch se aproximou da carcaça do *redutor*. Não chegara a inalar antes de Syn decidir dar uma de bola de boliche com Ômega, e havia um trabalho a ser terminado.

E, claro, não honraria a promessa feita ao mal, apunhalando a maldita criatura de volta ao mestre.

– Não precisa fazer isso, tira. Tire uma folga hoje.

Olhou para V. Os olhos claros e frios do Irmão eram como ar fresco quando você está enjoado. E, dentro da cabeça de Butch, pensamentos começaram a rodopiar, chocando-se uns com os outros, misturando qualquer lógica.

– Tira, você acabou de passar por uma situação de merda.

– Sim, e a única saída dessa porra toda é fazer meu trabalho.

Butch caiu de joelhos e aproximou o rosto do que restava das feições desfiguradas do assassino. Ao se preparar para mais uma daquelas profundas inalações que fazia desde que Ômega o pegara, pensou – e não pela primeira vez – que não sabia como aquilo funcionava. Não entendia a metafísica de como conseguia drenar a essência daquele receptáculo.

Porém, uma explicação não mudaria os fatos, e não tinha certeza de querer saber das particularidades. Além disso, tinha outras questões com que se preocupar...

– Ômega deveria ter sido capaz de me matar – disse, erguendo o olhar para V. – Ele estava lançando umas merdas em mim... A magia deveria ter me explodido ao meio. Só a presença dele deveria ter me derrubado. Já estive perto daquela coisa antes. Sei o quanto costumava ser poderoso. Não mais... Ele está morrendo.

E seria de se pensar que Butch se reenergizaria – naturalmente – com a evidência clara do seu sucesso. Mas, em vez disso, só sentia um cansaço ainda maior.

V. se ajoelhou e exalou por cima do ombro dele.

– Significa que está dando certo. A profecia está se concretizando.

– Sim... – Butch encarou a maçaroca que era o rosto do assassino, os ossos claros debaixo das manchas escuras das vísceras negras. – Sinto como se estivesse nos trinta últimos segundos de uma competição de quem come mais.

V. apoiou a mão enluvada no ombro de Butch.

– Temos tempo. Não precisa terminar hoje. Mande-o de volta e vamos para casa.

Butch balançou a cabeça para o *redutor*.

– Ômega deveria ter sido capaz de me matar.

Quando outro par de coturnos apareceu em seu campo de visão, Butch olhou para cima. Qhuinn se aproximara, e estava mais branco que um lençol, as mãos tremiam nas pontas das mangas da jaqueta de couro. O macho se abaixou. Os olhos, um azul, o outro verde, estavam marejados e avermelhados, e ele piscava como se tivesse um ventilador ligado apontado para eles.

– Butch, você salvou a minha vida – disse o Irmão. – E está exausto. Deixe-me apunhalá-lo, e todos iremos para casa.

Butch queria aceitar. Seu cansaço ia muito além do esforço físico. Queria ligar para Marissa e ouvir a voz dela, pedir que saísse mais cedo do trabalho e só deitar ao lado de sua *shellan*. Queria saber que seus irmãos e os guerreiros estavam na montanha, envoltos pelo *mhis*, atrás das grossas paredes de pedra da mansão, atrás da fortaleza que Darius construíra uma centena de anos atrás. Queria ter certeza de que, nem que fosse só até o anoitecer do dia seguinte, todos estavam seguros.

Mas a questão era que não tinha como ter essa certeza.

A segurança seria uma ilusão se só durasse 24 horas. E as crianças preciosas na casa, não apenas Rhamp e Lyric, mas todas elas, mereciam ter seus pais junto de si. Inferno, todas as *mahmens* e os pais da espécie teriam essa garantia!

Enquanto Ômega estivesse no planeta, a normalidade seria um privilégio frágil para os vampiros, não um direito básico.

Butch voltou a se concentrar no assassino. Ele ainda se movia, os dedos flexionavam e se curvavam no asfalto, as pernas se remexiam com vagarosidade.

Abrindo a boca, Butch teve que se forçar a inalar.

Para poder sugar o mal para dentro do seu corpo uma vez mais.

Capítulo 23

Jo estava parada na calçada do McGrider's, observando um carro passar. Deu um passo para o lado quando dois caras vestindo roupas normais e nada de couro entravam no bar. Verificou o celular, embora não estivesse preocupada com as horas.

Da próxima vez que Syn lhe pedisse seu número, não hesitaria em lhe dar.

Isso se voltasse a vê-lo.

A noite estava especialmente fria enquanto caminhava de volta ao estacionamento do *CCJ* – quase polar, de fato –, e o engraçado foi que não notara a temperatura quando estava caminhando ao lado de Syn. E, à medida que avançava, reparou que Caldwell de repente se esvaziara de formas de vida. A despeito das pessoas nos volantes dos carros ao longo das ruas, e dos clientes que saíam do McGrider's e até mesmo do chefe misógino, e dos queridos Bill e Lydia, Jo se sentia pós-apocalipticamente sozinha, a única sobrevivente de uma catástrofe nuclear.

É impressionante como alguém significante é capaz de levar consigo todos os outros quando vai embora...

Muuuuuito bem, chega de melodrama. Aquilo não era um episódio de uma novela mexicana.

– Hormônios! – resmungou ao chegar diante do prédio do *CCJ*.

Em vez de dar toda a volta até a parte de trás, pegou seu cartão e entrou por uma porta lateral. A sensação de que não continuaria trabalhando por muito mais tempo no jornal era devida ao seu estranho estado emocional, mas não era descabida. O que era uma pena. As últimas 48 horas foram repletas de loucuras, mas estava começando a amar ser jornalista. Contudo, chantageara o chefe para continuar trabalhando naquela matéria, e não se enganava em relação a Dick. Forçara a mão dele dessa vez, mas era o mesmo que ter sacos de areia para se proteger contra a enchente provocada por uma tempestade. Mais cedo ou mais tarde, o dique se abriria e ele daria um jeito de demiti-la.

Foi ao banheiro porque não estava com pressa alguma de ficar sozinha em casa, embora fazer uma maratona de comédias românticas não fosse um plano B ruim se comparado a ficar na sua mesa de escritório até o alvorecer. Depois de sair enxugando as mãos, verificou o e-mail para ver se as outras fotografias que McCordle lhe mandaria do celular tinham chegado. Não tinham.

Antes de limpar a mesa, e não por estar se demitindo, resolveu que aquilo era ridículo. Não poderia ficar ali a noite toda. Saindo pela porta dos fundos, abaixou a cabeça e se apressou na direção do carro, ciente da paranoia zunindo em seu sangue. Relanceando furtivamente ao redor, só destrancou o Golf quando estava a um metro e meio da porta do motorista. Mas, convenhamos, até parece que alguém entraria sorrateiramente no banco de trás se não fizesse isso? Ajeitando-se diante do volante, acabou prendendo o casaco ao fechar a porta, mas deixou assim mesmo enquanto trancava tudo.

Ligando o motor que roncava como uma máquina de costura, ajustou o cinto de segurança, passou a marcha à ré e pisou no acelerador...

E pisou no freio.

No espelho retrovisor, iluminado pelo farol traseiro, uma imensa figura com moicano estava parada logo atrás do para-choque traseiro.

Jo deixou a marcha no ponto morto e saltou para fora do carro.

Um gracejo do tipo "nossa, há quanto tempo" subiu-lhe à garganta e morreu ali mesmo.

– Você está bem? – perguntou ao observá-lo.

O PECADOR | 197

Quando ele assentiu, ela não acreditou. Syn estava pálido e abalado, e na base de ambas as mangas da jaqueta de couro, as mãos tremiam.

– Preciso de um banho – ele disse.

– O quê?

– Não estou cheirando bem.

– Só sinto o cheiro do seu perfume.

– Preciso...

Ela tinha a impressão de que ele não estava falando coisa com coisa, e quis saber que diabos acontecera naqueles vinte minutos em que ele saíra correndo do bar e agora. Não podia ser arrependimento por tê-la deixado. Isso não deixaria um cara durão como ele naquele estado desorientado e confuso.

Antes de se dar conta do que estava fazendo, aproximou-se e segurou-lhe a mão. Quis dizer "venha comigo", mas a pele dele estava gelada, e Jo se preocupou com hipotermia.

– Precisamos te aquecer.

– Estou frio?

Jo o conduziu até a porta do passageiro e a abriu para ele.

– Entre.

Sabe, só para o caso de ele não saber o que fazer, ainda que ela também estivesse se perguntando como ele colocaria aquele corpanzil todo no banco...

– Pelo jeito você é retrátil – ela murmurou ao fechar a porta para Syn.

Passando pela frente do carro, voltou a se sentar atrás do volante, ciente de que o coração batia forte e que o sangue estava acelerado. Ao passar a marcha à ré pela segunda vez, olhou para o homem que pegara na rua tal qual um cachorro vira-lata.

Syn mal cabia em seu carro. "Retrátil" era um eufemismo. Dobrável seria uma definição melhor. Os joelhos dele estavam praticamente encostados nas orelhas, os braços enterrados entre as pernas, o ombro de lá se apertava contra a porta. Ele não parecia incomodado, mas, na verdade, não parecia saber onde estava.

— Meu apartamento não fica longe daqui – informou. Bem, não ficava longe se comparado com alguém morando em Vermont. – Quero dizer...

Syn fitava à frente. Como se estivesse num mundo diferente.

— Cinto de segurança? – ela o incitou.

Quando ele não se mexeu, ela freou e se esticou na frente dele...

No espaço apertado, ele se moveu tão rápido, que ela não acompanhou o movimento. Num segundo ele estava como um casaco comprido enfiado numa sacola. No seguinte, agarrava-a pelo pescoço e a fitava com um olhar vazio, sem nada ver.

Um medo genuíno atravessou o peito de Jo.

— Por favor... – disse engasgada. – Não...

Ele piscou e se concentrou nela adequadamente.

— Ai, merda...! – Ele a soltou de pronto. – Sinto muito. Você me pegou desprevenido.

Recostando-se no banco, Jo levou as mãos ao pescoço.

— Não vou mais fazer isso.

— É só porque... eu estava em outro lugar. Não vou te machucar, eu juro.

Quando estremeceu, Syn pareceu ter dificuldade para respirar bem. E, apesar de ser fisicamente forte e evidentemente um casca-grossa, Jo sentiu uma necessidade opressiva de cuidar dele. Ele parecia tão perdido.

— Está tudo bem – ela lhe disse. – Fique onde precisa estar. Eu cuido do resto agora.

— Eu sabia que não podia confiar em você.

Quando seu pai falou, Syn deu as costas para o chalé, para a jovem fêmea e o irmãozinho dela, para os inocentes que corriam com abandono e felicidade inocente em meio às flores da campina.

O pai deu outro passo adiante, outro galho caído estalou sob o peso tremendo dele.

— E eu sabia aonde você iria. Pouco se importa com minha fome? Você deveria ter ido buscar algo para me sustentar, mas parece que devo encontrar eu mesmo.

Os olhos negros brilhantes desviaram para cima da cabeça de Syn, e eles acompanharam a frágil presa que fora escolhida. Quando os lábios do pai se entreabriram, as pontas das presas manchadas desceram, e o corpo se abaixou numa pose de ataque.

Syn se moveu sem pensar. Lançou-se à frente e mordeu o dorso da mão do pai, aquela em que antes tivera na pele seus dentes incisivos. Quando os molares se enterraram, o urro do pai foi tão alto que ecoou pelas árvores, e Syn rezou à Virgem Escriba que a fêmea e seu irmão ouvissem e saíssem correndo para um local seguro.

Não houve tempo a perder para ver se sua súplica ao poder maior havia sido concedida.

O pai virou-se para ele com uma sede de vingança que era uma combinação de loucura e agressividade. E Syn certificou-se de colocar-se fora do alcance do golpe punitivo que veio com a presteza de um falcão sobre um roedor. No momento anterior ao impacto em seu rosto, ele abaixou e recuou. O pai mordeu a isca, avançando, tentando acertá-lo novamente, cambaleando, pois ainda estava sob os efeitos do álcool mesmo que tivesse parado de beber há bastante tempo.

Syn chutou o pai na canela e recuou ainda mais. Depois recebeu um soco desequilibrado na lateral do rosto e deu mais um passo para trás.

Sabia que havia se mostrado um desafio suficiente e uma afronta quando a luz vermelha profana, emanando dos olhos do pai, o banhou na cor da morte.

Foi nessa hora que Syn começou a correr.

E correu rápido, mas não rápido o suficiente.

Não fazia ideia de aonde estava indo. Só sabia que devia afastar o monstro daquela família, mesmo que isso fosse a última coisa que faria. E, de fato, seria. Morreria, mas tinha esperança de que a fêmea e a família dela atentariam para o seu corpo alquebrado e se protegeriam — e, talvez, *essa fosse a melhor solução para todos. Ele estaria morto, e aquela jovem fêmea estaria, se não a salvo, pelo menos mais segura, pois, com certeza, o pai de Syn seria expulso do vilarejo pelos anciãos, não?*

Outro pedido pelo qual rezar, não que dispusesse de tempo para rogar à Virgem Escriba uma vez mais.

Com a luz rubra da violência do pai brilhando atrás de si, a floresta estava iluminada de um modo aniquilador, as árvores e moitas, a trilha na qual Syn se viu, os cervos afugentados, iluminados ao estilo do sangue que logo seria derramado.

As pernas de Syn bombeavam o mais rápido que podiam, e só o que o permitia seguir na dianteira era o peso prodigioso do pai. De fato, a respiração pesada, as bufadas e sopradas, eram a de um dragão que se esforçava a seguir num meio-galope em vez de alçar voo. O pai, no entanto, não tinha a opção de seguir pelo ar, graças ao Fade.

A clareira chegou sem preâmbulos, os obstáculos arbóreos da floresta de troncos e galhos terminando numa delimitação nítida e, por um instante, Syn não conseguiu entender aonde a perseguição o levara, mas, então, logo compreendeu o cenário. Estavam no início dos campos verdejantes do pai, aqueles que arrendara para fazendeiros para que seus cavalos, gado, ovelhas pastassem e bebessem do riacho.

Mais adiante, havia uma construção com postes e viga, aberta em todos os lados, para que os animais tivessem refúgio, e Syn seguiu para lá, na esperança de encontrar alguma proteção contra o ataque. Ao se aproximar, notou alguns rastelos apoiados num dos postes, e algo muito estranho aconteceu. Suas palmas formigaram e o corpo se aqueceu de um modo nada relacionado ao esforço físico ou ao medo. Em sua mente, entendeu com uma clareza abrupta o que faria com as armas potenciais e a precisão do seu plano o chocou — ainda que não por conta da violência. Era porque as imagens tinham tanta nitidez que era como se as ações que estavam prestes a acontecer já tivessem acontecido.

Talvez sobrevivesse.

Permitindo que os instintos o guiassem, entregou-se ao propósito letal, cedendo o controle para esse desconhecido ponto fraco de sua consciência.

O efeito da submissão foi sobrenatural. Em sua mente, recuou até ficar separado do corpo, um observador vendo a si mesmo de outro lugar em vez de olhar de dentro dos olhos para fora.

Tudo fluiu como água.

Acrescentando velocidade às pernas espigadas, abriu alguma distância entre ele e o pai que se aproximava, alcançando as ferramentas do campo com presteza. As palmas pequenas encontraram o cabo gasto e manchado de suor de um dos rastelos e ajustou o comprimento contra o tronco, mantendo-o longe das vistas enquanto esperava que o pai chegasse.

As passadas desajeitadas desaceleraram assim que Syn parou, e a respiração estava tão pesada e pronunciada que o pai mais parecia um touro enfurecido.

Syn aguardou sua aproximação, ruidosa e sísmica, e começou a respirar como fazia o pai. Quando baixou o olhar para as mãos segurando o cabo do rastelo, havia um rubor sobre elas, e ele se perguntou se havia começado a sangrar...

Não, aquilo não era sangue. Era o brilho dos seus próprios olhos, exatamente como os do seu pai.

Mas não podia perder tempo com aquilo.

Assim que o pai se aproximou da distância final, a mente de Syn se preocupou com o equilíbrio, com o ângulo necessário, se seria capaz de erguer o peso do rastelo que era uma pena para o pai, mas uma rocha para ele. Mas seu corpo sabia as respostas para essas perguntas e tinha a força. Mesmo enquanto se perguntava sobre os quandos e os comos da situação, seu braço e tronco trabalhavam subitamente coordenados.

A trajetória do golpe foi exata demais para ele acreditar. E não soube quem ficou mais surpreso, ele ou o pai. O rosto rechonchudo se virou e ele viu as pontas metálicas afiadas vindo na direção da sua cabeça como se não reconhecesse o que eram.

Syn não tinha muita força e o rastelo era pesado. Contudo, os dentes e as pinças foram inclementes. Antes que o pai conseguisse erguer o braço ou se desviar, arranharam profundamente as feições raivosas, descendo pela têmpora, face e nariz. Quando a ferramenta apareceu do outro lado, o sangue aflorou e jorrou pelo ar.

O pai urrou de dor, a pata de urso imunda subiu para o ponto em que fora arranhado profundamente. E, então, do lado oposto, o rastelo foi levado pela força cinética, descendo até o chão, aterrissando tal qual uma ave de rapina com as garras segurando a terra como se ela fosse seu poleiro.

Syn olhou para o pai e congelou.

O pai se aprumou e abaixou as mãos. Um dos olhos fora perfurado e estava pendurado por algum tipo de fio, um ligamento sanguinolento, e a orbe acima do osso malar era um soquete vazio e escuro como uma caverna. O rosto estava contorcido numa máscara de terror e vingança, a boca com os dentes podres estava aberta, as presas, completamente estendidas.

O rastelo se soltou da terra, e como que por escolha própria, girou na pegada de Syn, as pontas trocando de lugar com a ponta rombuda do cabo.

Sem pensar no que estava fazendo, Syn avançou e enfiou a ponta de madeira para cima naquele soquete. Colocou todas as suas forças na penetração, e ficou horrorizado e aliviado quando o rumo da ferramenta foi encontrado como algo inevitável.

Outro urro de dor atravessou o ar noturno, e o pai, às cegas, tateava procurando por Syn, as patas balançando no ar, as mangas da túnica porca zunindo perto da cabeça e do rosto de Syn. Soltando o rastelo, Syn passou por debaixo das pernas do pai. Ressurgindo do outro lado, girou, arqueou-se para trás e apoiou as palmas no chão. Chutando para cima com as solas dos pés, atingiu as costas do pai.

O empurrão bastou para lançar o peso já desequilibrado numa queda livre, e o pai aterrissou primeiro de cara no rastelo, o cabo penetrando profundamente no crânio, empurrando a cabeça para o lado, saindo pela lateral, libertando-se.

Quando o pai permaneceu no chão como um peso morto, os olhos de Syn foram direto para a faca guardada no cinturão largo de couro dele. Com a besta ainda atordoada pelo ferimento, Syn se adiantou e desembainhou a lâmina. O cabo era grosso demais para sua pegada, por isso ele usou as duas mãos para segurá-lo. Erguendo a adaga acima da cabeça, ele enterrou a ponta afiada no casaco grosso do pai. No entanto, ficou sem saber se havia enterrado o bastante. O pai, mexendo-se em câmera lenta, pareceu não notar o novo ataque.

Foi então que Syn viu a pedra. Achatada. Larga. Cerca do tamanho do seu peito.

Pesava quase tanto quanto ele. Mas o medo e a fúria combinados o fortaleceram imensuravelmente. Bamboleou a pedra até ali e a ergueu acima do cabo da adaga, descendo-a uma... duas... três vezes.

Martelou a adaga até o guarda-mão impedir que ela fosse mais fundo.

Cambaleando para trás, caiu sobre o pedaço de terra criado pela junção de cascos ao redor do abrigo. Respirava tão forte que a garganta doía e os olhos estavam embaçados. Quando foi limpá-los do que quer que os estivesse atrapalhando, percebeu que estava chorando...

Com um gemido, o pai rolou de lado e se sentou, um fantasma da cova, só que ele era bem real, e muito capaz de provocar estragos. O ferimento no olho era horrendo, e o sangue fluía livremente, cobrindo-lhe as feições daquele lado com um brilho que revirou o estômago de Syn.

Quando pareceu que o pai iria se levantar e atacar novamente, ficou claro que estava bêbado e que não sentia suficientemente os ferimentos. Ou, talvez, a alma que o animava fosse apenas resistente e maligna.

O terror se agarrou ao coração de Syn e ele saltou para correr...

Algum tempo depois, muito depois, a consciência de Syn retornou. O que foi estranho porque não soubera que ela o havia abandonado.

Tudo pareceu bastante borrado, por isso ele esfregou os olhos...

Uma ferroada o fez franzir o cenho, e ele piscou... e percebeu que estava sentado de pernas cruzadas sobre uma parte terrosa de uma poça. Chovera?

Não. Não era água.

Era sangue. Estava sentado sobre uma poça de sangue coagulado.

Franziu o cenho novamente. Erguendo as mãos, descobriu que estava coberto com mais do mesmo líquido. De fato, havia sangue em todo ele, manchando as roupas puídas. Estaria ferido? Seu pai o atacara e...

— Santa Virgem Escriba...

Syn se sobressaltou e ergueu os olhos. A figura acima dele era uma que sua mente lhe disse que deveria reconhecer. Sim, ele deveria saber quem era aquele.

O macho pré-trans se ajoelhou diante dele.

— Por favor... dê-me a adaga.

— O quê?

— A adaga, Syn.

— Não tenho adaga alguma...

— Na sua palma.

Foi quando Syn levantou a mão para provar para aquele estranho conhecido que não tinha nada na sua mão que a sua visão lhe informou que era ele quem estava errado. Havia uma adaga em sua palma. Como não notara isso? Abruptamente reconheceu a identidade do pré-trans. Era seu primo, Balthazar. Reconhecia o rosto do macho agora.

— A adaga, primo. Dê-me-a.

Syn olhou para a esquerda e viu a primeira parte de corpo junto ao cabo quebrado do rastelo. A segunda estava empalada pelo garfo do rastelo. A seguinte... mais adiante, junto à cerca.

Havia muitas mais, e a maior, o tronco, estava estripado.

Seu pai fora dilacerado por alguém. Quem mais estivera... ali?

— Syn, dê-me a adaga. Agora.

Sua mão resistia quando a arma era retirada dela. Em seguida, Syn fitou os olhos do primo enquanto a realidade começava a ser entendida, numa espécie de alvorecer inacreditável e feio.

— Acho que eu fiz isto, primo.

— Sim — Balthazar concordou com seriedade. — Você fez.

Syn encarou a mão cortada que jazia no chão como um soldado caído.

– Ele ia machucá-la.
– Quem?
– Não importa.

Com um esforço consciente, Syn conseguiu levantar os ossos cansados da poça de sangue. Quando cambaleou, avançou em direção ao rio, à procura das águas caudalosas e frescas. Agachou-se e apanhou água corrente nas mãos, lavando o rosto repetidamente. Depois bebeu do riacho, aplacando o fogo que descia pela garganta e pelo estômago.

Quando tentou se levantar uma vez mais, falseou e caiu, segurando-se nas rochas escorregadias. Ergueu a cabeça, sentiu que o crânio pesava tanto quanto o restante do corpo, e logo após essa percepção surgiu uma onda de tontura. Seguida por uma de calor nada relacionada ao esforço físico.

– Baltha...zar?

O primo o segurou por baixo do braço e o puxou para fora da água.

– Ah, não... Syn...
– O que foi?

Balthazar olhou ao redor em frenesi.

– A transição. Você está passando pela transição...
– Não, eu não...
– Há vapor subindo da sua pele, e você está fervendo.

Syn, confuso, olhou para o braço, para os pés, para os tornozelos. Havia, de fato, vapor subindo do seu corpo, e ele sentia um estranho... e definitivo calor. Mas...

De uma vez só, uma incapacitação o atacou, prostrando-lhe as pernas debaixo do corpo, tirando-o da pegada do primo de sangue. E quando aterrissou no chão, o calor do corpo triplicou, e triplicou de novo e, em seguida, os membros começaram a zunir.

– Santa Virgem Escriba – Balthazar gemeu. – Precisamos levá-lo a um abrigo e a uma fonte de sangue.

– Não – Syn disse entre dentes que se chocavam. – Deixe-me. Ir para o Fade me basta...

Enquanto os ossos do corpo se esticavam, e os braços pareciam cordas sendo retorcidas, ele perdeu a habilidade de falar e deitou a cabeça. Respirando rápido, lembrou-se do que sabia sobre a transição: sem o sangue de uma fêmea, morreria, e ficou se perguntando quanto tempo demoraria...

– Eu o ajudarei.

Ao som dessas palavras, Syn forçou os olhos a se abrirem. Quando viu quem era, meneou a cabeça.

– Não, não...

Era a fêmea, da campina. Aquela que sempre fora bondosa com ele.

– Balthazar – chamou com urgência. – Leve-a daqui, ela não deve ver...

A fêmea seguiu em frente.

– Sei o que ele fez para proteger a mim e à minha família. – Manteve os olhos abaixados, como se deliberadamente não estivesse testemunhando o estrago por ele feito. – Eu sei... e o ajudarei agora.

Syn, fraco, balançou a cabeça.

– Não, não. Eu sou indigno...

Capítulo 24

— Indigno? — Jo perguntou quando parou numa vaga diante do prédio em que morava. — Indigno de quê?

Quando ela falou, Syn não pareceu ouvir. Ainda estava sentado imóvel no banco do passageiro, com as mãos nos joelhos, o olhar fixo adiante no para-brisa como se estivesse assistindo à TV. Parecia totalmente tranquilo. Ou... será que estava morto? Ele não estava piscando.

— Syn?

Bem, uma coisa era certa. Não voltaria a tocar nele ao desligar o carro...

Lentamente, Syn girou a cabeça na sua direção, e a expressão no rosto dele era vazia, como se estivesse em transe. Mas, em seguida, ele pigarreou.

— Desculpe.

— Está tudo bem. — Embora não soubesse muito bem pelo que ele estava se desculpando ou exatamente pelo que ela o perdoava.

Ele assentiu. Depois se contradisse.

— Não, não está. Nada disso está.

Jo olhou para o seu prédio.

— Você quer entrar?

Será que a resposta vai ser um sim com um aceno de cabeça ou a combinação de não com um meneio?, ela se perguntou.

– Ou é melhor eu levá-lo para casa? – Onde quer que isso fosse. – Posso levá-lo para casa.

– Não quero voltar para lá agora.

Ele se referia ao lugar em que estava mentalmente? Ou onde morava?

Qualquer que fosse a resposta a essa pergunta, Jo não queria que ele fosse embora. Queria algumas respostas. Sobre o que ele achava que sabia a seu respeito. Sobre quem ele era e de onde vinha. Sobre o motivo da conexão entre eles parecer tão inegável.

Ela viu as coxas grossas forçando as calças de couro.

Ok, a resposta a essa última pergunta ela sabia...

– Sim – ele respondeu ao abrir a porta.

Peraí, o que mesmo ela lhe perguntara? Ah, ele devia estar se referindo ao convite para entrar.

Jo saiu também e o encontrou do outro lado do carro. Enquanto caminhavam juntos pela entrada, ela ficou imaginando como seria sua casa em comparação ao local em que ele morava. Provavelmente não muito boa, visto que ele estava ficando na casa do chefe – ou sabe-se lá como um guarda-costas chamava seu empregador. Já o apartamento modesto para o qual ela se mudara ficava num prédio de apenas quatro andares, dividido em dois, com unidades gêmeas lado a lado. A fachada era de tijolos cobertos com um verniz barato, a área comum interna era utilitária, mas limpa. Seus vizinhos eram estudantes de graduação, médicos residentes e um casal com um filho a caminho que decerto logo se mudaria.

– O meu fica para cá – ela indicou ao passarem pelo segundo par de portas de entrada.

Seu apartamento de um quarto ficava logo à esquerda e, quando ele entrou, parou imediatamente como se tivesse ficado sem gasolina em plena autoestrada. Jo acendeu algumas luzes.

– Não tenho muita mobília... – disse, pensando na elegante mansão dos pais. – Não tenho quase nada, pra falar a verdade, mas tudo aqui dentro é meu.

Fechou a porta. E tirou o casaco só para não ficar sem ação.

– Posso oferecer algo para beber? – ela perguntou. – Eu tenho... bem, quatro garrafas de cerveja, uma garrafa de vinho tinto barato que meu colega de trabalho me fez trazer para casa depois que...

– Eu não bebo – ele murmurou.

– Ah... Verdade. Desculpe. – Ela seguramente beberia depois dos últimos dois dias. – Bem, se não se importar, eu vou beber uma cerveja.

Syn se virou para ela.

– Sinto muito. Eu não deveria estar aqui.

– Estou feliz que esteja. Não quero ofender, mas você não parece nada bem.

Relanceando para baixo, ele ergueu os braços como se algo desagradável estivesse pingando deles.

– Eu gostaria muito mesmo de tomar um banho.

O coração de Jo acelerou quando apontou para uma porta aberta.

– O banheiro fica logo ali. As toalhas no suporte estão limpas porque lavei roupas quando não conseguia dormir hoje cedo.

– Você deveria ter me ligado se não conseguia dormir.

– Não quis te incomodar.

– Você não anotou o meu número, não é?

Deixando isso para depois, Jo apontou para o banheiro.

– A água quente está logo ali. Depois podemos conversar.

Uma pausa. Então Syn anuiu e seguiu para onde havia sido direcionado. Quando passou por Jo, ela se espantou com seu tamanho. Em ambientes externos, mais abertos – como nos becos e nas vielas do centro de Caldwell ou no estacionamento do *CCJ* – a altura e o peso dele não pareciam tão imensos. Mas ali dentro? No seu apartamentinho de sessenta e cinco metros quadrados? Era como se alguém tivesse entrado com uma jamanta.

Quando fechou a porta do banheiro atrás de si, Jo ficou imaginando se ele tomava banho armado – e de pronto visualizou muita nudez com acessórios fornecidos pela Smith & Wesson.

E, puxa, isso não deveria ser tão sensual quanto imaginou que seria.

Quando a água começou a correr, ela esfregou a testa dolorida e pensou no buraco do estômago para evitar mais imagens que envolvessem Syn como viera ao mundo. Ainda estava com fome. O que não era de se estranhar, afinal comera menos da metade da refeição no bar, e tinha que fazer algo a respeito daqueles quatro – seis, na verdade – quilos que perdera recentemente.

Pizza era sempre uma boa, certo?

Determinada a ser uma boa anfitriã – muito obrigada, Sra. Early –, Jo foi até a porta do banheiro e bateu.

– Ei. Sei que pode ser exagero, mas vou pedir comida italiana. Gostaria de comer?

A última coisa que esperava era que ele abrisse a porta.

Mas, sim, uau! Syn parecia ter ligado a água quente no equivalente à Terra Ardente, e visto que o aquecedor ficava bem ao lado do boxe, dentro de um armário, não demorou nada para o ambiente ficar bem aconchegante. Para completar o cenário, uma onda de vapor quente o cercava, como se ele fosse um mistério centenário – mas isso não era nem metade da questão. Ele tirara a jaqueta – e qualquer que fosse o arsenal que trazia por baixo dela – e também despira a camiseta segunda pele da Under Armor que parecia vestir sempre.

Portanto os peitorais estavam complemente à mostra. O abdômen também.

Assim como o par de ossos do quadril que ficava logo acima da cintura das calças de couro.

– O que você quiser está bom para mim.

Ou, pelo menos, foi o que ela pensou que ele disse. A frase meio que pareceu: *O meb owk ewtaw awk wtr pwa det*. Porque, convenhamos, sua audição fora para o saco.

E, ah, se tivesse sido isso mesmo o que ele disse? Bem, tinha algumas coisas que ela queria, nenhuma delas útil nessa situação, e todas envolviam Syn jogando no chão as calças de couro e qualquer tipo de roupa íntima que estivesse usando.

O PECADOR | 211

Será que estava nu por baixo?, ela se perguntou. *Meu. Bom. Deus.*

– Eu estava pensando em pizza. – Mentirosa, mentirosa, jogue essas calças no fogo; isso não estava *nem perto* de ser o que estava pensando. – Que sabor prefere?

P.S., agora ela tinha uma boa ideia de como os homens se sentiam quando uma mulher vestia uma blusa decotada. Estava quase precisando de uma lei aprovada pelo Congresso para obrigá-la a olhar apenas para as clavículas dele.

– O que você quiser – ele disse e voltou a fechar a porta.

Jo piscou à medida que encarava a pintura da porta que imitava madeira.

– Boa ideia.

Do outro lado da porta do banheiro, Syn se virou e se apoiou na frágil barreira entre ele e sua fêmea. Após um instante, ele a sentiu se afastar, e, em seguida, por cima do barulho da água caindo, seus ouvidos aguçados ouviram-na discando no celular para pedir algo com pepperoni por cima. Fechando os olhos, disse a si mesmo para deixá-la em paz, mas aquela foi uma discussão interna que já perdera no segundo em que entrara no carro dela.

Pela primeira vez na vida, não queria estar sozinho.

Na verdade, era pior que isso.

Queria especificamente ficar com Jo.

Queria contar para ela que acabara de se atracar com Ômega num beco qualquer, mesmo que ela não soubesse quem ele era e porque essa atitude era uma ideia muito ruim. E queria lhe contar que as pessoas com quem morava iriam considerá-lo um herói por salvar a vida de Butch, mesmo que ela não tivesse a menor ideia do que era a Irmandade da Adaga Negra e não conhecesse a profecia do *Dhestroyer*, apesar dessa merda altruísta não ter sido o motivo de seu ataque. E queria muito confessar que matava pessoas para regular suas emoções, e não porque tinha um monstro dentro de si, mas sim por ser o próprio monstro.

Assim como o seu pai.

E, sim, ele trouxe toda essa personalidade e boas características de brinde para dentro da soleira da pobre fêmea. No meio de uma crise pessoal iminente a cuja chegada ela estava completamente alheia.

Que belo herói ele era, não é mesmo?

Com fortes puxões, tirou as calças de couro e depois se colocou debaixo do jato ardente de água quente. Os nervos da pele imediatamente agonizaram, e ele teve que morder o lábio inferior para não praguejar de dor. Mas queria esse castigo. Era o que merecia.

Por nunca ser o herói.

Syn usou o sabonete de Jo, passando a barra por todo o corpo e depois pelos cabelos e pelo rosto. Enxaguou-se e ficou debaixo do calor escaldante para se certificar de estar extralimpo. Em seguida, desligou a água e passou por cima da beirada da banheira de plástico. Usando uma das duas toalhas penduradas, pensou em lhe dizer que deveria queimá-la depois.

Sentia que estava contaminando o lugar inteiro onde ela morava com sua simples presença.

Quando não restava mais nada para enxugar, baixou o olhar em meio ao vapor para o bolo formado pelas calças de couro com as roupas úmidas descartadas. Não queria vesti-las novamente sobre a pele ensaboada e enxaguada. Não enquanto estivesse debaixo do teto dela. Aquelas roupas tinham sido usadas quando matara *redutores* que mereciam ter morrido, assim como alguns humanos que suplicaram por uma clemência que não receberam. Suas vestimentas estavam maculadas por sangue, suor e carregavam o resíduo de pólvora e morte.

E mesmo assim ela se referia a perfume.

Humanos evidentemente tinham um olfato inferior...

O grito do lado de fora do banheiro foi agudo e só podia ter sido emitido por Jo.

Syn agarrou a arma que deixara ao seu alcance sobre a bancada, escancarou a porta e apareceu com o cano erguido e o dedo no gatilho.

Junto à porta de entrada, Jo e um adolescente humano pararam congelados. Em seguida, os olhos do pobre entregador se arregalaram e ele ergueu as mãos. Jo, que estava inclinada para o lado segurando a caixa de pizza de modo desajeitado, parecia disposta a fazer o mesmo caso pudesse.

E depois os olhos dela desceram.

E... não para a pistola dele. Quando se arregalaram, ficou claro que estava chocada com a sua nudez.

— E-eu s-só d-derrubei a p-pizza — o adolescente gaguejou. — Eu juro. F-foi só isso.

Jo se moveu lentamente, endireitando-se.

— Eu estava pegando o troco dele ao mesmo tempo que...

— ... que a caixa escorregou...

— ... das mãos dele.

Syn inspirou e não sentiu absolutamente nenhum medo emanando de sua fêmea. Abaixando a arma para junto da coxa, assentiu.

— V-você quer um r-reembolso? — o garoto perguntou. — Posso lhe d-dar um r-reembolso. Q-quero dizer, f-foi minha culpa...

— O que ela decidir — Syn respondeu ao voltar para o banheiro e fechar a porta.

Pendendo a cabeça, ele ficou se perguntando que diabos havia de errado consigo.

Ah, não, espere. Ele conhecia muito bem essa lista.

E um dos itens era que um gângster encomendara-lhe a morte da mesma fêmea... com a qual ele insistira em voltar para casa.

Capítulo 25

O Sr. F correu em linha reta. Correu rápido. E correu em silêncio.

Com a rapidez de um velocista e a resistência de um maratonista, mergulhou nas áreas mais castigadas de Caldwell, em lugares pelos quais não teria passado nem quando vagava como viciado. Passou por apartamentos e moradias mais baratas e por pontos de encontro de drogados que brotavam como erva daninha nos prédios abandonados. E, ainda assim, seguiu em frente, com a respiração firme e estável, com as pernas fortes, com os pés aterrissando com firmeza.

Não, não, não...

A palavra martelava em sua cabeça no ritmo das passadas, e toda vez que ela se chocava com o interior do crânio, ele via a imagem daquelas vestes brancas sujas, da sombra que se derramava por baixo da bainha, da ameaça que contaminou o ar noturno após sua chegada. Não sabia o nome daquela coisa, todavia a reconhecia.

Era aquele que o encontrara debaixo da ponte. Aquele que o levara para o shopping abandonado. Que o sugara e o enchera com algo terrível...

O fim da rua chegou sem nenhum aviso. Num minuto, o Sr. F tinha intermináveis ruas imundas à sua frente em meio à floresta de casas populares e de pontos de drogas. No seguinte, seu caminho foi bloqueado por uma cerca de arame de seis metros de altura cheia de sacos plásticos, placas tortas de "ENTRADA PROIBIDA" e trapos aleatórios de roupas sujas e desbotadas. Como se fosse o ralo de um cano.

Pelo menos sabia que aquela barreira frágil não seria um problema.

Correndo para pegar impulso para um salto, pulou uns três metros e se segurou no arame com dedos fortes como cabos de aço. Uma mão depois da outra, foi subindo na direção do arame farpado enrolado no topo, com uma força tão grande na parte superior do corpo que ele podia permitir que as pernas ficassem penduradas...

Então uma mão o agarrou pelo tornozelo.

E assim que o contato foi feito, a torrente de sensações que trespassou o Sr. F foi terrível, cada tristeza que já sentira, todos os medos que tivera, cada arrependimento que o perseguira agruparam-se no meio do peito, como uma pneumonia de emoções. Enquanto arquejos sufocados se estrangulavam em sua garganta e ele puxava a cerca tentando se soltar, lágrimas brotaram em seus olhos.

Porque sabia quem tinha ido atrás de si e sabia que não se livraria daquilo. E não se referia só à pegada no seu tornozelo.

Fizera um trato, e o fato de ter sido unilateral e de ele não ter ciência de seu teor não tinha a menor importância...

– Acreditaste verdadeiramente que poderias fugir de mim?

A voz não veio de baixo dos pés do Sr. F. Vinha do beco logo atrás dele. Virando o pescoço por cima do ombro, viu que o manto puído pairava a uns bons oito metros de distância, e não havia nada corpóreo que ele conseguisse enxergar segurando seu tornozelo. Contudo, o aperto estava ainda mais forte, puxando-o para baixo, arrastando-o de volta ao asfalto, de volta à maldade.

– De fato – disse a voz deformada. – Acreditaste que poderias livrar-te de alguém como eu, o teu criador? O teu mestre.

O Sr. F combateu o puxão com tudo o que tinha, os dedos rasgando a tela, a cerca se sacudindo, uma mancha negra escorrendo na vertical enquanto sua pele se rasgava. Perdendo a tração, despencou no asfalto e foi arrastado para trás em meio a poças e manchas de óleo. Com os dedos ensanguentados, brigou contra a convocação e não teve nenhum êxito.

De repente, estava acima do chão, girando no ar. Ficou suspenso em pleno ar, com os pés pendurados num ponto, os braços colados às laterais e o corpo imóvel, embora não houvesse nada que o prendesse.

A figura coberta com um manto não caminhou até ele. Ela flanou, pairando acima do chão imundo.

– Escolhi a ti – prosseguiu a criatura numa voz estranha – porque tu eras o único com algum cérebro. Este pode ter sido um erro de minha parte. Valentia costuma funcionar melhor. Era de se imaginar que eu tivesse aprendido isso depois de tantos séculos.

Com uma guinada do pulso, o mal lançou o Sr. F pelos ares, e a força cinética foi interrompida somente quando ele bateu de frente contra a fachada de uma moradia popular, com o nariz se abrindo e o impacto no rosto tão intenso que ele quase deslocou o queixo. A pressão nas suas costas aumentou até não conseguir mais inspirar, e teve a sensação de que estava sufocando. Não sufocou, ainda que a dor o fizesse ver estrelas.

A voz do mal o envolveu quando foi arrastado para o chão novamente, enquanto a superfície áspera dos tijolos arranhava a pele de sua face.

– Tu foste uma completa decepção.

Quando os pés registraram o retorno ao asfalto, o Sr. F forçou os olhos para ver o que estava atrás de si.

– Dar-te-ei uma chance mais para que possas me deslumbrar – disse o mal num tom entediado. – E depois seguirei em frente.

– Deixe-me ir. – O Sr. F fechou os olhos.

Uma mão espalmou a parte de trás de sua cabeça e empurrou com força, e ele sentiu o osso malar começar a ceder contra o tijolo.

– Não te libertarei. E tu precisas ser punido por tuas transgressões...

– Contra o quê? – perguntou o Sr. F entredentes.

– Contra mim!

– Como transgredi... – Quando um enjoo tóxico fluiu pelo seu corpo, o Sr. F disse a si mesmo que parasse de falar, mas sua boca não lhe obedeceu. – Não fiz nada...

– E *esta* é a tua transgressão. – A voz horrenda estava bem junto ao seu ouvido. – Era para tu teres servido a mim.

– Como? – O Sr. F gemeu. – Você nunca me disse. Não sei o que devo fazer.

O mal diminuiu um pouco a pressão, como se estivesse brevemente reconsiderando a reprovação que ela trazia.

– Presta atenção à tua mente, ela te dirá o que eu quero. E, nesse meio-tempo, sei o que podes fazer para me servir agora.

Houve uma pausa.

E então algo foi colocado tão fundo dentro dele que o Sr. F urrou de dor.

De volta à mansão da Irmandade, Butch estava abrindo a porta do vestíbulo para sair quando uma mão enluvada a fechou na sua cara e postou-se ali como se fosse o para-choque de um carro estacionado.

– Aonde você pensa que vai? – V. disse inflexível.

Butch girou, e teve que se segurar para ficar de pé.

– Vou buscar a Marissa.

Os olhos diamantinos se estreitaram.

– Você acha que vai buscar a Marissa?

– Foi o que disse.

– Não foi nem perto disso, meu chapa. – V. passou o braço pelo de B. – E você não vai a parte alguma bêbado assim...

Butch teve a intenção de se desvencilhar do colega de quarto, mas foi estranho. O piso de mosaico parecia feito de líquido, tudo ficava mudando debaixo das solas de seus sapatos sociais. E quando se desequilibrou, acabou indo parar direto no bíceps de V.

— Tenho que ir buscá-la do trabalho.

— Você quer dizer no trabalho? Ainda não são quatro da manhã.

— São sim, não?

Foi a vez de Butch franzir o cenho. E tudo ficou ainda mais confuso quando ele ergueu o pulso e olhou para seu chiquérrimo Audemars Piguet. O mostrador octogonal estava todo borrado, e os números pareciam se mexer em vez dos ponteiros.

— Acho que o meu relógio está quebrado.

— Quer tentar de novo?

— Seu ouvido tá falhado?

Vishous o encarou com um olhar entediado.

— Se o que acabou de me perguntar é se minha audição está com problemas, acho que quem tem problemas é a sua boca. Porque você está falando tudo enrolado.

— Hum. Estranho...

— Me passa isso aí.

Quando um copo de uísque pela metade foi tirado da sua mão, Butch ficou se perguntando de onde aquilo tinha surgido. Mas, pensando bem, tudo parecia um mistério.

— Já chega por hoje.

Butch soltou o amigo e ajeitou a jaqueta.

— Melhor assim. Estou me sentindo meio todo. Tolo? Tonto? Tonto do Zorro, não do... Qual foi mesmo a pergunta?

Como resposta, Vishous simplesmente o conduziu para a sala de bilhar, mas não deu muito certo. Butch protestou, lançando os braços como se fossem uma âncora.

— Não, eu vou buscar a Marissa.

— Eu já expliquei, não está na hora.

— Vou ficar sentado esperando. Esperando. Pelas quatro. Por ela...

— Não vou deixar você dirigir bêbado.

— Não estou bêbado. — Butch parou ao ouvir o som arrastado de suas palavras. Erguendo o indicador, mudou de tática. — Estou ficando sóbrio. A cada minuto.

— Então é melhor ficar aqui tranquilo por umas dez horas.

Determinado a vencer a discussão, Butch explicou, calma e concisamente, que não precisaria de tanto tempo assim, e encerrou a história com essa teoria da relatividade com outro movimento em direção à porta — que o levaria pelo vestíbulo, que o levaria até o R8, que estava estacionado no pátio, que lhe daria as rodas de que precisava para descer a montanha e entrar na cidade para encontrar o bairro do Lugar Seguro...

— Butch. Eu não vou deixar que dirija assim.

V. se apoiou na porta do vestíbulo — o que foi uma espécie de surpresa. Da última vez que Butch havia notado, o cara estava de costas para o arco da sala de bilhar. Deviam ter mudado de lugar.

Tanto faz. Butch abriu a boca...

— Se continuar discutindo esse assunto, vou te obrigar a tirar uma soneca.

— Não preciso de uma soneca. — Butch pigarreou para não soar como um menino de cinco anos de idade. — Preciso estar com Marissa.

Quando falou o nome de sua *shellan*, teve de lutar contra as emoções do meio do peito. Também teve de brigar com sua cabeça. Algo a respeito de enfrentar Ômega o descontrolara de maneiras que não pareciam ir muito bem — mas, pelo menos, conhecia uma solução para isso. Iria ficar com sua fêmea. Mesmo que só o que pudesse fazer fosse ficar sentado no carro estacionado do lado de fora do trabalho dela por quatro horas, seis horas, antes que ela saísse, isso bastaria.

Estava desamparado. E ela era seu porto seguro. Portanto, a matemática era bem simples...

— Não — insistiu seu colega de quarto. — Não enquanto estiver bêbado assim.

— Então você pode me levar até lá?

— Você precisa ficar em casa. Esteve perto demais do mal, Butch. Preciso que fique dentro do *mhis* por enquanto.

— Do que está falando? — Butch pegou o copo de volta e tomou um gole. E o fato de não sentir absolutamente ardência nenhuma na garganta devia ser um sinal do seu atual nível de intoxicação. Mas dane-se. — Não sou um prisioneiro.

— Só até conseguirmos montar uma equipe ao seu redor.

— Uma equipe? Que merda é essa? Eu sou...

— Ômega foi atrás de você hoje à noite, Butch. Ou já esqueceu que ele apareceu magicamente na sua frente naquela rua?

— Ele não apareceu atrás de mim. — Quando V. lhe lançou um olhar do tipo "até parece", Butch balançou a cabeça. — O *Redutor Principal* estava bem do lado dele. O mal foi atrás de seu subordinado, não de mim. Foi só uma coincidência eu estar lá.

Butch tomou mais um gole do copo e, enquanto pensava no modo como corrigira a versão dos eventos da noite do seu colega de quarto, parabenizou-se por estar falando muito melhor. Não que estivesse ruim antes, não importava o quanto V. alegasse o contrário.

— Ele estava atrás de você, Butch. — V. balançou a cabeça. — E se o *Redutor Principal* estava lá, foi porque também estava indo atrás de você. Aquele par está sempre alinhado, é assim que funciona.

— Não fale comigo como se eu não soubesse que porra está acontecendo.

— Você não está raciocinando direito.

— Estou ótimo, caralho. Agora vê se sai da minha frente!

Tudo ficou meio cambaleante depois disso, e Butch não entendeu bem qual foi a sequência de eventos. O resultado foi bem claro. Quando tentou forçar o caminho para sair pelo vestíbulo, para poder se colocar atrás do volante, V. acabou tirando o copo da frente pela segunda vez. E depois pareceu pesaroso.

— Sinto muito por isso, tira.

— Sente pelo quê...

O gancho de direita cortou o ar com a maior facilidade. E quando atingiu Butch bem no meio do queixo, levando a cabeça para trás como se fosse uma bola de beisebol na direção da arquibancada, ele só pensou que não estava sentindo nada.

Na verdade, sentiu que flutuava com tranquilidade e, nesse meio-tempo, a mansão inteira, a despeito de seu tamanho, peso e fundações, pareceu se inclinar de modo que ele, enquanto permanecia de pé, conseguia olhar direto para o domo do teto da entrada que ficava a três andares de distância.

Uau, esses guerreiros nos seus garanhões parecem mesmo saber o que estão fazendo, pensou.

E daí, bem como V. prometera, foi a hora de tirar uma soneca.

zzzZZZZZZzzzzzzZZzz.

Capítulo 26

Lembra-se da música de abertura do programa *Jeopardy*? Enquanto pegava dois pratos descartáveis, uma cerveja para ela e alguns guardanapos na cozinha, Jo contava os segundos. E quando ouviu a porta do banheiro finalmente ser aberta, teve que se forçar a não virar para ver o que saía dele.

E não porque estivesse preocupada com o envolvimento de armas novamente.

Não, era porque esperava que fosse apenas uma toalha. Ou, quem sabe, menos que isso...

Ah... Ele estava vestido.

Para disfarçar sua conversa interna sobre a nudez de partes que não lhe diziam respeito, Jo foi até a mesa de centro, toda prendada e sem nenhum pensamento sensual na cabeça.

Não mesmo. Nem unzinho.

— Então, que tal se a gente tentar de novo esse lance de comermos?

Era um bom objetivo. Um bastante apropriado, visto que não envolvia partes do corpo (dele) nem pensamentos ardentes (dela). Ainda assim, toda vez que piscava, ela o via assustando o entregador de pizza e aquele corpo espetacularmente nu e a arma muito firme na mão dele... Aquele olhar letal nos olhos de Syn, do qual ela não sentia o mínimo medo, embora devesse.

Tão nu. Tanta pele lisa e macia. Tantos músculos. Tanto...

Hum. Comprimento. E, hum. Espessura...

Ok, precisava muito pôr um fim àquilo...

— Parar o quê? — ele perguntou. Quando ela o fitou em confusão, ele se sentou no sofá. — No que você precisa pôr um fim?

Bem, para início de conversa, seria maravilhoso deixar de pensar em você deitado de costas nesse tapete aí e em mim te cavalgando como se fosse Annie Oakley até as suas seis armas dispararem no meu...

— Ai, meu Deus. — Jo foi cobrir o rubor do rosto com as mãos e acabou se acertando com os pratos e guardanapos que esqueceu que estava segurando. — Ai! Hum, ah. Ok. Preciso dar um jeito nisso.

— No quê? — Syn perguntou.

Não diga nada, ela ordenou à boca. *Não ouse responder a essa pergunta.*

Deixando na mesa de centro os utensílios de jantar que a atacaram, abriu a caixa de pizza e descobriu que o pepperoni e a pizza haviam passado por uma cirurgia plástica não muito bem-sucedida, com todas as feições terrivelmente rearranjadas, o queijo derretido e a cobertura se derramando por uma parte da borda.

— O Nico's fica logo ali na esquina — ela explicou desnecessariamente. — A pizza sempre chega muito quente e é por isso que... — Pigarreou enquanto lhe passava duas fatias. — Aceita água?

Concentrando-se no próprio prato vazio, ela deixou uma fatia ali e depois abriu a cerveja.

— Algo errado? — ela perguntou ao perceber que ele não estava comendo.

— Não começarei a comer até que você o faça.

Ela piscou.

— Uma tradição sua?

— Sim.

Enquanto Syn apenas permanecia ali sentado, Jo pegou sua fatia e deu uma mordida. Ao engolir, ele, enfim, a imitou, e depois o homem comeu como se tivesse recebido como lição de etiqueta sobre o consumo da pizza: de maneira precisa, controlada, limpa e eficiente.

Bem diferente dele, Jo só conseguiu dar duas mordidas antes que seu estômago se rebelasse. Por isso, quando ele perguntou se poderia comer o que ainda restava na caixa, ela disse que sim.

Enquanto se recostava e bebericava sua cerveja, Jo o observava tentando parecer que não o observava. A mandíbula subindo e descendo, o movimento dos lábios. Tinha que admitir que estava surpresa por ele ter comido tudo. Mas, também, com aquele corpanzil?

E, analisando friamente a mais absoluta perfeição daqueles braços, das pernas e do tronco, ele devia estar tomando anabolizantes rotineiramente, ingerindo proteínas magras e pouco carboidrato, e puxando ferro na academia umas doze horas diárias.

Jo inspirou fundo. Syn voltara a olhar só para a frente, com aquela expressão atormentada no rosto que a fazia se perguntar o que, exatamente, ele enxergava por trás dos olhos.

— De onde vem esse TEPT? — ela perguntou baixinho. — Do que você viu no exterior?

Quando ele a fitou, surpreso, Jo deu de ombros.

— Muitos soldados, homens e mulheres, tiveram estresse pós-traumático quando voltaram do Iraque. Do Afeganistão. De onde quer que tenham ido. Isso explica muito.

Quando ele baixou os olhos, ela suspirou.

— É... e aqui estou eu, falando como se soubesse de alguma coisa. Nunca estive no exército...

— Você tem sempre aquela arma com você? — ele perguntou.

Está se referindo àquela que me fez apontar para o seu peito?, ela pensou.

— Se estou nas ruas, sim.

— Mantenha-a sempre ao seu lado. — Fitou-a com olhos muito sérios, firmes. — Nunca a deixe fora de seu alcance. Você dorme com ela por perto?

– Algum motivo em especial para você tocar nesse assunto agora? – Ela estranhou.

– O mundo é perigoso. Você precisa se proteger.

Jo pensou em Gigante. E no corpo que vira enroscado como um laço ao redor daquela escada de incêndio.

– Sim, ele pode ser. Mas não acho que temos de ficar paranoicos.

Mentirosa. Mas estava tentando mostrar essa fachada para que Syn a respeitasse.

– A paranoia pode te manter viva.

– Ela fez isso por você?

– Você é repórter?

– Não, só fico lá no *CCJ*, sentada, girando os polegares. – Ela sorriu de leve. – Na verdade, estou no meio da minha primeira matéria agora. Antes, eu cuidava do material on-line. E continuo fazendo isso. – Apontou a cerveja pare ele. – Que tal um pouco de reciprocidade? E você pode escolher o assunto.

Houve uma longa pausa.

– Bem... Hoje à noite eu... salvei a vida de uma pessoa pelos motivos errados – ele disse com suavidade.

Jo sentiu o impulso de se sentar mais ereta e sair perguntando: por que, como, quem, onde, numa rápida sucessão. Mas se segurou.

Mantendo o tom de voz neutro, disse apenas:

– Como pode ser errado salvar a vida de uma pessoa?

– Só fiz isso porque eu queria... lutar.

– Mas o resultado foi bom. E como você sabe que foi só para lutar?

– Às vezes é só isso o que eu quero fazer. – Ele se contraiu, como se, em sua mente, estivesse se lembrando de conflitos específicos. – Às vezes é só isso o que eu tenho em mim e preciso extravasar.

Jo lentamente se sentou mais para a frente, compelida pela máscara que cobria o rosto dele. Precisava saber o que estava ali embaixo com uma urgência tão grande que isso só podia ser uma péssima ideia.

– Pode confiar em mim – sussurrou. – Com os seus segredos. Não sou jornalista na minha vida pessoal.

— Se eu achasse, por um instante, que você não é confiável, não teria vindo até aqui. — Os olhos se desviaram para os dela. — Só pensei em você.

— O que aconteceu? Você não ficou muito tempo fora.

— A questão não é o quanto algo demora.

Enquanto Syn se afastava dela de novo, Jo teve a sensação de que ele a procurara atrás de algum tipo de ajuda a qual ela não estava capacitada a oferecer. Por isso, deu-lhe o que podia.

Esticando a mão para ele, passou o braço ao redor dos ombros largos.

— Venha cá — sussurrou.

Ela imaginou que ele fosse se opor. Em vez disso, o imenso tronco de Syn cedeu para o seu colo, como se não tivesse mais forças para sustentar os fardos que carregava.

Passando a mão por cima dos contornos fortes do bíceps, ela o sentiu estremecer e viu os cílios espessos repousarem sobre a face.

— Você está exausto... — ela disse.

— Mais do que consigo explicar. Ou de que possa me recuperar.

O coração de Jo se condoeu por ele. Sabia exatamente como ele se sentia.

— Pode dormir aqui hoje, se quiser.

Syn se concentrou nos lentos e mágicos círculos que sua fêmea fazia em seu braço. Ela acalentava seu corpo inteiro apenas com seu toque, e ele, agradecido, mergulhou na paz que ela lhe propiciou. Sabia que não duraria. Cedo ou tarde, e seguramente antes do amanhecer, teria que deixá-la — e lamentava aquela perda mesmo enquanto estava em seu colo.

Depois de um instante, virou-se e olhou para ela. Quando os olhos de Jo foram para a sua boca, Syn entendeu o que lhe passava pela mente, e não só por causa do que ela fitava. Seu cheiro mudara e, a cada inspiração, ele trazia para dentro de si a excitação dela. O corpo de pronto reagiu, seu pau engrossando dentro das calças, o sangue começando a correr rápido. Forte.

– Permitirá que eu lhe dê prazer? – perguntou com voz profunda.

Quando os olhos de Jo se arregalaram, ele não fez menção de tocá-la. Queria que ela escolhesse seu caminho. Que o escolhesse livremente.

Se bem que, de quanta liberdade dispunha quando não sabia o que ele era?

Com o tempo, isso seria resolvido, disse à sua consciência enquanto inalava a essência dela mais profundamente. No devido tempo, eles se tornariam iguais quando ela passasse pela transição.

E depois? Bem, estava se iludindo ao pensar que teriam um futuro. Nenhuma fêmea ficaria com alguém como ele por muito tempo.

Mas eles tinham este momento, ali, agora.

– Que tal se nós dois nos dermos prazer? – ela murmurou.

Esticando a mão, ele tocou os longos fios vermelhos, passando as pontas calejadas dos dedos de soldado pelas mechas que desciam, mais macias que água, mais belas que o luar, ainda mais raras que ouro e pedras preciosas, pelos ombros de Jo.

Erguendo o rosto, encostou os lábios nos dela e lhe acariciou a boca com a sua. Foi devagar, e não por não estar desesperado. Desejava-a e eles nem tinham começado ainda. A verdade, contudo, era que não sabia como fazer aquilo, onde colocar a boca, as mãos, o corpo. Tocara em fêmeas no passado, nas noites em que tentou explorar as profundezas de sua impotência, tentando encontrar uma solução... Antes de perceber que o problema não era com quem estava, mas consigo próprio. Na época, nunca se preocupara em ser gentil, ou em fazer os movimentos certos, ou sequer em dar prazer a quem quer que estivesse com ele. Elas sempre conseguiram o que queriam, e nenhuma se importava quando Syn lhes dizia que não conseguia terminar. Fora usado, e não se importara em ser usado.

Para se sentir ofendido com algo assim, a pessoa tinha que ter autorrespeito.

— Do que você gosta? — perguntou ao se sentar e trocar as posições deles, pegando-a e acomodando-a sobre suas coxas.

Enquanto Jo se espalhava em seu colo, ele adorou o modo como os cabelos dela lhe roçavam a parte inferior do corpo. Adorou o volume dos seios debaixo da camisa simples. Adorou como as pernas se esticavam. Gostou do fato de haver tanto pelo que antecipar.

Como despi-la e montar nela.

— Gosto de te beijar — ela disse.

— Então faremos mais disso.

Syn obedeceu o pedido com avidez, e quando os lábios se encontraram uma vez mais, ele permitiu que a mão fizesse o que queria, que foi viajar do pescoço até a clavícula... depois o ombro... e cintura... chegando ao quadril. Enquanto descobria mais a doçura dos lábios dela nos seus, apreciou o viço do corpo de sua fêmea. Sabia que estavam construindo algo resplandecente naquele lugar tranquilo e intenso, uma construção que deixaria o mundo para fora, mesmo que por pouco tempo. Sobre o desejo que partilhavam, colocariam camada em cima de camada de uma fortaleza temporária contra o sofrimento e a discórdia do mundo externo, do passado... e do futuro.

Pois sabia que o que tinham não seria duradouro.

Ele não fora talhado para isso.

Perdendo-se nas sensações, as pontas dos dedos seguiram para o botão de cima da camisa de Jo, e quando ele começou a soltá-los, ela se arqueou e suspirou dentro de sua boca. Foi difícil não rasgar a peça de roupa, mas não faria isso. Para ela, ele seria diferente do que era de fato.

Ah... Santa Virgem Escriba.

As metades da camisa estavam afastadas, expondo as curvas cor de creme cobertas exatamente pelo modelo de sutiã discreto que ele sabia que ela usaria. Ela não precisava de rendas. Não precisava de babados.

Não precisava de nada a não ser do que havia embaixo para ser sexy. Erótica. Mais do que ele jamais poderia querer.

Syn tirou-lhe a camisa com cuidado, porque estava ciente do quão delicada ela era em relação a ele. Não era fraca, mas ele era brutalmente forte e jamais se perdoaria caso a machucasse ou estragasse qualquer coisa que fosse sua.

O ronronar no fundo de sua garganta o surpreendeu. E quando Jo riu, satisfeita, ante o som que ribombou dele, Syn se sentiu aquecido em lugares que não tinham nada a ver com sexo.

Mas logo voltou a se concentrar. Especialmente depois que ela soltou o fecho frontal do sutiã.

E foi aí que tudo mudou.

Nada mais de lentidão. Pouco importando o que dissesse a si mesmo.

Com um grunhido, ergueu-a de modo que ela pudesse montar sobre seu colo, e afastando os lábios dos dela, cheirou a lateral do pescoço e foi descendo. Movido pelo instinto sexual, desceu e desceu... até os montes cujos cumes rosados estavam duros, bem maduros para a sua boca. Ao sugar o mamilo, apertou a pegada da cintura quando ela arquejou e o agarrou pela nuca.

Quando as presas desceram por completo, Syn desejou perfurar a pele e sugá-la, mas não podia ir tão longe assim. Uma amostra do sangue dela e não restaria mais nenhum controle dentro de si – e mesmo que Jo soubesse o que ele era, e não sabia, estavam próximos demais da transição dela para que se arriscasse a tirar qualquer gota de sua veia.

Para se distrair da sua sede por ela, Syn colocou a mão na parte interna da coxa dela e foi subindo, pouco a pouco...

Jo emitiu um gemido agudo quando ele a espalmou por cima das calças, e ele soltou o mamilo para poder ver o que havia feito com ela. Cacete... *isso*! Jo estava desgovernada, com a cabeça jogada para trás, o pescoço deliciosamente exposto, os cabelos numa cascata de luxúria. O sexo a levara para algum outro local em sua mente, um lugar onde não havia cadáveres e nada a temer, ninguém enviado para matá-la, nada a não ser Syn e o que ele fazia.

Era exatamente isso que queria lhe dar. E ainda havia mais.

Syn idolatrou-lhe os seios ao desfazer o botão e descer o zíper das calças. Foi ela mesma quem as tirou, chutando-as para se livrar delas, junto com a calcinha. Logo ela estava diante dele, com olhos tímidos e exigentes ao mesmo tempo.

– Você é linda – ele disse numa voz desconhecida.

– Isto não é algo que... eu costumo fazer. – Gesticulou de um para outro. – Você sabe... algo casual. Você é diferente.

– Não – ele disse com suavidade. – Somos iguais. É por isso que isto é diferente.

Quando estendeu as mãos, Jo foi até ele como uma bênção dos céus, toda calorosa e misteriosa, uma deusa em pessoa aparecendo diante dele como que saída de um sonho. E, sem demora, desapareceria, como todos os sonhos desaparecem, mas, por enquanto...

Quando voltou a sentar-se em seu colo, Syn pressionou os lábios na pele dos ombros dela, e passou as palmas pelos quadris, descendo pelas coxas... depois subiu para o centro dela, para a doçura e para o calor, para o coração de tudo o que a tornava fêmea.

– Syn... – ela gemeu.

A sensação do sexo úmido o fez fechar os olhos, ainda mais porque seu corpo estava eletrizado, o pau latejando no ritmo das batidas do coração. Ainda assim, sabia que não deveria acreditar na promessa relacionada ao seu próprio gozo.

Não que isso tivesse importância. Jo ocupava toda sua mente. E seu coração.

– Goze para mim – ele sussurrou junto à boca de Jo.

Penetrando-a com os dedos, acariciou o topo do sexo com o polegar e, uma fração de segundo depois, ela se enrijeceu e se contraiu contra ele. Com cuidado, Syn a levou ao orgasmo, dando ao corpo dela todas a chance de apreciar completamente as sensações. Nesse meio-tempo, ele se refestelou com a vista.

Syn assistiu a tudo. E, com avidez, memorizou cada detalhe de Jo, as ondulações dos seios desnudos, o rubor do rosto, a pulsação da jugular acompanhando o ritmo do coração. Inspirou fundo, amando o cheiro dela, e passou os olhos pela extensão do corpo nu, desde o berço formado pelos quadris até o tremor das coxas e a flexão dos dedos dos pés. Não conseguia ver o sexo porque era ali que estava a sua mão.

Que não queria nunca mais deixar aquele ponto.

Quando ela, por fim, ficou imóvel, Syn não quis quebrar aquela conexão. Quis seguir em frente. Quis ser normal, um macho completamente funcional que poderia usar o que acabara de acontecer como prelúdio de algo que poderia ser partilhado por ambos. Mas não era possível. Teria de ser parte de outro sonho, um diferente que jamais seria vivido, pelo menos não por ele.

E estava em paz com essa realidade. Contanto que tivesse este momento com Jo, nada mais importava.

Quando ele retraiu os dedos, as pálpebras pesadas de Jo se ergueram para ele.

Ela não falou. Ela se moveu.

Inclinando a cabeça, beijou-o profundamente, os cabelos caindo ao redor dele. E, ávidas por mais contato, as mãos dele deslizaram pela parte de trás das coxas e apertaram as nádegas, acariciando a pele dali. Distraído pela sensação, a princípio não percebeu a direção que as mãos dela tomaram.

Estavam entre os corpos, na frente de sua braguilha.

Devia dizer não.

Por Deus... deveria pedir que parasse. Mas, então, se deu conta de que era apenas para impedir a dor física que viria mais tarde, o que era uma bobagem. Jo poderia cavalgá-lo e ele poderia senti-la...

O primeiro toque das mãos dela em seu pau fez com que seus quadris se erguessem.

Mas logo ela praguejou.

— Camisinha? Eu preciso de uma... Você tem?

— Não posso transmitir nada para você. Não tenho nenhum vírus, nem nenhuma doença de qualquer tipo.

Porque era um vampiro.

Jo franziu o cenho.

– Não tem medo que eu possa passar algo para você?

– Não, porque você não vai.

– Como pode saber...

– Você pode? – Quando ela fez que não, ele deu de ombros. – Então estou certo.

E teria explicado tudo, mas não podia. O problema era que ela poderia ficar no limite da quase transição. Conhecia-se histórias de mestiços que haviam ficado nesse estado, com a transformação nunca se concretizando de fato, os hormônios voltando a ficar dormentes depois de tentarem se manifestar na totalidade, mas sem completar a transformação.

E não queria nem pensar nesse resultado.

Não queria que ficassem em lados opostos da divisão das espécies.

– Podemos parar por aqui – ele disse. – Está tudo bem.

Houve uma hesitação.

– Estou tomando pílula. Para regular minha menstruação.

– Você não está ovulando agora, mas não teria importância se não estivesse. Eu não... conseguiria engravidá-la.

Houve uma pausa constrangedora. Como se ela quisesse mais informações a respeito.

– Ah...

– Está tudo bem. – Ele levantou a mão e lhe acariciou o rosto. – Podemos parar.

– Mas eu não quero.

Sem hesitação, Jo o ergueu e se sentou em cima dele, unindo-os adequadamente, enterrando a ereção em seu aperto. Em reação, Syn lançou a cabeça para trás e apertou as coxas dela, sentindo a ereção se dilatar dentro dela.

Antes que conseguisse se mexer, Jo se mexeu por ele, rebolando os quadris, com as mãos segurando-o pelos ombros, os seios balançando, os mamilos roçando o peitoral dele enquanto jogava a cabeça devagar de um lado para o outro. Sem pensar, ele ecoou o ritmo dela, empurrando com força, agarrando-lhe a cintura, movendo-a para cima e para baixo sobre seu mastro. Cerrando os dentes, sentiu uma urgência no limite da dor, a sensibilidade de seu pau tamanha que estremecia por conta dela.

E Jo chegou ao orgasmo.

Apertando os olhos, manteve-se imóvel para poder memorizar o aperto do centro dela ao seu redor. As sensações eram tão incríveis que Syn sentiu como se estivesse chegando próximo ao gozo; a orla estava tão próxima que ele se apegou a essa percepção da parte final do ato sexual culminando depois de todos esses anos.

Somente com ela, pensou. Fazia sentido que fosse com ela...

Jo desacelerou.

E depois parou.

Quando despencou sobre o peito dele e respirou com força, Syn começou a arfar. Por certo aconteceria... agora...

O quadril se contraiu. O pau teve um espasmo. As mãos apertaram tanto que chegaram aos ossos da pelve dela.

Mas não.

Syn continuou no limite, e o prazer logo azedou para a dor, até que o menor dos movimentos dela parecesse uma adaga enfiada em seu pau, a agonia gélida e ardente perfurando seu saco.

Sua fêmea ergueu a cabeça. Havia um sorriso em seu rosto que, em circunstâncias diferentes, ele teria recebido com imensa satisfação.

O sorriso não durou. Quando ela se moveu, ele se retraiu e sibilou.

– Você está bem? – ela perguntou.

Capítulo 27

Jo podia estar apreciando o melhor pós-sexo de sua vida, mas não estava completamente alheia ao que a rodeava. Porém, era tão óbvio que havia algo seriamente errado com Syn que ela tinha que estar desmaiada para não notar. Debaixo do seu corpo, ele estava parado como uma pedra no sofá, o suor brotava na testa e no buço, o peito estava disparado em curtos espasmos, as veias que percorriam os bíceps e antebraços estavam saltadas formando um alto relevo.

Ah, meu Deus, será que iriam parar num episódio de *Ai, ai, ai do Sexo?**

— O que eu posso fazer? — ela perguntou.

— Saia... de cima... de mim — ele disse entredentes.

Empurrando-se acima dos joelhos, ela sentiu a ereção rija deslizar de dentro dela, e quando aquela extensão ricocheteou no baixo ventre, ele sibilou de novo e esticou os dedos das mãos como se eles estivessem canalizando a dor que sentia. E só ficou sentado ali.

— Quer que eu o ajude a...

— Não toque! — Syn apertava os olhos com força, seu rosto inteiro estava enrugado, os lábios se retraíram...

---

* Série transmitida pelos canais TLC e Discovery Channel que mostra relações sexuais que terminam no hospital. (N.T.)

Jo perdeu o ar. E foi nessa hora que ele ergueu as pálpebras.

Enquanto a encarava, ela disse a si mesma para se controlar. Aquilo não eram presas de verdade, pelo amor de Deus.

Imprecando baixinho, Syn pareceu forçar as feições a voltarem a algo semelhante à normalidade.

– Só preciso de um minuto.

– Sim, claro. – Saindo do sofá lentamente, ela apanhou as roupas. – Leve o tempo que precisar.

Preocupada com ele e envergonhada por... ah, por tanta coisa... Jo se apressou em vestir a calcinha e as calças, e quando conseguiu se controlar um pouco, ficou bem ciente do quanto ele não estava se movendo. Bem, isso não era exatamente verdade. Os dedos agora estavam fechados, em punhos cerrados, tornando os nós esbranquiçados. E também havia a respiração.

Ela fitou aqueles lábios, que estavam fechados bem firmes sobre os dentes. Será que tinha imaginado os caninos?

– Precisamos ir ao pronto-socorro?

– O quê? – ele grunhiu.

– Por causa do Cialis. – Estava claro que o problema era esse. – Ou do Viagra que você tomou.

Syn levantou a cabeça e olhou para ela sem ver.

– O quê?

– Quando uma ereção dura mais do que quatro horas, o melhor é procurar atendimento médico. Vi isso no comercial dos remédios. – Quando ainda assim ele pareceu confuso, ela apontou a mão discretamente para o que ainda estava bastante duro nos quadris dele. – Você sabe...

Syn voltou a fechar os olhos e deixou a cabeça pender nas almofadas uma vez mais.

– Não faço a mínima ideia do que você está falando.

– Olha só, pode ser franco. Não vou julgar. Os homens tomam essas pílulas, acho, para garantir que podem estar... em seu melhor desempenho.

A lembrança da propaganda com um homem e uma mulher numa banheira de porcelana de mãos dadas diante do pôr do sol a fez se questionar em que diabos sua vida estava se transformando. Mas já sabia essa resposta.

E rimava com "lerda".

— Sei que não faz horas — disse ela —, mas está tão desconfortável que talvez seja melhor irmos para dar um jeito nisso?

Quando Syn engoliu com evidente dificuldade, o pomo de adão subiu e desceu como se tivesse problemas para executar seu trabalho.

— É isso o que acontece comigo.

Espere um minuto, então ficar ereto não era um problema para ele?

— Então pare de tomar remédio.

— Que remédio?

Quando o celular dela começou a tocar, Jo foi até a bolsa para pegá-lo. Quando viu quem era, espiou o relógio do micro-ondas na cozinha. Só para o caso do seu iPhone estar marcando errado as horas.

Mas nove horas não eram tarde. E como é que só eram nove? Tinha a impressão de que era quatro da madrugada.

Com tal pensamento em mente, atendeu falando baixo:

— McCordle, não posso falar agora. — *Há uma ereção no meu sofá.* — Eu te ligo de volta.

— Só queria avisar que o FBI emitiu um mandado para conseguir as gravações das câmeras de segurança tanto do Clube de Caça e Pesca Hudson quanto do antro de jogatina disfarçado de escritório de Gigante. Eles têm causa provável por conta de uma acusação RICO* não relacionada e nos deixarão ver o que há nelas. Eu aviso assim que souber de algo.

— Ótimo. Obrigada.

---

* RICO, em inglês, é a sigla de *Racketeer Influenced and Corrupt Oraganizations Act*, que significa Lei de Combate a Organizações Corruptas e Influenciadas pelo Crime Organizado. (N.T.)

Criando coragem, ela se virou e encerrou a ligação. Syn estava de pé e já subira as calças, de alguma maneira conseguindo guardar aquela parte da sua anatomia por trás da braguilha. Quando pensou na logística da coisa, ficou se perguntando como é que ele não desmaiou no tapete.

Ou como foi que os botões não saíram voando pelo ar.

— Deixe que eu te leve ao pronto-socorro — disse. — Você deveria tomar cuidado com isso.

Uh-hum, como se ela não tivesse esperado quatro meses para procurar um médico.

— Não é o que você está pensando — ele murmurou.

— Não é o que *você* está pensando. — Recolocando o celular na bolsa, sabia que ele devia ter mentido a respeito do Cialis. — Mas você é um homem adulto e pode fazer o que bem quiser...

— Não posso... — Ele gesticulou para o quadril. — Sabe, eu não consigo...

— Apreciar a sua voz de barítono neste instante? Não quero fazer pouco caso da situação, mas...

— Terminar.

Jo franziu o cenho ao se sentir imobilizar.

— Não estou entendendo.

Syn baixou os olhos para o tapete.

— Não consigo ejacular.

— Nunca? — Ela balançou a cabeça. — Quero dizer, você tem orgasmos, mas...

— Não. Eu não tenho orgasmos.

— Nem um pouco? — Quando ele fez que não, Jo segurou a bolsa contra o corpo. — Já procurou um médico para ver essa questão?

— Não há motivo para isso.

— Claro que há motivos. Você está sofrendo e talvez... O que aconteceu? Você foi ferido?

— Comigo é assim, só isso.

Syn foi até a porta do banheiro. Sem que ela tivesse notado, ele deixara a jaqueta de couro junto da porta, e a julgar pelo volume, teve a sensação de que havia coldres de todos os tipos escondidos ali embaixo. Sem mais comentários, ele pegou o fardo e entrou no banheiro, fechando a porta atrás de si. Um instante depois, reapareceu, vestindo a jaqueta.

— Você não precisa ir — ela disse.

— É melhor que eu vá...

— Posso te levar para casa então?

— Não, eu consigo ir sozinho...

— O ponto de ônibus mais próximo fica a um quilômetro de distância. Eu te levo até lá.

— Está tudo bem. Eu vou andando.

Jo se viu falando rápido porque estava na cara que Syn tinha pressa em sair, e ela não queria que ele fosse embora por vários motivos.

— Eu te acompanho até a rua, então...

— A propósito, é só estético.

— O quê?

Ele apontou para a boca.

— Os dentes. São jaquetas. Não se preocupe com isso.

— Ok... — Jo piscou.

Quando ele deu um aceno de cabeça, ela esperou que ele se aproximasse para abraçá-la. Que lhe desse um beijo. Que a segurasse por um instante. Em vez disso, foi direto para a porta de entrada do apartamento.

Jo ficou onde estava enquanto o visualizava saindo do prédio. Chegando à calçada. Seguindo para...

Ela não havia dito para que lado ficava o ponto de ônibus. Ele sabia? Ou...

Apressando-se para fora do apartamento, saiu pelo átrio e chegou ao frio de primavera da rua. Sob o luar claro, olhou para a esquerda. Para a direita.

Não havia ninguém circulando pela calçada, nenhum homem de ombros largos se afastando, nenhuma bota sólida ecoando pelo cimento.

Syn desaparecera.

De novo.

Capítulo 28

Syn voltou a se materializar no centro da cidade, retomando sua forma na rua diante do Clube de Caça e Pesca Hudson. O lugar estava escuro, sem nenhum facho de luz aceso ao redor do contorno da porta da frente nem nos painéis das janelas. No entanto, havia alguém ali dentro. Um Suburban Chevy de vidros escuros estava estacionado de frente num beco ao longo da construção, com o motor ligado e fumaça saindo pelo escapamento. Atrás do volante, a figura de um homem de ombros largos com uma sombra densa e sólida, e, de tempos em tempos, quando o chofer tragava o cigarro, seu rosto se iluminava pela ponta acesa.

Um carro passou entre Syn e o SUV. E depois outro.

Levando a mão às costas, Syn pegou um dos silenciadores guardados num coldre junto à lombar. Depois sacou uma de suas quarenta milímetros. Enquanto rosqueava o cilindro na ponta do cano, o som emitido era suave e complacente.

Desmaterializando-se, retomou sua forma atrás do Suburban.

Em silêncio, avançou ao longo do SUV, mantendo-se colado à lataria e ao vidro das janelas. Quando chegou à porta do motorista, deu uma batidinha na janela.

O homem desceu o vidro.

– Mas que porra...

A arma emitiu um som abafado quando Syn puxou o gatilho. A bala atravessou o lobo frontal e saiu do lado oposto, enterrando-se no banco de trás.

Quando o motorista começou a deslizar, Syn o amparou antes que a testa batesse na buzina. Forçando o peso morto para o meio do console, esticou o braço, abriu a porta e destrancou tudo. Com mãos firmes, arrastou o cadáver para fora, e o carregou até a traseira, onde o guardou no porta-malas.

Voltando ao banco do motorista, colocou-se atrás do volante e fechou a janela quase até o fim, permanecendo sentado com a arma sobre a coxa.

O telefone tocou no bolso interno da jaqueta, a vibração transmitida do bolso ao peito. Pegou o aparelho, desligou-o e voltou a guardá-lo. Quando outro barulho soou, Syn viu outro celular guardado no porta-copos, e o pegou. A mensagem de texto na tela dizia: *Em 2 min. Para casa depois.*

Exatos 120 segundos depois, a porta lateral do prédio baixo de concreto se abriu e um pedaço de carne com papadas semelhantes às de um São Bernardo saiu. Syn reconheceu o cara de quando estivera no local, duas noites atrás. Ele estava sentado no bar junto da versão jovem do velhote.

E, vejam só, atrás do guarda-costas, Gigante movia-se com dificuldades para fora do seu estabelecimento, o charuto enterrado no canto da boca rabugenta, a jaqueta aberta, a barriga pronunciada exaurindo a integridade estrutural dos botões da frente da camisa.

O guarda-costas veio na frente e abriu a porta que dava para o banco de trás, deixando Gigante entrar.

– Sal, mas você não consegue deixar o carro aquecido, hein? – Gigante reclamou ao se ajeitar no banco. – Odeio essa porra de frio. Qual é o seu problema?

O guarda-costas fechou a porta. Então Syn virou para trás e descarregou duas balas no peito imenso de Gigante. O velho arquejou e agarrou o esterno, a mãozorra apertando a camisa, o charuto caindo dos lábios e soltando faíscas quando rebateu na perna.

O guarda-costas abriu a porta do passageiro na frente. Syn apontou a arma para o rosto dele e descarregou mais duas balas.

O homem caiu no chão num amontoado de braços e pernas.

Syn se concentrou em Gigante. Os olhos do mafioso estavam arregalados, a parte branca quase engolindo as íris enquanto ele se esforçava para respirar.

– Não tenho problemas para matar fêmeas – Syn disse. – Nem qualquer outra pessoa. Mas nem por cima do meu cadáver você vai machucar Jo Early. Diga boa-noite, seu filho da puta!

A bala derradeira atravessou o meio da garganta de Gigante, o tronco reagiu em resposta, um jorro em arco avançou e manchou o banco da frente por trás. Acometido por uma fome entediada, Syn esticou a mão e passou o dedo pela mancha no couro; depois levou o sangue até a boca. Enquanto sugava, adorou o sabor da sua matança e encarou os olhos do homem um pouco mais, ouvindo o gorgolejo, o suspiro.

O som de pneus guinchando fez Syn virar-se para a frente. Outro carro virando na viela, convocado por alguém, por algo.

Syn se desmaterializou de trás do banco do motorista, sumindo como um fantasma e deixando uma carnificina para trás. A morte logo chegaria para Gigante. Ele não duraria muito mais.

E mesmo que durasse, Syn pouco se lixava.

Sua fêmea estava salva. Só isso importava.

Jo não se apressou em jogar fora os pratos de papel usados, os guardanapos amassados, a caixa vazia manchada no meio com queijo derretido e duro numa das laterais. Ao encher o saco de lixo, sentiu como se estivesse desmantelando algo imaginado. Embrulhando uma fantasia. Jogando fora um quebra cabeça completado.

E foi pelo que poderia ter sido que ela se movia lenta e tristemente. Na cozinha, diante do lixo que agora tinha que ser levado para fora, pensou que desejava ter usado dois dos quatro pratos descombinados que trouxera consigo quando deixara Doug e o apartamento dos meninos. Se tivesse usado pratos laváveis, poderia, pelo menos, manter algo em que ele tivesse comido.

O que, na verdade, era bem patético. E, fala sério, aquela perda era profunda demais para o que de fato estava acontecendo. Aquele homem não passava de um estranho chegando e saindo de sua vida, uma tempestade passageira depois de uma experiência sexual intensa terminada com uma nota perturbadora.

Sim, então, onde estava a renovação pós-furacão?

O celular tocando pouco lhe interessou, mas voltou para a bolsa porque uma distração viria a calhar.

Quando viu quem era, respondeu rápido.

— Bill? Bill?

— Ei — disse o amigo. Houve uma pausa. — Desculpe não ter ligado antes.

— Não, não... Mas, como está a Lydia? — Jo foi até o sofá e se sentou. — Como você está? Posso fazer alguma coisa por vocês?

— Não, eu acho... — Bill pigarreou. — Estamos numa situação em que não há nada a fazer, sabe? A médica disse que podemos tentar de novo depois de um mês. E, sabe, tão no início assim provavelmente foi algum problema cromossômico que... bem, era incompatível com a vida. Foi assim que explicaram.

Bem, comparado com a perda de um filho, o fato de Jo estar chateada por causa de um cara qualquer parecia simplesmente ofensivo.

— Sinto muito — disse com a voz entrecortada. — Filhos são uma bênção.

— Sim, eles são. — Bill inspirou fundo. — São mesmo, Jo.

Houve um longo período de silêncio, e Jo fechou os olhos ao pensar em seus pais biológicos, na mãe que a trouxera ao mundo e no pai que estivera presente no milagre no momento da largada, por assim dizer. Enquanto crescia, Jo cedera à tentação de pensar no casal de pais hipotéticos como pessoas totalmente diferentes dos Early que a adotaram. Convencera-se de que morar na casa dos verdadeiros pais seria uma perene festa de aniversário com bexigas e bolos e presentes todos os dias e todas as noites. Nada de casa vazia com correntes de vento frias e quartos em excesso. Nada de refeições formais e cerimoniosas na sala de jantar. Não teria a sensação de ser um estorvo, algo indesejado, embora sua entrada nas vidas do senhor e da senhora Early tenha acontecido por um ato deliberado do casal.

Mas, sim, a narrativa da princesa sequestrada fora o que criara quando jovem, na qual seus verdadeiros e virtuosos pais estavam em algum lugar do mundo, desprovidos de seu lugar de direito na vida de Jo, lamentando sua perda enquanto a procuravam sem obter resultados.

Esperara por aquele resgate por tantos anos. Anos demais. Mas, agora que era adulta, sabia que não havia nenhum castelo à sua espera no alto de uma montanha. Nenhum pai "verdadeiro" à sua procura. Ninguém que de fato se preocupasse, de uma ou outra forma, com seu futuro.

Motivo pelo qual precisava ser a heroína da própria vida.

– Jo? Ainda está aí?

Voltando ao presente, pigarreou.

– Sim, me desculpe. Eu só... Sim, estou aqui.

– Sei que é constrangedor.

– Não, não é. O que aconteceu com você e com a Lydia é doloroso e muito triste e, apesar de não nos conhecermos há muito tempo, vocês dois têm sido bons amigos para mim. – Na verdade, eram seus únicos amigos no momento. – Eu só queria que houvesse algo, qualquer coisa, que eu pudesse fazer por você e por ela. Mas não posso fazer nada, e odeio essa sensação de impotência. E, para piorar, vocês são boas pessoas e isso não deveria acontecer com boas pessoas.

– Obrigado, Jo – Bill disse com a voz rouca.

– Não vou dizer 'de nada' porque o que eu queria mesmo era não ter que dizer nada disso.

– Amém.

Conversaram um pouco mais e depois desligaram. Bill tiraria o resto da semana de folga e isso era o correto a fazer. E quando ele voltasse Jo disse que dividiria com ele quaisquer matérias em que estivesse trabalhando.

Abaixando o aparelho, encarou a porta. E pensou em como, apenas meia hora antes, tinha feito amor com um desconhecido bem ali onde estava sentada no momento.

Engraçado como as perdas eram parte da vida tanto quanto as alegrias. Só que sempre eram mais notadas.

Jo se pôs de pé e foi para a cozinha. Na gaveta perto da geladeira, onde deveria guardar os conjuntos de talheres se os tivesse, mantinha uma pasta em papel-pardo para a qual não olhava desde que se mudara para lá.

Tanta coisa estava acontecendo. E ela não andava se sentindo bem. E...

Bem, simplesmente não teve energia de lidar com mais um assunto.

Mas pegou a pasta e tirou a foto brilhante de um homem de cabelos e olhos escuros. Virando a imagem, leu o que fora escrito com caneta hidrográfica.

Dr. Manuel Manello, Cirurgião-Chefe do Centro Médico St. Francis.

Bill lhe dera essa foto. E digitara o relatório com o que descobrira após ter investigado sua mãe biológica, que morrera durante o parto.

Era um mistério solucionado. Mais ou menos. E quanto ao homem de cabelos escuros? Era seu irmão... que desaparecera misteriosamente há mais de dezoito meses.

Para nunca mais nem sequer se ouvir falar dele.

– Estou ficando farta de ver pessoas desaparecendo em pleno ar – resmungou para si mesma.

Capítulo 29

Por mais que fosse um verdadeiro e fiel fã dos Red Sox, Butch era maduro o suficiente para apreciar que existiam algumas coisas vindas do estado inimigo ao do seu time que não eram nada ruins. Não que estivesse com muita pressa de admitir isso, nem que fosse só para si mesmo. No entanto, quando o sol nasceu, ele refletiu quanta diferença um belo prato como o *New York strip steak* poderia fazer na vida de um homem. De fato, era algo essencial.

Dito isso, recostou-se melhor na namoradeira francesa e reposicionou o pedaço de carne sobre o olho preto. Quando soltou um gemido de alívio, alguém se sentou ao seu lado.

— Lamento ter sido obrigado a fazer isso, tira.

Butch abriu o olho que funcionava e deu de cara com V.

— Tudo bem. Eu teria feito o mesmo.

— Como vai a cabeça?

— Como é mesmo o velho ditado? Chutando como uma mula?

Fechou o olho de novo e ouviu os sons da Irmandade, dos Bastardos e dos outros guerreiros preenchendo o escritório de Wrath. Quando todos tivessem chegado e a reunião começasse, ele se sentaria ereto, deixaria o saco frio de lado e prestaria atenção, mas, naquele instante, considerando-se a ressaca e o estrago feito por aquele gancho de direita do seu colega de quarto, já tinha muito com que se ocupar.

— Quer um analgésico ou outra merda do tipo? — V. perguntou.

— Está arrependido mesmo, hein?

— Não gostei de ter feito aquilo.

— Só porque eu não estava numa correia de couro?

V. gargalhou com a sacada do amigo.

— Se eu acender um, a fumaça vai fazer você se sentir pior?

— Menos do que se você me acertar no outro olho, acho que já estou no fundo do poço agora.

Ouviu o clique do isqueiro e na sequência sentiu o cheiro familiar do tabaco turco de V. Quando se sentiu apto — isto é, apto merda nenhuma, só não queria ser antissocial —, Butch se endireitou nas almofadas do sofá e largou a carne no colo. Fritz, bem familiarizado com as necessidades de pessoas que tinham inchaços em locais indesejados, fora previdente o bastante para colocar a carne dentro de um saco plástico vedado, portanto não havia necessidade de uma limpeza facial. Não que Butch teria se preocupado com isso.

Tampouco os machos e as fêmeas daquela sala se importariam.

E quanto ao povo que se aglomerava nas salas de uso comum? Resumindo bem, não seria possível conseguir uma combinação mais dissonante do que a decoração em estilo regência à francesa em tons de azul do escritório, com as paredes em tons claros e alegres e o tapete Aubusson e a mobília e as cortinas delicadas... e a legião de cabeças duras, bundas torneadas e corpos robustos que, sabe-se lá como, conseguia se comprimir entre aquelas quatro paredes sem quebrar nada.

Provavelmente ajudava o fato de que vinham fazendo ali aquelas reuniõezinhas de troca de ideias sobre tudo o que era relacionado à Sociedade Redutora já há três anos, desde que a Irmandade e a Primeira Família foram morar naquela mansão de pedras cinza da época da Arca de Noé. Por isso, a esta altura, pareceria estranho não se sentar com delicadeza em todas aquelas namoradeiras de pés finos e poltronas dignas de qualquer socialite para falar sobre a vida e a morte.

Uma prova de que aquilo a que se está acostumado é normal, pouco importando que possa parecer estranho sem a parte do hábito.

– Onde está o grandão? – Butch perguntou ao indicar a mesa vazia de Wrath.

– Está chegando. – V. deu mais uma tragada e falou em meio à lufada de fumaça que, por um instante, obscureceu o rosto com cavanhaque. – Deve estar roubando doce de um par de bebês como aquecimento para o que vai fazer com a gente, certo?

– Pelo menos não está chutando filhotinhos de cachorros.

– Esses são os únicos que têm passe livre.

Enquanto Butch testava a vista ao tentar enxergar a mesa de Wrath, pensou que, pelo menos, havia uma parte da mobília na sala que fazia sentido. O antigo trono em que o último vampiro puro-sangue do planeta se largava era exatamente o tipo de peça na qual qualquer um esperaria que o grande Rei Cego, o líder da espécie, colocaria o traseiro coberto por calças de couro. Diziam que o peso-pesado em carvalho entalhado atravessara o oceano do Antigo País, trazido pela Irmandade, naqueles dias – noites, naturalmente – quando Wrath se recusara a liderar a raça.

Havia a expectativa, a esperança, de que aquele macho finalmente assumiria o manto do seu direito de nascença...

As portas duplas, que eram fechadas após cada entrada – porque havia crianças na casa agora, e nenhuma delas precisava ouvir o desfile de xingamentos que era a base das conversas dos guerreiros –, foram escancaradas, e não por um par de mãos. Foram abertas com a força do pensamento.

Quando o silêncio se fez na sala, Butch pensou: *Bem, a raça acabou ficando com um líder e meio, no fim das contas.*

– Cuidado com o que deseja – sussurrou secamente.

– E alguém encomendaria algo assim de um catálogo? – V. replicou.

Parado em meio aos batentes largos, Wrath, filho de Wrath, pai de Wrath, era um castigo de mais de dois metros de humanidade não humana em seus coturnos de solados grossos. Com os cabelos negros cascateando do bico de viúva na testa até os quadris, e um rosto que parecia de um assassino serial que por acaso tinha sangue azul de pedigree, ele era o tipo de pessoa que faria até mesmo Irmãos armados até os dentes atravessarem a rua para sair de seu caminho. Ainda mais quando estava atacado com seus maus humores.

O que basicamente acontecia a cada instante em que estava consciente.

E ainda mais depois de uma noite como a anterior.

Quando Wrath entrou na sala, o rosto não mudou de posição, os óculos escuros colados ao rosto fitavam adiante e não variaram de direção ao seguir o caminho ao redor de corpos de pé, de pessoas sentadas, da mobília, de tudo. Sua habilidade de circum-navegar o espaço não era apenas resultante da memorização. Ao seu lado, George, o cão-guia golden retriever, resvalava o lado externo da panturrilha, guiando-o através de de um conjunto de pistas invisíveis para aqueles fora do relacionamento simbiótico entre mestre e animal.

Eles formavam um tremendo par. Como uma espingarda e uma manta feita em casa. Mas funcionava. E quer falar em amor verdadeiro? Às vezes, aquele cachorro era o único capaz de manter o mau humor de Wrath sob controle.

Então era isso. Todos na casa eram grandes fãs de George.

As portas do escritório se fecharam da mesma forma como se abriram, sozinhas – e, olha só, pelo menos não bateram com força suficiente para desprendê-las das dobradiças.

Ainda que isso só tenha acontecido para não assustar o cão.

Junto à mesa, Wrath desceu os 130 quilos com 0% de gordura da estrutura mesomórfica no trono, e a lenha antiga sustentou o peso dele com um gemido cansado. Muitas vezes, George era pego e colocado em seu colo. Não hoje.

Butch recolocou o bife no lugar e esperou.

Três...

Dois...

... e...

— Mas que *porra* está acontecendo aqui? — Wrath berrou.

Bum!

No silêncio que se seguiu, Butch olhou para V. Que olhou para Tohr. Que lentamente balançou a cabeça de um lado para o outro.

— Estou sentado sozinho aqui? — Wrath exigiu saber. — Ou todos vocês deixaram as bolas e o pau na porta?

— Sabe, eu fiquei me perguntando pra que servia aquele cesto? — alguém disse.

— As minhas são tão grandes que não caberiam...

Wrath socou a mesa, fazendo com que todos, inclusive o cachorro, se sobressaltassem.

— Muito bem, vou preencher as lacunas pra vocês, seu bando de maricas. Ômega aparece num beco e *você*...

Butch fechou os olhos e se afundou na namoradeira enquanto os óculos escuros se viraram para ele.

— ... resolve que é uma grande ideia dizer que está tudo bem enquanto precisava de assistência. — O rosto de Wrath virou na direção oposta, onde estava Syn. — E daí *você* resolve que se atracar com o mal é uma boa ideia. — Wrath olhou ao redor da sala. — E então *todos vocês* chegam à cena e ficam se parabenizando.

Butch levantou a mão apesar de ninguém pedir que ele falasse.

— Eu tinha um plano.

Os Óculos da Morte voltaram para ele.

— É mesmo? E qual era? Ser morto? Porque você quase conseguiu isso e com folga...

— Salvar um pai a qualquer custo.

— Que merda é essa que você está falando? — Wrath franziu o cenho.

— Qhuinn. — Butch se ajeitou sobre o bordado das almofadas, ciente de que a última coisa de que sua pobre e dolorida cabeça precisava era daquele olhar cego cravado em si. Por isso, fechou os olhos e rezou como se tivesse voltado à escola paroquial e uma das freiras o tivesse flagrado falando palavrões. – Salvar Qhuinn, esse era o meu plano. E funcionou. Ele tinha acabado de abater um assassino quando eu senti a presença de Ômega. Eu sabia que Qhuinn não me deixaria ali sozinho, por isso fiz o que tinha que fazer para mandá-lo embora. – Achou melhor não falar sobre a pequena barganha com Ômega. – Está irritado agora? Imagine como se sentiria se estivéssemos fazendo uma cerimônia fúnebre na Tumba para o pai de Rhamp e Lyric em vez desta sessão tão agradável de gritos.

Num dos cantos, Qhuinn esfregou o rosto. Ao seu lado, Blay, seu *hellren*, passou um braço pelos seus ombros em sinal de apoio.

– Eu faria tudo de novo – Butch prosseguiu ao reabrir os olhos. – Então, estou suspenso ou algo assim? V. já anda falando mesmo que eu deveria ficar confinado, como se eu fosse um peso-pena que não sabe cuidar de si. Foi pra isso que convocou essa reunião? Ou vai me deixar viver para completar a merda da Profecia? Hein? O que vai ser?

Muuuuitos olhares se desviaram para Butch, todos na sala fitando-o com um misto de choque, respeito e um "puxa, isso vai doer".

Wrath olhou adiante demoradamente e, durante todo esse tempo, Butch ficou imaginando que iria precisar de muitos outros bifes.

– Agora entendo o que ela quis dizer – o Rei murmurou.

– Como é que é? – Butch perguntou. – O que foi?

– Você e as suas malditas perguntas! Sempre me perguntei por que a Virgem Escriba nos recusava a permissão de lhe fazer perguntas. Agora eu sei. – Antes que Butch conseguisse fazer mais uma, na forma de "por quê", Wrath respondeu o não dito. – Porque é chato *pra caralho*, eis por quê.

De pé mais para a lateral, com Balthazar ao seu lado como se o bastardo estivesse segurando as rédeas de um urso faminto, Syn ficou se perguntando por que estava naquela reunião. Não que estivesse pouco ligando para os chutes nos traseiros para o qual Wrath estava se aquecendo. Até que gostava quando o líder dos vampiros ficava todo irritado. Sentia que estava trabalhando com alguém a quem podia compreender e respeitar.

Afinal, crescera junto a um macho temperamental. Estava familiarizado com bufadas e lufadas e, por mais doentio que fosse, sentia-se à vontade com isso – ainda que, no caso de Wrath, o castigo dos infernos viesse acompanhado de uma inteligência formidável e de um forte senso de certo e errado. Ok, o Rei Cego tinha uma língua afiada como uma espada, e recebera um nome muito, mas muito adequado, mas Wrath era um norte verdadeiro, o tipo de pessoa que você poderia apostar que seria justa mesmo quando furiosa.

— Não vou ficar dentro de casa que nem um inválido — Butch disse daquele sofá adequado para uma casinha de boneca. — Não vou mesmo.

O Irmão evidentemente se metera numa briga depois que Syn o encontrara no beco onde acontecera toda aquela situação de merda com Ômega. O olho esquerdo de Butch estava da cor de um dos pirulitos de uva do Rhage, e aquele pedaço de carne dentro do saco plástico que ele mantinha encostado no machucado parecia um excelente item de primeiros-socorros. Além do mais, vejam só, poderia ser cozinhado depois que ficasse em temperatura ambiente. Quem poderia dizer o mesmo das bolsas de gelo?

— E o confinamento nem mesmo é necessário — continuou o Irmão.

— Asneira — Wrath replicou de sua posição no trono. — E tenho quatro séculos de lutas contra Ômega no meu currículo para provar que você está errado.

— O mal não está como costumava ser. — Butch se sentou à frente. — E tive close-ups no *meu* currículo para provar que *você* está errado. A menos que eu precise lembrá-lo de como você e eu descobrimos que somos parentes.

— Ele está certo.

Quando todos os olhos na sala se reorientaram na direção de Syn, ele ficou surpreso ao constatar que essas três palavras tinham saído de sua boca.

Dando de ombros, resmungou:

— Eu deveria ter sido incinerado ou explodido em mil pedacinhos quando ataquei o maldito.

— O que me leva ao próximo item da minha agenda — Wrath disse secamente. — Em que diabos *você* estava pensando?

— Não estava. Cheguei à cena e estava pronto para lutar. Só isso.

— Então você atacou o mal só porque quis? Ambicioso, ou autodestrutivo, dependendo de como se encara a questão.

— Ambos.

— Pelo menos você é honesto.

Butch se pronunciou:

— Voltarei a campo ao pôr do sol e continuarei a fazer o que vinha fazendo. Estamos perto assim... — o Irmão aproximou o polegar do indicador — ... e é por isso que é seguro que eu vá até lá.

— *Eu* direi o que você pode ou não fazer — Wrath o interrompeu. — A menos que pense que essa porra desse trono é apenas decorativo?

— Esta é a nossa chance! — Butch olhou ao redor da sala. — E não serei eu a desperdiçá-la.

— Mas você precisa ser protegido — V. disse entredentes.

Enquanto o debate se alastrou em todos os cantos, Syn deixou que as diversas opiniões recuassem para um pano de fundo. Já sabia qual seria o resultado. Butch teria permissão de ir a campo — porque estava certo. Estavam se aproximando do fim e o Rei sabia disso. Ninguém queria colocar algo tão essencial para a missão quanto o *Dhestroyer* em risco. Por outro lado, como diabos o tira poderia cumprir a profecia se estivesse em casa de pernas para o ar como se fosse feito de cristal?

A reunião foi encerrada pouco tempo depois. Talvez em cinco minutos. Talvez uma hora. Syn não prestou atenção. E adivinhe?

Butch estava livre para fazer seu trabalho, por mais que V. parecesse disposto a preencher com uma adaga um formulário de protesto contra o decreto real.

Syn nunca esperava por ninguém e, estando próximo às portas, foi o primeiro a sair.

Enquanto seguia para o quarto para descansar, as passadas em seu encalço o acompanharam enquanto ele passava pela sala de estar do segundo andar e ainda andavam com força quando ele entrou no corredor que dava para a sua suíte.

– Syn.

Ele só sacudiu a cabeça e segurou a maçaneta.

– Syn – seu primo chamou –, precisamos conversar.

– Não. Não precisamos.

E quando foi bater a porta, Balthazar a segurou.

– Sim. Precisamos.

Syn desistiu de brigar pelo controle de entrada e foi para o banheiro, despindo-se pelo caminho, jogando as roupas pelo chão.

– Acho que a reunião foi autoexplicativa. Não anotei nada caso você queira uma revisão.

– Quem é a fêmea?

Syn parou diante das cubas duplas. Levantando os olhos para o espelho, olhou para o primo. Balthazar estava postado na entrada do banheiro, com roupas pretas folgadas e confortáveis, sapatos de solas flexíveis e aderentes do tipo que permite escalar a fachada de um prédio. Syn reconheceu o uniforme de imediato.

Pelo visto, o ladrão trabalhara um pouco no seu bico ao fim da noite.

– Andou lubrificando suas habilidades, primo? – Syn perguntou com a fala arrastada.

– Quem é a fêmea.

– De quem você roubou?

– Não venha com joguinhos pra cima de mim.

O PECADOR | 255

— Se eu te pedir para esvaziar os bolsos, o que haverá neles? Colares de diamantes? Dinheiro? Relógios caros?

Quando Balz só ficou encarando o seu reflexo, Syn reconheceu a expressão impassível pelo que de fato era: prova de que o maldito bastardo estava preparado para esperar o tempo que fosse necessário para obter o que queria. O maldito persistente.

Syn abriu a torneira da pia e ensaboou as mãos como se fosse um cirurgião prestes a amputar uma perna. Ou talvez fosse apenas a esperança que tinha.

— Não me lembro – disse ele – de termos conversado a respeito de uma fêmea na reunião. Mas, verdade seja dita, eu não estava prestando muita atenção.

— Mais cedo, no beco. Quem é a fêmea de quem queria que eu cuidasse caso morresse?

Syn baixou o olhar para as mãos ensaboadas. Porque, convenhamos, a limpeza era algo próximo à religiosidade, e quem é que queria ser promíscuo?

— Não sei do que está falando.

— Sabe, sim.

— Eu estava delirando.

— Você não é confiável com fêmeas, Syn. Não no estado em que está.

— Estou nu. – Apontou para o corpo. – Portanto, elas estão perfeitamente a salvo. A menos que acredite que minhas... dificuldades... tenham se resolvido sozinhas. O que eu garanto que não aconteceu.

Merda, a situação com Jo. Não queria que tivesse terminado daquele jeito.

— Estamos chegando ao fim da guerra, Syn. Não precisamos do seu tipo de complicação agora.

— E, mais uma vez, eu lhe digo: não sei do que está falando.

Balthazar o encarou.

— Existem limites para o que eu posso limpar, Syn.

— Então não banque o *doggen* para cima de mim. Uma solução bem simples, meu caro ladrão.

Quando o macho praguejou e saiu, Syn deparou-se com os próprios olhos no espelho. Enquanto as palavras do primo ecoavam em sua mente, seus pensamentos foram para o passado. E por mais que tentasse impedi-las, as lembranças eram mais fortes do que sua determinação em negá-las.

Três noites depois da morte do pai e do começo de sua transição, Syn ficou em pé diante da cabana que fora seu único lar desde que se entendia por gente. Ao olhar para o leito em que seu senhor dormira, e para os restos de sua mahmen, *e para os bens patéticos que não passavam de contêineres para cordas e peles, e odres de hidromel, sabia o que tinha que fazer.*

— Vai embora?

Virou na direção da pele pesada na entrada. Balthazar havia acabado de entrar, o rosto pré-transição do macho parecia amadurecido apesar da imaturidade de suas feições.

— Não o ouvi entrar, primo — disse Syn.

— Você me conhece. Sou muito silencioso.

Do lado de fora da caverna, o vento uivava como o arauto do outono. O verão, de fato, já acabara, e Syn sentia no fundo de seu âmago que jamais voltaria.

Não que já tivesse desfrutado algum verão, por mais quente que fosse a noite.

— Obrigado — Syn agradeceu ao se adiantar e pegar um dos odres descartados.

— Pelo quê?

Quando Syn farejou o gargalo aberto do contêiner, fez uma careta e soube que jamais beberia. Nunca. As lembranças associadas ao cheiro da bebida o faziam se retrair. Largando o odre vazio de lado, foi procurar outro, examinando a bagunça.

— Por buscar a fêmea como fez — respondeu.   Eu teria morrido.

— Ela foi lá sozinha.

O PECADOR | 257

Syn ergueu o olhar confuso.

– Como ela soube?

– Você salvou a vida dela. Achou que ela não o procuraria?

– Ela devia ter ficado afastada.

– Ela teve a escolha de fazer isso, ou não, graças a você. E me contou o que você fez. Ela viu seu pai, durante um dos acessos, nos limites da propriedade deles. Você o atraiu para longe. Ela estava sozinha em casa com o irmão. Só o destino sabe o que poderia ter acontecido.

Syn grunhiu, pois não conseguiria mais falar sobre ela, especialmente porque tanto ele quanto o primo sabiam exatamente o que o pai dele teria feito com tal beleza delicada.

Inclinando-se para baixo, por fim encontrou um odre pela metade. Sorte. O pai raramente deixava uma gota em seus interiores.

– Você salvou a vida dela – disse Balthazar. – Ela salvou a sua.

– Não é uma troca justa – Syn disse ao tirar a rolha do gargalo. – Nem perto disso.

Andando pelo ambiente, foi despejando a forte bebida fermentada, e o cheiro o engasgou. Desde a transição, seus sentidos estavam dolorosamente aguçados, e seu corpo não parecia ser o seu. Estava alto demais; os membros eram estabanados; os pés, grandes até para os velhos calçados do pai; as mãos, largas e com dedos longos.

Não sabia como estava o rosto. Não queria saber.

– O que está fazendo? – Balthazar perguntou.

Syn parou ao se aproximar dos pés de sua mahmen.

– Por que ele a manteve aqui? Não gostava dela.

Mesmo ao perguntar aquilo para alguém que não saberia, o próprio Syn sabia a resposta. Os restos mortais eram um lembrete visceral de que fazer o que seu pai mandava era sua única chance de sobrevivência. O pai queria garantir a sua submissão. Houve muitas noites e muitos dias em que o macho esteve embriagado demais para ser capaz de providenciar alimento. Precisava que cuidassem dele.

E queria ser obedecido.

Syn murmurou algo para sua mahmen e depois continuou despejando o hidromel sobre ela, o líquido escuro sendo absorvido pelas camadas de cobertas que cercavam seu esqueleto.

Quando esvaziou o odre, jogou a coisa sobre o leito.

— Vai queimar a cabana, então, primo?

Santa Virgem Escriba, não suportava o fedor da bebida. Ele o transportava de volta às noites em que era pequeno. Mais fraco. Olhando ao redor, viu uma cadeira quebrada e se lembrou de quando ela lhe fora lançada, fraturando uma perna e um braço de seu corpinho frágil.

Pelo menos um conjunto completo de dentes surgiu durante a transição. O pai arrancara apenas os pequenos.

Syn voltou-se para o fogo e pegou uma das achas que estava acesa.

— Você precisa ir embora.

Balthazar franziu o cenho.

— Você não iria nem ao menos se despedir?

— Você precisa ir.

Houve uma longa pausa, e Syn rezou para que o macho não fosse vítima das emoções que seriam melhor deixadas de lado.

Quando o primo simplesmente saiu, Syn olhou ao redor uma última vez. Em seguida, largou a acha ardente sobre os restos de sua mahmen. Quando as chamas subiram e se espalharam com rapidez, ele pensou no calor que arrebentara suas entranhas durante a transição. Lembrava-se pouco do que acontecera, mas se lembrava do calor. Disso e dos estalos dos ossos enquanto eles cresciam centímetros em questão de horas.

Não conseguia acreditar que sobrevivera àquilo. Ou que aquela adorável e generosa fêmea o alimentara com sua veia pouco antes do alvorecer. Com a aproximação da luz do sol, ela teve que ir embora para não ser surpreendida pela luz letal. Balthazar, nesse meio-tempo, pendurara lonas ao redor do abrigo para proteger Syn enquanto a transição continuara, com o corpo amadurecendo para seu atual tamanho inimaginável.

Estivera tão fraco depois que tudo acabou. Lembrava-se de estar deitado com o rosto na terra batida por cascos, sentindo como se nunca mais *fosse esfriar. Mas, no fim, quando o sol se pusera atrás do horizonte e o calor do dia diminuíra, também a queimação dentro de seus membros e tronco diminuiu.*

Quando, por fim, saiu do abrigo, preparara-se para ver o sangue do pai, sangue que ele próprio derramara, as entranhas e os restos de tudo o que deixara para trás. Não havia nada. Tudo havia desaparecido, como se jamais tivesse existido. Perguntara a Balthazar se sentira o cheiro de queimado durante as horas do dia. O primo dissera que sim, havia sentido.

E, depois de tudo, Syn se recuperara ali dentro da cabana por três dias e três noites.

Agora, enquanto as chamas subiam e começavam a se espalhar, fechou os olhos e fez suas despedidas. Não sabia para onde estava indo. Só sabia que não poderia continuar no vilarejo nem por mais uma noite. Não tinha posses e só contava com os pés para levá-lo adiante. Mas havia fantasmas demais ali, muitas... pessoas, ali. Precisava encontrar um destino distante de onde o pai estivera e do que ele próprio fizera ao macho como resultado.

O vilarejo todo já deveria estar sabendo. A fêmea decerto deveria ter explicado por que se afastara por tanto tempo enquanto o alimentava durante a transição. Quanto ao pai de Syn? A presença rude do macho não seria lamentada, mas seria muito notada.

Syn saiu da cabana e...

Balthazar estava do lado de fora da caverna, com as rédeas de dois cavalos fortes bem carregados de suprimentos penduradas nas mãos.

— Vou com você — disse o primo. — Posso não ter passado pela transição ainda, mas tenho a mão rápida e sou mais esperto. Você não sobreviverá sem mim.

— Já sobrevivi a muito e você sabe disso — Syn rebateu. — Não serei apanhado.

— Apenas me deixe ir com você. Também preciso me afastar deste lugar.

— Porque já roubou de todos no vilarejo e não há ninguém que não desconfie de você?

Houve uma pausa.

— Sim. Exato. Onde acha que arranjei estas montarias?

— Do fazendeiro?

— Sim. Ele não cuidava bem o bastante deles. Estarão melhor conosco. *— Quando um dos cavalos bateu um casco como se concordasse, Balthazar ofereceu um par de rédeas. — O que me diz, primo?*

Syn não respondeu, mas aceitou o que lhe foi oferecido.

Quando montou, Balthazar fez o mesmo. Fumaça se erguia da cabana, e os estalos do fogo agitaram os cavalos. Logo o fogo comeria o teto de sapé e as chamas cor de laranja lamberiam um caminho para fora da caverna, chegando aos céus.

Transformara o terrível e triste lar que conhecera numa pira para sua mahmen, e, de algum modo, isso lhe pareceu adequado.

Antes de saírem, o primo disse:

— Não vai dizer adeus à fêmea antes de ir embora?

Syn a visualizou na campina antes de tudo aquilo ter acontecido, correndo livre com o irmão, com o riso se erguendo, tal qual a fumaça fazia agora, até as estrelas.

— Estamos quites, ela e eu — disse ele. — É melhor deixar as coisas com esse fim.

Incitando o cavalo a ir à frente, soube que a amava. E isso, mais do que qualquer outra razão, foi o real motivo de não ir até as terras da família dela. Também era o real motivo que o fazia deixar o vilarejo.

Quando se ama alguém profundamente, é preciso fazer o que é melhor para a pessoa. O pai lhe ensinara essa lição pela falta de exemplo. Por isso, o gesto mais gentil e necessário que Syn poderia fazer era partir naquele momento.

E jamais voltar a escurecer a soleira da casa dela novamente.

Capítulo 30

O Sr. F estava sentado no banco do ônibus, olhando pela janela embaçada enquanto o balanço imprevisível da suspensão ninava a ele e outras quatro pessoas que viajavam pela rota até o subúrbio. A chuva caía suavemente, um orvalho encantador descia do céu acinzentado e a aerodinâmica do transporte público fazia a umidade se unir e descer pela camada desgastada da propaganda colada nas laterais, escorrendo como riachos sobre a topografia escorregadia do vidro.

Quando sua parada chegou, levantou-se e cruzou o corredor. Ninguém lhe deu atenção. Os demais passageiros estavam ligados em seus celulares, e não por estarem conversando com alguém, mas as cabeças estavam abaixadas, os olhos, fixos nas telinhas que lhes proporcionavam um mundo virtual vitalmente importante embora menos palpável que o ar.

Ao desembarcar, invejou-lhes a pressa fabricada por uma informação inútil em que estavam mergulhados.

O Sr. F tinha problemas concretos.

Não havia ninguém esperando no ponto coberto por acrílico, e ele foi andando com cautela para longe daquele abrigo lamentável, com as botas seguindo pela calçada que o conduziu ao longo de alguns prédios de apartamentos pequenos. As unidades eram agrupamentos de três ou quatro andares divididos em metades espelhadas, e apenas algumas delas tinham vagas para estacionamento. Essas habitações logo cederam lugar para bairros com casas pequenas, e o Sr. F prosseguiu enquanto os pés viraram à esquerda e à direita por vontade própria.

Quando chegou à malcuidada casa de falso estilo Tudor que visitara dias antes, notou que havia uma propaganda nova na caixa de correio, algo laranja. Imaginou que poderia ser a oferta do serviço de cortar grama. Talvez uma empresa de manutenção de telhados. Pedreiros à procura de emprego, quem sabe. Era o tipo de propaganda que teria aparecido na casa dos pais quando ele era jovem, na época em que não precisava se preocupar com assuntos de adultos. Não que tivesse se preocupado muito com isso quando chegara à vida adulta. Sempre se achou melhor do que qualquer cara comum. Estivera convencido de que seria um roqueiro tipo Kurt Cobain. Um poeta do caralho com poderosos solos de guitarra.

A realidade se mostrou tão menos inspiradora, mas não podia negar que fora muito bem-sucedido na parte das drogas.

E ali estava ele.

Passando pela garagem, sacudiu a chuva do corpo, deixando uma mancha escura no piso de cimento. Dentro da casa, levou um tempo para se concentrar. Depois começou a vasculhar gabinetes e armários e gavetas. Abriu-os na cozinha. No lavabo do térreo. No armário embutido da sala de estar e no hall de entrada. Subiu as escadas e abriu-os na suíte principal, e nos dois outros quartos, e no banheiro que supostamente era partilhado, no topo das escadas.

Tudo o que encontrou guardou numa caixa vazia que encontrara no armário do hall.

De volta ao térreo, deixou a caixa na bancada empoeirada da cozinha e, antes de fazer o inventário, foi para o porão. Nada ali a não ser a lavadora e a secadora, três latas de tinta abertas e secas, e uma caixa de lenços amaciantes para a secadora com vestígios de dejetos de ratos.

Na cozinha uma vez mais, vasculhou o tesouro encontrado. Dois pares de chaves de carros da Ford, somente um acompanhado de controle remoto – o que sugeria que o outro era de um modelo mais antigo. Chaves da casa, as quais, quando experimentou nas portas da frente e de trás, não entravam nas fechaduras. Uma semiautomática sem balas. Munição extra que não era compatível com a arma. Um par de algemas sem chave. Quatro celulares sem bateria e sem cabos para recarregar.

O laptop e o livro já conhecidos graças à sua primeira visita ali.

Ligou o laptop na tomada, mas não adiantou de nada. Não havia eletricidade. A bateria do equipamento também estava zerada. E provavelmente devia ser protegido por senha, então não havia nada que pudesse fazer. Afinal, como técnico de TI, ele era um... excelente drogado.

O Sr. F apoiou ambas as palmas na bancada e se inclinou para a frente, jogando o peso para os braços. Deixou a cabeça cair e sentiu as dores remanescentes dos ferimentos internos impostos por Ômega e pensou na inútil injeção de heroína que tomara embaixo da ponte. As duas realidades formavam um norte e um sul, sua existência ficando presa e girando no eixo formado pelos dois polos.

Carregando o livro consigo, encontrou um lugar na sala de estar, no tapete empoeirado. Ao amparar as costas na parede, abriu a capa do livro.

As palavras eram densas, formadas por letras pequenas e bem unidas, como passageiros no transporte público matutino. Seus olhos se recusaram a focar, a princípio.

A sensação de que precisava encontrar seu caminho naquele novo tipo de prisão em que acabara foi o que o fez começar a absorver o que estava na página.

No mundo de Ômega, o único bem que o Sr. F tinha era a si mesmo.

Jo estacionou o Golf do lado oposto da rua que a polícia havia isolado e onde equipes de reportagem se reuniram ao redor do Clube de Caça e Pesca Hudson. Saindo do carro, fechou a cara para a chuva e subiu o capuz da jaqueta. Num trote, correu para o outro lado da rua, e andou ao redor da multidão agrupada. Ao passar por trás de um repórter com uma câmera apontada para si e o microfone erguido, Jo ficou contente em poder cobrir o rosto. Não havia motivos para ser vista ali.

A entrada principal da construção de concreto estava proibida, assim como a lateral, de acordo com a coletiva de imprensa dada às nove da manhã, onde os homicídios ocorreram. Havia três mortos. Gigante, o guarda-costas e o motorista. Gigante levou três tiros, dois no peito e um na garganta, e seu corpo foi encontrado no banco de trás de um SUV da empresa de cimento. O motorista foi alvejado uma vez na testa e depois enfiado no porta-malas do carro. O guarda-costas levou dois tiros e caiu no chão, na parte externa à porta aberta do passageiro.

Jo se misturou à aglomeração de espectadores e checou as horas.

Cinco minutos mais tarde, McCordle apareceu na porta lateral do prédio. Quando interceptou seu olhar, acenou por cima do ombro, numa direção distante da multidão.

Segurando a bolsa junto ao corpo, Jo se apressou diante do salão de cabeleireiros ao lado e seguiu pela sua fachada, com a respiração apertada no peito. Quando deu a volta no quarteirão, McCordle já passava por baixo da fita de contenção, e deu uma espiada para onde estavam estacionadas as viaturas antes de se aproximar dela.

— Vamos para lá — ele disse, conduzindo-a de volta à fachada do salão, longe das vistas.

— Estou surpresa que tenha optado por me encontrar aqui — ela sussurrou. — Essas são as fotos da cena do crime?

Quando ela apontou para um envelope debaixo do braço dele, McCordle assentiu e lhe entregou o envelope.

– Olha só, precisamos conversar.

– Bem, a ideia é essa.

Ele a segurou pelo braço e o apertou.

– Estou falando sério. Uma das nossas fontes disse que Gigante pode ter colocado um preço na sua cabeça.

Jo franziu o cenho.

– Então não tenho que me preocupar. Gigante está morto.

– O assassino contratado não vai se preocupar com isso. Vai querer o dinheiro dele e vai receber da família só quando você... bem, você sabe.

– Estiver morta. Pode dizer. Não tenho medo.

– Pois deveria ter. Isso não é brincadeira. – Quando ouviram um grito, McCordle se colocou entre Jo e o barulho. Depois de um minuto, voltou a falar: – Só é excitante por fora, Jo. Por dentro, numa situação como essa, as pessoas se machucam, mesmo sendo inocentes.

– Sabe quem é o assassino contratado?

– Ainda não. Minha fonte está investigando. Talvez algo apareça nas fitas.

– Então o FBI ainda não as entregou à polícia?

– O meu departamento está pressionando. Enquanto isso, você precisa tomar mais cuidado...

– Mas você disse "talvez". Esse contrato não foi confirmado, portanto pode ser apenas um boato. – Antes que McCordle lhe passasse mais um sermão, ela o interrompeu. – Quanto à cena do crime daqui: o que descobriu desde as nove da manhã?

– Os investigadores da cena não encontraram nada inesperado no SUV. Nenhuma impressão digital a não ser as de Gigante, do segurança e do motorista. Nenhuma amostra de cabelo. Eles conseguiram as balas e os cartuchos, mas nenhuma arma.

– Quem avisou sobre os homicídios?

– Um pedestre.

– Sei disso, mas o capitão não informou um nome durante a coletiva de imprensa.

— É um menor, por isso não vamos divulgar. Foi um garoto de dezessete anos indo para o treino de atletismo às seis da manhã. Estava de bicicleta. Disse que sempre corta caminho pela viela no seu trajeto para o Colégio Jefferson, e ele ligou para a polícia sem ter tirado nenhuma foto para postar na internet. Nem tudo está perdido com essa geração de jovens.

— Frank Pappalardo deu alguma declaração a respeito disso tudo?

— Vamos levá-lo para interrogatório. Mas não, ele não vai dar um pio. Ele é da velha guarda.

— Mas isto é retaliação. Pelo assassinato de Johnny Pappalardo, certo?

— Parece que sim. E é por isso que eu estou dizendo para tomar cuidado. Você tem o meu número. Ligue para mim se vir algo suspeito perto de sua casa ou do jornal.

— Falando nisso, vocês encontraram algum celular no veículo?

— Jo! Está ouvindo o que estou dizendo?

— Sim. Algum celular no SUV?

McCordle bufou como se estivesse praguejando mentalmente.

— Encontramos um. Não sabemos ainda a quem pertence, mas não é de Gigante porque sabemos que ele os odiava. Estamos pegando as mensagens e fotos que havia nele.

— E o que vai acontecer depois? O pessoal do Gigante vai colocar um preço na cabeça do assassino de Pappalardo?

— Jo, por favor...

— Não tenho muito tempo com você. Preciso fazer estas perguntas. E quanto à retaliação à retaliação?

— É algo provável. Esses embates vão acontecendo até algum chefão pedir uma reunião de negociação. Mas, até lá, teremos uma partida de tênis de cadáveres, ainda mais com o filho de Gigante metido no meio. Júnior vai querer vingar a morte do pai.

— Ele fez algum pronunciamento?

— Por Deus, você está ouvindo o que... — Quando Jo só o encarou, ele resmungou. — Júnior não tinha nada a dizer. E visto que estava

O PECADOR | 267

sendo treinado pelo pai, é bem provável que deixe a pistola falar por si próprio.

— Ele vai assumir o comando aqui em Caldwell?

— Antes haverá uma disputa de poder. Teremos que esperar para ver. — McCordle olhou para a cena do crime de novo. — Tenho que voltar. Prometa que vai me ligar se...

— Sim, claro. Não vou fazer nada idiota.

Houve uma pausa.

— Jo.

Quando McCordle não se pronunciou, ela disse:

— O que foi?

— Entendo que queira fazer o seu trabalho. E você é uma jornalista muito boa. Mas precisa sair da cidade até tudo se aquietar. Nada vale a sua vida.

— Você vai me contar se souber algo de concreto a meu respeito?

— Sim. Prometo.

— Então parece que voltaremos a nos falar.

Enfiando o envelope debaixo do braço, Jo acenou para McCordle e voltou para a frente do salão de cabeleireiros, atravessando a rua até o carro. Antes de entrar, deu uma olhada para as pessoas agrupadas. A sensação de que aquele não era o fim da história, e de que tinha informações internas sobre a situação, despertou-lhe um flerte com autossatisfação. E foi essa tolice movida pelo ego que a acompanhou de volta à redação.

É perigoso acreditar que se está acima de qualquer coisa.

Quando entrou no estacionamento do *CCJ*, foi para a primeira vaga disponível. Parou o carro e abriu o envelope, tirando as fotos brilhantes.

Com uma careta, retraiu-se ante a imagem do homem apertado no porta-malas do SUV. O rosto estava voltado para a câmera e os olhos estavam abertos, como se estivesse vivo, embora soubesse que não era o caso: havia um círculo preto no meio da testa, do tamanho da borracha de um lápis, e um fio de sangue vazara dele, descendo até se unir à sobrancelha. A trilha não avançou mais do que isso.

Ela se surpreendeu por não haver mais sujeira.

Pegou a foto de Gigante. Caramba... parecia que uma fonte de sangue jorrara da garganta cascateando pela camisa volumosa.

A sensação de estar sendo observada fez com que levantasse a cabeça e enfiasse a mão na bolsa, à procura da arma. Com o coração acelerado, olhou ao redor do estacionamento. Para os prédios. Para as ruas. Ninguém se movia, mas será que teria visto alguém se escondendo...

De repente, a dor de cabeça voltou, forte, penetrante, chegando a algum tipo de conexão mental. Um tipo de...

Foi a lembrança de ter se sentido assim no carro antes. Sim, ela sentira exatamente o mesmo tipo de adrenalina baseada no medo e atrás do volante. E não era algo distante. Era recente. Tinha sido...

Gemendo, teve que parar de seguir esse padrão de pensamento, mas a amnésia era frustrante, e a convicção de estar procurando algo, num sentido cognitivo, perto do alcance, mas, ao mesmo tempo, distante, atormentava-a.

Colocou as fotos dentro do envelope com certa dificuldade, apanhou a bolsa e saiu. A chuva ainda caía, num chuvisco, e Jo sentiu uma urgência de se abrigar que não tinha nada a ver com o clima. Simplesmente saiu em disparada para a porta dos fundos do prédio da redação.

Com a mão trêmula, passou o cartão de acesso e faltou pouco para entrar num pulo.

Fechando a porta sólida de aço atrás de si, recostou-se na parede e tentou recobrar o fôlego.

Talvez McCordle estivesse certo, pensou. Talvez tivesse que se afastar de tudo aquilo...

Uma lembrança sem nenhuma obstrução surgiu em sua mente. A de Syn saindo do banheiro, preparado para atirar no entregador de pizza. Contrastando essa imagem com a de McCordle uniformizado, colocando-se, num ato de coragem, entre ela e a fonte de barulho na cena do crime?

Sem ofensa, senhor policial, mas escolheria Syn em qualquer situação naquela disputa.

E, P.S., não precisava de homem nenhum para protegê-la.

Enfiou a mão na lateral da bolsa, sentiu o contorno duro da arma, e decidiu que Syn tinha razão. Tinha que manter aquela arma próxima de si, 24 horas por dia, sete dias na semana.

Não queria terminar numa foto de uma cena de crime.

Capítulo 31

O dia se transformou em noite e, ainda assim, o Sr. F continuava lendo, virando página após página, os olhos não se concentrando em nada além da prosa incrivelmente pouco inspiradora do livro. De tempos em tempos, fazia uma pausa, não para levantar e se espreguiçar, nem para ir ao banheiro ou atrás de comida. Ainda era uma revelação sinistra o fato de tudo isso ser desnecessário.

Não, parava apenas porque sentia que era algo que teria feito antes. Na época do colégio. Quando esteve dando duro na faculdade um ano antes de largar o curso. Parecia-lhe importante conectar-se com quem tinha sido, mesmo que sua antiga versão não tivesse mais substância do que um reflexo no espelho.

Folheando as páginas restantes, lembrou-se da cena final de *Os Fantasmas se Divertem,* quando o pai está sentado no escritório, tentando ler uma edição de *Os Vivos e os Mortos.*

Estas coisas são tão fáceis de ler quanto o manual de um aparelho de som.*

Como o Sr. F era sortudo... O que tinha nas mãos mais parecia *Os Manuscritos do Mar Morto* tentando explicar como montar um gravador dos anos 1970.

---

* Fala do personagem de Alec Baldwin no filme citado. (N.T.)

Mas aprendera bastante. Umas doze horas depois de ter começado, agora sabia o básico sobre o que acontecera durante a iniciação, e o que havia nos jarros e por que precisava ser protegido das mãos furtivas da Irmandade. Sabia que assassinos morriam ao serem apunhalados na cavidade vazia do peito por qualquer instrumento feito de aço. Entendia o processo pelo qual, depois disso, a essência retornava a Ômega, como o mestre era chamado. Também tinha uma história da guerra com os vampiros, incluindo a origem do conflito com a Virgem Escriba, que exercera seu único ato de criação ao dar a vida para aqueles seres com presas, e Ômega, que era seu irmão e sofria do que se poderia considerar inveja fraterna padrão. Além disso, o Sr. F agora sabia a respeito da Irmandade da Adaga Negra, e do grande Rei Cego, e dos diferentes níveis sociais entre os vampiros.

E também havia aquelas porcarias sobre seu próprio papel. Havia capítulos sobre as encarnações anteriores da organização dentro da Sociedade Redutora, e uma seção dedicada às funções do *Redutor Principal*, incluindo uma cartilha sobre mobilização de tropas, treinamento e provisões.

Não que essa última parte ainda parecesse relevante. Presumindo a existência de mais alguns postos como aquela casa no subúrbio de Caldwell – afinal, havia aquelas chaves que não se encaixavam nas fechaduras desta casa –, o punhado patético e desproporcional de objetos bélicos encontrados naquele lugar sem dúvida não devia ser melhor do que obteria em nenhuma das outras propriedades.

Ao observar a sala de estar vazia na qual acampara, tinha a sensação de que aquilo era uma estrutura de poder deixada para apodrecer, e tal qual um corpo que, através da combinação do envelhecimento e doença já não funciona adequadamente, não tinha certeza de que um renascimento se daria – ou que sequer seria possível.

Esperava por alguma luz no fim do túnel com toda aquela prosa que estava lendo. Agora que chegava ao capítulo final, suspeitava que não existia nenhuma. A despeito de todo o conhecimento obtido, ainda não sabia o que fazer.

Mas isso mudou nas últimas quatro páginas.

Tal qual a linha de chegada numa maratona, a solução só apareceu depois de ele ter se esforçado nas curvas e volteios de uma lenta subida. E, a princípio, quando seus olhos passaram pelas palavras, quase seguiu com a leitura.

Algo, entretanto, o fez voltar e, ao relê-las, percebeu que era porque estavam centralizadas na página, com parágrafos delimitados, cada uma delas.

Estrofes. Como num poema.

Haverá um que trará o fim ante o mestre,
Um guerreiro dos tempos modernos no sétimo do vigésimo primeiro,
E será conhecido pelo número que carrega:
Um a mais do que a bússola que ele percebe,
Através de meros quatro pontos para ver à sua direita,
Três vidas tem ele,
Dois pontos a seu favor,
E com um único olho roxo, num poço terá ele nascido e morrido.

Um fim ante o mestre? Ou um fim para o mestre?

O Sr. F relembrou a noite anterior, o Irmão que aproximara a boca do assassino e começara a inspirar, o Irmão a quem Ômega enfrentou como a um oponente especialmente importante. O Sr. F não sabia como interpretar as passagens com referências a três e quatro, dois pontos e o único olho roxo, mas sabia muito bem o que testemunhara. Ômega e aquele vampiro em especial estavam ligados, e os laços que os uniam estavam naqueles versos.

Se *redutores* apunhalados com aço enviavam sua maldade de volta à fonte... talvez aquele vampiro com um par prodigioso de pulmões contornasse aquele processo. Talvez ele fosse o motivo pelo qual o Ômega descrito nesse livro estivesse tão abatido pessoalmente.

O Sr. F folheou as páginas já lidas. O mestre ali descrito era um flagelo todo-poderoso, capaz de atos grandiosos e terríveis. Aquilo que aparecera no beco? Místico, com certeza. Mágico, sem dúvida. Mas todo-poderoso? Não naquele manto sujo. Não com aquilo que o mestre havia lançado contra o vampiro.

Aquela merda somente derrubara o Irmão.

Se fosse mesmo a raiz do mal, se fosse mesmo o semideus poderoso descrito no livro? Teria rasgado o inimigo ao meio, restando apenas pedacinhos de carne e fragmentos de ossos no chão, uma neve mortal caindo do céu.

Não foi o que aconteceu.

O Sr. F fechou o livro. Não era um estrategista nato, mas sabia o que havia lido. Sabia quem era nesse jogo, e sabia quem o controlava. Também sabia como ele e Ômega estavam ligados.

Por isso sabia o que tinha de fazer.

Precisava reunir todos os assassinos ali em Caldwell. E tinham que encontrar o Irmão da noite anterior.

Era a única maneira de passar por isso. Além do mais, de acordo com o livro, tudo estava predeterminado.

A Catedral de St. Patrick era uma verdadeira majestade católica, Butch pensou ao se sentar num banco do fundão, como ele dizia quando criança. A igreja era a matriz para Caldwell e várias cidades vizinhas, e a construção de pedra conseguia suportar essa responsabilidade. Com janelas em vitrais e arcos como as da Notre-Dame, e a capacidade de abrigar uma arena de NFL, era exatamente onde ele gostava de ir à missa, se confessar e apreciar momentos como esse em que simplesmente ficava sentado com as mãos cruzadas no colo e os olhos fixos no grandioso altar de mármore com a estátua de Jesus na cruz.

Era importante sentir-se pequeno e insignificante quando se fala com Deus.

Inspirando fundo, sentiu o cheiro do incenso e do lustra-móveis com essência de limão. Também sentiu o misto de perfumes e colônias e amaciantes de todos que acabaram de sair da missa da meia-noite, terminada há 45 minutos.

Também deveria ir embora. Apesar da proposta de V. de que ficasse trancado em casa, Butch fora liberado para ir a campo essa noite. Tinha permissão para procurar *redutores*, e estaria a postos caso qualquer um dos irmãos ou os outros encontrassem algum. E toda vez que ele inalava um daqueles filhos da puta, ficavam um passo mais próximos do fim...

Butch se retraiu e se concentrou na figura de Jesus com o rosto abaixado.

— Me perdoe — sussurrou para seu Senhor e Salvador.

Não deveria ter praguejado na igreja. Mesmo que mentalmente.

Inspirando fundo, exalou longa e demoradamente. Em sua cabeça, visualizou-se se levantando. Indo para o corredor central. Saindo pelo nártex. Adentrando a noite. Aproximando-se do R8 no estacionamento.

Depois seguiria para o centro da cidade.

Um rangido no banco o fez voltar ao momento presente, e sobressaltou-se ao perceber que já não estava mais sozinho. Uma freira se unira a ele, sentando-se a um metro de distância. Engraçado, não percebera a entrada dela.

— Perdoe-me, Irmã. Precisa que eu saia?

A freira estava com a cabeça abaixada, e o capuz do hábito caía para a frente de modo que não era possível enxergar seu rosto.

— Não, meu filho. Fique o quanto desejar.

A voz era gentil e suave, e Butch fechou os olhos, deixando que a paz do templo, da sua fé, daquela mulher que consagrara a vida a serviço da Igreja e de Deus o banhasse. A purificação resultante em sua ansiedade foi semelhante à que Vishous fazia em seu corpo. O fortalecimento também.

Teve a sensação de que poderia lidar com o que estava por vir. Mais tarde naquela mesma noite. Na noite seguinte. Até o derradeiro momento.

— Pelo que está rezando, meu filho? — a freira perguntou por baixo do hábito.

— Por paz. — Butch abriu os olhos e encarou o altar que estava drapejado com veludo vermelho. — Rezo pela paz. Pelos meus amigos e pela minha família.

— Você diz isso com um coração pesado.

— Ela não virá com facilidade e muito depende de mim. Mas eu não escolheria que fosse de nenhum outro modo.

— O que pesa em sua consciência?

— Nada.

— Um coração puro é uma bênção. Em grande parte porque não exige que fiquemos tanto tempo assim após a missa.

Butch deu um leve sorriso.

— Irmã, a senhora está certa.

— Então converse comigo.

— A senhora é da Itália? — Olhou para ela e pensou que gostaria de ver seu rosto. — O sotaque.

— Sou de muitos lugares.

— Sou de Southie. Boston, caso não tenha reconhecido meu sotaque. — Suspirou novamente. — E não sei se há algo pesando na minha consciência. A questão é que eu não posso controlar o resultado.

— Nunca podemos. Por isso a fé é importante. Você crê, mas crê de verdade?

Butch segurou o crucifixo de ouro fora da camisa.

— Creio de verdade.

— Bem, então nunca ficará sozinho. Não importa onde esteja.

— A senhora tem razão, Irmã. — Sorriu novamente. — E eu tenho meus irmãos.

— Vem de uma família grande?

— Ah, sim. — Pensou em Vishous. — E não posso fazer... o que tenho que fazer... sem eles.

— Então se preocupa com eles?

— Claro. — Butch esfregou a cruz, aquecendo o ouro sólido com o calor da sua mortalidade. — Com meu colega de quarto em especial. Eu literalmente não posso fazer nada sem ele. Ele, hum... Bem, é difícil explicar. Mas, sem ele, não poderei seguir em frente, e não estou exagerando. Ele é uma parte integrante de mim. Da minha vida.

— Parece-me um relacionamento próximo.

— Ele é meu melhor amigo. Minha outra metade, além de minha *sh*... minha esposa. Mesmo que isso soe estranho.

— Existem muitos tipos diferentes de amor na vida. Conte-me, você diz que se preocupa com ele. É por causa do relacionamento entre vocês ou porque ele corre mesmo perigo?

Butch abriu a boca para responder o que parecia uma pergunta retórica, mas logo a fechou. Quando sua mente começou a ligar os pontos, notou um padrão surgindo, tão óbvio que deveria ter percebido antes. Alguém deveria ter notado.

E alguém deveria ter feito alguma porra — *alguma coisa* — a respeito. Butch se pôs de pé.

— Irmã, me desculpe. Eu... eu tenho que ir.

— Está tudo bem, meu filho. Siga seu coração, ele jamais o conduzirá por um caminho errado.

A irmã levantou a cabeça e olhou para ele.

Butch ficou imobilizado. O rosto que o encarava não era o rosto de uma mulher. Era o de uma centena de fêmeas, de imagens se justapondo uma sobre a outra, numa confusa ilusão de ótica. E não foi só isso. Por debaixo das dobras negras do hábito, uma luz brilhante e purificadora banhava o chão, fazendo com que os bancos brilhassem.

— É... você — Butch sussurrou.

— Sabe, você sempre foi um dos meus favoritos — a entidade disse enquanto os rostos sorriam juntos. — Apesar de todas as perguntas que me fazia. Agora vá e siga seus impulsos. Está certo em cada um deles, especialmente nos que envolvem meu filho.

Entre uma batida de coração e a seguinte, a Virgem Escriba desapareceu, mas deixou o brilho de sua bondade para trás, a luz benéfica da sua presença pairando por um momento antes de desvanecer.

A sós uma vez mais, houve a tentação de repassar a interação, de procurar por mais pistas, de apreciar o fato de ter se sentado junto à criadora da raça dos vampiros.

De que, dentre todos, ela o procurara.

Mas não havia tempo.

Levantando-se do banco, Butch pegou o celular enquanto se apressava para fora do santuário pelo nártex. O número discado estava em seus contatos favoritos. Rezou para ser atendido.

Um toque...

Dois toques...

Três toques...

Mas que merda, Butch pensou ao empurrar a porta pesada da Catedral. V. estava no centro da cidade naquele mesmo instante. Atrás de *redutores*. E Ômega não era estúpido.

O mal deveria saber como a profecia funcionava porque nenhum mortal, fosse vampiro, humano ou uma combinação de ambos, poderia sobreviver após sugar parte de Ômega para dentro de si. Tinha que haver uma maneira de se retirar o mal do mortal, e havia.

O sobrinho de Ômega, Vishous, era a chave. E decerto isso acabaria sendo percebido pelo tio de V. Qualquer estrategista teria somado os fatos a esta altura, e Ômega não ter feito nada ainda significava que a mudança de tática estava mais do que atrasada.

– Atende, V. – Butch murmurou ao descer correndo os degraus de pedra. – Atende a porra desse telefone.

Não era Butch quem devia ficar em segurança longe das ruas.

Era o seu colega de quarto.

CAPÍTULO 32

Quando retomou sua forma na noite fria e úmida, Syn estava frustrado. Duas vezes por ano, os guerreiros tinham que fazer uma bateria de exames físicos no centro de treinamento da Irmandade. Era um desperdício colossal de tempo. Se você está de pé e não tem nenhum membro engessado ou numa tipoia, nem nenhuma sutura feita há menos de 24 horas, está apto para ir ao campo de batalha. No Antigo País, qualquer um lutava desde que a mão estivesse estável. Agora ali? No Mundo Novo? As pessoas se preocupavam com bobagens como biomecânica, nutrição, performance.

Quanta asneira sem sentido.

Principalmente quando tinha mais o que fazer antes de ir a campo no centro da cidade.

A parte de trás do prédio do apartamento de Jo estava tranquila. Assim como a frente estava quando procurou pelo carro dela, e se tranquilizou ao vê-lo estacionado três vagas para baixo da porta de entrada. Ela estava segura. Estava dentro de casa. E ficaria assim até o alvorecer.

Não tinha mais o que fazer ali.

Não teve nem quando chegara.

Por que voltara ali então...

Syn franziu o cenho quando a palma encontrou o cano da arma

e ele se agachou. Estava atrás de um contêiner de lixo de tamanho industrial mais para o lado de um espaço de uso comum, por isso tinha cobertura, tanto ótica quanto olfatória. E precisaria dela.

Não estava sozinho.

Inflando as narinas, sentiu o cheiro que veio com a mudança de direção do vento.

A uns cinco metros de distância, uma figura alta e muito imponente vestida de preto estava parada do lado externo à janela do quarto de Jo, de costas para o prédio, com os olhos fixos no vidro como se tentasse enxergar através da janela veneziana sem denunciar sua presença. A luz que passava pelas frestas criava um brilho suficiente de modo que o cavanhaque e as tatuagens na têmpora ficaram evidentes para alguém que já os vira muitas vezes antes.

Que porra Vishous estava fazendo ali?

Quando as presas de Syn se alongaram e o lábio superior se afastou dos dentes, teve de se esforçar para não trocar a arma pela adaga. Armas eram usadas em casos de emergência. Adagas, quando se quer encarar a presa na face ao tirar a vida dela.

E ele quis matar o Irmão. Ali mesmo.

Inferno! Sim, respeitava o macho em campo. Como alguém no ramo da luta não valorizaria o tipo de retaguarda provido por Vishous? O Irmão não era brincadeira com aquela sua palma luminosa e, o melhor, ficava na dele a não ser por algum ocasional comentário sarcástico e preciso que saía de sua boca quando estava disposto a dar a qualquer um o que a pessoa merecia.

Mas tudo isso não valia merda nenhuma quando o macho espreitava o santuário particular da fêmea de Syn.

Nada mesmo...

V. enfiou a mão dentro da jaqueta de couro. Pegando o celular, xingou e deu um passo para trás. Quando atendeu quem quer que estivesse ligando, manteve a voz baixa, mas os ouvidos de Syn captaram muito bem as sílabas.

– Butch, já já te ligo de volta, pelo amor. Só estou dando uma olhada na mestiça para ver se ela está mais perto da transiç... – Vishous franziu o cenho. – Ei, espera, o quê? Tira, desacelera... do que está falando?

Durante o silêncio que se seguiu, o Irmão fez uma carranca tão forte que as tatuagens ao redor do olho se distorceram.

– Você viu quem? Minha *mahmen*? Mas que porra...?

Syn fechou os olhos. Quando voltou a abri-los, percebeu que, de fato, trocara de armas e, quando o aço da sua lâmina reluziu, pensou na quantidade de vezes que V. a afiara para ele. Vishous afiava as adagas de todos. A princípio, Syn pensou que era mais uma centralização ridícula e desnecessária de funções, do tipo de besteira com que as pessoas se preocupavam quando sabiam de onde viriam as refeições do mês seguinte. Ele afiava as próprias adagas há séculos, cacete, assim como os demais Bastardos.

Só precisou de uma sessão desse tratamento para Syn superar essa impressão.

V. elevava a ação de afiar e polir a um patamar superior e era preciso reconhecer tal habilidade. O benefício não era uma questão de segurança – Syn estava pouco se fodendo com isso –, era uma questão de eficiência. Você se torna mais letal quando V. deixa as armas afiadas e lustradas.

Então, sim, matá-lo esta noite seria um desperdício.

– ... não, não, nós não vamos discutir essa merda. Eu não sou o *Dhestroyer*. Você é. É você quem deveria ficar atrás de portas fechadas...

A veneziana se abriu, como se Jo tivesse ouvido a conversa. E quando Syn captou a silhueta escura da cabeça e dos cabelos dela, seu coração parou. E dobrou o ritmo.

Olhou de novo para a adaga na palma e considerou o modo como seu corpo estava reagindo, tanto literal quanto mentalmente. E ao pensar no fato de que se armara e estava pronto a atacar um aliado – alguém cuja perda seria absoluta e positivamente sentida? E quem, absoluta e positivamente, não fizera porra nenhuma contra ele?

Ficou claro o que estava acontecendo.

Cacete!

Vinculara-se a Jo.

Jo deixou a veneziana da janela voltar ao seu local de repouso. Recuando, levou as mãos à cabeça. Enquanto o coração batia acelerado, pensou em ligar para a polícia, mas o que diria?

Socorro, tem alguém conversando do lado de fora do meu quarto. Pelo menos, acho que tem. Quero dizer... acho que ouvi uma voz masculina.

Ouvir sussurros não era uma emergência. Mais precisamente, não era uma emergência *pensar* que ouviu sussurros.

Sim, senhora, mandaremos alguém com uma lanterna fazer uma busca no perímetro. Todas as pessoas envolvidas em acidentes de carro com motoristas embriagados ou vítimas de um crime podem esperar.

Indo para a sala de estar, foi até a porta da frente do apartamento e voltou. Apesar de ter passado da meia-noite, estava completamente vestida, ainda de casaco. Estava calçando as botas quando ouviu o barulho baixo.

A mochila estava ao lado da porta. E, veja só, havia uma lanterna sobre ela.

Além da arma.

— Foda-se — murmurou.

Ajeitou a mochila nos ombros e trancou o apartamento ao sair. Ao chegar à saída do prédio, junto às caixas de correio, hesitou de novo diante da porta, tentando enxergar além das luzes de segurança, em meio à noite escura como breu, enquanto a respiração embaçava o vidro.

Apesar de estar paranoica por tantas razões, planejara sair de todo modo. Estava exausta, mas ansiosa, e nenhuma maratona de Netflix a faria relaxar. Era como se ela fosse um carro acelerado e freado ao mesmo tempo. Já se decidira quanto ao destino quando ouviu os murmúrios do lado de fora do quarto.

Sem dúvida era melhor não ir investigá-los. Precisava se ater ao seu plano – que não incluía fazer parte de um comitê de boas-vindas para alguém enviado pela máfia de Caldwell para matá-la.

Imprecando novamente, empurrou a porta, abaixou a cabeça e partiu para o carro, perguntando-se se deveria seguir em zigue-zague para ser um alvo mais difícil. Ao alcançar a porta do motorista, seu corpo tremia.

E, no entanto, estava imóvel.

Olhando por cima do ombro, vasculhou a escuridão além do prédio.

– Syn?

É melhor que seja o Syn, pensou. Ou seria um alvo fácil como um patinho no lago para alguém...

– Não estou te perseguindo – disse uma voz das sombras. – Juro.

– Ah, graças a Deus é você. – Jo se largou contra o carro. – Eu estava... ah, deixa pra lá.

E, na verdade, esperava tê-lo visto antes. Pensou que ele poderia estar novamente esperando por ela no estacionamento quando deixou a redação do jornal. E depois antecipara a campainha tocando a qualquer instante depois que chegara em casa: enquanto tomava banho depois do trabalho, durante o jantar – Slim Jims e M&Ms, hum, delícia –, enquanto debatia os méritos de ir para a cama ou sair do apartamento.

E agora ali estava ele.

Syn avançou, emergindo na iluminação lançada pela luminária afixada na esquina do prédio. Enquanto se aproximava, os olhos dela estavam famintos, assim como as mãos. Atendeu aos desejos dos primeiros. Manteve as segundas para si.

– Oi – ela disse ao levantar o olhar para ele.

– Oi.

Houve um silêncio demorado. Então Jo segurou o braço dele e o sacudiu.

– Antes de qualquer outra coisa, qual é o número do seu celular? Prometo, dessa vez eu vou me lembrar.

Quando ele não começou a cuspir dígitos, ela franziu o cenho. Depois fechou os olhos.

– Entendi... – disse num tom derrotado. – Então você veio me dizer que a noite passada foi um erro que nunca deveria ter acontecido porque você é casado.

– Oi?

– Tenho que ir. – Ela se virou para a porta do carro. – Cuide-se e...

Foi a vez de Syn segurá-la, a mãozorra aterrissando em seu ombro.

– Aonde você vai? Está tarde...

– Por que se importa? E não sou eu que estou bancando a difícil aqui. Passei o dia inteiro pensando no que aconteceu entre mim e você. E no que não aconteceu. A culpa tem um jeito engraçado de diminuir a performance de um homem, e você evidentemente não quer que eu entre em contato.

Syn balançou a cabeça como se Jo estivesse falando outro idioma na frente dele.

– Não estou entendendo o que você está querendo...

– Você mentiu para mim, não mentiu? Você tem alguém.

– Não. Não estou vinculado.

Jo revirou os olhos e deu de ombros debaixo da palma pesada dele.

– Casado. Tanto faz...

– Aonde você vai?

– Não tenho mesmo que te responder. Se não pode ser franco sobre onde mora, o que faz da vida, quem é de verdade e com quem está, não tenho que lhe dizer absolutamente nadinha de nada sobre mim...

– Não quero que saiba a verdade a meu respeito.

Jo ficou sem ação por um segundo. Depois piscou.

– Então eu estava certa. E lamento, mas tenho que ir. Não tenho energia para nada disso, ainda mais sendo apenas a variável dessa equação...

— Não estou comprometido. — Syn apoiou a mão na porta, impedindo-a de abri-la. — E você está em perigo...

Jo apontou o indicador para o rosto dele.

— Que saco! Já estou farta de homens querendo me dizer o que tenho que fazer esta noite.

Uma carranca tomou conta das feições dele.

— Quem mais disse isso?

— Não interessa.

— Você vai me responder agora!

— *Como é que é?* — Ela deu um passo à frente, ficando bem perto dele. — Você não vai usar esse tom comigo. *Nunca*. E pode pegar essa sua exigência e enfiar no cu.

Os olhos dele faiscaram de raiva.

— Você acha que isso tudo é uma piada?

— Não. Acho que a piada é você!

Syn não se mexeu. Jo não se mexeu. E não foi tensão sexual que manteve seus rostos próximos.

De repente, aquela dor de cabeça voltou e ela gemeu ao erguer a mão para a têmpora.

— Só me deixe em paz, está bem?

— Você não deveria sair sozinha — ele disse baixinho.

— O quê?

— Que maldita confusão. — Syn desviou o olhar.

Antes que conseguisse repeli-lo uma vez mais, ele soltou a porta.

— Deixe-me acompanhá-la. Se me deixar ir junto... eu lhe contarei tudo. Tudo.

Jo cruzou os braços diante do peito.

— Como vou saber?

— Que estarei com você?

E isso não seria óbvio?, Jo pensou.

– Que estará mesmo me contando a verdade – ela respondeu num tom entediado.

– Você tem a minha palavra.

Maravilha, pelo tanto que ela podia valer.

– Se mentir para mim, eu vou saber. – Ela o encarou. – Sou jornalista. Farei o que for preciso para descobrir o que está acontecendo com você, de um jeito ou de outro. E se mentir para mim hoje à noite é melhor nunca mais me procurar. Você me ensinou onde é o melhor ponto para atirar, lembra?

– Sim – ele respondeu, sério.

– Ótimo. – Jo abriu a porta do motorista. – Porque, graças a você, sei como matar um homem.

E, cara, aquilo soou uma *excelente* ideia no momento.

Capítulo 33

— Então, desembucha.

Assim que Jo deu a ordem, Syn puxou o cinto de segurança para longe do peito e depois deixou a faixa voltar para junto do peitoral. O fato de terem chegado a um farol pareceu adequado.

Quando o sinal ficou verde, ela não acelerou.

— E então...?

— Não sei por onde começar.

— Escolha algo aleatório como... seu nascimento – disse pragmática.

— Temo sua reação quando souber sobre mim. – Olhou pela janela. – Queria uma história melhor do que a que tenho para lhe dar.

A buzina do carro de trás fez Jo seguir em frente.

— Todos queremos uma história melhor. Mas isso é marketing, não a realidade.

Syn pensou na cabana em que vivera com o pai, aquela à qual ateara fogo. Lembrou de ter dormido perto do cadáver de sua *mahmen* por uma década, depois de ele ter apodrecido num fedor horrendo por três meses. Pensou no abusador embriagado, agressivo que teve de suportar até ter fatiado o macho em pedaços e deixado que o sol tivesse o trabalho de transformar seus restos em cinzas.

Talvez fosse melhor começar pelo presente, pensou.

— Sou um soldado, nisso você acertou. – Olhou para o comércio local pelo qual passavam, e pensou no quanto gostaria de detalhar uma vida na qual entrar numa loja para escolher um presente, uma garrafa de vinho, um pedaço de queijo para comprar fosse a decisão mais difícil pela qual enfrentaria as consequências. – Sou um soldado e algumas outras coisas das quais não me orgulho.

– Ser militar com certeza é algo de que se orgulhar.

– Não é o que fiz no serviço que faz com que eu queira me desculpar. – Inspirou fundo. – É verdade que sou um guarda-costas. De um macho... um homem... muito poderoso. Extremamente poderoso e que tem muitos inimigos.

– Isso explica o modo como agiu com o entregador de pizza.

– É a minha natureza. E o meu treinamento. Às vezes... – Pigarreou. – Às vezes ambos conspiram para levar a melhor sobre mim.

– E você mora mesmo com ele? Com o homem a quem protege?

– Sim, na casa dele, com a esposa e filho. Ele tem uma certa quantidade de seguranças e eu sou um deles.

– Quem é ele? – Olhou de relance para Syn. – A menos que não possa me contar...

– Sou pago para ser discreto. Lamento. E não posso levá-la onde moro pelo mesmo motivo. – Ele a encarou propositalmente. – Mas não estou mentindo sobre isso. Estou contando tudo o que posso, mas, quem sabe no futuro? Pode ser que eu possa lhe contar ainda mais. Não agora, porém.

Seguiram em frente, entrando na parte comercial da cidade. Não havia mais as lojas pequenas e familiares com decoração caseira mais apropriadas para fotos do Instagram e chás de bebê. Agora estavam localizadas na parte das grandes lojas de azulejos, carpetes, eletrônicos, pneus e carros.

– É por isso que você vai tanto ao centro da cidade? – Jo perguntou. – Para ajudar o seu chefe?

– Muita coisa acontece ali. É um lugar perigoso.

– Verdade. – Jo olhou rapidamente para ele e, à luz do painel do carro, seu rosto parecia tão reservado, mas não mais com raiva. – Foi por isso que disse aquilo para mim na primeira noite, não é? Sobre eu estar em perigo. Sobre eu morrer.

— Você precisa tomar cuidado.

— Mulheres podem cuidar de si mesmas.

— Não deveriam ter que fazer isso.

— O que nos leva à próxima pergunta. — Voltou a se concentrar na rua à frente, segurando o volante na posição "dez para as duas" com mais força. — O que é que há com a sua esposa?

— Eu já disse. — Syn balançou a cabeça. — Não tenho uma.

— Não acredito em você.

— Essa é a única certeza absoluta que você pode ter — ele disse com amargura. — Você sabe que tenho um problema relacionado ao sexo. Que fêmea haveria de me querer? Não consigo engravidar ninguém.

— Há mais num relacionamento além de ter filhos.

— Não para a maioria das fêmeas, e quem pode culpá-las? Além do mais, isso nunca foi uma prioridade para mim.

— Sexo?

— Casamento.

Houve uma longa pausa.

— Você foi ferido? — ela perguntou quando chegaram a mais um farol. — Você sabe, durante o tempo que passou lutando no exterior? É por isso que não consegue... hum, não sou nenhuma expert em medicina. Não sei bem como esses distúrbios acontecem ou funcionam.

Ele se lembrou de sua primeira transa. Foi com uma fêmea da espécie a quem pagou para que ela lhe permitisse tomar de sua veia. Evidentemente, ela o considerou atraente e montou nele enquanto Syn se alimentava. Ainda conseguia visualizá-la cavalgando o seu colo, com a blusa de camponesa aberta e manchada, os seios em pêndulo balançando para a frente e para trás como alforjes num cavalo a galope.

Aprendera com o passar do tempo que é comum para os machos terem ereção quando cedem à sede de sangue. Mas não significa que querem fazer sexo. Ou, no seu caso, quando perdera a virgindade, que consentira com o ato. Depois de terminado, ela o beijou e desmontou dele com ares satisfeitos. Pegando o dinheiro, a fêmea o deixou em seu leito, com os sumos dela escorrendo no pau duro e uma sensação de sujeira manchando-o por dentro da pele.

A sensação de que ela tomara algo seu persistiu durante noites e noites.

– Não é por causa de um ferimento – disse rígido. – Sempre foi desse jeito.

– Já procurou um médico?

– Claro – Syn murmurou para que ela parasse de fazer perguntas sobre o assunto.

– E não há nada que possa ser feito a respeito?

– Não.

– Sinto muito mesmo.

Syn inspirou fundo e, quando exalou, desejou que o ar expelido levasse um pouco da dor que sentia no peito.

– Não passo muito tempo pensando nisso.

– Você já amou alguém?

Estou vinculado a você, pensou consigo.

– Conte-me a respeito dela – Jo disse com suavidade. – E não negue que ela existe. Vejo na sua cara.

– Estou com o rosto virado para o outro lado – ele observou ao deliberadamente olhar para um restaurante Pandera. Depois para uma concessionária da Ford. E para um posto de gasolina Sunoco.

– Muito bem, então consigo ouvir na sua voz.

– Eu não disse nada.

– Disse agora. E eu sei.

Syn não falaria sobre a questão da vinculação com ela. Por isso, mudou os pensamentos para aquela fêmea do Antigo País, visualizando-a de modo que quaisquer outras considerações ficassem escondidas – embora, como sempre lhe disseram, humanos não pudessem ler pensamentos.

Portanto Jo não conseguiria entrar no seu crânio e ver o assunto que ele deixava de lado.

— Aquela fêmea não era para mim — começou. — Portanto, eu nunca a amei da maneira que está sugerindo. Nunca estivemos juntos.

— Como a conheceu?

— Ela morava no mesmo vilarejo que eu. Lá... em casa. No Antigo País. Eu a conheci porque eu sempre... — Engoliu em seco. — Não importa.

— O quê? — Jo insistiu. — Por favor, conte-me. Isto está ajudando muito.

Havia luzes no alto dos postes e, quando passavam por eles, a luz entrava pelo painel transparente do teto solar. Enquanto o lento movimento estroboscópico banhava a ele e a Jo, Syn reparou que estava contente por estarem no carro e ela ter de se concentrar na rua à frente. Nos outros motoristas ao redor, apesar de serem poucos. Nos faróis vermelhos e nos cruzamentos.

De jeito nenhum conseguiria passar por aquilo se Jo o estivesse encarando.

— Eu era pobre. Não o tipo de pobre que quer ter coisas, mas não pode. Não o pobre amargurado por causa do que as outras pessoas fazem ou do que possuem. Pobre do tipo que não sabe se vai ter o que comer ao cair da noite. Do tipo que não sabe se terá roupas para vestir. Daquele que, se adoece, vai morrer, e tudo bem, porque você sabe o quão faminto, cansado e sedento está.

— Meu Deus, Syn...

Quando Jo estendeu o braço e colocou a mão na manga da jaqueta de couro dele, Syn se afastou bruscamente.

— Não! Vou te contar tudo de uma vez só e depois nunca mais vou tocar nesse assunto com você. E você não vai tocar em mim enquanto eu estiver falando.

— Mas eu me sinto mal por...

— Não quero saber. — Fitou Jo. — Quer um pedaço de mim, tudo bem. Eu entendo. Caralho, é até algo justo de se pedir. Porém, *não* sinta pena de mim. Vá pro inferno com a sua piedade. Não pedi por ela e não estou interessado. Estamos entendidos?

Após uma breve pausa, Jo concordou, com uma tristeza palpável.

– Perfeitamente – respondeu baixinho.

Capítulo 34

Dentro da garagem no centro da cidade, Butch andava de um lado a outro onde a unidade cirúrgica móvel de Manny repousava quando não estava em campo, transportando alguém para a clínica para ser tratado ou recebendo manutenção na parte de trás do centro de treinamento.

Consultou o relógio. Andou um pouco mais.

A garagem era um esconderijo elegante nos limites do campo de batalha, e o confinamento de dois andares com portas de aço era estocado com todo tipo de suprimento: umas porcarias médicas, outras porcarias mecânicas e ainda outras porcarias de alimentação.

Porcarias, porcarias, porcarias – onde diabos estava V.?

Resmungando, Butch foi até onde estacionara o carro do colega de quarto, mais de lado, abriu o porta-malas e ficou diante dos quatro aros do capô. Levantou o painel, livrou-se do paletó e da camisa de seda para vestir a camada base de mangas compridas. Nos meses mais quentes, vestia regata, mas ainda não tinham chegado a essa temperatura. Para ele, ainda estava bem frio lá fora.

Ao abrir o cinto e deixar as calças caírem por cima dos sapatos sociais, sentiu que já não estava sozinho.

Chutando os sapatos, disse:

– É para a sua própria segurança e onde diabos você se meteu?

— Tive que voltar para o Buraco para pegar cigarros. Algo me disse que precisaria deles. — E ouviu-se o som do isqueiro quando V. acendeu o cigarro. — E o tal do argumento de que seria para a sua segurança não teve muito êxito. Por que acha que vai funcionar comigo?

Butch deu um passo para a esquerda e pegou as calças, dobrando-as com cuidado nos vincos e deixando-as com suas roupas boas, num sanduíche de Armani.

— Porque você é mais inteligente do que eu. Sempre foi. E se tentar negar, vou te lembrar de tooooodas as vezes em que você enfatizou esse alegre fato.

Pegando as calças de couro, vestiu-as, dando pulinhos para ajeitá-las nas nádegas nuas.

— Não deveria estar aqui sozinho, tira.

— Existem umas vinte pessoas que podem me proteger. — Butch se virou e enfiou a blusa dentro da calça. E depois a abotoou. — Mas só existe uma que pode me amaciar.

V. exalou uma coluna de fumaça e se recostou na bancada ao lado de uma caixa de ferramentas que tinha umas seis embalagens de óleo automotivo 0W-20 Valvoline.

— Essa metáfora não funciona. Não estou te tornando mais macio.

— Ai, meu Deus. — Butch bateu palmas. — É *exatamente* a isso que estou me referindo.

— Como que é?

— Viu só? Você é inteligente o bastante pra notar que a metáfora não funciona. Por conseguinte, é mais inteligente do que eu. Doravante, a lógica de ficar na porra da nossa casa é imediatamente evidente para alguém como você porque você é um irritante gênio sabe-tudo.

— Pra sua informação, você não ganha pontos na argumentação ao despejar "por conseguintes" e "doravantes".

— É o único recurso que um idiota como eu tem.

– E a última vez em que alguém usou "gênio sabe-tudo" numa frase foi quando a banda *Flock of Seagulls* ainda estava nas paradas de sucesso e a AT&T recebeu ordens de se separar.

– Obrigado, Einstein. – Butch se abaixou e pegou o coldre de peito de dentro do porta-malas. – E, a propósito, vamos continuar conversando. Isso só está fazendo com que eu fique cada vez mais idiota, o que me ajuda muito do meu lado deste debate.

V. pareceu perdido por um segundo.

– Você tem noção do que está dizendo?

Prendendo as adagas, com os cabos para baixo, Butch balançou a cabeça.

– Não faço a mínima ideia. Que é o que os burros fazem, não? Não as pessoas inteligentes. Como você.

Ajeitou a munição ao redor da cintura. Pistolas armadas de ambos os lados. Verificou as balas. Depois vestiu a jaqueta de couro.

– E as botas? – V. perguntou.

– Nossa, se não tivesse mencionado, eu teria me esquecido de calçá-las.

– Não ouse sentar a sua bunda no capô do meu carro.

– Não se preocupe. Posso ser burro, mas não desejo morrer.

Fechando o capô, Butch estacionou a dita bunda no concreto do chão perto do para-choque dianteiro e vestiu as meias. Enfiou os pés nos coturnos. Amarrou os cadarços.

Grunhiu ao voltar a ficar na vertical. Ajeitando tudo no seu devido lugar, apoiou as mãos nos quadris e encarou um ponto vazio na garagem.

– Você quis me matar naquela primeira noite, quando nos conhecemos – disse.

– Ainda quero.

– Mas estamos muito longe daquilo agora. E se eu vou fazer aquilo que tenho que fazer lá fora, não posso ficar preocupado com você.

Quando V. começou a olhar ao redor, Butch foi até uma mesa e pegou uma garrafa de Coca-Cola pela metade.

– Se bater as cinzas no chão do bom doutor, ele vai fazer uma cirurgia em você em algo que não volta a crescer.

Ao abrir a tampa, não se ouviu nem viu nada de gás escapando.

– Segura.

V. pegou a garrafa e bateu a ponta do cigarro caseiro dentro do gargalo.

– Não vou deixar você morrer lá fora.

– Ômega vai atrás de você. O fato de ele ainda não ter feito isso não faz sentido.

– Talvez ele não seja tão inteligente.

– Você sabe que não é isso... – Butch esfregou as têmporas quando elas começaram a doer.

– O que foi?

O que estava dizendo mesmo?

– Hum, lembra como sua mãe nos deixou? Deixou a espécie, quero dizer.

– Não. Eu esqueci. Conte mais. E nós deveríamos ter lhe dado um relógio de ouro falso pela sua aposentadoria. Um bolo com os dizeres "Os anos dourados são os melhores". Um maldito buquê de flores. – V. meneou a cabeça e cuspiu um pedaço de tabaco. – Tremenda fêmea, não? Cria essa merda toda e depois some no ar como se nenhum de nós importasse, quero dizer, a raça. Como se a raça não fosse importante.

– Mas e se ela nos deixou porque tinha outro trabalho a fazer?

– Como o quê? – V. franziu o cenho.

– Te proteger. – Quando V. revirou os olhos e começou a praguejar, Butch ergueu a palma. – Só me ouça. A primeira regra em um conflito é encontrar um ponto fraco no seu oponente e explorá-lo. Ômega sabe o que eu faço e sabe de você. A existência dele está em jogo. Acha que ele não vai somar um mais um e colocar um alvo nas suas costas?

Se te eliminar, o que eu posso fazer contra ele está fora de questão. Problema resolvido.

– Está sugerindo que a Virgem Escriba foi embora para poder me proteger? – V. explodiu numa gargalhada. – Ah, tá! Minha *mahmen* não pensa em mim nem na minha irmã.

– Não sei se acredito nisso. Acho que ela está mais envolvida do que imaginamos, e acho que ela me procurou para trazer uma mensagem a respeito de sua segurança.

– Confie em mim. Não foi nada disso.

– Então que diabos ela estava fazendo numa igreja católica hoje à noite?

– Conversar comigo é que não foi. – V. bateu as cinzas dentro da garrafa de refrigerante de novo. – E vamos deixar esse papo de lado, para voltarmos ao assunto principal. Uma discussão de cada vez.

Inconformado, Butch foi até o Irmão e eles ficaram frente a frente. Apoiando a mão na lateral do pescoço de V., foi direto ao ponto.

– Você pode se desmaterializar até mim onde quer que eu esteja. Eu não consigo fazer isso. Estou preso no jogo de solo. Você pode ser protegido por uma legião e eu também quando estamos juntos. Mas se te perdermos, será o fim para mim. Somos igualmente importantes, mas o que eu tenho de fazer é em campo. O que você faz pode ser feito em qualquer lugar.

V. baixou o olhar para a ponta do cigarro caseiro.

– Estou com uma sensação estranha.

– É a verdade e você sabe disso.

– Filhodamãe!

Butch se inclinou e encostou a testa na dele.

– Eu ligo assim que precisar de você.

– Se você morrer, eu te ressuscito só pra poder te matar de novo.

– Muito justo. – Butch se endireitou. – Agora vê se volta direto pra casa.

– Não concordo com essa merda.

– Concorda sim, ou não estaria indo embora. – Butch apontou na direção da saída, mesmo não sendo por ali que V. desapareceria. – Vai...

– Como estava minha *mahmen*?

– Nunca tinha visto o rosto dela antes.

– Nem eu – V. disse com amargura.

– Mães são complicadas.

– Não me diga. – V. deixou o cigarro cair dentro da garrafa de refrigerante e um leve chiado subiu. – Liga pra mim. Eu chego num segundo.

– Ou me levam até você.

– Prefiro a primeira opção. – V. revirou os olhos. – Acho que vou limpar meu quarto.

– Acha mesmo que Fritz vai permitir que faça isso?

– Acha que ele vai ter alguma escolha?

V. estava dando de ombros ao se desmaterializar, e Butch ficou olhando por um momento para onde seu melhor amigo estivera. Depois trancou o R8 e mandou uma mensagem para todos do turno, avisando que prosseguiria para campo.

Não chegou a ir.

Assim que saiu da garagem, parou de pronto devido ao choque.

– Jesus... *Cristo*!

Atrás do volante do Golf, Jo apertou as mãos e se sentiu tentada a pedir que Syn parasse de falar. O que seria uma tremenda idiotice. Ele enfrentara tudo aquilo no passado. Ela só estava tendo que ouvir.

E quando ele não deu continuidade de imediato à narrativa, não o incentivou. Apenas seguiu dirigindo.

Cerca de um quilômetro mais adiante, ele recomeçou a falar.

– A fêmea de quem eu gostava me alimentou quando eu estava

morrendo de fome. Me deu roupas quando faltava pouco para eu estar nu. Me aqueceu com seu sorriso quando eu tive frio. – Fez uma pausa. – Ela era a única coisa na minha vida que não me causava sofrimento.

Eu o teria ajudado se pudesse, Jo pensou.

– Ela parece ser uma boa pessoa – disse em vez disso.

– Ela era.

– Era? Ela... morreu?

– Não sei o que aconteceu com ela. Mudei-me para longe do vilarejo e, pelo que sei, ela acabou vindo para cá, assim como eu. Também sei que acabou se vinculando e teve filhos. Dois, acho. O que é uma bênção. – Esfregou os olhos. – Depois de tudo o que ela fez por mim quando eu era jovem, eu só queria que ela tivesse uma vida boa. Uma vida longa, feliz e saudável.

– Então você a amou.

– Eu já disse. Não foi assim.

– Não, o que eu quero dizer é... Você a amou, pois ela foi importante para você.

– Sim, foi sim. – O suspiro que saiu dele foi forte e curto. – Mas chega de falar dela.

– Tudo bem.

Syn pigarreou.

– Fui um soldado nato. Era bom... no que fazia. Por isso fui recrutado para combater o inimigo.

– Isso foi antes do onze de setembro? Você devia ser tão jovem. Quero dizer, quantos anos você tem? E por qual país lutou?

– Em tempos de guerra, você faz o que precisa ser feito. E foi o melhor uso para mim. Antes da estruturação da minha... unidade, acho que podemos chamar assim, eu era contratado para matar. Foi meu primo quem me apresentou à equipe que...

– Um minuto. – Jo olhou para ele. – Mortes por encomenda?

– Sim. – Ele sustentou o olhar. – Não me transforme num herói, Jo. Isso não lhe fará nenhum bem.

O PECADOR | 299

— Você já se arrependeu do que fez? E se matou algum inocente?
— Não matei.
— Como pode ter certeza?
— Porque eu só aceitava determinados tipos de trabalho.
— Não consigo nem imaginar tirar a vida de alguém.
— Às vezes é mais fácil do que você pensa. E se alguém te ameaça, ou à sua família, os seus parentes consanguíneos? Você se surpreenderia com o que é capaz de fazer nesse momento. Civis se transformam em soldados bem rápido nessas circunstâncias.
— Você definitivamente tem a visão de um militar — ela murmurou.
— Sempre. E eu me defenderei e defenderei os meus contra tudo. Não importa quem sejam ou o quão virtuosos possam ser. Se é um perigo para mim? Para os meus irmãos? Para aqueles a quem sirvo? Vou caçar o inimigo. E receberei o pagamento da indiscrição com carne e sangue. E, quando terminar, nunca mais voltarei a pensar no alvo; não por ficar perturbado pelo que fiz, mas porque sua vida não terá importância para mim e tampouco a sua morte.

Um medo gélido invadiu o peito de Jo.
— Não consigo compreender essas deduções. Essas conclusões. Uma vida é uma vida...
— Porque você nunca olhou nos olhos de alguém que vai te matar só porque você não é como ele. Por não acreditar no mesmo que ele. Por viver um tipo diferente de vida. Tempos de guerra não são iguais a tempos de paz.

Jo meneou a cabeça.
— Bem, você disse que seu primo o introduziu ao serviço militar? Qual divisão? Ou era como, hum, as Forças Especiais?
— Sim, algo semelhante a operações secretas. Nós lutamos... por anos, no Antigo País. Depois o foco do conflito mudou de rumo e eu vim para os Estados Unidos com o líder do meu esquadrão. Depois de certa... redistribuição... acabamos nos acertando com o

macho para o qual trabalho agora. E isso nos faz chegar ao fim da história.

Jo pensou na atração que sentira ao vê-lo trajando todo aquele couro, portando todas aquelas armas no corpo. Syn lhe parecera tão excitante e misterioso. Agora, confrontava a realidade de como aquelas armas e adagas eram usadas. O que já tinham feito. O que o corpo dele fizera com outros corpos.

— O que estaria fazendo da vida se a guerra não tivesse acontecido?

Ele hesitou.

— Eu teria sido fazendeiro. — Mudou de posição no banco. — Gostaria de ter tido um pedaço de terra para cultivar. Ter alguns animais para cuidar: cavalos para montar, vacas para ordenhar. Gostaria de ter sido... alguém da terra.

Enquanto Syn pareceu ter mergulhado na tristeza, levantou as mãos e as encarou, e Jo imaginou que ele as visualizava mexendo em solo fértil, ou passando pelo flanco de um cavalo saudável, ou amparando um potrinho recém-nascido.

— Um fazendeiro — ela repetiu com suavidade.

— Isso. — Ele abaixou as palmas sobre as coxas. — Mas não foi assim que as coisas aconteceram.

Ficaram em silêncio por um instante. Depois Jo se viu compelida a dizer:

— Acredito em você. Acredito em tudo o que me contou.

Ele se virou de lado e enfiou a mão na jaqueta de couro. Tirando uma carteira fina, entregou-lhe um cartão laminado.

— Aqui está a minha carteira de motorista. — Quando ela disse que não era necessário, Syn a ajustou diante dela. — Não, vamos fazer o pacote completo, mas o endereço é de uma antiga espelunca em que fiquei com meus irmãos.

Ela observou rapidamente o cartão que ele mostrava. O nome escrito era Sylvester Neste. E o nome da rua era algo como "Maple Court", ou algo igualmente bem americano.

Syn guardou a identidade.

— Como já disse, estou morando com esse macho... homem, quero dizer, e a família dele. Não tenho esposa, nem filhos, nem jamais terei. Portanto, agora você sabe tudo sobre mim.

Jo abriu a boca para dizer alguma coisa, mas Syn a interrompeu:

— E aqui está o meu número.

Recitou sete dígitos. Duas vezes.

— Quer que eu anote para você? Tem uma caneta bem aqui.

Pegando a Bic do porta-copos, inclinou-se para baixo e pescou ao lado de umas embalagens de Slim Jim perto dos pés dela. Anotou seu número no verso de uma embalagem de Hershey's. Enfiou o papel dentro do porta-copos junto com a caneta.

— Alguma pergunta para mim? — ele perguntou tranquilamente enquanto guardava a carteira.

Jo olhou para ele.

— Não vou fingir que estou à vontade com algumas partes que me contou. Mas... elas são o motivo pelo qual acho que está sendo franco comigo.

— Não escondi nada.

— Sinto que devo me desculpar por te forçar a falar.

— Não se preocupe. Sou um desconhecido e vivemos tempos perigosos. Não há nada de errado em cuidar de si mesma. — Ele esfregou o topo do moicano. — Ah, também não tenho Facebook. Nenhum tipo de mídia social. Quem é que se importa com isso? Também não tenho endereço de e-mail e não deposito meu dinheiro no sistema financeiro.

— Nada? E como recebe?

— Em dinheiro, e não vou pedir desculpas por estar fora do radar. Ninguém deveria confiar no governo.

— Não o julgo por isso. — Ela deu uma risada seca.

— As coisas são como são, e sinta-se à vontade para verificar qualquer informação. Se quiser, eu te passo o número do meu CPF. Mas já vou avisando que foi comprado e pago no mercado clandestino. Na verdade, eu não existo nos registros do mundo em que você vive.

— Syn. — Ela fechou os olhos brevemente. — Não tive a intenção de fazer disso um interrogatório.

— Vai querer o número do CPF?

— Não. Não quero.

Quando ela chegou a uma avenida de quatro pistas, freou no farol vermelho e depois virou à direita. Não esperava que ele dissesse mais nada. Nunca mais.

— Não sou um herói, Jo. — Encostou o cotovelo na janela e apoiou o queixo duro nos nós dos dedos. — Não tenho futuro e carrego um passado sobre o qual não perco tempo pensando. Tudo o que me resta é este momento, o aqui e o agora, e mesmo nesse caso, só estou meio presente. Você tem razão. Sou uma piada.

— Não quis dizer isso — ela se defendeu.

— Sim, você quis. E não fiquei magoado com a verdade. Por que eu deveria ficar ao ver o meu reflexo no espelho dos seus olhos?

— Syn...

Jo olhou para o perfil dele. Com o moicano e os olhos semicerrados olhando para o caminho à frente, ele parecia exatamente o que dissera que era. Um militar que vira o pior da humanidade, estivera à mercê de governos e de políticos gananciosos, e aprendera que a confiança é um luxo que não poderia se dar.

— Gostaria de lhe dizer que sinto muito — ela disse.

— Nada de demonstrações de empatia, lembra?

— Não expressei nenhuma. — Ergueu as mãos do volante por um segundo. — Eu só disse que *gostaria* de lhe dizer isso. Eu também *gostaria* de dizer que você pode ser tudo, menos uma piada, e estou grata por ter se aberto comigo. Creio que você não fale muito a seu respeito, e agora entendo por quê. Fico muito triste pelo seu passado. — Quando ele abriu a boca, Jo balançou a cabeça e o interrompeu. — Mas eu não disse nada disso. Só estou expressando o que eu *gostaria* de poder dizer.

Ele conteve um sorriso.

– Você está explorando uma brecha.

– Então, da próxima vez, defina melhor os seus termos.

– Certo. Farei isso.

Depois de um momento, Syn estendeu o braço e deu um leve aperto no joelho dela. Quando a mão ficou ali, Jo cobriu o dorso com sua palma.

– Eu lamento mesmo – sussurrou com suavidade.

Syn puxou o braço, interrompendo o contato, e depois pigarreou.

– E aí, para onde estamos indo? – ele perguntou subitamente, como se estivesse fechando uma porta.

E colocando um cadeado nela.

Capítulo 35

Do lado de fora da garagem da Irmandade no centro da cidade, Butch segurou a amiga de sua falecida irmã pelo braço para impedir que ela despencasse na calçada suja. Mel McCarthy havia sido surrada, de uma maneira que nenhuma mulher deveria ser.

– Que diabos aconteceu com você?

Mel se agarrou às lapelas da jaqueta dele com as mãos machucadas.

– Ai, meu Deus... Butch...

Quando ela ergueu o rosto para fitá-lo, sangue escorreu do nariz, aterrissando no corpete do bustiê cor-de-rosa, ampliando a mancha vermelha que havia se formado sobre o seio esquerdo. Também havia um ralado bem feio na lateral do rosto que sangrava do mesmo modo e, ao redor do pescoço, marcas de esganadura contrastavam com a pele clara. E os machucados continuavam. Um corte descia da clavícula até o decote e, abaixo da cintura, a saia preta estava torta e a meia arrastão rasgada, havia mais sangue escorrendo pelas pernas, de cortes e arranhões.

– Entre aqui – ele disse, amparando-a. – Vamos tirá-la deste frio.

Abrindo a porta da garagem, ele a ajudou a entrar, sustentando-a enquanto Mel claudicava com o sapato que ainda tinha salto. Havia um par de poltronas estofadas num nicho, junto à geladeira e ao aquecedor, e ele a conduziu até uma delas. Quando ela foi se acomodar num dos assentos acolchoados, a careta que fez contou a Butch mais do que ele precisava saber sobre onde mais ela tinha sido ferida.

Inclinando-se para o lado a fim de ligar o aquecedor, ele pensou em dizer alguma coisa, mas teve dificuldades para agrupar qualquer frase coerente. A maior parte de sua mente estava concentrada em querer encontrar quem quer que tivesse feito aquilo e matá-lo.

Mel apoiou a cabeça nas mãos e os cabelos bagunçados caíram para frente.

– Sou tão idiota! Idiota demais por ter ido sozinha com aquele cara...

Butch se agachou e tirou-lhe as palmas do rosto.

– Ei, ei. Pare com isso. – Ajeitou uma mecha comprida do cabelo castanho para trás da orelha. – Precisamos te levar a um hospital. – *E de um kit de estupro*, pensou. – E temos que ligar para a polícia.

– Não! – Ela enxugou uma lágrima da bochecha e fez uma careta de dor. – Não vou fazer isso.

– Mel, isso foi um crime.

– Não sei o nome dele...

– Tudo bem, podemos fazer uma descrição para a polícia, e nos certificaremos de que eles tenham o DNA...

– Não vou para a polícia.

Butch segurou-lhe as mãos.

– Mel, não consigo nem imaginar pelo que passou. Mas sei, com certeza, que existem pessoas que podem te ajudar. Pessoas que garantirão que o escroto que fez isso com você vai receber o que merece.

Os olhos dela estavam brilhantes por conta das lágrimas que tremiam nos cílios.

– Não posso. Só quero esquecer que isso aconteceu...

– Caldwell tem um programa ERAS, e eu posso te colocar em contato com eles. Eles são muito bons e...

– O que é isso? – Mel fungou.

Butch pensou em sua *shellan* e no quanto aprendera com Marissa quando ela estudava como os humanos lidavam com a violência contra as mulheres.

– É uma "equipe de resposta ao ataque sexual". É uma abordagem multidisciplinar preocupada com a sobrevivente. Tem uma equipe médica, a força policial, assistentes sociais, tudo isso em conjunto para te dar apoio enquanto você busca justiça. Eu prometo, eles são boas pessoas e...

Os olhos de Mel desceram para as mãos dadas.

– Não posso ir para a polícia.

Butch franziu o cenho.

– Sei que será difícil. Mas, juro, você será bem cuidada...

– Você não entende. – O olhar dela subiu para o dele. – Essa, de fato, não é uma opção para mim.

E foi então que ele entendeu o que ela quis dizer. Quando as implicações se tornaram óbvias, Butch soltou-lhe as mãos e se sentou no piso de concreto frio.

– Não quero que me despreze por isso. – Ela fungou de novo e enxugou o rosto com o dorso do braço. – Mas, é isso... Não vou procurar a polícia.

– Não te desprezo.

– Tem certeza?

– Claro que tenho. Eu só... Não era isso o que eu esperava... – Butch se interrompeu. – Mas chega disso...

– Não achou que eu fosse acabar como acompanhante? – Segurou a saia e mexeu na bainha, como se estivesse procurando rasgos. – Nem eu.

Levantando-se, ele pegou um rolo de papel-toalha de cima da geladeira. Depois de soltar algumas folhas, dobrou-as e voltou a se ajoelhar. Com cuidado, foi limpando a bochecha e debaixo do nariz, e cerrou os dentes ao pensar no animal que fizera isso com ela.

– Não importa quais sejam as circunstâncias em que vocês dois estavam quando se encontraram – disse. – Isto é agressão. É ilegal.

– Já fui pega duas vezes pela polícia em Manhattan. Por isso que vim para cá. Não quero que minha família descubra como estou ganhando dinheiro. Tenho mais medo disso do que de ser presa por meretrício. Prostituição. Ou sei lá como chamam nesta jurisdição. – Segurou-lhe a mão enquanto ele enxugava suas lágrimas. – E eu não trabalho nas ruas, nem nada assim. Sou cara.

– Aperte o seu nariz com isto. – Butch lhe passou o papel-toalha. – Precisamos conter esse sangramento.

Mel fez conforme foi instruída, e as palavras saíram nasaladas.

– Sinto que, se disser isso, você não pensará que sou uma puta qualquer.

– Não use essa palavra.

– É o que eu sou. O que me tornei.

Butch pensou no que se lembrava de Janet e dela, e sentiu o coração apertado.

– Você é exatamente o que sempre foi.

– Vendo o meu corpo, Butch. – Afastou o papel e encarou a mancha vermelha no bolo branco retorcido. – Do que mais me chamaria...

– Se está tentando fazer com que eu te julgue, não vai funcionar.

– Sinto como se devesse ser julgada. Os Dez Mandamentos e toda essa coisa.

– Isso não importa. – Fitou-a no rosto. – *Você* importa. A sua escolha quanto ao que fazer com seu corpo não é um problema. Não muda porra nenhuma.

Mel tocou o rosto onde havia um ralado.

– Estou muito machucada? Acha que vai ser permanente?

– Não – respondeu ele. – Você continua linda.

A derrota no olhar de Mel a envelheceu. E os cortes e ralados, o sangue e o inchaço, deixaram-no furioso e desesperado, de maneira alternada.

– Olha só, eu conheço uma médica. – Pigarreou. – Ela pode vir aqui para examiná-la. Ela é muito discreta.

Mel negou e apertou uma das mãos dele.

– Vou cuidar de mim mesma.

– Mas você deveria mesmo ver um médico.

— Acha que esta é a primeira vez que algo assim me acontece?
— Merda! — Butch fechou os olhos.

Soltando a palma dele, Mel se levantou com uma careta de dor e bamboleou para um lado. Ao olhar para os pés, confusa, murmurou:

— Meu salto quebrou. Não tinha percebido...

— Deixe-me, pelo menos, levá-la até em casa? E há alguém para quem possamos ligar? Alguém que possa ficar com você?

— Eu não deveria ter vindo. Saí correndo da boate e, sem querer, aqui estava eu. Não estava pensando direito...

— Vai me deixar te levar de carro para casa?

Mel olhou para o R8.

— Não foi assim que pensei que voltaria a encontrá-lo.

— O destino tem um jeito estranho de agir.

Atrás do volante do Golf, Jo continuou dirigindo, deixando a fileira de lojas e concessionárias de carros para trás, seguindo na direção de espaços mais abertos onde cemitérios, a faculdade comunitária e parte do campus da Universidade Estadual de Nova York ficavam. Já há algum tempo o ambiente estava silencioso dentro do carro, e eles estavam se aproximando do destino. Jo não conseguia decidir se isso era algo bom ou ruim.

Uma parte sua só queria continuar dirigindo até o alvorecer, como se tudo o que estava na cabeça dele, e tudo o que estava na dela, acabasse ficando sem combustível antes do veículo.

— E quanto a você? — Syn perguntou.

Jo pigarreou e percebeu que era difícil saber o que dizer: seus pensamentos ainda estavam fixos nos detalhes que Syn lhe contara da própria vida. Portanto, foi no piloto automático que ela passou seu dossiê:

— Sou adotada. Cresci na Filadélfia no que pode ser considerada uma família tradicional de elite. Não sou próxima de nenhum dos meus pais. Não faço ideia de quem sejam meus pais biológicos e vim para Caldwell atrás de trabalho depois que terminei o bacharelado. Não sou casada. Não me importaria em ser, mas não é uma prioridade. Acabei de me mudar de um apartamento que dividia com caras meio que de fraternidade. Hum, acabei de começar a escrever para o jornal. Fui contratada como editora do material on-line. E tenho a impressão de que logo ficarei desempregada.

— A situação não vai bem para o *Courier Journal*?

— Pode-se dizer que sim. — Ela tirou o pé do acelerador e deixou o Golf desacelerar até parar no meio da rua. — E tem mais uma coisa.

Com uma sensação estranha no coração, Jo ergueu os olhos para a entrada dilapidada da Escola para Garotas de Brownswick.

— Tem? — Quando Syn notou para onde ela olhava, sentou-se mais à frente no banco. — E o que é isso?

Jo tentou encontrar as palavras certas, mas não havia. Pelo menos nenhuma que garantisse que ele não tiraria conclusões precipitadas sobre sua saúde mental.

— Eu... hum... Tenho um hobby. Acho que posso chamar assim. Investigo eventos sobrenaturais em Caldwell.

Quando Syn apenas assentiu com tranquilidade, Jo pensou nos dentes cosmeticamente alterados dele.

— Mas acho que entende, não é? — ela acrescentou, esperançosa.

— Este lugar tem algo a ver com o seu hobby?

Jo deixou os olhos vagarem pelos portões de ferro tortos e para a grade quebrada que se estendia em ambas as direções, separando a propriedade abandonada da calçada, da estrada, dos outros lugares bem cuidados da área.

— Minha mãe frequentou esta escola. Na época em que era rentável.

— Está querendo conversar com o fantasma dela? Ela faleceu?

— Ela nunca esteve presente de fato. — Jo estremeceu, voltando a ficar atenta. — Desculpe, não, ela está viva. Ela e meu pai ainda moram na casa em que fui criada.

— Você os vê com frequência?

— Não. Não temos nada em comum a não ser pelos dezoito primeiros anos da minha vida. Eles são bem conservadores, bem anos 1950, se entende o que quero dizer: seguem papéis sexistas tradicionais, fortuna de família, costumes rígidos. Foi como crescer num filme de Spencer Tracy e Katharine Hepburn, só que meus pais não se amavam de verdade; nem sei bem se eles sequer gostam um do outro.

Jo apertou o pedal do acelerador, como se pudesse se livrar dos pensamentos. Não funcionou.

Ao passarem por baixo do arco de entrada, ela visualizou o campus e os prédios não como estavam, mal conservados e decrépitos, mas como deveriam ter sido, com gramados verdejantes, construções de tijolos aparentes e beirais pintados de branco, árvores bem podadas, em vez de deixadas à mercê da natureza. Não era difícil imaginar as alunas em suas roupas impecáveis de classe média alta, com colares de pérola e botas de cano alto quando saíam para cavalgar com seus puro-sangue saídos dos estábulos.

— Minha mãe ainda adora conjuntinhos de lá. E, imagine, os sapatos sempre combinam com as bolsas, e com aquele penteado de Sally Field em *Flores de Aço*.

— E como é isso?

— Cheio de laquê para deixar o cabelo parecendo um capacete de jogador de futebol americano. — Enquanto seguia por uma subida, Jo pensou em seu antigo colega de apartamento, Doug, porque era muito mais fácil do que ficar remoendo a versão patriarcal de feminilidade da mãe. — Mas, tudo bem, ela não é o motivo de estarmos aqui.

Quando chegaram ao topo da colina, Jo parou o carro de novo e, desta vez, desligou o motor. Virando-se para Syn, disse:

— Olha só, vou ser bem honesta. Estou meio preocupada comigo nos últimos meses. Ando tendo uns sintomas esquisitos, sendo o pior deles as dores de cabeça, ainda mais porque tenho problemas de memória que parecem estar associados a elas. Sei lá, do nada eu... não consigo me lembrar de onde estive e do que fiz.

Olhou ao longe pelo para-brisa.

– E também há outros eventos estranhos acontecendo. Por exemplo, tenho um blog, e ele fica saindo do ar. Não sei por quê e não sei quem está fazendo isso. Mas tenho os rascunhos das publicações e as minhas pesquisas sobre os assuntos. Hoje à noite, como não conseguia sossegar, comecei a reler esses arquivos e encontrei um e-mail que o Doug, meu ex-colega de apartamento, me mandou para o meu antigo trabalho. Era sobre o vídeo de um incidente que teria acontecido neste campus... naquela clareira ali. Um dragão com escamas roxas. Tenho uma vaga lembrança de ter conversado a respeito com Bill, meu amigo do jornal. Então pensei que, se voltasse aqui, algo poderia refrescar minha memória. Quero dizer, o Doug é um chapado, então ele sempre acha que viu um monte de coisas estranhas. Por exemplo, em novembro passado ele se convenceu de que um dos nossos outros colegas de apartamento era o Abraham Lincoln. Mas ele não é tão bom assim editando vídeos para colocar dragões nele, entende? E é claro que ele conseguiu perder o arquivo original do vídeo e quaisquer outras cópias. Mas para onde foi tudo isso? Onde estão minhas lembranças sobre isso tudo?

Dando de ombros, abriu a porta e, quando saiu, sentiu-se uma tola.

– Ah, não sei. – Olhou ao redor, para as moitas e para as janelas escuras do prédio perto do qual estacionara. – Talvez tudo isso só seja fruto de uma mente ansiosa.

Syn saiu e deu a volta no carro.

– Bem, o que quer que seja, vamos investigar juntos.

Quando ele lhe ofereceu a mão, ela hesitou. E depois pegou a palma dele.

– Vamos lá – disse ele. – Vamos ver do que consegue se lembrar.

Jo sorriu de leve. E depois concordou. O par começou a andar junto, em meio a arbustos, exploradores de um cenário que parecia absolutamente desconhecido e vagamente hostil.

Jo não se surpreendeu quando a dor de cabeça voltou para ficar.

Mas ficou surpresa ao constatar o quanto significava ter aquele homem ao seu lado.

Capítulo 36

Quando Mel parou diante do que só podia ser a entrada de sua casa, ela destrancou uma fechadura e houve um eco vazio dentro de um grande espaço interno. Butch não prestou atenção em nada disso. Estava ocupado demais analisando aquela bendita porta. A coisa parecia ser feita do mesmo ferro usado nos cascos dos navios da Marinha, com parafusos grossos como as juntas das mãos de um homem, reforços verticais e horizontais que o faziam imaginar o que diabos havia do outro lado.

E franziu o cenho quando ela forçou com o ombro para abrir.

– Quer ajuda? – ele perguntou.

– Pode deixar.

Quando Mel ainda assim fez força, ele apoiou a mão no metal frio e empurrou. As dobradiças, tão grandes quanto seus antebraços, guincharam e rangeram, e só vislumbrou um denso breu quando a porta se afastou do batente reforçado. Como se ela vivesse no espaço sideral.

Olhando para trás, instintivamente reparou nos detalhes do porão subterrâneo – não que houvesse muito para memorizar, apenas paredes pretas, teto baixo, piso de linóleo preto e branco. Arandelas chumbadas a intervalos regulares que tinham algum tipo novo de lâmpadas que lançavam uma luz fraca e apática.

O prédio em que estavam fora uma surpresa. Basicamente era um espaço comercial, com o porão consistindo de um punhado de depósitos com nomes corporativos escritos em placas plásticas ao lado de cada unidade. E, P.S., nenhuma das outras portas era como o acessório saído do set de filmagem de *Game of Thrones* como a de Mel.

— Pelo menos sei que está segura aqui – disse em tom de brincadeira.

— É o meu santuário.

Dito isso, seguiu para o interior, o corpo sendo engolido pela escuridão. Butch estava começando a se preocupar quando ouviu um clique e a luz banhou o interior de uma planta totalmente aberta.

Mel indicou com a mão.

— Por favor, entre.

Butch passou pela soleira.

— Puta... merda!

A porta se fechou sozinha com um baque, e ele quase deu um pulo – mas isso teria sido muito maricas. Em seguida, ficou completamente distraído pelo lugar. As paredes e o chão dos mais de mil e tantos metros quadrados eram pretos, e quatro pilares de concreto sustentavam o teto, o que lhe dava a impressão de que tinha encolhido e estava debaixo de uma mesa de centro. Uma área de estar estava delineada por um tapete grande, um sofá, três poltronas e uma mesa de centro – tudo em couro branco – dispostos como se uma glamourosa reunião hollywoodiana estivesse prestes a acontecer. Havia uma cama king-size com uma colcha de pele meio caída num dos cantos do pé do colchão. O banheiro também era completamente visível, uma banheira vitoriana com pés em forma de garra estava ao lado da pia e do vaso sanitário, toda a porcelana era branca. E, ah, a cozinha embutida ficava do lado oposto, a geladeira, o fogão e a pia cobrindo uma parede atrás da barreira de uma bancada branca.

Mas nada disso foi o que o fascinou.

Roupas ocupavam quase metade da metragem quadrada. Varões altos com vestidos longos. Médios com calças. Mais baixos com blusas e saias. Prateleiras basculantes exibiam saltos agulha, plataformas, botas e sapatilhas. Bolsas Birkin e Chanel e *clutches* Judith Leiber estavam acomodadas numa mesa de acrílico, com os respectivos saquinhos de tecido para embalá-las debaixo delas, as caixas nas quais vieram como tronos de suas glórias. Um espelho do teto ao chão, digno de uma loja – do tipo com abas na esquerda e na direita que dá para ajustar o ângulo e se ver por trás ao virar – reinava sobre um tapete branco felpudo.

– Tenho uma compulsão por roupas – Mel disse com tristeza. – Começou quando eu era modelo.

– Isto é épico. – Ele se aproximou e puxou um tecido de crepe vermelho de um vestido longo da fila pendurada. – Dior?

– Do início dos anos 1980. Amo roupas vintage.

– Eu também. Se bem que sei muito mais sobre modelos masculinos, claro.

– Então não tenho que te explicar como alguém de Southie acabou se apaixonando por moda, certo?

– Não mesmo. – Ele vagou ao redor, admirando saias Valentino e blusas Chanel e bustiês Gaultier. – Seu gosto é impecável.

– Obrigada. – Ela pigarreou. – Você se importa se eu tomar um banho? Eu gostaria de me lavar.

– É melhor eu ir embora. – Virou-se para ela. – Mas ainda acho que você deveria procurar a polícia.

– Eu sei. – A voz de Mel foi como a de uma garotinha que não queria desapontar os pais. – Hum, olha só, será que você podia ficar enquanto tomo banho? Eu me sentiria melhor se alguém estivesse aqui enquanto entro e saio rapidinho da banheira. Estou um pouco tonta.

Butch relanceou para a área do banheiro. A banheira na plataforma parecia estar debaixo de um holofote. Num palco. Diante de uma orquestra completa.

– Você não vai ver nada, eu prometo – Mel disse exausta. – É só que eu não quero acabar escorregando e caindo sem ter ninguém por perto para me ajudar.

Butch lhe deu as costas e ajeitou a roupa. Só queria sair dali.

– Ok.

– Não vou demorar.

— Vou ficar olhando suas roupas.

O som da água corrente o fez olhar para a porta pesada pela qual entrara. O mecanismo de trava não era uma fechadura padrão. Inferno, não mesmo. Era uma barra de ferro bifurcada com um mecanismo de encaixe no meio. Ao girar o mecanismo, as cavilhas horizontais se encaixam em suportes chumbados em ambos os lados do batente. Ninguém passaria por ali. Não a menos que viesse com um aríete.

Acoplado à frente de um tanque de guerra.

— Como encontrou este lugar? — perguntou diante das calças. — Quero dizer, morar aqui não é ilegal? Parece um prédio comercial.

— Tenho permissão para certas... — Ela sibilou ao inspirar. Depois praguejou baixinho.

Quando Mel não disse nada mais, ele olhou para trás. Ela estava ao lado da banheira, de costas para ele, tentando abrir o bustiê com as mãos entortadas abaixo das omoplatas. Como resultado da posição torcida, o volume dos seios e a curva dos quadris estavam evidenciados... mas o problema nem era esse. Ela tirara as meias rasgadas e a saia, restando apenas um filete de seda preta cobrindo-lhe as nádegas.

Butch desviou o olhar. Esfregou o rosto. Encarou o piso industrial.

— Precisa de ajuda com isso? — perguntou rouco.

Tecnicamente, Syn estava em campo.

Enquanto ele e Jo andavam por um campo grande o suficiente para abrigar diversos jogos de futebol ou futebol americano, sentia a grama morta pelo frio do inverno debaixo das botas e a brisa fria no rosto, enquanto árvores desprovidas de folhagem se erguiam tais quais sentinelas nos limites da propriedade.

Muito bem, sem problemas, aquele era apenas *um* campo, em vez de *o* campo de batalha, mas a cavalo dado não se olham os dentes e coisa e tal. Além disso, não estava nem aí se era um campo de jogos, um parque, ou somente um espaço imenso anteriormente utilizado pela escola abandonada, só se preocupava em não sair do lado de Jo. Assassinos podiam estar em qualquer lugar, e a reconheceriam pelo que ela era, mesmo que Jo não fizesse a mínima ideia de sua própria natureza.

Ainda, lembrou a si mesmo. Ela se transformaria e depois...

Pois é, e depois?, ele pensou. Felizes para sempre para os dois? Dificilmente.

– Que perda de tempo – ela anunciou quando parou e virou em 360 graus.

Porra.

Quando ela levou as mãos à cabeça, Syn disse.

– Você parece exausta. Que tal voltarmos?

– Se ao menos eu conseguisse fazer meu cérebro parar. – Baixou os braços. – Quero dizer, não há nada aqui. Não sei o que eu estava pensando.

– Vamos voltar para o carro.

Jo olhou para ele e uma brisa brincou com uma mecha do seu cabelo.

– Você deve pensar que sou louca.

– Nem um pouco.

Ela desviou os olhos verdes para uma estrutura arruinada, com o teto destruído, uma parede caída numa pilha de madeira podre que mais parecia um monte de presas putrefatas,

– No vídeo – disse ela – algo assim estava sendo atacado por um dragão. Era um depósito ou... e...

Syn jurara a si mesmo que não tocaria nela. Quebrou a promessa ao passar o braço pela cintura de Jo e afastá-la do incômodo.

E, sendo franco, aquilo também o incomodava. Sabia exatamente o que atacara aquela construção. A besta de Rhage. Mas não podia lhe contar.

– Você está fria – comentou.

– Estou?

– Está batendo os dentes.

Quando Syn começou a conduzi-la colina abaixo, Jo tocou nos lábios.

– Estou?

Ele assentiu e continuou levando-a abaixo num ritmo constante. Não se importava de andar com ela. Tinham bastante privacidade e seus instintos, nos quais confiava mais do que em si mesmo, não estavam em alerta, pelo menos ainda não. Não havia nenhum cheiro anormal no ar. Nenhum movimento nas sombras que seus olhos percebessem. Nenhum som além, ao longe, de um ocasional carro passando na estrada pela qual vieram.

Mas Jo estava evidentemente sem energia e, pelo menos, não demorou para seu carro ficar visível. Quando chegaram ao veículo, ela hesitou e olhou para trás. Depois olhou para o que estava à frente, o dormitório e as salas de aula vazias.

Enquanto ela perscrutava o campus, Syn permaneceu ao lado dela e tentou ser paciente. Queria mesmo é que ela descansasse um pouco. A transição era muito brutal para o corpo, e Jo precisava estar forte.

– É como se eu fosse cega apesar de meus olhos estarem enxergando – murmurou.

– Está procurando respostas.

– Só não sei quais perguntas estou fazendo.

– Que tal se voltarmos para o seu apartamento?

– Quero dar mais uma olhada.

Jo começou a se distanciar dele, e Syn estava bem familiarizado com aquele esforço inexpressivo que a motivava, e que não a deixaria em paz até que conseguisse o que estava de fato procurando: a transição. Que a transformaria de algo basicamente humano com um pouco de vampiro para algo basicamente vampiro com um pouco de humanidade remanescente.

Não haveria paz até que isso acontecesse, e ele enfrentaria essa miserável fase prodôrmica em seu lugar se pudesse.

– Só mais um pouco – disse Jo. – Prometo.

– Está tudo bem.

À medida que progrediam, os olhos de Syn vasculhavam à direita e à esquerda, avaliando as janelas do prédio de tijolos. Verificando os telhados. Examinando o que viria até eles e o que deixavam para trás. Apesar de preferir levá-la direto para casa, seguiu-a sem hesitação até dentro de um dos prédios. Não a forçaria a ir embora se ela não quisesse.

Preparado para protegê-la caso tivesse que fazer isso, Syn a seguiu enquanto Jo subia por degraus que rangiam e depois vagava por corredores cobertos por pedaços de gesso caídos do teto e folhas secas que entraram pelas janelas quebradas. A julgar pela quantidade de portas pelas quais passaram, deduziu que deviam estar num dormitório, e os esqueletos das estruturas das camas e os colchões mofados pareciam confirmar seu palpite.

– Será que o quarto dela era aqui? – Jo disse.

– Da sua mãe?

– Isso.

– Sabe onde ela ficava?

– Sei pouco mais do que a data de aniversário e de casamento dela.

Jo seguiu em frente, o som das botas esmagando os fragmentos de gesso ecoando audivelmente no silêncio do ambiente. Quando chegou ao fim do corredor, uma brisa fria passou pelos painéis quebrados das janelas e soprou seus cabelos. E foi nessa hora que o cheiro dela mudou.

A excitação foi uma surpresa.

– Você está certo... – ela disse vagamente. – É melhor irmos embora...

Quando Jo se virou para Syn, abaixou a cabeça e os olhos. Enfiando as mãos nos bolsos da jaqueta, pareceu se retrair dentro de si mesma ao passar por ele.

Syn a segurou pelo braço.

– Sei o que você quer.

Ela o encarou chocada.

– Eu não... quero dizer, eu só acho que devemos ir para casa. Você tem razão. Estou exausta.

Syn chegou mais perto.

– Não é nisso que você está pensando.

– Mas...

– E sei o que vai dizer. Use-me. Deixe-me te dar o que você quer. Não ligo para mim.

Jo se negou e recuou.

– Não, não é justo...

Syn assumiu o controle, empurrando-a contra a parede do corredor. Quando os seios se chocaram contra seu peito, Jo suspirou.

E ele não esperou por comentário nenhum. Não estava interessado em conversa. A fragrância dela lhe dizia tudo o que precisava saber.

Abaixando a boca até a dela, Syn tomou o que Jo hesitava em lhe dar porque não queria usá-lo numa sessão de prazer unilateral. Mas e daí? No passado fora usado por fêmeas de quem nem gostava, e agora se vinculara a Jo. Além do mais, ela o desejava. E muito. Portanto, quando gemeu, submissa, ele se aproveitou dos lábios entreabertos, lambendo-a por dentro, penetrando-a com a língua. Nesse meio-tempo, as mãos foram rápidas ao desabotoar o casaco, e depois mergulharam até encontrar a cintura, afagando-a até os quadris e as costas.

Deliberadamente, puxou o quadril dela ao encontro da ereção que se avolumava na frente de seu corpo...

Jo o empurrou pelos ombros e Syn, a contragosto, se afastou. O rubor no rosto dela era o que ele queria. A pausa, não.

– Não quero fazer nada se for acabar em dor para você.

– Não pense em mim. Só me deixe te dar prazer, Jo. Eu consigo fazer tudo isso desaparecer. Essa confusão na sua cabeça. A ansiedade no peito. Mesmo que por um orgasmo ou dois apenas, eu posso te dar algo a mais.

– Mas e o que vai sobrar para você?

– A satisfação de te proporcionar satisfação. – Syn desceu a cabeça logo abaixo de um dos seios. – Não quer o que eu posso te dar?

Apalpou-a por cima das roupas, o polegar localizando o mamilo apesar das camadas de tecido entre eles. E quando afagou o bico, ela fechou os olhos e deixou a cabeça pender para trás.

– Isso mesmo – ele grunhiu. – Deixe-se levar. Eu cuido de tudo.

Jo murmurou algo, talvez a respeito de equidade, ou talvez culpa, ele não sabia nem se importava. E não lhe daria mais chances para pensar.

Com a outra mão, puxou-a pela bunda e rolava o quadril, esfregando sua ereção nela. Libertando o seio, rapidamente desceu o zíper da malha e ergueu a camiseta larga. Ela usava um sutiã com abertura frontal que ele logo abriu.

Inclinou-se em direção à pele desnuda, aninhando-se em meio às roupas, a boca procurando... encontrando o que queria.

Quando sugou, ela ofegou e o agarrou pela nuca, incitando-o a se aproximar do seio macio. Syn a atendeu de muito bom grado. E não foi suficiente.

Mas cuidaria muito bem disso.

Ela estava de calças de ginástica. Que foi a melhor coisa que poderia ter acontecido.

Colocando a mão entre as pernas dela, esfregou-lhe o sexo entre as dobras macias enquanto a sugava. E lambia. E mordiscava.

Enquanto trabalhava em sua fêmea, ela gemia, agarrando-se a qualquer parte dele que conseguisse, repetindo seu nome.

Syn deixou que o bico do seio escapasse da boca. E depois a virou de modo que ficasse de costas para ele. Agarrando-a pelo quadril, puxou os pés dela para trás e a inclinou para frente.

– Apoie as palmas na parede.

Jo obedeceu, mas pareceu fazer isso às cegas, tateando até encontrar o apoio.

Syn abaixou-lhe as calças. E desceu a calcinha junto.

Mesmo na luz fraca, o sexo dela brilhava, inchado e rosado entre as curvas pálidas das nádegas.

Era uma vista gloriosa.

Syn ficou *tão* feliz por terem se demorado um pouco mais.

Capítulo 37

— Sim, preciso de ajuda.

Claro que precisava, Butch pensou. Ele é que *não* deveria ter feito essa pergunta.

Segurando-se para não xingar a si mesmo, foi até onde ela estava, junto à banheira que se enchia lentamente. Virou-se apenas quando foi preciso e, ao soltar o fecho do bustiê, ficou olhando só para os ganchos da peça. Não tocou na pele cremosa e não se excitou – e, por Deus, rezou para que Mel não avançasse o sinal. Por mais bela que ela fosse, não estava nem um pouco tentado, e não queria de jeito nenhum acabar humilhando-a ao rejeitá-la.

Ela não precisava que a noite terminasse assim.

O bustiê caiu do corpo de Mel e aterrissou na água corrente.

Quando ela soltou um gritinho de descontentamento, inclinou-se, apanhou-o e se endireitou num movimento rápido. O que fez os seios balançarem livremente...

Butch se virou e se afastou até os cabides de roupas, acomodando-se do lado oposto do apartamento, do espaço, do que quer que fosse aquele lugar infernal. Um momento depois, a torneira foi fechada e ouviu o barulho de dois pés entrando na cuba funda... seguido pelo sibilar de alguém machucado que acomoda os ossos cansados na água quente.

– Lamento se o deixei pouco à vontade.

As palavras ditas por Mel foram pronunciadas com suavidade e arrependimento.

– Não estou constrangido. – Butch tocou numa saia preta de paetê com barra rendada. – Sei o que quero.

– O que quer dizer?

– Amo minha mulher, e ela é a única pessoa pela qual tenho interesse sexual. – Ajeitou a saia e seguiu olhando as peças. – Então, tudo bem pra mim. Uau, olha só esse McQueen!

– A maioria dos homens que conheço não têm essa disciplina.

Butch olhou de relance para a banheira. Mel se esticara e se apoiara na curva do lado mais afastado, com a cabeça encostada na beirada, os cabelos castanhos cascateando para fora em anéis espessos que quase resvalavam o chão. O fato de os olhos estarem fechados em sinal de exaustão o preocupou, mas pelo menos o rosto dela voltava a ficar corado.

– Não se trata de disciplina – ele explicou. – Você é uma linda mulher, mas a questão não é você. É quem eu tenho à minha espera em casa.

As pálpebras de Mel se abriram e ela fitou o vazio por um instante. Depois virou a cabeça e o fitou através do espaço que Butch havia colocado entre eles.

– Posso fazer uma pergunta? – murmurou.

Butch voltou a se concentrar nas roupas, tocando numa saia preta de couro pouco maior que um guardanapo.

– Claro.

– O que ela fez?

Ele voltou a olhar para a banheira, curioso.

– Como assim?

– O que a sua esposa fez para você se apaixonar por ela? O que o deixou tão devotado? Quero dizer, mesmo na primeira noite em que o vi, quando eu não estava coberta de hematomas, você me deixou na boate. A maioria dos homens teria entrado e teria... Nós teríamos ficado juntos e não por você ter pagado por mim.

Recolocando a saia no lugar, Butch caminhou até as bolsas e sapatos, embora não enxergasse os milhares e milhares de dólares gastos em artigos de luxo. Mesmo quando seus dedos tocaram em Hermès e Louis Vuitton, ele visualizava a primeira vez que vira sua Marissa. Foi na casa de Darius, na época em que o lugar era apenas um albergue para a Irmandade. Estava esperando em uma elegante sala para saber se seria assassinado pelo que grupo que, na ocasião, achava que fossem traficantes de drogas e *bum!* Sua vida mudou para sempre.

Marissa passou pelo arco da entrada, usando um vestido de chiffon que só podia pertencer a uma rainha, com os longos cabelos loiros até a cintura, a irresistível e refrescante fragrância de oceano o atraindo. Ela estava tão linda e tão triste ao mesmo tempo, uma deusa etérea para a qual ele não era merecedor nem sequer de olhar.

E então ela olhou para ele.

– Nada – respondeu com a voz rouca. – Minha esposa não fez nada. Ela só apareceu na minha frente e eu soube. Para mim, tudo nela era perfeito, e absolutamente nada, nada mesmo, me fez questionar essa perfeição desde então.

– Há quanto tempo estão juntos?

– Três anos.

Um barulhinho suave de água, como se Mel estivesse se mexendo na banheira.

– E vocês nunca brigaram?

– Não de fato. Quero dizer, se discordamos, não ficamos com raiva. Nós dois só queremos encontrar um meio-termo para podermos nos livrar da tensão.

– Ela se veste para você? Tipo, é assim que ela mantém o seu interesse? Muda de lingerie com frequência? Vocês experimentam fantasias para incrementar o sexo?

Butch fitou os cabides cheios de roupas, em várias cores e tecidos, estilos e modelos, as eras representadas pelas coleções. Deu de ombros.

— Ela podia vestir um saco de farinha. Uma camiseta com dez anos de uso. Um par de mijões ou um collant de poliéster. Não importa o que ela vista. E pra que fazer de conta? É ela que eu quero. Qualquer outra coisa é inferior, então por que ela deveria se fantasiar para mim?

— Ela deve fazer alguma coisa. Os cabelos... como são?

— Você está querendo uma explicação física. Algo tangível. Não vai encontrar porque a questão não é essa. — Tocou no crucifixo debaixo da camiseta segunda pele. — É como a fé. Simplesmente existe.

Quando Mel se calou, Butch ficou satisfeito em deixar o assunto morrer. Só que, nessa hora, o cheiro de lágrimas captou sua atenção.

Voltou a olhar para a banheira. Mel olhava para a frente e chorava silenciosamente, deixando as lágrimas caírem na água.

— Mel... — ele disse com suavidade. — Por favor, deixe-me chamar aquela minha amiga médica? Ela é muito boa.

— Não. — Ela enxugou as lágrimas e fitou as pontas dos dedos. — Eu não era suficiente, acho. Para ele, aquele que amei... No fim das contas, ele simplesmente não me quis. É uma verdade dura de aceitar. E você tem razão, estou procurando explicações físicas porque prefiro que exista algo mais externo como motivo para ele não retribuir o meu amor. Em vez de ser algo dentro de mim. Você pode mudar as roupas e o cabelo, usar um batom diferente, fazer as unhas de um modo diverso. Mas, quando a questão é quem você é, não dá pra fazer muita coisa, sabe?

— Mas talvez o problema fosse ele. Talvez ele não estivesse pronto. Talvez houvesse algo de errado com o bastardo.

— Aquela com quem ele ficou não se parece em nada comigo.

— Então ele não sabe escolher. — Butch andou e se sentou numa poltrona de costas para a banheira. Naquele espelho imenso, à esquerda, porém, ainda a via na banheira. — Sei que é difícil, mas você está se culpando por algo que pode não ter coisíssima nenhuma a ver contigo. Sei que falando assim parece besteira, mas o azar é dele, e eu espero que ele lamente pelo resto da vida.

– Não sei o que fazer de mim. Fico andando sem rumo à noite pela cidade. Vou a boates e não encontro nada interessante. E desconto meu mau humor nos outros. Não estou viva. Simplesmente não estou aqui.

Butch se sentou mais à frente e esfregou o rosto.

– Já estive no seu lugar, Mel. Sei o que está passando.

– Sabe?

– Sim. E é muito difícil. – Movido pela empatia, levantou-se e se virou. – Lamento muito, Mel. Não queria que fosse assim. Não queria que você tivesse de passar por nada disso.

Mais lágrimas escorreram dos olhos dela, desaparecendo na água clara que cobria seu corpo. Quando ela o fitou, estava tão triste, tão pequena, apesar de toda sua beleza.

Fungando, disse num fiapo de voz.

– Você entende mesmo, não?

– Sim, entendo. – Butch teria se aproximado mais caso ela estivesse vestida, mas manteve distância. – Mel, preciso que você acredite que tudo vai melhorar, está bem? Olha, se o amor pôde acontecer comigo? Pode acontecer com você. Você é uma boa pessoa. Uma bela mulher. Qualquer homem teria orgulho de tê-la como companheira. Apenas atenha-se à verdade de que você basta, não importa se algum idiota pensa o contrário.

– Não sou perfeita, Butch...

– Ninguém é.

– Fiz coisas ruins.

– Todos somos pecadores e mesmo assim o Criador nos ama. E se o pré-requisito para o verdadeiro amor romântico fosse um histórico imaculado, o mundo inteiro estaria solteiro. Você merece o amor. Merece ser respeitada e adorada e, para isso, não precisa ser alguém diferente do que é. Você foi criada por um motivo. Está *aqui* por um motivo. Você tem um propósito e precisa acreditar que encontrará alguém que a ajudará nesse caminho. E até isso acontecer? Só tem que saber que não precisa ser validada por ninguém além de si mesma. Você se basta.

As mãos dela subiram até as bochechas, com a água escorrendo pelos dorsos delas.

— Mas qual é o meu propósito? Eu costumava achar que sabia qual era. Agora, só estou vazia. Não há nada aqui.

— O que te faz feliz? — Ele olhou ao redor. — Bem, além de comprar roupas. Acho que podemos concordar que você é uma perita nisso, assim como eu. Mas isso é só superficial. O que de fato alimenta a sua alma?

Mel ficou com uma expressão distante no rosto.

Quando o celular de Butch tocou, ele enfiou a mão no interior da jaqueta.

— Precisa atender? — Mel perguntou distraída.

Ele silenciou o aparelho sem tirá-lo do bolso.

— Não. Você é tudo o que importa agora. Eles podem esperar.

Mel inspirou fundo. Depois cobriu os seios com os braços e se sentou. Seus olhos estavam sérios ao fitá-lo.

— Você foi realmente sincero no que disse?

— Cada palavra. Ou não desperdiçaria fôlego com as sílabas.

— Como vou saber... — ela sussurrou numa vozinha.

— Quem será o homem certo, né? — Quando ela aquiesceu, ele sorriu. — Saberá porque quando olhar para ele não conseguirá mais desviar o olhar. E nessa hora ele estará fazendo exatamente o mesmo. A resposta está nos olhos, Mel. Dizem que são o espelho da alma, não?

Ela o encarou demoradamente. E depois assentiu apenas uma vez.

— Pode ir — disse com suavidade. — Vou ficar bem.

— Ficará, sim, eu prometo. — Butch pegou o celular. — Quer que eu ligue para alguém?

— Não. Você já me ajudou muito.

— Posso, pelo menos, deixar o telefone do pessoal do ERAS? Caso você queira denunciar depois?

— Se eu precisar, procuro na internet.

Butch concordou. Depois foi até a porta reforçada. Dando uma última olhada para trás, disse:

— Cuide-se, Mel.

— Você também, Brian O'Neal. Você é um bom homem.

— Tento ser.

Dito isso, virou a trava central e a barra de segurança se retraiu dos dois lados. Depois puxou o painel pesado e saiu. Ao se virar para fechar, olhou para a banheira. Mel o encarava.

Ela acenou em despedida.

— Apenas acredite em si mesma — ele repetiu. — E poderá fazer e ser o que bem entender.

Butch fechou a porta atrás de si. E, enquanto se afastava, suspirou fundo.

Mas não foi muito longe. Parou e olhou para trás intrigado — mesmo sem saber o que chamara sua atenção ou pelo que esperava.

Ainda assim, demorou um tempo para que seus pés voltassem à tarefa de levar seu corpo para fora do prédio.

Estranho.

Capítulo 38

Enquanto se apoiava na parede do dormitório abandonado, Jo respirava com tanta força que tinha a impressão de que agulhas pinicavam sua garganta. Não que se importasse. Não que de fato notasse. Sua percepção estava tomada por uma lista curta: a calça ao redor dos tornozelos; ela, abaixada até a cintura; e o fato de que sua parte mais íntima estava completamente exposta.

Espere. Havia algo a mais.

Os sons, em sua natureza, eram suaves, mas mais altos do que o motor de um jato em sua mente: botões sendo libertados das suas casas num par de calças de couro.

Quem diria que isso seria audível?

Quando uma mão imensa se plantou ao lado da sua na parede, ela se sobressaltou, e a diferença no tamanho do dorso das mãos, a extensão dos dedos, a grossura dos pulsos fizeram Jo estremecer. Mas não de medo.

Em seguida, Syn explorou seu sexo com a mão livre, os dedos afagando, deslizando pela carne úmida... esfregando. Ela arquejou e arqueou as costas, rebolando. Movendo-se contra os dedos. Implorando pelo que estava por vir.

A voz de Syn sussurrou ao seu ouvido.

— Vou te foder todinha.

Ela consentiu, piscando, os cabelos se soltando, as pernas ficando bambas ainda que a pelve estivesse forte e preparada.

Os dedos a abandonaram. E logo foram substituídos por algo macio e firme.

O gemido que borbulhou pela sua garganta não se pareceu com nada que já tivesse saído da sua boca antes. Em seguida, uivou o nome de Syn, no momento em que o pau duro e quente a penetrou, preenchendo-a, alongando-a. Bem quando ela cedeu e teria caído, ele passou o outro braço pela sua barriga e a manteve no lugar e também a trouxe para mais junto dele. Enquanto ele arremetia, aproximou-a de si, depois a afastou e a puxou com tudo ao seu encontro, sempre usando a parede como ponto de apoio.

Syn a manejava como se Jo não pesasse nada, e ela se rendeu ao sexo, às estocadas, ao modo como os dentes se chocavam e os seios balançavam debaixo das roupas. Ao contrário dele, ela não conseguiu mais se apoiar à parede. Os braços estavam caídos, os cabelos desalinhados, a respiração entrecortada, estava à mercê dele – só que, em vez de tomar, ele lhe dava exatamente o que ela queria, o que ela precisava.

O primeiro orgasmo a percorreu como um raio, o prazer se liberando e se espalhando em todo o seu corpo. E outro clímax chegou rápido. Nesse meio-tempo, Syn não perdeu o ritmo enquanto a pulsação dentro dela fazia seu centro se apertar ao redor da ereção. A força dele era quase esmagadora e mesmo assim Jo só queria mais. E, como se tivesse lido sua mente, ele continuou até que ela não conseguisse mais pensar, completamente dominada pelas sensações, que substituíram tudo.

Só que, de repente, sem aviso algum, ele parou, saiu de dentro dela e a girou. Fitando-o com olhos febris, Jo não fazia a mínima ideia do que ele estava fazendo ao se ajoelhar diante dela.

Com uma mão firme, ele agarrou uma das panturrilhas.

– Levante o pé.

– O quê?

Em vez de repetir o comando, ele puxou a perna dela para cima e, assim, sem que ela se desse conta, sua bota estava no ar e metade das calças de ginástica estavam soltas das suas pernas.

– Dê-me – Syn grunhiu.

A mente de Jo estava confusa demais para ligar os pontos, mas ele solucionou a confusão dela ao posicioná-la onde a queria. Ajustando o pé de meia por cima do seu ombro, ele se curvou à frente, inclinou a cabeça...

– Ah... Ah... – ela gemeu.

Enquanto sua voz ecoava no corredor frio e cheio de entulho, Jo se deixou cair contra a parede. Estendendo os braços, abriu as mãos e segurou-se enquanto a boca dele esfregava seu sexo. Sugava-o. Lambia-o. Logo Syn a suspendeu mais para cima, com as mãos ao redor das coxas, separando-a ao meio ao redor do rosto enquanto a tirava do chão para apoiá-la nos ombros por completo.

Sustentou-a, moveu-a, para a frente e para trás enquanto a língua ia em todos os lugares, deslizando na sua umidade, o calor dele contra o seu.

Baixando o olhar, seus olhos arderam ante o que viu, o moicano dele entre suas coxas, as pernas abertas sobre os ombros imensos, o pé coberto pela meia balançando, o outro, de bota e a calça balançando do outro lado.

Quando o prazer chegou às raias do insuportável, Jo apertou os olhos com força.

Não fazia mais ideia de onde estava, mas sabia exatamente o que lhe estava sendo feito e quem o fazia.

Syn lhe dera ainda mais do que havia prometido.

Ele era tudo o que ela percebia, nada mais era importante.

Nada mais sequer existia.

Syn poderia ter prosseguido para sempre. Contudo, sabia que o dormitório abandonado não era tão seguro quanto gostaria que fosse, e seu telefone voltava a tocar dentro do bolso. Só Deus sabia o que poderia estar errado.

Mas, ainda assim...

Arrastando a língua pelo sexo de Jo, dedicou atenção especial ao topo, rodeando-o, açoitando-o. Queria mesmo é que ela estivesse nua, e que estivessem no apartamento aquecido dela, e que pudessem desfrutar de uma eternidade em vez de apenas uma hora. Um quarto de hora. Dez minutos...

Cinco minutos.

Um.

Quando ela gritou seu nome de novo, ele soltou seu sexo com relutância. Depois, com cuidado e gentileza, tirou-a de cima de seus ombros e acomodou os pés dela de volta no chão.

Demorou um instante, apreciando a visão de sua fêmea, os cabelos ruivos gloriosamente bagunçados ao redor dos ombros, as roupas desordenadas, as coxas trêmulas. Adorou especialmente o modo como o rosto estava corado e os olhos brilhavam.

– Pronto, pronto – disse com suavidade. – Permita-me cuidar de você.

– Hummm?

O fato de ela estar tão relaxada a ponto de não conseguir nem falar fez uma onda de satisfação percorrer seu corpo todo.

– Permita-me – repetiu ao pegar a perna solta da calça e deslizá-la de volta por cima do pé.

Era difícil cobri-la, mas começou com a calcinha, subindo o pedaço de algodão até o lugar certo. Antes de ir adiante, inclinou-se e deu um beijo casto onde passara os últimos minutos. Depois pegou a cintura da calça e subiu, subiu ao longo das pernas macias, voltando a vesti-la.

Apoiando-se nos calcanhares, colocou as palmas do lado externo dos joelhos dela.

– Obrigada.

Quando ela o fitou, ele deliberadamente resvalou a língua pelos lábios.

O gemido que ela emitiu o fez sorrir.

– Você está bem? – ela perguntou com a voz grave.

– Estou ótimo.

Não era exatamente uma mentira. Sim, sentia dor. Sim, haveria efeitos colaterais. Sim, gemeu ao se levantar. E se retraiu. E praguejou ao lhe dar as costas para ajeitar as calças de couro.

Sim, claro, enfiar o pau nas calças foi um exercício de tortura.

Mas não se arrependia de nenhuma investida. Nenhuma chupada. Nenhuma lambida.

Quando virou de frente de novo, Jo parecia preocupada.

– Não – ele disse com paciência. – Tínhamos um acordo.

– Tínhamos?

– Isso mesmo. Você não vai se preocupar comigo. – Pegou a mão dela. – E agora vamos levá-la de volta para casa.

Juntos, seguiram pelo corredor, desceram as escadas e foram para o carro. Quando Syn pediu a chave, Jo protestou só um pouquinho, mas logo ele a ajeitou no banco do passageiro e fechou a porta. Colocando-se atrás do volante, conduziu-os para fora dos portões de ferro da antiga escola. Ao frear, olhou para ela.

A cabeça de Jo pendia para o lado, apoiada na janela, e os olhos estavam fechados, a respiração serena. O rubor provocado por ele ainda estava presente no rosto dela, e havia a leve inclinação de um sorriso nos lábios, do tipo que sugeria que os sonhos dela eram como ele queria que fossem.

Felizes. Seguros. Tranquilos.

Syn não acionou a seta, pois temia que o barulho a despertasse. E pressionou freio e acelerador com cuidado, dirigindo de volta para casa com o mínimo de solavancos possível.

Ainda a admirava, com o motor ligado e o aquecedor funcionando, quando as pálpebras dela se remexeram. Os olhos, sonolentos e contentes, um tanto confusos, o viram.

– Oi – disse ela.

Syn estendeu a mão e afagou-lhe a bochecha com a ponta do dedo.

– Olá, bela fêmea.

– Obrigada.

– Pelo quê?

– Por tudo.

Syn nunca fora um cavalheiro, mas desligou o motor e praticamente pulou para fora do carro e deu a volta para abrir a porta para ela. Oferecendo-lhe a palma, ajudou-a a sair como se estivesse vestindo um smoking, e Jo, um vestido de gala. Acompanhou-a por todo o caminho até a entrada do prédio como se ela morasse num castelo.

Chegou até a abrir a porta do apartamento, fingindo usar a chave que estava no molho apesar de tê-la destrancado com o pensamento.

Mas parou na soleira.

– Vou deixá-la aqui.

– Tudo bem. – Jo entrou e se virou. – Eu pareceria desesperada se perguntasse quando posso te ver novamente?

Atrás dela, ele viu o sofá onde fizeram sexo na noite anterior, e resolveu que precisavam submeter aquelas almofadas a um novo teste. E também a cama dela. O chão. O chuveiro.

Aquela bancada da cozinha.

– Não é nem um pouco desesperado – murmurou ao voltar a se concentrar nela. – Porque eu estava para fazer exatamente a mesma pergunta.

– Amanhã à noite? Depois do trabalho?

– Sim. Eu te encontro aqui...

– Jesus. Não tem mais nenhum ônibus na rua a esta hora. Precisamos te levar para o centro...

– Está tudo bem. Deixei meu carro estacionado no quarteirão de trás.

– Ok. Tudo bem, então. – Ela baixou o olhar por um segundo, para os coturnos dele e para suas botas muito menores que estavam quase encostadas. – Tem certeza de que você está bem, hum, depois de... você sabe...

Como resposta, ele a puxou contra seu corpo e cobriu os lábios dela com os seus. Beijando-a com profundidade, inclinou-a para trás de modo que Jo teve de se segurar nos seus ombros. Quando ambos estavam sem fôlego, soltou-lhe os lábios.

– Parece que há algo de errado comigo? – perguntou com sensualidade.

Jo meneou a cabeça.

– Não... Nem um pouco.

– Até amanhã. – Syn se forçou a separar os corpos e deixá-la. – Feche a porta e tranque. Não vou embora até ouvir o barulho da fechadura.

– Você é protetor demais.

– Em relação a você? Pode apostar que sim.

O sorriso de Jo fez com que se sentisse um macho abastado, um estado curioso visto que jamais se preocupara com bens materiais antes. Mas, em retrospecto, dinheiro e bens não eram o melhor meio de medir a riqueza de alguém.

Antes de desaparecer dentro do apartamento, Jo se ergueu nas pontas dos pés e pressionou os lábios nos dele. E depois fechou a porta.

Uma fração de segundo mais tarde, ele ouviu o barulho da tranca se fechando.

Virando, Syn assobiou baixinho ao cuidar de sua partida. Apesar do inchaço colossal nas bolas, passou quase dançando diante das caixas de correio ao sair para a noite.

Incrível o que a fêmea certa é capaz de fazer com um cara.

Capítulo 39

Irmã minha.

As entidades concordaram em se encontrar em terreno neutro, no lugar em que costumavam se reunir: a grande e graciosa Biblioteca Pública de Caldwell. No segundo andar. Na colunata de mármore que dava para a seção de livros raros onde era necessária uma prova de identidade e um mestrado para ter entrada liberada.

Isto é, caso se tratasse de um humano. Se não fosse? Se fosse apenas substância etérea, som capturado pelo silêncio, luz sem sombra e escuridão profunda?

Bem, nesse caso você pode ir aonde bem entender.

Irmão meu.

Quando a Virgem Escriba comunicou seu cumprimento, observou o irmão com mais reserva. Chegara a conclusões, mas manteve-as longe dos pensamentos. Os dois eram, assim como muitos gêmeos, conectados num nível profundo, e havia matérias que ele não deveria saber.

Ômega flanou ao redor dela, pairando acima do piso de mármore preto e branco, com a sombra que era sua essência escapando por baixo do manto que, outrora, sempre reluzira imaculado, mas que agora estava manchado e rasgado.

Ela ficou surpresa com a tristeza que a banhou devido à desintegração dele.

Como andas, Irmão?

Sabes a resposta para tal questão. Ômega parou e o capuz que lhe cobria as feições moveu-se na direção dela. *Por que temos de sempre nos encontrar aqui?*

Quando tiveste permissão para escolher o local, escolheste o necrotério.

Uma risada saiu de baixo do capuz branco sujo.

De fato.

E, depois, a cena de um crime.

Sejamos justos, eu estava trabalhando naquela noite.

E, por fim, um acidente de automóvel.

O que foi absolutamente adequado. Ômega deu de ombros. *De fato, o Pai sempre diz que devemos fazer mais coisas juntos.*

Não creio que isso inclua estarmos em um veículo enquanto ele se descontrola e cai num despenhadeiro.

Teríamos tido todo o trajeto até o oceano para conversar. O motorista estava embriagado, não teria nos ouvido de todo modo. E havia espaço mais do que o necessário no banco de trás do SUV.

Não foi nada apropriado.

Você é tão rígida, Irmã minha.

Diga como estás, Irmão.

Ômega flutuou para a balaustrada de mármore que percorria a grandiosa e teatral escadaria. As luzes principais haviam sido reduzidas, pois o local permanecia fechado à noite, mas arandelas brilhavam em muitas paredes e o lustre de ferro que pendia de uma pesada corrente acima dos degraus lançava uma luz tênue.

Estou muito bem, obrigado.

Tu sabes que podes pôr um fim a isto. A Virgem Escriba se aproximou, mas não demais. *Esta guerra começada há tanto tempo pode ser voluntariamente encerrada se assim concordarmos.*

Pode mesmo? O capuz imundo se moveu de um lado a outro enquanto Ômega parecia olhar escadaria abaixo, para o belo e imponente vestíbulo com suas estátuas em pedestais e mensagens entalhadas de intelectuais. *Não creio que possa.*

Deixa de lutar simplesmente. Para de tentar matar por diversão o que criei. E teremos chegado ao fim.

Ah, Irmã, mas o que faço não é para me divertir. É da minha natureza destruir. O equilíbrio para a tua força e tudo o mais, nós dois criados deliberadamente pelo Pai. Somos Alfa e Ômega, Analisse. Não falas desta verdade com certa regularidade? Decerto não é algo que eu deva te ensinar após todos estes séculos.

A Virgem Escriba recuou e foi flanar a seu bel-prazer, movendo-se acima do piso até chegar às portas duplas da sala dos livros raros. Através de painéis de vidro reforçados por telas de arame, ela viu a coleção de volumes com capas de couro e sentiu-se atraída pelas prateleiras de carvalho antigo e pela contemplação tranquilizadora oferecida por tantas páginas preenchidas com tantas palavras.

Sempre amou bibliotecas. Coleções de prosa. Histórias baseadas na vida real. E caso este encontro com Ômega estivesse acontecendo sob circunstâncias diversas, teria tocado o vidro com uma mão desejosa e melancólica. Mas conhecia o irmão bem demais. Nenhum apêndice deveria ser estendido tampouco uma fraqueza demonstrada.

Serás destruído, ela entoou ao ficar de frente para o irmão.

Fazes parecer que lamentarias tal fato.

És meu irmão. Claro que o lamentarei.

Sou teu inimigo. Ômega girou e ambos ficaram frente a frente em lados opostos do piso polido, duas peças de xadrez num tabuleiro em escala real nos seus quadrados brancos e pretos. *Sempre foi assim – e mais, não posso existir sem você. Do mesmo modo, tu não podes existir sem mim.*

Isso é uma inverdade. A Profecia assim o diz.

Não, Ômega a corrigiu. *O verso diz que haverá um que trará o fim ante a mim. Simplesmente porque deixa de mencioná-la não significa que tu não serás afetada. Será que não me incitas a desistir mais para te protegeres que devido a algum amor fraterno por mim?*

Não, não diria isso.

Então mentes. Há um pouco de mim em ti assim como há um pouco de ti em mim. Consegues ser tão errante quanto eu, Irmã. O que me traz ao propósito desta audiência. A transmissão das palavras de Ômega desceu uma oitava, tornando-se mais grave. *Espero que fiques de fora do conflito. Conforme nosso acordo.*

O que dizes agora, Irmão? Não estou envolvida.

Certamente não estás não *envolvida. Ou crês que eu não tenha ciência do teu pequeno encontro na igreja com o* Dhestroyer *há pouco, ainda esta noite?*

A Virgem Escriba sentiu a ira crescer.

Tenho permissão para interagir com a minha criação.

Não tens a permissão de influenciá-los a respeito do conflito. O combate deve ser justo; tu mesma o determinastes tempos atrás quando insististes que codificássemos nossos papéis e obrigações. E, esta noite, avisaste o Dhestroyer *de modo que ele isolou o filho nascido de ti do campo de batalha. Injusto, Irmã.*

A Virgem Escriba deliberadamente protegeu os pensamentos.

Tens ciência de que me destituí?

Destituíste como?

Renunciei ao meu papel de cuidadora da minha criação, cedendo-o a outrem. Não sabias disso?

A julgar pela longa pausa que se seguiu, ficou evidente que ele não sabia.

Fiz isso, Irmão meu. Não estou mais em meu Santuário. Designei minha autoridade a outro e parti.

O capuz se moveu como se Ômega tivesse se retraído.

Por que isso?

Ao longo das eras, determinei que minha força está na criação. Não em sua manutenção. Pensou no filho e na filha nascidos dela. *O ato de dar a vida a um mortal – ou a muitos deles – não é o mesmo que criá-los. Todavia, só sabemos disso quando já é tarde demais. Até que se tenha feito estragos lamentáveis.*

Foi um alívio dizer a verdade, mas conteve-se. Seu irmão dificilmente era um confidente confiável e ela já lhe dera demais.

Nesse meio-tempo, Ômega inclinou a cabeça e flanou para a balaustrada, olhando para os degraus e para o que havia embaixo. Em seguida, voltou para perto dela, e a Virgem Escriba se preparou para algum tipo de pronunciamento. Ou algum insulto triunfal sobre sua falta de coragem.

Onde tu ficas agora?, perguntou ele, em vez disso.

Passo algum tempo com o Pai. Sobretudo, porém, revisito os séculos e observo meu comportamento. Procuro ver onde errei. Há tanto o que rever nesse aspecto. Uma urgência em mudar o curso do irmão despertou-lhe o ímpeto de flanar até junto dele, mas manteve-se onde estava. *E é por isso que te digo, para. Desista. Deserta o campo de conflito e salva-te.*

Ômega deu de ombros por baixo das vestes esfarrapadas.

E depois fazer o quê?

Exista. Aprenda. Quando Ômega fez um som de desdém, a Virgem Escriba endureceu seu tom. *Isto é preferível a não existir.*

Ainda posso vencer, percebes isso, não? O capuz se virou para ela. *Assumes como certo que o resultado a favorecerá.*

Por certo é melhor conceder a arriscar a destruição.

Uma das mangas do manto maltrapilho se ergueu, e a sombra negra do irmão pareceu estar erguendo um dedo.

Ah, mas lembra-te da minha natureza.

Mesmo se fores o aniquilado? Decerto seria um testemunho tolo do teu caráter.

Pelo menos será meu propósito culminado, que é mais do que podemos dizer de ti agora.

A Virgem Escriba meneou a cabeça.

A criação está interligada aos cuidados. Pelo menos deveria ser. Distingui-me no primeiro, procuro descobrir as habilidades para o segundo. Diria que é uma busca que vale a pena.

Tu e eu somos tão diferentes.

Sim, Irmão meu. Isso nós somos.

Um tom maligno permeou as palavras de Ômega.

Prefiro ser destruído a desaparecer.

Esta é, claro, uma decisão tua.

E te destruirei comigo. De todo modo, quer eu ganhe ou perca, tu não mais estarás livre. *No primeiro caso, será porque lamentarás as mortes de tua preciosa criação, a prisão da tua dor de uma eternidade no Dhunhd da qual terei a perpétua satisfação de saber que manifestei. No segundo, será porque implodirás comigo. O Universo não pode ficar desbalanceado. Nosso Pai não o permitirá, e Ele sacrificará a tua existência para manter o legado d'Ele, acredita em mim. Se eu me for, tu virás junto de mim.*

Era estranho para um imortal temer o próprio fim. Preparar-se para sumir. Desejar evitar tal resultado. E a Virgem Escriba manteve todos esses sentimentos longe, muito longe da superfície de sua consciência.

Isso não depende de nós, disse ela. *O Pai determinará as consequências, se existirem, caso tu venhas a perecer.*

Bem, Ele decerto determinará outro detalhe. A satisfação de Ômega coloriu suas palavras com uma arrogância, outro atributo intrínseco da sua natureza. *Violaste nosso acordo e, portanto, mereço uma compensação. Alteraste o curso do jogo, por conseguinte sou merecedor de uma reparação.*

Quando fiz tal coisa? Ao conversar com Butch esta noite? Muito certamente não alterei o curso de jogo algum. Irmão meu, estás sendo irracional...

O Pai sempre foi nosso intermediário nesse aspecto. Por essa razão solicitarei uma audiência e Ele decidirá o que é justo.

A Virgem Escriba manteve as emoções sob controle quando a frustração surgiu.

E tal declaração é o motivo para me trazeres aqui?

Sim. Exato.

A tua contestação de minhas ações não passa de um pretexto. Nada no curso desta guerra foi alterado...

O filho nascido de ti agora está fora do campo de batalha e muito bem protegido como resultado de tua interferência, e nós dois sabemos que ele é um elemento integral do resultado, dada sua inequívoca importância para o Dhestroyer. *Portanto, ocorreu uma alteração muito material no poder, uma que age em teu benefício, e isto merece uma compensação.*

A Virgem Escriba reconheceu a agressão projetada sobre si pelo que de fato era: a revolta de alguém que está grandemente diminuído e que, no entanto, evita a natureza da realidade. O fim estava próximo, e as perdas do irmão se avolumavam. Ômega se debatia e, por isso, era muito mais perigoso.

Contudo, ela confiava no Pai.

Faz o que precisas fazer, Irmão, disse impassível.

Como sempre.

É só isso o que desejas de mim?

Houve uma pausa, como se Ômega tivesse esperado uma reação mais forte. Tivesse contado com isso. Tivesse desejado por protestos e discussões. Ele sempre adorara um conflito.

Sim, é tudo.

Muito bem, então. Esperarei que o Pai me informe quando Sua decisão tiver sido tomada.

A Virgem Escriba se virou e flutuou em direção à escada. Havia outras maneiras de ir embora, mas ela não queria perder a experiência da descida por aquela grandiosa escadaria com seus degraus brancos de mármore.

Para o caso de ser a última vez.

Quando o irmão se juntou a ela, foi uma surpresa, mas acolheu sua presença. Como de costume, o par ficou separado pelo corrimão de latão, ele à esquerda, ela à direita. E, como de costume, foi ela quem estabeleceu o ritmo, embora nunca soubesse se isso se devia ao fato de que ele a perseguia ou por aderir ao protocolo.

Oras, ela bem podia imaginar.

A Virgem Escriba procedeu lentamente, pois mais um fim poderia estar acontecendo. Não sabia se voltaria a estar na companhia do irmão novamente. De fato, aquela podia ser a última vez dos dois também.

Ao pé da escada, Ômega parou e ela notou a si mesma compelida a parar também.

Tu deverias saber de algo, disse ele com tranquilidade. *Deliberadamente, jamais persegui Vishous. Sempre soube que poderia e estou muitíssimo familiarizado com o fato de que a eliminação dele beneficiaria a minha posição e a minha sobrevivência. Mas declinei envolvê-lo.*

A Virgem Escriba olhou para além da balaustrada.

Devo admitir que isso é inesperado.

Ele é da família, afinal. Meu elo de sangue contigo. E como já disse: há um pouco de bondade em mim.

Tu tens minha gratidão, ela murmurou.

Que infelicidade, isso significa que te destes uma desvantagem sem necessidade. Tu não precisavas ter procurado o Dhestroyer *e plantado a semente como fizeste. Os filhos nascidos de ti sempre me estiveram inalcançáveis.*

Por um momento, a Virgem Escriba se viu tentada a protestar. Para enfatizar que teria feito uma escolha diversa caso tivesse sabido dessa reticência dele. Decidiu deixar essa hostilidade sem expressão.

Obrigada, disse simplesmente.

Após tal nota de gratidão, desvaneceu da presença fraterna, deixando Ômega tomar seu caminho.

Seu irmão era como uma vespa outonal sobrevoando o parapeito de uma janela, banhada pelas últimas luzes do verão, alheia ou recusando-se a acreditar que a morte logo lhe chegaria e o levaria em suas costas, com as pernas curvadas quando o que era móvel se transformava em algo imóvel.

Seu ferrão era algo a que devia prestar especial atenção.

Desse modo, ela lhe permitiria a vitória mesquinha que ele tanto buscava.

Ela tinha preocupações de magnitudes muito maiores. Sempre se consolara com a Profecia do *Dhestroyer*, confortando-se com a certeza de que, por maiores que fossem as perdas e o sofrimento suportados por sua criação perante a mão inclemente do seu irmão, haveria um fim.

Jamais considerara a ideia de que esse término também traria repercussões para si. E se o que o irmão alegava fosse verdade? Se o equilíbrio precisava ser preservado, portanto, com o desaparecimento dele, qual seria a sua posição?

Contudo, talvez estivesse equivocada quanto à inevitabilidade do fracasso do irmão. Por certo, nunca previra tantos dos eventos que aconteceram.

Por maiores que fossem seus poderes, não era o Pai deles.

O futuro não lhe pertencia para comandar.

E jamais sonhara com um momento em que teria de escolher entre a própria existência... e a da sua criação.

Capítulo 40

O TREM CHACOALHAVA E O BALANÇO suave aliado ao som metálico distante das rodas nos trilhos formaram uma canção de ninar e fizeram as pálpebras de Jo pesar. Quando embarcara no 701 da Keystone Service para Harrisburg às 8h18 da manhã, teve a sorte de conseguir uma fila de assentos, mas isso não durou muito tempo. Havia muitas pessoas a caminho do trabalho, por isso logo teve de colocar a mochila nos pés para que outro passageiro se acomodasse.

O trajeto durava pouco mais de três horas, e poderia ter ido de carro, mas já que Nova York ficava bem no meio da rota mais reta, preferiu evitar o objeto imóvel que era o trânsito da cidade na hora do *rush*.

Além disso, havia certa magia em ir de trem. Do outro lado da janela ampla, viu o cenário mudar, os bairros residenciais sendo substituídos pelos prédios altos à medida que se aproximavam de Manhattan; depois os arranha-céus surgiram, as pontes da Grande Maçã ao longo do rio Hudson. Depois disso, houve uma descida subterrânea, desaceleração e a parada na grande cidade, com mais uma troca de passageiros na Penn Station. Por fim, voltaram a partir e o ar do vagão cheirava a óleo e carvão à medida que prosseguiam por mais túneis do sistema subterrâneo.

A luz forte novamente, com a cidade sendo deixada para trás, as árvores e os gramados de Nova Jersey sempre eram uma surpresa, dado o congestionamento de concreto de Nova York.

O trem chegou à estação da Rua 30 no horário, e Jo permaneceu sentada em silêncio por um instante antes de pegar a mochila e se levantar. Não precisou esperar muito para sair e, quando chegou à plataforma, olhou ao redor, com a corrente de ar quente do motor esvoaçando uma mecha do seu cabelo.

Em seguida, sem que se desse conta, já estava do lado externo da construção quadrada e cheia de colunas, com grades nos painéis de vidro, que sempre a lembraram de um presídio federal. Ou talvez fosse apenas a Filadélfia, por si só, que a fazia ter pensamentos de natureza penal.

Talvez fosse sua família que tivesse esse efeito.

Usando o celular, chamou um carro para levá-la para casa. Quando o motorista passou pelas colunas de pedra e seguiu pelo caminho para carros, relanceou para Jo pelo espelho retrovisor interno do Toyota Sienna.

– Pensei que isto fosse um prédio oficial... – Balançou a cabeça. – Opa, desculpe,.. Não é da minha conta.

– Não, não. É de uma família. Um casal mora aqui.

– Hum... Olha só, quem diria. – Olhou pela janela lateral, para as árvores que ainda deveriam florescer, e as estátuas que permaneciam imutáveis em qualquer estação do ano. – Está procurando emprego aqui ou algo assim?

Jo pensou no papel que desempenhou naquela casa enquanto crescia.

– Já fui contratada.

– Ah, parabéns! O salário deve ser bom.

Bem, permitiu que concluísse a faculdade sem dívidas. Mas só porque entrara na Williams, faculdade frequentada pelo pai. Com frequência imaginara como a parte financeira do seu bacharelado teria se resolvido caso tivesse sido admitida por uma faculdade estadual. Quando foi aprovada para o mestrado do programa de Língua Inglesa de Yale, por exemplo, eles deixaram claro que ela teria de arcar com os custos sozinha.

Portanto, muito naturalmente, ela foi procurar um emprego.

— Puta merda, olha só essa casa!

— É, bem grande, não?

A enorme mansão ficava no alto de uma colina, embora Jo tivesse a sensação de que era um buraco em seu estômago que tornava o lugar ameaçador, em vez de algo por trás das janelas com vitrais ou debaixo das vigas do telhado imponente.

Pagou o motorista, saiu e esperou que o veículo se afastasse colina abaixo. Tinha a sensação de que, se houvesse um carro à vista, as chances de ser mandada embora aumentariam.

Quando o táxi se foi, aproveitou um instante para olhar ao redor. Tudo estava onde devia estar, as moitas protegidas do frio por coberturas de aniagem com bainhas bem costuradas, o gramado desprovido de qualquer sujeira, o caminho de pedestres de pedras azuis e cinza brilhantes que davam voltas nos canteiros de flores desde a entrada.

Quando subiu os degraus até a porta principal, antecipou o disparo de algum alarme que avisaria os moradores da chegada da filha à propriedade – não que tivesse sido oficialmente expulsa ou algo assim. Fora mais um acordo tácito de que a compulsão dos Early em serem pais não tivera um resultado favorável para ambas as partes, adotada e adotantes.

A campainha, quando pressionada, emitiu um som baixo; não era bem uma campainha, tampouco um alarme. Era um som antiquado, gerado por um mecanismo que ela imaginava, assim como os pisos e as molduras internas, fosse original da casa. Não sabia exatamente como funcionava nem onde a coisa ficava depois da entrada, e ficou se perguntando, caso ela quebrasse, se alguém conseguiria consertá-la...

A porta se abriu.

— Olá, pai – disse com suavidade. – Surpresa!

— E aí, vai fazer alguma coisa com o seu guarda-roupa ou só vai ficar olhando pra essas merdas?

O PECADOR | 349

Quando V. falou de trás dos seus Quatro Brinquedos, Butch pigarreou e teve a intenção de se afastar dos três primeiros varões de roupas. Objetivo negado.

– Tira, fala sério. Você está começando a me assustar. Parece até que saiu de um episódio de *Atividade Paranormal*.

– Esse filme era sobre fantasmas, não vampiros. E eu estou bem.

– Você está aí parado que nem uma estátua faz uns quinze minutos. Dezesseis. Dezessete... Vai continuar com a merda dessa ampulheta?

Butch balançou a cabeça e foi para o sofá do Buraco. Acomodando a bunda, foi sorver um gole de Lag e descobriu que o copo estava vazio. Em vez de se servir de mais uma dose, deixou o cilindro de cristal na mesa de centro.

– Hum, reencontrei uma pessoa hoje à noite.

V. se inclinou para fora da floresta dos seus monitores, erguendo as sobrancelhas negras sobre os olhos diamantinos reluzentes.

– Qual é o nome dela?

– Não disse que era uma mulher.

– Nem precisou. Esse tom de culpa é bem revelador.

– Não foi nada disso.

– O que não foi?

Butch se pôs de pé de novo e foi até a porta que dava para fora. Depois voltou e foi até as roupas. Depois até o sofá.

Maldita luz do sol!

– Olha aqui, tira – V. disse ao se afastar dos teclados. – Eu só estava tirando sarro. Você se autocastraria antes de ficar com outra fêmea. Mas qual é o problema?

– Ela era amiga da Janie.

– Ai, caramba... – V. cruzou os braços diante do peito e esticou o pé coberto por uma meia grossa, usando um dos *subwoofers* como pufe. – Por que não disse nada?

– Estou contando agora, não estou?

V. apontou para o corredor com a cabeça.

— Contou pra Marissa?

— Não, porque não é importante. — Quando Vishous ficou o encarando na sala de estar, Butch teve vontade de quebrar alguma coisa. Talvez a mesa de pebolim. — Estou falando sério. Não foi.

— Claro que não. Absolutamente. Quer falar sobre o tempo? Ou quem sabe sobre o que Fritz vai servir na Primeira Refeição?

Butch passou as mãos pelos cabelos.

— O nome dela é Mel. Eu não a via há... uns vinte anos? Talvez mais do que isso. — Visualizou o bustiê que ajudou a tirar. — Ela ficou bem diferente do que imaginei. Era pra ela e Janie estarem casadas a esta altura, como a minha irmã Joyce. Ter um casal de filhos. Maridos que trabalham em empregos que pagam o suficiente pra que elas ficassem em casa.

— Então o que aconteceu com ela?

— Nada disso. Nem perto... Ela, hum, ah, se mudou para Caldwell. Costumava ser modelo em Nova York. Coleciona roupas, assim como eu.

— Costumava ser modelo e saiu de Manhattan? Então é acompanhante de luxo...

— Eu não falei porra nenhuma assim – Butch ralhou.

— Não precisou.

Butch esfregou os olhos e constatou que o discernimento sempre exato do colega de quarto às vezes era bem irritante.

— Ela te ofereceu seus serviços? — V. perguntou. — E você respondeu que não, mas enquanto sua boca formava a resposta, o seu cérebro ia numa direção diferente e bem mais nua? Uma que, apesar de nunca, jamais seguir na vida real, fez você se sentir mal só de pensar?

— Não. — Balançou a cabeça. — Nisso pelo menos tenho um consolo. Mel tomou banho bem na minha frente, pra falar a verdade. E por mais linda que ela seja, não senti nada debaixo da cintura, e essa é a mais pura verdade, juro por Deus.

— Ora, ora, veja só você dando uma de coroinha de igreja. Sabe que não estou nada surpreso? E você já está até se referindo a ela no passado. Só achei melhor apontar isso para a sua consciência hiperativa.

Butch só deu de ombros.

– Eu a vi pela primeira vez umas noites atrás, sabe? Por acaso, no centro. Ela estava a caminho de uma boate, eu estava saindo da garagem depois de ter estacionado o R8. E, ontem à noite, depois que você e eu conversamos, Mel estava ali na rua quando eu saí. Ela havia sido... machucada. Bem feio. Por um homem.

– Merda! Você a mandou para o sistema humano?

– Ela se recusou. – Butch pegou o copo e tomou um gole do recipiente vazio, prova de que os vícios em parte eram biomecânicos, memória muscular advinda do hábito. – Eu a levei para casa. Você sabe, só para garantir que ela chegaria até lá bem.

Enquanto as imagens dos cortes e dos hematomas passavam pela sua mente, Butch se retraiu.

– Tenho certeza de que ela está bem.

– Você não tem certeza de nada – Vishous rebateu.

Enquanto conclusões paranoicas povoavam seu crânio, Butch as dispensou uma a uma. Ou tentou fazer isso.

– Acho que só estou exausto.

– Ah, qual é! Você parece ter chegado de férias de um mês nos trópicos. Se exibisse mais saúde do que está irradiando agora, você seria o próprio sol.

Butch deixou essa passar.

– Não vou mais vê-la. – Pigarreou. – Vou simplesmente me esquecer dela. Além disso, Mel prometeu que não contaria a Joyce que me viu. Então, não vai ter problema.

– Se não vai ter problema, por que não contou pra Marissa?

Butch ficou contemplando os ternos pendurados e se perguntando por que exatamente precisava de tantas variações do mesmo tom de azul-marinho em sua vida.

– Estou pensando em doar o meu guarda-roupa.

V. soltou um palavrão.

– Essa mulher te acertou com um tijolo na cabeça ou o quê? Mas que porra...

– Gosto de roupas, mas eu as estou usando como camuflagem.

– Porque está escondendo o quê? Fora as suas próprias bolas.

Butch olhou inexpressivo para o amigo.

– Estou tentando camuflar o fato de que não sou merecedor da fêmea que divide a cama comigo todas as noites. Coloco belas roupas no meu corpo na esperança de que ela não enxergue abaixo da superfície. É isso o que estou fazendo.

– Não está, não.

– Sim, estou. E não tinha percebido isso até ver a casa da Mel ontem à noite. Ela faz exatamente a mesma coisa. Talvez houvesse algo na água de Southie... nos tempos em que crescemos lá. – Butch balançou a cabeça pesaroso. – Não falei sobre isso com a Marissa não por causa da Mel. Mas por minha causa.

Esfregou os olhos. A nuca. O ombro.

– E tem mais uma coisa – ouviu-se dizer.

Pare de falar, uma voz dentro da sua cabeça ordenou.

De repente, seu colega de quarto se endireitou.

– O que mais, tira?

Capítulo 41

— Ora, Josephine. Esta é uma verdadeira surpresa. Sente-se, por favor.

A sala de desjejum na casa dos pais era um apêndice da sala de jantar, uma ramificação circular decorada com um mural de um jardim tão alegre quanto um dia primaveril. O tampo de vidro da mesa no centro estava apoiado num pedestal de arabescos em ferro branco, e havia oito cadeiras de vime ao redor da beirada chanfrada. Uma parede era toda de janelas com vidraças em forma de losangos que davam para a piscina e para o verdadeiro jardim e permitia a entrada de tanta luz que Jo teve que piscar.

A mesa estava posta para apenas uma pessoa, o garfo e a faca de prata de lei ainda não tinham sido erguidos do seu repouso sobre o guardanapo adamascado meticulosamente dobrado; o *New York Times* e o *Washington Post* ainda estavam fechados dispostos ao lado direito. O prato sobre o *sousplat* prata tinha um monograma pintado, e havia metade de uma toranja sobre ele. E também um ovo *à la coque* num porta-ovo junto ao café servido.

— Josephine?

Ela voltou a se concentrar e puxou uma das cadeiras desocupadas. Quando se sentou, acomodando o guardanapo no colo, certificou-se de que os joelhos estivessem unidos e os tornozelos cruzados sob a cadeira.

— Gostaria de algo para comer? – o pai perguntou. – Pedirei a Maria que prepare o que quiser.

Até ali, Jo não olhara para o homem, mesmo quando ele próprio abrira a pesada e bem lubrificada porta de entrada. A voz, então, era como a de um fantasma. A não ser pelo fato de ele estar ali.

— Não, obrigada. Não estou com fome.

— Muito bem. – Ele puxou a própria cadeira sobre o tapete verde e amarelo de cerdas curtas, feito sob encomenda para aquele ambiente. – Devo confessar, isto é uma surpresa.

— Sim. Perdoe-me. Eu deveria ter telefonado. Onde está mamãe?

— Ela está fora com Constance Franck e Virginia Sterling. Ficarão uma semana de férias nas Bermudas. Você sabia que Virginia e o marido acabaram de comprar uma casa lá? Sua mãe estava muito impaciente para conhecer o lugar. Estarão de volta no domingo. Tem certeza de que não posso providenciar nada para você?

Como se estivesse em um hotel com restaurante.

— Não. Obrigada.

Jo não notou o silêncio que se fez, a não ser quando o pai pigarreou.

— Então? – ele a incentivou a falar.

— Não preciso de dinheiro – informou. – Apenas gostaria de conversar com o senhor.

— Sobre o quê? Creia, isto está me parecendo um tanto agourento. Inspirando fundo... ergueu o olhar.

Seu primeiro pensamento foi que Randolph Chance Early III envelhecera. A cabeça tomada de cabelos grisalhos estava mais para quase fios brancos na totalidade, e havia novas rugas ao redor dos olhos azul-claros. Fora isso, a impressão física provocada era a que ela se lembrava. Os lábios continuavam finos, testemunho de sua predileção pelo autocontrole, pela ordem, e pela absoluta negação de prazer, no que quer que fosse, e as roupas eram as mesmas: paletó azul-marinho, calças de lã cinza, camisa social branca e a gravata era um acessório que ele certamente já saíra vestindo do útero.

Seu segundo pensamento foi de que o pai era menos assustador do que ela sempre imaginou que fosse. Incrível como ser financeiramente independente lhe dava a sensação de que era muito mais alta do que a sua versão de cinco anos de idade, para a qual sempre voltava toda vez que colocava os pés naquela casa. Não que fosse rica, longe disso. Mas estava sobrevivendo por conta própria, e nenhum nível de desinteresse ou desaprovação da parte dele ou de qualquer outra pessoa diminuiria isso.

Abrindo o zíper da mochila, pegou a pasta parda que retirara da gaveta da cozinha. Abrindo a capa, puxou a foto em preto e branco do doutor Manuel Manello e a colocou sobre a mesa.

– Conhece este homem? – perguntou ao virar a imagem e empurrá-la ao longo da superfície de vidro.

O pai limpou os lábios embora não tivesse sequer sorvido um gole de café nem comido uma colherada da toranja tampouco do ovo. Em seguida, inclinou-se para a frente, segurando a gravata no lugar para que não resvalasse em nada.

Do lado oposto da porta vaivém usada pelos criados, sons sutis de uma cozinha agitada se fizeram ouvir, preenchendo o silêncio. E, à medida que a ansiedade de Jo aumentava, ela se ateve aos sons das vozes baixas. Ao barulho da faca que picava. Ao ocasional som de metal contra metal, uma panela sendo arrastada no tampo do fogão de dezesseis bocas.

– Não, não o conheço. – O pai ergueu o olhar. – Do que isto se trata?

Jo tentou encontrar a combinação perfeita de palavras para se explicar, mas percebeu que não havia uma. Além disso, do que exatamente queria poupá-lo?

Talvez estivesse mesmo à procura da combinação que destrancasse seu passado em sílabas que conseguisse deslocar.

– Ele supostamente é meu irmão.

Chance Early franziu o cenho.

– Impossível. Sua mãe e eu adotamos apenas você.

Jo abriu a boca. Fechou-a. Inspirou fundo.

– Ele supostamente é meu irmão biológico.

– Ah... – O pai se aprumou na cadeira. – Bem, lamento, mas não sei nada sobre isso. Sua adoção foi fechada. Não temos registros da mulher que lhe deu à luz.

– Lembra-se do nome da agência que utilizaram?

– Foi por intermédio da Igreja Católica. Da diocese local daqui. No entanto, asseguro-lhe que ela foi fechada há anos. Como sabe que esse homem é seu parente?

– Tenho um amigo jornalista. Ele investigou até o hospital em que nasci. Conversando com as pessoas de lá, descobriu que minha mãe usou um pseudônimo, e que alguém de mesmo nome também dera à luz a este homem, que foi adotado. Seu nome é Manuel Manello.

– Mas então você já sabe a história. Por que precisa me questionar sobre o assunto?

Os olhos de Jo se desviaram para a janela. Do lado de fora, no frio, um homem com uma roupa verde-escura de jardineiro apareceu em seu campo de visão com uma enxada.

– Só pensei que talvez o senhor ou a mamãe pudessem se lembrar de algo.

O pai pegou a colher de prata junto da faca. Enterrando-a na toranja, franziu o cenho novamente ao levar o pedaço à boca.

– Sinto dizer que a resposta é não. E por que está investigando isso?

Jo piscou.

– É a minha história.

– Mas isso não importa.

Ela se concentrou novamente no jardineiro.

– Importa para mim.

Quando Jo se levantou, ele disse:

– Já vai?

– Acredito que seja melhor assim.

– Bem. – O pai deu tapinhas nos lábios com aquele guardanapo. – Como achar melhor. Tem alguma mensagem para sua mãe?

– Não, não tenho. – Pelo menos não para sua mãe adotiva. – Obrigada.

Não tinha a mínima ideia do que estava agradecendo ao pegar a foto de volta. O fato de ter chegado à maturidade viva? Só podia ser isso.

Retornando a pasta à mochila, fechou o zíper, deu um aceno de cabeça e se virou. Atravessando a sala de jantar, fez uma pausa diante do retrato da mãe pendurado acima da mesa lateral. A Sra. Philomena "Phillie" Early era bela ao estilo Grace Kelly, uma loira platinada com ossos faciais de um puro-sangue.

– Jo.

Ela olhou por cima do ombro. O pai se aproximara, parando sob o arco da sala de desjejum, com o guardanapo na mão e os dedos remexendo no tecido.

– Perdoe-me. Sempre achei ter lidado mal com esse assunto. É a sensação de fracasso por não ter dado um filho à esposa. Estou certo de que entende isso.

– Sinto muito – disse Jo porque sentiu que era o que deveria dizer.

– Posso lhe dar o nome do nosso advogado na época. Não creio que ainda esteja exercendo a profissão, mas ele deve saber o nome verdadeiro da mulher quando tratou da papelada junto à diocese. Mesmo que o hospital em que se internara tenha lhe dado um pseudônimo, legalmente ela teria de usar o nome real para abrir mão dos direitos parentais. Talvez isso a ajude?

– Mas ela morreu.

– Não pelo que soubemos.

Jo se retraiu, sem saber em qual história acreditar. Mas voltou a se concentrar.

– Gostaria dessa informação, por favor.

O pai assentiu e se aproximou.

– Está nos meus registros do escritório.

Jo o seguiu ao longo do átrio bem polido e entrou numa sala com painel de madeira que sempre a fez pensar numa caixinha de joias. Junto à escrivaninha, o pai se abaixou.

— Você tem uma pasta própria — informou.

Como se ela fosse um carro e ele mantivesse os registros de manutenção para se certificar da garantia dos serviços.

Retirando uma pasta grossa amarrada com um elástico, ele se sentou e verificou os documentos enquanto Jo se perguntava o motivo de ela ser tão volumosa.

— Guardei todos os seus boletins escolares e resultados de exames — ele disse como se tivesse lido sua mente.

Por quê?, ela quis perguntar. Mas, pensando bem, talvez ele achasse que precisaria deles caso desejasse devolvê-la ao hospital em que nascera.

Observando os dedos finos pegarem os papéis guardados, refletiu sobre o quanto ele parecia frágil, com o corpo magro inclinado, os ombros estreitos encurvados. Por algum motivo, a fraqueza física dele a fez pensar em todos os comportamentos adequados nas quais ele sempre insistira e como esses protocolos definiram sua infância e início da fase adulta, apresentados a ela como um teste de moralidade ou de valia no qual ela tinha que passar. Engraçado, agora ela só via as regras arbitrárias como um mecanismo de defesa de um homem débil, avesso ao conflito, um que passara a vida com uma admirável falta de distinção pessoal apesar de toda a distinção histórica de sua linhagem.

— Aqui está — disse ele. — O nome e o telefone dele.

O pai estendeu-lhe um cartão de visitas e Jo o pegou. Robert J. Temple. Com um endereço do centro de Filadélfia e um número com código de área 215. Nenhum nome de empresa indicado.

Apoiando o cartãozinho sobre o mata-borrão de couro, Jo pegou o celular e tirou uma foto dele.

— Obrigada — agradeceu ao devolvê-lo.

— De nada.

Jo sentiu como se devesse esperar que o cartão de visitas fosse recolocado na sua pasta, e a capa fosse fechada com a tira de elástico. O pai, em seguida, devolveu a coleção de documentos para a gaveta mais baixa e se levantou. Como se a reunião de trabalho tivesse terminado.

– Mande lembranças à mamãe, por favor – Jo pediu.

Dessa vez o homem sorriu.

– Ah, certamente farei isso. E ela retribuirá, estou certo disso.

Chance Early estava satisfeito porque isso era algo apropriado a dizer e fazer. O que lhe daria algo apropriado para transmitir à esposa quando o assunto da visita inesperada surgisse.

– Ah, precisa de uma carona para algum lugar? – Chance Early perguntou. – Não notei um carro na entrada.

– Não, vim de Lyft.

– Como assim? Tom pode levá-la aonde precisar ir.

Claro que o homem nunca ouvira falar de Lyft ou de Uber.

– Quis dizer táxi. – Ela ajustou uma das alças da mochila. – Vou chamar um e esperar nos degraus da entrada. Vou aproveitar o ar fresco e a luz do sol.

O pai não se deu ao trabalho de esconder o alívio estampado em seu rosto.

– Muito bem. Foi maravilhoso revê-la, Jo. Esperarei ansioso pela próxima visita.

Ele lhe ofereceu a mão.

Jo a aceitou, apertando a mão que lhe pareceu seca e esquelética.

– Obrigada. Não precisa me acompanhar, assim não atrapalharei mais o seu café da manhã.

– Muita consideração de sua parte.

Quando saiu da casa, Jo pegou o celular. Um número que não estava em seus contatos tinha ligado e deixado um recado, mas ela ignorou a notificação e acessou o aplicativo do Lyft.

Estava apoiada nas pedras aquecidas da mansão, com o rosto voltado para o sol quando um Nissan Stanza encostou. Entrando na parte de trás, recusou as balas, a chance de escolher a estação de rádio e de aumentar ou diminuir a temperatura. O motorista era conversador e ela ficou contente com isso. Quando ele acelerou, Jo teve a sensação de que nunca mais voltaria à casa dos pais e que precisava distrair-se dessa conclusão.

Só que, é claro, voltaria. Visitara os pais no Natal, apenas três meses antes. E o Natal voltaria a chegar dali a outros oito. Portanto, estava claro que voltaria...

Jo não se lembrava muito do trajeto de volta à estação da Rua 30. Ou precisamente como voltara a embarcar no trem.

Pelo menos conseguiu se sentar novamente junto à janela.

Enquanto se acomodava, desejando a sorte de ter o vagão só para si, pegou o celular e voltou a verificar se Syn havia telefonado. Ficou desapontada ao ver que não. Mas, pensando bem, era ela quem precisava ligar primeiro para ele, não?

Em vez de telefonar para Syn, entrou no Safari e fez uma pesquisa no Google a respeito do advogado cujo serviço seus pais tinham contratado e encontrou o obituário do homem. Tinha morrido dez anos atrás.

Naturalmente.

Para passar o tempo até que o trem começasse a se mover e pudesse cochilar encostada na janela, acessou o correio de voz para ouvir a mensagem deixada pelo número desconhecido, já antecipando que seria alguma oferta fajuta de seguro de saúde ou algum golpe em relação aos débitos estudantis que ela não tinha.

Olá, Srta. Early. Aqui é do Atendimento de Urgência do Hospital St. Francis. Esteve aqui há 72 horas mais ou menos? E fez um exame de sangue? Bem, descobrimos que houve alguma contaminação da amostra no laboratório. Detestamos ter que lhe pedir isso, mas poderia voltar para refazer a coleta? Uma vez mais, lamentamos o inconveniente. Nunca aconteceu algo assim antes. Deve ter havido alguma confusão da parte laboratorial, mas eles estão dizendo que não é possível interpretar os dados colhidos. Ah, sim, nosso número é...

Jo encerrou a mensagem. Nada daquilo estava na sua lista de preocupações. Além do mais, basicamente tinha sido liberada pela médica e...

Franzindo o nariz, esfregou-o, pois um fedor horrendo invadia suas narinas. Quando pareceu não haver escapatória para tamanha fetidez, inclinou-se para espiar o corredor. Dois homens tinham entrado na parte de trás do vagão, e o cheiro só podia vir deles.

Presumindo que o par tivesse pendurado gambás mortos ao redor dos pescoços debaixo dos casacos.

Jo piscou e voltou a esfregar o nariz. Meu Deus, nunca tinha sentido nenhum cheiro tão fedido como esse. Era como se talco de bebê tivesse se misturado com carniça...

De repente, uma dor de cabeça chegou com tudo, e o crânio começou a latejar. Ficou óbvio que o gatilho tinha sido o cheiro.

Não. Não vou aguentar isso por duas horas, resolveu. *Pouco me importa se vai parecer rude.*

Apanhando a mochila, levantou-se e seguiu para o vagão da frente. Graças a Deus, o cheiro não se propagou até lá.

Bem quando o trem sacolejou e começou a andar, Jo se sentou junto a outra janela e massageou as têmporas. Enquanto a agonia continuava a crescer, recusou-se a se submeter a ela. Por algum motivo, tinha a sensação de que a dor tentava distraí-la. Tirá-la de algum caminho de pensamentos.

Por mais que parecesse loucura. Antropoformizar uma enxaqueca? Sério?

Ainda assim... aquele fedor. Algo naquele mau cheiro...

Mesmo quando a dor se tornou ainda mais lancinante, Jo continuou investigando a convicção de que já sentira aquele terrível fedor antes. Recentemente. Muito recentemente.

Voltando-se para o celular, buscou o histórico de chamadas. Sem saber o que procurava, verificou as chamadas recebidas e as feitas nos últimos dias. Muitas chamadas trocadas com McCordle. Dougie querendo dinheiro. Bobagens de telemarketing...

Jo se sentou mais ereta.

Que diabos esteve fazendo ao conversar com Bill às dez da noite? Diversas vezes?

Estava em casa naquele dia. Ou deveria ter estado. E, mesmo assim, não tinha lembrança alguma de ter conversado com ele. Sim, claro, jogavam conversa fora sobre o hobby que partilhavam acerca de eventos sobrenaturais, mas não depois das dez da noite e durante a semana. E não tantas vezes seguidas num curto espaço de tempo...

Não, espere, pensou. Saíra para algum lugar. Saíra em busca de... alguma coisa.

Sim, de carro. Estava chovendo.

Gemendo, Jo guardou o celular e teve que deixar a cabeça descansar. Enquanto respirava profundamente, jurou descobrir onde diabos estivera e por que tinha ligado para o amigo.

Estava farta das lacunas de informações em sua vida.

Pelo menos um simples mistério como onde esteve enquanto falava com Bill tinha que ser solucionado.

Tinha que ser.

Capítulo 42

Trinta minutos depois do pôr do sol, Butch estacionou o R8 na garagem do centro e, dessa vez, não esperava encontrar ninguém. Não encontraria Mel. Nem o colega de quarto. Tampouco a mãe distante do colega de quarto.

Exato, não estava interessado em cruzar caminhos com ninguém.

Mas, puta que o pariu, teria sido ótimo poder se desmaterializar.

Em vez disso, foi a pé. Saindo da garagem, levantou o colarinho da jaqueta de couro, abaixou a cabeça e começou a correr. O restante da Irmandade ainda estava na mansão, fazendo a checagem das armas – algo em que, tecnicamente, ele também deveria estar envolvido. Mas e daí? Precisava de um pouquinho de tempo para si antes de...

Quando seu celular tocou, ele o tirou da jaqueta e silenciou a vibração sem nem se dar ao trabalho de ver quem era que estava chamando. Aquilo ali não demoraria muito e, assim que tivesse terminado, encontraria o pessoal em casa, faria seu *mea culpa* e daria prosseguimento com o programado.

Levou seis minutos para chegar ao destino e quando olhou para o topo do edifício de vinte andares, ocorreu-lhe que não se lembrava de como ele e Mel entraram ali na noite anterior. Tinha sido pela entrada central? Pareceu-lhe improvável devido às portas giratórias que estavam trancadas por já passar do horário comercial.

Por trás?

Um incômodo eriçou sua nuca, e Butch espalmou uma das pistolas ao dar a volta no prédio. No meio do quarteirão, encontrou uma entrada sem indicações, mas estava trancada e sem espaço para ser forçada.

Maldição, a porta ali não tinha sequer uma fechadura para ser forçada, nem um leitor magnético. Tinha que ser uma saída de emergência.

Dando mais uma volta, foi parar na parte de trás da propriedade, onde esperava encontrar uma área de carga e descarga junto ao estacionamento. Teve suas preces atendidas. Mas a boa notícia só chegou até aí. Não havia como entrar por ali. Não pelas portas de enrolar de aço que estavam trancadas nem pelas três portas normais com seus leitores eletrônicos para os quais – veja só – ele não tinha um cartão de acesso.

Deu a volta na planta do prédio. Duas vezes. Antes de desistir.

Pegou o celular e estava xingando ao apertar o botão da chamada. Nem precisou rolar para os contatos. O cretino foi a última pessoa que ligou para ele. Três vezes seguidas. Nos últimos três minutos e meio...

– Onde diabos você está? – V. estrepitou.

– Não importa. Preciso de um favor...

– Ah, isso não importa. Estou trancafiado aqui! Com o Lassiter, P.S., que vai me obrigar a assistir a *Os Monstros* a noite inteira...

– ... preciso entrar num prédio...

– ... sendo que sou um macho do tipo *A Família Addams*...

– ... que tem aqueles leitores de cartões...

– ... mas, mais precisamente, você sumiu durante a inspeção das armas...

Ao mesmo tempo, os dois pararam de falar e berraram:

– Dá pra você prestar uma porra de atenção no que estou falando?

E depois, também ao mesmo tempo:

– Você está assistindo à TV com o Lassiter?

– Você está tentando invadir um prédio?

Butch combateu uma onda de frustração.

– Olha só, não tem nada a ver com o trabalho. Eu só preciso entrar num lugar e você é a única pessoa que pode me ajudar.

– Onde você está? E se você repetir que não importa, juro que vou socar este anjo só porque é ele quem está mais perto de mim.

– Não importa...

Do outro lado da linha se ouviu: *AI! Mas que PORRA, V.!*

– Ahhh, como isso foi bom – V. murmurou. – Obrigado.

– Não há de quê.

Butch olhou para a porta de carga e descarga do prédio, viu as câmeras de segurança nos cantos e acima de cada uma das três portas. Também havia um contêiner de lixo do tamanho de um vagão de trem e uma unidade de armazenamento de registros Iron Mountain. Nenhum dos dois seria de grande ajuda. Praguejou.

– Você por acaso não teria um cartão universal para todo tipo de leitor? Não quero disparar o alarme.

Houve um barulho de tecido, como se o cara estivesse se levantando do sofá. Depois, num tom mais baixo, V. perguntou:

– Onde você está, tira?

– Isso não tem nada a ver com a guerra nem nada assim.

– Ok, só um minuto.

Butch suspirou aliviado só para depois dar um pulo de susto quando V. se materializou bem na sua frente. O irmão estava vestido com couro e calçava coturnos – maravilha –, só não trazia absolutamente nenhuma arma consigo. A menos que se contasse a língua ácida, que só servia de material numa discussão.

Mas, pensando bem...

Ele tinha aquela mão dele. Mas, mesmo assim...

– Que *diabos* está fazendo aqui? – Butch ladrou no telefone.

– Ah, sim, claro – V. rebateu irritado em seu próprio celular. – Tudo bem pra você estar aqui em perigo...

– Volta pra casa!

– Pensei que precisasse de ajuda, babaca... – V. parou. Afastou o aparelho do ouvido. Encerrou a ligação. – Então tá, estamos cara a cara agora. Que tal se berrarmos e gritarmos um pro outro pessoalmente?

Butch também afastou o celular do ouvido.

– Você não está armado.

– E as suas armas não foram checadas.

– *Touché*! Pelo menos você não está vestindo um pijama da Pequena Sereia.

– Você não acreditaria como eu fico sexy nele. – V. avaliou a parte de trás do prédio. – Então este é o nosso alvo.

– Não tem nenhum "nosso" aqui. – Quando V. começou a andar, Butch o segurou pelo braço. – É perigoso demais você ficar aqui. Lembra-se da nossa conversinha?

– Você sentiria a presença de assassinos por perto. Tem algum?

– Bem, não. Mas pode haver a qualquer...

– Então, este é o *nosso* alvo. – V. foi até uma das baias de carga e saltou na plataforma que devia ser da altura do peito. Depois que inspecionou os painéis trancados, declarou. – Tudo bem, acho que sei o que fazer.

– Não devia ter te ligado.

– Tá falando sério? Isso aqui é muito melhor do que...

E V. se desmaterializou no meio da frase.

Parado ali sozinho da silva, Butch bateu no chão com seu coturno como se tivesse apenas cinco anos de idade. Depois ficou imóvel, só esperando ouvir o alarme. Então começou a andar quando nada parecido com uma explosão auricular aconteceu.

O som metálico da porta de enrolar sendo erguida soou alto no silêncio da noite, e as pernas cobertas de couro de V., assim como a camiseta e os ombros nus, foram revelados centímetro a centímetro.

– ... do que ficar em casa com aquele anjo – ele terminou ao se inclinar para baixo e estender a mão. – E eu juro por Deus, seria ele ou eu.

Butch agarrou a mão enluvada e foi suspenso na área de recebimento que era tão encardida quanto o estacionamento.

– Não entendo. Você poderia simplesmente ter largado o cara e voltado para o Buraco.

– Fritz estava limpando o nosso canto.

Quando V. deu de ombros e desceu a porta de rolar com um baque, Butch assobiou baixinho.

– Ah, eu também escolheria o Lassiter nesse caso.

– Juro que aquele mordomo aspiraria as minhas costas se tivesse a oportunidade. – Fechando-os dentro da área de recebimento, V. bateu as mãos. – E aí, aonde vamos?

Butch encarou o colega de quarto. Quando V. simplesmente continuou ali de pé, esperando pacientemente, Butch resolveu aprender aquele truque de invasão de propriedade com Balz.

– Ah, caralho – reclamou.

– É algum departamento daqui? – V. perguntou com provocação. – Ou só o nome de um dos pisos?

Cerrando os molares, Butch olhou ao redor. Graças ao brilhante sinal "SAÍDA" acima de várias passagens dentro do prédio, conseguia avaliar a situação bem o bastante. Não que estivesse inspirado. A não ser por algumas esteiras rolantes para caixas da FedEx e uma bancada comprida que parecia uma estação de processamento de correspondência, não havia muito por ali.

Tivera esperanças de encontrar o desenho de uma planta colado na parede de concreto ou alguma merda desse tipo. Porque os caras que trabalhavam ali tinham que saber aonde ir com os envelopes e as caixas, certo?

– Preciso encontrar o porão – murmurou ao seguir aleatoriamente para uma das portas. Antes de dar mais que dois passos, empunhou uma de suas quarenta milímetros. – Pegue isto. Sei que não vou chegar a lugar nenhum se tentar convencê-lo a ir embora.

– Você me conhece tão bem, não é, não?

– Cala a boca, V. – disse Butch quando os dois foram explorar o local.

Fizeram amor no segundo em que Syn chegou, ao cair da noite.

Esse é o tempo passado correto?, Jo se perguntou ao acionar a seta do carro e depois apoiar a mão na de Syn de novo.

Mas, na verdade, fizeram sexo. Transaram. Treparam. Foderam. Deram um pega, uma paulada, uma carcada...

Qualquer que fosse a gramática empregada, qualquer que fosse o vocábulo escolhido, eles definitivamente estiveram juntos. Basicamente em todo o apartamento. Mas Jo se prometera que já era o suficiente. Dado o... assunto delicado... de Syn... não suportava ser tão egoísta esperando que ele atendesse às suas necessidades sexuais como um garanhão sem receber nada em troca.

E o resultado subsequente para ele era bem pior do que não fazer nada.

Ao seu lado, no banco do passageiro, ele se ajeitou com cuidado, e a contração no rosto lhe disse tudo o que ela precisava saber sobre o quão desconfortável ele estava.

Portanto, não, não tivera intenção de ter intimidade com ele. Só queria vê-lo. Sentir o cheiro dele. Abraçá-lo... E tudo isso aconteceu no segundo em que ele passou pela porta.

Seguido de mais do mesmo. Só que com muito menos roupa.

— Nem acredito que está vindo comigo em mais uma dessas buscas sem sentido — disse.

O modo como ele apertou sua mão estava se tornando muito familiar.

— Não estou trabalhando hoje, portanto não existe nenhum outro lugar em que eu preferiria estar.

Antes que Jo conseguisse pensar em algo para dizer, ele se inclinou e sussurrou em seu ouvido:

— Adoro o jeito como está sorrindo agora. Mais tarde, vai ter que me contar exatamente o que está pensando.

– Ah, bem, agora também estou corando.

– Que bom.

Só que, daí, ele voltou a se mexer como quem está com dor, ao puxar o cinto de segurança para longe do peito e realinhar o quadril com um sibilo.

– Syn, você está bem...?

– Perfeito, de todos os modos. E aí, aonde vamos?

Jo balançou a cabeça, mas deixou o assunto morrer. Ter uma conversa na qual apenas uma pessoa participa é difícil e, evidentemente, ele estava no território "todas as perguntas já foram feitas e respondidas" no que se referia ao seu desconforto.

Mas, puxa, como detestava isso.

– Bem, como você já sabe, estou farta desses lapsos de memória que venho tendo. – Ponderou se devia ou não contar a respeito da viagem que fez para ver o pai, mas seria relevante? Mais precisamente, ponderou se havia algum motivo para atribuir a visita à sua amnésia. – É uma história bem longa, mas creio que vim a este shopping abandonado há algumas noites. Bill, o meu amigo, conversou comigo enquanto eu estava aqui, e também enquanto eu voltava para casa, só que não me lembro nem de ter saído do meu apartamento. De ter dirigido para cá. De ver ou fazer qualquer coisa.

– Bill é aquele casado? Aquele que trabalha com você?

– Sim. Ele e a esposa acabaram de sofrer um aborto espontâneo.

A testa de Syn se crispou ainda mais.

– Lamento muito.

– Eu também. – Jo se inclinou na direção do para-brisa. – Então é isso, quero ir até lá pra checar o lugar. A saída deve ser bem... isso, bem aqui. Lá vamos nós.

Seguindo uma subida na estrada, preparou-se para a dor de cabeça e, claro, assim que fez a última curva e uma fileira de lojas térreas apareceu em seu campo de visão, a dor atingiu em cheio seu lobo frontal.

– Você não tem que fazer isso – Syn disse com seriedade.

— Tenho que fazer alguma coisa.

Quando deixou o carro parar, Jo soube – simplesmente *soube* – que já estivera ali antes. Que já fizera aquilo antes.

— Juro por Deus – murmurou –, é como se alguém ficasse entrando na minha mente e roubando minhas memórias.

— Estacione ali na frente.

— Onde?

— Atrás da marquise, e deixe o carro virado para a saída. Nunca se sabe.

— Ah. Sim, claro.

Quando fez conforme sugerido, Jo concluiu que havia vantagens evidentes em ter um assassino treinado por perto.

Quando saíram do Golf, ela ficou ainda mais impressionada pela orientação de Syn. Seu carro não era grande, e a marquise, que era um ponto de ônibus coberto, preparado para o clima de Adirondack, era perfeita para escondê-lo. Ninguém saberia que estavam ali. E ele tinha razão, se precisassem sair às pressas, só o que precisava fazer era ligar o motor da lata-velha e pressionar o acelerador.

— Então, o Bill disse que vinha me encontrar aqui. – Ela fez uma careta e massageou a nuca quando começaram a andar. – Disse que estava preocupado por eu estar sozinha. Mas não chegou a vir. Ele disse que eu liguei a caminho de casa dizendo que não tinha encontrado nada. Por isso ele deu meia-volta e voltou para a casa dele.

— Você e ele já chegaram a...

Jo virou a cabeça de imediato.

— Meu Deus, nunca. Ele é casado. E mesmo se não fosse, não faz meu tipo.

Syn emitiu um grunhido de satisfação ao ouvir isso e Jo teve que sorrir. Segurando a mão dele, chocou o corpo contra o dele.

— Você é ciumento.

— Não sou, não.

— Mesmo?

— Não. Eu sempre quero arrancar os membros das pessoas, um a um. É um exercício, entende? – Bateu no peitoral. – Desenvolve o músculo cardíaco, os braços. Além da satisfação em destruir o inimigo, que é o melhor troféu de todos.

Ele baixou o olhar para ela e piscou.

– Você é incorrigível – Jo disse.

– Não sei o que essa palavra significa... – Jo tropeçou na beira da calçada, e ele a segurou quando ela se desequilibrou. – Você está bem?

Jo riu. Por nenhum outro motivo além de estarem juntos.

– Sim, estou.

Obrigando-se a se concentrar, passou por cima da corrente e seguiu em frente, inspecionando as lojas escuras enquanto seguiam pela calçada. Não havia muito o que ver. Nada foi deixado para trás. Nada que valesse a pena uma visita noturna.

Deus do céu, como sua cabeça latejava.

Ao fim da calçada coberta, pararam diante do desenho de uma vaca segurando um cone de sorvete com o casco. Quando o vento soprou mais forte, folhas secas rodopiaram ao longo da calçada, juntando-se a outras acumuladas no canto de uma soleira recuada.

Girando para ter uma visão geral, Jo balançou a cabeça, sentindo-se uma tola.

– Bill disse que eu recebi uma dica sobre a qual fui muito vaga. Pelo que me disse, eu falei que estava no meu blog, mas não há nada lá sobre este lugar em nenhuma parte. Ei, há uma escada ali. Se importa se dermos uma olhadinha para ver onde ela vai dar?

– Não. Mostre o caminho, fêmea.

Jo sorriu mais um pouco e os conduziu pelos degraus de concreto, impulsionada por alguma coisa no meio do peito. No fim da descida, parou e deu uma boa olhada no estacionamento deserto...

Uma rajada de vento bagunçou outras folhas soltas sobre o piso esburacado como um queijo suíço. E foi então que ela ouviu. *Creeeck – bum. Creeeeck – bum.*

Na ponta mais distante do estacionamento, havia uma construção com um portão de garagem de correr na frente e uma porta de tamanho normal ao lado, solta nas dobradiças, e toda vez que o vento soprava, ela se abria num rangido e depois batia sozinha.

Retraindo-se e cambaleando, ela murmurou.

– Isso! Ali na frente. Conheço esse som.

Sem esperar por uma resposta de Syn, Jo disparou pelo asfalto, cega de dor, mas muito concentrada pela sensação de que, finalmente, o mistério seria solucionado. Quando chegou à porta, ficou com a respiração presa na garganta e o coração acelerou. Com a mão trêmula, ela a estendeu e...

Syn pôs o braço à frente.

– Deixe que eu entro antes.

– Posso fazer isso.

Mas Syn tomou a decisão por ela, avançou e entrou na frente. Um momento depois, uma lanterna se acendeu e seu facho iluminou um círculo ao redor... de um depósito de manutenção de concreto, sem janelas e absolutamente vazio.

– Merda – ela praguejou ao se juntar a ele. – Eu poderia jurar que...

A porta bateu ao se fechar, assustando-a.

– Outra busca infrutífera – murmurou ao andar ao redor, as passadas ecoando.

Estava para sugerir que fossem embora, prometendo que não teria mais nenhuma brilhante ideia quanto a destinos noturnos...

... quando o primeiro dos carros parou bem perto da porta que batia.

– Juro por tudo o que é mais sagrado – Butch disse –, era bem aqui. Parecia a porta de uma masmorra e... e ela...

Quando deixou as palavras sem conclusão, voltou a andar pelo corredor, lendo as plaquinhas laminadas que anunciavam os proprietários corporativos de cada espaço atrás de portas de aparência absolutamente normal.

– Estou começando a achar que enlouqueci. – Quando V. não disse nada, Butch olhou para o cara, que estava parado diante do que deveria ser a entrada do apartamento de Mel. – Eu juro...

– Acredito em você. – V. levantou a mão. – Me dá um minuto.

Vishous fechou os olhos e abaixou a cabeça, ficando totalmente imóvel, como se já não fizesse mais parte da tripulação que respirava para viver. Nesse meio-tempo, Butch achou impossível não ficar andando de um lado a outro.

Nada daquilo fazia sentido...

Bem, na verdade, fazia sentido. A questão era só que Butch não sabia aonde aquela trilha de pontos soltos o levaria.

– E se ela não for quem eu pensei que fosse? – disse. Mais para experimentar as palavras do que qualquer outra coisa.

V. levantou a cabeça.

– E você tem certeza de que é este o prédio.

– Podemos verificar o GPS do meu celular, não podemos? Você registra aonde todos nós vamos todas as noites; foi assim que me encontrou hoje. – Butch pegou o Samsung e o entregou ao amigo. – Deve estar registrado.

Lá no fundo, estava ciente de que seus instintos estavam em alerta. Mas era um pouco tarde para isso, não? Se tivesse trombado com algo... que não era deste mundo... o que quer que fosse já não estava mais ali.

– Consigo checar seu rastro pelo meu – V. murmurou.

Quando o irmão pegou o próprio aparelho, Butch cruzou os braços e pensou na sensação estranha que teve quando começou a se afastar de Mel na noite anterior. Tinha acabado de fechar a porta dela, dera um, dois passos... quando o imenso mecanismo de tranca com as barras bifurcadas se moveu silenciosamente atrás de si.

De jeito nenhum a mulher teria tido tempo de sair da banheira, atravessado todo o espaço aberto para se trancar. Mesmo se não estivesse machucada.

E havia mais. Quando a encontrou do lado de fora da garagem, ela sangrava em diversos lugares, estava arranhada, tinha hematomas.

Mas quando ajudou a tirar seu bustiê? Quando ela o fitou da banheira? Não havia mais nada maculando a pele de porcelana do rosto.

Naquele momento, estava ocupado demais não olhando para nenhum lugar que não deveria olhar. Mas agora? Sabia que aquele tipo de cura instantânea era impossível...

— Isso aqui não faz sentido.

Butch ergueu o olhar.

— Então não estive aqui?

— Não, você esteve, mas ontem à noite houve uma tremenda confusão na sua localização. — V. mostrou a tela do celular. — Este é o mapa de Caldwell. Este ponto é você. Aqui vamos nós.

V. deu um toque e tal qual um Pac-Man das antigas, um pontinho começou a se mover ao redor do labirinto das ruas.

— Esta é a Trade. — O dedo de V. se moveu na vertical pela tela. — E agora você está da Rua 13. E... aqui estamos, a um quarteirão deste endereço.

O ponto desapareceu.

— Avançando quinze, vinte minutos no máximo... — V. disse. — ... e cá está você novamente.

De repente, o ponto reapareceu e se moveu rapidamente afastando-se daquela zona morta. Que parecia tomar conta do quarteirão inteiro em que aquele prédio estava.

— Mas que porra — Butch murmurou. — E com quem *diabos* eu estava conversando?

Capítulo 43

Não era apenas um carro, mas vários.

Quando o que pareceu ser uma frota parou junto ao galpão abandonado de manutenção do shopping, Syn colocou-se entre Jo e a porta pela qual passaram. Sacando a arma, xingou a si mesmo ao apagar a luz da lanterna. Não havia lugar para buscar cobertura ali no interior do depósito. Nada além de vigas de sustentação, o teto e o piso de concreto manchado com óleo.

Estava sacando a arma quando a situação foi de ruim para letal.

A princípio, quando o cheiro do inimigo atingiu suas narinas, ele tentou se convencer de que estava imaginando aquilo tudo. Que porra os *redutores* estavam fazendo ali...?

– Esse cheiro – Jo sibilou. – Estava no trem enquanto eu voltava da Filadélfia hoje de manhã. Juro que nunca senti nada tão...

– Psiu.

Quando ela se calou, Syn aguçou os ouvidos, percebendo a direção do vento e a batida da porta, atento ao som de vozes. Embora, nessa situação, que utilidade isso poderia ter?

Agarrando a mão dela, levou-a mais para o fundo do galpão. Nenhum tipo de cobertura. Nenhuma rota de fuga. E lá estava ele com um número limitado de armas e munição, com uma mestiça que não sabia que o era, e só Deus sabia quantos *redutores*.

Ouviu as vozes do lado de fora do prédio decadente. Uma congregação. Três? Quatro *redutores*? Era difícil distinguir os cheiros múltiplos daquela distância.

Um maçarico. Era disso que precisava para poder abrir um buraco na parede de metal para que Jo conseguisse passar. Mas como é que poderia ter previsto essa necessidade? Sua única outra opção era deixá-la ali atrás, totalmente indefesa, praticamente desarmada, enquanto partia para o ataque, atirando em qualquer coisa que estivesse ali fora. Um plano nada atraente. Nem de longe... Muito menos envolvendo uma centena de tiros à queima-roupa.

Mas que outra escolha tinha? Não podia ligar para a Irmandade nem para os outros guerreiros. Se achava que já tinha problemas com a administração, isso em nada se comparava com o que aconteceria se fosse apanhado com uma fêmea mestiça pré-trans no meio da noite, absolutamente sozinhos.

Além do mais, Jo era sua. Não deles.

– Pegue isto – ele disse ao tirar a arma extra do coldre que mantinha na panturrilha. – É mais pesada do que aquela a que está acostumada, mas fará um buraco no meio d...

Ele se interrompeu. E virou de frente para a parede de metal corrugado atrás deles.

Sim, pensou, *pode dar certo*.

– No três, vou começar a atirar na parede – ele disse ao pegar a Smith & Wesson do quadril. – Eles vão tentar se proteger, mas não por muito tempo, por isso preciso que você esteja pronta para correr. Depois que sairmos daqui, vamos direto para as árvores. Só o que você vai precisar fazer é me acompanhar, ok?

– Quem são eles?

– Nada de perguntas. E, não, não vamos chamar a polícia. Eles não podem nos ajudar. Você tem que confiar em mim.

Houve uma pausa.

– Ok.

Syn fechou os olhos.

– Me desculpe.

– Pelo quê?

Sem responder, ergueu as duas automáticas e puxou os gatilhos. E conseguiu o resultado oposto ao que desejava. Os disparos ficaram descontrolados, centelhas voaram enquanto as balas ricochetearam de volta para eles em vez de penetrar nos painéis.

Teve que parar de atirar. Se continuasse, era possível que até conseguisse perfurar o metal o suficiente para forçar uma abertura com o ombro, mas era arriscado demais. Antes disso, acabaria enchendo Jo e a si mesmo de buracos.

– *Maldição* – ladrou.

E, claro, agora aqueles *redutores* sabiam que havia alguém armado na propriedade além deles.

Por mais que odiasse tudo sobre aquele momento, por mais medo que tivesse do que tinha de fazer, a vida de Jo era mais importante do que absolutamente todo o resto.

Inclusive qualquer futuro que secretamente vinha se iludindo em acreditar que poderiam ter.

Syn enviou um chamado de ajuda para todos os guerreiros de turno naquela noite.

Capítulo 44

— Não, estou te dizendo, os machucados não estavam mais lá. — Butch agora sentia como se estivesse testemunhando perante um júri. Só que, a julgar pela postura de V., que assentia, o irmão pelo menos concordava com a versão dos eventos descritos. — Não notei na hora...

— Porque você tentava não notar...

— Tantas outras coisas...

Quando o celular de Butch começou a vibrar no bolso, ele se sobressaltou e a mão foi direto para o aparelho, enquanto V. fazia o mesmo sem ter se assustado. Quando ambos leram a mensagem, entreolharam-se.

— O shopping abandonado — Butch disse enquanto começava a digitar rapidamente uma resposta à mensagem.

— Onde ficava a iniciação que limpamos.

— Mas que porra Syn está fazendo lá? — Butch agarrou o braço de V. — E você não vai atender a esse chamado de jeito nenhum. De jeito *nenhum*...

— Há assassinos. Então está na hora de nós dois irmos trabalhar...

De repente, Lassiter apareceu, com um milk-shake numa mão e o controle remoto da TV na outra. Assim que terminou de chupar o fundo do copo, o barulho de sucção foi tão alto quanto... Bem, Vishous soltou uns sete palavrões seguidos.

— Vocês ligaram? — o anjo caído disse num tom jovial.

— Não. — V. socou o peitoral de Butch. — Você *não* mandou uma mensagem pra ele!

— Ele mandou. — Lassiter deu mais uma chupada no canudo. Depois balançou a cabeça de um lado a outro, chacoalhando os cabelos loiros e negros. — Mandou, mandou, mandou.

No ritmo da bruxa doidinha do filme *Abracadabra*.

Vishous apontou o indicador bem na cara do anjo.

— *Não* vou voltar com esse babaca.

— Ai, essa doeu. — Mais uma sugada. — O que eu fiz pra você?

— A sua presença já basta. — Então V. confrontou Butch. — E você é um traidor.

Butch não se abalou e guardou o celular.

— Não. Só estou garantindo que vamos nos ater ao plano com o qual concordamos.

— Fodam-se vocês dois!

Bem quando V. ia se desmaterializar, Lassiter fechou os olhos e fez um gesto de cabeça como se fosse a personagem de *Jeannie é um Gênio*. De repente, uma barreira de contenção se formou ao redor de todo o corpo de V., e a prisão translúcida era do tipo capaz de cortar o som dos berros dele e que o fazia levitar a uns bons 15 centímetros do chão.

Por um instante, só o que Butch conseguiu fazer foi contemplar o espetáculo formado por Vishous, filho de Bloodletter, filho nascido da Virgem Escriba... batendo nas paredes da miniprisão flutuante no mudo.

— Ele está parecendo uma abelhinha presa dentro de um pote de vidro — Lassiter comentou.

Butch encarou o anjo.

— Sei que você é imortal e tal, mas é melhor correr como se seu rabo estivesse pegando fogo quando o soltar.

— Sabe, sinto-me inclinado a concordar contigo. — De repente, os olhos de cores diferentes do anjo ficaram muito sérios. — Mas me avise se precisar dele. E tome cuidado. A batalha está tão perto do fim e é sempre nessa hora que o paraquedas falha.

Com um aceno, Butch disse:

– Tomarei. Mas pode me contar uma coisa? Sobre o ponto em que estamos? E o que vai acontecer em seguida?

Lassiter pareceu perturbado ao balançar a cabeça.

– Lamento, não posso. Não cabe a mim; e até eu tenho regras que preciso seguir se quiser permanecer no jogo.

Butch avaliou as belas feições sempre tão despreocupadas e risonhas.

– Então vai ser ruim assim, hein?

O anjo ignorou o comentariozinho infeliz e se concentrou em V.

– Vamos lá, Fagulhinha. Vou te levar pra casa. – Com a mão aberta, atraiu a bolha de V. e ela se aproximou como se estivesse presa a um cabresto. – Será que devo tentar dar uns dribles?

Butch interveio ao notar o rubor furioso no rosto de cavanhaque do colega de quarto. Sem falar que todo aquele saltitar ainda estava acontecendo.

– Sabe, acho melhor *mesmo* você *não* seguir por esse caminho – Butch murmurou.

– É, você deve ter razão. Dirija com cuidado.

E, simples assim, tanto o anjo caído, que basicamente estava no topo da lista dos que mereciam apanhar de qualquer pessoa, e a versão Wilson* de V., desapareceram em pleno ar.

Butch comunicou a sua hora estimada de chegada no intercomunicador do ombro e trotou pelo corredor. Tinha avançado uns três metros quando percebeu que... não fazia a mínima ideia de como sair do maldito prédio. V., o espertinho das trancas, não estava mais ali.

E, assim como aquele geniozinho muito puto, também a saída de que Butch tanto precisava não estava mais ali.

---

* Wilson é o nome que o personagem de Tom Hanks dá à bola de voleibol no filme *Náufrago*. (N.T.)

Atrás de Syn com a arma pesada em punho, Jo soltou um gemido por causa da dor nas têmporas. Algo despertava em sua consciência, uma lembrança inexorável mesmo contra a barreira que a bloqueava. Entreabrindo os lábios, inspirou com dificuldade, e o coração acelerado e as pernas bambas, o perigo iminente e tudo, inclusive Syn, cedeu à necessidade desesperada de saber apenas uma coisa.

Uma única maldita coisa...

Como a chuva da primavera brotando em meio a uma rachadura de um porão, de uma vez só uma lasca de lembrança se soltou e se apresentou à sua mente.

Viu a si mesma diante da corrente de segurança na frente do shopping. E se lembrou de estar convencida de que tudo mudaria para sempre se seguisse adiante.

E se lembrou de ter passado o tênis de corrida por cima da corrente. E ido em frente com o coração batendo tão rápido quanto agora.

– Eu estava certa – murmurou ao ter que abandonar as lembranças por causa da dor.

Desistiu da imagem, do pensamento, daquele pedaço de seu passado, da quase resposta que explicava o nada mergulhando abaixo do vazio impassível que parecia consumir eventos e emoções, e o buraco negro fez desaparecer quase tudo do que era vitalmente importante.

– Fique atrás de mim – Syn disse. – E prepare-se para atirar se eles passarem por aquela porta.

– Estou pronta. – Mentirosa. Estava cagando nas calças.

Estando ali de pé, juntos, ele na frente, ambos na posição de atirar, Jo se lembrou de ter fugido do helicóptero da polícia com ele. Aquele fora o aquecimento para este acontecimento; e nada daquilo devia fazer sentido, mas fazia. De alguma forma, os últimos meses a direcionaram para esta situação.

Por mais que seu cérebro não entendesse nada, seus instintos percebiam tudo...

O tiroteio não foi igual ao dos filmes. Foi mais parecido com uma grande explosão.

E não foi dentro da construção de metal corrugado.

Foi do lado de fora. *Bang-bang-bang-bang...*

— Eles estão atirando uns nos outros? — Jo sussurrou na escuridão. Mesmo sem saber quem "eles" eram.

— Me dê a arma de volta agora...

— Espere, por quê...

Syn a arrancou de sua mão.

— Não posso correr o risco de você matar os meus reforços.

A porta do depósito se escancarou e uma luz atravessou o breu. Pouco antes de serem expostos, Syn tirou Jo da frente. Nesse meio-tempo, figuras entraram cambaleando, nada além de contornos escuros que tropeçaram, escorregaram e caíram no concreto.

Ao sentir o fedor deles, Jo tossiu e quase vomitou. Exatamente como acontecera no trem.

Quando a porta se fechou, houve um barulho de algo de movendo.

— Tranque por dentro! — disse uma voz masculina. — Tranque a maldita porta...

— Já vai! Meu Deus...

— Quem tem uma arma?

Do lado de fora, qualquer que fosse a briga, ela continuava, e a julgar pelos barulhos de metal deslizando em metal, os homens deviam ter encontrado algum modo de manter a porta fechada.

— Fique aqui — Syn sussurrou.

— Não! — Jo agarrou a manga dele. — Não vá...

— Preciso saber onde você vai estar.

— O que vai fazer? — Apesar de já saber. Ele os mataria com as próprias mãos. — Não me deixe!

Houve uma fração de segundo de pausa. E, então, os lábios dele encontraram os dela na escuridão. O contato foi tão rápido...

A explosão a princípio foi percebida como uma luz ofuscante. Em segundo lugar, uma onda de choque. O terceiro foi um som tão alto que ela sentiu como se os ouvidos estivessem sendo perfurados por pregos.

Jo foi levada para trás contra a parede, a cabeça bateu no metal com um baque, a visão ficou turva. Enquanto tentava recobrar os sentidos, o cheiro de pólvora, ou qualquer que fosse o comburente, foi como ter aparas de chumbo no nariz, e ela estendeu a mão às cegas, tentando encontrar Syn.

Ele não estava mais ali.

Esfregando os olhos, ela...

O grunhido soou a menos dois metros, e não era humano. Era o de um animal, um animal selvagem... De algo imenso e poderoso, o tipo de predador que acreditava que qualquer outro ser vivo era sua presa.

Então um matiz vermelho aflorou dentro da construção.

Choque e terror contraíram o peito de Jo e fizeram seu coração saltar às batidas, o que só piorou quando seus olhos voltaram a focalizar. Do outro lado do espaço vazio, no canto oposto, uma fumaça entrava em lufadas aleatórias, seu caminho iluminado pela luz que inexplicavelmente vinha de fora para dentro. Não, inexplicavelmente não. Parte da construção havia sido derrubada, a força do que quer que tivesse causado aquilo fez o metal se retorcer para dentro, criando um buraco grande o bastante para permitir a entrada de uma caminhonete.

Foi graças à iluminação que ela pôde assistir ao filme de horror se desenrolar.

Mesmo enquanto tiros e gritos continuavam vindo da área do estacionamento, mesmo com outra explosão acontecendo em algum lugar da propriedade, Jo se esqueceu de todo o resto.

Enquanto testemunhava três homicídios bem diante de seus olhos.

A figura enorme com olhos que brilhavam vermelhos se movia bem rápido e bem junto ao chão, atacando os homens um a um, e não com tiros. Com uma faca. Uma adaga – não, *duas* adagas – que cortavam numa dança letal, a iluminação fraca que passava pela parede arruinada do prédio revelava todo o sangue que voava das gargantas cortadas, das veias abertas, dos membros amputados.

Um depois do outro, os três homens que tinham se trancado ali caíram no concreto, retorcendo-se, sangrando, feridos mortalmente.

Syn foi tão letal e rápido que mais parecia uma máquina e, quando terminou, apoiou os pés afastados e se agachou. Com a luz brilhando diante de si, ele não passava de uma sombra escura para Jo, o moicano uma faixa espetada na cabeça que girava como se vasculhasse a área...

E foi então que Jo percebeu que não havia mais tiros no estacionamento.

Havia, no entanto, o som de pneus cantando e de passadas rápidas.

Jo se afastou da parede. Quando conseguiu se apoiar sobre as próprias pernas, estava prestes a chamar o nome de Syn quando um assobio agudo soou numa série de quatro silvos. Logo em seguida, uma resposta de outra direção, num ritmo diferente.

E foi então que o rugido rasgou o ar do depósito de manutenção.

Jo cobriu os ouvidos com as mãos enquanto o corpo se virava de costas, não de forma consciente, mas seguindo o instinto primordial de sobrevivência.

Syn recuou ao emitir o grito de guerra, com os braços se afastando do tronco, o par de adagas gêmeas saliente nos punhos duros e brutais.

Então ele guardou as adagas. Quando elas desapareceram dentro da jaqueta, Jo pensou que Syn viria checar como ela estava.

Mas não. Em vez disso, ele marchou para o primeiro homem que abatera. Parado diante da sua presa, ele rosnou...

E se abaixou.

Syn atacou o homem... com os dentes. Ou pelo menos foi isso o que pareceu que ele fazia ao abaixar a cabeça uma vez, duas vezes... repetidamente, enquanto parecia que nacos eram arrancados... do rosto. Meu Deus, a vítima estava viva enquanto era dilacerada, pois os braços e as pernas se debatiam, e um som úmido, gorgolejante subia pela garganta.

Syn não parou.

Quando acabou com o primeiro, aproximou-se do seguinte, erguendo o homem do chão pela coxa e pelo pescoço, e chocando a coluna contra sua perna. O som de ossos quebrando foi tão alto que Jo deu um pulo...

Syn largou o agora cadáver de cabeça no chão, e o som do crânio rachando foi pior do que o golpe que partiu as vértebras.

– Pare... pare... – ela sussurrou enquanto refreava um grito.

Mas não havia como detê-lo.

Ainda mais quando ele se moveu para o terceiro, pegando as pernas pelos tornozelos e girando o quase morto pelo ar como se ele fosse um boneco. Uma vez, duas... e Syn o soltou.

Contra os fachos de luz que entravam pelo buraco criado pela explosão, o corpo voou como um frisbee, com sangue vazando das feridas abertas com uma graciosidade mórbida, flutuando no ar.

Desafiando a gravidade por um breve instante.

Antes de despencar como tudo o mais.

Inclusive as ilusões de Jo quanto ao homem com quem vinha se relacionando.

Capítulo 45

Cantando pneus, o Sr. F fugiu da luta, manobrando o carro roubado de ré até poder virar de frente e acelerar como se sua vida imortal dependesse disso. O Taurus Ford de dez anos parecia uma tartaruga numa prancha de skate, e conforme despencava pela descida lateral do shopping abandonado, atropelou alguma coisa – ou alguém – que não sabia o que era.

– Merda, merda, merda – repetiu.

Pisando fundo no acelerador, os olhos dispararam para o espelho retrovisor. Não havia ninguém atrás dele, mas o que isso mudava? Como a Irmandade descobrira que devia estar ali?

Mais pneus deixando borracha no asfalto quando ele freou e virou o volante para passar diante das lojas. Outro carro – rebaixado e rápido – veio na sua direção, e eles quase se chocaram. Contudo, ambos instintivamente tomaram a decisão certa, virando em direções opostas, e depois ele teve o caminho livre, assim como o outro motorista.

A descida pela colina foi a mais rápida que ele imaginava que aquela merda de sedã tinha desenvolvido desde que deixara a linha de montagem, e ele desviou o olhar para o manual do *Redutor Principal* sobre o banco do passageiro. Mas como é que aquilo lhe daria duzentos cavalos extras debaixo do capô? Ou explicaria como tudo tinha dado tão errado? Convocara a reunião de *redutores* através da conexão mental que o livro dizia que ele tinha com seus subordinados. Sua intenção era juntar os assassinos e organizá-los. Descobrir quantos havia, quais eram os recursos.

E, então, dar suas ordens.

Ao chegar ao fim da subida, não sabia para onde ir. Paranoico, imaginou que havia algum tipo de rastreador no carro, mas como é que um Taurus Ford escolhido ao acaso no acostamento de uma rua no centro da cidade teria um GPS? Ligado aos Irmãos? Impossível.

Virou à direita só por ter virado à direita. E quando acelerou e o motor anêmico guinchou, um segundo carro veio na sua direção. Quando se cruzaram, ele olhou de novo pelo retrovisor. O carro virou à esquerda e subiu a colina.

Mais assassinos ao encontro da própria "morte", por assim dizer.

Não era para ter acontecido assim. Pelo menos, quanto mais se distanciava, mais sua adrenalina diminuía, permitindo que pensasse com mais clareza. Fora o segundo a chegar. Depois outras caminhonetes e sedãs e duas motos chegaram à área de estacionamento diante do depósito de manutenção. Homens saíram dos veículos, desmontaram dos bancos das Hondas e se aproximaram dele com expressões de expectativa.

Não, não eram homens. Não mais.

Mortos-vivos renascidos. Uma classe servil que sangrava um fedor horrendo e tinha livre-arbítrio limitado. Um exército reunido para matar vampiros, liderados por uma entidade maligna que era insana pra caralho.

Deveria reuni-los esta noite, eles se veriam cara a cara pela primeira vez, como na maioria dos casos, uma congregação de gentalha que jamais teria sido nada na vida, além de psicóticos andarilhos com problemas para administrar a própria raiva. O Sr. F, que não era um líder nato, tentou preparar algum tipo de discurso introdutório, mas só pensou em chavões, bem pouco inspiradores – e nem chegou a essa parte. Bem quando estava prestes a se dirigir aos seus soldados, pois eles eram exatamente isso, uma saraivada de balas foi disparada dentro da construção. Todos buscaram cobertura e, em questão de instantes, trinta segundos no máximo, sirenes de alarme começaram a gritar na sua cabeça, em suas veias. E foi então que as sombras apareceram no limite criado pelas árvores. Seis. Sete figuras.

A Irmandade da Adaga Negra. E alguns dos seus guerreiros.

Sabia exatamente quem eram.

Mais tiros a essa altura, não de dentro da construção, mas do lado de fora, no estacionamento, balas ricocheteando da lataria dos carros, nas laterais, nos capôs e para-choques das caminhonetes. O Sr. F se lançou no chão, logo atrás dos pneus do carro que roubara. Cagando nas calças, cobrindo a cabeça, entrou em pânico sem saber o que fazer, justo agora seu cérebro resolvera tirar férias.

Viu as explosões acontecendo em câmera lenta. Uma das motos estava estacionada junto à lateral direita da construção, como se seu dono se preocupasse com a possibilidade de que a máquina acabasse levando a pior num encontro com uma das portas dos outros carros, quem sabe batendo no seu escapamento ou algo assim. Uma bala perdida, uma de uma dúzia, encontrou o tanque de combustível. Ou talvez tivesse sido mais que uma.

E a moto não deveria ter explodido. O Sr. F assistira ao episódio do programa *Os Caçadores de Mitos* enquanto esteve em um dos programas de reabilitação. Mas, evidentemente, havia algo de especial na munição que a Irmandade usava.

BUUM!

A força da combustão recalibrou a verticalidade tanto dos vampiros quanto dos assassinos, fazendo com que homens e machos perdessem o chão, seus corpos lançados para trás. Em seguida vieram os estilhaços, caindo do céu ao chão, pedaços de metal e peças da moto espalhando-se pelo asfalto numa espécie de aplauso como se o espetáculo de luzes e força tivesse sido aprovado.

O Sr. F teve a intenção de ficar. O desejo de ficar. Disse a si mesmo que ficaria.

No fim, porém, seus instintos mortais de sobrevivência eram um impulso que a iniciação de Ômega não conseguira dissipar. Com estilhaços ainda caindo da explosão, ele entrou sorrateiro no sedã, virou a chave e colocou a marcha à ré.

E ali estava ele. Na estrada de quatro pistas que formava uma trilha em meio a diversos tipos de lojas de varejo e pontos turísticos. Por todo carro por que passava, ficava pensando se seria um dos dele. E toda vez que olhava para a estrada pelo espelho retrovisor, preocupava-se se não havia um vampiro ao volante aproximando-se dele.

Segundo seu cérebro lhe informara, restavam treze *redutores* na Sociedade Redutora. Agora, no entanto, não fazia ideia de quantos sobreviveram, e demoraria um pouco até conseguir se concentrar para fazer a recontagem.

Ômega ficaria puto com isso.

E o Sr. F sabia qual seria o castigo.

– Maldição – gemeu.

O cenário branco – o solo branco estéril e ofuscante – foi sumindo como uma neblina sendo dispersa por um vento frio. Em seu lugar... a consciência. Sons, cheiros, gostos... e depois a visão.

A primeira imagem que Syn viu quando conseguiu focar novamente foi justamente o que não queria ver. Enquanto a tinta negra do sangue dos *redutores* pingava das suas presas e dos dedos, do queixo e das roupas, enquanto os corpos ainda vivos, mas meio destruídos se retorciam lentamente no concreto coberto de sangue, enquanto a fumaça se dissipava e os barulhos se aquietavam... descobriu que se voltara para Jo e olhava para ela.

Revelando a sua parte mais verdadeira.

Para ela.

O horror no rosto de Jo. As mãos nas faces. A boca aberta e a pele pálida.

Sim, ela o viu. Ela o viu por inteiro, inclusive seu *talhman*, e viu tudo o que ele fez.

Limpando a boca com o dorso da jaqueta de couro, sussurrou algo. Que não foi audível. Não quis que fosse.

Em seguida, a Irmandade se aproximou: coturnos pesados pisando duro no concreto e parando atrás dele, com a respiração pesada, cheiros misturados ao fedor, sombras alongadas pela luz dos faróis que entrava pelo buraco da explosão.

— Syn — alguém chamou. — Como você está?

Quando alguém tentou passar por ele, seu braço se esticou, agarrando-o com força.

— Não toque nela — grunhiu. — Ela é minha!

Outra voz. Diferente da primeira.

— Tudo bem, meu chapa. Não vamos nos aproximar dela. Mas, olha só, você foi atingido e este não é um lugar seguro. Temos que cuidar dessa merda e você precisa de uns pontos.

Por favor, ele pensou para Jo. Apesar de não saber pelo que implorava.

Besteira, ele sabia muito do que precisava dela. Queria que lhe perdoasse por ser igual ao pai. Por revelar o fato de ser um assassino terrível. Por lhe mostrar o motivo pelo qual não se importava com ninguém que conhecesse, mas que desejava que ela jamais tivesse descoberto.

Jo balançou a cabeça. Depois se concentrou em algo atrás de Syn e seu rosto mudou.

— Ah, merda... — disse um dos Irmãos.

— Eu já te vi antes — Jo disse rouca. — Numa cafeteria.

Syn olhou por cima do ombro. Rhage estava a poucos metros, e o Irmão passava a mão pelo rosto.

— Ela sabe o que está acontecendo? — Hollywood perguntou.

— Não — Syn murmurou. — Não sabe.

— Filhodamãe.

— Isso resume bem a situação.

Syn deu um passo e tentou andar, com as mãos nos quadris, a cabeça abaixada, o coração acelerado. Não foi muito longe. As botas se chocaram com algo... um tronco dobrado para trás, com os membros se movendo em câmera lenta, como se a coisa fosse um robô com controle remoto cujas pilhas estavam acabando.

De canto do olho, ficou ciente de que todos olhavam para ele, e sabia quais eram as perguntas. Uma pena. As únicas que importavam eram as de Jo, e ele não tinha nenhuma resposta boa para ela.

O braço do assassino ao seu pé se debateu sozinho, e ele viu quando a mão manchada de preto agarrou sem propósito sua bota.

Sem nada a perder, já que Jo tinha visto o pior, desembainhou uma das adagas, jogou-a no ar e pegou o cabo com um baque na palma. Com a ponta afiada para baixo, ergueu a arma acima do ombro enquanto se ajoelhava para apunhalar...

Rhage segurou seu pulso.

– Não. Vamos esperar pelo Butch.

Capítulo 46

Enquanto Syn estava tentando sair daquele depósito de manutenção antes da explosão, Butch estava tentando sair daquele prédio comercial no centro da cidade. Empurrou a barra da porta corta-fogo, escancarando-a. Quando ela se abriu, ele foi parar em outro corredor – embora não soubesse por que diabos se apressava. Ainda iria parar naquela área de recebimento de correspondência sem nenhum conhecimento ao estilo de MacGyver para sair dali sem ser notado.

Mas, pensando bem, não precisava passar despercebido, certo? Não estava nem um pouco preocupado se o maldito prédio inteiro se acendesse com alarmes e a polícia chegasse com as sirenes estourando, certo? Já estaria longe, correria de volta para a garagem, pegaria o R8 e aceleraria de 0 a 90 em 3,2 segundos na direção do local do conflito.

Ainda bem que V. tinha feito um upgrade na aceleração do motor...

O cheiro de ar fresco não foi uma boa notícia. Ao virar na última curva antes de chegar à área de recebimento, o cheiro noturno foi uma surpresa indicando que mais alguém estava ali. Policiais? Talvez o alarme fosse silencioso.

Derrapando a fim de parar diante da última porta, tirou uma das pistolas do coldre e se colou à parede. Não havia sons de ninguém se movendo do outro lado. Ninguém conversava. Mas não queria ser o alvo de tiro ao alvo só porque estava distraído e por não interpretar a situação como devia.

Foi cauteloso ao entrar dessa vez, deslizando através da última porta.

– Mas que... porra?

Uma das portas de rolar estava aberta e, estacionado diante dela, com o escapamento virado para o prédio, pronto para acelerar o motor já ligado... estava o R8 de V.

Como se Butch fosse Tony Stark e tivesse acionado o bendito carro por um controle remoto.

– Lassiter? – chamou ao espiar o lúgubre ambiente.

Não importava. Não tinha tempo para isso.

Butch diminuiu a distância em três passadas largas, desceu a plataforma de descarga num salto como um paraquedista e teria dado uma de um dos Dukes do seriado *Os Gatões** ao entrar do lado do motorista do R8 a não ser porque (1) a janela estava fechada; (2) de jeito nenhum caberia no espaço de cima da abertura da porta e (3) se deixasse uma mínima mancha na pintura, no couro, nas costuras, no banco, no meio do console, o que quer que V. fizesse a Lassiter depois que o feitiço de contenção fosse retirado pareceria férias em Cancún.

Cinco minutos mais tarde, já estava nas ruas congestionadas e no meio dos prédios altos do centro. Cinco minutos depois disso, estava no meio das lojas de varejo, furando faróis vermelhos e fazendo os carros por que passava comerem poeira. Se tivesse cruzado com algum policial, estaria encrencado, mas isso não aconteceu.

Quando pegou a saída para o Shopping Adirondack, mesmo a tração nas quatro rodas não foi capaz de manter o supercarro grudado ao asfalto, e a pesada parte de trás deu uma derrapada. No alto da subida, passou voando pelas lojas – e quase bateu de frente com um Ford Taurus.

O interior do velho sedã estava escuro, então ele não conseguiu ver o motorista, mas tampouco havia tempo para perder com isso.

---

* No seriado da TV americana dos anos 1970, e posteriormente filme, *Os Gatões*, os personagens principais são os primos Duke, que tinham um Dodge Charger laranja no qual entravam pela janela. (N.T.)

Deu a volta até a parte de trás, como lhe fora instruído, e foi recebido por uma cena saída de um filme de 1987 de Schwarzenegger. Pense no caos. Havia carros e caminhonetes cheios de buracos de balas, assassinos no chão ainda se mexendo, pólvora – e também gasolina – no ar. E, ah, um canto inteiro da construção tinha desaparecido. Pisando no freio, saiu do carro e o fedor de *redutores* era tão intenso que ele cambaleou para trás no carro de V.

Qhuinn veio correndo até ele.

– Temos alguns inimigos abatidos no chão, todos prontos para você.

– Quantos?

– Nove. Talvez dez.

Butch refreou um gemido.

– Algum dos nossos está ferido?

– Temos um ferido, mesmo que ele não admita. Manny está a caminho.

– Quem se machucou? – Butch olhou ao redor. – E que porra aconteceu com o depósito?

– Uma moto explodiu. Ops... – Qhuinn calmamente pegou uma arma do coldre e deu três tiros na cabeça de um dos assassinos que tentava tatear sua calça. – Acho que pode ser classificado como uma Honda-plosão.

– Preciso que Vishous venha para cá. – Butch balançou a cabeça. – Mas detesto deixá-lo tão exposto assim.

– Vamos remover os corpos, então.

Rhage veio trotando, atraído pelos tiros.

– Tudo bem por aqui?

– Um deles estava ficando ousado com as mãos, mas "meu corpo, minhas regras". – Qhuinn voltou a guardar a arma debaixo do braço. – E agora ele não tem o lobo frontal nem olhos, então não será mais um problema.

– Precisamos de transporte – Butch informou. – Você tem razão. Vamos levar os assassinos para algum local neutro onde eu possa fazer o que tenho que fazer e onde V. estará à mão. Este lugar é exposto demais.

Claro, V. poderia lançar o *mhis*, mas, depois da explosão, aquela cena já devia estar no radar da polícia. A última coisa de que precisavam era um bando de humanos se perguntando o motivo de não conseguirem enxergar o que sabiam muito bem que estava ali.

— E temos mais um problema – Rhage disse.

Quando o celular de Butch tocou, ele conferiu a tela. Depois se concentrou no Irmão.

— Manny deve chegar em seis minutos. Então, se for uma hemorragia, o problema está resolvido.

— Não é uma hemorragia. E bem que eu queria que fosse o tipo de complicação que os médicos conseguem consertar.

Quando todos aqueles homens postaram-se na sua frente, Jo percebeu que a verdade que buscava, a pista que estava tão determinada em encontrar, as respostas que desejava tanto saber... seriam muito piores do que não saber de nada.

Sete homens. Todos do tamanho de Syn. Todos com a mesma versão do traje de couro na parte de cima e na de baixo. Nenhum deles disse nada. Apenas a fitaram, e suas expressões eram todas iguais, não importando as feições.

Tristeza. Como se tivessem pena dela.

Porque iriam matá-la? Ou por algo muito mais profundo do que isso? A morte, afinal, era um conceito simples, ainda que traumático. No entanto, havia uma verdade na formação em linha dos corpos imensos, uma que ela reconhecia como muito complicada, embora ainda tivesse que entender sua dimensão.

Suas repercussões.

Olhou para Syn, que estava de costas para ela. Que estava entre ela e os demais.

— Quem é você, de verdade? — Jo perguntou para os ombros largos.

Quando ele não respondeu, e tampouco nenhum dos outros, ela encarou um dos corpos no chão. O tronco estava dobrado no ângulo certo, mas na direção errada. A cabeça do homem tocava os seus quadris. E embora as costas estivessem evidentemente quebradas, e a coluna partida, e por mais que nenhuma parte do corpo deveria estar se movendo a não ser por alguns possíveis reflexos autônomos dos dedos dos pés e das mãos... Mesmo assim, os braços e as pernas ainda se debatiam e se arrastavam no cimento.

A cabeça dele estava virada para Jo, e os olhos que não piscavam encaravam adiante.

Com puro ódio.

Quando Jo ofegou, mais daquele fedor adocicado perfurou suas narinas. E quando a cabeça latejou, ela levou a mão à têmpora.

E o sangue todo espalhado naquele que deveria estar morto também não estava certo. Não era vermelho.

Nada daquilo estava certo.

— O que são vocês?! — ela exclamou.

Quando Syn não se virou de frente, e nenhum dos outros respondeu, Jo pulou à frente e socou os ombros dele. Mas apesar de ela empregar todas as suas forças, o impacto passou quase despercebido por ele.

— Conte-me! Diga-me o que tudo isso...

Passadas apressadas se aproximaram dela.

— Devagar aí — disse uma voz masculina com sotaque de Boston.

Jo se virou e reconheceu quem era como se fosse um sonho distante, obscuro.

— Você... — Ela gemeu e cambaleou. — Eu conheço você...

— Sim. Conhece — ele admitiu num tipo estranho de derrota.

— O blog... — A dor de cabeça estava piorando muito. — A escola para moças. O restaurante abandonado no centro da cidade. As histórias e as fotografias, o vídeo daquela loja de souvenires num estacionamento...

O homem com sotaque não respondeu. Nenhum deles respondeu.

– Eu estava certa – ela murmurou. – Estive muito perto da verdade. E vocês... vocês estão roubando as minhas lembranças, não é mesmo? Por isso as dores de cabeça. Por isso... a confusão. A inquietude e a exaustão. Vocês são um segredo que não querem que eu saiba.

Então Syn se virou.

Seus olhos tinham voltado ao normal, mas Jo nunca se esqueceria do modo como brilharam com uma luz vermelha profana.

Não havia nada no mundo real que fizesse isso. Também não havia cadáveres que não eram cadáveres apesar de terem sido partidos e sangrado. Não havia nada com aquele cheiro, nem que lutasse daquela maneira também.

– Devolva-me a minha memória – ela pediu com voz baixa. – Agora. Devolva as minhas lembranças, droga! Elas não te pertencem para tirá-las de mim, não importa o quanto acreditem que tenham razão. Elas são *minhas*.

Aquele com o sotaque de Boston murmurou:

– Syn? Você a conhece?

– Ah, ele me conhece – ela disse sem desviar o olhar do amante. – Não conhece? Ou também pretendia tirar essas lembranças de mim?

Alguém praguejou. De novo, o cara de Boston:

– Que diabos você estava pensando?

Ele se dirigia a Syn. Mas Jo também estava.

– Confiei em você – disse com amargura. – Deixei que você entrasse... na minha casa. Eu o acolhi quando você estava na pior. Você me *deve* a verdade.

– Sinto muito – ele sussurrou.

De uma vez só, a barragem foi aberta em sua mente e, como pássaros libertados de gaiolas, imagens, sons, cheiros voaram em direção à luz, revelando-se enquanto se esquivavam e cruzavam o espaço de ar da sua consciência.

Jo cambaleou para trás, levando as mãos aos olhos. Quando teria caído, uma mão forte a segurou pelo braço e a impediu de cair nas poças de sangue negro: ela se lembrou de tudo. As pesquisas feitas. Os locais visitados. Os artigos escritos para seu blog, que foram apagados. Conversas com Bill, especulações, questionamentos.

Então abaixou as palmas e olhou para Syn, que a amparava.

Com a mão trêmula, ela chegou à boca dele. E apesar de esperar que ele fosse se retrair, recuar, ele não se opôs nem tentou se proteger.

O lábio superior cedeu sob a ponta do seu dedo.

— Isso não é cosmético — ela murmurou. — É?

Syn não teve que responder. Nenhum deles teve.

Jo começara a seguir uma trilha de sobrenaturalidade em Caldwell num impulso, só para que o trabalho se tornasse uma distração necessária. Mas nunca, nem em seus sonhos mais desvairados nem em sua paranoia... jamais imaginou que estaria na presença do que exatamente estivera procurando.

— Diga — exigiu. — *Diga!*

Syn fechou os olhos.

— Vampiro.

Capítulo 47

Balthazar deixou o local da batalha e se rematerializou na mansão da Irmandade. Havia sangue de *redutores* nas suas calças e pingando de uma das mangas da jaqueta. Quando sacudiu o braço, uma mancha negra sujou os degraus de pedra e ele fez uma careta ante o líquido lustroso e fétido.

Depois ergueu o olhar para a imensa extensão da casa com seus vitrais e o telhado de ardósia. E pensou nas pessoas que moravam na estrutura centenária.

Não, disse a si mesmo. *Aqui não.*

Nunca, jamais deveria haver qualquer traço de *redutores* ali.

Tirando uma bandana do bolso traseiro, abaixou-se e limpou o velho granito. Bem quando terminava o trabalho, um facho gêmeo de luzes de faróis despontou vindo da colina logo atrás, e ele semicerrou os olhos por causa do brilho. A van branca era toda fechada, e quando a porta de trás foi aberta, Zypher se inclinou para fora da janela.

— Tudo bem com você? — perguntou.

— Vamos nessa — Balthazar respondeu.

Quando entrou, só havia espaço para ficarem com os ombros colados. Com Syphon atrás do volante e Zypher no banco do carona, significava que Blaylock, John Matthew e Tohr tinham que dividir o único banco traseiro.

— Vou na parte de trás — Balz disse ao se desmaterializar para a parte de carga, acomodando a bunda no tapete.

A porta lateral voltou a ser fechada, Syphon pisou no acelerador. Enquanto começavam a descida pela montanha, Balz fez uns rápidos cálculos mentais. Blaylock deslocara o ombro na noite anterior em campo e sofrera uma concussão sem importância. O joelho esquerdo de John Matthew fora ferido três noites antes, e ainda não estava 100% — rá, rá —, e recentemente Tohr fora esfaqueado nas entranhas.

Mas a presença de todos era necessária e ninguém reclamou por ter sido tirado do repouso obrigatório...

A van parou abruptamente na descida quando Syphon pisou fundo no freio. Quando todos foram lançados para a frente, equilibrando-se como podiam, as armas foram sacadas.

— O que é...

— Está vendo alguma coisa...?

— Puta merda...

— Quem está com ele? — Syphon rosnou. E quando todos perguntaram quem estava com o quê, ele se virou para trás e encarou cada um dos machos. — O chiclete de melancia? Quem está mascando essa porra?

Todos se entreolharam dentro da van.

— Esse aroma artificial de melancia me dá vontade de vomitar — Syphon ladrou. — E eu fico enjoado em carros, por isso que sempre dirijo. Portanto, garanto que vou vomitar no colo do infeliz que está mastigando essa nojeira se não cuspir essa merda agora.

Pausa. Longa pausa.

Mas então Zypher xingou, virou a cabeça... e cuspiu o doce.

No vidro que acabara de subir. Onde ficou grudado, assim como um Post-it.

Quando todos emitiram um coro de *eeeeeeeeca*, o bastardo pegou o chiclete, abaixou o vidro e deu um peteleco, lançando-o no meio das moitas.

— Feliz, Penélope Charmosa? — murmurou ao voltar a fechar o vidro. — E agora vai precisar de um remedinho e uma compressa na testa, ou podemos seguir em frente?

Syphon ajustou as mãos no volante e assumiu a postura empertigada de um coroinha.

— Nem todos têm estômago de aço.

— Tadinho — Zypher ironizou quando a van voltou a se mover.

Na parte de trás, Balz se encostou na lateral, cruzou os braços e fechou os olhos. Uma soneca faria bem. Contanto que Zypher não resolvesse substituir aquele chiclete por qualquer outro doce com aroma artificial de frutas.

Que Deus tivesse piedade deles caso ele abrisse uma bala de morango.

Quando Syn pronunciou a palavra que vinha rondando sua mente, Jo esperava sentir medo ou ficar tomada pelo choque. Em vez disso, uma estranha calma permeou seu corpo tenso, relaxando-lhe os músculos. O alívio foi sinistro.

Mas, pensando bem, lá no fundo sempre soubera disso, não?

— Não sabemos sobre vocês... — ela disse. — Então vocês podem se esconder à vista de todos e matar os humanos...

Uma série de imprecações bem audíveis ecoou na construção vazia. Então, um deles disse:

— Não venha com esse papo-furado pra cima da gente. Somos caçados e tentamos sobreviver. Vocês são uma ameaça para nós, e não o contrário.

Alguém mais interveio:

— Os filmes e os livros entenderam tudo errado, meu bem. Por isso não fique julgando até saber a verdade de como vivemos.

— Não me chame de 'meu bem' — ela rebateu. Depois se sacudiu e voltou ao que interessava. — E o que são eles?

Apontou para os cadáveres no chão, fedorentos e com sangue negro. E que ainda se mexiam, apesar de estarem mortos.

— São os nossos caçadores. — Aquele com sotaque de Boston deu um passo à frente. — Nós só queremos viver nossas vidas em paz. Não existe nada daquele negócio de morder e transformar, nenhum profanador de virgens, nada de alho, capas, morcegos ou estacas de madeira.

— Você apagou minha memória... Eu te vi aqui. Algumas noites atrás. Com um homem de cavanhaque...

— Macho... de cavanhaque — ele a corrigiu. — Não usamos o termo "homem", e sim, você nos viu. Mas, olha só, aqui não é hora nem lugar para essa conversa.

— E quando será então, há? — Olhou para Syn. — Vocês vão apagar as minhas lembranças de novo, não vão? Ou vão me matar agora mesmo?

Jo se surpreendeu com o quanto conseguia ficar calma. Mas, pensando bem, quando o sobrenatural se torna real, era como se você tivesse entrado num videogame. A ação está na sua frente, mas as implicações não vão além do 2D. Afinal, se vampiros existem, será que a morte existia?

— Não — disse o cara de Boston. — Não vamos te matar.

Ela olhou mais uma vez para o cara dobrado para trás no concreto e pensou no corpo decapitado que vira enroscado na escada de incêndio. E também no despelado vivo naquele beco.

— Mas vocês já mataram humanos antes. — Concentrou-se em Syn. — Não? Então, por que seria diferente comigo? Tenho muitas lembranças para serem apagadas. Deve ser mais fácil cortar minha garganta, ainda mais se pensarmos em quantas vezes já fizeram isso.

Ninguém disse nada.

E Jo não desviou os olhos de Syn.

— É por isso que se desculpou? — exigiu saber.

— Sim — ele respondeu com uma voz cheia de culpa.

— Então o que vai acontecer se não vão me mandar para o meu túmulo? — Enquanto falava, percebeu que perguntava muito mais do que apenas sobre a revelação dos vampiros. — Diga-me por que sou diferente.

Antes que qualquer um pudesse responder, um veículo parou do lado de fora, o som dos pneus freando sobre os escombros ecoando no depósito.

— É o doutor — um dos homens... machos... disse. — E, Syn, você precisa ser tratado. Também temos uma van a caminho para recolher o lixo.

— E quanto a mim? — Jo queria que fosse Syn a responder. — O que vai fazer comigo?

A porta de um veículo abriu e fechou com um baque, passos se aproximaram, e uma figura apareceu na soleira da nova "porta" criada pela explosão. A luz que vinha de trás impediu que Jo visse as feições dele, mas a voz, firme e grave, soou clara como cristal:

— Andaram redecorando de novo, rapazes? — O homem... macho, tanto faz... parou na entrada. — Não podem fazer isso com qualquer outra coisa que não seja C-4?

Quando o macho mudou de direção, a lateral do seu rosto ficou iluminada...

E o mundo parou para Jo.

Cabelos escuros. Sobrancelhas escuras. Olhos profundos. Maxilar quadrado, ossos malares altos...

— Manuel Manello — Jo disse para si mesma. — Doutor Manuel Manello, antigo cirurgião-chefe do Centro Médico St. Francis. Desaparecido.

O homem parou de pronto.

— Eu te conheço?

Com o coração acelerado, a respiração ofegante, a cabeça girando, Jo disse rouca:

— Sou sua irmã.

Capítulo 48

Muitas coisas podem acontecer em 22 minutos.

Logo depois da segunda explosão da noite – a tal bomba consistindo de três palavras em vez de um tanque de combustível e uma bala preenchida com água da fonte da Virgem Escriba –, Butch conferira o relógio. Sim, isso mesmo, por isso tinha certeza de que fazia 22 minutos desde que Syn fora levado para a parte de trás da unidade cirúrgica móvel com Manny, desde que a mestiça, Jo Early, fora levada embora de carro por Phury e para a van chegar.

– E aí, para onde vamos levar este lixo? – Rhage perguntou ao se aproximarem de um dos assassinos abatidos.

Butch pegou a cabeça. Hollywood ficou com os pés. E os dois carregaram o saco fedorento que ainda se contorcia e vazava a essência de Ômega para a parte de trás da van. Enquanto Balz e Syphon faziam o mesmo. Assim como os demais.

Nove assassinos. E o empilhamento de corpos não se parecia em nada com o empilhamento de lenha. Para que todos coubessem, tiveram que fechar as portas duplas do fundo e enfiar os últimos três no banco de trás.

Quando enfim terminaram, todos precisavam de um banho, e o som de membros se debatendo devagar contra as paredes do veículo bastou para eriçar os pelos das nucas.

Rhage balançou a cabeça.

– Eu dirijo. Mas isso vai estragar o meu apetite.

Qhuinn foi para junto dele.

– Vou com você.

Todos se viraram para Butch para saberem o destino. Até mesmo Tohr.

Botando o cérebro para funcionar, tentou pensar em algum lugar bom para irem, e não tinha muito tempo para tomar essa decisão. Primeiro porque o local da batalha precisava ser limpo por V. o mais rápido possível – por conta da explosão, era um milagre que a polícia humana ainda não tivesse aparecido. Mas o fator mais crítico era que, apesar de ainda não sentir a presença de Ômega, isso poderia mudar a qualquer instante.

Olhou para a van. Demoraria bastante tempo para inalar nove *redutores* e nem sabia se conseguiria fazer isso de uma vez só. V. e ele precisariam de horas, e teriam que estar num ambiente protegido sem que V. tivesse que se esforçar ainda mais para manter o escudo do *mhis*. Precisavam de um lugar... que já estivesse protegido.

Butch olhou para Tohr.

– A Tumba.

O irmão se retraiu como se tivesse sido estapeado.

– Ficou louco? Não vamos levar o inimigo para o nosso lugar mais sagrado...

– É o único lugar seguro o bastante. Ômega está enfraquecendo e, depois que eu tiver acabado com esses aí, ele estará praticamente acabado, restando apenas uma sombra de si mesmo. O *mhis* que cerca a montanha é o tipo de magia que o mal não conseguia ultrapassar nem quando era todo-poderoso. Agora? As coisas vão ficar cada vez piores para ele. E assim V. não terá que fazer nada a não ser me purificar, o que já será um puta de um trabalho por si só.

Tohr estava no modo totalmente do contra.

– Não. Não posso permitir que faça isso.

Butch se aproximou do seu irmão e enfrentou os olhos azul-marinhos.

— É o único jeito. Você tem que confiar em mim. Acha mesmo que eu quero levá-los para lá? Mas, às vezes, temos de escolher entre o ruim e o menos pior. E deixar V. e eu expostos na iminência do fim da guerra é uma escolha muito, muito pior.

No silêncio que se seguiu, a tensão subiu no grupo, carregando a atmosfera noturna. E quando um vento súbito soprou em meio ao anel formado pelas árvores do depósito arruinado, Butch olhou por cima do ombro e se preparou.

Mas não era Ômega. Não ainda.

— Temos que ir – disse num alerta. – Precisamos sair daqui e levar a van para a montanha.

Tohr praguejou.

— Posso falar com Wrath primeiro?

Butch voltou a se concentrar no irmão.

— No caminho. Você vai com Qhuinn e Rhage na van. Eu preciso ir longe dos assassinos caso Ômega apareça. Ele virá atrás de mim primeiro e, se eu morrer, vocês precisam levar esses malditos para a Tumba de qualquer jeito e mantê-los por lá. É melhor que o mal esteja o mais fraco possível quando alguma outra coisa acabar com o filho da puta. – Olhou para os outros guerreiros. – O restante de vocês, vamos confiscar estes carros e as motos. Deixaremos apenas o mínimo para o V. fritar. Ele precisará vir para cá antes, enquanto dirigimos para a montanha.

— Se Wrath negar o acesso... – Tohr começou a dizer.

— Então fale para ele me ligar. Não existe outra opção.

Tohr segurou o braço de Butch.

— Se Wrath disser não, você terá que dar um jeito.

Sentado na mesa cirúrgica da unidade móvel, Syn deixou as botas penduradas... e pensou em como Jo se sentara na bancada da cozinha daquele restaurante abandonado. Parecia que fora há uma vida que os dois fugiram do helicóptero da polícia.

E agora lá estavam eles. Em veículos diferentes. Seguindo para o centro de treinamento e sabe lá Deus onde mais.

Na frente, atrás do volante, Manny não tinha muito a dizer enquanto seguiam pela estrada. Entretanto, o choque pode deixar um cara abalado.

– Como a encontrou? – o cirurgião humano perguntou por fim.

O fato de o homem poder ser o irmão de Jo mudava todo o cenário. Segundo a tradição vampírica, machos vinculados sempre vinham em primeiro lugar quando se tratava de suas fêmeas – e não havia ninguém por ali que não soubesse do status de Syn depois do showzinho daquela noite.

Bem... a não ser por Jo.

Merda!

Mas o segundo da fila depois de um macho vinculado? Era o macho mais velho da linhagem. O que, se a alegação de Jo fosse verdadeira, significava que Manny merecia respostas para perguntas que ninguém além dele tinha o direito de fazer.

Syn pigarreou e se sentiu obrigado a evitar quaisquer imagens sexuais enquanto repassava seu relacionamento com Jo – o qual, agora bem sabia, já estava terminado.

Caralho, como dói, pensou.

– Ela é jornalista. Estava investigando um homicídio no centro da cidade. Havia *redutores* por perto e eu fiquei preocupado que pudessem reconhecer o que ela é, embora ela não saiba que é mestiça. – Resolveu deixar de fora a parte em que Jo lhe apontara uma arma. E também o contrato da máfia para matá-la. – A polícia humana também estava em todo lugar. Jo não queria que soubessem da sua presença ali, então eu me certifiquei disso. Eu só a protegi, juro.

Manny virou para trás por um segundo.

– Ela não sabe sobre a transição?

– Não. Mas vai ficar sabendo hoje à noite. Ou é melhor que fique sabendo. Está tão perto de acontecer.

– Por que não contou a ninguém?

– V. já sabe dela. – Syn fez o que pôde para manter a agressividade longe da voz. – Ela tem sido acompanhada.

– Deveriam tê-la trazido.

Houve uma longa pausa. Depois Manny disse:

– Conheço a sua reputação.

Revirando os olhos, Syn murmurou:

– Quem não conhece? E ela está viva, não está? Se eu fosse matá-la para me divertir, já teria feito isso.

Houve um silêncio ainda mais demorado depois desse pequeno instante de partilha e, na pausa, Syn voltou ao passado, pensando na primeira fêmea que caçara no Antigo País. Fora na época em que ser mercenário era sua única ocupação, antes de Balz colocá-los nos campos de guerra, e de Bloodletter e de Xcor.

Num outro caso em que sua reputação o precedeu, Syn fora abordado num pub por um fazendeiro cujos campos estavam sendo invadidos por um vizinho proprietário de terras. À medida que o confronto aumentava, as vacas do fazendeiro foram envenenadas e seu lago contaminado. Ele queria que o problema fosse resolvido.

Syn aceitou o dinheiro. Fez um reconhecimento para se certificar de que a história contada era verdadeira. Infiltrou-se no que se revelou ser um castelo para entender o ambiente da sua vítima.

E logo chegou o dia de matar o macho. Seu *talhman* ansiara por esse momento de lâmina contra carnes, mas Syn esperou até que o festival de primavera começasse para que houvesse barulho, distração, bebedeiras dentro das paredes grossas. Esgueirando-se à espera do momento ideal para atacar, seguiu o senhor do castelo até seus aposentos particulares. Imagine a surpresa de Syn quando o atacou e descobriu que debaixo das roupas masculinas havia, de fato, um membro do sexo oposto: com os cabelos muito curtos e sachês de sândalo para mascarar o seu cheiro, de modo que ninguém desconfiasse da verdade.

No entanto, quando chegou o momento de matá-la, Syn não se incomodou com o sexo a que ela pertencia.

E não a poupou.

Derramou todo o sangue das veias da mulher até que o piso de mosaico sob a plataforma do leito brilhasse com o líquido que a mantinha viva. E não sentiu nada.

Não, não é verdade. Sentiu o de sempre: a torrente costumeira, a emoção, a alegria sádica que vivenciava toda vez que provocava dor, assim como a liberação da própria raiva e agressividade represadas.

Suas fiéis companheiras.

Aliás, o ciclo das brasas dormentes, da procura por um alvo, da matança, e da relativa paz resultante era o motivo pelo qual matava com certa assiduidade.

Era o seu *talhman* que o tornava um assassino serial. Tal qual um alcoólatra precisa de um drinque para lidar com o estresse, ele precisava da morte para completar seu ciclo, e não se arrependia, nunca se arrependera. Mas porque tinha regras. Os esforços e o tempo que despendia para determinar se seus alvos eram mesmo criminosos ou não garantiam que ele não fosse como o pai.

E também garantiram que conseguisse matar pessoas semelhantes a seu pai, uma vez após a outra.

Motivo pelo qual a Sociedade Redutora nunca bastara para Syn. Aquilo eram negócios.

O que ele fazia com seu kit de homicídios em seu tempo livre era assunto pessoal, um retorno à morte que dera ao pai que tanto o torturara e à sua *mahmen*.

No entanto, Syn estava relaxando em seu processo de seleção, não é mesmo? Quando Gigante o instruíra a matar Jo, não procurou saber se o alvo era ou não inocente. Estava ébrio, ávido por matar e, portanto, disposto a matar um jornalista, sem se importar com suas virtudes ou defeitos.

O que era bem diferente de um mafioso que vende drogas para crianças e fodia com todo o resto.

– Não quero você perto dela – Manny disse de repente.

– Então resolveu acreditar nela. Em relação ao parentesco de vocês?

– Não importa. – Os olhos escuros do cirurgião o procuraram pelo espelho retrovisor. – Seja minha irmã ou não, Jo não precisa de você na vida dela.

Syn baixou o olhar para a gaze que enfaixava sua perna. Manny insistira em cobrir esse ferimento assim como os demais.

– Então, você só vai me deixar sangrar até morrer, hein? – Syn perguntou.

– Não, ainda vou tratá-lo. Tenho ética profissional.

Syn abaixou a cabeça e fechou os olhos. Enquanto imagens de Jo vinham à sua mente, num ataque incansável de lembranças, seus instintos de protegê-la surgiram até a superfície e percorreram suas veias. Sob circunstâncias diferentes, teria desafiado Manny a brigar por isso.

O que o deteve foi... o fato de que não conseguia discordar das conclusões do homem.

Jo estaria muito melhor sem ele.

Capítulo 49

— Você me roubou de novo.

Quando falou, Jo olhava para fora da janela da caminhonete na qual entrara no shopping abandonado. A última lembrança que tinha era de estarem deixando o local da luta para trás. Agora estavam numa espécie de garagem em algum lugar... que só Deus sabia onde era.

— É para sua segurança.

Ela olhou para o outro banco. O homem – o macho – ao seu lado era do tamanho de Syn, mas tinha cabelos longos, fluidos e multicoloridos e a atitude tranquila de alguém que já fizera tantas coisas superperigosas que dar uma de motorista para uma mulher rumo a... sabe-se lá aonde estavam indo... era o último item na sua lista de eventos estressantes.

— Minha segurança? – Encarou o volume debaixo da jaqueta de couro. – Sério? Como se eu já não estivesse correndo riscos com você.

Ele desligou o motor e a fitou com lindos olhos amarelos – e nada humanos.

— Você não será ferida aqui.

— E é para eu confiar em você? Quando perdi... – cutucou o relógio no painel do carro – ... dezessete minutos. Hum? Achou que eu não iria controlar que horas eram? Eu sabia que vocês fariam algo com a minha memória, por isso fiquei acompanhando a mudança dos números.

O macho estreitou os olhos.

— O que você não entende é que existem seres que a torturariam atrás de informações sobre onde nos encontrar. E eles conseguem ler mentes e descobrir o que você sabe num piscar de olhos. Portanto, sim, foi para a sua segurança.

Jo olhou para fora da janela de novo. Não havia muito para ver. Apenas concreto, asfalto, vagas para estacionar e nada de céu aberto.

Quando o macho saiu do veículo, ela o seguiu.

— Estamos num subterrâneo?

— Sim. — Ele indicou uma porta de metal sem nenhuma sinalização. — E vamos por ali.

Seguindo-o — porque, falando sério, que alternativa tinha? — encontrou-se num tipo de corredor, a julgar pelo que pareciam ser... salas de aula. Salas de reunião. E depois algumas instalações médicas que pareciam tão modernas quanto em quaisquer outros hospitais que já vira.

Ele parou diante de uma porta aberta.

— Creio que a doutora Jane quer que você fique nesta sala de exames.

Jo cruzou os braços diante do peito.

— Não autorizo nenhum tipo de tratamento médico, para sua informação.

— Nem mesmo um exame de sangue para provar que o homem que acredita ser seu irmão é de fato um parente seu? — Quando Jo não respondeu à pergunta retórica, o macho assentiu. — Foi o que pensei. Manny, o doutor Manello, está logo atrás de nós. Sei que vocês dois não tiveram chance de conversar na cena. Depois você poderá se consultar com a doutora Jane para descobrir se ele é mesmo seu parente.

Antes que Jo pudesse lhe fazer qualquer outra pergunta, o macho fez uma ligeira reverência para ela e saiu da sala. Depois que fechou a porta, ela esperou ouvir alguma trava sendo fechada. Mas isso não aconteceu. Alguns minutos mais tarde, quando experimentou virar a maçaneta, conseguiu abrir a porta sem problemas.

Inclinando-se para fora, olhou para a esquerda e para a direita. O corredor continuava para além da sala onde estava, e Jo se surpreendeu com a extensão das instalações. Aquilo não fora algo construído aos poucos, de parte em parte, e muito certamente não foi nada barato construir e depois manter aquele tipo de...

No fundo à esquerda, a porta reforçada pela qual passaram se abriu e ela ficou tensa. Syn apareceu primeiro, mancando, e logo atrás dele estava Manuel Manello. Ambos os homens – machos, tanto faz – pararam de pronto ao vê-la, e o painel pesado se fechou num baque forte atrás deles.

Jo saiu da sala, presumindo que tinha todo direito de estar ali. Depois notou a enorme mancha vermelha na bandagem ao redor da coxa de Syn.

– Você está bem? – perguntou quando os dois se aproximaram. Uma pergunta idiota diante do que via.

– Ele ficará bem. – O doutor Manello se interpôs entre eles. – Não é nada com que tenha que se preocupar. Só vou dar alguns pontos nele e depois podemos conversar, está bem?

– Sim, por favor.

Parado junto à porta, a presença de Syn era imponente e silenciosa, porém ele mantinha os olhos e a cabeça baixos. Só pouco antes de entrar na sala de tratamento ao lado, foi que fitou Jo de esguelha. Mas logo saiu de suas vistas.

Quando Jo voltou à sala de exames, percebeu que esperava que ele dissesse alguma coisa. Talvez saísse de lá e a procurasse para conversar. Para se explicar...

Bem, mas o que esperava que ele fosse dizer?

Andou ao redor da mesa de exames. Depois se aproximou da pia de aço inoxidável e do conjunto de armários. Abriu as portas e viu filas ordenadas de materiais estéreis e de equipamentos.

As vozes na sala ao lado estavam baixas a princípio, mas logo aumentaram de volume. E ficaram ainda mais altas à medida que a discussão se intensificava.

Jo foi até a parede e encostou o ouvido à parede de gesso. O médico e Syn estavam batendo boca a valer; havia muitos motivos para ficar afastada de qualquer briga que estivesse acontecendo ali.

Só que, é claro, ela conseguia imaginar o motivo daquela discussão específica.

E por ter uma bela noção do que era, ela saiu da sala, virou à esquerda e escancarou a porta da outra sala de tratamento.

– ... ela vai passar pela transição! – Syn berrou.

– Você não tem como saber disso!

– Você é humano e não tem como saber...

– Vá se foder!

Os dois estavam em lados opostos da mesa de exames, inclinando-se sobre ela, frente a frente, testa a testa, com os braços apoiados na mesa – até notarem Jo ao mesmo tempo. Isso os calou bem rapidamente, e os dois sacos de testosterona se endireitaram, ajustaram as roupas e fingiram controle absoluto.

Como se fossem coroinhas que nunca, jamais, erguiam as vozes.

Mas ela não estava preocupada com o decoro auditivo.

Engolindo em seco na garganta apertada, Jo teve que pigarrear antes de conseguir falar. Duas vezes.

– Pelo que vou passar? – perguntou rouca.

Além de um estilo lindo, um excelente sistema de som e bastante torque, uma das vantagens no desempenho do Audi R8 cupê era a tração integral AWD. Também havia borracha suficiente nos pneus de corrida para proporcionar tração, e um belo sistema de freio caso o motorista se empolgasse e metesse o pé no acelerador.

Infelizmente, no que se referia a colocá-lo num terreno de floresta, o carro tinha uma enorme limitação.

Aquela porra era mais rebaixada que um carpete colado no piso.

Como resultado, enquanto dirigia o supercarro atrás da van, Butch estava indeciso se deveria ou não desistir e seguir o resto do caminho a pé.

A Tumba ficava a certa distância da mansão da Irmandade, sua localização secreta era cortesia de uma fina fissura no granito e no quartzo da superestrutura da montanha, que se alargava numa imensa caverna subterrânea. Pelo que contaram a Butch, o local já estava em uso muito antes de Darius construir a mansão, o local subterrâneo servindo como *sanctum sanctorum* para a Irmandade. Ali não só todos os jarros de *redutores* coletados ficavam armazenados nas paredes da antessala, como também, na parte mais interna, rituais sagrados e de iniciação eram realizados há séculos, tudo com a marca registrada da iluminação por tochas, com toda a parafernália típica dos vampiros.

O R8 cedeu aos esforços a meio quilômetro do local. Ou melhor, Butch resolveu que conseguiria correr mais rápido sem ele, e dada a permanência de V. na bolha de felicidade de Lassiter, seria melhor parar de apostar na sorte: não queria ter que explicar por que descascara a pintura da frente como se ela fosse uma uva. Além do mais, avançara uns quinhentos metros além do que pensou que conseguiria.

Colocando o câmbio na posição de estacionar, desligou o ronco do motor e deixou a chave no espaço ao lado do câmbio.

Não havia motivo para pensar que o carro seria roubado ali. Não só porque a subida da montanha era difícil, mas porque o *mhis* permanente obscurecia todo o cenário, impossibilitando que qualquer um ou qualquer coisa que não deveria estar ali... bem, estivesse ali.

Motivo pelo qual Wrath votou a favor de sua proposta de usar o local. O grande Rei Cego não gostou nem um pouco de trazer o inimigo para a Tumba, assim como Butch e os demais, mas entendera a lógica e tomou a decisão certa.

Começando a trotar, Butch perscrutou os pinheiros pelos quais passava ao redor de rochas, o que o fez pensar nos dentes de adultos quando brotam nas bocas das crianças. Não havia vegetação rasteira. A montanha, como toda a cordilheira Adirondack, consistia mais de pedras do que de solo, sua topografia era marcada pelo avanço e pelo recuo das geleiras que, durante a era do Pleistoceno, fizeram dali sua breve morada.

Isso, a propósito, era informação que ouvira de V. Que adorava usar palavras grandes e elegantes como "era do Pleistoceno" em vez de "Era do Gelo" (não o filme).

E, assim, onze mil anos mais tarde, lá estava Butch, correndo pelo colchão esponjoso de agulhas de pinheiro caídas, determinado a acolher o inimigo no local mais sagrado que a Irmandade possuía.

Só podia estar louco.

O plano parecera bem sensato quando estava no campo de batalha, vulnerável aos humanos e a Ômega. Mas, como em tantas decisões tomadas rapidamente sob pressão, agora que chegara à parte das consequências de sua brilhante ideia, viu-se questionando a própria sanidade. Só que já era tarde demais, e os fatos ainda eram os mesmos. Diferente do *mhis* que V. lançava de vez em quando nas ruas do centro, a magia que encobria aqueles acres elevados era impenetrável e permanente.

Marca-texto permanente versus uma caneta marca-texto genérica.

Vinho tinto e água com gás.

Uma casa e não um puxadinho...

Quando alcançou a van, Butch desistiu das suas metáforas. Elas não ajudavam em nada e, além do mais, o destino fora alcançado. Não havia mais nada hipotético.

Rhage saiu de trás do volante do fedor-móvel, abaixou-se ao meio e apoiou as mãos nas coxas. Em meio a longas aspirações de ar fresco, reclamou:

— Ao diabo com aqueles malditos comerciais de Bom Ar. Não há nada que possa disfarçar este fedor.

Qhuinn cambaleou para fora da van pelo outro lado, vomitando.

— E eu que pensei que jogar fora o lixo das fraldas fosse ruim.

Enquanto os dois tentavam recuperar o equilíbrio olfativo, a Irmandade em sua completude chegou, os machos cobertos de couro se materializaram na escuridão, aparecendo um a um. Todos eles. Z. e Phury. Murhder. John Matthew, o mais novo iniciado.

V. foi o último a retomar sua forma e se aproximou de Butch.

– Limpei o local.

– Ótimo. Ah, pergunta rapidinha. Você matou o anjo imortal quando ele o libertou da cela?

– Não, o cretino é bom de corrida. Mas eu ainda boto as mãos nele!

Butch estava para mudar de assunto e se dirigir ao grupo quando mais alguém chegou.

Wrath veio andando pela clareira e todos calaram a boca. Foi um choque vê-lo fora da mansão – e um risco de segurança. Nem mesmo o *mhis* parecia seguro o bastante para proteger o Rei. E George não estava ali para guiá-lo.

Não que o macho não tivesse ido até ali incontáveis vezes nos últimos três séculos, para deixar os jarros dos *redutores* que matara, aumentando a coleção de milhares de contêineres que já cobriam as paredes da antessala. Sem falar nas recentes iniciações. E nas ações disciplinares. Mas, mesmo assim...

– Já podem parar de olhar assim para mim – Wrath murmurou. – Mesmo cego, consigo sentir os seus olhos. Não preciso da permissão de ninguém para estar aqui.

E ninguém ousaria contradizê-lo.

Tohr se adiantou.

– Claro que não.

Quando Wrath encarou o Irmão – embora, sendo bem justo, foi mais um tapinha na cabeça de uma criancinha para apaziguá-la –, Butch sentiu a necessidade de interceder.

– Alguém pode abrir os portões para nós? Temos que transferir essa carga.

A volta ao que precisava ser feito deu certo. Tohr conduziu Wrath até a entrada secreta da Tumba. E quando o par penetrou na fissura, Butch abriu a porta de trás da van e...

Durante o processo de carga, os *redutores* empilhados uns por cima dos outros se acomodaram contra as portas duplas, assim como durante a subida pela montanha e, como consequência, jorraram para fora como tripas de peixe sobre os pés de Butch. Pulando para trás para se livrar do fedor das trevas e das partes corpóreas, praguejou e chutou alguma parte de anatomia – intestinos, talvez? – antes de se virar para V.

– Deveríamos ter trazido a porra de uma pá – queixou-se com o colega de quarto.

Capítulo 50

Em meio a todas as surpresas verdadeiramente estranhas do destino... da sorte... do desejo divino... do que quer que se queira chamar, sempre está o local em que as grandes mudanças da vida pessoal acontecem. Às vezes, o local faz sentido. Como um hospital, onde se nasce e se morre. Ou um palco, onde é celebrada a formatura do colégio, da faculdade, da universidade. Talvez um altar, onde as pessoas se casam.

Mas e em outras vezes?

Quando Jo comtemplou a sala de descanso, com suas máquinas de salgados, o balcão de comida self-service, cubas com frutas e caixas de cereal, soube que nunca, jamais se esqueceria de nada daquilo. Não se esqueceria das mesas redondas e das cadeiras. Tampouco dos conjuntos de sofás e poltronas na área de estar. Do piso de linóleo e das luzes fluorescentes no teto ou da TV montada num dos cantos, que exibia um episódio dos *Simpsons* no mudo.

Era um dos episódios de Halloween.

Pelo menos isso parecia combinar, considerando-se o que acabara de saber a respeito de si mesma.

E, bem, não se esqueceria de nada contanto que eles a autorizassem a manter suas lembranças.

Concentrou-se em Syn. Ele ficara em silêncio na maior parte do tempo.

— Então seremos inimigos se eu não me transformar.

Levando em conta o fato de que acabara de descobrir que poderia não ser humana de fato, deduziu que seria bom começar com parte dos realinhamentos mais básicos. Seu cérebro simplesmente não conseguiria lidar com os maiores.

Drácula, quem? Drácula, o quê?

— Responda — incitou-o. Quando ele não respondeu, Jo temeu tudo o que ele mantinha guardado para si.

— Ele não pode. — Manny, como todos o chamavam, interveio. — Essa questão sobre a inimizade depende de muitos fatores.

Depois que Jo interrompera a discussão deles, cabeças frias prevaleceram e os três acabaram indo para essa terra de consumíveis. Ficou feliz com a mudança de cenário. Os dois eram caras grandes e aquelas salas de exames por si só já são claustrofóbicas. Além do mais, não se lembrava de quando comera algo pela última vez.

Não que estivesse com fome.

— Por exemplo, qual é a chance de a minha perda de memória continuar no decorrer do tempo, certo? — Quando Manny deu de ombros, Jo saltou para fora da cadeira. — E como ninguém sabe se eu vou ou não passar pela transição, sou tratada como uma humana normal. É por isso que minhas memórias são tiradas de mim.

— Isso mesmo. Mestiços são imprevisíveis. Não há como saber de que lado dessa fronteira você acabará ficando.

— Só que você está neste mundo. E ainda é humano.

— Sou um caso especial. E há alguns poucos outros.

— Mas não é algo corriqueiro, certo?

— Não, não é. Ficarmos separados é melhor, de modo geral. Para ambas as espécies.

Ela olhou para Syn de novo.

— E é por isso que você não me contou quem você é. Porque, se eu não mudar, não posso te conhecer.

Depois de um momento, ele concordou. E Jo não conseguia decidir se era porque ele queria dizer mais e não podia ou porque não estavam sozinhos. Ou se, ainda, era porque estava lavando as mãos diante de tudo aquilo.

Aproximando-se das máquinas de petiscos, Jo olhou para as barras de chocolate Hershey perfiladas em sua divisória.

— Todas aquelas vontades estranhas em relação à comida. A agitação. O cansaço. Tudo isso faz parte... dessa mudança?

— Sim. — Manny se virou para trás no sofá para que pudessem continuar conversando de frente. Syn, por sua vez, permaneceu onde estava, encarando o chão entre as botas. — São os prodrômicos. É uma indicação de que os hormônios estão despertando, mas não é um indicador certeiro do que vai acontecer em seguida. Às vezes, eles apenas recuam, voltando a hibernar.

— É por isso que você não é... — Mais cedo ou mais tarde, teria de fazer a palavra com V sair da sua boca. — É por isso que você não mudou?

— Nunca passei por nada que você está passando. Mas, repito, tudo sobre nós é diferente.

Jo pensou na pasta grossa no escritório do pai. E achou tão bizarro que, apesar de todas as folhas lá dentro, a verdadeira realidade tivesse permanecido escondida. A verdade que importava.

Puxa vida... não conseguia fazer a cabeça funcionar. Tudo dentro do crânio era uma tremenda confusão, perguntas meio formuladas sobre sua mãe e seu pai biológicos, sua saúde, seu futuro, como bolas de paintball sendo disparadas e melecando tudo.

Mas havia algo que suplantava todas os demais.

Jo encarou Syn. E depois se ouviu dizer:

— Preciso de um minuto sozinha.

Manny pigarreou.

— Syn, você poderia esperar...

— Não com você. — Aproximou-se e voltou a se sentar onde esteve antes. — Com ele.

Syn estava esperando que a dispensa abriria a porta de mais uma discussão com o cirurgião. Que inferno, acabara de descobrir em primeira mão exatamente o quanto Manny era bom naquela merda de erguer a voz e contra-argumentar. Descobriu que o cara era um tremendo de um cabeça-quente e, em circunstâncias diversas, poderia respeitar o macho por isso.

Mas não esta noite.

E nunca quando se referia a Jo.

Após uma breve conversa, Manny saiu da sala de estar e foi para a saída da sala de repouso.

Antes de sair de vez, olhou para trás e disse:

— Venha me procurar se ele desmaiar por conta do sangramento. Não cheguei a dar os pontos.

Depois disso, ficaram a sós. Como era difícil encarar Jo nos olhos, Syn ficou observando a porta se fechar como se o reposicionamento dela no batente guardasse os segredos do universo. Ou talvez porque tinha esperanças de que as tábuas de madeira o orientassem quanto ao que dizer.

Só uma frase lhe ocorreu no momento.

— Sinto muito — murmurou no silêncio.

— Você fica repetindo isso.

— É tão adequado à situação. — Finalmente ergueu os olhos para os dela. — E não sou bom com... essas coisas.

Jo estava sentada diante dele, mas Syn tinha a sensação de que estavam separados por um oceano. Ela parecia exausta e agitada ao mesmo tempo, batendo o calcanhar no chão, uma das mãos remexendo a manga do casaco. Os cabelos ruivos estavam desarrumados, com uma parte enfiada por baixo das lapelas, e o rosto estava pálido. Pálido demais.

Mas eram os olhos que o matavam. Estavam arregalados, assustados como se ela estivesse sendo perseguida por um desvairado com uma faca — e por mais que ele não fosse o responsável pelo seu destino genético, certamente fora o responsável por várias outras surpresas ruins daquele pacote.

E Jo não sabia nem a metade.

– Estou com medo – sussurrou.

Syn se moveu à frente, mas teve de se conter para não continuar adiante.

– Vai ficar tudo bem.

– Vai? Não tenho tanta certeza... Nunca soube quem eram meus pais biológicos, o que já era bastante ruim para mim. – Deu uma risada curta, tensa. – No fim, não saber a que espécie pertenço é bem pior. Não consigo compreender quase... nada.

– Você é a mesma pessoa que sempre foi.

– Não, não sou. – Ergueu as mãos para o céu. – Porque eu não sabia nem o que eu era, para início de conversa.

– Nada tem que mudar.

– Então por que é chamada de "transição"?

Merda! Ele era péssimo nisso.

De repente, Jo enfiou as mãos debaixo das pernas, como se não suportasse olhar para elas.

– Foi por isso que a unidade de atendimento médico me telefonou dizendo que havia um erro no meu exame de sangue?

– Você procurou um médico?

– Sim. Eu te contei. E o consultório me telefonou dizendo que houve um erro no laboratório e que eu precisava voltar para refazer o exame. Mas o meu sangue não estava contaminado, estava?

– Não. O resultado não se adequaria ao de um humano.

– Eu queria mesmo saber se a transição está perto de acontecer.

– Acredito que esteja. – Syn encostou na lateral do nariz. – Sinto o cheiro. Outros da minha espécie também conseguem.

– E foi por isso que o outro, aquele com sotaque de Boston, me reconheceu?

– Sim.

Jo fixou os olhos nos dele.

– Acha que eu estava caçando vampiros por ser uma?

– Acho que estava procurando a si mesma.

– Quantas lembranças você tirou de mim?

– Nenhuma.

Jo ficou em silêncio por algum tempo, e Syn se viu levantando e andando ao lado dela na sala, no lado dela da mesa de centro, no lado dela do conflito. Ainda que, no que se referia à transição, não havia conflito algum. O corpo dela era o futuro, seu mecanismo interno de oxigenação, os batimentos cardíacos, os hormônios e o DNA, um mistério que desvendaria o mistério. E ninguém e nenhum exame forçariam o resultado.

E Syn estava com ela, independentemente do que acontecesse.

– Antes que Manny saísse agora há pouco... – Ela pigarreou. – Ele disse que eu teria que tomar uma...

Quando ela não disse mais nada, Syn terminou a sentença por ela:

– Uma veia. Sinto muito. Sei que deve ser repulsivo para você. Mas se a transição acontecer, você precisará de sangue de um membro da espécie do sexo oposto ou morrerá...

– Quero que seja o seu. – Quando os olhos de Jo brilharam com lágrimas não derramadas, ela passou os braços ao redor do corpo. – E de ninguém mais.

Syn balançou a cabeça ao tentar superar o choque. Como ela poderia escolhê-lo?

– Jo... existem tantas outras escolhas melhores.

– Então não vou fazer isso. É você ou ninguém.

– Não creio que esteja entendendo o que vai acontecer. O seu corpo vai tomar essa decisão pela sua cabeça, e não o contrário. Não dá para negociar com a sede de sangue.

– Você é a única pessoa neste mundo que eu conheço. Não quero nenhum estranho... – Apertou bem os olhos. – Que pesadelo! Literalmente não consigo fazer minha cabeça aceitar nada disso. E você acha que vou escolher um estranho qualquer?

— Não precisa ser sexual. — Os molares de Syn travaram quando o macho vinculado dentro de si começou a berrar. — A alimentação, quero dizer.

— Como vou saber? Quando terei que...

— Você saberá.

— Você fez isso? Quero dizer, isso aconteceu com você?

Syn visualizou a fêmea do Antigo País.

— Sim. E não houve nada de sexual na minha primeira alimentação.

— Há quanto tempo foi?

— Trezentos anos. Mais ou menos. — Quando Jo arregalou os olhos, ele confirmou. — A nossa expectativa de vida é diferente.

— A minha mudará? — Quando ele informou que sim, ela mordeu o lábio inferior. — A transição é perigosa?

— Não vou mentir para você.

— Isso é um sim.

Syn assentiu lentamente, sentindo o medo contrair-lhe o peito ante o risco de perdê-la. Embora ela nunca tivesse sido sua de fato.

— Não há nenhum exame de sangue ou... algo do tipo... que possa me dizer exatamente quando a transição vai acontecer?

— Não. — Ele só queria estender a mão. Abraçá-la. Tranquilizá-la como fosse capaz. — Você só tem que esperar. E, repito, por você ser parte humana, pode levar algum tempo.

— Ou talvez não aconteça nunca, certo? — Quando ele anuiu de novo, Jo olhou ao redor da sala de repouso. — Me diga que vocês não esperam que eu fique aqui sentada só esperando, como se fosse uma prisioneira? Tenho um emprego... uma vida... à qual voltar. Ainda mais se nada disso acontecer.

— Não será mantida aqui contra a sua vontade. Não podem fazer isso.

— Tem certeza?

— Sim. — Porque ele se certificaria de que fosse assim. — Tenho.

Jo pareceu mais tranquila depois disso, pois os ombros relaxaram um pouco.

Só que, em seguida, ela cravou os olhos nos dele.
– Está me dizendo que não vai me ajudar? Que não me dará... a sua veia se eu precisar?

Capítulo 51

Dane-se a pá, Butch pensou. Precisavam mesmo era de um carrinho de mão.

Ao arrastar o primeiro dos *redutores* para dentro da caverna, estava bem ciente de que escolhera a dedo sua carga. Ao contrário da maioria dos não vivos, aquele estava intacto, com braços, pernas e cabeça ainda afixados ao tronco. Os demais não passaram por esse teste de inventário básico e, em circunstâncias diversas, Butch teria se sentido mal por deixar os *redutores* mais reduzidos para seus irmãos.

Só que ele sabia que iria voltar para buscar mais. E também sabia o que o aguardava depois.

O interior da caverna menor dentro da fissura era um buraco negro, mas havia um brilho depois de uma curva para orientá-lo, por isso ele tinha o suficiente para seguir em frente. Quando fez a curva, a cabeça do morto-vivo foi batendo no piso rochoso e desigual.

Não que Butch desse a mínima para aquele crânio.

Quando alcançou Wrath e Tohr, eles tinham acabado de abrir a entrada da Tumba, deslizando a parede de pedra, e chegado ao primeiro portão de ferro que impedia o acesso de qualquer um que não deveria estar ali.

Quando os dois se voltaram para ele, as tochas do corredor mais além se acenderam ao comando de Tohr. Ou talvez ao de Wrath, embora o Rei não precisasse de luz.

— Como eu queria muito que não tivéssemos que fazer isto — Butch murmurou ao desovar o corpo no chão de terra batida. — Mas a boa-nova é que, depois que esses malditos forem consumidos, acho que só teremos mais quatro.

— Quatro? — Wrath estranhou. — Quatro assassinos na Sociedade Redutora e basta?

— Havia treze no local ou nas redondezas quando cheguei. Consegui senti-los. Um fugiu numa moto que ainda funcionava. Outro num carro cuja frente quase bateu na minha dianteira. E dois deram no pé antes mesmo de chegarem lá. Restam apenas quatro. Todos os outros estão na van lá fora. — Butch baixou o olhar para os restos ainda móveis a seus pés. — Além desta coisa daqui.

— Mas como sabe que só restam eles? — o Rei insistiu.

— Hoje foi uma reunião convocada pelo *Redutor Principal*. É a única explicação para tantos estarem no mesmo lugar, fora das ruas do centro. As únicas reuniões dessa monta foram as iniciações, mas não havia indícios de que algum deles tivesse sido transformado hoje à noite... E, o mais importante, Ômega nunca usa o mesmo lugar duas vezes. Ele já tinha usado aquele depósito de manutenção. Não, aquilo foi uma reunião convocada pelo *Redutor Principal*. Um agrupamento de tropas e recursos que encontramos por acaso graças a Syn e àquela mulher. Então a conta é essa. Treze.

— Mas Ômega pode recrutar outros. Pode estar fazendo iniciações enquanto estamos aqui conversando.

Quando os demais irmãos entraram trazendo mais lixo, Butch olhou de novo para o seu amiguinho com problemas de vazamento.

— Não tenho tanta certeza. Ômega precisa ter energia suficiente dentro de si para propagar, e ele parecia pálido como a morte quando o vi na outra noite. Não creio que lhe restem forças suficientes para isso.

— Quatro assassinos... — Wrath meneou a cabeça. — Não consigo nem imaginar. Alguém conseguiu ver quem era o *Redutor Principal*?

— Não que eu saiba, e ele não está entre os abatidos. — Butch girou o braço dolorido. — Eu o reconheceria de quando...

Ele foi parando de falar conforme se inclinava para além do Rei. E de súbito ficou sem voz devido ao choque.

– O que foi? – Tohr perguntou.

– O gato comeu sua língua? – Wrath disse.

Numa súbita onda de pânico, Butch passou por Tohr e saltou para dentro dos portões. Atrás dele, Tohr ordenou ao grupo com firmeza:

– Armas a postos!

O coro de metais contra metais acompanhou Butch corredor abaixo.

Mas ele não teve que ir longe para se ver oprimido por um ato de vandalismo jamais visto, tão chocante que até duvidou do que seus olhos viam.

Todos os jarros que estavam dispostos em prateleiras que iam do teto ao chão na antessala, bem mais de mil, foram jogados no chão de pedras do corredor de entrada da Tumba, e estavam quebrados. Cada um deles.

Butch parou quando seus coturnos esmagaram os primeiros cacos... que logo se tornaram uma montanha.

– Mas o que é...

Quando Tohr de repente parou de falar, Butch se agachou e pegou um caco de um vaso esmaltado. Parecia antigo, mas alguns dos recipientes quebrados eram bem novos.

– Mas que porra?! – alguém soltou quando todos viram a bagunça.

Butch encarou as prateleiras. Não restava nenhum jarro intacto.

Durante gerações de lutas, a Irmandade colecionara os contêineres dos *redutores* que mataram, pegando os corações maculados pelo mal como troféus de seus triunfos. Quer tivesse sido para identificação do corpo antes de ser apunhalado de volta a Ômega ou quer fosse resultado de uma tortura do inimigo atrás de informações sobre o local em que ficavam, manter os jarros sempre fora parte de um ritual de vitória.

Quando Butch se juntara à guerra, fizera o mesmo.

– Quem diabos entrou aqui? – outro irmão perguntou. – E por que quebraram todas essas merdas?

Butch ficou olhando para o monte de cacos e lascas que formavam um monte em certa parte do corredor. Enquanto as tochas nas paredes lançavam uma luz bruxuleante na pilha pontiaguda, ele não conseguia imaginar quem é que poderia ter encontrado...

– Ai, merda! – exclamou.

Quando todos se calaram atrás dele, Butch não estava pensando com clareza ao revirar os restos de porcelana e de argila, mexendo em meios aos fragmentos que cortaram e perfuraram-lhe as mãos que se enterravam... agarravam...

– Não, não, não... – Ouviu alguém repetindo a palavra uma vez depois da outra, e se tornou vagamente ciente de que era ele próprio. – Não... *não...*

Quando as pessoas começaram a conversar atrás de si, simplesmente as ignorou.

Butch foi até o fundo da pilha, até o piso de pedra.

Depois desistiu, derrotado, virando para os irmãos enquanto se deixava cair de bunda na clareira que criara com as mãos que agora sangravam.

Por um momento, só conseguiu encarar o grupo de machos que primeiro haviam sido seus inimigos, depois amigos... só para acabarem se tornando seus irmãos de sangue. Conhecia seus rostos tão bem quanto ao próprio, e amava cada um deles tanto quanto poderia amar outro macho.

E foi por causa desse amor que de repente se viu absoluta e completamente aterrorizado.

Tohr olhou para Butch com as mãos espalmadas, como quem diz "mas que porra é essa?".

– Tira, o que está acontecendo aqui?

– Os corações sumiram – disse num engasgo. – Ômega... De algum jeito, ele entrou aqui e levou os corações dos jarros.

A reação foi imediata, o coro de vozes explodindo e ecoando enquanto os irmãos – e Wrath – de pronto se colocaram de modo ofensivo com armas e adagas, como se fossem caçar o inimigo no interior do covil subterrâneo.

– Ele não está aqui! – Butch gritou por cima da confusão. Quando todos se aquietaram, Butch também abaixou a voz. – Ômega se foi. Pegou o que precisava... e se foi.

V. disse:

– Impossível. Não há como ele ter encontrado este lugar.

Butch estendeu a mão e pegou um dos cacos. Era um pedaço redondo azul-claro, devia ser a base, e quando ele o virou, nele se lia: fabricado na China.

Fechando os olhos, esfregou a superfície lisa entre o polegar e o indicador. Depois voltou a abri-los.

– Não, foi ele. Eu consigo senti-lo nisto.

– A casa – Wrath rosnou. – As fêmeas. As crianças...

– Não – Butch interveio. – Ele não está na propriedade. Não o sinto em lugar nenhum aqui da montanha e o *mhis* não afetaria a minha percepção dele. Ômega não está aqui.

– Mas esteve – disse o Rei.

– Sim. – Butch largou o caco e se levantou. Quando esfregou as mãos ensanguentadas na parte de trás das calças, balançou a cabeça. – E temos um problema ainda maior do que ele saber onde vivemos.

– E que merda poderia ser pior que isso? – alguém murmurou.

Butch virou as costas para os irmãos e encarou os escombros.

– Ele levou os corações para se fortificar. Para se reenergizar e refortalecer seu poder. Ele acabou de consumir sua própria essência que estava em cada um dos músculos cardíacos nestes malditos jarros.

– Então voltamos à estaca zero... – Tohr concluiu com amargura.

– Ou pior – avisou Butch.

Capítulo 52

— Jo, segure isto para mim, por favor. Isso, assim mesmo. – Enquanto dobrava o cotovelo de Jo, a médica sorria. – Eu lhe disse que sou boa com uma agulha, não?

— Não sinto nada. – Jo meneou a cabeça. – Quero dizer, não senti.

A doutora Jane – foi assim que ela se apresentou – rolou para trás no banquinho em que estava e enfiou o tubo que enchera no bolso quadrado do jaleco. Os olhos verde-floresta demonstravam compaixão, e ela os desviou de Jo, que estava na mesa de exames, a Manny, que estava numa cadeira junto à porta da sala de exames.

— Então, graças a Sarah – disse a médica –, que é uma pesquisadora genial e meio que uma nerd em genética, agora nós dispomos de um exame de sangue que nos permite determinar relações familiares. – Sorriu para Manny. – E não usamos mais o antigo método de regressão, que é bastante perigoso. Como já expliquei, vamos comparar as amostras de vocês dois para checar o que há em comum. Também vamos consultar o banco de dados que temos acrescido dentro da espécie como um todo. Sarah vem realizando um trabalho maravilhoso com esse projeto, e ele nos ajudará a descobrir mais sobre a origem de vocês. Querem me fazer alguma pergunta?

— Eu não. Jo? – Manny balançou a cabeça.

Jo tinha diversas perguntas. Mas não sobre o exame.

— Estou bem. Obrigada.

A médica se levantou. Apertou o ombro de Jo. E saiu.

Quando a porta se fechou, Jo fitou o homem que poderia ser seu irmão, observando-lhe as feições do rosto, tentando descobrir se partilhavam algum traço. Quando os olhos dele se viraram para ela, Jo corou e baixou o olhar.

– Sinto muito. Não tive a intenção de ficar encarando. É que nunca estive perto de alguém que fosse meu parente... que pudesse ser meu parente.

Manny esticou as pernas e se recostou na cadeira dura de plástico.

– Compreensível.

Jo piscou rápido e tentou se lembrar de onde tinham parado quando a médica entrou. Fora um choque – e um alívio – descobrir que sua mãe biológica na verdade não tinha morrido. E ainda havia tanto a descobrir.

– Então... Você estava me contando a respeito do seu... do nosso pai? – Jo retomou.

– Ah, sim, desculpe. – Manny abaixou o braço e puxou uma bolinha de algodão que estava grudada na dobra do cotovelo. – Como dizia, o nome dele é Robert Bluff. Era cirurgião, e minha mãe o conheceu no Columbia Presbyterian, onde trabalhava como enfermeira da UTI. Ele morreu em 1983 num acidente de carro. Foi enterrado no Cemitério Pine Grove. Posso levá-la ao túmulo dele um dia, se quiser.

– Sim, eu gostaria. Por favor.

– Eles nunca se casaram nem nada do tipo. E ela nunca foi de falar muito sobre ele. Em casa, em algum lugar no meio das minhas coisas, tenho recortes de jornais sobre ele e posso te mostrar. Também tenho uma foto. Mas é só isso, lamento.

– E ela... a nossa mãe... está viva?

– Sim – Manny pigarreou. – Ela mora na Flórida. Comprei uma casa para ela lá há alguns anos. Agora ela está aposentada.

– Você acha que... que ela... – Jo balançou a cabeça e tentou ignorar o aperto no coração. – Quero dizer, é claro que vamos esperar pelos resultados dos exames para confirmar se...

— Claro que eu apresentarei vocês duas. — Ele virou de lado e tirou o celular do bolso do jaleco branco que vestia. — Olha só, deixa eu te mostrar uma foto dela. Você deve estar curiosa para saber como ela é.

Enquanto Manny procurava pela foto, Jo sentia o coração acelerar. E quando ele lhe esticou o Samsung, suas mãos tremiam ao pegar o aparelho.

A imagem na tela era em preto e branco, e a jovem mulher de cabelos escuros e grossos que olhava para a câmera parecia assustada.

— Achei melhor mostrar primeiro uma foto antiga. Essa, na verdade, é de quando ela estava grávida de mim. Deixe-me ver uma foto mais recente.

Jo devolveu o aparelho, e não conseguiu evitar o desejo de que houvesse outra foto, um pouco mais recente do que aquela, da mulher... grávida dela.

— Quanto anos você tem? — perguntou. Quando Manny lhe disse, ela ficou chocada. — Você é bem mais velho do que eu. Uau, você está ótimo!

— Obrigado. E aqui está uma foto mais recente dela.

Jo se preparou ao pegar o aparelho novamente. Dessa vez, a foto era colorida, e a passagem dos anos era visível no rosto outrora jovem. Não que a mulher não fosse atraente. Ela ainda tinha cabelos castanhos e espessos, mas os olhos permaneciam com sombras e ainda havia aquela tensão ao redor da boca e na testa.

— Qual é o nome dela?
— Shelley. Shelley Manello.

Quando Jo devolveu o telefone para ele, Manny fitou a foto e algo mudou na sua expressão.

— Não tenho que conhecê-la — Jo disse com um nó na garganta. — Não quero causar problemas.

— Não. Eu jamais as manteria afastadas.

— Então, o que há de errado? — Jo fechou os olhos e balançou a cabeça mais uma vez. — Desculpe, não precisa responder.

– Ei, irmãos, ok? – Ele pareceu ainda mais intrigado. – Só estou tentando me lembrar...

– Do quê?

– De quando ela estava grávida de você. – Manny ergueu o olhar de repente. – *Não* estou duvidando de você. Só que... A julgar pela sua idade, eu já tinha saído de casa e estava na faculdade, mas creio que me lembraria. Ou, pelo menos, ela teria me contado.

Jo se fixou na parte de trás do celular enquanto ele se fixava na tela. No silêncio, sentiu um desassossego descer pela sua nuca, como água gelada escorrendo-lhe pela coluna.

E se Bill estivesse errado em sua pesquisa?

O medo de que talvez fosse esse o caso lhe disse o quanto desejava ser a irmã de Manny. Engraçado como aquele estranho lhe transmitia tanta segurança e firmeza. Ainda mais depois que Syn saíra da sala.

– Mas sabe – Manny prosseguiu –, a nossa situação financeira era complicada na época. Desde o início, mamãe estava determinada a garantir que eu iria para a faculdade de medicina e me tornaria um cirurgião, que seria alguém. Ela era enfermeira e sempre pegava turnos extras para pagar minha educação. Lembro que ela estava sempre cansada quando eu era criança. E se ela por acaso engravidou de novo enquanto eu estava na faculdade? O que quero dizer é... é que ela não teria como manter o bebê por causa das minhas despesas. – Manny fez uma careta. – Você, melhor dizendo. Te manter. Desculpe. Sinto como se eu...

– Não se desculpe. Eu sou a intrusa, não você. Além disso... Talvez ela não quisesse engravidar de mim. – Quando os olhos dele se voltaram para os seus, Jo visualizou a imagem do rosto atormentado. – Talvez não tenha sido o caso de uma gravidez indesejada. Talvez fosse resultante de um...

Ela não conseguia nem dizer aquilo.

Mas a julgar pelo modo como Manny fechou os olhos com força, sabia que não precisava completar.

– Talvez sejamos meios-irmãos – Jo sugeriu com tristeza. – Talvez Robert Bluff não seja o meu pai. Talvez... seja outro homem.

Manny esfregou o rosto.

– Isso explicaria por que ela não quis te contar a meu respeito – Jo disse rouca.

Jo soltou o braço que segurava e tirou o algodão e o curativo. Havia uma marquinha de nada, um ponto vermelho que já começava a cicatrizar na pele.

A ideia de ter sido algo pior do que um erro... que talvez tivesse sido fruto de uma violência sexual? De ter sido algo que a mãe tivesse tentado abortar e fracassado?

Quando lágrimas surgiram-lhe nos olhos, Jo olhou ao redor à procura de algo para enxugá-las.

Foi Manny quem entregou a caixa de lencinhos de papel para ela, pegando-a da bancada e estendendo-a ao longo do espaço que os separava.

Então se levantou e se aproximou. Sentou-se na mesa de exames ao seu lado, passou um braço forte ao redor de seus ombros e a puxou para perto.

– Eu sinto muito... – Jo disse ao começar a soluçar por conta do sofrimento de uma mulher que jamais conhecera.

Do outro lado da porta da sala de exames, Syn estava sentado no piso de concreto do corredor do centro de treinamento. Depois de Manny tê-lo suturado adequadamente, ele saiu da sala, com o pretexto de dar um pouco de privacidade aos irmãos. Na verdade, precisava de tempo para pensar.

E depois ouviu o que Jo disse. Cada palavra.

Enquanto ela falava sobre as circunstâncias de seu nascimento – ou do que temia que tivesse acontecido –, ele sabia qual seria a resposta para a alimentação dela.

Pondo-se de pé, virou-se e ficou de frente para a porta da sala de exames. Balançando a cabeça, apoiou a mão na porta fechada como se conseguisse passar pelas correntes de moléculas entre eles, pelo espaço que os separava, pela distância entre o seu coração e o dela... e dar-lhe algo que não fosse sofrimento, caos e infelicidade.

Manny era a pessoa certa para confortá-la. Seu irmão de sangue era um bom homem, gentil... e forte. Jo estava segura com ele. Ele não só podia como *deveria* cuidar dela.

Ainda assim, Syn demorou algum tempo até conseguir juntar forças para se afastar. E quando, por fim, o fez, teve de obrigar o corpo a andar pelo corredor.

Cada parte sua queria ficar com Jo. Garantir seu bem-estar. Atender a mais ínfima de suas necessidades, desde a comida escolhida até a mais pura das bebidas, certificando-se de lhe proporcionar um abrigo seco e quente, com roupas dos tecidos e cores de sua preferência. Queria dormir com ela junto ao seu corpo, pele contra pele, com uma adaga em sua mão direita para garantir proteção contra tudo e contra todos que tentassem feri-la.

Queria servi-la durante a sede de sangue.

E ajudá-la durante a transição.

E depois... depois de uma década, ou de quanto tempo levasse... queria atendê-la em seu cio...

Tal qual uma agulha riscando um LP, ouviu um som gritante em sua cabeça quando o ápice de sua fantasia dizimou o cerne de suas ilusões desesperadas.

Jamais seria capaz de servi-la durante seu período fértil. Não podia ejacular.

Em face à realidade, o restante dos blocos de construção da hipotética vida em comum dos dois desmoronou, não restando nada além de devastação e desolação em seu peito.

Mas ainda havia um meio de cuidar dela.

Se a definição do amor era colocar o objeto do seu afeto acima de si mesmo, então havia um sacrifício que Syn certamente poderia fazer por ela. Pouco importando o quanto isso lhe custasse.

O centro de treinamento era ligado à mansão da Irmandade por um túnel subterrâneo com centenas de metros de extensão. A passagem de concreto também se ligava ao Buraco numa das pontas, onde Butch, V. e suas *shellans* moravam, e à rota de saída de emergência da montanha na outra. Syn caminhou por esse confinamento com um propósito, com as mãos enfiadas nos bolsos da jaqueta de couro, as botas retumbando no piso nu. Manny fizera um excelente trabalho com linha e agulha – não que os diversos cortes na sua coxa e ao longo do abdômen o preocupassem –, ao cair da noite, os estragos já teriam cicatrizado. Por mais que detestasse se alimentar de sangue, bebera da veia de uma Escolhida duas semanas antes, por isso estava com sua força total.

Ainda bem. Não suportaria a ideia de sorver o sangue de outra fêmea agora, pouco importando o quão profissionais e dedicadas as Escolhidas fossem. Para elas, aquilo podia ser apenas um procedimento médico, mas Syn não queria ser próximo de mais ninguém além de Jo.

Ao retomar as considerações quanto ao futuro, ficou tão perdido em seus pensamentos que, ao se dar conta do ambiente que o cercava, ele já saía por trás da grande escadaria da entrada da mansão, tendo alcançado seu destino.

Tudo estava bastante tranquilo, apesar de todos estarem afastados das ruas depois do combate no shopping abandonado. Os Irmãos levaram os *redutores* para a Tumba, onde quer que isso ficasse, mas o restante dos Bastardos e dos guerreiros estava em casa – e era de se esperar que haveria baderna e conversas rolando nos diversos ambientes. Mas não. Tudo estava um tanto lúgubre; alguns jogavam um pouco de sinuca, mas ficavam na deles, e isso fazia sentido. Havia muita tensão pairando no ar, havia muito em jogo.

Tentando permanecer fora do campo de visão, Syn postou-se atrás da curva da base da escadaria e pegou o celular.

Só havia uma pessoa com quem queria conversar.

Bem, na verdade, duas, mas começaria por ali.

Escrevendo a mensagem, hesitou antes de enviá-la. Só que não enxergava nenhuma outra saída para a sua situação. Depois de apertar o botão de enviar, cruzou os braços e recostou-se na balaustrada folheada a ouro.

Um momento depois, a porta vaivém usada pelos criados para acessar a despensa e a cozinha se abriu, deixando escapar uma risada enquanto alguém resmungava:

— ... é isso aí, em sessenta por cento das vezes isso funciona.

— Ron Burgundy é um deus – alguém respondeu.

Balthazar passou pela porta e certificou-se de que a tinha fechado.

— Ei!

Syn deu um aceno de cabeça e notou que havia sangue de *redutores* em suas botas. Na verdade, havia sangue de *redutores* na frente da sua camisa. Nas mangas da jaqueta de couro. Nas mãos e debaixo das unhas.

— Eu devia ter tomado um banho antes – ouviu-se dizer.

— Não ligo pra essa merda.

— Não para te ver. Antes de ter visto a Jo, porra.

— Você está bem, primo?

Syn concentrou-se no piso do meio do vestíbulo, fitando o desenho em mosaico de uma macieira em flor. Quando tentou falar, só acabou esfregando o nariz. A testa. O queixo.

— Diga-me – Balthazar interveio – que não a matou.

— Matei quem? – Quando o primo lhe lançou um olhar significativo, Syn praguejou. – Tá de brincadeira comigo? Ela está com o Manny agora.

— Ufa! Que bom. – Balthazar relanceou ao redor. – Então preciso enterrar alguém por algum outro motivo?

Syn esfregou o rosto.

— Não.

No silêncio que se seguiu, seus olhos perscrutaram os detalhes luxuosos na entrada social da mansão. Considerando-se que passara grande parte da vida dormindo em cavernas e dentro de troncos de árvores nas florestas do Antigo País, ainda não conseguia entender como tinha vindo parar naquele castelo da realeza com colunas de mármore e malaquita, com espelhos em molduras douradas e arandelas de ouro e candelabros de cristal. Toda aquela opulência o fazia se sentir um invasor.

Mas, pensando bem, sempre se sentira deslocado, mesmo com as pessoas que conhecia bem.

– Eu a amo – disse, rouco, num rompante.

Uma pausa. Como se Balthazar não conseguisse entender o que lhe fora dito.

– A Jo? Mas o que... espera...

– E, por esse motivo, eu vou pedir que... que você a atenda durante a transição. Você é a única pessoa a quem posso confiar a fêmea que amo.

Por mais que Syn a quisesse para si, não podia se permitir, não depois de ouvi-la falando sobre sua concepção. A natureza violenta de seu ser era próxima demais do que Jo temia ser a verdade sobre o seu pai biológico. E por mais que ela não soubesse desse paralelo, ele sabia. Syn jamais fizera a uma fêmea o que Jo suspeitava que o pai tinha feito com sua *mahmen*, mas matar fêmeas – mesmo quando elas mereceram – não era algo muito melhor. Ele tirara vidas numa justiça pervertida, como um vigilante que aceita dinheiro que não precisa nem usa por seus feitos – e, estranhamente, só agora começou a sentir o peso de seus crimes.

Depois de tudo o que fizera, Jo não o aceitaria se descobrisse suas verdades, e ele não suportaria contá-las para ela.

Portanto, tinha que agir como se ela tivesse total conhecimento a seu respeito.

E conseguir outra pessoa para Jo.

Era o único gesto decente que podia fazer pela fêmea a quem amava.

Capítulo 53

Syn não vai voltar, Jo pensou ao guardar o celular e começar a andar de um lado a outro na sala de repouso. Voltara ao enclave calórico cerca de uma hora antes, depois que ela e Manny conversaram longamente sobre suas infâncias. Os lares em que cresceram. O que estudaram na escola. E no que se referia à educação superior, ele enfatizou que a mãe deles ficaria muito orgulhosa em saber que Jo estudara na Williams e que fora aceita no programa de Yale. Tais comentários levaram-na às lágrimas de novo – embora tivesse disfarçado a reação o melhor que pôde. Nada mais de lencinhos de papel para ela. Pelo menos não na frente dele.

Nem na frente de ninguém.

Também conversaram muito sobre o que significava ser um vampiro. O que era a guerra contra a Sociedade Redutora. O que a Irmandade e o Bando de Bastardos eram. Como era a religião deles e como a população civil e a aristocracia viviam.

E também sobre a importância de a espécie estar separada e continuar separada dos humanos.

Essa realidade foi a que mais a impressionou, embora tudo o que Manny dissera fosse importante. Se passasse pela transição, teria de se ajustar a muitas coisas, e Jo queria estar preparada com antecedência, se pudesse.

Voltando a se concentrar no presente, foi até a máquina de lanches. Não havia necessidade de inserir moedas nem notas. Era apenas um dispensador, sem fins lucrativos. E pensando na comida grátis, assim como nas instalações de ponta, questionou-se de onde viria todo aquele dinheiro. Contudo, a resposta a esta pergunta estava bem no fim da sua lista de prioridades. E quem era ela para se opor a chocolate grátis?

Pressionou um dos botões, viu a espiral girar e... uma barra de Hershey's cair com um baque. Gemendo de satisfação, inclinou-se, empurrou a portinhola e retirou o doce. A embalagem saiu com facilidade, e ela a jogou na lata de lixo. Depois deu uma mordida e voltou a andar.

Enquanto mordia e mastigava, pensou em Manny. Na médica que colhera o exame de sangue. Naqueles lutadores naquele lugar...

... e em Syn.

Acima de tudo, pensou em Syn. Na maneira como matara aquelas criaturas no shopping. Graças a Manny, conseguiu entender o motivo de ele ter sido tão violento. Ele a protegera e vingara a própria espécie contra um inimigo que assassinara centenas de inocentes ao longo dos séculos.

Isso certamente colocou a violência sob outra perspectiva, tornando-a muito mais aceitável.

Mas, quando lhe perguntou se ele poderia ajudá-la durante a transição, ela já o tinha aceitado como ele era, não? Syn sempre fez com que se sentisse segura. Sempre.

Quando se aproximou das poltronas, largou-se com absoluta falta de graciosidade, deixando a bunda parar onde quer que tivesse caído. Erguendo o olhar para a TV, viu as horas no relógio da parede e franziu o cenho. Eram três e meia da manhã. Cinco horas e meia tinham se passado? Como isso era possível?

Se bem que também parecia que já fazia cinco anos que tinha vindo de carro até ali com aquele homem de olhos amarelos.

Ou melhor, macho...

A porta se abriu.

A princípio, Jo só ergueu os olhos. Mas então, quando viu as expressões mais que confusas nos rostos de Manny e da doutora Jane, levantou-se lentamente. Não os conhecia bem o bastante para inferir o que estava acontecendo, e não tinha muita certeza se era algo bom ou ruim.

– Qual é o resultado? – perguntou.

A médica – Jane – sorriu, mas de modo profissional.

– Por que não nos sentamos um pouco?

– Eu vou morrer, é isso? – Era a única possibilidade pior do que não ser irmã de Manny. – Estou doente e vou...

– Você é minha irmã – Manny a tranquilizou.

Jo se curvou de alívio e deixou que o corpo seguisse o conselho da médica. Assim que voltou a aterrissar na poltrona, concentrou-se no rosto do seu irmão – do seu irmão!

– Mas isso é ruim?

Pergunta idiota. A situação era complicada e aquela pergunta era muito idiota.

– Não, não. – Manny se aproximou e sentou-se ao seu lado. – Nem um pouco. Estou muito feliz.

– Então por que não parece estar?

Jane se aproximou e se sentou no sofá.

– Permita-me explicar algumas coisas. O sangue dos vampiros é diferente do sangue dos humanos. Muito mais complexo. Podemos, contudo, isolar propriedades específicas dele... talvez identificadores seja uma palavra melhor. E, como já lhe disse, temos um banco de dados com esse tipo de informação. Por isso, quando comparamos o seu sangue com o de Manny, conseguimos identificar os aspectos em comum com facilidade, sequências genéticas que indicam que vocês são irmãos.

– Certo... – Jo olhou de um a outro. – Estou esperando pela má notícia.

– Temos o mesmo pai – Manny disse. – Mas não a mesma mãe.

Jo abriu a boca. Fechou-a.

Estranho... Como era possível sentir tristeza instantânea pela perda de alguém que não conhecia e com quem, na realidade, não tinha nenhuma ligação? Ainda assim, foi um alívio pensar que a pobre mulher não sofrera nada que ninguém nem sequer gostaria de imaginar.

E quem era a sua mãe biológica?

Jo tentou se apegar ao que estava confirmado:

– Isso quer dizer que Robert Bluff é o meu pai.

– Sim – Jane confirmou. – Ele é seu pai.

– Sabe me dizer alguma coisa a respeito da minha mãe?

– Não, lamento dizer que não podemos. Mas ela definitivamente era humana. Disso temos certeza. – Jane se inclinou para a frente e apoiou a mão no joelho de Jo. – Meu *hellren* investigará isso. Pelo que contou a Manny sobre sua adoção intermediada por uma diocese na Filadélfia pelo hospital St. Francis, daqui de Caldwell, é possível que meu companheiro consiga encontrar alguma pista, algum dado, sobre você. Não era incomum a existência de programas de adoção clandestinas na época, por exemplo. De todo modo, faremos o possível. Posso imaginar como é importante para você encontrar essas respostas.

Jo assentiu e rezou para que houvesse alguma informação em algum lugar, em qualquer lugar.

– Eu só quero saber a verdadeira história. – Olhou para Manny. – Mas, então, com certeza você também é meio vampiro?

– Sim. Essa confirmação, devo confessar, me pegou de surpresa, apesar de que não deveria ser um choque. Há tempos suspeitei, assim como outros, que esse devia ser o caso, embora minha mãe nunca tenha dito nada a respeito. Mas chega de falar de mim. – Manny pôs a mão no ombro de Jo. – Estou muito feliz mesmo por você ser minha irmã. Mal posso esperar para que conheça minha esposa...

– Mas e se eu não passar pela transição? – Jo balançou a cabeça e olhou para a tela do celular. Nenhum sinal de Syn ainda. – Então não ficarei neste mundo. E seremos inimigos.

Estava namorando essa fantasia sobre o futuro, em que ela e Syn estariam do mesmo lado da divisória entre as espécies e partilhariam uma vida, muito mais longa do que jamais poderia ter imaginado, juntos. Considerando-se, porém, que ele não estava respondendo às suas mensagens, tudo parecia altamente efêmero.

Provavelmente sempre foi algo que só existiu na cabeça dela, desde o começo.

— Vamos pensar nisso quando chegar a hora — Jane disse. — Não sabemos o que vai acontecer com a sua transição.

Jo pensou em Syn.

— Só não quero perder a minha família — sussurrou — antes mesmo de chegar a conhecê-la.

O silêncio que se seguiu foi do tipo que leva um tempo para ser notado. Quando foi, porém, Jo franziu o cenho.

— O que mais? — exigiu saber. — Há mais alguma coisa, não há?

Quando tudo voltou a se aquietar, Jane e Manny se entreolharam — como se estivessem disputando mentalmente "pedra, papel e tesoura" para ver quem é que daria a notícia seguinte.

Capítulo 54

Quando Butch foi levado de carro até a garagem do centro de treinamento, concluiu que, em relação ao equilíbrio, estava bem. Claro que não esplendorosamente bem. Mas sem dúvida melhor do que mais ou menos e, provavelmente, melhor do que quase bom.

Pelo menos esse era seu princípio operacional até tentar sair do banco do passageiro do maldito R8. Qhuinn, por ser um bostinha mandão, e por se sentir em dívida depois que Butch fez o que fez para protegê-lo de Ômega, recusara-se a deixá-lo dirigir sozinho até o centro de treinamento.

Ok, tudo bem, até que dava para entender isso, já que o Irmão teve de carregá-lo para fora da Tumba.

Mas, qual é? Tudo bem que teve um ligeeeeiro probleminha de nada para andar depois de ter cumprido sua missão com aqueles malditos *redutores*. Mas V. o amparou, e ele ficaria bem. Estava bem, caralho.

Assim que desligou o motor, Qhuinn o encarou.

– Precisa de ajuda para sair...

– Meu Deus – Butch murmurou. – Não sou um invalidado. Inválido. Ah, tanto faz.

Dito isso, abriu a porta como se fosse o chefão por ali, plantou a sola de um dos coturnos no cimento e...

Caiu para fora do carro como um bêbado, aterrissando de cara no chão.

Ali, todo esparramado, com pernas e braços em ângulos estranhos, uma bota ainda dentro do R8, Butch lembrou da cena do filme *O Lobo de Wall Street*, com o Countach.

#excelente

O som de Qhuinn correndo diante do para-choque dianteiro foi o granulado colorido na cobertura do seu sundae de merda, e a visão das pontas de metal daqueles coturnos – bem no nível dos seus olhos – também não acrescentou nada de bom.

– Podexá – Butch disse ao erguer a face do cimento frio. – Eu precisava mesmo me barbear.

Infelizmente, o modo patético como arrastou o corpo até a vertical o livrou de qualquer resquício de ego. Contudo, conseguiu ficar de pé sozinho – e estava batendo na jaqueta para se livrar da poeira quando a van chegou.

O fedor antecedeu o estacionar.

– Ai... – Butch murmurou ao sentir o mau cheiro. – Vamos ter que lavar essa merda.

Qhuinn apertou e esfregou o nariz.

– Pois é. Ou incendiá-la.

A van parou umas vagas mais para a frente, não que a distância ajudasse a diminuir a fedentina. Cacete, o veículo poderia ter sido deixado do outro lado do rio que Butch ainda assim seria capaz de sentir o cheiro podre.

A boa notícia foi que, quando a porta de trás foi aberta, V. não se saiu muito melhor no desembarque. O Irmão cambaleou e só foi capaz de se reequilibrar no último minuto, com braços e pernas afastados de modo que parecia estar na posição de ser revistado. Enquanto os demais irmãos saíam do veículo fedorento parecendo palhaços saindo de um carro de circo, Butch e V. partiram para o centro de treinamento juntos. Nenhum dos dois disse uma palavra sequer. Fora determinado, na antessala da Tumba, que um exame médico de rotina não seria nada mal. Mas dane-se. V. estava faminto, e Butch só conseguia pensar em um banho bem quente.

No entanto, não chegaram nem perto do vestiário ou das máquinas de lanche.

A doutora Jane saiu de uma sala de exame bem quando eles chegaram à área da clínica, e algo no modo como ela e V. se entreolharam denunciou a Butch que estarem ali para serem examinados não passava de um pretexto. Aquilo ali fora planejado.

— O que está acontecendo? — Butch perguntou.

Jane inspirou fundo.

— Que tal me acompanhar até a sala de repouso por um instante?

Virando para V., Butch murmurou:

— Agora sei por que você queria tanto uns M&Ms, né, não?

— Vamos juntos. — V. acenou com a cabeça para a porta em questão. — Vamos lá.

Butch fechou os olhos.

— Não me levem a mal, mas depois das últimas quatro horas e quarenta e três minutos, não que eu esteja contando, não tenho muita energia para bobagens.

— Não é bobagem.

— Seeeeeeeeeeei.

Indo atrás de V. e Jane, não fazia a mínima ideia do que o aguardava na sala e, quando abriu a porta, parou.

Manny estava sentado numa poltrona ao lado de Jo, aquela humana. E assim que o viram, Butch achou meio estranho que estivessem de mãos dadas. Mas o que lhe importava qualquer que fosse o relacionamento entre eles?

A menos que...

— Imagino que sejam parentes, então? — disse lentamente. — Parabéns... Sabem, até consigo ver algumas semelhanças.

— É — Manny murmurou ao fitá-lo intensamente. — Existem mesmo.

Jane pigarreou.

— E ao que tudo leva a crer, existem alguns outros laços por aqui.

— Quem mais? E, por favor, não me diga que é o Lassiter...

— Você.

O PECADOR | 449

Quando Jane disse "você", Butch ficou sem reação – porque, convenhamos, depois da noite que teve, não estava esperando acrescentar membros da família à sua lista de cartões natalinos. Mas, então, lembrou-se da foto que Manny lhe mostrara há alguns anos, de um homem surpreendentemente parecido consigo.

– *Filhodamãe* – murmurou. – Então o palpite estava certo.

Uau, isso é o que chamava de mudança drástica, Jo pensou. Só naquela noite, ela foi de pensar que tinha uma mãe para descobrir que não tinha mãe, descobrir quem era seu pai e... acrescentar dois irmãos à árvore genealógica.

Ah, sim, e também havia aquele rolo todo de vampiros.

Detalhes, detalhes.

Pelo menos, não era a única na ponta da corda de bungee jump da vida. Butch, aquele com sotaque de Boston, aquele que vira naquela primeira noite usando um boné dos Red Sox, aquele que lhe parecera tão gentil na cena de toda aquela carnificina... também parecia um pouco atordoado.

Bem-vindo ao clube, Jo pensou.

A doutora Jane explicou:

– O banco de dados das linhagens, para o qual você já tinha dado uma amostra de sangue, mas Manny ainda não, confirma que você e Jo têm um ancestral macho de primeiro grau em comum com ele. Vocês três têm o mesmo pai.

– Puta... merda. – Butch olhou para o macho de cavanhaque ao seu lado. – Então isso quer dizer que ela também é parente d...

O macho o interrompeu.

– Teremos de conversar sobre as implicações de tudo isso mais tarde.

– Com certeza teremos.

Quando Butch se virou para Jo, ela se levantou tentando não transparecer que estava memorizando todas as suas feições.

450 | J.R. WARD

– Então... Oi.

Ela estendeu a mão. Que ficou parada no ar, sozinha, e deixou Jo se sentindo tão tola que abaixou o braço. Só porque o macho aceitara tão prontamente um cara que ele já conhecia não significava que essa cortesia seria estendida a uma estranha que era mais humana do que vampira. Por enquanto, pelo menos.

– Sinto muito – ela disse esfregando a palma na parte de trás dos jeans.

– Eu não – Butch disse rouco. – É muito bom te conhecer, mana.

Em seguida, e pega de surpresa, Jo se viu presa num abraço forte – ao mesmo tempo em que Manny era puxado do sofá. Butch tinha uma envergadura capaz de abraçar os dois... e, depois de um momento, Jo se deixou amparar pelos abraços.

Dos seus irmãos.

Pela primeira vez na vida, estava junto à sua família, e uma parte sua estava morrendo de alegria, pois finalmente chegara a seu destino, sua procura havia terminado. O problema era que sabia que não podia começar a fazer planos sobre jantares aos domingos para os próximos setecentos anos. Se não passasse pela transição, eles se certificariam de que não se lembrasse de absolutamente nada sobre esse momento tão importante de sua vida.

Manny lhe explicara como funcionava.

Com a guerra chegando ao fim, não poderia haver o mínimo risco em relação ao segredo da raça. Ainda mais com uma humana... que por acaso era jornalista.

Capítulo 55

Cerca de uma hora depois do amanhecer, Jo foi levada de volta ao mundo real, e que carruagem a levou embora enquanto o sol nascia... A Mercedes comprida e potente era como um Uber Titânio ou algo assim – e, claro, vinha acompanhada de um chofer uniformizado.

Que, por acaso, parecia saído de um romance de P. G. Wodehouse.

Se ele não tivesse se apresentado como Fritz, Jo o teria chamado de Jeeves.*

Não que tivesse passado muito tempo conversando com ele. Antes que saíssem da garagem subterrânea, ele pediu milhões de desculpas e explicou que a divisória entre os bancos da frente e os de trás teria de ser levantada por motivo de segurança – e ela respondeu que entendia. Como se houvesse outra resposta possível...

Como resultado, não sabia absolutamente nada sobre onde estavam. Os vidros de trás do sedã eram tão escuros que pareciam ser feitos de tecido funerário, e também havia suas pálpebras. O sutil trajeto na suspensão luxuosa, aliado com o conforto do banco, fizeram Jo se sentir num ninho e, depois de todo aquele drama, não demorou nada para que ela...

---

* Reginald Jeeves é um personagem fictício das histórias de P. G. Wodehouse, escritas entre 1923 a 1974. Jeeves é o valete ou assistente pessoal de Bertram Wooster, um *gentleman* inglês rico que mora em Londres. (N.T.)

– Madame?

Jo despertou assustada quando suas palmas, em pânico, tatearam os metros e metros de couro do banco de trás como se estivesse procurando alguma coisa.

O mordomo, que abrira a porta de trás e estava inclinado para o interior do carro, pareceu inconformado por tê-la acordado.

– Madame, minhas sinceras desculpas! Perdoe-me, venho tentando acordá-la e...

– Está tudo bem, está tudo bem. – Jo afastou os cabelos do rosto e piscou ao reconhecer onde estava. – Eu moro aqui.

Que resposta mais idiota. Como se ele tivesse lançado um dardo no mapa de Caldwell sem ter a mínima ideia de onde estavam indo.

– Sim, madame, eu a trouxe de volta à sua residência em segurança.

Num outro despertar de pânico – interno desta vez –, Jo acessou o cérebro para conferir se ainda se lembrava dos acontecimentos da noite passada. Graças a Deus, ainda recordava de tudo: a luta no shopping abandonado, as instalações do centro de treinamento, os exames de sangue... Manny e Butch... e Syn.

De quem não conseguira se despedir. E que ainda não respondera às suas mensagens de texto.

O mordomo deu um passo para o lado quando Jo saiu do veículo, e apesar de permanecer onde estava, evidentemente esperando ser dispensado, ela ficou um instante olhando para a luz no horizonte. Um novo dia começava.

Em mais de uma maneira.

– Obrigada – disse ao... como o chamavam? *Doggen?* Para o mordomo.

– Não há de quê, madame. – O macho ancião fez uma profunda reverência. – Eu a acompanharei até a porta.

Fechou a porta do carro e o travou, depois seguiram juntos até a entrada do prédio.

– Como consegue ficar exposto à luz do sol? – Jo perguntou.

O mordomo pareceu surpreso.

– Eu... ah, é por causa da minha classe. Conseguimos tolerá-lo bastante bem. Isso nos ajuda a servir aos nossos senhores. Conseguimos executar tarefas que eles não podem durante as horas de luz solar. É um prazer ser de utilidade indispensável.

Ele esticou o braço até a porta pesada, e Jo, preocupada que abri-la poderia ser difícil para ele, inclinou-se para ajudá-lo com o peso, mas Fritz a abriu como se ela não pesasse nada.

Ele era muito mais forte do que aparentava ser.

– Hum, bem... Obrigada – Jo disse ao entrar.

Esperava que fosse se despedir ali. Em vez disso, ele a seguiu até chegarem à porta de seu apartamento, uma figura simpática e alegre em um uniforme formal – e que chamou muito a atenção dos vizinhos que saíam para a corrida matinal.

O casal com roupas de ginástica do outro lado do corredor parou de imediato quando o viu.

– Olá – Jo cumprimentou o casal. Não havia motivos para fazer apresentações.

– Saudações – disse o mordomo ao se curvar.

Antes que ele se oferecesse para entrar e preparar ovos mexidos ou, quem sabe, arrumar a cama deles, Jo acenou de um modo oi-tchau que esperava que os vizinhos imitassem.

E pensar que o mordomo seria o menor dos detalhes que teria de explicar.

Depois que o casal trotou para fora do prédio, Jo destrancou a porta e se virou para o *doggen*.

– Vou me despedir novamente.

– Ligue para nós caso precise de algo, senhora. – Fritz lhe entregou um cartão e fez mais uma reverência. – Eu terei imensa felicidade de vir buscá-la a qualquer hora.

Ele não foi embora até ela entrar em casa, e Jo podia apostar que ele ficou esperando até ouvir o barulho da chave trancando a porta.

Aproximando-se da janela que dava para a frente da rua, afastou a veneziana e esperou que ele aparecesse na calçada e entrasse no carro. Quando a Mercedes se afastou da calçada e partiu, ela contemplou o cartão de visitas. Apenas um número. Nenhum nome, nenhum endereço.

Mas o que ela esperava? "Vampires-R-Us?"*

O tremor começou assim que se sentou no sofá, quando os joelhos se tocaram e ela repousou as mãos nas coxas, como os pais adotivos a ensinaram.

Enquanto os olhos vagavam pelos parcos pertences – a fotografia emoldurada de um campo de girassóis na parede, o caderno que deixara em cima da mesa antes de ter ido trabalhar, o suéter dobrado sobre uma cadeira na sala... Não reconheceu nada daquilo. Não reconheceu os objetos que eram seus, nos quais tocara recentemente. Não reconheceu a toalha que usara no próprio corpo e que estava pendurada no gancho do banheiro. Nem a cama que conseguia enxergar pela porta aberta, aquela na qual sempre dormia.

Jo não reconheceu as roupas que vestia. As botas pareciam pertencer a outra pessoa, os jeans pareciam emprestados, a blusa e a jaqueta, peças que aceitara de alguém que desejava mantê-la aquecida na brisa fria da noite.

E quanto mais ficava ali, sentada, no silêncio que só foi interrompido quando o casal de cima começou a fazer barulhos, se mexendo para o começo do dia, mais ela se estranhava.

Lembrança após lembrança, Jo passou pela infância, pelos anos escolares, pelos tempos da faculdade, mais recentemente pelo trabalho na imobiliária e a paixonite não retribuída pelo chefe playboy, o encontro com Bill que acabara conduzindo-a ao *CCJ*.

De tempos em tempos, num relacionamento, seja com um amante ou um amigo, ou até mesmo com alguém da família, informações chegam até você, quer em primeira mão, por testemunhar algum evento,

---

* Referência à loja americana de brinquedos Toys-R-Us. (N.T.)

quer de segunda mão, ao ouvir algo de uma fonte confiável, e elas mudam tudo.

Como uma luz forte sendo acesa num ambiente escuro, de repente você enxerga tudo aquilo a que estava alheia. E depois que vê, mesmo se a luz for apagada, que não é mais possível voltar à antiga opinião, e concepção, do espaço. Da mobília. Do papel de parede e do abajur.

Mudados para sempre.

Esse é um fenômeno relativamente normal, inevitável quando se abre a vida para outros.

Só nunca se espera que aconteça à própria vida. Ou, pelo menos, Jo não esperava.

Enfiou a mão no bolso, pegou o celular. Syn ainda não ligara, nem mandara mensagem, e ela disse a si mesma que não tentaria de novo.

Um minuto mais tarde, porém, estava ligando para ele e, quando caiu na caixa de mensagens, teve a intenção de desligar. Disse a si mesma que deveria desligar. Ordenou-se a afastar o maldito objeto da orelha...

– Syn – ouviu-se dizendo. – Eu, ah...

Fechando os olhos, segurou o celular com as duas mãos, como se fosse um objeto precioso de superfície escorregadia, que poderia cair e se estilhaçar de maneira irrecuperável.

– Você pode, por favor, me ligar? Preciso conversar. Preciso conversar... com alguém.

Com você, corrigiu mentalmente.

Todos os que conhecera na instalação subterrânea foram gentis com ela... solícitos, preocupados e nada ameaçadores. Mas aquele com quem queria se conectar, a sua âncora, a voz que precisava ouvir, era a de Syn.

Isso não fazia sentido de tantas maneiras.

Mas era a única escolha que tinha em uma situação que estava completamente fora de seu controle e era, em tantos níveis, tão assustadora e irreal.

De sua parte, tudo o que podia fazer era discar.

Se ele lhe responderia?

Essa era outra história, sobre a qual não tinha influência alguma.

Butch estava no sofá de couro do Buraco, com as pernas esticadas para o lado ao longo das almofadas, o tronco apoiado no encosto do braço, quando V. desviou o olhar dos Quatro Brinquedos.

— De acordo com a câmera de segurança do túnel, temos mais uma visita.

— Isto aqui está parecendo uma estação de trem hoje. — Mas Butch não se importava. Não dormiria. Pelo amor de Deus, mal conseguia fingir que cochilava. — Quem é?

Quando ouviram uma batida sutil à porta, os dois disseram:

— Oi!

A porta que dava para o subterrâneo se abriu e...

— Balz — V. disse ao voltar a se concentrar nos monitores. — E aí?

O Bastardo olhou de relance para o corredor que dava para os quartos.

— Têm um minuto? Suas *shellans* estão dormindo?

— Não. — Butch se endireitou um pouco no sofá. — Marissa vai ficar no Lugar Seguro hoje.

— E Jane está no centro de treinamento. — V. voltou a se recostar no seu palácio para bunda. — O que foi?

Balthazar era o tipo de ladrão que, depois de pisar em sua casa, você tem vontade de fazer um inventário de cada posse que valha mais de cinco dólares — mesmo que ele tenha ficado na sua frente o tempo inteiro. Felizmente, ele também era o tipo de ladrão que tinha uma lista de limites muito bem estabelecidos, e todos os membros da Irmandade e da mansão estavam nela.

— Sente-se — Butch ofereceu ao dobrar os joelhos para dar espaço. — Você parece estar como eu estou.

Balz se aproximou e se sentou, gemendo ao se recostar. Mas em vez de se lançar no tópico que evidentemente engasgava sua garganta, cruzou os braços diante do peito. Remexeu a mandíbula como se quisesse mastigar os molares. Rolou os ombros até eles estalarem.

— Seu primo acabou de passar por aqui — Butch murmurou. — Você se esquivou do Syn de propósito ou foi pura sorte?

Quando o macho não disse nada, Butch se levantou e foi até a cozinha.

— Uísque?

— Sim, por favor.

— Cigarro? — V. ofereceu de seu assento diante dos computadores.

— Sim, por favor.

O pobre bastardo não falou nada até ter bebido metade do Lag servido por Butch e ter fumado metade do cigarro que V. lhe ofereceu.

E, quando decidiu falar, ainda teve que pigarrear.

— Então, Butch... Fiquei sabendo que tem parentesco direto com Jo Early, a mestiça que...

— Por favor, não a chame assim — Butch pediu.

Balz inclinou a cabeça em deferência.

— Mil perdões. A fêmea.

— Obrigado. Sim, ela é minha irmã.

— De fato... — Balz tomou o resto do uísque. — Veja bem, não há maneira fácil de dizer isto. Syn me pediu para atendê-la. No caso de uma transição.

Butch se sentou.

— Como é que é? Sem querer ofender, mas por que diabos ele pensa que isso é da conta del...

— Syn está vinculado a ela.

Recostando-se, Butch decidiu que já estava farto dessas surpresas da vida. Ainda que...

— Sabe, pensando bem, isso até que é bom. Eu estava me preparando para ter uma bela conversa com o cara, porque nem a pau quero que ele fique sozinho com a minha irmã.

Balz tragou o cigarro.

— Ele nunca fez nada assim antes.

— Está se referindo a alimentar uma fêmea durante a transição?

— Não, a cuidar de alguém dessa maneira. — Balz bateu as cinzas no copo vazio. — E eu sou quem ele tem de mais próximo. Foi por isso que ele me pediu.

— E o que você disse? — V. perguntou.

— Tenho o péssimo costume de consertar os erros de meu primo. Portanto, claro que aceitei. Mas imaginei que você — olhou para Butch — se interessaria em testemunhar a transição, se ela vier a acontecer. Você e Manny, quero dizer. Não importa o que Syn diga, vocês dois são os responsáveis. Ela é uma fêmea descompromissada, e vocês dois são os parentes machos mais próximos dela. No fim, a escolha é de vocês.

Butch encarou o macho com novos olhos. Interessante como você considera um macho de maneira diversa quando ele está perto de se tornar próximo à sua irmã.

A única opinião que tivera sobre Balz era de que deveria acorrentar a carteira se ele estivesse por perto — preferivelmente às calças. Além disso? O lutador era brutal em campo, rápido no gatilho, e era preciso respeitá-lo pelo modo como cuidava do primo. Portanto, considerando-se tudo, era um bom acréscimo à folha de pagamento.

Agora, porém, Butch pensava que o Bastardo era um tantinho bonito demais. Muito bem formado de corpo. E muito experiente — e não tinha nada a ver com as horas despendidas no campo de batalha.

Estava pensando nas horas despendidas entre os lençóis.

— Você estará presente — Balz repetiu. — Nada acontecerá além dela se alimentando no meu pulso. Juro pela minha *grandmahmen*, que é a única fêmea que já honrei nesta vida.

Quando o Bastardo olhou para ele, seus olhos não titubearam. E depois de um momento de tensão, Butch se viu assentindo.

— Muito bem — concordou. — Eu consinto. Já conversou com Manny sobre isto?

– Pensei em começar por você.

– Diga a Manny que por mim tudo bem, mas tanto ele quanto eu estaremos lá, por isso você também precisa da autorização dele.

– Claro. Eu não esperaria nada menos que isso. Se fosse irmã minha, eu faria o mesmo.

– E Jo tem o direito de votar. Se por algum motivo...

– Claro. – Balz ergueu a mão. – Se ela não gostar de mim, conseguiremos outro macho.

– Se der tempo – V. interveio. – Escolhas pessoais são ótimas, mas a biologia vai ganhar essa discussão.

– Ela pode conhecê-lo ao anoitecer – Butch disse.

– A qualquer hora, em qualquer lugar, não importa. O importante é fazer o que a deixará mais à vontade.

Vai dar certo, Butch pensou quando o Bastardo foi embora.

Nem que fosse pelo fato de que Syn não acabaria matando o cara a quem ele mesmo pedira que cuidasse de Jo.

Ou, pelo menos, as chances de ele não fazer isso seriam maiores. Machos vinculados eram assunto sério. E isso sem considerar que o Bastardo tinha uma propensão ao homicídio.

– Consegue me dizer se ela vai sobreviver? – Butch perguntou preocupado ao seu colega de quarto.

V. voltou a se inclinar para fora da zona dos computadores, e os olhos diamantinos responderam antes que a voz o fizesse.

– Sinto muito...

– Não, tudo bem. Sei o que temos pela frente. É só que... já perdi uma irmã. Não quero perder outra.

Embora, tecnicamente, já tivesse perdido a família inteira – mesmo a mãe, apesar de ainda conseguir visitá-la. Odell O'Neal tinha Alzheimer e estava internada numa clínica. Motivo pelo qual ainda podia visitá-la de vez em quando.

– Podemos ficar com a Jo – disse ele – mesmo se ela continuar sendo humana? E não estou me referindo a mantê-la presa em algum lugar. Se ela é minha parente, também é parente de Wrath... E ele precisa saber disso.

— Ele já sabe. Jane lhe contou tudo.

— Então ele vai permitir que ela fique.

— Não sei. O risco é grande.

— Manny está aqui.

— Porque Payne é vinculada a ele. Acha mesmo que Syn vai tatuar o nome dela nas costas daqui a pouco?

— Jane está aqui.

— Mas primeiro eu abri mão dela. — V. ficou com o olhar distante. — Aquele foi o pior chocolate quente que já fiz na vida.

— Murhder tem a Sarah.

— Mais uma vez, macho e *shellan* vinculados.

— Droga! Não conta o fato de ela ser minha irmã? Do Manny?

— Se ela permanecer humana? Não sei, tira. Não mesmo. O que sei é que já estamos arriscando demais agora que a guerra está chegando a um ponto crucial. Além daquele lance estranho com a amiguinha naquele porão do prédio que visitamos hoje à noite. Você consegue me dizer onde, no meio de toda essa merda, temos espaço para que uma humana não supervisionada se junte à festa?

Butch xingou e olhou para o copo que oferecera a Balz. Se seu estômago ainda não estivesse enjoado pelo que fizera na Tumba, estaria tomando toda a garrafa de Lag.

Mas, num futuro próximo, deixaria a bebida de lado.

Ou... pelo menos até o cair da noite.

Capítulo 56

— Você está despedida. A partir deste instante.

Sentada do outro lado da mesa de Dick, Jo não estava nem um pouco surpresa. O surpreendente, a julgar como se impusera no início da semana para que tivesse sua assinatura naquela matéria, era o pouco que se importava com essa notícia.

Tendo feito seu pronunciamento de pé, Dick sorriu com toda a típica satisfação de um devasso que conseguira o que desejava. Não sexo, desta vez, porém. Mas estava se livrando dela, e isso evidentemente deixava aquele candidato a um enfarte muito contente.

— E antes que pergunte, Srta. Early, estamos reestruturando a redação e eliminando a posição de editor on-line como parte do novo pacote de economia de despesas. — Dick se sentou em sua cadeira e apoiou as mãos na barriga protuberante como se tivesse acabado de comer. — Estamos terceirizando todo o nosso suporte on-line. É a onda do futuro. Portanto, não terá como alegar nada, já consultei nossos advogados. Se tentar qualquer tipo de retaliação contra minha pessoa, pouco importando quais fundamentos acredite ter, lamento dizer que não receberá uma carta de recomendação...

Jo se levantou.

— Receberei aviso-prévio ou já posso dar entrada no meu seguro-desemprego?

Dick pestanejou, chocado com o pragmatismo dela.

– Duas semanas de aviso-prévio, e terá assistência médica por dezoito meses. Mas quero você fora desta redação agora mesmo.

– Ótimo. Preciso assinar algum papel?

– Meu advogado enviará todas as instruções para o seu endereço residencial. Mas a sua carta de demissão acabou de ser enviada por e-mail. No entanto, isto é inegociável.

– Perfeito.

Quando lhe deu as costas para sair da sala, Jo conseguia sentir a confusão dele. Mas não se daria ao trabalho de esclarecer.

– Estou falando sério, Early – Dick exclamou. – Não tente nada. Não vai gostar do que pode acontecer.

Com a mão na maçaneta, ela olhou para trás.

– Assinarei tudo e você nunca mais me verá. Mas você não vai durar muito nessa mesa. Há uma corrida entre o fechamento do jornal e a artéria entupida do seu coração. Deixarei que o destino se encarregue de você.

Não esperou uma resposta, e fechou a porta com eficiência atrás de si. Seguindo até sua mesa, sentou-se e virou-se para Bill.

Seu amigo encarava o monitor diante de si, evidentemente sem saber do e-mail enviado.

– Bem, estou indo – ela disse.

Bill se sobressaltou e relanceou para ela.

– Desculpe, o que disse?

Ela girou a cadeira para ficar de frente para ele.

– Estou saindo.

– Ainda é cedo para almoçar.

– Estão eliminando o meu cargo.

– Ele te *demitiu*? – Bill se retraiu.

Jo ergueu a mão antes que ele sequer contemplasse a ideia de tentar bancar o herói.

– Não. Está tudo bem. De verdade. Eu vou encontrar outra coisa. Prefiro que você fique com o emprego.

Bill encarou as mesas vazias ao redor de si, depois aproximou a sua cadeira da dela. Enquanto ele falava baixinho, Jo ficou tentada a lhe dizer que não se preocupasse em ser discreto. Não havia mais ninguém ali para ouvi-los.

— Não abaixe a cabeça, Jo – ele sussurrou. – Você fez um tremendo trabalho na reportagem com...

— Deixa pra lá, eu me viro. A economia vai bem, sabe? E pelo menos já tenho algumas matérias assinadas agora. – Apoiou uma mão no ombro dele. – Não se preocupe comigo. Ficarei bem. Sempre fico.

— Isso não é justo.

— Na verdade, veio a calhar. – Olhou para a mesa nada bagunçada e percebeu que nem precisaria de uma caixa para guardar seus objetos pessoais. Não tinha nada de "pessoal" para guardar. – Sinto que está na hora de me reinventar.

— Longe de Caldwell?

— Sim. E da Pensilvânia. E... de todos os lugares em que já estive. – Jo olhou para o amigo e soube que estava cobrindo suas bases. Quer passasse ou não pela transição, não ficaria onde estava. – Mas prometo que manterei contato. Você e Lydia se tornaram bons amigos para mim.

Quando o celular tocou, Jo nem se deu ao trabalho de checar quem estava ligando. Devia ser mais algum vendedor. Telemarketing. Alguma pesquisa relacionada a algo que não lhe interessava.

Com certeza não era Syn.

— Preciso te mandar todas as minhas anotações e rascunhos para que você fique a par dos artigos. – Jo acessou o computador. – Vou te mandar tudo por e-mail agora, antes que meu acesso seja cancelado.

Ao terminar, virou-se para Bill. Seu amigo encarava o chão.

— Eu vou ficar bem – ela lhe garantiu.

— Isso não está certo. – Balançou a cabeça. – Dick foi...

— ... batizado com o nome certo.* – Jo concluiu e se inclinou para pegar a bolsa debaixo da mesa. – E vamos parar por aí.

---

* "Dick" é apelido de Richard, mas também significa imbecil, idiota em inglês. (N.T.)

Para certificar-se de que não estava esquecendo nada, abriu rapidamente todas as gavetas. Não havia nada além de material de escritório que, de todo modo, pertencia ao jornal.

– Não sei como cancelar o meu cartão de acesso – murmurou.

– Eu cuido disso pra você. Fui eu quem o criou.

– Ok. – Ela se levantou. – Então... Acho que a gente se vê por aí, né?

– Promete?

Quando Bill a fitou com uma expressão de tristeza, Jo teve a sensação de que não voltaria a vê-lo. Ou, talvez, aquilo fosse só o seu mau humor falando, em vez de alguma clarividência. De todo modo, seu peito doía.

– Sim, eu prometo – Jo disse.

Antes que algo como um abraço constrangido acontecesse, ela pegou o cartão de entrada no bolso da jaqueta e o entregou a Bill.

– Bem, acho que é isso... – disse com um sorriso.

Deu um tapinha no ombro dele e foi embora, seguindo para a porta dos fundos, que dava para o estacionamento. Antes de sair pela última vez, olhou para trás. Tinha gostado daquele trabalho. Adorava Bill.

– Fale ao Tony que eu disse tchau, está bem? – disse em voz alta.

– Pode deixar – Bill assentiu.

Em seguida, saiu para a luz da manhã que estava surpreendentemente quente. Parando, olhou para o céu, apertando os olhos e protegendo-os com a mão. Nunca antes pensara no sol como algo a ser evitado, a não ser pelo risco do câncer de pele.

Já que era ruiva de pele clara.

Agora, enquanto tentava fitar o grande astro ofuscante, sentia o coração palpitar...

A porta se abriu num rompante e Bill apareceu. Houve uma pausa, e então estavam se abraçando.

– Se eu puder fazer alguma coisa, qualquer coisa – ele disse quando se afastaram –, pode contar comigo.

– Só cuide bem da Lydia, está bem?

– Ainda podemos sair para caçar – ele propôs. – Você sabe, aquelas coisas estranhas que acontecem à noite.

Jo pensou em tudo o que testemunhara em primeira mão. Tudo o que sabia agora.

– Acho que também vou aposentar a pesquisa paranormal.

– Vai desistir? Eu te garanto, um dia desses vamos encontrar a nossa prova.

– Não acho que exista alguma coisa... que não deveria existir.

Jo deu um aperto no braço de Bill, prometeu que ligaria para ele e depois se apressou para o carro. Ao entrar, largou a bolsa no banco do passageiro e viu todas as embalagens descartadas no vão debaixo do volante. O fato de Syn ter se sentado ali poucas noites atrás. E ido para o seu apartamento. E feito amor com ela...

– Pare.

Passou a marcha à ré quando o celular tocou de novo. Quase deixou cair na caixa postal mais uma vez. A ideia de que talvez, quem sabe, ok-quase-impossível, fosse Syn foi o único motivo para Jo procurar o aparelho na bolsa, e quando o pegou, praguejou.

Era McCordle.

Bem, também precisava falar com ele.

Atendeu a ligação, continuando a manobrar na vaga em que estava estacionada.

– Ei, eu estava para te ligar para...

– Preciso te ver o quanto antes.

– Olha só – ela disse ao passar a primeira marcha. – Não estou mais trabalhando no *CCJ*. Qualquer coisa que tenha a informar...

– Onde você está?

– Estou saindo do jornal. E é isso o que estou tentando explicar. Você precisa entrar em contato com o Bill. Qualquer coisa relacionada a...

– Me encontre na esquina da Market com a Rua Dez. Há uma viela a um quarteirão dali à esquerda.

— Eu já disse. Não estou mais trabalhando no *CCJ*. Você precisa conversar com o Bill.

— É a seu respeito. Não sobre as matérias que anda escrevendo. Venha *agora*.

— Não vou a campo hoje à noite.

Quando Syn disse essas palavras, não desviou os olhos de onde estava, no chão do closet na sua suíte. Não se sentou ereto. Não se levantou. Não ergueu o olhar.

Não porque quisesse confusão com Tohrment, que era quem organizava os turnos, pareava os lutadores e tudo relacionado à guerra. Não, não ergueu os olhos justamente porque *não* queria confusão.

— Eu sei — Tohr disse. — Você enviou uma mensagem a todos dizendo que não estaria no turno da noite. O que me interessa é saber o porquê e quais são os seus planos se não vai sair para lutar.

Syn fechou os olhos para se proteger da luz do teto — que o Irmão acendera assim que entrara, sem ser convidado.

— Não tenho nenhum plano — Syn respondeu.

— Tem certeza?

— Absoluta. — Reposicionou a camisa embolada que estava usando como travesseiro. — Nenhum plano.

— Vai só ficar aqui deitado depois que o sol se puser?

— Talvez eu vá até a academia. Talvez vá ao centro atrás de um hambúrguer. Nunca se sabe aonde o humor pode levar uma pessoa.

— Syn.

Quando o Irmão não disse nada mais, Syn teve certeza de que teria de encarar as pupilas do cara ou Tohr ficaria parado ali até o fim dos tempos, fazendo perguntas constrangedoras às quais não tinha resposta.

— O que foi? — perguntou ao encarar Tohr.

— O que está acontecendo com você?

— Estou desenvolvendo as habilidades necessárias para me transformar num tapete. Isso demanda certo esforço na horizontal e concentração.

— Olha só, eu sei o que está acontecendo com Jo Early...

— Sim, você sabe. Ela é uma mestiça que eu estava tentando proteger, e ela é parente do Butch e do Manny, e está prestes a passar pela transição. Não, não serei o macho que ela usará. Os irmãos dela estão cientes, e isso é tudo o que há para saber.

— Quando você vai voltar ao trabalho?

Syn desviou o olhar para os cabides vazios que davam a volta no closet.

— Não sei.

— Quer dizer que está permanentemente fora? — Antes que Syn pudesse dispensar o Irmão, Tohr disse: — E não, não vou desistir. Sou o responsável pelos turnos de todos os lutadores, inclusive do Bando de Bastardos. Tenho que saber quais são as suas intenções para poder planejar.

— Eu não sei.

— Você não... — Tohr se abaixou e os olhos azul-marinhos estavam tão afiados quanto adagas. — Você sabe o que está em jogo, não sabe? Está no meio da confusão que é essa guerra há séculos, assim como o resto de nós. E vai desistir no fim? Que porra é essa?

Syn debateu se deveria ou não deixar o insulto passar, considerando-se que, a julgar pela sua reputação, o que havia de errado com ele era meio que autoexplicativo. Mas, então, pensou em Jo.

Conhecê-la mudara muita coisa nele. Mudara... basicamente tudo. E tinha a sensação muito estranha de que, caso falasse sobre isso, se dissesse em voz alta, seria real. Seria para sempre.

Sentando-se lentamente, rezou para que conseguisse verbalizar as palavras.

— Eu não quero mais matar ninguém — disse numa voz partida. — Nunca mais.

Capítulo 57

Jo foi até o local que o policial McCordle lhe pediu que fosse, apesar de, ao chegar à esquina da Market com a Rua Dez e encontrar a viela, não saber para que lado virar. Num impulso, virou à esquerda e, quando vislumbrou a viatura, parou com o para-choque de frente para o dela. Saiu do carro, mas estava entorpecida.

McCordle gesticulou para que se aproximasse e abriu a porta do passageiro. Quando entrou na viatura, Jo sentiu o ar quente e abafado e um misto de cheiros: bala de hortelã, pós-barba e café fresco.

Fechando a porta, virou-se para o policial.

– Do que se trata isto...?

– Temos motivos para acreditar que existe de fato um assassino contratado para te matar. – O rádio do policial emitiu um chiado num volume baixo e o laptop colocado no console central mostrava uma série de dados na tela fosca. – Quero te mostrar uma filmagem do FBI.

Talvez seja um bom momento para repensar a quantas anda a sua vida se um policial lhe conta que a máfia quer a sua cabeça como se isso não fosse nada de mais.

Cubro a sua aposta com um "sou uma vampira", Jo pensou.

Em vez de procurar algo no computador, McCordle pegou o celular.

– O FBI conseguiu mandados para supervisionar tanto a empresa de cimento de Gigante quanto o Clube de Caça e Pesca Hudson. Na noite após o cadáver de Johnny Pappalardo ter sido achado naquele beco, o suspeito se encontrou com Gigante no clube. Nesse encontro, Gigante afirma que o homem matou Pappalardo e alega que ele foi imprudente demais. Exigiu que acertasse as contas matando você.

– Ok. – Observou-o dar um toque na tela do celular. – E?

– O homem disse que cuidaria do assunto. O seu nome foi mencionado... Espere, tenho que rolar a tela para encontrar o arquivo certo.

– Era para você ter acesso a esse vídeo? – Por Deus, só queria ir para casa e dormir. – Quero dizer, eu não deveria estar conversando com o FBI? – Não que se importasse se isso fosse ou não acontecer. – Posso ligar para quem for, não ligo. – E isso era o problema, não? Não se importar. – Quero dizer...

– Aqui está. – McCordle virou a tela para Jo e aumentou o som. – Avise se já tiver visto esse cara.

O vídeo era em branco e preto, filmado do que parecia ser um canto superior de um escritório sem janelas, meio largado. Enquanto tentava se orientar, imaginou alguém perfurando o teto do lugar e inserindo uma câmera de fibra ótica.

Ok, havia um homem sentado à mesa, um homem mais velho e gordo que Jo reconheceu como sendo Gigante. Daí alguém entrou...

Seu coração parou...

O homem era alto e largo. Vestia couro. E tinha um moicano.

Engolindo com força, tentou manter os ouvidos funcionando. Houve um tanto de conversa no vídeo, mas ela parecia incapaz de ouvir qualquer coisa. Claro, o alto-falante do telefone era minúsculo pra início de conversa e a qualidade do vídeo era bem ruim. Mas, sobretudo, seu cérebro estava a mil com as implicações do que via...

– Sabe de uma coisa? Esta é a sua noite de sorte. Vou te fazer um favor. Vou te dar uma chance para se redimir. Em vez de te botar numa cova.

De repente, as palavras de Gigante se tornaram bem audíveis. E Jo ouviu...

— Quero que cuide de uma jornalista para mim — o mafioso disse no vídeo — e então o perdoarei pela lambança na situação do Pappalardo.

Diga não, Jo pensou. *Diga que não vai fazer isso. Diga a ele...*

— Deixa comigo — Syn respondeu sem absolutamente nenhuma emoção. — Qual é o nome?

— Jo Early.

Jo recuou de repente.

— Já vi o bastante.

McCordle interrompeu o vídeo.

— Você o conhece?

Olhando pelo para-brisa, observou os detalhes da viela: o lixo que se avolumara junto às soleiras, depositado pelos ventos extravagantes. As saídas de incêndio que descem pelas fachadas dos prédios de tijolos aparentes, como colares vagabundos decorando o decote entre as filas de janelas. O carro do lado oposto que tinha uma janela quebrada, nenhuma calota e vários palavrões arranhados na pintura.

Pensou na noite que fugira do helicóptero da polícia com Syn.

Será que ele planejava tirá-la de vista ao levá-la para aquele restaurante e matá-la? E depois reconsiderou ao descobrir que ela era como ele? No sentido de não ser humana?

Se não conseguisse se transformar em vampira, ele a mataria? Gigante podia muito bem estar morto, mas a organização dele ainda existia, e depois de tudo o que vira sobre a máfia, sabia que eles tinham excelente memória. E como é que um vampiro matava pelos humanos? Isso não violava a regra de separação entre as espécies?

Enquanto considerava as implicações de tudo, imagens de Syn se infiltravam em sua mente e Jo tentava examinar suas interações com ele, buscando pistas em relação às suas intenções.

— O FBI entrará em contato com você hoje à tarde — McCordle informou. — Eu só quis falar contigo antes porque não sei se eles já se tocaram que só porque Gigante está morto isso não é garantia de que você está segura. Tentei dar uma pressionada, mas eles estão com pouco pessoal e estão se concentrando na retaliação de Frank Pappalardo. Estão tentando incriminá-lo pela morte de Gigante antes que a violência se alastre. Nesse meio-tempo, você está aqui em Caldwell, andando livremente, sem saber de nada. Esse assassino está à solta e Gigante Júnior ainda está vivo. Quem é que sabe o que pode acontecer?

– Obrigada – agradeceu sem emoção.

– E aí?

Jo olhou para ele.

– O quê?

McCordle apontou para a tela do celular.

– Já viu esse homem antes?

Inspirando fundo, obrigou-se a olhar para seu antigo amante.

– Não – respondeu. – Nunca o vi.

Quando se trabalha das nove às cinco, é incrível o quanto não se consegue fazer durante a semana. Depois que Jo deixou McCordle, encheu o tanque do carro. Foi à lavanderia buscar seu único par de calças pretas sociais. Foi ao mercadinho e comprou o básico e dois frascos de Motrin. Buscou um par de sapatos no sapateiro – que já estava pronto à sua espera por três meses.

Ou seja, o dia foi basicamente um sábado acontecendo em plena quinta-feira.

E durante o tempo todo, ficou à espera de um telefonema do FBI.

Quando voltou ao apartamento, já eram quase duas da tarde. Ainda havia muita luz do sol pela frente e, portanto, não precisava se preocupar em levar um tiro. Já sabia quem era o assassino contratado e ele não podia se expor à luz solar.

Nenhuma preocupação até aí.

Depois de entrar com as sacolas de compras e a calça da lavanderia, trancou-se no apartamento, passando inclusive a corrente na porta, e guardou tudo. Deu uma olhada na correspondência, verificando se havia contas a pagar. Tinha o equivalente a dois meses de salário em mãos e um cartão de crédito com limite para gastos de até setecentos dólares. Desconsiderando possíveis transição e ameaças de morte, tinha de começar a procurar um emprego imediatamente.

E essa necessidade financeira foi quase um alívio. Se não tivesse algo com que se preocupar, o que quer que fosse, acabaria ficando louca.

O FBI ligou às 16h34 – mas ela não reconheceu o número que a chamou. Foi só depois que ouviu a mensagem gravada pelo agente especial que Jo ficou sabendo que tinham sido eles. Pediram que ela ligasse de volta imediatamente. Queriam que fosse ao escritório deles – ou um agente poderia se deslocar até sua casa; o que fosse mais fácil para ela. Queriam que Jo soubesse que se tratava de uma questão muito importante, que exigia a atenção imediata dela.

Jo deixou o celular virado na mesa e voltou a se concentrar no laptop. Tinha atualizado seu currículo no mês anterior, quase como se soubesse o que estava por vir, não? Por isso não demorou nada para fazer o upload dele no Monster.com, e começar a procurar uma colocação como recepcionista em algum lugar de Caldwell. Deixando de lado os planos de partida para um lugar longe dali, achou importante permanecer onde estava... Bem, pelo menos até que seu corpo resolvesse o que faria em seguida. Depois disso? Quem sabe?

– Droga... – murmurou ao se recostar na cadeira.

Em vez de voltar à procura de um emprego, entrou no site do *CCJ* e deu uma espiada nas matérias que tinham sido postadas nas últimas cinco horas. Era Bill quem estava cuidando disso agora? Só podia ser ele. Não havia mais ninguém na redação, e não era novidade que a única coisa que Dick sabia fazer era ser um imbecil.

No fim, acabou entrando nos arquivos e relendo as matérias e atualizações que escrevera. Também olhou para as fotos de Gigante e do filho juntos, depois a de Johnny Pappalardo morto naquele beco. E lamentou os sonhos que acalentara por tão pouco tempo.

Ainda estava sentada à mesa da cozinha quando ouviu os moradores do andar de cima voltando do trabalho, às seis.

E ainda estava sentada ali quando o sol se pôs e a noite chegou.

Sem saber o que seus instintos estavam captando, levantou-se e foi até a janela da frente. Fechara a veneziana depois que o mordomo a deixara em casa pela manhã e não queria alertar quem é que pudesse estar aguçando seus instintos ali do lado de fora. Ficando num ângulo estranho, tentou enxergar através da fresta ao lado do batente da janela. Nada. Com a luz acesa no apartamento, ela não conseguia enxergar nada na escuridão do lado de fora.

Foi para o quarto, pegou a pistola na bolsa no meio do caminho. As luzes estavam apagadas ali, por isso Jo foi direto para a janela espiar entre os espaços da veneziana...

Havia alguém ali.

À espreita.

Encostando-se na janela, mexeu na pistola, abrindo a trava de segurança. Em seguida, pegou o celular, mesmo sem saber para quem ligar. O FBI? Não. McCordle? A menos que... a emergência? Mas o que, exatamente, relataria?

O celular tocou e ela se assustou. Quando viu quem era, seu coração disparou.

Ainda estava tentando decidir se devia ou não atender quando recebeu uma mensagem. Mas, em vez de deixar uma mensagem de voz, a pessoa lhe mandou uma mensagem de texto.

Estou do lado de fora. Podemos conversar?

Capítulo 58

Syn considerou que seria importante aproximar-se da janela de Jo sozinho. Não queria assustá-la e, o principal... não queria que ninguém visse o quão emocionado ele poderia ficar. Ouviu uma centena de vezes a mensagem que ela deixou mais cedo em sua caixa postal, e cada repetição cortava mais seu coração.

Ela lhe parecera tão só. A voz tão assustada.

Tentou ligar para ela, de hora em hora, e todas as vezes falhou em apertar o botão para completar a chamada. Não fazia ideia do que lhe dizer, e agora que estava parado de pé do lado de fora da janela dela, parecendo um perseguidor, descobriu que a proximidade física não melhorara em nada seu vocabulário.

A fragrância dela foi o primeiro sinal percebido, o perfume fresco de uma campina invadindo suas narinas e percorrendo todo seu corpo. Depois ouviu os passos suaves.

Que logo pararam. Mas o cheiro dela continuou a inebriá-lo.

Syn se virou e mostrou-se à fêmea que roubara seu coração.

– Oi, Jo.

– O que está fazendo aqui?

Não tinha ideia de como seria recebido, mas não antecipara tanta raiva.

– Desculpe não ter ligado...

– O que quer.

Não foi uma pergunta.

Syn franziu o cenho.

– Você está bem?

Ela seguiu adiante, passando pela lateral do prédio de apartamentos e se aproximando dele. Na verdade, marchava na sua direção.

– Estou ótima – disse ao parar diante de Syn. – Também estou armada, caso você tenha vindo ganhar o seu dinheiro.

Quando ela lhe cravou um olhar firme, hostil, ele recuou um passo.

– O quê?

– Vi a filmagem. – Antes que Syn pudesse pedir mais explicações, ela estrepitou. – Aquela na qual aceita me matar a mando de Carmine Gigante, o pai? Por quê? Para compensar a merda que fez com Frank Pappalardo? Me explica uma coisa: como um vampiro que nem você consegue ser um assassino da máfia sem se meter em apuros com a Irmandade? Porque me parece um bico um tanto arriscado, considerando-se toda aquela história de manter segredo.

– Eu não te machuquei – Syn tentou argumentar.

A gargalhada que ela deu era a verdadeira definição do sarcasmo.

– Você não atirou em mim, isso é certo. Mas a noite é uma criança, não é mesmo? E você veio aqui para checar se já sou uma vampira ou se ainda sou humana, não é? Então, fala logo de uma vez, Syn, o que vai fazer se eu não me transformar? É você quem vai me mandar para o meu túmulo? Quero dizer, seria matar dois coelhos com uma cajadada só, certo? Você silencia um problema para a espécie e recebe seu dinheiro da máfia. Bela jogada.

– Você não sabe o que está falando.

– Ah, não? Assisti à filmagem. Que, aliás, está no celular de um policial. Para sua informação, eles estão atrás de você. A polícia de Caldwell e o FBI. Mas, ah, você consegue cuidar disso, não consegue? Só precisa fazer um truquezinho de apagar a memória e estará livre como um passarinho. Ou será que não? O que vai fazer em relação à filmagem? Os registros. Os relatórios. A situação ficará complicada se qualquer uma dessas coisas for parar nas mãos da mídia.

Syn cruzou os braços diante do peito.

– Eu salvei a sua vida ontem diante daqueles *redutores*.

– Não, você dilacerou um punhado dos seus inimigos porque esse é o seu trabalho e porque, evidentemente, gosta de matar. Não teve nada a ver comigo.

– Não teve? Você estava na minha mente naquela hora?

– Não, eu estava de fora, observando o quanto você aprecia machucar as pessoas.

Desviando o olhar, Syn balançou a cabeça.

– *Redutores* são meus inimigos e logo serão seus também.

– Se eu me transformar. E nós dois sabemos que isso não é um fato consumado, certo? Talvez eu não passe pela transição e, nesse caso, sou um problema para vocês. Mas, veja só, felizmente, você é muito bom em matar pessoas, não é mesmo?

Enquanto ele tentava pensar no que dizer, sem mentir, claro, ela baixou a voz.

– Nunca mais quero te ver. Você mentiu para mim sobre quem eu sou. Mentiu sobre o motivo de estar perto de mim. Eu... eu fiz amor com você, pensando que você fosse alguém... algo... que você não é. E tenho que conviver com tudo isso. Mas não vou acrescentar mais nenhum maldito item a essa lista de decisões ruins e de ilusões idiotas.

Syn relanceou brevemente para trás. Quando voltou a olhar para Jo, ela tinha começado a se afastar, mantendo o olhar fixo nele como se temesse ser atacada.

Fiz a coisa certa, Syn pensou. Tomara a decisão correta.

– Espere – ele chamou.

– Não. – Jo meneou a cabeça, e os cabelos ruivos balançaram ao redor dos ombros. – Não mais. Não suporto mais te olhar...

– Eu vim aqui para te apresentar o meu primo. Ele está disposto a te servir caso passe pela transição.

Quando Jo parou onde estava, Syn gesticulou para as sombras.

Quando Balthazar apareceu no campo de visão, Syn teve a sensação de que estava sendo alvejado bem no meio do peito. Só que, de tantas maneiras, sua vida o conduzira até aquele ponto.

Sim. O único modo de cuidar da fêmea a quem amava... era deixar que ela ficasse com outro.

Jo se concentrou no macho que emergiu da escuridão. Ele tinha a estrutura física de Syn, poderosa e dominadora, e a tez era da mesma cor que a dele. Os mesmos cabelos escuros, mas sem o moicano, e as íris pálidas. Mas as feições eram diferentes, mais precisamente nos olhos. Os dele eram mais estreitos.

Ou talvez tivesse sido apenas por se estreitarem no instante em que olhou para ela.

A seu favor, não deu aquela varrida da cabeça aos pés ao longo de seu corpo, e não havia absolutamente nada de sexual da parte dele.

— Este é Balthazar — Syn disse rouco. — Ele é um macho bom e honrado...

— Na verdade, sou um ladrão. — Quando ambos o fitaram, Balz deu de ombros. — Se vamos fazer isso, precisamos começar com a verdade. Sou um ladrão, mas jamais roubarei nada de você e só quero ajudar.

Estendeu a mão. E parecia preparado para esperar o tempo que fosse necessário até que ela se sentisse à vontade para tocar nele.

Jo se aproximou lentamente. Era difícil ver mais alguém além de Syn, e suas emoções tornavam essa visão afunilada ainda pior. Mas a ideia de que ela poderia ter que...

— Olá — respondeu, também estendendo a palma.

Quando apertaram as mãos, o macho fitou Syn, e algo se passou entre eles. Como uma jura. Ou uma promessa.

Jo soltou a mão e abaixou o braço.

– De quem você rouba? E o que leva?

Balthazar deu de ombros.

– Depende. Às vezes é porque algumas pessoas têm tanto que precisam de um corte para tornar as coisas mais justas. Esse é meu lado Robin Hood. Outras vezes é porque elas têm algo que eu quero. Tenho menos orgulho disso, e me esforço para igualar o placar. Sabe, dando-lhes algo de mesmo valor, ou até maior, de que possam precisar ou gostar.

Uma pausa.

– E? – Jo o incentivou.

O olhar pálido voltou a se estreitar. E a voz se tornou mais grave.

– E... às vezes elas merecem uma lição. Interessante como perder algo faz com que as pessoas comecem a priorizar o que de fato importa. Não me desculpo nesse caso. Jamais o farei.

Jo piscou. E se viu concordando.

– Ok.

Olhou para Syn. Ele recuara, e estava basicamente escondido nas sombras, fora do alcance das luzes de segurança do prédio. E quando deu mais um passo para trás, ficou praticamente invisível, nada além de um contorno se misturando às sombras da noite.

– Seus irmãos estarão presentes – Balthazar explicou com gentileza. – E a doutora Jane virá para que você tenha suporte médico. Em nenhum momento ficará sozinha comigo e não haverá nenhuma conotação sexual no ato. Juro pela minha honra... Ok, não tenho muita, mas a pouca que tenho é sua. Pode confiar em mim. Tudo bem?

Jo vasculhou aquele rosto magro e duro. E, por algum motivo, ficou emotiva.

Não, espere. Sabia a razão.

A despeito de tudo o que acontecera, e de tudo o que sabia sobre Syn... ainda queria que fosse ele.

– Tudo bem – respondeu num fiapo de voz.

Com essa resposta, Syn deu um último passo para trás, e a escuridão o envolveu completamente, como se ele tivesse desaparecido...

— Syn? — ela chamou.

Jo cambaleou para a frente e tateou o lugar em que ele estivera — isto é, tateou com a mão livre, pois com outra segurava a pistola. Não havia nada ali. Nem mesmo a fragrância dele pairava no ar. Com o coração acelerado, virou-se para Balthazar.

— O que aconteceu com ele?

— Ah, ninguém te contou? Dispomos de alguns truques. *Puf!* Tchauzinho. E você sabe que aquela coisa de morcegos, alho, crucifixos são um monte de bobagens, certo? Só acontece nos filmes.

— Eu conseguirei...

— Se desmaterializar? Depende. Nem todo mestiço consegue. — Ele fez uma careta. — Você considera esse termo uma ofensa? Porque não tive a intenção de te ofender.

Jo encarou o macho e se sentiu tão indefesa quanto uma heroína num filme de Bruce Willis. Pelo menos de um daqueles dos anos 1980.

— Não sei o que penso nem como me sinto a respeito de nada.

Voltou a encarar o espaço em que Syn estivera — e sentiu que a ausência repentina dele era uma grande metáfora do relacionamento dos dois. *Puf!* E ele se foi.

Deveria se sentir grata. Aliviada. Liberta.

Em vez disso, sofria. Integralmente.

— Então você também o ama, hum?

Girando, Jo se retraiu.

— O que você disse?

Capítulo 59

Na noite seguinte, na noite em que a guerra terminou, não havia luar para iluminar o céu de veludo de Caldwell, Nova York. Tampouco havia estrelas cintilando em seu berço celestial. A galáxia em si parecia ter encolhido, protegendo-se de quaisquer possíveis estilhaços.

Quando Butch saiu pela porta de entrada do Buraco, sentiu um medo como jamais sentira. Depois olhou para a entrada imponente da mansão. Os painéis pesados de madeira, fechados para proteger os de dentro, se escancararam e, um a um, os membros da Irmandade saíram. Z. foi o primeiro, o crânio de cabelos raspados e o rosto brutal, marcado por cicatrizes, algo que Butch se acostumara a ver. Phury, claro, estava ao lado do irmão gêmeo. Em seguida veio Tohrment. Murhder. E Rhage. Qhuinn e John Matthew. Blay estava com eles. Na sequência, emergiu o Bando de Bastardos, liderado por Xcor...

– Eu te amo.

Ao som da voz de sua *shellan*, Butch se virou. Marissa estava ao seu lado, com olhos aterrorizados, como se soubesse, mesmo sem lhe dizer, que o que ele sentia era verdade. Era o fim.

Tocando-lhe o rosto suave, um milhão de coisas lhe passou pela mente. Mas, assim como antes, nenhuma das promessas que desejava poder fazer estava sob seu controle, e não permitiria que a última coisa que lhe diria fosse uma mentira.

— Eu também te amo.

Abaixando, percebeu que as adagas negras pressionavam seu peito quando a beijou.

— Vou ficar em casa hoje à noite — ela informou.

O motivo não precisava ser dito. Marissa nunca faltava ao trabalho, mas essa era uma noite do tipo "nunca".

— Beth me convidou para passar a noite na mansão. — Os lindos olhos de Marissa vasculhavam-lhe o rosto em busca de pistas de como o destino atuaria. — Para assistir a um filme, sabe.

— Posso sugerir uma comédia?

— Vamos de *Entrando numa Fria*. Toda a trilogia.

— Stiller e De Niro. Excelente escolha.

Calaram-se. Às vezes, para um casal que permanece unido depois que a brasa incandescente da atração sexual se reduz, não há necessidade de palavras. Nenhuma palavra seria o bastante. As emoções eram profundas demais.

— Eu te ligo — ele disse.

— Por favor.

Beijaram-se novamente, e esse beijo foi mais demorado — lembrando-o do modo como fizeram amor antes de Butch ter que se levantar e tomar banho, se vestir, se armar. Em seguida, ela recuou... e atravessou o pátio, de cabeça baixa, com os braços ao redor do corpo.

Uma viúva caminhando.

Os Irmãos abriram caminho quando Marissa subiu a escadaria de pedra e se aproximou da porta aberta, e, quando ela passou por eles, os machos enormes se curvaram diante dela em sinal de respeito. Antes de entrar, Marissa olhou para trás na direção de seu *hellren* e ergueu a palma.

Butch acenou de volta em resposta.

E então a pesada porta do vestíbulo se fechou, tomando-lhe a imagem curvilínea de sua *shellan* assim como a luz do interior da casa que invadia o negrume da noite.

– Sonhei com você. – Ouviu Vishous dizendo à porta do Buraco.

Butch fechou os olhos e praguejou, embora não pudesse alegar estar surpreso. As visões de seu colega de quarto quanto ao futuro sempre se relacionavam à morte, e todos estavam mais perto do túmulo nesta noite.

– Sonhou? – Butch olhou para trás. – Vai me contar?

V. estava vestido para a guerra, todo em couro e com suas armas cobrindo-lhe o corpo, mas ficaria em casa. Ele e Rhage, assim como Rehvenge, com todos os seus traços *symphatos*, além de Payne e Xhex, ficariam para proteger a mansão. Enquanto isso, Manny já estava em campo, de prontidão na garagem com sua unidade cirúrgica móvel, e a doutora Jane que, graças ao seu status fantasmagórico, conseguia ir a qualquer parte num piscar de olhos, estava preparando o centro de treinamento para um evento com possíveis mortos e feridos.

Quando Vishous saiu, movendo o corpo atlético como o predador que era, Butch teve ciência de que deveria se preparar como se estivesse prestes a levar um soco na boca do estômago.

– A cruz – V. disse com gravidade. – A cruz o salvará.

Butch mexeu na camiseta em pânico. Não era capaz de sair de casa sem usar aquilo. O crucifixo era o seu bendito cartão de crédito existencial.

Ao puxar o pesado pingente de ouro para fora da blusa, esfregou a cruz com o polegar.

– Está bem aqui.

V. mostrou-se satisfeito.

– Mantenha-a aí.

– Sempre.

Houve uma pausa. E o abraço veio em seguida. Enquanto se abraçavam, Butch desejou que seu colega de quarto fosse junto consigo. Por mais que respeitasse todos os demais Irmãos e guerreiros, não havia ninguém mais a quem confiaria a sua retaguarda.

– Chego até você em um segundo – V. garantiu, rouco.

Butch assentiu e os dois se afastaram. Depois, saiu da varanda e cruzou o pátio até o R8. O plano fora estabelecido. As responsabilidades, atribuídas. Os territórios, distribuídos, e as armas e munições, divididas.

Não havia mais nada a ser dito.

Tohrment foi de carona com Butch, e nenhum deles disse nada. Quando entraram na garagem, deixaram o R8 na sua devida vaga, falaram com Manny e foram para as ruas.

E quase na mesma hora...

... Butch soube que direção tomar.

Quando Syn voltou para a mansão, ao deixar o apartamento de Jo, entrou pela ala lateral e bateu em uma das portas francesas da sala de bilhar. Não usou a entrada principal porque não tinha interesse algum em cruzar com ninguém. Conversara com Xcor a respeito de se retirar do campo de batalha e agora tinha que fazer as malas e sair da casa. Do caminho. Daquele mundo de guerra que sempre fora a sua vida.

Não fazia ideia de onde ir. Mas passara séculos vivendo às custas da sua astúcia, sobrevivendo na noite, sem nada permanente para prendê-lo ou sustentá-lo. Então, essa mudança de casa não seria nenhuma novidade.

Para o oeste, estava pensando. Ou talvez para o sul. Continuar em Caldwell definitivamente não era uma opção.

E tinha que partir de imediato. Se não o fizesse, era provável que voltaria a procurar Jo, para implorar, suplicar, ou algo do tipo. Pelo que, porém, não sabia. Ela descobrira aquele acordo com a máfia, e isso validara tudo o que ele não lhe havia contado...

A porta francesa foi destrancada e aberta, mas o macho que fez isso não era um criado. Vishous estava mais para uma força da natureza, e seu humor, que era irritadiço numa noite boa, estava mais afiado do que aquelas adagas que ele fabricava para todos.

– Obrigado – Syn murmurou ao entrar.

V. trancou a porta, cortando o vento frio.

– Eu ia te procurar.

Olhando para a entrada em forma de arco do lado oposto às mesas de bilhar, Syn cruzou os braços diante da jaqueta.

– Não vai me convencer a ficar.

– E eu me daria a esse trabalho? – V. ergueu uma sobrancelha. – Os seus assuntos não são da minha conta, e você não se alistou para nada. Todos têm a liberdade de ir embora. Ninguém está pedindo que lute...

Syn se virou.

– Eu só queria deixar isso claro. Só isso...

– ... mas você será um covarde se não lutar.

Virando-se de novo num movimento brusco, Syn sentiu o lábio superior tremer.

– O que você disse?

O Irmão deu de ombros e foi até o bar onde as garrafas com bebidas se perfilavam na prateleira de cima, como soldados prontos a serem convocados ao serviço. Pegou com displicência um copo alto onde os cristais eram mantidos, mas, em vez de se servir da costumeira dose forte de Goose, pegou o suco de frutas. Quinze centímetros de laranja fresca.

Experimentou o suco e depois engoliu.

– Ahhhh, que delícia. E você me ouviu muito bem. Será um covarde se desistir.

Syn foi a passos largos até o bar, já imaginando pegar o Irmão e lançá-lo em todas aquelas garrafas, testando o seu controle de impulso.

– O que lhe dá o direito de me julgar nesse assunto?

– O fato de que estou na guerra e não espero que outras pessoas façam o meu trabalho por mim. O fato de que o meu melhor amigo está enfrentando Ômega neste instante. O fato de que meus irmãos estão com os seus primos e camaradas, em campo, tentando salvar a raça. Nesse meio-tempo, você está aqui parado na minha frente, preocupado consigo mesmo, pensando em si mesmo, doído porque levou um pé na bunda de uma fêmea que conheceu há quantos dias mesmo? Desculpe se não estou impressionado com essa sua rotina especial de floco de neve. Estou ocupado demais vivendo no mundo real e me preocupando com quem vai morrer hoje à noite.

– Você não faz a *mínima* ideia de tudo pelo que passei.

– Tive a minha *shellan* morta nos meus braços. Tenho bastante certeza de que isso não é nada bom. Mas, tanto faz, faça o que achar melhor da sua...

– Você não entende como o meu pai era.

V. apontou para o próprio peito.

– Bloodletter. Quer mesmo fazer uma comparação de currículos com essa merda?

– Não consigo ter orgasmos.

Vishous abriu a boca. Depois a fechou.

– Ok, você venceu. E isso vem de um cara que só tem uma bola.

– Não é uma competição. – Mas Syn sentiu a raiva baixar um pouco. Embora... que triunfo, não? – E estou cansado de matar.

– Por isso vai desistir. – V. deu de ombros e mostrou as palmas. – Ei, não olhe assim pra mim, ok? Você precisa encarar essa decisão com a sua consciência e ter certeza do que quer. Odiar a minha pobre pessoa não vai te ajudar.

– Não estou desistindo. Só não consigo mais.

– Você vai ter que me explicar como essas duas coisas são diferentes – V. disse, arqueando uma sobrancelha negra.

Syn deu a volta na sala e parou diante de uma das mesas de bilhar. Teve o impulso de virá-la para liberar um pouco da energia acumulada, mas só passou os dedos pelas bolas coloridas espalhadas sobre o feltro.

– Eu não estava na guerra pela espécie – ouviu-se dizer. – Estava porque gostava de matar. Pela diversão. Pela crueldade. Para ter uma válvula de escape. E já não sinto mais essa motivação.

– O que mudou?

– Eu me enxerguei através dos olhos de outra pessoa. E o reflexo foi parecido demais com o do meu pai para o meu gosto. Sempre me mantive firme ao princípio de não me parecer com ele. Criei regras e defesas para orientar esse meu lado. Eu tinha padrões. Mas, no fim? O resultado era o mesmo. Eu o matei repetidamente através de outros, mas isso não estava me ajudando e eu me tornei ele no processo.

– Ouvi dizer que você andava aceitando uns trabalhos paralelos mesmo aqui em Caldwell.

– Fiz isso.

Vishous se serviu de mais suco de laranja, e o som dele enchendo o copo ecoou alto no silêncio.

– Tempo passado.

– Estou desistindo de muitas coisas esta noite. – Syn pegou a bola branca e a rolou ao redor da palma, limpando uma mancha de giz azul. – Cheguei no limite.

E não era da boca para fora. Algo estava fundamentalmente diferente para Syn. Desde a transição, seu *talhman* sempre esteve dentro de si, um monstro rondando a cerca da sua gaiola, à procura de sinais de fraqueza, oportunidades para escapar, lapsos de supervisão.

Não mais. Havia... um estranho silêncio em seu âmago.

Mas não estava entorpecido. Ah, não, definitivamente não estava entorpecido. Tinha uma dor constante pesando em seu coração, a ponto de obrigá-lo a se esforçar para respirar. Era a perda de Jo, claro. E tinha a sensação de que esse sofrimento o acompanharia pelo resto da vida. O amor verdadeiro, afinal, pode ser expresso de diversas formas, mas um aspecto em comum é que ele é perene. É um contínuo, seja qual for a forma que se expresse.

Ainda mais quando é perdido.

– Já contou a Xcor, então? – V. perguntou.

– Sim.

– O que ele disse?

– Não muito.

– Como se sentiu quando contava a ele?

Syn fitava a superfície absolutamente lisa da bola.

– É o que é.

– Não se sente nem um pouco incomodado ao saber que ele e os seus primos estão lá fora sem você?

– Você está tentando me fazer chegar a uma conclusão.

– Não, só estou tentando fazer com que enxergue além de si mesmo. – V. deu a volta no bar, com o copo de suco na mão. – Mas, sim, estava indo procurá-lo. Tenho a resposta da pergunta que me fez ontem. Sobre a fêmea que conheceu no Antigo País.

Syn o encarou de pronto.

– Você a encontrou? Ela está aqui? No Novo Mundo?

As palavras saíram rápidas, como se disparadas por uma submetralhadora.

Os olhos diamantinos de V. se estreitaram, sua expressão se tornou distante.

– Ela veio para cá nos anos 1950. Com seu *hellren* e os filhos. Um menino e uma menina.

Syn fechou os olhos e visualizou a fêmea correndo naquela campina ao redor do chalé dos pais com seu irmãozinho pré-trans.

– Então ela se vinculou. Quem é o companheiro dela?

– Um aristocrata.

Abrindo os olhos, franziu o cenho.

– Diga que foi uma união de amor.

– Sim.

– Que boa notícia. – Syn suspirou aliviado. – Sempre fiquei me perguntando o que teria lhe acontecido. Se eu acreditasse num criador benevolente, teria rezado para ela conseguir exatamente isso. Onde ela se acomodou?

– Aqui em Caldwell.

– Mesmo? Bem, isso é muito bom. Aqui ela está segura e...

— Sunnise foi morta nos ataques. — Quando Syn o fitou horrorizado, V. prosseguiu: — Junto com o *hellren* e os dois filhos. Assassinados. Por *redutores*.

— Você está mentindo. Está me dizendo isso porque...

— Acha mesmo que eu desperdiçaria um segundo inventando essa merda? — V. rebateu sem paciência. — Eles foram mortos na casa em que viviam, a cerca de quinze quilômetros daqui. Na fotografia que vi, que foi tirada por um parente deles, ela estava abraçada à filha. Tentou protegê-la com o próprio corpo. Seu *hellren* e o filho foram decapitados.

Quando Syn ouviu o barulho de algo se quebrando, olhou para baixo. A bola branca em sua mão estava partida ao meio, virando pó sob a pressão que aplicara sobre ela.

— Você me pediu que eu a encontrasse. — V. terminou o suco de laranja. — E foi o que fiz. O que vai fazer com essa informação, assim como o que vai fazer com tudo mais em sua vida, depende de você.

Dito isso, o Irmão saiu da sala de bilhar, e o som dos coturnos foi desaparecendo até Syn só ouvir o silêncio pesado ao seu redor.

E a agonia dentro do peito.

Capítulo 60

No fim do beco no centro da cidade, o Sr. F agarrou a parte de trás da parca do assassino e puxou, virando-o para que o *redutor* o encarasse. Aproximando seu rosto do rosto do subordinado, falou numa voz que jamais ouvira sair de sua boca.

– Ficaremos juntos. – Olhou bem no fundo dos olhos do outro morto. – Nós quatro ficaremos juntos, porra, ou eu mesmo mato vocês.

Não foi uma ameaça vazia. Apesar de serem todos tecnicamente imortais, estava de saco cheio daquela merda. Ômega lhe impôs um castigo tal ao amanhecer que o Sr. F mal conseguia andar. Mal conseguia ouvir tampouco, pois o tinir em seus ouvidos era um barulho de fundo através do qual não conseguia decifrar nada mais suave que um grito.

Fora incumbido de encontrar recrutas.

Fora informado de que era sua última chance.

E percebera que Ômega havia mudado. Não havia mais manchas em seu manto branco. Não havia mais fragilidade. Nada além de um poder horrendo que parecia aumentar suas forças à medida que as horas passavam.

O Sr. F fora usado como um aparelho de exercícios, e seu desespero incendiara ainda mais o abuso. Quando, por fim, foi lançado para fora do *Dhunhd* e enviado de volta a este mundo, sabia que era mentira e que estava sendo enganado. Assim que organizasse os recrutas, seria rebaixado.

Ou algo pior que rebaixamento.

Essa noite seria sua única chance de sobrevivência – e nos seus próprios termos. E se não agisse impecavelmente?

– Ficaremos juntos, porra! – estrepitou.

Os outros dois pareciam assustados demais para discutir, melhor para eles. E quanto a esse com ideias de deserção? O Sr. F o adestraria como se fosse um cavalo, se assim fosse preciso.

– Agora, vamos por aqui. – Apontou na direção de onde vinha o aviso interno. – E vamos todos juntos.

Quando ninguém se moveu, ladrou:

– Marchem!

O Sr. F pegou uma das três armas que tinha. Dera facas e cordas aos demais.

– Se não começarem a se mexer, eu mesmo atiro em vocês! – grunhiu.

Quando ele e sua tropa se moveram, não se sentia como si mesmo. Era outra pessoa, e não por causa da iniciação na Sociedade Redutora. A pressão a que estava submetido, as escolhas limitadas que tinha, a tortura que suportara, tudo o endurecera tornando-o algo diferente. Lá se fora o pacifista, o drogado, o fodido. Em seu lugar... um militar.

E tudo o que dissera era verdade.

Ele os apunhalaria se tivesse que fazer isso. Arrastaria cada um deles. Chutaria e coagiria – o que fosse preciso para obrigá-los a seguir por aquele maldito beco, na direção dos filhos da puta da Irmandade que conseguia sentir, tão claro quanto a água, a apenas alguns quarteirões de distância.

O Sr. F estava certo quanto à localização do inimigo. E não teve que ansiar pela validação de que não necessitava.

Cem metros adiante, duas figuras dobraram a esquina e pararam.

As tropas do Sr. F também pararam. E, por tudo o que era mais sagrado, não hesitaria em mandar aqueles três a pontapés para o campo de batalha.

— Vamos! Lutem! — rosnou, ameaçador. — Se fugirem, o que os aguarda será muito pior do que qualquer coisa que os vampiros possam fazer com vocês, eu juro.

Quando Butch e Tohr se prepararam para lutar contra o quarteto de assassinos, Butch inspirou fundo, apesar de não usar as narinas para medir a ameaça. Confiou nos seus instintos. Como sempre fazia.

Mas não confiou na informação que lhe foi transmitida.

— Não podem ser só esses — sussurrou.

Tohr inclinou a cabeça para seu intercomunicador e informou que estavam localizados naquele beco que estava bem iluminado até demais. De imediato, os lutadores começaram a aparecer, um após o outro. Alguns nos telhados. Outros atrás deles. Outros ainda nas laterais.

Aqueles três *redutores* não teriam a menor chance.

Mas Butch não tinha permissão para lutar. Quando foi correr para iniciar o combate, Tohr o segurou.

— Não! Você fica aqui.

Quando o Irmão o puxou para a soleira de um prédio para que se protegesse, Butch precisou de todo o seu autocontrole para permanecer ali. Todo ele. Mas a batalha não durou muito. Qhuinn e Blay atacaram por cima, pulando do telhado do prédio do qual tinham se desmaterializado, reaparecendo bem em cima do inimigo. E os dois machos usaram as armas nada tecnológicas dos assassinos para incapacitá-los.

Um, estrangulado pela própria corda por Blay, depois amarrado nas costas, de cara para o asfalto.

Dois, estripado por Qhuinn, depois largado no chão quando os tendões de ambas as pernas foram fatiados com a própria faca.

... e três. Praticamente decapitado quando os dois *hellrens* partiram para cima dele ao mesmo tempo, penetrando um par de adagas no fundo da garganta. E quando a cabeça caiu pendurada para trás, as correntes que ele carregava foram usadas para imobilizar-lhe os braços.

No total, isso levou menos de quatro minutos, e ninguém mais se envolveu. Um trabalho perfeito e limpo. Ok, ainda não totalmente limpo. Esse era o trabalho de Butch.

No entanto, ele não se aproximou. Olhou ao redor, e tentou definir o que começava a sentir.

— Você está bem? — Tohr perguntou.

Butch pôs a mão dentro da jaqueta e segurou o crucifixo. Depois balançou a cabeça, negando, e olhou ao redor do beco uma vez mais.

— Não. Isto... não está certo. Alguma coisa está...

Alguém se aproximou deles. Então mais um. Em seguida, todos os Irmãos e guerreiros estavam ao seu redor. Todos falavam e olhavam para ele, animados. Cantando vitória, excitados.

Isso era prematuro.

Do nada, Butch começou a arquejar, tremendo com urgência, um aviso, um alerta, vibrava em todo o seu corpo.

— Saiam... — ele disse ofegante.

— O que foi? — Tohr perguntou.

— Vocês têm que ir embora... — Afastou a mão e agarrou o braço de alguém. — Saiam daqui... Todos vocês... agooooooraaaaaa!

Ninguém lhe deu atenção. Nenhum deles. Os machos que mais amava no mundo, seus irmãos, seus amigos, sua família, estavam agrupados ao seu redor, tentando discutir. Pareciam preocupados. Procuravam acalmá-lo com palavras tranquilizadoras.

E foi nessa hora que o zunido teve início. Baixo, a princípio. Em seguida crescendo em intensidade. Por que eles não conseguiam ouvir o aviso?, Butch pensou, entrando em pânico. Por que não conseguiam sentir a destruição iminente...

A primeira das luzes de segurança explodiu na ponta oposta e mais distante do beco, a lâmpada explodiu e produziu centelhas que desceram pela lateral úmida do prédio. E depois a segunda do outro lado da rua. E uma terceira.

Os estouros brilhantes das centelhas eram inexoráveis, caindo perto dos três assassinos que se debatiam no asfalto assim como daqueles machos que Butch não suportaria perder.

– Vocês têm que ir embora ou vão morrer! – ele berrou enquanto todos os prédios do quarteirão inteiro ficavam às escuras, por dentro e por fora.

Enfiando ambas as mãos na jaqueta, sacou as duas quarenta milímetros e começou a atirar no asfalto, formando um círculo. Quando os Irmãos e guerreiros se sobressaltaram e foram procurar abrigo, Butch não prestou atenção para ver onde as balas ricocheteavam. Só estava concentrado naquilo que se aproximava na escuridão.

O mal já não era mais uma entidade.

Era uma onda de todos os *redutores* que já existiram.

E estava prestes a adentrar neste mundo e assumir o comando de tudo.

– Saiam daqui! – berrou a plenos pulmões. – Fujam!

Capítulo 61

A ELETRICIDADE COMEÇOU A OSCILAR no apartamento de Jo lá pelas oito da noite. Primeiro as luzes diminuíram de intensidade e, com relutância, voltaram a iluminar. Em seguida, um efeito meio estroboscópico. E enfim uma escuridão absoluta.

— Droga — praguejou ao tatear a almofada do sofá ao seu lado até achar o celular.

O prédio não tinha gerador e, quando acessou o site da empresa distribuidora de energia, descobriu que Caldwell inteira estava sem luz. O blecaute era total, ao que parecia, e, para passar o tempo, Jo ficou atualizando a página algumas vezes, vendo os relatos aparecerem no mapa.

Abaixando o celular, deixou a cabeça pender para trás. Que importância isso tinha? Agora que seu currículo estava distribuído em todos os lugares possíveis, não tinha outros planos a não ser ficar olhando para o vazio... esperando para ver se seu corpo explodiria.

Esperando para ver se precisaria ligar para aquele outro macho.

Esperando para se sentir melhor.

Com certeza poderia realizar a lista de tarefas no mais absoluto breu.

Uma observação para o fato de que não estava se preparando para se sentir normal de novo. Não, já desistira do "normal". Mirava uma melhora para "passável", o que certamente seria melhor do que seu estado atual...

Quando o celular tocou, perguntou-se se seria a companhia de eletricidade – o que era absurdo. Até parece que eles ligariam para dois milhões de pessoas para atualizá-las quanto à expectativa de retorno da energia.

Pegou o aparelho e ficou confusa ao ver quem era.

– McCordle? – disse ao atender. – E, antes que pergunte, sim, falei com o FBI. Disse-lhes o mesmo que disse a você: não conheço o cara...

– Tenho outro vídeo para te mostrar. Vou mandar para o seu celular.

Segurando-se para não soltar um palavrão, Jo passou o aparelho para a outra orelha.

– Olha só, já fiz o que estava ao meu alcance nesse caso. Agradeço que tente me manter informada, mas não estou interessada em...

– Nós entendemos tudo errado.

– Errado como? – ela murmurou.

– O homem com Gigante naquela gravação. – Houve o barulho de certa movimentação, em seguida McCordle respondeu algo para alguém nas imediações. – Conseguimos as imagens do celular do guarda-costas de Gigante da noite em que foram assassinados. Ele estava gravando quando os assassinatos aconteceram. O homem do primeiro vídeo no Clube de Caça e Pesca Hudson matou todos os três.

– Bem, ele é um assassino profissional. – Jo tentou instilar tédio na voz. Mas, convenhamos, a última coisa de que precisava no momento era mais uma confirmação do quanto fora idiota em relação a Syn. – Esse é o trabalho dele, não?

– Ele matou os capangas de Gigante para te proteger.

Jo deu um pulo no sofá.

– Como é que é?

– Assista ao vídeo. Depois me ligue de volta. E não deixe isso vazar. Como sempre.

Quando McCordle desligou, Jo segurou o aparelho como se fosse derrubá-lo no chão. Mas, considerando-se tudo, era natural que suas mãos tremessem inacreditavelmente.

A mensagem chegou um momento depois. Apenas um vídeo. Nada mais.

Deu início à filmagem, e a sua tela brilhou numa luz azul em meio à escuridão. No início, era só distorção e uma tela sem foco. Depois a câmera se moveu e ficou parada. O foco da imagem estava num ponto bem para cima, como se quem filmasse estivesse deitado no chão, e filmava o interior de um SUV, através da porta aberta do passageiro.

Quando o foco se acertou e a luz se recalibrou, Jo viu um homem sentado atrás do volante. Quando ele se virou para o banco de trás e se inclinou na direção da luz vinda pela porta entreaberta...

Era Syn.

Conseguiu ver seu rosto como se fosse dia. Assim como a pistola em sua mão.

Em seguida, ele disse:

— Não tenho problemas para matar fêmeas. Nem qualquer outra pessoa. Mas nem por cima do meu cadáver você vai machucar Jo Early. Diga boa-noite, seu filho da puta!

E então, Syn puxou o gatilho, e houve o ruído abafado de um disparo.

O coração de Jo batia tão forte que ela não conseguia ouvir mais nada. Não que houvesse muito mais depois disso. O vídeo foi cortado na sequência.

Assistiu duas outras vezes antes de retornar a ligação de McCordle.

Ele atendeu no primeiro toque e Jo nem se deu ao trabalho de dizer "alô".

— Onde conseguiu isto?

— O FBI fez uma busca no Clube de Caça e Pesca Hudson hoje. A filmagem estava num celular no bolso de um casaco que, por acaso, também tinha a identidade de Gigante Júnior.

— Então vocês prenderam o Júnior?

— Não. Temos o casaco dele, mas isso não vai servir de muita coisa. E o celular era do guarda-costas de Gigante. Creio que o cara gravou o tiroteio e depois o filho de Gigante pegou o celular antes que qualquer outra pessoa aparecesse na cena. Mas isso é só uma conjectura. Seja como for, parece que o assassino contratado mudou de ideia no que se referia a você. O FBI logo vai te ligar, mas achei que gostaria de ficar tranquila logo.

— Quer dizer que, no fim das contas, ele não ia me matar.

— Ele matou para te proteger, ao que tudo leva a crer. Tem certeza de que nunca o viu antes?

— Ah, não. Nunca.

— Bem, esperamos encontrá-lo antes que o filho de Gigante o faça. É bom que esse assassino seja mesmo profissional porque quem está atrás dele tem uma baita conta para acertar.

Quando encerrou a ligação com McCordle, Jo se recostou no sofá, mas não ficou assim por muito tempo. Segundos depois, pôs-se de pé e usou a lanterna do celular para encontrar o casaco e a bolsa.

Ligou para Syn pela primeira vez a caminho do carro.

Pela segunda, enquanto se dirigia ao centro da cidade.

Pela terceira, quando estacionou perto do lugar em que o viu pela primeira vez, numa viela atrás da Rua Market. Ao sair, olhou ao redor. A cidade inteira estava mergulhada nas trevas, o brilho dos arranha-céus, dos postes e dos prédios mais baixos apagado devido ao blecaute monumental.

E foi então que ouviu o barulho do vento.

Só que não havia nenhuma rajada movendo suas roupas nem os cabelos.

Um mau presságio a fez contrair todos os músculos e Jo olhou para trás. Havia algo de muito errado ali.

Ou talvez fosse todo o drama se abatendo sobre ela.

Quando a onda de choque arrebentou na viela, a libertação da energia profana varreu tudo em seu caminho: os irmãos foram lançados pelo ar, arremessados contra as fachadas dos prédios, contêineres de lixo saíram rolando, derramando seu conteúdo como se fosse sangue, escadas de incêndio se desprenderam e saíram voando como se não passassem de teias de aranha.

Butch se preparou para enfrentar a ventania, levantando os braços para proteger o rosto, projetando o corpo contra o vento ao mesmo tempo em que tentava manter os pés no chão. Contra a força equivalente a de um furacão, sua jaqueta de couro balançava loucamente para trás; os cabelos, afastados da testa; os lábios, empurrados deixando os dentes expostos.

E, simples assim, acabou.

Com o vento contrário acabando tão abruptamente, Butch cambaleou para a frente e teve que abrir os braços para se reequilibrar.

E então foi golpeado por uma luz que raiava com tanta intensidade que ele voltou a erguer os braços, mas dessa vez para que as retinas não queimassem. Contudo, o brilho logo diminuiu, e Butch conseguiu focar enquanto piscava para se acostumar à claridade ofuscante.

Ômega estava bem no meio do beco, com o manto branco imaculado, a força renovada – ou ressuscitada, mais provavelmente. O mal novo e aprimorado em nada se parecia com aquela versão apagada mais recente. Bem como Butch previra, Ômega estava mais forte do que nunca.

Tentemos isto novamente. A voz perversa soou dentro da cabeça de Butch. *Creio que verás que estou muito rejuvenescido.*

Enquanto mantinha o olhar fixo no inimigo, Butch usava a visão periférica para checar seu pessoal. Nenhum dos Irmãos ou guerreiros se mexia. Eram todos cadáveres, abatidos pela ira de Ômega.

Sinto a tua dor. A entidade maligna gargalhou baixo. *É de fato gratificante.*

Ômega avançou e parou diante dos três *redutores* que tinham sido subjugados com tanta facilidade. O capuz do manto branco se inclinou para baixo como se ele estivesse observando suas criaturas. Em seguida, uma das mangas se ergueu e um apêndice negro, parecido com fumaça, surgiu.

Numa sequência de estouros, as formas corpóreas dos assassinos se transformaram em sopros sujos de ar, e Ômega sugou essa fumaça para dentro da manga, reabsorvendo sua essência.

Bem quando Butch pegava uma das adagas, Ômega ergueu o olhar.

Não, não, não. Não te atrevas.

A criatura maléfica estendeu uma forma semelhante a uma mão e gerou uma espiral de energia em sua palma.

Já tentamos isso antes, lembras? Aposto que será uma experiência diferente para ti desta vez.

Ômega disparou o feitiço, era pura maldade concentrada; e o impacto foi como ser atingido por uma colmeia de abelhas, um milhão de ferroadas perfurando cada pedacinho do corpo de Butch, lançando-o contra a parede atrás de si. O efeito do choque foi ainda pior. Quando a sensação inicial passou, sentiu um peso terrível, como se tivesse sido lavado com a infelicidade de toda a humanidade, todo o sofrimento de eras borbulhando dentro de sua mente até que ele não aguentou e gritou de tanta dor.

Deslizando pelos tijolos, caiu de bunda e ergueu o olhar.

Ômega avançou ainda mais, flanando acima do asfalto.

Impressionado com meus esforços? Surpreso? Não é o resultado de um belo dia de sono, mas já sabes disso, não? Lembras de quando minha cara irmã teve aquela conversinha contigo na igreja?

Butch confirmou porque queria que o adversário continuasse falando.

– O que tem isso?

Foi uma violação das regras do nosso jogo, e a retificação foi a reconquista dos meus corações. O Criador me recompensou com o conhecimento daquela localização – após eu tê-la procurado por séculos – e, como podes ver, aproveitei-me o quanto pude da realocação de minhas posses.

Ômega deu um leve rodopio, como se estivesse se gabando das suas novas vestes.

Butch sorrateiramente enfiou uma das mãos dentro da jaqueta e agarrou o cabo de uma das adagas. Se conseguisse se aproximar o bastante, será que conseguiria golpeá-lo no meio do peito? Talvez isso bastasse, embora não menosprezasse o que poderia acontecer caso conseguisse cravar a adaga no filho da puta. Se um *redutor* normal explodia e sibilava quando a penetração acontecia? Ômega iria reacender toda a maldita cidade.

Os cálculos errôneos de minha irmã custaram-lhe a guerra. Eu venci. E tu serás meu prêmio. A manga de Ômega se ergueu na direção de Butch. *Nosso relacionamento social já durou o bastante. Creio que agora eu prefira mais uma associação íntima.*

A energia do mal penetrou Butch através das solas dos coturnos, e a vibração viajou pelas panturrilhas e pelas coxas, ao longo do tronco até a cabeça. Vergando-se contra o ataque, ele lutou e se contorceu, tentando brigar contra a posse que sentia estar chegando. Tal qual um motor acelerado, o poder que o rasgava por dentro só foi crescendo, ficando cada vez mais intenso, até que Butch já estava quase todo dobrado para trás e seu organismo já não podia mais conter as ondas de choque dentro do seu confinamento corpóreo.

Foi enquanto ainda brigava e tentava endireitar a cabeça que viu uma figura se aproximando.

Uma fêmea. Vestindo uma parca. De cabelos ruivos.

Só podia estar imaginando aquilo. Que diabos Jo Early estaria fazendo ali...?

Butch sacudiu a cabeça. Ela tinha que ir embora... Ou iria morrer!

Bem quando estava certo de que explodiria, de que seria violado assim como os assassinos o tinham sido, a pressão interna abrandou e ele foi capaz de respirar novamente.

Uma visitante... Temos uma visitante, não? Ômega disse na cabeça de Butch. *E tu a conheces, não é mesmo? Tua meia-irmã. Que surpresa maravilhosa. Que tal trazê-la para que participe?*

Um grito agudo ressoou, depois do qual Jo foi suspensa no ar e trazida adiante, atraída por Ômega; as pontas das botas se arrastando no asfalto. Ela resistiu à força de atração o máximo que pôde, debatendo-se contra o poder invisível que assumira o seu controle, mas não havia nada que pudesse fazer. Estava tão indefesa quanto o restante deles.

Lamento dizer que ela não faz meu tipo, anunciou Ômega. *De outro modo, eu apreciaria infligir-lhe outro tipo de tortura, caro amigo. Mesmo assim, ela será um belo acréscimo à família quando tudo tiver terminado.*

Ômega jogou Jo de lado como se ela fosse uma boneca de pano, e ela se chocou contra a lateral de um prédio, o baque de seu corpo quebrou vidros de janelas, cujos fragmentos choveram sobre seu corpo largado no asfalto.

– Seu bastardo maldito!

Butch saltou e chegou ao chão correndo, pegando Ômega de surpresa. Ergueu a adaga negra e enterrou-a no que conseguiu, apunhalando uma vez, depois outra, repetidas vezes...

Ômega rugiu furioso. Agarrando Butch pelo pescoço, afastou o que o ameaçava, e o corpo de Butch saiu rodando para o lado com a adaga se soltando da sua palma.

Depois disso, não houve mais nenhuma pose, nenhuma conversa, nenhuma meia medida.

A energia que dominou Butch o deixou completamente imóvel, penetrando suas moléculas numa nuvem de agonia que o imploderia em questão de segundos. Enquanto gritava, a visão foi escurecendo e ficava cada vez mais difícil respirar.

Pouco antes de perder consciência, lembrou-se do que Vishous lhe dissera antes de sair do Buraco. A cruz. A cruz o salvaria.

Com o último vestígio de energia, enfiou a mão por dentro da camiseta e tirou o crucifixo para fora. Segurando o símbolo da sua fé, encarou Ômega, como se pudesse enviar o mal de volta ao *Dhunhd*.

Começou a rezar, com lábios frouxos.

– Ave Maria, cheia de Graça...

A gargalhada de Ômega ecoou no cérebro de Butch. *Acreditas que uma prece o ajudará?*

E o sofrimento se intensificou ainda mais.

Capítulo 62

No momento da sua morte, Butch pensou em Marissa, evidentemente. Mas também em Vishous. E em todos os outros que haviam ficado em casa. Odiava saber que ficariam de luto pelo resto de suas vidas.

E então pensou em Wrath. O Rei jamais superaria esse dia. Praticamente toda a Irmandade perdida e boa parte dos guerreiros da casa também? Graças a Deus, tinha Beth e L.W. para impedi-lo de enlouquecer. Ele passara muitos séculos desconectado e consumido pela raiva depois que os pais foram assassinados pela Sociedade Redutora.

Ele tinha que continuar a liderar. Tinha que reconstruir.

A raça dos vampiros precisava seguir em frente depois dessa carnificina.

À medida que a sufocação piorava, Butch sentia o coração desacelerar. Bater mais lentamente. Mais e mais lentamente...

– Marissa... – disse com voz estrangulada.

Seu último pensamento foi o modo como se beijaram na despedida. Aquele derradeiro momento teria que durar até que se encontrassem no Fade. Desde que houvesse tal lugar depois da morte, agora que Ômega vencera. Que tipo de despojos aconteceria com a vitória do mal?

Butch soltou seu último suspiro visualizando a fêmea aristocrática que o salvara de uma existência cinza, alcoolizada, que o resgatou com seu amor e seu...

O barulho agudo que ecoou parecia um misto de motor de jatinho derrapando na pista de pouso com um balão industrial estourado com um alfinete e sete mil cornetas disparadas ao mesmo tempo.

Em seguida, Butch conseguiu respirar um pouco. E um pouco mais.

E, por fim, completamente.

Com ar nos pulmões, sua visão voltou a funcionar – não que isso lhe ajudaria muito. Porque não fazia a mínima ideia do que estava enxergando.

Ômega ainda lançava todo o seu poder estrondoso, mas havia um desvio. Um bloqueio.

Algo entre a fonte do mal e Butch recebia o que...

Não podia ser.

Ela não podia estar ali.

Butch cambaleou, apoiando-se no prédio atrás de si porque mal conseguia se manter de pé. Com um chiado no peito, mas conseguindo respirar, deu aos seus olhos todas as oportunidades para se certificarem do que de fato estava acontecendo ali.

Nada mudou.

A mulher que se apresentara a ele como a amiga da sua irmã, que o procurou com o rosto machucado e uma história triste, levando-o para sua casa que, vinte e quatro horas mais tarde, já não existia, colocara-se diante dele e absorvia tudo o que Ômega conseguia lançar contra ela.

Com os saltos agulha bem plantados no chão, o belo corpo firme, e as madeixas castanhas balançando ao sabor do vento profano, ela estendeu a própria palma e canalizou o mal para dentro de si.

E, de repente, o equilíbrio de poder pareceu mudar.

Ômega não estava mais atacando. Era a mulher – a fêmea – ou o caralho a quatro que ela fosse – que o sugava. Butch soube disso porque Ômega recuou um passo e mais um, até que pareceu incapaz de continuar recuando.

A mulher avançou. E se aproximou mais.

Uma rajada de vento começou a soprar ao redor deles, correntes de ar mais fortes do que aço, enquanto a mulher proferia uma maldição...

O manto branco de Ômega apodreceu, as dobras do tecido foram ficando marrons, cinza até começarem a se esfarrapar, revelando o buraco negro e denso de malevolência que cobriam. Um rosto emergiu de dentro da mancha, um rosto torturado, um rosto que berrava...

Até ser destruído.

O mal explodiu, liberando ondas de energia que estilhaçaram janelas e fizeram buracos nas paredes dos prédios. Logo, porém, chegou a sucção, a posse, a reivindicação daquele poder.

E então, só restou a mulher no beco. A mulher... e os corpos dos irmãos de Butch e dos seus colegas guerreiros. E de sua irmã, Jo Early.

A mulher olhou para ele por sobre o ombro. Depois se virou.

– Quem é você? – Butch perguntou rouco. – De verdade.

– Eu me saí muito bem como amiga da sua irmã, não é? – Ela sorriu de modo quase tímido. – Entrei na sua mente e dei uma espiadinha. Deduzi que seria a minha melhor chance.

– Responda!

– Já fui chamada por muitos nomes, mas sempre fui fêmea, portanto seria rude da sua parte perguntar a minha idade. Sou a irmãzinha de Ômega. Meu nome é Devina.

Butch se desequilibrou ao tentar entender o que ela dizia. Mas logo tudo começou a fazer sentido.

– Naquela noite, na festa do Throe, quando as sombras atacaram os convidados... algo saiu da casa pela janela do andar de cima.

– E caminhou pela neve, deixando pegadas brilhantes. – Devina sorriu. – Fui eu. Pobre Throe. Ele não estava à minha altura. Eu precisava de uma alma que trocasse de lugar comigo e ele se mostrou disponível.

– Por que me salvou? – Butch perguntou.

Devina alisou os belos e perfeitos cabelos castanhos.

— Eu estava perdida até vê-lo sugar um daqueles *redutores*. Caminhava solitária pelas ruas desta cidade, infeliz e rejeitada, noite após noite. E então você conversou comigo e me falou sobre a natureza do amor e da fêmea por quem se apaixonou. Me fez acreditar que isso pode acontecer com qualquer um. Inclusive com uma demônia como eu. Por isso eu estava em dívida contigo.

Relanceou ao redor.

— Este, então, é o seu pessoal? Não se preocupe, não estão mortos. Apenas atordoados. Logo recobrarão a consciência, e seria bom que vocês saíssem daqui. A cidade está silenciosa, mas isso não vai durar muito. Nunca dura.

O alívio foi tão grande que Butch quase caiu.

— Obrigado.

Devina balançou a cabeça como se lamentasse algo.

— Estamos quites agora. Mas, depois desta noite? Estaremos em lados opostos. Você precisa saber disso.

— Então a guerra recomeçará com você?

— De certa forma. Mas eu não faço distinções como meu irmão fazia. Sou uma assassina imparcial em relação a humanos, vampiros, lobisomens. Estou pouco ligando quem seja, desde que seja divertido.

— É justo.

A demônia o encarou longamente.

— A sua *shellan* é uma fêmea de muita sorte, com certeza.

Dito isso, Devina se virou. E foi nesse momento que Butch conseguiu ver nitidamente a jaqueta que ela combinara com uma minissaia, meias finas pretas e sapatos Louboutin de sola vermelha.

Na parte de trás do tecido preto, uma aplicação de cristais formava o desenho... de uma perfeita cruz de Jorge.

— Puta merda... Lacroix — Butch gaguejou.

Ela fez uma pausa e se virou.

— A minha jaqueta?

— Isso é Christian Lacroix, não? Vintage. Dos anos 1990.

Devina deu um sorriso tão amplo que se tornou resplandecente.

— Você entende mesmo de moda. Sim, comprei essa belezinha há trinta anos. Não é simplesmente maravilhosa?

— Linda demais. Digna de aplausos.

— Ah, as coisas que você diz...

— E Vishous nunca está errado.

Ela pareceu confusa com essa parte. Mas deu de ombros.

— Tanto faz. Eu te vejo por aí. E, ah, ainda restou um. Melhor você cuidar dele. E alguém está chegando, um dos seus. Até logo, Brian O'Neal.

— Até mais... Devina.

A demônia deu uma piscadinha e ainda se demorou um instante.

E, então, sumiu.

Mas, com certeza, não seria esquecida.

O Sr. F viu a entidade se desmaterializar das sombras onde se escondia desde que enviara aqueles três *redutores* para suas mortes imortais. E, por uma fração de segundo, cogitou a ideia de sair correndo. Tinha algumas armas carregadas consigo e, a não ser pelo *Dhestroyer*, todos os outros vampiros ainda estavam em letargo. Portanto, não seria difícil fugir.

Mas não. Aquilo era exatamente o que tinha planejado.

Pegando todas as suas armas, saiu da soleira que o escondia. O *Dhestroyer* o notou de imediato e foi empunhar a pistola, mas o Sr. F dirigiu-se ao inimigo.

— Estou abaixando todas as minhas armas.

O Sr. F largou as pistolas no asfalto e as chutou para longe. Em seguida, despiu a jaqueta e a deixou cair no chão. Ao erguer as mãos, girou lentamente para que o *Dhestroyer* pudesse ver que ele não representava perigo algum, e quando a brisa fria da primavera soprou em sua pele profana, ele estremeceu.

Quando completou o círculo, ficou de frente para o Irmão.

– Por favor – suplicou com a voz partida. – Acabe comigo agora. Você é a minha única saída. Por favor, estou implorando. Acabe com isto por mim. Acabe com isto... por todos nós.

O Sr. F era o último *redutor*.

Depois de séculos de guerra, era o último de sua espécie, e não desejava ir-se no esplendor da glória. Só queria libertar-se da situação.

O Irmão franziu o cenho e pareceu inspirar o ar, com as narinas se inflando. Em seguida, cambaleou para a frente.

– Só quero que isto acabe. – O Sr. F sabia que estava se repetindo, mas não tinha importância. – Já há algum tempo eu quero que minha vida se acabe. Por favor... permita que isso aconteça. Que seja agora.

O vício. Ômega. A guerra para a qual fora alistado sem o seu consentimento.

O Irmão parou e se agachou até o asfalto, pegou algo sem desviar os olhos do Sr. F. Quando se endireitou, havia algo em sua mão.

Mesmo na escuridão, o Sr. F. sabia o que era.

Uma adaga negra.

O Sr. F fechou os olhos e deixou a cabeça pender para trás. Quando o Irmão retomou sua aproximação e as passadas pesadas foram ficando mais próximas, o Sr. F se tranquilizou, ainda mais quando o cheiro do vampiro ficou mais intenso em seu nariz e ele sentiu o calor emanando do imenso e letal corpo do macho.

– Isto acaba aqui – disse o *Dhestroyer*.

– Obrigado – sussurrou o Sr. F.

O ataque não foi no coração. Em vez disso, a lâmina atravessou a garganta do Sr. F Quando o sangue negro borbulhou, ele começou a engasgar e o fluido entrou nos seus pulmões.

Cedendo à morte pela qual suplicara, deixou-se afrouxar, mas não caiu no chão. O vampiro o amparou antes que ele batesse no asfalto, e então o Sr. F abriu os olhos.

O *Dhestroyer* abaixou o rosto e os dois se entreolharam.

Daí o vampiro abriu a boca... e começou a inalar.

Capítulo 63

Syn foi correndo pela Rua Market no escuro, seguindo o cheiro de *redutores*. A intensidade do fedor o estimulou a empregar ainda mais força nas pernas. Parecia que um exército inteiro do inimigo tinha aparecido em campo do nada – e que merda era aquela com as luzes? A eletricidade de Caldwell tinha sido cortada por algum motivo, e o brilho anêmico de algumas luzes produzido por geradores de emergência em arranha-céus dava a impressão de estrelas piscando à distância.

Não que desse a mínima para isso.

Retomou sua forma no quadrante que normalmente lhe era atribuído, acima da área comercial da cidade, mas assim que farejou aquele horror? Foi a sua deixa para começar a correr – e teria se desmaterializado, mas não sabia exatamente para onde estava indo.

Além do mais, não passavam de poucos quarteirões de distância.

O SUV veio de repente, dobrando uma esquina de um lado enquanto Syn vinha do outro. Quando os faróis o cegaram, bateu no para-choque dianteiro, e ficou tão puto com o inconveniente que empurrou o veículo, tirando-o do caminho.

E voltou a correr.

O fedor de assassinos era um cartão de visitas que não podia ser ignorado.

Depois de dobrar mais uma esquina, Syn foi mais cauteloso, desacelerando para poder se mover em silêncio; apenas o rangido da jaqueta de couro alertava a sua chegada...

Syn desacelerou.

E parou.

A carnificina era tamanha que o cérebro não era capaz de processar. Corpos, espalhados pelo chão, e conhecia todos eles. Eram a Irmandade. Eram os Bastardos. Os guerreiros. Demais para contar ou compreender. E no meio da horrível cena...

Butch segurava um *redutor* nos braços, inclinando-o para trás enquanto sugava, e a fumaça preta passava do assassino para o Irmão. Enquanto ele continuava a inalar, a pele do não morto se tornou um saco ao redor do esqueleto, com todos os músculos se derretendo debaixo das roupas que começaram a deslizar do corpo, as faces se tornaram encovadas, os globos oculares se aprofundaram, os braços ficaram frouxos e as mãos tornaram-se uns gravetos.

Butch continuou a absorver a essência de Ômega para dentro de si até não restar mais nada.

Nem mesmo os ossos.

As roupas caíram no chão aos pés do Irmão, retalhos que já tinham sido calças e camisa, jaqueta e coldres.

Butch cambaleou, à procura de algo.

Evidentemente também estava ferido.

Syn avançou e amparou o macho, sustentando-o.

– Butch...

– Acabou... – Foi a resposta proferida numa voz falha para a pergunta que Syn não conseguiu fazer. – Está tudo acabado. O último *redutor* se foi.

Amparando o guerreiro nos braços, Syn fechou os olhos para suportar a onda de autodesprezo e culpa que o corroía. A Profecia do *Dhestroyer* estava errada – ou, na melhor das hipóteses, incompleta. Ômega fora destruído. Mas também a Irmandade o fora...

Os sons foram tão suaves a princípio que, em meio à dor e ao arrependimento por ter chegado tarde demais, por ter falhado com aqueles a quem acatava contra um inimigo em comum, Syn nem os ouviu. Mas, logo, o coro de movimentos, do atrito das botas no asfalto e de couro contra couro, foi percebido. Em toda a sua volta, a Irmandade e os Bastardos e os guerreiros recobravam a consciência, a vida reanimando membros que estiveram aterrorizantemente imóveis.

– Eles estão bem – Butch disse meio tonto. – Estão... voltando.

O único pensamento de Syn era de que ele era o único que estava de pé. Literalmente. O segundo foi de que precisava controlar a cena. Ficou aliviado porque a viela não era uma imensa cova comum a céu aberto, mas havia centenas de milhares de humanos, policiais e cretinos em geral perambulando nas ruas escuras da cidade. Tampouco tinham retaguarda. Os guerreiros à disposição na mansão tinham que ficar lá para proteger Wrath.

Em meio à avaliação do campo de batalha, Syn começou a tomar providências imediatas, e a primeira foi chamar Manny. A segunda o foi ligar para V. para que ele conjurasse um *mhis* ali. Se Ômega não existia mais, o Irmão estaria seguro para...

Butch agarrou as lapelas da jaqueta de Syn, os olhos castanhos pareciam incapazes de manter o foco enquanto se debatia com as palavras.

– Me diga – Syn disse com urgência. – O que posso fazer por você?

A mão trêmula de Butch se ergueu.

– Cuide da minha irmã.

Syn olhou para trás e foi então que a viu. Ali. No chão úmido e sujo da viela, Jo estava caída com os cabelos ruivos bagunçados, os braços e as pernas dispostos em ângulos estranhos.

Na pressa de chegar até ela, Syn quase largou o Irmão como um saco de batatas...

O primeiro tiro pegou Syn desprevenido, passando zunindo ao lado de sua orelha esquerda. O segundo o atingiu no músculo do ombro. O terceiro acertou o braço.

Anos de treinamento assumiram o controle e o cérebro foi acionado pela adrenalina. Ele se abaixou e procurou um abrigo, protegendo Butch enquanto arrastava o Irmão quase inconsciente para fora da linha dos tiros. No fim, mostrou-se um colete à prova de balas passável: outra bala o atingiu em algum lugar no peito e algo deve ter atingido sua panturrilha. Mas Butch foi poupado. A notícia ruim era que não havia muito onde se esconder, visto que a viela tinha sido liberada de todas as tralhas usuais – como contêineres de lixo e carros abandonados – que, tipicamente, acumulavam-se no cólon de Caldwell. Além disso, havia os Irmãos que se esforçavam para recobrar a consciência e estavam indefesos como recém-nascidos, e Jo, que ele temia que estivesse morta.

A entrada recuada de um prédio foi o melhor que pôde arranjar, e deixou Butch ali quando houve uma pausa no tiroteio. O filho da puta estava trocando a munição.

Essa era a única chance de Syn.

Enfiando a mão na jaqueta, ele...

... sentiu tudo melecado.

Não conseguia segurar nada, por isso puxou a mão para fora, confuso. Estava totalmente vermelha, em toda parte. Fora alvejado na palma.

Ajustando o corpo de modo a proteger Butch, tentou usar a mão esquerda – e, nesse momento, as luzes retornaram a Caldwell. Como se alguém tivesse acendido um holofote na direção em que ele devia olhar, Syn de repente conseguiu enxergar o inimigo. Um humano de cabelos escuros vestido de preto.

O filho do mafioso. Carmine Gigante Júnior.

Devia ser ele naquele SUV do qual Syn teve que desviar.

O ferimento no ombro de Syn anulou sua segunda opção para atirar, pois a mão estava entorpecida, devido provavelmente a algum nervo atingido. Por isso, quando foi pegar a arma, tampouco tinha forças para segurá-la.

A prole de Gigante não tinha esse problema. Júnior ergueu a arma de pronto, e, agora, tinha uma visão clara de onde atirar. O cano apontou direto para Syn. Um tiro letal, sem dúvida...

A arma disparou, e Syn ergueu os joelhos na direção do tronco, mas isso não deteria a bala. Arquejou, lutou, tentou ficar consciente...

O mafioso caiu no asfalto, a arma deslizou da sua palma, a parte de trás da cabeça estalou ao bater no asfalto duro e sujo.

Syn baixou o olhar para si, confuso.

– T-tronco.

E quase tropeçou em si mesmo ao se virar na direção da voz da sua fêmea.

– Jo?

A sua bela, corajosa, extraordinária fêmea segurava a própria pistola com as duas mãos, com os braços travados para frente. Tudo nela tremia, as pernas, os ombros, a cabeça – até mesmo os dentes batiam. Mas os braços e as mãos estavam firmes como rochas.

– V-v-você m-me d-disse... – ela gaguejou. – M-mire no tronco. É o alvo m-maior.

Syn soltou um gemido estrangulado e se lançou contra ela. Porém, seu corpo estava cheio de chumbo e vazava como uma peneira, então o encontro foi meio melecado. Mas ele não se importava.

Desarmou-a quando aterrissou junto com ela no chão e a puxou para si.

– Está tudo bem. Estou aqui com você – disse ao abraçá-la junto ao coração.

– N-não c-consigo p-parar de t-tremer – Jo gaguejou junto ao pescoço dele.

– Acabou. Está tudo bem agora... acabou.

Fechando os olhos, permitiu-se um breve momento de comunhão. Em seguida, acionou o intercomunicador e começou a ladrar ordens. Quando vieram as respostas, de Manny, de V. – e especialmente da doutora Jane quando ela se materializou em pleno ar ao lado de Butch, Syn relaxou um pouco e sossegou.

Fitando os olhos arregalados, chocados, de Jo, afastou-lhe os cabelos do rosto.

– Você está bem?

Ela tremia tanto que os molares pareciam castanholas, e falar era difícil.

– Você não ia me matar.

– O quê?

– Não ia. Você estava me protegendo. Matou Gigante para me proteger.

Syn meneou a cabeça.

– Nada disso importa mais. Contanto que você esteja bem...

– Você estava tentando salvar a minha vida. – Jo agarrou a parte da frente da jaqueta dele. – Eu sinto muito. Estava errada sobre você. Estava tão errada...

– Psiu. Você não tem do que se desculpar.

– Tenho. Syn, eu...

– Está tudo perdoado – ele disse, pois tinha a sensação de que só isso a acalmaria, e estava preocupado com a possibilidade de Jo ter sido atingida.

E também porque era a verdade. Sempre lhe perdoaria, apesar de, nesse caso, não haver nada a desculpar. Nada mesmo.

– Eu te amo – Jo admitiu. – Você. Só você. Não importa qual seja o futuro, preciso que saiba disso. Preciso te dizer essas palavras.

Quando a declaração foi compreendida, Syn ficou sem voz – de outro modo teria repetido para ela o que acabara de ouvir. Sem palavras, acariciou-lhe os cabelos, maravilhado e, como se entendesse o que ele queria dizer com isso, Jo virou o rosto na direção da palma ensanguentada e a beijou. Depois beijou de novo. E depois...

O gemido que emitiu foi em parte de alívio, em parte de fome. E quando os lábios chegaram ao buraco feito pela bala, a sucção foi hesitante. Pelo menos o primeiro gole. No segundo, contudo, ela engoliu com força e gemeu de novo, virando o corpo todo para a fonte de sangue, à procura de seu sustento.

Cacete. A transição começara...

Afastando-se da palma dele, Jo soltou um uivo queixoso, os olhos estavam confusos e ao mesmo tempo muito concentrados.

– O que está acontecendo? O que... está acontecendo comigo?

– Está tudo bem – ele a tranquilizou. – Vou te oferecer um lugar melhor para sugar.

Mordendo o pulso, certificou-se de que as perfurações estivessem claras e profundas, e então levou a fonte de sangue aos lábios de sua fêmea.

– Não solte – ele a instruiu. – *Beba de mim para que eu possa lhe dar minhas forças.*

Quando percebeu que falara no Antigo Idioma, quase chegou a traduzir, mas ela não precisou das palavras. Vedou completamente a abertura para a veia dele e começou a sorver com vontade, com olhos assustados sustentando o seu olhar, e o tremor piorando em vez de melhorar.

– Eu não a deixarei – confortou-a. – Até tudo ter terminado...

– Syn, precisamos dar uma olhada em você...

Ante o som da voz masculina, ele puxou Jo ainda para mais perto de si, seu corpo formando uma gaiola ao redor dela. Emitiu um grunhido de aviso violento, e o círculo de Irmãos que se formara ao seu redor, sem que ele tivesse se dado conta, recuou como se tivesse visto uma cobra peçonhenta num gramado.

Mais um banho de sangue estava prestes a acontecer.

Com o lábio superior curvado para trás e as presas totalmente expostas, Syn estava pronto para atacar...

E então sacudiu-se e voltou à realidade. Pigarreando, disse:

– Droga! Me desculpem.

Butch abriu caminho em meio ao grupo. Num tom afável, disse:

– Só me resta aprovar o modo como segue instruções, Syn. Pedi que cuidasse da minha irmã, e você está cuidando. É um verdadeiro exemplo para outros.

Sentindo-se subitamente tímido, Syn baixou o olhar para sua fêmea e, com carinho, afagou-lhe a face.

– Se ela me aceitar, eu gostaria de cuidar dela pelo resto da vida.

Tudo não passava de um borrão.

Enquanto os hormônios enlouqueciam e o corpo foi tomado por uma força irrefreável, Jo teve dificuldades para ordenar os acontecimentos que a conduziram à transição. Não que isso tivesse alguma importância. Estava com Syn e estava... fazendo algo que teria considerado repugnante e chocante em qualquer outro momento de sua vida.

No entanto, foi tão natural. Tão certo.

Com os lábios grudados no pulso dele e o sabor de vinho tinto descendo pela garganta, cedeu ao que o corpo parecia destinado a fazer: beber de Syn para sobreviver.

E, enquanto bebia, o frio que fazia até seus ossos estremecerem começou a diminuir, sendo substituído por um calor que fluía livremente, preenchendo-a de dentro para fora.

Fechando os olhos, continuou sorvendo o sangue que Syn lhe fornecia, ciente de estar sendo carregada, de que algum tipo de realocação acontecia, embora não entendesse o que estava acontecendo. E depois, um movimento, suave e desigual. O ruído baixo de um motor. Será que estava dentro de algum veículo?

Invocando a visão, levantou as pálpebras... e viu muitos equipamentos médicos num espaço apertado. E estavam no chão?

– Está tudo bem.

Bastou o som da voz de Syn para tornar tudo certo. Não que estivesse preocupada. Com ele, estaria sempre segura.

– Estamos na unidade cirúrgica móvel – ele explicou com suavidade. – Manny está nos levando de volta ao centro de treinamento. Acabamos de sair do centro da cidade.

Queria soltar a veia dele para falar, mas a boca se recusava a seguir tal ordem.

– Não se preocupe – Syn murmurou. – A divisória está fechada. Estamos sozinhos.

Como se estivesse preocupada com privacidade! A única coisa que importava era que Syn estivesse com ela.

Alimentando-se da fonte de vida que ele lhe dava, Jo memorizou suas feições. Os olhos profundos. O moicano. As bochechas finas, o maxilar firme. Os ombros largos. O peitoral forte, os braços musculosos...

Outra necessidade começou a aflorar em seu corpo.

E, como se lesse sua mente, ele cerrou as pálpebras:

– Sim – ronronou. – Também posso lhe dar isso.

Ele a reposicionou de costas no chão, no metal frio, e ela o ajudou o melhor que pôde a tirar os próprios jeans, chutando as botas para longe, arrastando o tecido ao longo das pernas até os pés cobertos por meias. E, durante o tempo todo, percebeu que choramingava, suplicando, implorando por ele.

Seu centro precisava daquele macho tanto quanto sua transição exigia o sangue.

Sentiu os dedos de Syn deslizarem e escorregarem primeiro em seu sexo, em seguida houve uma pausa.

– Eu te amo, Jo – ele disse rouco.

Soltando da veia, ela fitou o rosto rude.

– Eu também te amo.

Jo soltou um grito quando Syn a penetrou, com a ereção grossa preenchendo-a por completo. Logo ele começou a bombear, lentamente a princípio, apenas um balanço – e Jo teve a intenção de seguir esse ritmo. Não conseguiu. Teve que voltar a vedar a boca ao redor do pulso de modo que só conseguiu absorver as investidas dele. Mais rápidas. Mais firmes.

Jo fechou os olhos de novo. Nos recessos da mente, sabia que era injusto pedir isso de Syn. Visto que não conseguiria chegar ao clímax, aquilo só o faria sofrer no fim.

Mas sexo era algo que ele parecia determinado a lhe dar.

Pouco importando o custo para si mesmo.

No entanto, aquele era o homem – melhor dizendo, era o macho – que ela amava. E ele faria qualquer coisa, faria tudo...

... pela sua fêmea.

Capítulo 64

Syn deve ter verificado se a divisória entre a parte de trás e a da frente da unidade cirúrgica móvel estava trancada umas cem vezes.

Ok, é exagero. Mas por bem pouco.

Não queria que ninguém mais visse Jo relaxada e exposta como estava, sendo atendida sexualmente pelo seu macho – e ela tinha dito mesmo que o amava? –, e isso incluía sobretudo os irmãos dela. Não que teria algum problema em defender sua fêmea, mesmo que fosse contra membros da própria linhagem dela.

Podia ter virado a página em relação ao seu *talhman*, mas ainda era um matador. Sua reação ao ser abordado durante a alimentação dela era prova disso.

Baixando o olhar para o rosto de sua *shellan*, contemplou o modo como ela jogava a cabeça para trás enquanto ele a penetrava e recuava, penetrava e recuava. O contato com o centro quente e molhado de sua fêmea subiu-lhe à cabeça, amplificado pela visão dela grudada à sua veia. Seu quadril investiu e começou a bombear num ato reflexo, assumindo o controle por ele.

À medida que o ritmo de sua pelve acelerava, Syn começou a arfar, a pressão se avolumando dentro de si apesar de saber que não daria em nada. Mas por que diabos se importaria com isso? Debaixo do seu corpo excitado, Jo estava em êxtase, e a excitação dela era uma fragrância densa no ar, o corpo absorvia suas investidas, e ela segurava o seu braço com ambas as mãos, para garantir que ele não iria a parte alguma, que não se afastaria de sua boca.

Entregando-se ao sexo, Syn deixou o corpo galgar a onda, aproximando-se do momento terminal ao qual não chegaria, o despenhadeiro do prazer do qual jamais poderia voar, o ápice que sempre foi um alvo do qual nunca se aproximava...

Fechou os olhos e travou os molares.

O suor brotou no seu rosto, desceu pelo pescoço e cobriu o peito debaixo das roupas.

Estocando no abrigo dos quadris de Jo, grunhiu fundo na garganta quando o prazer começou a se transformar em dor, a pior já sentida porque sua fêmea era a melhor que já teve...

E então o orgasmo arrebentou dentro do corpo de Syn enquanto os quadris se travaram no lugar, toda a tensão sendo libertada numa explosão de sensações que provocaram um alívio sagrado, uma indescritível paz flutuante, uma emanação planando enquanto ele ejaculava e ejaculava, uma vez depois da outra, preenchendo sua fêmea.

Syn baixou a cabeça, encostando a testa no piso de metal corrugado do veículo. Por um instante, pensou que estava desmaiando, pois tudo girava. Mas logo voltou para o próprio corpo.

E continuou a dar prazer para sua fêmea.

Aquela experiência foi um cenário diferente, e o explorou com Jo, com o prazer voltando a crescer, encontrando aquele potencial, renovando sua ascensão. Na segunda vez em que aconteceu, quando se aproximou do êxtase, Syn ficou se perguntando se falharia de novo. Depois de séculos de impotência, esperava mais do mesmo apesar desse primeiro acontecimento em contrário.

Mas estava errado.

Teve outro orgasmo.

E de novo.

E mais um.

Assim como sua fêmea.

Pelo jeito, seu corpo simplesmente sabia do que precisava. E se resguardara ao longo dos séculos de progresso e inovação e revolução e evolução...

... para a única fêmea a quem desejava se entregar.

Que sábia escolha, Syn pensou com um sorriso ao se entregar àquela onda uma vez mais.

Butch precisou ser levado de volta até a mansão no R8.

Mesmo depois que V. se materializou no centro e foi trabalhar em seu corpo, Butch não teve forças para nada além de respirar. Felizmente, seu melhor amigo tomou conta de tudo. De fato, V. estava absolutamente revigorado. Apesar da rotina de purificação, do *mhis* lançado ao redor da cena no beco, o cretino estava todo serelepe e fagueiro.

E, é claro, vencer uma guerra surtiu efeito para animar o irmão. Ainda mais depois que Butch e seu colega de quarto ligaram para suas fêmeas e bancaram os guerreiros vitoriosos voltando para casa com os despojos de guerra.

O que, honestamente, não passou de pura vanglória. Mas que diferença fazia isso, porra?! A alegria nas vozes de Marissa e Jane foi uma recompensa mais do que merecida. Sem falar que, veja só, todos estavam voltando para casa num piscar de olhos.

Todavia, Syn precisaria ser operado. Isso se o Bastardo não permitisse que Jo o sugasse até a última gota na parte de trás daquela ambulância. Pelo menos, Manny cuidava dos dois com olhos de gavião.

Deixando a cabeça pender no encosto na direção de seu melhor amigo, Butch revirou os olhos.

– Ainda não consigo acreditar. Acabou. Acabou. Ômega já era.

– Mas temos um substituto. – V. olhou de relance para ele. – Sua amiguinha.

— Equilíbrio, né? — Butch voltou a encarar o caminho através do para-brisa. — Tudo é uma questão de equilíbrio. Você sabia que sua mãe tinha outra irmã?

— Não. Mas há muitas coisas que não sei sobre ela.

— Bem, essa é uma delas.

Quando o celular de V. recebeu uma notificação de mensagem, ele apontou para o aparelho no console.

— Dá uma olhada pra mim. Sinto que preciso manter os olhos fixos na estrada hoje. Sei lá que merda ainda pode acontecer.

Butch pegou o Samsung e inseriu a senha do amigo. Quando o aparelho ganhou vida, acessou a mensagem recebida. Quando viu de quem era, quase virou o celular com a tela para baixo.

Jogar o aparelho pela janela também teve seu apelo.

Estava tudo indo tão bem. Será que não podiam ter um minuto de paz...

— O que foi? — V. perguntou. — O que há de errado?

Butch se ajeitou melhor no banco do passageiro.

— Hum... é... Ah, tá bom, deixa eu abrir isso aqui. É um link.

— De quem?

Hummmmm, melhor deixar pra lá, Butch pensou. "Lassiter" não era um nome que ele queria ir soltando assim à toa...

— Mas... que... porra... — sussurrou.

O pé de V. relaxou um pouco o peso no pedal do acelerador, e a unidade cirúrgica que acompanhavam foi se distanciando.

— O que é?

Butch meneou a cabeça e reiniciou o vídeo.

— É o Curt Schilling.

O susto de Vishous foi tão grande que o irmão quase quebrou o pescoço.

— *O* Curt Schilling?

— O Curt Schilling. — Referindo-se ao lançador destro e de meia suja de sangue do Red Sox de Boston que conduziu o time ao primeiro

Campeonato World Series depois de uma seca agonizante de 86 anos, finalmente colocando um fim à Maldição do Bambino. – O bendito Curt Schilling!

– O que ele tá fazendo no meu celular?

– Eu não sei!

Ok, neste ponto era bem possível que os dois estivessem falando com vozinhas animadas e estridentes, como se fossem garotos de dez anos de idade. Mas era o Curt Schilling.

– Toca! Toca! Toca!

– Já vai! Já vai! Já vai!

V. virou o volante do R8 para a direita e pisou no freio, parando no acostamento da estrada. E daí os dois bateram as cabeças quando se inclinaram para olhar para a tela.

Curt Schilling – OCurtSchilling! – olhava para a câmera que o gravava e parecia um pouco confuso ao falar.

– Bem, isso é o que eu chamo de novidade. Mas, tudo bem, quem tá na chuva é pra se molhar. Hum... Vishous? – Então um murmúrio: – Que nomezinho o seu, hein? – Voltando ao tom normal: – Esta mensagem é de um bom amigo seu, Lassiter. Ele quer que você saiba que lamenta muito pelo que teve de fazer. Foi para o seu próprio bem, e você sabe disso, mas ele provavelmente poderia ter lidado melhor com a situação. – E resmungando: – Espero que isso não se trate de uma mulher. – Com a voz normal de novo: – Bem, ele quer que você saiba o quanto te respeita e pediu que eu lhe desse os parabéns pela vitória histórica. Você e o seu colega de quarto literalmente salvaram seu mundo, e ele promete que estará ao lado de vocês, para sempre. – Murmurando: – Poxa, ele parece um cara decente. – Voz normal: – E, ah, ele me disse que não só você mas também o seu colega de quarto, Butch, estão assistindo a esse vídeo juntos, e o quanto vocês dois são grandes fãs do Red Sox. Vai lá, Red Sox!

Schilling se virou e remexeu em algo atrás de si.

– Ah, mais uma coisa. Ele me pagou um extra por isto. Disse que nada seria mais importante para vocês dois.

De uma caixa de som, o inconfundível som de instrumentos de corda e de sopro começou. Em seguida, ouviu-se a famosa voz de Neil Diamond:

– *Where it began, I can't begin to know...*

O hino dos Red Sox. A canção que todos os fãs do Sox sabem de cor. A letra que os transporta para o seu primeiro jogo em Fenway, e para os cachorros-quentes, e o calor do sol no rosto quando você torce pelo seu time, e reza para que talvez este ano, depois de tantos anos, depois de tanta luta, depois de gerações inteiras de fãs terem o desejo de vitória negado, agora, neste ano essa vitória possa acontecer e toda fé, esperança e lealdade serão recompensadas.

Com a vitória que todos desejaram.

– Caralho – Butch disse emocionado.

– Filho da puta – V. resmungou.

– *... was in the spring* – Diamond continuou. – *Then spring became the summer...*

Quando lágrimas começaram a rolar, lágrimas grossas, úmidas, de "graças a Deus estamos sozinhos", V. agarrou a mão de Butch, ou vice-versa... E os três, incluindo OCurtSchilling, cantaram a plenos pulmões:

– *Sweeeeeeeeeeeet Caroliiiiiiiiiiiiine...*

Após a vitória inesperada, batalhada e vencida com muito esforço, Butch abraçou seu melhor amigo e cantou a única canção que poderia quebrar o coração de pedra do adulto e expor o coração puro de criança que ainda batia dentro do peito crescido.

Era difícil odiar aquele maldito anjo, muito difícil mesmo.

– *... reaaaaaaching ouuuuuuuuut, touuuuuuutching meeeeeeeeee, touuuuuuutching yoooouuuuuu.*

Capítulo 65

Na noite após o fim da guerra, Jo despertou numa cama com seu macho. Ambos estavam nus em meio a lençóis macios, e o silêncio no quarto luxuoso, em seu corpo, era um alívio.

– Você está bem? – Syn perguntou meio sonolento.

– Acho que sim. – Quando ele abriu os olhos com tudo, parecendo que ia sair correndo para chamar um médico, ela sorriu. – Quero dizer, sim, estou. Só que esta é uma nova versão de mim, entende?

Alongando tudo o que havia para ser alongado, sentiu-se aliviada porque todas as dores e os desconfortos que teve de suportar nas últimas doze horas estavam diminuindo. Seu estômago estava faminto, os tremores tinham passado e, a não ser pelo par de presas afiadas onde antes havia seus caninos – o antigo par caíra como dentes de leite durante o dia –, não havia nada de muito diferente.

Conseguira completar a transição para o outro lado em segurança.

E estava exatamente com quem queria estar.

Dito isso, passaram algum tempo sorrindo um para o outro. Jo sabia que havia grandes ajustes a serem feitos dali para a frente. Uma vida nova, um jeito novo de ser, e estava nervosa quanto a isso; mas também muito animada. Nos poucos dias desde que aprendera sobre a transição, teve tempo para considerar antecipadamente as repercussões de pertencer a uma espécie totalmente diferente, mas isso não se comparava à situação de fato, àquilo que acontecia na verdade.

Contudo, dois fatores a acalmavam. Primeiro, passara pela transição e estava saudável. Graças ao sangue de Syn, estava sã e salva.

E segundo? Estava com ele. Com Syn ao seu lado, sabia que conseguiria enfrentar o que quer que a vida jogasse na sua frente.

Como se soubesse que ela pensava no futuro, Syn disse:

— Podemos ir devagar, se você quiser.

— Está falando... de nós?

— Sim. Não quero que se sinta obrigada a morar aqui comigo...

— Onde estamos?

— Na mansão da Primeira Família. Com a Irmandade e os seus irmãos e meus primos e os outros guerreiros... com as famílias deles... e muitos *doggens*, incluindo Fritz, que você já conheceu.

Jo admirou o belo quarto. Antiguidades. Papel de seda nas paredes. Cortinas que pareciam pertencer a um salão de baile.

— Qual é o tamanho deste lugar? — verbalizou a pergunta simples que há algum tempo vinha se fazendo.

— Não sei. Uns cinquenta cômodos? Talvez mais?

Erguendo a cabeça, ela piscou.

— Uau! Isso deixa a casa dos Early parecendo um chalé.

— A dos seus pais?

Quando ela assentiu, descobriu-se intrigada.

— O que faço a respeito deles? Mantenho contato? Posso fazer isso? — Pensou em Bill e Lydia. — E quanto aos meus amigos no mundo humano? Não que eu tenha muitos...

— Você poderá vê-los o quanto quiser, muito ou pouco. Daremos um jeito. Ninguém a manterá isolada.

— Que bom. Não sei o quanto vou querer... Meus pais são complicados. E ainda não sei quem é a minha mãe biológica.

— Estarei ao seu lado para te ajudar a procurá-la. O que quer que precise, você terá.

— Então... Sobre essa coisa de macho vinculado...

Syn se espreguiçou tal qual uma pantera e depois a beijou.

— Tiro de letra.

— Não tenho dúvidas disso. — Jo não conseguia tirar o sorriso do rosto. — E eu gostaria de morar aqui com você. Não há nenhum outro lugar em que eu preferiria viver. Mas deve haver algo em que eu possa trabalhar, não?

— Claro.

— Você vai simplesmente responder sim para tudo o que eu disser?

— Sim. — Syn piscou. — Eu vou.

Jo o beijou e então ficou séria.

— Obrigada — sussurrou.

— Pelo quê? Não fiz nada.

Estendendo o braço, ela contornou os traços do rosto que amava tanto com as pontas dos dedos.

— Por me dar um lar. Um lar de verdade.

— Bem, esta mansão não é minha...

— Não estou falando da construção em que estamos. — Pensou na infância solitária, na sensação de estar perdida no mundo mesmo enquanto morava com outras pessoas. — Mais do que as perguntas sobre quem eu sou, eu estava procurando por um lar. E você é o meu lar. Você, só você, é o meu abrigo e o meu conforto.

— Não mereço isso. — A expressão dele se anuviou. — Jo, há fatos que você ainda precisa saber sobre mim. Coisas que fiz. Não sou mais aquela pessoa, mas...

— Ouvirei toda e qualquer história que tenha a me contar. Mas quero que saiba que o macho que você é agora, e o macho que sempre foi comigo, é quem eu amarei para sempre.

— Você faz com que eu queira ser um herói, não um pecador.

— Bem, do meu ponto de vista, você é *muito* bom no primeiro caso. E depois de tudo o que aconteceu, creio estar na melhor posição para julgar isso, não concorda?

Começaram a se beijar de novo, o que levou a... todo tipo de desdobramento. E quando Syn chegou ao clímax uma vez mais, Jo se abraçou com força ao seu macho. Ele estava certo. Havia coisas que precisava aprender sobre ele, coisas que ele tinha de aprender sobre ela, havia histórias a partilhar, sentimentos a expressar... e nem todos eram alegres. Mas eles tinham muito tempo para tais confidências.

Quando se conquista o "felizes para sempre", há tempo.

Quando se descobre o amor verdadeiro, nada mais é preciso.

E quando Syn desabou em cima dela, com a respiração acelerada e saciado uma vez mais, Jo o afagou nas costas e sorriu para o teto. Só que, nessa hora, ele se retraiu rápido.

— O que foi? — ela perguntou.

— Já sei o primeiro programa que precisamos fazer como casal.

Jo inspirou fundo como parte da resposta a Syn, e foi nesse momento que sentiu cheiro de bacon. Quando a barriga roncou, ela ergueu um dedo.

— Tomar café da manhã! Ou da noite... Como vocês chamam?

Syn gargalhou.

— Bem, isso também. E nós chamamos de Primeira Refeição nesta casa.

— Dá no mesmo. Contanto que haja bacon e ovos envolvidos, algum tipo de chocolate, eu topo.

— Você pode comer o que quiser, mas, se vem morar comigo? — E a beijou como se não conseguisse resistir. — Nós vamos sair para comprar mobília para o meu quarto.

— Não gosta desta decoração antiga?

— Não é aqui que eu durmo normalmente. Não tenho nada no meu quarto. — Syn a beijou mais, e seu sexo se animou novamente. Ronronando baixinho, murmurou. — E nós dois vamos preenchê-lo, juntinhos.

Jo riu quando começaram a se mover como um só novamente, tão feliz — e honrada — por ser a única fêmea na qual o corpo dele se libertava.

— E você é muito bom em preencher.

— Mas é melhor eu continuar praticando — ele disse ao encontro dos lábios dela.

Levou ainda uma hora para que Syn conseguisse dar um tempo no sexo. E mesmo então, quando entraram no chuveiro, não resistiu e pressionou sua fêmea contra o mármore aquecido da parede e encontrou o caminho para dentro de seu corpo mais uma vez.

Mas, enfim, acabaram saindo do quarto de hóspedes que lhes fora designado. Ele claudicava, e ainda havia pelo menos quatro balas alojadas dentro de si, mas nada que não pudesse esperar pelas atenções de Manny.

Quando saíram no fundo do Corredor das Estátuas, Jo perdeu o passo e arregalou os olhos ao ver a pintura no teto acima da grande escadaria. E a balaustrada folheada a ouro. E as muitas portas que havia em ambas as direções.

— Meu Deus... este lugar é incrível — sussurrou maravilhada. — É um palácio.

— Na verdade, antes de mais nada, é um lar, não importa o quanto seja elegante. — Syn a segurou pela mão e a conduziu pela escada, seguindo na direção dos risos e da conversa que fervilhava para fora da sala de jantar formal. — E as pessoas aqui dentro são uma família.

Quando chegaram ao piso de mosaico com o desenho da macieira em flor, ele lhe deu um momento para olhar ao redor e se preparar. Como explicara no chuveiro, a equipe inteira estaria ali, visto que Wrath dera a noite de folga para todos. Portanto, a Primeira Refeição daquela noite seria completa e já rolava solta.

— Eles vão te amar — disse ao incitá-la a seguir adiante.

— Bem, uma fêmea muito gentil já me emprestou algumas roupas — ela disse ao mostrar os jeans e a malha que vestia.

– Foi Beth. A Rainha.

– Uau! Puxa...

Assim que passaram pelo arco de entrada da sala de jantar, todas as pessoas ao redor da imensa mesa pararam de conversar. Em seguida, o rangido de cadeiras sendo empurradas para trás e saudações animadas de boas-vindas das fêmeas, e pessoas demais se aproximando ao mesmo tempo, todos ansiosos em acolher a nova integrante da família.

Literalmente.

À cabeceira da mesa, Wrath se levantou e, assim que falou, todos se calaram.

– Minha prima chegou!

Os olhos de Jo se arregalaram ao ver o último vampiro puro-sangue do planeta em toda sua glória: os óculos escuros, os cabelos que batiam na bunda, o couro preto e as tatuagens nas partes internas dos imensos antebraços.

Além do golden retriever.

E do bebê nos braços.

Syn a segurou pela mão e a conduziu para dentro da sala formal, sussurrando em seu ouvido como deveria cumprimentar o macho que era seu parente consanguíneo.

– Devo chamá-lo de Vossa Majestade? – perguntou respeitosamente.

– Não. – Wrath ofereceu-lhe a mão. – Só pelo nome. Não suporto todo esse culto besta em torno da minha posição.

Jo pegou a palma dele na sua e, como Syn lhe ensinara, inclinou-se para beijar o imenso diamante negro que todos os reis sempre usaram, desde o pai de Wrath, retrocedendo até o primeiro regente.

– Sei que já conheceu minha *shellan* quando ela lhe deu roupas, mas este é meu filho, L.W. – explicou o rei. – E este é George.

– Ele é lindo.

– E o garoto também não é nada mal, né?

Jo riu. E agradeceu:

– Obrigada por me receber em sua casa.

As narinas de Wrath se inflaram. E depois ele deu aquele seu sorriso aterrador.

Apoiando a mão imensa no ombro dela, disse na voz imperativa:

– Você é da família. Onde mais iria morar?

Jo abaixou os olhos e teve de piscar para afastar as lágrimas. Quando Syn passou um braço ao redor da sua cintura para que soubesse que estava ali para apoiá-la, ela disse:

– Você não faz ideia do quanto esperei por este momento.

– O sangue é mais espesso que a água – disse o Rei com suavidade. – E o seu sangue, o seu lugar, é aqui conosco.

Quando Wrath assentiu, como se tudo já estivesse acertado e não houvesse mais nada a dizer, Syn abraçou Jo junto ao peito. Acima da cabeça da amada, inclinou a cabeça uma vez para o Rei.

Era um juramento. Feito de livre e espontânea vontade, para todo o sempre.

Para sempre lutaria para proteger o Rei e as pessoas daquela casa – não porque Xcor fizera tal juramento há algum tempo, ou porque lutar satisfazia uma necessidade particular interna e pervertida, mas porque sempre protegeria aqueles que eram a sua família.

E todos que estavam naquela sala eram da família.

Wrath ergueu o anel sagrado do rei, e retribuiu o aceno, aceitando o juramento. E então... era hora de comer.

Assim que Syn levou Jo para os assentos separados para eles, disse:

– Bacon e chocolate, certo?

– Ai, meu Deus! – Jo segurou a mão dele e apertou com urgência. – Sim! Por favor. Como sabia?

Capítulo 66

Assim que Syn e sua fêmea, Jo, tomaram seus lugares à refeição, Wrath se afastou e se viu tentando compreender aquela nova realidade. A guerra tinha acabado. Finalmente.

Aconchegando o filho nos braços, imaginou o rosto de cada uma das pessoas sentadas ao redor da sua mesa. Sabia exatamente quem estava sentado onde por causa do som de suas vozes e também pelos cheiros. Mas não era o mesmo que ser capaz de enxergar.

Ainda assim, ele aceitava o que tinha e era grato.

Sussurrando um comando para George, deixou que o cão o conduzisse até onde queria ir, e o par progrediu a passos firmes até a base da grande escadaria. A subida foi fácil e, no alto, Wrath continuou em frente, até chegar a seu escritório.

Inspirando fundo, visualizou na memória a disposição do que havia no espaço.

A cadeira.

O antigo trono entalhado, no qual seu pai um dia se sentara.

Ao atravessar o cômodo para alcançá-lo, Wrath voltou ao passado e se lembrou de quando foi escondido no palácio do Antigo País, enquanto testemunhava os *redutores* invadindo o salão e assassinando seus pais. Tão fraco, um pré-trans indefeso, escondido por sua *mahmen* e seu pai, protegido por aqueles a quem deveria proteger.

Quando George sinalizou que tinham chegado ao destino, Wrath estendeu um braço no ar, tateando com a mão até encontrar o encosto alto do trono. Pareceu adequado que o anel do Rei tivesse feito contato com a madeira antiga, emitindo um som forte.

Segurando L.W. bem junto ao peito, agarrou os entalhes feitos há tanto tempo.

– Acabou, Pai – disse numa voz emocionada. – Acabou. Nós vencemos.

Quando uma onda de emoção tomou conta de si, Wrath se sentou e ajeitou o filho no colo, segurando seu precioso menino, sangue de seu sangue, bem perto de si.

Foi então que ouviu o miado.

Inclinando a cabeça na direção do som, franziu o cenho.

– Analisse?

A presença da Virgem Escriba foi percebida como um peso no ambiente. Ele não sabia se conseguiria descrever de uma forma melhor.

– Sim – ela respondeu naquela voz inconfundível. – Sou eu.

Pare encobrir sua emoção, Wrath riu.

– Eu lhe fiz uma pergunta, não foi? Isso não se faz.

– Tais noites estão no passado, meu velho amigo.

Ele a sentiu se mover para mais perto da mesa.

– Nós vencemos. Mas você já sabe disso, não?

– Sim.

– Queria que meu pai estivesse aqui para ver isso. Minha *mahmen* também.

– Eles conseguem ver. Estão sempre contigo.

O Rei teve de pigarrear. E depois tentou – e fracassou – disfarçar o orgulho na voz.

– Este é meu filho. Outra coisa que você também já sabe, certo?

– Sim. – O afeto na voz dela foi uma surpresa. – Sei de muitas coisas.

– Então não se afastou de vez. Mas, o gato? Francamente.

– Estive com tua Rainha desde o primeiro dia.
Ele não conseguiu deixar de gargalhar.
– Fico feliz por isso.
– És um bom Rei. Fizeste teu pai muito orgulhoso.
Por trás dos óculos escuros, ele começou a piscar com força.
– Não diga essas merdas. Vai me derreter.
– E quanto ao teu filho, ele se parece contigo.
– Parece? – Passou a ponta de um dedo sobre os cabelos de L.W. – Sabe, os olhos dele mudaram. Eram azuis, mas agora são verdes. Beth não quer que eu saiba. Mantém em segredo, mas eu a ouvi sem querer conversando com a doutora Jane a respeito disso. Não me importo. Ele é perfeito do jeito que é.
– Sim, ele é. – Houve uma pausa. – Aqui. Vê por ti mesmo, velho amigo.
De repente, sua visão se abriu, a princípio como um par de pontinhos, mas foi se alargando num concerto perfeito, concedendo-lhe uma imagem clara de Little Wrath...
... que o partiu ao meio.
Perdendo o fôlego, tirou apressado os óculos e admirou o abençoado filho, desde o rosto que era a cópia perfeita do próprio Wrath até os cabelos negros que cresciam grossos e saudáveis, os braços e as pernas e o tronco, que ainda naquela fase já prometiam ser potentes e fortes.
E também viu os olhos.
Cristalinos... de um verde-gelo como os seus. E que o encaravam com uma seriedade que não fazia sentido. Como a criança podia perceber o quanto aquele momento era importante?
– Ele sabe – anuiu a Virgem Escriba. – É uma alma muito antiga, este pequeno.
Wrath ergueu o olhar. E lá estava ela, uma luz brilhante em forma feminina, levitando acima do tapete Aubusson do lado oposto da mesa.

– Ele será um bom regente – ela prosseguiu. – Terá vida longa e dará continuidade ao teu legado com o dele. E, sim, encontrará o amor. Podes colocar tua fé em tudo que digo.

O pai encarou o filho. As lágrimas nos seus olhos o deixavam doido. Sabia que esse momento não duraria muito e não queria perder um segundo com borrões.

– *Deste-me um presente maravilhoso esta noite* – disse no Idioma Antigo.

– *Labutaste muito. Mereceste. Agora, fiques bem, Wrath, filho de Wrath, pai de Wrath.*

Wrath ergueu o olhar.

– Eu ainda lhe devo um favor. Lembra?

Apesar de a Virgem Escriba ser apenas uma fonte de luz, podia jurar que ela lhe sorria.

– Ah, não me esqueci. E, no devido tempo, far-me-á o que será pedido, prometo. Mas, por ora, aqui vem tua *shellan*. Eu lhe darei um momento com ela, mas depois...

– Eu sei. Fique bem, Analisse.

– E tu também, velho amigo.

E assim que a Virgem Escriba desapareceu, Beth apareceu na porta aberta do estúdio.

– Wrath, você está...

Ela parou de falar quando ele ergueu os olhos que focalizavam direito. E ela levou as pontas dos dedos à boca.

– Wrath? – disse com premência.

– Você é tão linda.

Quando Beth se apressou até ele, Wrath gravou cada movimento dos cabelos escuros e da pele adorável, dos olhos e do corpo, de... tudo dela. Seus olhos estavam famintos das imagens com que podiam se alimentar, e quando sua Rainha chegou perto, ele a segurou pela mão e a puxou para seu colo. Depois baixou o olhar para George.

– Olá para você também, meu amigão.

Afagou a cabeçorra perfeita do golden. Depois fitou o filho e sua *shellan*.

— Como isto aconteceu? — Beth perguntou emocionada ao tocar-lhe as sobrancelhas.

— É uma dádiva de uma velha amiga. — Afagou os cabelos dela. O rosto. — E não durará muito.

— A Virgem Escriba esteve aqui? — ela perguntou surpresa.

— Ao que parece, ela está sempre conosco.

E beijou sua *shellan*. Beijou o filho. Beijou seu cachorro.

Depois de uma última olhada para os três, fechou os olhos. Pareceu-lhe importante ter controle sobre a perda renovada da visão. Se visse sua família sumir diante dos seus olhos, entraria em pânico. Fazer isso por conta própria era menos traumatizante.

— Os olhos de L.W. são verdes agora — Beth admitiu arrependida. — Mudaram há algum tempo. Eu não queria que você ficasse triste.

Wrath sorriu.

— Ele é perfeito. Do jeito que a Virgem Escriba o fez.

— Eu te amo — disse sua *shellan*.

Inspirando fundo, o Rei lentamente abriu os olhos... e não enxergou nada. Mas sua família ainda estava consigo. Sentia o peso, o calor — e o pelo — de todos eles.

Com paz e amor no coração, Wrath respondeu:

— E a sua voz na escuridão é a razão do meu viver.

Capítulo 67

No centro da cidade, enquanto uma rara lua de sangue derramava um brilho sinistro sobre a metrópole iluminada, uma figura vestida de branco apareceu no alto de uma das duas pontes largas de Caldwell. Mais tarde, as pessoas debateriam se aquilo de fato acontecera. Entusiastas da paranormalidade diriam que sim, que tinha sido um fantasma ou uma alma penada. Os céticos, por sua vez, defenderiam que as fotos da aparição misteriosa tinham sido adulteradas.

E, ah, os aficionados da Área 51 estariam convencidos de que fora um alienígena.

Como em tantas coisas na vida, no que as pessoas acreditavam dependia mais do que elas eram do que daquilo que tinham ou não testemunhado.

A verdade nua e crua, porém, era que uma demônia realmente se materializara naquele arco, e contemplou a cidade como se fosse sua dona absoluta.

E quanto ao que vestia? Não era um manto como o que seu irmão mais velho costumava trajar.

Não, quando Devina decidiu escolher aquele lugar para fazer a declaração do seu domínio, trajava um vestido de noiva.

Pareceu-lhe adequado. E a roupa não era vintage.

O vestido de gala com corpete justo e transparências no decote e na cintura era nada menos que um Pnina Tornai* novíssimo e nunca antes usado. Devina o escolhera a dedo em meio a todo o estoque disponível na mais exclusiva das butiques da cidade, provando o cetim e as pedrarias diante do espelho de três faces antes de aparecer ali para a sua grande revelação. O vestido era a cara dela, elegante, mas exuberante, caro e exclusivo. Exatamente o que vestiria ao cruzar o corredor central de uma igreja em uma noite qualquer.

Brian O'Neal tinha razão. Ela só precisava do parceiro certo.

E até que algum exemplar do sexo masculino se prontificasse para esse papel – e para ser bem sincera, quais eram as chances de isso acontecer? –, ela se casaria com Caldwell.

Aquela cidade seria o seu esposo, e Devina adoraria expressar o seu tipo todo especial de amor em cada uma das ruas e esquinas e...

A princípio, Devina não conseguiu compreender o que estava obstruindo sua visão do mais alto arranha-céu no distrito financeiro.

Sem dúvida, havia algo naquela outra ponte.

Parado com os pés plantados e o corpo firme.

Apurou a visão. Era um macho. Vestindo... Aquilo eram leggings com estampa de zebra? E o que era aquela camiseta? Era o... *Barney*?

– Jesus Cristo – Devina disse com desdém.

De repente, por trás dos ombros largos, duas asas diáfanas se abriram enquanto os cabelos loiros e negros se soltaram de algum tipo de laço.

Não, aquele não era J.C.

Era Lassiter, o Anjo Caído.

Enquanto Devina estreitava o olhar e sua ira crescia, o anjo lhe sorriu. E ergueu uma das mãos. Com um gesto espetaculoso, soprou-lhe um beijo, virou a palma e... mostrou-lhe o dedo do meio.

E foi assim que nasceu a geração seguinte do conflito.

---

* Pnina Tornai é uma estilista israelense, consagrada pelos vestidos de noiva, que se tornaram um sucesso ao aparecerem no reality show *O Vestido Ideal*. (N.T.)

AGRADECIMENTOS

M‍UITO OBRIGADA AOS LEITORES dos livros da Irmandade da Adaga Negra! Esta tem sido uma jornada longa, maravilhosa, excitante, e mal posso esperar para ver o que acontecerá em seguida nesse mundo que todos nós amamos. Gostaria de agradecer a Meg Ruley, Rebecca Scherer e todos da JRA; Lauren McKenna, Jennifer Bergstrom, Abby Zidle, e a família inteira da Gallery Books e Simon&Schuster.

À Equipe Waud, eu amo todos vocês. De verdade. E, como sempre, tudo o que faço é com amor, e adoração, tanto pela minha família de origem quanto a de adoção.

E, ah, muito obrigada, Naamah, minha Writer Dog II, que trabalha tanto quanto eu nos meus livros! E a Arch, que muito fez nos últimos tempos!

TIPOGRAFIA GARAMOND E TRAJAN PRO